ज्ञान चतुर्वेदी

ज्ञान चतुर्वेदी का जन्म 2 अगस्त, 1952 को मऊरानीपुर (झाँसी), उत्तर प्रदेश में हुआ। उन्होंने चिकित्सा शिक्षा के दौरान सभी विषयों में स्वर्ण पदक प्राप्त करनेवाले छात्र का गौरव हासिल किया। भारत सरकार के एक संस्थान (बी.एच.ई.एल.) के चिकित्सालय में कोई तीन दशक से ऊपर सेवाएँ देने के पश्चात शीर्षपद से सेवानिवृत्त हुए। मध्य प्रदेश में हृदयरोग विशेषज्ञ के रूप में उनकी विशिष्ट पहचान है।

लेखन की शुरुआत सत्तर के दशक में 'धर्मयुग' से। भारतीय चिकित्सा-शिक्षा और व्यवस्था पर आधारित उनका प्रथम उपन्यास 'नरक-यात्रा' अत्यन्त चर्चित रहा। इसके पश्चात 'बारामासी', 'मरीचिका', 'हम न मरब' तथा 'स्वाँग' जैसे उपन्यास आए। 'प्रेत कथा', 'दंगे में मुर्गा', 'मेरी इक्यावन व्यंग्य रचनाएँ', 'बिसात बिछी है', 'ख़ामोश! नंगे हमाम में हैं', 'प्रत्यंचा' और 'बाराखड़ी' व्यंग्य-संग्रह प्रकाशित हुए। अभी तक तक़रीबन हज़ार व्यंग्य रचनाओं का प्रकाशन। स्वास्थ्य सम्बन्धी पुस्तक 'ज्ञान है तो जहान है' भी प्रकाशित। दस वर्षों तक 'इंडिया टुडे' तथा 'नया ज्ञानोदय' में नियमित स्तम्भ। इसके अतिरिक्त 'राजस्थान पत्रिका' और 'लोकमत समाचार' दैनिकों में भी काफ़ी समय तक व्यंग्य स्तम्भ-लेखन। शरद जोशी के 'प्रतिदिन' के प्रथम खंड का अंजनी चौहान के साथ सम्पादन किया।

भारत सरकार द्वारा 2015 में 'पद्मश्री' से सम्मानित। 'राष्ट्रीय शरद जोशी सम्मान', दिल्ली अकादमी का व्यंग्य-लेखन के लिए दिया जानेवाला प्रतिष्ठित 'अकादमी सम्मान', 'अन्तरराष्ट्रीय इन्दु शर्मा कथा-सम्मान' तथा 'चकल्लस पुरस्कार' के अलावा कई विशिष्ट सम्मानों से सम्मानित।

सम्पर्क : ए-40, अलकापुरी, भोपाल-402024 (म.प्र.)

ई-मेल : gyanchaturvedibpl@gmail.com

एक तानाशाह की प्रेमकथा

ज्ञान चतुर्वेदी

राजकमल पेपरबैक्स

राजकमल पेपरबैक्स में
पहला संस्करण : 2024
दूसरा संस्करण : 2025

राजकमल पेपरबैक्स : उत्कृष्ट साहित्य के जनसुलभ संस्करण

राजकमल प्रकाशन प्रा.लि.
1-बी, नेताजी सुभाष मार्ग, दरियागंज
नई दिल्ली-110 002
द्वारा प्रकाशित

शाखाएँ : अशोक राजपथ, साइंस कॉलेज के सामने, पटना-800 006
पहली मंजिल, दरबारी बिल्डिंग, महात्मा गांधी मार्ग, प्रयागराज-211 001
1, अनमोल सोराबजी सन्तुक लेन, धोबी तलाव, मरीन लाइंस, मुम्बई-400 002
वेबसाइट : www.rajkamalprakashan.com
ई-मेल : info@rajkamalprakashan.com

विकास कम्प्यूटर एंड प्रिंटर्स
ट्रॉनिका सिटी-201 102
द्वारा मुद्रित

मूल्य : ₹399

EK TANASHAH KI PREMKATHA
Novel by Gyan Chaturvedi

ISBN : 978-93-6086-982-3

मेरी प्रेयसी भी, पत्नी भी, ऐसी नायाब शशि को

मैं उसको उस तरह से कभी कह ही नहीं पाया कि उसे मैं कितना प्यार करता हूँ/प्रेम को व्यक्त करने में सदियों से यही दिक़्क़त रही है; भाषा ऐन मौक़े पर हाथ खड़े कर देती है और शब्द मुँह छुपाए इक दूजे को ठेलते हैं कि यार 'वो शब्द' कहाँ गायब है जो प्रेम को सटीक व्यक्त कर सके/
इस समर्पण द्वारा फिर से वही कहने की एक नाकाम कोशिश है मेरी/
सत्तर साल की उम्र हो गई मेरी। इतने सालों में अर्जित भाषायी ज्ञान और इस किताब के एक लाख से ज़्यादा शब्दों में भी मुझे वह शब्द नहीं मिला जो प्रेम को पूरी तौर से अभिव्यक्त कर सके/
पर मैं निराश नहीं हूँ बल्कि मुझे लगता है कि जो पूरा ही अभिव्यक्त हो गया तो वो प्रेम ही क्या? हर बार कुछ न कुछ कहने से छूट जाना ही प्रेम की इस तड़प को बरकरार रखता है कि हाय, मैं उससे यह कहना तो भूल ही गया/काश कि उस दिन यह भी कह दिया होता मैंने—यही दर्द तो असल प्रेम है/
हाँ, यही प्रेम है, अधूरी अभिव्यक्ति में ही पूरा व्यक्त।

भूमिका

यह मेरा सातवाँ उपन्यास है।

कहा जाता है कि हर शख़्स के पास (यदि वह लिख सके तो) एक नायाब उपन्यास तो होता ही है। ऐसा क्यों कहते हैं? क्योंकि हर शख़्स का जीवन इतना अलग होता है, लगभग अतुलनीय; कि जैसा जीवन उसने जिया, वो तो बस उसने ही जिया। उसका अनुभव एकदम अपना है। उसकी कहानी इतनी अपनी है कि और कोई उसे कह ही नहीं सकता। इसीलिए कहा गया कि एक अनकही कहानी, एक अनलिखा उपन्यास हर शख़्स में मौजूद है; जैसी कहानी उसके पास है, वैसी किसी के पास भी नहीं। इस थ्योरी के हिसाब से मैं भी कभी अपना पहला उपन्यास तो लिख ही सकता था। और वह मैंने लिखा भी।

जब मैंने अपना पहला उपन्यास *नरकयात्रा* लिखा तो बहुत से मित्रों को यही लगा कि ज्ञान चतुर्वेदी के पास डॉक्टरों वाली एक कहानी थी जो उसने कह ली। पर अब? अब देखें कि आगे ज्ञान क्या कर पाता है? कुछ लोगों ने तो बाक़ायदा बयान देकर यह बात की। इधर मैंने उनको आश्चर्य में डालते हुए ढेर सारे उपन्यास लिख डाले क्योंकि मेरे पास कहने को बहुत सी कथाएँ थीं। मैं इन कथाओं को लिखता चला गया। मैंने अनगिन चरित्रों के मन में उतरकर न जाने कितने जीवन एक ही जन्म में जी डाले। यही तो लेखक होने का आनन्द है कि आप होते तो एक ही शख़्स हैं पर अपने लेखन में दसों जीवन एक साथ जी लेते हैं। मेरा पहला उपन्यास सन उन्नीस सौ चौरानबे में छपा। तब से मैं छह उपन्यास लिख चुका हूँ। इनमें से तीन उपन्यास मैंने पिछले ग्यारह साल में लिखे हैं और यह सातवाँ है (आठवाँ भी है पर वो अभी अधूरा है जो एक तानाशाह...के तुरन्त बाद पूरा करने का संकल्प है।)

परन्तु इस सातवें उपन्यास को लिखते हुए मैं अलग तरह के अनुभव से गुज़रा। इसे लिखते हुए मेरे समक्ष कुछ अनोखी परेशानियाँ दरपेश हुईं। कुछ अलग-सी चुनौतियाँ।

पहली तो ये आशंका कि सातवें उपन्यास तक पहुँचते-पहुँचते मैं ख़ुद से इतना सन्तुष्ट न हो जाऊँ कि सातवाँ उपन्यास मेरे एकदम पास आकर खड़ा भी हो जाए तो मैं उसके आने का बुरा जैसा मान बैठूँ, उसे टाल दूँ कि यार तुम अभी जाकर बाहर बैठो; जब हम बुलाएँ, तब आना। क़लम का अपनी ही तरह का आलस्य, मारक क़िस्म का आत्मसन्तोष और 'बहुत कर लिया यार' वाला दुष्ट भाव यदि लेखक को अपने क़ब्ज़े में ले डाले तो? मैंने बड़े दिग्गजों का ये हश्र होते देखा था और डरता था कि मन में यह जो सातवें उपन्यास की कथा आकार लेने को बेचैन है, मैं यदि उसे हाथ लगाने से ही बचूँ तो? कहूँ कि यार, इसे कर लेंगे न बाद में, तब? कोई कुछ शिकायत भी नहीं करेगा। और मेरा दुर्भाग्य कि मैं इसी में सन्तुष्ट हूँ कि मैंने छह ऐसे बड़े-बड़े उपन्यास लिख डाले हैं। तारीफ़ें भी ख़ूब मिल गईं मुझे। कुछ छोटे-बड़े पुरस्कार भी हाथ आ गए। कुछ तालियाँ। कुछ वाह वाह। अब यदि मुझमें परम सन्तुष्टि है, पाँव फैलाकर ख़लीफ़ा हो जाने का मन है तो ग़लत क्या है? सातवाँ लिखे जाने का इन्तज़ार करेगा। लिखें,। लिखें हमारी मर्ज़ी; अभी तो हम फ़ालतू बैठकर आत्मानन्द चुभला रहे हैं। तो मुझे यही डर था कि घनघोर आत्मसन्तुष्टि के ताले लगाकर बैठ गया तो यह सातवाँ फिर बाहर ही बैठा रह जाएगा। आत्मसन्तुष्टि हमेशा के लिए रोक सकती है सातवें को। यह उससे पहले ही, दूसरे-तीसरे उपन्यास को भी रोक सकती थी। पर यह हुआ नहीं। मैंने होने नहीं दिया, ऐसा तो नहीं कहूँगा पर मेरा इस तरह के आत्मसन्तोष से बचने का पुराना अभ्यास काम आया। वरना तो मैं भी बस बयान देता रहता कि मैंने अगले उपन्यास के नोट्स तैयार कर लिये हैं, थोड़ा-बहुत रफ़ जैसा कुछ लिखा भी है वग़ैरह, वग़ैरह। आजकल, इस तरह के झूठ एक सामान्य पाठक भी साफ़-साफ़ पकड़ लेता है। पर मैं जानता था कि अक्सर लेखक अपने इसी आत्मघाती सन्तोषभाव के कारण अन्ततः चुक जाते हैं। उनमें सातवें की इच्छा तो बनी रहती है, उसे लिखने की बुभुक्षा समाप्त हो जाती है। फिर वो सातवाँ कभी नहीं लिखते।

मेरा केस थोड़ा अलग रहा। *स्वाँग* के बाद आत्मसन्तोष तो बहुत मिला। हुआ परन्तु वह किताब ख़त्म करते-करते इससे कुछ एकदम अलग। लिखने की अदम्य इच्छा हो आई। लगा कि यार ऐसा कुछ लिखो जिसकी तुमने पहले कभी कोशिश ही न की हो। लिखना और लिखते रहना मेरे लिए अब भी जीवन-मरण के प्रश्न बना हुआ है। ख़ूब लिखकर भी एक तरह का असन्तोष है मुझमें; आगे और भी बेहतर लिखने की अदम्य-सी बुभुक्षा। बल्कि यह तड़प अब तो मुझमें पहले से कुछ ज़्यादा ही है।

एक और चुनौती थी।

चुनौती कि सातवाँ उपन्यास लिखते हुए मैं ख़ुद को दोहराने न बैठ जाऊँ, कहीं मैं 'एक और' *बारामासी, नरकयात्रा* या *स्वाँग* रचने न बैठ जाऊँ। पिछली किताबों की लोकप्रियता ख़ुशी तो बहुत देती है परन्तु एक तरह की मारक असुरक्षा भाव भी

पैदा करती है कि अगला उपन्यास वैसा ही लोकप्रिय न बन सका तो? यह असुरक्षा बेमतलब का होता है पर ये दो तरह से आपके लेखन पर असर डाल सकता है। या तो ये आपको और बेहतर, और अनोखा रचने की प्रेरणा दे सकता है या फिर ख़ुद को दोहराने के लिए ललचा भी सकता है कि यार तुम, पिछले उपन्यासों जैसा ही कुछ क्यों नहीं लिखते, सेफ़ होकर चलो न? परिचित मनोभूमि पर, उसी सुपरिचित शैली और भाषा में एक और उपन्यास लिखना तुम्हारे लिए सरल सिद्ध होगा और पाठक को मज़ा भी देगा। यह मानसिकता आपको मंच के कवि जैसा बना देती है। आप ख़ुद को ही दोहराकर सफल होने की गारंटी तय करने लगते हो। पिछली सफल रचना का अगली में दोहराव, मंच की कविता की भाँति रचना के 'चल जाने' की आश्वस्ति ज़रूर देता है परन्तु लेखक का सम्भावित विकास रोक देता है; फिर वो बार-बार वही-वही लिखकर, लेखन में क़दमताल करते हुए अपना पूरा जीवन निकाल सकता है; वह एक पॉपुलर लेखक तो बन जाता है पर एक बड़ा लेखक बनने की अपनी सारी सम्भावनाओं को ख़ुद ही ख़त्म कर देता है। मुझे लगता है कि अपने बनाए खाँचों को तोड़ने की ज़िद ही लेखक को आगे ले जाती है।

इस उपन्यास में मैंने दोहराव से बचने की भरसक कोशिश की है।

पर आपका अब तक का पुराना लेखन भी चुनौती पेश करता है। अब तक का लेखन आपमें लेखनकला की समझ बढ़ा देता है। अब आप लेखन का खेल पहले से बेहतर समझने लगते हैं। मैं बहुत सौभाग्यशाली रहा कि मेरे उपन्यासों को लाखों पाठकों का प्यार मिला। हर उपन्यास के कई-कई संस्करण छपे हैं और छपते ही जा रहे हैं। ऐसे में बहुत डर था कि मुझे यह ग़लतफ़हमी हो जाए कि मेरा लेखन तो एकदम परफ़ेक्ट है और मेरी क़लम में सब कुछ अद्‌भुत है। पर ऐसा नहीं हुआ। मैं ग़लतफ़हमी में नहीं पड़ा। सबसे बचा। मैंने अपने हर उपन्यास में हुए ग़लतियों से बहुत सा सीखा और हर नई किताब के साथ लेखनकला की बारीकियों का मेरा ज्ञान पहले से बेहतर हुआ। मैंने अपनी ही किताबों को एक समय के बाद एक निर्मम आलोचक के भाव से पढ़ा, गुना और समझा और मुझे बार-बार अपनी किताबों की बहुत सी कमियाँ इतनी साफ़ दिखीं कि कहीं-कहीं तो मैं हैरान और शर्मिन्दा एक साथ हुआ कि यार इतने बार रिवाइज करने के बाद भी उपन्यास की भाषा, शैली, चरित्रों के निबाह में हुई तेरी ये ग़लतियाँ तो अक्षम्य हैं। आत्मालोचना की इसी फ़ितरत ने मुझे लेखन कला के कई सबक़ सिखाए। मैंने लगभग स्वाध्याय द्वारा ये सब सीखे। जीवन भर सीखता ही गया। हर नई रचना के बाद आज भी मुझे शिद्‌दत से महसूस होता है कि अब भी क़िस्सागोई की वो कला मुझे नहीं आ सकी है। बहसबाज़ी के दौरान जो भी अल्लम-गल्लम मैं बोल दूँ पर सच बात ये है कि मैं अपने कठोरतम आलोचक की राय भी खुले दिल से समझने की कोशिश करता हूँ। हर आलोचक ने मुझे कुछ न कुछ महत्त्वपूर्ण सिखाया है।

इसी स्वाध्याय के कारण मैं अपनी अगली किताब तक कथालेखन की कुछ नई समझ के साथ पहुँचता हूँ। यह बात अच्छी भी है, बुरी भी। बुरी यूँ कि नई समझ ख़ुद एक चुनौती बन जाती है। आपको अपने मन में स्थापित, अपनी ही स्वाभाविक लेखनशैली और भाषा की कला के साथ इस समझ का सटीक तालमेल बिठाना पड़ता है जो कई बार बहुत चुनौतीपूर्ण बन जाता है। कला की यह नई समझ अपने ही (अब तक के) लेखन कौशल के प्रति रचनात्मक असन्तोष पैदा कर देती है। अब आप अपने ही लिखे से आसानी से सन्तुष्ट नहीं हो पाते और अपने लेखकीय अवचेतन में कुछ नये लक्ष्य निर्धारित करने बैठ जाते हो।

मुक्तिबोध ने कला के जिस तीसरे क्षण की बात कही है, उसे आप अब और भी बेहतर ढंग से समझने-देखने लगते हो परन्तु उसे पा लेना और कठिन होता जाता है। कला के तीसरे पल की समझ जितनी ही बढ़ेगी, उसे पाने के लिए लेखक को और जी-तोड़ कोशिश करनी पड़ेगी। अब आप सबसे बेहतर की तलाश में अपने हर वाक्य से जूझते हो। आपको कला का तीसरा पल दिखता तो बहुत साफ़ है पर उपन्यास के बार-बार रिवीजन के बाद भी वह पल पकड़ में नहीं आ पाता। फिर आपको ज़िद्दी बनना पड़ता है, ज़बरदस्त ज़िद कि मैं इस पल को छूकर ही रहूँगा। लिखना अब और चुनौतीपूर्ण होता चला जाता है। लेखन की यह नई समझ आपमें श्रेष्ठ लिखने की नई भूख पैदा करती है।

यूँ समझें कि उसी नई-सी समझ के साथ जब मैं *एक तानाशाह की प्रेमकथा* लिखने बैठा तो इस उपन्यास को लेकर महीनों तक बैठा ही रह गया। रोज़ ही घंटों लिखता परन्तु हर बार उसमें कुछ कमी रह जाती। मुझे ऐसा ही लगता। तीन-चार घंटे तक कोई चैप्टर लगातार लिखकर भी जब मैं उठने लगता तो वह मुझे आवाज़ देता कि यार, अभी वो बात बनी नहीं है, अभी तुम इसमें कला का वो तीसरा पल पकड़ नहीं पाए हो; मैं उपन्यास को फिर से री-राइट करने बैठ जाता। यही चलता रहा दो साल तक। मुझे बार-बार लगता कि वह बात जो मैं कहना चाहता था, कहने से बार-बार चूक रहा हूँ। मैं उसी चैप्टर को फिर से लिखने बैठ जाता : कभी अनावश्यक वाक्यों को काटने का काम, कभी संवादों में दोहराव की बारीक पड़ताल, और कभी चरित्र में और प्राण डालने की कोशिश; इस तरह मैंने डेढ़ साल में इसका पहला ड्राफ़्ट पूरा लिख डालने के बाद अगले एक साल में इसे लगभग बारह बार आद्योपान्त काटा पीटा, इसे फिर-फिर लिखा, इसके हर शब्द और वाक्य से ख़ूब जूझा। यह काम थकाता ज़रूर था परन्तु वांछित बदलाव के बाद जब कोई वाक्य या पैराग्राफ़ ख़ूबसूरत बनकर लुभाने लगता तो सारी थकान ख़त्म हो जाती। उस पल का आनन्द अवर्णनीय है मित्र। शायद वही पल कला का तीसरा पल होता होगा। उससे साक्षात्कार शायद वही अद्‌भुत अनुभव है जिसकी बात मुक्तिबोध कर रहे हैं; जो बात कहने के लिए रचना मन में आई थी उस स्वप्न को ज्यों-का-त्यों पकड़ लेने का आनन्द।

यह उपन्यास लिखते हुए मैं इस आनन्द से बार-बार गुज़रा और उसी आनन्द की तलाश में बारह बार पूरे उपन्यास की रहगुज़र से गुज़रा। सच कहूँ तो अब भी इसे लेकर एकाध बार और बैठने, इसके कुछ कोने और क़रीने से तराशने, यहाँ-वहाँ इसे और ठीक करने की तमन्ना बनी हुई है पर यह भी जानता हूँ कि कहीं तो इस आनन्द की भी सीमा निर्धारित करनी पड़ेगी। मैंने ख़ुद को यह समझाते हुए इसका फ़ाइनल ड्राफ़्ट ओके किया है कि कोई भी कृति कभी मुकम्मल नहीं हो सकती, कहीं न कहीं कुछ छूट ही जाता है।

अब एक और चुनौती की बात करके बात ख़त्म करते हैं।

हाँ, सबसे बड़ी चुनौती तो इस उपन्यास का विषय था।

कभी अपने जीवन में प्रेम कथा लिखने की हिम्मत भी जुटा सकूँगा मैं, ऐसा सोचा न था। मुझे जीवनपर्यन्त लगता रहा कि मैं प्रेम को उस तरह जान नहीं सका हूँ कि कभी प्रेमकथा भी लिख सकूँगा। व्यंग्यकार तो वैसे भी प्रेम को भी मज़े-मज़े से देखने के लिए बदनाम रहा है। पर मन था कि मैं एक प्रेमकथा लिखूँ। शायद अड़सठ साल की उम्र तक मैं इसे लिखने की हिम्मत जुटाता रहा। लिखने की सोचता ज़रूर परन्तु प्रेम की अपनी समझ मुझे हर बार अधूरी-सी लगती और मैं प्रेमकथा न लिख पाता। मैं प्रेम को न समझा तो प्रेमियों के मन को कैसे समझ सकूँगा? और यदि मैं ही कथा के चरित्रों से एकसार न हो सका तो प्रेमकथा से मेरे पाठक कैसे जुड़ेंगे? लेखक जब तक अपनी रचना में आपादमस्तक डूब नहीं जाता, तब तलक वह रचनात्मकता के 'आग के दरिया' को पार नहीं कर पाता। और प्रेम तो ख़ुद ही 'इक आग का दरिया' है।

इस उपन्यास को लिखते हुए चुनौती ये रही कि इक आग के दरिया से गुज़रते हुए दूसरे आग के दरिया को कैसे पार किया जाएगा? यहाँ मेरे मरीज़, दोस्त, परिचित लोग और उनके द्वारा समय-समय पर मुझसे साझा की गई कहानियाँ काम आईं। मरीज़ को डॉक्टर के संवेदनशील होने का विश्वास हो जाए, उसे भरोसा हो जाए कि डॉक्टर पर भरोसा किया जा सकता है तो वो उसको अपने जीवन के उन अँधेरे-उजियारे पक्षों का साझा बना लेता है जो उसके नितान्त अपने हैं, जिन्हें उसने अपनों से भी कभी उस तरह साझा नहीं किया। तो यूँ समझें कि इस उपन्यास की प्रेमकथाएँ पिछले चार-पाँच दशकों में मुझ तक टुकड़ों-टुकड़ों में इन सबके ज़रिये ही पहुँची हैं। ये किसी एक या दो लोगों की प्रेमकथाएँ नहीं हैं। ये तो कई थीं जो मिलकर एक हो गईं। पर इन प्रेमकथाओं ने मुझे यह सोचने पर ज़रूर मजबूर किया कि हमारे आसपास घटी और घट रही प्रेमकथाओं में वास्तव में कथा कितनी होती है और प्रेम कितना? प्राय: ये प्रेमकथा की जगह प्रेम के छीजने की कथाएँ ही निकलीं। इनमें से अनेक अब प्रेमकथाएँ नहीं रह गई थीं, अब वे एक ख़ूबसूरत प्रेमकथा का भरम भर देती थीं। इस उपन्यास के ज़रिये मैंने ऐसी अनगिनत प्रेमकथाओं के

इस दुखान्त को समझने की कोशिश की है। इसी कोशिश से मेरे अन्दर प्रेम को लेकर यह नई समझ पैदा हुई कि अन्धा प्रेम ही रिश्तों में तानाशाही को जन्म देता है। और इस तरह प्रेम में तानाशाही का यह कथाकोण पैदा हुआ जो इस उपन्यास का केन्द्रीय विचार है।

यहाँ तानाशाहों के मन को समझने की चुनौती सामने आई।

यह काम भी प्रेम को समझने जितना ही कठिन साबित हुआ। अब तक मुझमें राजसत्ता की तानाशाही को समझने वाला व्यंग्यकार भी सक्रिय हो गया था। अब कहानी कुछ यूँ बनी कि पारम्परिक प्रेम के ज़रिये आपसी सम्बन्धों में और राष्ट्रप्रेम के ज़रिये किसी देश में तानाशाही कैसे पनपती है? यहीं से उपन्यास कठिन हो गया। अब इसे रचने के लिए सत्ता की राजनीति के निर्मम खेल को उजागर करनेवाली प्रेमकथा भी लिखी जानी थी। फ़ाइनली मैंने पारम्परिक प्रेम सम्बन्धों में पनपी बारीक तानाशाही के समान्तर उस पर असर डालती राजसत्ता की तानाशाही की यह कथा रची। पर यह सवाल अब भी बरकरार था कि फिर प्रेम होता भी है या नहीं, कि सारी प्रेमकथाएँ अन्ततः किसी एक के तानाशाह बन जाने पर समाप्त होती हैं? तब मैंने इस उपन्यास में प्रेम के यूटोपिया की एक विशुद्ध प्रेमकथा रची क्योंकि हम सबको सच्चे प्रेम की तलाश है। सच्चा प्रेम हमें न भी मिला हो पर हम मानते हैं कि वो कहीं न कहीं होता तो है। हम भाग्यशाली हुए तो कभी वह सच्चा प्रेम हमें भी मिल सकता है जिसमें बस प्रेम की तानाशाही चले। चुनौती यह भी थी कि इन तानाशाही कथाओं में भी प्रेमकथा का फ़्लेवर महसूस होता रहे और सारी कथा को एक व्यापक राष्ट्रीय फ़लक पर ले जाकर उसे देशप्रेम की कथा से जोड़ते हुए वापस विशुद्ध प्रेम के अहसास तक लाया जाए। मुझे सन्तोष है कि मैं इन चुनौतियों से गुज़रकर यह प्रेमकथा रच सका जो पारम्परिक प्रेमकथा जैसी बिलकुल नहीं है, पर है तो।

इस प्रेमकथा को कैसे कहा जाए? इसकी कहन शैली की खोज में मैं यथार्थ, जादुई यथार्थ, फ़ंतासी और व्यंग्य की टेढ़ी-मेढ़ी गलियों से गुज़रा हूँ। अपने रचनात्मक जीवन के पूरे ढाई साल इस उपन्यास में होम करके और इसी क्रम में प्रेम को गहराई से समझने का नतीजा है *एक तानाशाह की प्रेमकथा* जो अब आपके हाथ में है। पढ़कर देखें। बताएँ कि यह प्रेमकथा, प्रेम की आपकी समझ से कितना मेल खाती है? प्रेम का यही तो मज़ा है कि प्रेम की आपकी समझ मुझसे या इस उपन्यास के चरित्रों से एकदम अलग हो सकती है। वैसी होकर भी आपके प्रेम तक मेरी समझ का कोई पुल ज़रूर पहुँचता होगा। आइए, इस किताब को हम उसी साझा पुल पर खड़े होकर पढ़ें।

—ज्ञान चतुर्वेदी

भाग : एक

पाँच तानाशाह और एक ग़ुलाम

इब्तिदा में धोखा उर्फ़ पाँच को एक बताना

किताब का नाम *एक तानाशाह की प्रेमकथा* है; पर इस कहानी में 'चार' तानाशाह हैं और हर तानाशाह की अपनी प्रेमकथा है। अब कहानी अगर 'चार' की ही थी तो इसे 'एक' की प्रेमकथा क्यों कहना?

ऐसी किताब जो कवरपेज से ही धोखा दे, भला कोई क्यों पढ़े उसे?

मैं बताता हूँ इसकी वजह।

इस ग़लतबयानी का बड़ा जायज़ कारण है लेखक के पास; इस झूठ का सहारा न लेता तो ये किताब ही न लिखी जाती। *तानाशाह* समझते हैं न आप? तानाशाह पर लिखना कोई सरल काम है क्या कि जिसकी हर सनक एक ईश्वरीय आदेश, जिसकी तलवार तले हर गर्दन, जिसका राजदंड हर क़लम पर भारी, कविता जिसकी चेरी, साहित्य जिसकी प्रशस्ति में निर्वाण तलाशे, लिखा काग़ज़ जिसके लिए बस एक टायलेट पेपर, जिसके लिए ज़ुबान वही जो गूँगी हो और तलवे चाटे, जिसकी चौकन्नी आँख हर असहमति का पीछा क़ब्र तक करे; उस स्वयंभू-सर्वशक्तिमान की कहानी लिखना कितनी बड़ी चुनौती थी, जानते भी हैं आप? भाईसाहब, लेखक की गर्दन भी उतनी ही नाज़ुक होती है और उसकी क़लम का सच उतना ही असुरक्षित कि सच लिखना हर युग में तलवार की धार पर चलने जैसा रहा है; किसी तानाशाह का सच लिखना तो पैनी तलवार पर दौड़ने की हिमाकत करने जैसा है, पर कथा तो लिखी जानी थी।

लेखक शुरू से जानता था कि ये कथा लिखना आसान काम न होगा।

और जब एक तानाशाह ही इतनी कठिन चुनौती है तो लेखक के मन में तो चार तानाशाहों की कथा थी!...अब कैसे लाओगे चारों को एक ही कथा में जबकि हर तानाशाह को दूसरे की उपस्थिति बरदाश्त ही नहीं? तानाशाह एक बेहद अकेला शख़्स होता है। उसे अकेले में ही मज़ा आता है। वह भीड़ में भी अकेला होता है। अकेलेपन में ख़ुद को बेहद सुरक्षित महसूस करता है वो। पास खड़ा दूसरा आदमी उसे भयभीत करता है कि यह कहीं उसकी जगह लेने के गुंताड़े में तो नहीं?

तो फिर लेखक ने ऐसी जटिल कहानी क्यों उठाई?

यही बात तो मैंने ख़ुद में विराजे लेखक महोदय को समझाई कि तुम क्यों इस कथा को जटिल बना रहे हो, एक ही तानाशाह की कहानी लिखो न? निषिद्ध दिशाओं की तरफ़ जाना ही क्यों?...कहानी में बस एक तानाशाह हो, उसकी प्रेमिका सहित बाक़ी सब उसके ताबेदार हों; बढ़िया प्रेमकहानी बन जाएगी।...चार की तो ख़ैर कहें ही क्या, तुम बस एक और तानाशाह रखकर देख लो, कहानी उन दो तानाशाहों के बीच भी फँस जाएगी, लड़ते रहेंगे दोनों। ये जो तुम चार-चार तानाशाहों को एक साथ लाने की सोच रहे हो; वो होगा कैसे? उथल-पुथल मच जाएगी महोदय; कहानी पुर्जे-पुर्जे हो जाएगी और तेरे ख़ुद के परखच्चे उड़ जाएँगे।...पर मेरा लेखक नहीं माना। ज़िद्दी है ये ज्ञान चतुर्वेदी भी। कहने लगा कि वह कुछ जुगाड़ करेगा; थोड़ा टेक्टफुल रहेगा, थोड़ा झूठ बोलेगा और काम हो जाएगा। तो यह कथा रचना कठिन चुनौती तो थी क्योंकि हर तानाशाह यह मानता है कि दुनिया की हर कहानी उससे ही है; बाक़ी लोग तो हर कहानी में बस 'बॉय द वे' होते हैं; किसी कहानी में किसी और का कोई उल्लेखनीय रोल उसे स्वीकार्य नहीं।

फिर भी चार-चार तानाशाहों की कहानी लिखने बैठ ही गया यह लेखक और उसने लिख भी डाली!

'सॉलिटरी कन्फ़ाइनमेंट' के स्वनिर्मित सुरक्षित एकान्त के आदी चारों तानाशाहों को एक साथ एक ही कहानी में कैसे ले आया लेखक; किताब के नामकरण में इसी बात का उत्तर छुपा है। लेखक ने चालाकी दिखाई और प्रस्तावित किताब का नाम रखा—*एक तानाशाह की प्रेमकथा*—फिर इस नाम से ही कहानी का प्रपोजल लेकर वह चारों तानाशाहों के पास अलग-अलग गया।

लेखक ने सबसे यही कहा कि यह कथा बस आपकी होगी; नाम में *एक...* शब्द को रखना ट्रिकी साबित हुआ; हर तानाशाह कथा में आने को राज़ी हो गया। पूरी कहानी के दौरान चारों इस मीठे भ्रम में रहे कि लेखक बस उस 'एक' की कहानी लिख रहा है। कभी उनको इस कथा में दूसरा तानाशाह दिखा भी (दिखना ही था) तो लेखक ने हँसकर टाल दिया कि ये तो हुज़ूर, बस यूँ ही; इनको कहानी का मामूली क्षेपक मानकर बर्दाश्त कर लें; और सब मान भी गए; वे हरदम मान जाते हैं—तानाशाह को बस एक सटीक झूठ की दरकार होती है, कोई मीठा झूठ, एक परम आत्मीय मुस्कान, बहुत-सी हें हें, ठीक सी जी-हुज़ूरी और वे मान जाते हैं।

तो इस एक झूठ से लेखक का काम बन गया और यह किताब लिखी जा सकी।

इस तरह देखेंगे तो सहमत होंगे कि किताब का नाम ऐसा झूठ भी नहीं; धोखा तो ख़ैर है ही नहीं।

अब एक बुनियादी पूर्वपाठ इस कथा का

इस कथा में चार तानाशाह हैं।

चारों प्रेम में हैं। कम से कम वे तो यही समझते हैं। हर तानाशाह की अपनी प्रेमकथा है। वैसे 'तानाशाह' के साथ 'प्रेम' शब्द का कोई मेल नहीं बैठता; जहाँ तानाशाही होगी वहाँ प्रेम कैसे बचेगा? विरोधाभासी शब्द लगते हैं दोनों, हैं भी विरोधाभासी पर लोग ऐसा नहीं मानते; वास्तविक जीवन में हमें एक ही जगह प्रेम और तानाशाही साथ-साथ दिख जाते हैं और तब ये विरोधाभासी भी नहीं लगते। हाँ, कितनी ही प्रेमकथाएँ आपने भी देखी-सुनी होंगी। आपने ही किसी से प्रेम किया होगा; सोचकर बताएँ कि एक ख़ूबसूरत प्रेमकथा आख़िर कैसे ख़त्म होती है अक्सर? मैं बताता हूँ। होता ये है कि प्रेमकथा में किसी एक प्रेमी की तानाशाही चल पड़ती है; नाम तो अब भी प्रेम का ही रहता है, दावा प्रेम का ही, बाना भी प्रेम का पर उसी बाने में एक दिन तानाशाही नमूदार हो जाती है; बाद में ये बाना भी हट जाता है और प्रेमकथा में विशुद्ध तानाशाही के चैप्टर लिखे जाने लगते हैं। आपने पचासों प्रेमकथाओं को इसी तरह विशुद्ध तानाशाही में बदलते देखा होगा।

लेखक को लगता है कि हर प्रेमकथा में तानाशाही का बीज अन्तर्निहित होता है। प्रेम में डूबकर दूजे के समक्ष बेशर्त समर्पण उसको अपने ऊपर अनियंत्रित अधिकार सौंप देता है। गहन समर्पण होता है प्रेम, और हर गहन समर्पण में ग़ुलामी और तानाशाही के बीज मौजूद रहते हैं; जैसे ही ठीक सा खाद-पानी मिला, अनुकूल परिस्थितियाँ बनीं कि प्रेम के बगीचे में तानाशाही की नागफनी जड़ पकड़ लेती है। जान छिड़कने वाला प्रेमी अपने साथी पर एकच्छत्र क़ब्ज़ा कर बैठता है। वो इसे अब भी प्रेम ही कहता-समझता है पर उसके प्रेम में इतनी शर्तें, इतने नियम, इतने 'ये', इतने 'वो', इतने 'ये क्यों नहीं', इतने 'वो क्यों नहीं', इतने 'यह कौन', इतने 'वो कौन'; 'इतने सारे इतने' आ जाते हैं कि प्रेम सम्बन्ध अब दोनों के लिए एक बोझ बन जाता है। फिर इस तानाशाही को ही प्रेम मानने और मनवाने में उलझ जाती है ऐसी प्रेमकथा; प्रेम तिरोहित हो जाता है, सम्बन्धों की निर्मम तानाशाही रह जाती है उसकी जगह, बस।

शक, बहस, मालिकाना व्यवहार के भारी बूटों तले फिर उस गहन प्रेम के पदचिह्न भी नहीं दिखते जिन पर चलकर यह प्रेमकथा शुरू हुई थी।

*

वर्तमान कथा ऐसे तीन तानाशाहों की प्रेम-कहानी से शुरू होती है जो अब भी ख़ुद को किसी के गहन प्रेम में समझते हैं जबकि उनकी प्रेमकथा में अब एक अव्यक्त फड़फड़ाहट पैदा हो चुकी है, तानाशाही की दबोच से छूटने की मौन छटपटाहट।

उपन्यास की शुरुआत ऐसी ही फड़फड़ाहट के एक चैप्टर से होती है। तीनों प्रेमकथाओं की फड़फड़ाहट अलग-अलग है पर एक कॉमन फ़ैक्टर उनमें व्याप्त तानाशाही का है, सम्बन्धों की तानाशाही। इस बेचैन फड़फड़ाहट को व्यक्त होने का रास्ता मिले इससे पूर्व ही कथा में चौथा तानाशाह अपनी निराली प्रेमकथा के साथ प्रवेश करता है और इन तीनों प्रेमकथाओं को अपने पंजे में दबोच लेता है। अब देश की सारी प्रेमकथाएँ चौथे तानाशाह की चपेट में आ जाती हैं।

आगे का उपन्यास फिर इसी दबोच और चपेट में आए प्रेम की कथा बन जाता है।

*

कौन है ये चौथा तानाशाह?

चौथा तानाशाह कोई सामान्य नागरिक नहीं, देश का बादशाह है।

उसका प्रेम कोई सामान्य प्रेम नहीं। वह किसी स्त्री विशेष के प्रेम में नहीं है; वह देश के प्रेम में पागल है, ख़ालिस देशप्रेमी है चौथा तानाशाह।

देशप्रेम की अपनी ही अवधारणा है उसकी। वह मानता है कि उस जैसा देशप्रेम पहले कभी किसी ने किया ही नहीं। 'राष्ट्र सर्वोपरि' का नारा उसके इसी प्रेम की उद्घोषणा है। देश में व्याप्त ग़रीबी, पिछड़ेपन, भ्रष्टाचार, अन्याय, महँगाई आदि किसी भी समस्या पर उससे पूछ लो, उसका सधा उत्तर होता है : 'राष्ट्र सर्वोपरि', 'राष्ट्र सर्वोपरि'; प्रश्न जितना ही कठिन होगा, वह उतनी ही ऊँची आवाज़ में 'राष्ट्र सर्वोपरि' बोलेगा! देशप्रेम ही उसकी प्रेमकथा है। दुनियावी प्रेम सम्बन्धों को वह अय्याशी मानता है, निन्दनीय और दंडनीय अपराध। बादशाह ख़ुद को देशसेवक कहलवाना पसन्द करता है; और ये कोई उसका हास्यबोध नहीं, वह वास्तव में स्वयं को परम देशभक्त मानता है, परम राष्ट्रप्रेमी। वह मानता है कि इस मामले में उसके आसपास भी कोई नहीं। उसकी नज़र में अन्य हर प्रेम दो कौड़ी का है। प्रेम करो तो बस देश से, वह कहता है। स्त्री-पुरुष के प्रेम सम्बन्धों से चिढ़ है उसे; यह सब करते फिरोगे तो फिर देश के बारे में कब सोचोगे?

*

पर यह तो बड़ी उलझन भरी कथा कहने की ठानी है आपने?

अरे अभी कहाँ साहब! अभी तो और भी उलझनें हैं।

अच्छा, अब जो यह लेखक कहे कि कहानी चार की नहीं, पाँच तानाशाहों की है, तो? क्या कहेंगे आप? हाँ, इस कथा में पाँचवाँ तानाशाह भी है; 'प्रेम' का तानाशाह, अन्य सभी तानाशाहों से एकदम अलग, और सबसे ताक़तवर।

अजीब शै है ये *प्रेम का तानाशाह* भी।

ये कभी हारता नहीं पर ये किसी को विजित भी नहीं करता। यह किसी से जीतता नहीं क्योंकि तमाम हार-जीत से परे होता है प्रेम। पाँचवाँ तानाशाह बस प्रेम करता है। इसे बस प्रेम का पता है। ये पाँचवाँ तानाशाह ख़ुद 'प्रेम' है। वह ऐसा रहस्यमय तानाशाह है जो दिखता नहीं, महसूस होता है, बस; इस कथा के हर पन्ने पर पाठक को उसकी तानाशाही की छाप मिलेगी। कथा के हर वाक्य में आप महसूस करेंगे कि वो यहीं कहीं है!

बात कुछ जटिल हो गई, है न?

हाँ, हर प्रेमकथा जटिल ही होती है।

ऊपर से वह कितनी भी सरल लगे, हर प्रेमकथा में एक अन्तर्निहित जटिलता बुनी होती है। सबसे बड़ी जटिलता तो यही कि प्रेम नितान्त लोकतांत्रिक भाव है पर इसमें तानाशाही के लिए भी ख़ूब जगह रहती है। साहित्य में अद्भुत प्रेमकथाओं का बोलबाला रहा है पर इन कथाओं में बुने तानाशाही के बिल्ट-इन-मैकेनिज़्म की बात कोई नहीं करता; कोई कभी नहीं बताता कि हर प्रेमी में तानाशाह बनने की आशंका निहित होती है गो कि वह तानाशाह बन जाने के बाद भी यही मानता है कि वह केवल गहरे प्रेम में है और तानाशाही भी उसके प्रेम की अभिव्यक्ति है; क़दमों में तारे बिछा देने वाला शख़्स उन्हीं पैरों में बेड़ियाँ डालने को सच्चा प्रेम मानने, मनवाने पर तुल जाता है; ऐसी प्रेमकथा में एक शख़्स शनैः-शनैः तानाशाह और दूसरा उसके ग़ुलाम में तब्दील होता जाता है; वे अब भी प्रेम में होते हैं पर उनके बीच प्रेम ख़त्म हो जाता है। बाद में वे एक मरे हुए रिश्ते को मुस्कराते हुए ढोए चले जाते हैं; एक तानाशाह, एक ग़ुलाम; एक शहंशाह, एक प्रजा, एक मलबे का मालिक और दूसरा बर्बाद कि उसके लिए तो प्रेम कब का ध्वस्त हो चुका।

तो ऐसी ही जटिल प्रेमकथाएँ हैं हमारी इस कथा में। एक वाक्य में कहें तो ये उन प्रेमियों की कथा है जो तानाशाही और प्रेम के अन्तर को नहीं समझ सके।

हाँ, एक महत्त्वपूर्ण बात।

'तानाशाह' बोलते ही हमारी आँखों के समक्ष एक ख़ूँख़ार-सी छवि आती है; सुर्ख़ बड़ी आँखें, घनी मूँछें, कुटिल मुस्कान, पैने दाँत, व्यक्तित्व से झाँकता भयावह आत्मविश्वास, कुल मिलाकर एक क्रूर चरित्र; परन्तु तानाशाह ऐसा ही हो, आवश्यक नहीं। तानाशाह ख़ूबसूरत भी हो सकता है, निहायत ख़ूबसूरत; बेइन्तहा सुन्दर स्त्री, कोई सुदर्शन पुरुष कि पहली नज़र में उस पर तानाशाह होने का सन्देह ही न जागे, ऐसा चेहरा। तो चेहरे पर कभी न जाएँ। ध्यान रहे कि चेहरे अक्सर छुपाते ज़्यादा हैं बताते कम हैं। और तानाशाही में लिंगभेद नहीं होता। तानाशाह पुरुष भी हो सकता है, स्त्री भी; उभयलिंगी भी।

और अन्तिम बात।

तानाशाही कभी शाश्वत नहीं होती। तानाशाह को लगता ज़रूर है कि उसकी तानाशाही हमेशा रहने वाली है पर वो रहती नहीं; तानाशाही के अन्त का ताना-बाना उसकी बुनावट में पहले से निहित होता है; एक टाँका भी टूटा या अपनी जगह से खिसका, पूरी तानाशाही उधड़कर बिखर जाती है। हमारी यह कथा इन टाँकों के टूटने और तानाशाही के बिखर जाने की कथा भी है। कैसे प्रेमकथा से धीरे-धीरे प्रेम छीज जाता है, उसकी भी कथा है यह।

*

एक क्षमा प्रार्थना भी।

लेखक, अन्त में सच्चे प्रेम की जीत हुई, फिर वे सदा सुखी रहे वाला अन्त इस कथा में चाहकर भी नहीं रच सका क्योंकि कथा में झूठ एक हद तक ही रचा जा सकता है! अब आप पूछेंगे कि प्रेम की नियति अगर यही है तो फिर कोई प्रेम करे ही क्यों?

नहीं मित्र, फिर भी 'कुछ तो' बचता है;
यह उस 'बचे रह गए कुछ' की भी कथा है।

हर प्रेम अन्ततः तानाशाही में बदल सकता है; देशप्रेम भी।
यह उन प्रेमियों की कथा है जो प्रेम में तानाशाह बन गए; प्रेम और तानाशाही में फ़र्क़ नहीं कर पाए।
यह देशप्रेम के बहाने नफ़रत की तानाशाही कायम करनेवाले तानाशाह की भी कहानी है जो न तो देश को समझा, न ही प्रेम को, न देशप्रेम को।

इस किताब में आप कोई आम प्रेमकथा न तलाशें—यह 'प्रेम के आगे' की कहानी है। यह इस बात की चेतावनी भी है कि गहरा प्रेम किसी को भी तानाशाह बनने का जायज़ बहाना दे सकता है, गहरा देशप्रेम भी।

अब हम बारी-बारी से एक-एक तानाशाह की कहानी शुरू करते हैं।

पहला तानाशाह

[हाँ पीटते हैं, पर प्यार भी तो करते हैं]

रात बेहद सुहानी है।

अभी रात के दस ही बजे हैं पर आधी रात जैसी सुनसान, रहस्यमयी और अकेली लग रही है यह रात। इस बड़े से क़स्बाई शहर में सर्दी की रातें कुछ अलग ही होती हैं—ख़ाली सड़कें, बन्द दुकानें, सुनसान माहौल, अकेलापन, गहरे अँधेरे में मामूली उजास के टुकड़े; सर्दी की रात कुछ ज़्यादा ही रात जैसी लगती हैं यहाँ। इतनी रात गए यह सड़क सूनी पड़ी है, सूनी और मायावी, मायावी और जादुई; बस इक्का-दुक्का लोग हैं सड़क पर, वे जो घर लौट रहे हैं और वे जिनका कोई घर नहीं, और वे भी जो नहीं जानते कि घर जाएँ भी तो किसके पास?

सड़क के साथ-साथ झील चल रही है; बड़ी-सी झील, रात के अँधेरे में समन्दर का भ्रम देती; अँधेरे के अन्तहीन विस्तार में विलीन हो रही झील, क्षितिज तक गहरे पानी का लबालब विस्तार। इस झील के साथ चलती, इस नौलखा हार सी घुमावदार चमकीली सड़क पर तानाशाह की कार चली जा रही है।

...तानाशाह और उसकी रानी निकले हैं घूमने के लिए। हाँ वो उसे रानी ही कहता है। तानाशाह आज अपनी प्राण-प्रिया को झील के साथ लगी ठंडी सड़क पर ड्राइव के लिए लाया है। यह प्रेमियों की सड़क कहलाती है।...झील के साथ-साथ, पूरे इत्मीनान और सुकून से, कार को हौले-हौले ड्राइव करता तानाशाह कभी झील, कभी रानी, कभी इस हसीन रात को महसूस कर रहा है, आहें भर रहा है, रोमांटिक हुआ जा रहा है। रात का रोमांस और रोमांच तारी है तानाशाह पर।...कितनी हसीन रात है यार! कितनी मादक कि वाह!

"देखा यार? रात कितनी सुहानी है।"

कार चला रहे तानाशाह ने अविभूत होकर कहा। उसकी आँखें सामने सड़क पर थीं पर कान रानी की तरफ़ जो बग़ल की सीट पर बैठी है।

रानी ने उसे सुना ही नहीं।

वह खिड़की से बाहर का नज़ारा देखने में गुम थी। रानी इस दिलकश नज़ारे से अविभूत थी; माहौल में गुम, तानाशाह की उपस्थिति से बेख़बर-सी।...वह कुछ पलों को इस बुनियादी पाठ को मानो भूल ही गई थी कि तानाशाह से एक पल को बेख़बर होना भी प्रजा के हित में नहीं।

बाहर, झील पर और झील से परे अँधेरे का विस्तार है। पानी की सतह पर कोहरे की झीनी चादर बिछी है। रानी इसी कोहरे में गुम है। वह कार से बाहर देख रही है। खिड़की के परे, दूर तक, बस झील ही झील, अँधेरा ही अँधेरा; कोहरा ओढ़कर दोनों यूँ गड्डमड्ड कि एक जादू-सा घट रहा है आसमान से धरती तक; कहाँ तक झील, कहाँ से अँधेरा, सब अन्तहीन, सब चमत्कारी। चपल पवन की अनदेखी अठखेलियों के साथ नाचती, घूमर लेती, उठती-गिरती लहरें। स्ट्रीट लाइट्स झाँक रही हैं, झिलमिल कोहरे के अधखुले किवाड़ों से। चाँद पानी में है, उसका अक्स लहरों पर तैर रहा है।

ख़ूबसूरत नज़ारा कार के साथ भागे चला जा रहा है। रानी खोई है उसमें।

"कितना दिलकश है सब कुछ, है न?" रानी का कोई जवाब न पाकर तानाशाह ने अपनी बात दोहराई।

दुर्भाग्य कह लें या अघट, रानी ने अब भी नहीं सुना उसे।

वो वैसी ही गुमसुम, खोई-खोई, लगभग अभिमंत्रित-सी बाहर की तरफ़ देखती रह गई, मौन। तानाशाह को दो-दो बार अनसुना करके वह किस बड़े ख़तरे को आमंत्रित कर रही है, लेखक ख़ूब जानता है और भयाकुल है उसके लिए।

तानाशाह रानी का पति है; पति-परमेश्वर।

वह केवल पति ही नहीं, परमेश्वर भी है, रानी का 'सेल्फ़ अपॉयंटेड परमेश्वर'।

सच है कि उसे रानी से बेइन्तहा मोहब्बत है परन्तु परमेश्वर के अपने प्रोटोकॉल होते हैं, क्या ग़लत कि वह उम्मीद करे कि रानी इनका पालन करेगी। रानी जानती है कि वह उससे बहुत प्यार करता है; 'रानी' उसी का दिया नाम है (उसका ख़ुद का असली नाम राजा है, राजा भाटिया, सो उसने रानी रख दिया उसका नाम, कहा कि तेरी जैसी ख़ूबसूरत औरत के साथ तो यही नाम सजता है यार।) ...तू मेरी रानी है, वह अक्सर कहता।...मानिए कि दिन भर उसे 'रानी' 'रानी' कहता फिरता है...रानी ज़रा ये कर देना, रानी ज़रा वो उठाकर देना प्लीज़, रानी आज ये सब्ज़ी पकाना, रानी आज तीन दोस्त भी रहेंगे डिनर पर...। बहुत चाहता है उसे!...और रानी?...कभी इतना ही प्यार करती थी वह भी उसे, शायद उससे भी ज़्यादा। और अब?...अब भी करती है परन्तु अब इसके लिए कोशिश करनी पड़ती है उसे। देखनेवाले तो अब भी अश अश करते हैं—यार, ऐसा कौन सा कॅपल होगा जो शादी के इतने साल बाद भी बाँहों में बाँहें डालकर घूमे,

जब-तब लॉन्ग-ड्राइव पर दिखे और हर जगह इक-दूजे पर इतना प्यार जतलाए कि दर्शक-दीर्घा ईर्ष्यालु हो उठे!

तानाशाह उड़ेलता रहता है प्रेम उस पर, ख़ासकर तब, जब आसपास मौजूद लोगों की निगाह उन लोगों पर हो।

...रानी बड़ी ख़ुश रहती होगी फिर तो?

...हाँ, कभी रहती थी न। बहुत ही ख़ुश। बहुत-बहुत ख़ुश। एकदम गद्गद। पर अब जो उसके ख़ुश होने की बात चले तो वह रहस्यमय ढंग से मुस्कराकर रह जाती है; किसी को क्या बताए; कैसे बताए कि तानाशाह के साथ रहना कितनी बड़ी चुनौती है!...परन्तु राजा ऐसा ही तानाशाह था तो रानी इसके प्यार में पड़ी ही क्यों?...सही पूछा आपने। एकदम सच कहा। परन्तु रानी शुरुआत में इसे समझी ही कहाँ थी? वह तो इसके साथ अन्धे प्रेम में पागल थी तब। बाद में रानी के इसी अन्धे प्रेम ने राजा को तानाशाह बना डाला। सालों तक वह राजा को आँखें मूँदकर प्रेम करती रही, उसी में घनघोर मग्न रही; उसने दिन कहा तो दिन, रात कहा तो रात ही माना; और जब आँखें खुलीं तो उसे प्रेम करनेवाला राजा एक तानाशाह में बदल चुका था।

स्वप्न भंग की यह कथा किसी को सुनाकर वो अपने दिल को हल्का भी नहीं कर सकती थी क्योंकि राजा को कभी इसका पता चला तो वो उसे ऐसा ठोंकेगा कि मार-मारकर नीली-पीली कर देगा। अब केवल एक रहस्यमयी मौन मुस्कान ही रह गई है उसके पास।

*

तानाशाह रानी को झील पर लॉन्ग-ड्राइव के लिए लाया है।

वे यहाँ आते रहते हैं। यूँ ही। अक्सर। कि इस तरह के 'क्वालिटी टाइम' से आपसी प्यार बढ़ता है, गर्व से अपना उदाहरण देते हुए कहता है वो।...हम तो, गाड़ी उठाकर बस निकल जाते हैं, किसी भी दिशा में, जस्ट अस, ओनली वी, हम दोनों, टू ऑफ़ अॅस...तानाशाह गर्व से बतलाता रहता है। सुहानी रात, तनहाई और बस, हम दो, और क्या चाहिए यार इस ज़िन्दगी से! गर्व से रानी की तरफ़ देखता हुआ जब वो यह सब कहता है तो महफ़िल उन दोनों को देखती रह जाती है।... इस तरह की ड्राइव पर वह और भी रोमांटिक हो उठता है।...तब रानी का भी कर्तव्य बनता है कि वो उतना ही रोमांटिक महसूस करके दिखलाए, उससे बढ़कर हो तो और भी बेहतर। रानी की सतर्क कोशिश रहती है कि ऐसा ही हो। राजा कार चलाता हुआ उसका हाथ एक बार चूमे तो वह उसे दो बार चूम लेती है, जानती है कि इसका भी हिसाब दर्ज हो रहा होगा कहीं।

...रानी यह सब जानती थी, ख़ूब समझती है पर कभी चूक भी जाती है।

देखिए न कि अभी-अभी चूक गई।

अभी तानाशाह ने दो बार उसे कहा कि देखो, रात कितनी हसीन है जो तानाशाह के रोमांटिक मूड का प्रमाण था! ऐसे में रानी का कर्तव्य क्या था? कि वह अपना सर धीमे से राजा के कन्धे पर टिकाती; हौले से कहती कि रात हसीन है क्योंकि तुम साथ हो! या ऐसी ही कोई अन्य मीठी सी बात। पर वह तो बस खिड़की से बाहर देखती रही, कुछ बोली ही नहीं।

यही चूक हुई। वही बड़ी चूक। अक्षम्य अपराध।

नीली-काली-सी यह झील, झील से लगी सड़क पर धीमी तैरती कार, उठती-गिरती लहरें और उनमें रोशनी की डोंगी जैसा तैरता हुआ चाँद का अक्स जो हर लहर के साथ टूटता-बिखरता हुआ वापस बन रहा है; तानाशाह अविभूत है, और उसने रानी से अब तीसरी बार कहा कि आज की रात कितनी हसीन है। और अनहोनी देखिए कि रानी ने फिर नहीं सुना।

वह चाँद को निहारने में मग्न थी, ख़यालों में गुम थी या तानाशाह ने ही धीमी आवाज़ में बोला या खुली खिड़की से सर्र-सर्र गुज़रती हवा में राजा के धीमे स्वर डूब गए—जो हुआ हो, रानी ने सुना नहीं कि राजा ने उससे कुछ कहा। बहुत नागवार गुज़रा यह राजा को; ऐसी लापरवाही! ये बदतमीज़ी!!

उसने गाड़ी धीमी की और गर्दन घुमाकर रानी को घूरा।

रानी का पूरा ध्यान अब भी बाहर की तरफ़ था।

तानाशाह बिफर गया।

"जवाब देते नहीं बनता तुझसे?"

ज़ोर से चिल्लाया वह।

हवा सहम गई, काँपकर रुक ही गई एक पल को, अब कोई सर्र-सर्र नहीं। चाँद का मुँह पीला पड़ गया। भयभीत चाँद ने घबराकर आसमान में चारों तरफ़ देखकर पड़ताल की, पास से गुज़र रहा एक झीना सा बादल दिखा तो उसी को अपनी तरफ़ खींचकर उसकी ओट हो गया कि अब तो पिटी रानी!

*

सबको पता है कि बहुत प्रेम करता है वो रानी से।

कभी दुनिया से लड़-भिड़कर उसने प्रेम-विवाह किया था।

अभी वह जो चिल्लाया, या अभी कार में बैठे-बैठे ही टाँग को एडजस्ट करके वह रानी को लात मार दे तो भी उसके प्रेम पर सन्देह करना ग़लत होगा क्योंकि बहुत प्रेम है उसे रानी से। उसकी यह शिकायत ज़रूर है कि रानी आजकल उसके प्रेम को कम करके आँकती है; अरे, किसी दिन हमने लात मार दी, ज़रा मार-वार दिया, तो इससे क्या होता है, बताओ?...ये भी हल्ला करने की बात हुई?...

उस दिन इसके बाल खींचकर मैंने एक थप्पड़ क्या लगा दिया, पता है कि ये पगली क्या कहती है? कहती है कि तुमको अब वो प्रेम नहीं रहा मुझसे! भई हद है यह तो!!...मार-पिटाई का प्रेम से भला क्या सम्बन्ध?...हमारे ग़ुस्से का तो तुमको पता है; आ जाता है तो आ ही जाता है; ऐसे में कभी हाथ उठ जाए तो इसका मतलब ये कैसे हुआ कि मुझे तुमसे प्यार नहीं? कमाल की बात करती हो यार!...समझो ज़रा, थप्पड़ जड़ने, लात मारने या डंडा फटकारने से प्रेम कम नहीं हो जाता; अब भी हम ख़ूब प्रेम करते हैं तुमसे।...मेरे प्रेम को ठीक से समझोगी तो जान जाओगी कि मैं क्या कह रहा हूँ?...हाँ भाई, प्रेम का मतलब ये नहीं कि तुम बात-बात में अपनी ही चलाने की कोशिश करो और हम पलटकर तुमको मारें भी न?...बिना पिटे तुमको भी कहाँ चैन आता है? क्यों ग़ुस्सा दिलाती हो मुझे, बताओ? मेरी बात को तुम काट कैसे सकती हो? कभी कुछ ग़लत बोलते हैं हम?

तुम ग़लतियाँ न करो तो मार-पीट हो ही क्यों? ख़ुद सोचो।

अच्छा, ये बताओ, इस घर का राजा कौन है?

...जानती हो न?

ख़ूब जानती हो, फिर?...तो ये बुनियादी तथ्य तुम कैसे भूल जाती हो? और भूलती हो तो पिटती भी हो; मसला इत्ता-सा है, बस!...कोई बार-बार वही ग़लती करता जाए तो आख़िर क्या कर्तव्य बनता है मेरा, ख़ुद बताओ? यही न कि मैं याद दिलाऊँ कि घर का राजा कौन है?...सीधे तो तुम्हारे दिमाग़ में कुछ घुसता नहीं; ठोंकना पड़ता है हमें।...अभी उस दिन मुझे तुम्हारा सर दीवार पर मारना पड़ा, तब जाकर मेरा प्वाइंट समझीं तुम, याद है न?...हमने परसों एक ज़ोरदार लात तुमको मारी तो क्यों? क्योंकि तुम भूल जाती हो कि राजा कौन है?

*

राजा चिल्लाया और अचानक ही ड्राइव-वे की बत्तियाँ गुल हो गईं।

शहर में बिजली का हाल बुरा है। बत्ती जाती-आती रहती है। सब तरफ़ अँधेरा हो गया। सड़क पर अब कार की रोशनी थी, और झील पर चाँद से झरता हुआ झीना प्रकाश। स्ट्रीट लाइट्स झपाक से बन्द हुईं और तानाशाह ऊँची आवाज़ में चिल्लाया तो तन्द्रा भंग हुई रानी की।

"तुम मुझसे कुछ कह रहे थे?"

रानी ने चैतन्य होकर उसकी तरफ़ देखा। वह उसी को घूरकर देख रहा था। वह घूरता ही रहा। बोला कुछ नहीं।...देखा, कैसी भोली बन रही है!...पहले तो जानबूझकर सुनोगी नहीं, मुझे इग्नोर करोगी, फिर ऐसे अनजान बनोगी तो क्या हम तुम्हारे झाँसे को समझ न पाएँगे?

वह रानी को ग़ुस्से से घूरता रहा। राजा चुपचाप था पर उसका चेहरा गुर्रा रहा था; कार की परावर्तित रोशनी में उसका चेहरा ख़ूँख़ार लग रहा है।

हर बार ऐसा ही होता है।

छोटी-सी कोई भी बात हो जाए जो तानाशाह के अहम को अनजाने भी ठेस पहुँचा दे, बस; उसका चेहरा, बॉडी लैंग्वेज, आँखें, पंजे, होंठ—हर चीज़ किसी ख़ूँख़ार जंगली जानवर जैसी हो जाती है; उसका सौम्य चेहरा एकदम बदल जाता है; रानी को उसमें न केवल एक भेड़िया दिखने लगता है, लोमड़ी और बनैला सूअर भी। जंगल में अकेली घिर गई हो जैसे। आक्रमण को तत्पर ख़ूँख़ार जंगली जानवर किसी भी दिशा से छलाँग लगा सकते हैं उस पर। वह अपने पति से दसों बार पिट चुकी है परन्तु हर बार इसी तरह डर जाती है उसका चेहरा देखकर।

"सॉरी, मैं सुन नहीं पाई।"

रानी ने लगभग काँपते हुए कहा।

"तुम आजकल खोई कहाँ रहती हो?" उसने दाँत पीसते हुए कहा।

"नहीं, मैं तो बस सोच रही थी कि रात कितनी हसीन है।"

"इसका तो मतलब ये हुआ कि तुमने मेरी बात सुन ली थी?"

"नहीं तो? मैंने नहीं सुनी।"

"मैं भी तो यही कह रहा था?"

"क्या कह रहे थे?"

"कि रात कितनी सुहानी है; तुमने चतुराई से सुहानी की जगह हसीन..."

"नहीं जान, सच, एकदम सच, मैंने नहीं सुना।"

"अच्छा!! और तुमने अकेले-अकेले ही तय कर लिया कि रात हसीन है?"

"मुझे लगा..."

"मुझसे पूछे बिना ही तुमको सब लग जाता है आजकल, क्यों?" तानाशाह गुर्राया।

भेड़िया अब झपटने की मुद्रा में है।

"मैंने सोचा कि..."

"अच्छा! तुमने सोचाऽऽ! वाह!! तुमने सोच भी लिया!"

"मैंने सोचा कि..." उसने समझाने की कोशिश की।

"तो अब तुम सोचने भी लगी हो?"

रानी चुप हो गई।

तानाशाह अब केवल सीट पर ही नहीं था, वह पूरी कार में व्याप्त हो गया है; धुआँ-सा भर रहा है कार में।

दम घुटने लगा रानी का।

"भूल गईं तुम? सोचने का काम मेरा है, तुम्हारा नहीं—जानती हो न? फिर?"

"नहीं, मैंने सोचा कि रात कितनी..."

"...हसीन है, है न?...पर यह सोचा कैसे? मुझसे क्यों नहीं पूछा? तुमने मुझसे एक बार भी इस बारे में कोई राय ली? तो ख़ुद ही सब तय करने लगी हो आजकल, क्यों? अरे, मुझसे पूछतीं, मैं बताता कि रात हसीन है या नहीं? तुम कब से चीज़ें डिसाइड करने लगी हो?"

कार अब एक घनी डांग में तब्दील हो चुकी है।

आखेट के लिए बाँधी गई निरीह बकरी-सी आशंकित बैठी हुई है रानी। सब तरफ़ जंगल का डरावना अँधेरा है और जंगली जानवर की हिंसक गन्ध; हमला कभी भी हो सकता है।

"नहीं, मुझे लगा..." रानी ने हिचकिचाते हुए कहा।

"तुमको लगा!!"

"सॉरी!"

"कहती हो 'तुमको लगा!' और सॉरी भी कह रही हो?"

तानाशाह ने अपनी सीट बेल्ट खोल ली।

रानी सकते में है, कैसा आदमी है ये!

कभी उसके प्यार में इसी आदमी ने अपनी कलाई काट ली थी! यह आदमी पागल है,मुझे तब ही जान लेना था; कभी तो इतना प्यार, कभी ज़रा-सी चिंगारी से भी ऐसा भभक जाता है कि...। रानी का दाम्पत्य जीवन बारूदी सुरंगों से पटे रास्ते का डरावना सफ़र रहा है अब तक। वह चुप और सतर्क बैठी रही। यहाँ से अब एक-एक क़दम फूँककर रखना होगा उसे, कभी भी पिट सकती है वह।

"चुप क्यों हो?"

"नहीं तो।"

"मेरी बात का बुरा लग गया होगा महारानी को?"

"नहीं, नहीं तो," रानी ने जल्दी से कहा।

"देखो, सच बताओ; लग तो गया, है न?"

"अरे नहीं लगा न; बिलकुल नहीं लगा जान।"

"बुरा लग गया तो बताती क्यों नहीं?"

"जब लगा ही नहीं तो कैसे कह दूँ?"

"पर तुम्हारी शक्ल तो कुछ और कह रही है?"

"तुमने इस अँधेरे में मेरी शक्ल भी देख ली?" रानी ने हँसकर मामले को हल्का करने की कोशिश की।

"देखो, साफ़ बता दो।"

"नहीं, कोई बुरा नहीं लगा यार।...सच कह रही हूँ," रानी ने सहज जतलाने का प्रयास किया पर उसकी आवाज़ में इतना खोखलापन था कि उसे ख़ुद अपनी आवाज़ नकली लगी।

राजा उसे घूरता रहा। अब तक उसने कार बेहद धीमी कर ली है।

"सोच रही हो कि रात को हसीन कहने का अधिकार तो तुमको भी है?"

रानी अँधेरे में है, और चुप भी।

"बोलो?"

"नहीं, वो बात नहीं। असल में, तब मैं खिड़की से बाहर झील देख रही थी, तुमको सुन नहीं पाई।"

"झील ज़रूरी है कि मैं? पहले कभी ये झील नहीं देखी?"

"सॉरी यार।"

चुप रहकर कुछ सोचता रहा वह। रह-रहकर उसे मानो कोई बात खाए जा रही है कि ऐसे कैसे!

उसने फिर वही बात उठाई, "तुम ख़ुद से कैसे तय कर सकती हो कि रात हसीन है? मैं मर गया था? मुझसे नहीं पूछ सकती थीं?"

यह आदमी कैसी बे-सिर-पैर की बातें कर रहा है!

रानी एक पल को आपा खो बैठी।

"तो क्या रात हसीन नहीं है?" उसने पूछ लिया।

"है न, बिलकुल है।...मुद्दा वो है ही नहीं। मुद्दा ये है कि बिना मुझसे पूछे कोई चीज़ कैसे डिसाइड कर ली तुमने?"

"इसमें डिसाइड करने जैसा क्या था?" रानी ने समझाने की कोशिश की।

"अच्छा!! ऐसा कुछ नहीं था?"

"नहीं, मेरा मतलब..."

"इसका मतलब तो ये कि मैं अभी फ़ालतू बातें कर रहा था?"

बात ग़लत दिशा में जा रही है—वह सँभल गई।

"मैंने ऐसा तो नहीं कहा यार।"

"बहुत ज़ुबान चलने लगी है तेरी।"

तानाशाह अब गुर्राने लगा था।

वह एकदम चुप रह गई।

वैसे, अच्छी-ख़ासी पढ़ी-लिखी लड़की है वो। एक सरकारी दफ़्तर में ऊँचे ओहदे पर काम करती है। उसे वहाँ एक बेहतरीन अफ़सर माना जाता है। सटीक संवाद करना जानती है वह। हर बात का तर्कसंगत उत्तर देती है। ऑफ़िसियल मीटिंग्स में सब उसकी तरफ़ देखते हैं कि इस इश्यू पर मैडम क्या कहती हैं?

वो आज के समय की स्त्री है। ऑफ़िस में लोग उसकी राय और बात की क़द्र करते हैं। पर यही औरत, यहाँ, तानाशाह के समक्ष, ऐसे पलों में, न जाने क्यों एकदम निर्बल और निशस्त्र बन गई है। हर बार इसके समक्ष ऐसी ही हो जाती है! उसके पास सटीक उत्तर होते हैं पर वह चुप बनी रहती है। राजा के समक्ष वह समस्त तर्क भूल जाती है। बातें ज़ुबान तक आती हैं पर सहमकर अन्दर ही रह जाती हैं।

अभी तू-तड़ाक के बाद ख़ालिस गाली-गलौज शुरू हो जाएगा। बात मार-पीट तक भी जा सकती है।...सड़क पर मार-पीट? हाँ, वो पहले भी कर चुका है। एक बार तो स्कूटर चला रहा था और रास्ते भर, चलती गाड़ी पर पीछे की तरफ़ पलट-पलटकर लप्पड़ मारते गया था उसे।

वह चुप रही।

"बोलोऽऽ—चुप क्यों हो?"

"बोलूँगी तो कहोगे कि बहुत ज़ुबान चलने लगी है," उसके मुँह से यह वाक्य निकल तो गया पर निकलते ही प्रायश्चित्त करने लगी कि मुँह से वो निकला ही क्यों?

यह सुनकर तानाशाह बिफर गया।

"बड़े डायलॉग्स बोले जा रहे हैं?"

रानी चुप रही।

"बोल लो, और बोलो; कुछ और डायलॉग्स बोलो!...अरे, बोलती क्यों नहीं तू?"

रानी चुप रही।

भेड़िये की गर्म श्वासों के ताप से कार में लू चलने लगी है। रानी ने हिम्मत करके माहौल को ठंडा करने की कोशिश की।

"यार, हम प्लेज़र ड्राइव पर निकले हैं। ...प्लीज़।"

"अच्छा! मैं दिलाऊँ तुझे प्लेज़र; बोल? ज़्यादा ही ज़ुबान चलने लगी है?"

तानाशाह का चेहरा गुस्से में काला हो रहा है या कार में अँधेरा ही कुछ ज़्यादा है?

"प्लीज़।"

"भाड़ में गई ये ड्राइव स्साली!"

बिफरकर, तानाशाह ने कार को इतनी तेज़ी से सड़क के किनारे की तरफ़ काटा कि पीछे आ रही एक स्कूटी उससे टकराते हुए बची। स्कूटी सवार अधेड़ बहुत ग़ुस्से से कार की खिड़की में झाँकता हुआ बग़ल से निकल गया। तानाशाह ने उसे ज़ोर से माँ की गाली दी जो खिड़की से आ रही हवा में गोता खाकर उसी के मुँह पर लौटकर आ गिरी। माहौल और हिंसक हो उठा।

इंजन को ऑफ़ करके तानाशाह ने रानी को नफ़रत से देखते हुए पूछा—

"हाँ, अब बोलो? देखो, चुप मत रहना। बोलना तो पड़ेगा।"

रानी जानती है कि फ़ाइनल आक्रमण होने को है।

"बोलो, फटाफट बोलो!" तानाशाह गुर्राया।

"नहीं, कुछ नहीं," रानी कार की सीमा में जितना दूर खिसक सकती थी उतनी दूर खिसक गई।

"अरे, कुछ तो बोलो?"

"नहीं, कुछ नहीं।"

"फिर भी?"

"प्लीज़! रहने दो न?"

तानाशाह गाली-गलौज पर उतर आया।

"अब तू बताएगी, मैं क्या रहने दूँ, क्या बोलूँ? क्यों?"

झील उनींदी हो रही है।

अँधेरा आँखें फाड़कर समझने की कोशिश कर रहा है कि कार में आख़िर चल क्या रहा है? कार में अँधेरा होने के कारण अँधेरे को कुछ भी साफ़-साफ़ नहीं दिख रहा। स्ट्रीट लाइट्स बन्द हैं। झील के साथ पाँव सिकोड़कर लेटी हुई सड़क अलसा रही है; बीच-बीच में एकाध कार ऊँघती सड़क को जगा जाती है। सड़क लगभग सूनी पड़ी है।

किनारे की तरफ़ रोक दी है कार तानाशाह ने।

सन्नाटा ऐसा, मानो बियाबान में रुक गई हो कार। अब? अब कुछ भी घट सकता है।

"बहुत मुँह चलने लगा है तेरा, क्यों?"

भेड़िया गुर्राया।

भेड़िये के दाँत अँधेरे में चमक रहे हैं।

वह काँपने लगी। हमेशा ऐसे ही काँपती है; न जाने क्या हो जाता है उसे कि प्रतिरोध की ताक़त ही निचुड़ जाती है। कितनी बार सोचती है कि एक बार तो तनकर खड़ी हो जाए इसके सामने पर ऐन मौक़े पर न जाने क्या हो जाता है उसे? दफ़्तर में अच्छे-अच्छे दुबकते हैं उससे। फिर यहाँ क्या हो जाता है उसे?

भेड़िया पंजों से ज़मीन खरोंच रहा है।

अब यह मारने ही वाला है—रानी झापड़ खाने को तैयार होने लगी।

"मैं ही चूतिया हूँ जो तुझे इतना प्यार करता हूँ; मेरे प्यार ने ही दिमाग़ ख़राब कर दिया है तेरा।"

भेड़िये का भय और भय का भेड़िया!

वह सुन्न बैठी है। दूर सायरन की आवाज़।...कोई एम्बुलेंस, या फ़ायरबिग्रेड?

कहीं आग लगी है क्या?

धधक रहा है तानाशाह।

"मेरे प्यार का नाजायज़ फ़ायदा उठाती है कुतिया?"

तानाशाह ने अपनी सीट पर थोड़ा एक तरफ़ खिसककर रानी की बाँह पकड़ ली, इतनी ज़ोर से भींचा कि रानी बिलबिला गई।

"मैं जो तुझे बार-बार कहता हूँ कि बहुत ख़ूबसूरत हो, बहुत ख़ूबसूरत हो—इसी में तेरा दिमाग़ फिर गया है स्साली, रंडी!"

ज़ोर से चिल्लाया वह। भेड़िया दहाड़ा।

बाँह में उँगलियाँ धँस रही हैं। नाख़ून पैने हैं भेड़िये के।

"छोड़ दो प्लीज़। दर्द हो रहा है," रानी ने याचना की।

याचना का स्वर तानाशाह को उत्तेजित करता है। मज़ा आ गया उसे। वह और हिंसक हुआ। बाँह को और भी ज़ोर से भींचकर बोला—

"बहुत नाज़ुक-मिज़ाज हो, क्यों?"

रानी ज़ोर-ज़ोर से सिसकने लगी।

"चोप्प मादर...!"

भेड़िया गुर्राया। वह सिसकती रही। ज़ोर-ज़ोंर से सुबकने लगी।

"तुझे चुप होने को बोला न अभी?...फिर?...सुना नहीं?...अब ज़रा भी रोई तो लात मारकर कार से बाहर फेंक दूँगा।"

रानी के सिसकने का स्वर धीमा हो गया।

भेड़िया घूरता रहा उसे। उसकी बाँह को दबोचे रहा।

फिर अचानक ही बाँह छोड़कर वह कार से बाहर निकल गया।

झील से ठंडी हवा का झोंका उठा और हौले से एहतियात बरतता तानाशाह के पास डरता-डरता आया; मौक़ा देखकर उसके गर्म दिमाग़ को सहलाने की कोशिश भी की उसने। क़रीने से सँवारे-सँभाले बाल उड़ चले। तानाशाह ने सिर झटककर हवा के झोंके को दुत्कार दिया। हवा सहम गई। झोंके को हवा ने बरजा कि अभी इस तरह इस आदमी के आसपास न बहे।

तानाशाह उतरकर कार के पीछे जा पहुँचा। घूमकर वह रानी की खिड़की की तरफ़ आया और जब तक रानी कुछ समझ पाती, उसने रानी की तरफ़ का दरवाज़ा खोल दिया।

"निकल बाहर! निकल!!"

बाहर खड़ा दुत्कार रहा है रानी को वो।

रानी असमंजस में दिखी।

"निकलती है कि..." उसने हाथ बढ़ाकर रानी को पकड़ना चाहा। यह कुछ भी कर सकता है—वह ख़ुद बाहर निकल आई।

सूनी, अँधियारी सड़क।

झील में उठती हल्की हिलोरों का सतर्क स्वर।

सूनी सी सड़क पर सिर्फ़ ये दो जन।

तानाशाह ने ज़ोर से एक लात मारी; नहीं, रानी को नहीं, कार के दरवाज़े को। क्या यह मुझे आज सड़क पर ही मारेगा? धीरे-धीरे दुस्साहस बढ़ा है इसका। शुरू में कमरे के एकान्त में ही मारता था, वह भी, कभी-कभी ही। फिर बच्चे के सामने भी मारने लगा। अब तो अपने माँ-बाप के सामने भी गालियाँ दी हैं इसने कई बार।

पर अभी उसने उसे मारा नहीं।

रानी की तरफ़ के दरवाज़े को ज़ोर से लात मारकर बन्द किया और कार में वापस जाकर बैठ गया। उसने कार स्टार्ट की। काँच नीचा करके वह ज़ोर-ज़ोर से पागलों वाली हँसी हँसा। भेड़िया हँस रहा है।

भेड़िया हँसे तो असगुन माना जाता है जंगल में।

"तू कह रही थी न कि बहुत हसीन रात है? अब तू रात भर ये हसीन रात देख, जी भर के देख। बाय, बाय।"

भेड़िया और ज़ोर से हँसा फिर छलाँग मारकर अँधेरे की झाड़ियों में कूद गया।

उसे वहीं छोड़कर तेज़ी से कार बढ़ा ले गया राजा।

वह अँधेरे में अकेली खड़ी रह गई।

रात के साढ़े दस बज रहे होंगे अब।

सामने अँधेरे में डूबी सुनसान सड़क है। लहरों से खेलती काली झील। आसमान से झाँकता पीला चाँद। कोने-कोने से घूरता अनजान भय। ये कैसा पति है उसका? प्रेम का दावा करता है पर तानाशाह भी है। लौटकर नहीं आने वाला वो अब। छोड़ गया यहाँ कि जा तू भाड़ में। उसे अब पैदल ही घर जाना होगा। कहीं कोई कैब मिल जाए तो राहत वरना पूरे पाँच किलोमीटर चलना होगा।

कुछ देर तक चुपचाप खड़ी रही वह, उसी जगह; क्या करे अब?

कि अचानक बिजली आ गई।

झील किनारे लगी सारी बत्तियाँ जल उठीं। सड़क जगमग हो उठी। क्या ईश्वर ने कोई संकेत दिया है उसे? राह साफ़ दिख रही है अब।

वापस चल पड़ी वह घर की तरफ़।

पर घर कहाँ था?

हम अपना सारा जीवन भ्रमों के पीछे भागते हुए क्यों गुज़ार देते हैं? उसने सोचा और सिर झटककर चलने लगी। चलती ही गई वो।

तानाशाह नम्बर दो

[ताकि औरत बिगड़ने न पाए]

दुनिया का हर पुरुष लम्पट है, उसकी बुरी नज़र हर स्त्री पर है, पुरुष की नज़र में सूअर का बाल है; पति का परम कर्तव्य है कि इन लम्पटों से अपनी स्त्री की रक्षा करे, उसे इन हरामियों के ग़लत इरादों से सचेत रखे क्योंकि वह स्वयं बहुत भोली है जिसे इस कमीनी दुनिया के चालाक पुरुष कभी भी बरगला सकते हैं।

उपरोक्त वचन किसी महापुरुष के नहीं, श्री आर.एल. रस्तोगी जी के हैं। रस्तोगी जी अर्थात तानाशाह नम्बर दो।

गहन वचन कहना केवल महापुरुषों की बपौती नहीं। इस मामले में रस्तोगी जी किसी महापुरुष से कम नहीं, वे भी गहराई में उतरते हैं। स्त्री की नैतिकता को लेकर हरदम वे सजगता और अपनी तरह की संवेदनशीलता के साथ इतना गहरे उतरते हैं कि नीचे जमे कीचड़ तक पहुँच जाते हैं—अक्सर ही, मुट्ठी कीचड़ से और चेहरा कालिख से सना मिलता है उनका। उपरोक्त वचन भी वैसा ही कीचड़ है; उनके गहन चिन्तन से उपजा हुआ उथला विचार, स्त्रियों के लिए सार्थक सलाह और पत्नी के लिए स्पष्ट चेतावनी—सब एक साथ।

बेहद प्यार करते हैं रस्तोगी जी अपनी पत्नी से।

पर वे मानते हैं कि औरत होने के कारण पत्नी के क़दम बहक भी सकते हैं। औरत के क़दम होते ही ऐसे हैं। ज़रा में बहक जाते हैं। पत्नी को पुरुष नाम की बला से बचाकर रखना पति का बड़ा दायित्व है। वे इस मामले में पत्नी को 'वन-मैन' जेड श्रेणी की सुरक्षा देते हैं। वे अपने उर्वर सन्देह, सतर्क दृष्टि, और बारीक पड़ताल का सुरक्षा घेरा पत्नी पर बनाकर रखते हैं।

पत्नी उनके शक्की मिज़ाज से बेहद परेशान हो चुकी है। मूरख है पत्नी। वो नहीं समझती कि यह सब तो वे उनके गहरे और पवित्र प्रेम का हिस्सा है।

पायल पैंतालीस साल की उम्र में भी ख़ासी ख़ूबसूरत है। उसके ख़ूबसूरत और आकर्षक व्यक्तित्व से रस्तोगी जी को शिकायत भी है, प्यार भी। वे उसे मुट्ठी में भींचकर रखना चाहते हैं; कोई देख न पाए, उनके पास कितना बेशक़ीमती हीरा है। प्रैक्टिकली यह सम्भव नहीं। सब इसे घूर-घूरकर देखते हैं। यह भी कुछ समझती नहीं, सबसे हँस-हँसकर मिलती है। काश कि पायल केवल उनकी होती।... पर उनकी ही तो है, पत्नी है उनकी, फिर? हाँ, है तो, बात वो नहीं; देखिए, एक तरह का डर तो बना रहता है न?...रस्तोगी जी को पता है कि ज़माने के हर

पुरुष की निगाह पायल पर है और वह एक नादान और नासमझ स्त्री है—कोई भी उसे बरगला सकता है।

रस्तोगी जी इस कथा के तानाशाह नम्बर दो हैं।

'नम्बर दो' का ये अर्थ कदापि नहीं कि ये कमज़ोर तानाशाह हैं। नहीं, वे भी ख़ासे हैं। इनकी तानाशाही बुनियादी तौर पर दुनिया से अपनी स्त्री को बचाकर रखने में विश्वास रखती है। वही बुनियादी विचार कि दुनिया का हर पुरुष लम्पट है, हर स्त्री पर उसकी बुरी नज़र है और अपनी स्त्री को इससे बचाना हर पति का कर्तव्य है।

रस्तोगी जी का बस चले तो पायल को सात तालों में बन्द रखें।

नैतिकता के घनघोर पैरोकार तानाशाह हैं रस्तोगी जी।

नैतिकता की इतनी चिन्ता या तो सन्तों को होती होगी या फिर इनको है।

...पर नैतिकता तो एक बड़ा गुण है; फिर तो रस्तोगी जी बड़े ईमानदार, सच्चे और अच्छे इनसान होंगे? उनको तानाशाह क्यों कहा जा रहा है? यही तो पेच है। दरअसल, रस्तोगी से ज़्यादा हरामी आदमी मिलना मुश्किल है।...फिर इनकी नैतिकता वाली बातें? वही तो।

दरअसल, रामजी लाल रस्तोगी एक चलता पुर्जा आदमी हैं। ऊपरी कमाई वाली किसी नौकरी में अफ़सर हैं; वहाँ कोई नैतिकता की दुहाई देने लगे तो ये ऑन द स्पॉट रिश्वत का रेट दुगना करके माँगने लगते हैं। नैतिकता किस चिड़िया का नाम है, वह लाल होती है या पीली, रस्तोगी जी नहीं जानते। पैसे के लिए हर अनैतिक काम और समझौते को सदैव तैयार रस्तोगी जी दाम्पत्य में नैतिकता के बड़े पैरोकार हैं; ख़ुद की नहीं, पत्नी की नैतिकता के।...ख़ुद पर नैतिक होने का दबाव न हो तो ऐसी पैरोकारी सरल हो जाती है; तब तो और भी सरल जब बात स्त्री की नैतिकता की हो; और यही पाठ अपनी पत्नी को पढ़ाना हो तब सबसे सरल!...तानाशाह नम्बर दो यही सरल काम करता है; वो अपनी पत्नी को लगातार अलर्ट रखता है कि वह उन लम्पट पुरुषों से बचकर रहा करे जो उसके आसपास मँडराते हैं।

पायल के क़दम कहीं बहक तो नहीं रहे?

वो किससे हँसकर बात करती है?

वह आजकल ख़ुश क्यों दिखती है, कहीं कुछ चक्कर तो नहीं?

ऐसी बातें हमेशा चलती हैं तानाशाह के मन में।

पत्नी के सतीत्व और नैतिकता की रक्षा करना एक फुल टाइम जॉब है रस्तोगी जी के लिए। नैतिकता को स्त्री की टाँगों के बीच सीमित कर दो तो निगरानी आसान हो जाती है।

अब आप ये सलाह देने मत बैठ जाना कि रस्तोगी जी को अपनी पत्नी पर भरोसा करना चाहिए; वे आप पर ही शक करने लगेंगे और लड़ जाएँगे कि अपनी पत्नी पर निगाह रखने में ग़लत क्या है?...और जो स्वयं रामजी लाल रस्तोगी के दो अन्य औरतों से गहरे सम्बन्ध हैं, उनका क्या? हाँ, हैं। उनके ऐसे सम्बन्ध हैं, रहे हैं; तो? उसका इस बात से क्या सम्बन्ध? नैतिकता की परिभाषा में पुरुष को क्यों घसीटा जा रहा है?

नैतिकता के प्रश्न केवल स्त्री के लिए हैं—मानता है तानाशाह।

*

सत्रह साल पहले तानाशाह नम्बर दो ने इस लड़की से प्रेम-विवाह किया था; हाँ, प्रेम-विवाह।

गहरा प्रेम था पायल से उसे।

मर जाने की धमकी देता था कि शादी को न मानी तो मैं हाथ की नस काट लूँगा, ट्रेन के सामने कूद जाऊँगा वग़ैरह! पायल बेहद सुन्दर थी, बिरादरी की थी, समृद्ध परिवार से थी; हर बात अति फेवरेवल थी परन्तु दोनों के माँ-बाप राज़ी नहीं थे। पायल की माँ तो पायल को यह भी समझाती कि ये आदमी जो अभी शादी के लिए ऐसा तड़प रहा है, देखना, शादी के बाद तेरी नाक में दम कर देगा, ऐसे आदमी ऐसे ही निकलते हैं परन्तु पायल उसकी दीवानगी पर अपना दिल हार गई। ...अब तो ख़ैर उनकी शादी हुए सालों हो चुके। रस्तोगी जी आज भी उसके वैसे ही दीवाने हैं, उसके लिए, वैसे ही पागल।

माँ की बात एकदम सही निकली। पायल अब जानती है कि वे एकदम ठीक कहती थीं। वही तब सोच न पाई थी कि शादी के बाद ये एक तानाशाह निकल आएगा।

अब याद आता है कि लव-अफ़ेयर के दौरान भी इसका रवैया तानाशाह जैसा ही था, बस वो इसे उसका प्यार समझती रही। तब भी रस्तोगी जी को क़तई पसन्द नहीं था कि वह किसी और लड़के से बात करे। एक बार किसी क्लासफ़ेलो से हँसकर बात करते देख लिया तो वे एकदम बौखला गए थे, बोले कि इस हरामी को तुमने हमारी शादी के रिसेप्शन में बुलाया तो इसे मैं वहीं थप्पड़ जड़ दूँगा। ऐसे ही तब किसी लड़के का फ़ोन इसके सामने आ गया था और इसने पायल के हाथ से मोबाइल छीनकर ज़मीन पर दे मारा था।

जब तक शादी सम्पन्न नहीं हो गई, वे किसी न किसी बहाने उस पर नज़र रखते रहे। बाद में भी वह किसी पुरुष से बात भर करती दिखे, वे कहते कि दूसरों से बात करने की आवश्यकता ही क्यों लगती है तुमको, जो बात करनी है मुझसे करो न?...धीरे-धीरे उन्होंने पायल को उसके हर दोस्त से अलग कर दिया।

और वो ऐसी मूरख कि वो इसे रस्तोगी जी का प्रेम मानती रही। कई साल मानती रही; उलटा वो ख़ुश होती थी कि कोई उसका इतना दीवाना है!

समझ ही न सकी इसे।

अब तो शादी हुए बीस साल हो गए।

एक ज़माना गुज़र गया।

वह आज भी वैसी ही ख़ूबसूरत है; दो बच्चों के बाद तो और भी ख़ूबसूरत निकल आई है। इधर रस्तोगी जी ऐसे बेडौल मुटाए हैं कि पत्नी के बड़े चाचाजी लगते हैं। पायल की ख़ूबसूरती उनको दिलकश लगती है परन्तु डराती भी है, बड़ा असुरक्षित महसूस करते हैं वे कि ये किसी और के प्रेम में न पड़ जाए!... कैसे पड़ जाएगी यार? तुमसे मोहब्बत की है उसने, फिर?...भाई साहब, आप भोले हैं। जानते नहीं कि मर्द जात कितनी कमीनी होती है।...ओऽ होऽ!!...तो आप भी नहीं मानते इस बात को?...पायल भी नहीं मानती।...यार, आप सब नासमझ हैं। पायल को तो मैं रोज़ आगाह करता हूँ पर वो सहमत नहीं।... बताएँ भला, पति हूँ, भले के लिए समझाता हूँ और उसे लगता है कि यह मेरा फ़ालतू का शक है!

देखिए, शक तो करना पड़ता है मित्र।

...पत्नी पर नज़र रखते हैं वो।

पड़ताल करते हैं उसकी हर गतिविधि की, उस पर एक तिरछी नज़र हरदम, हर फ़ोन कॉल पर, फ़ोन पर हो रही बात पर; उसकी ड्रेस : आज कौन सी और क्यों? किस कलर की? आज ही क्यों पहनी? चक्कर क्या है? आज बालों की स्टाइल अलग क्यों है? आज झुमके क्यों बदल लिये इसने? आज इसकी लिपस्टिक इतनी गहरी क्यों है?...अपराधी को रँगे हाथ पकड़ना हो तो छोटे-छोटे संकेत पकड़ने होते हैं भाई साहब। अलर्ट रहना होता है। आँखें खोलकर रखनी पड़ती हैं।...मामले को शुरुआत में ही पकड़ लिया जाए तो ठीक रहता है। तानाशाह कटिबद्ध है, पत्नी को सच्चरित्र रखने के लिए। उसके चरित्र पर संकट की गन्ध पाते ही पड़ताल शुरू कर देता है कि इस गन्ध का सोर्स कहाँ है?

...पायल बताती है कि बड़े शक्की मिज़ाज हैं हमारे रस्तोगी साहब।

दोस्त हँसकर छेड़ते हैं कि तुम हो ही इतनी ख़ूबसूरत, पति बेचारा क्या करे?... सुनकर हँस देती है वो, बस।...क्या बताए मित्रों को, और क्या-क्या बताए, कितना बताए; कोई विश्वास करेगा कि वो सालों से कौन-सा नरक भुगत रही है?... रोज़-रोज़ पति द्वारा नैतिकता का पहाड़ा रटाने की व्यथा क्या होती है? रोज़ सन्देह की परीक्षा में बैठना, कठोर परीक्षक के टेढ़े-मेढ़े, घुमा-फिरा कर पूछे गए प्रश्नों का सामना कितना त्रासद है? और ऐसी परीक्षा के बाद हर बार बताया जाए कि तुम बमुश्किल ग्रेस मार्क्स से पास हुई हो, तब?

तानाशाह का बस चले तो पायल की नौकरी छुड़वाकर घर बिठा ले; न ये घर से बाहर निकलेगी, न कोई लफड़े होंगे, न इसके सतीत्व पर कोई ख़तरा होगा। दफ़्तर में इतने सारे मर्दों के साथ उठती-बैठती है तो बेचैनी तो रहेगी न? परन्तु इसकी नौकरी कैसे छुड़वाएँ? आजकल एक आदमी की सैलरी में घर चलता है क्या? फिर इसकी सैलरी तो मुझसे भी ज़्यादा है, नौकरी छुड़वाकर मुझे मरना थोड़ेई है!

वैसे, मैं भी कहता हूँ कि औरतें आगे बढ़ें; ख़ूब बढ़ें पर अपना आचार-व्यवहार ऐसा बेदाग़ रखें कि दफ़्तर में किसी लम्पट की हिम्मत न पड़े कि उस पर अपनी बुरी नज़र डाले। प्रॉब्लम पायल की है। वो ख़ुद को ओवरस्मार्ट समझती है; कहती है, मैं हर सिचुएशन हैंडल कर सकती हूँ! इसे आइडिया ही नहीं कि मर्द जात कितनी कुत्ता जात होती है।...कोई भी लम्पट मर्द साम, दाम, दंड, भेद से तुमको फँसा लेगा और तुमको पता भी न चलेगा!

*

सुबह का समय है।

पायल तैयार हो रही है दफ़्तर जाने के लिए।

बहुत से घरेलू काम भी साथ-साथ निपटाती जा रही है वह। कहिए कि दस हाथों से तैयार हो रही है। किचन का काम, बच्चों को स्कूल के लिए रेडी करना, ख़ुद तानाशाह के बहुत से काम निपटाते हुए तैयार होना एक कठिन तपस्या है जो वह सालों से करती आ रही है।

और तानाशाह?

रस्तोगी जी इत्मीनान से अख़बार पढ़ रहे हैं। वैसे उनको इत्मीनान कहाँ? वे एक नज़र पायल पर रखे हैं।

यार, कब अक्ल आएगी इस औरत को!!

"तुम ये क्या पहनकर जा रही हो?"

"क्यों? ऐसा क्या पहन लिया मैंने?"

"तुमको कुछ भी ऑब्जेक्शनेबल नहीं लग रहा?"

"नहीं तो? मैं एकदम कम्फ़र्टेबल हूँ। तुम्हारा क्या ऑब्जेक्शन है?"

"अपना कुर्ता देखा?"

"क्यों, कुर्ते में ऐसा क्या है?"

"कितना टाऽइट है ये!"

"ऐसा तो कोई टाइट नहीं; यही ट्रेंड है आजकल। सब पहनते हैं।"

"यार, सबके पास वो चीज़ नहीं जो तुम्हारे पास है।"

"क्या चीज़?"

"वही जो टाइट कुर्ते से झाँक रही है।...तुम आजकल सब कुछ दिखलाने पर क्यों तुली रहती हो?"

"मैं दिखला रही हूँ? मैं??"

"चलो, तुम न दिखला रही हो पर दिख तो रहा है; हर चीज़ कुर्ता फाड़कर बाहर आने को बेताब है!"

"यार, कुछ भी बोले जा रहे हो!"

"दफ़्तर में आज काम रुकवाने की ठानी है?"

"मतलब?"

"काम छोड़कर सब यही तमाशा देखेंगे।"

"मैं तमाशा दिखा रही हूँ? सभी औरतें पहनती हैं; कोई नहीं देखता।"

"सब देखते हैं, कोई बताकर देखेगा क्या? ...और क्यों न देखे? कोई दिखाए तो..."

"...मैं किसी को महीं दिखा रही।"

"सामने-सामने दिखेगा तो कोई क्यों न देखे?"

"सब बाल-बच्चे वाले हैं वहाँ..."

"...बहुत भोली हो यार।"

"ऐसी भोली भी नहीं।"

"भोली न होती तो ऐसी ड्रेस में दफ़्तर न जातीं।"

"क्या हो जाएगा इसे पहनने से?"

"मर्दों को प्रोत्साहन मिलेगा..."

"किस बात का प्रोत्साहन?"

"यही तो भोलापन है तुम्हारा। यार, अपनी डिग्निटी का ही ख़याल कर लेतीं।"

"तो मैं बिलो डिग्निटी बिहेव कर रही हूँ?"

"तुमको मर्द की नज़र की पहचान ही नहीं। सब कुत्ते हैं। तुमसे पाँच मिनट बात करेंगे तो चार मिनट तुमको पटाने की कोशिश में लगाएँगे।"

"और मैं पट जाऊँगी?"

वो उसे घूरकर देखते रहे।

इसी बीच पायल उसी कुर्ते में ठाठ से निकल गई।

ये औरत बिगड़ रही है। इसे कंट्रोल करना होगा।

इधर उसने पायल में झूठ बोलने और बातें घुमाने की टेंडेंसी पाई है।..."तुम आजकल अपनी ही कही बात का नैरेटिव क्लेवरली बदल डालती हो," उसने कल ही कहा तो पायल उसे बड़े भोले ढंग से देखती हुई पूछने लगी, "अच्छा?" और हँस दी, बस।

पहले वे इसके भोलेपन के झाँसे में आ जाते थे, पर अब नहीं।

अब उनको लगता है कि कोई मर्द इसे पट्टी पढ़ा रहा है; पहले ये बड़ी ही सीधी और सरल लड़की होती थी भाई साहब—अब इसमें वो बात नहीं रही; दिखती अब भी सीधी-सादी है पर ये अब वैसी रही नहीं; अब तो ये पूरे मज़े लेती है कि मर्द मुझे कैसी हसरत से ताकते हैं!

*

अभी उस दिन सिटी-मॉल में इसके दफ़्तर का एक कलीग हमसे टकरा गया।

"मैडम नमस्ते" कहकर इससे एकदम चिपक ही गया स्साला!

'मैडम', 'मैडम' की झड़ी लगा दी पट्ठे ने। साल भर की 'हें', 'हें' का कोटा एक साथ निकालने पर उतारु था बदमाश! मेरे सामने ही मेरी वाइफ़ पर लाइन मारता रहा कि सर, हमारी मैडम ऐसी, हमारी मैडम वैसी!...हमारी तो ऐसे बोल रहा था मानो उसका भी शेयर हो हमारे दाम्पत्य में। चलो, वो तो मर्द था, कोशिश करेगा ही, पर ये पायल भी उसके फ़्लर्टेशन को पूरा एंज्वाय कर रही थी; एक्चुअली दोनों को होश ही नहीं था कि मैं भी वहीं हूँ।...बताइए! जब मेरी आँखों के सामने ही...! पायल बड़ा होशियार बनती है पर मर्दों के खेल नहीं समझती—उनका हँसना, जोक्स मारना, मैडम-मैडम करना, सब; ट्रिक्स हैं मर्दों की।

उस दिन रस्तोगी जी ने बाद में सीधे तो नहीं पर तिरछे ढंग से पतिव्रता होने की बात निकाली, बोले कि स्त्री के लिए सतीत्व से बड़ी कोई चीज़ नहीं होती तो लगी वो ठठाकर हँसने। हँसकर बोली कि सतीत्व केवल औरतों के लिए ही क्यों, आदमियों के लिए क्यों नहीं?...बताइए! ऐसी बेशर्मी!

यह हिम्मत किसने दी इसे?

किससे चल रहा है इसका?

अब इसे सुबूत के साथ ही घेरना होगा।

आजकल सुबूत खोज रहे हैं वे।

पायल के दफ़्तर का तो सब कुछ पहले ही पता कर रखा है उन्होंने; उसके पुरुष साथियों और बॉस का सारा कच्चा-चिट्ठा, उन लोगों के चरित्र का लेखा-जोखा, सब हिसाब है रस्तोगी जी के पास। उस दिन सिटी-मॉल में जो इसके आगे-पीछे मैडम-मैडम कर रहा था, उसका और भी पता किया तानाशाह ने।...चेतन नाम है उस आदमी का।...उसी के साथ कुछ चक्कर चल रहा है इसका। उस दिन मॉल में दोनों की शक्लें देखकर कोई भी बता सकता था कि कुछ है दोनों के बीच!

फिर उसी रात कन्फ़र्मेटिव टेस्ट भी किया रस्तोगी जी ने।

कैसा टेस्ट?

अरे, ऐसे कई टेस्ट हैं तानाशाह के पास।

...पहले भी जब शक हुआ है, उन्होंने पायल पर अपना कोई न कोई ऐसा टेस्ट ज़रूर लगाया है।...एक टेस्ट तो बड़ा ही सटीक है। उन्होंने चेतन के केस में यही लगाकर देखा।...टेस्ट यूँ है कि सेक्स-एक्ट के दौरान वो पायल से उस संदिग्ध आदमी की फ़ैंटेसी करने को कहते हैं, कल्पना करो कि तुम उस आदमी के साथ सेक्स कर रही हो।...सहवास के आत्मीय पलों में वह उस आदमी का बार-बार नाम लेंगे, फिर पत्नी से उसका नाम दोहराने को बोलेंगे, और सेक्स के आनन्द के डूबने तिरने के चरम पलों में पत्नी की आवाज़, बॉडी लैंग्वेज और उसकी सेक्स परफ़ॉर्मेंस का बारीक निरीक्षण करते जाएँगे—इस एक निरीक्षण से ही आपको बहुत कुछ पता चल सकता है, ऐसा मानते हैं वे।

कैसे? आप पूछेंगे।

चेतन और पायल के उदाहरण से यह तरीक़ा समझें—

चेतन पर शक की कथा उसी दिन शुरू हो गई थी।

मॉल से वापस आकर वह खोद-खोदकर उस आदमी के बारे में पूछता रहा था—नाम?...चेतन?...बड़ा चूतियाटिक नाम है स्साला। दफ़्तर में कहाँ बैठता है?... मेरे ही कमरे में, असिस्टेंट है मेरा। शादी?...हो चुकी, दो बच्चे हैं। ऐसे ही छैला टाइप कपड़े पहनकर दफ़्तर भी आता है, या बाहर ही यंग दिखने की कोशिश कर रहा था?...कुछ ऐसी बातें।

फिर?

...फिर उसने पायल पर यह टेस्ट लगाया—

उस रात सम्भोग के पलों में उसने अचानक ही चेतन का नाम लिया, सम्भोग में उसे भी एक काल्पनिक साझीदार बनाने का आग्रह करने लगा; बोला कि चेतन को तुम यहीं मौजूद मान लो; अभी, इसी पल, हमारे साथ, सेक्स में तीसरा साथी बना लो; ख़ूब ज़ोर डाला उसने कि तुम उसको हमारे साथ फैंटेसाइज करो, सोचो कि तुम्हारा चेतन, हाँ चेतन ही बुलाती हो न, वह तुम्हारे साथ सम्भोग कर रहा है!...सोचो।...हाँ, सोचो।...प्लीज़ सोचो।...बोलो।...नाम लो उसका।...ज़ोर-ज़ोर से बोलो—चेतन।...चेतन।...हाँ, बोलो। हाँ, हाँ, ऐसे ही।...वो यहीं है। बेडरूम में। इसी पलंग पर।...पुकारो उसे।...इसरार करो कि वो आए तुम्हारे क़रीब।...और क़रीब।...और क़रीब।...बोलो न यार?...बोलो।...कहो कि वह अन्दर घुसे।... हाँ, हाँ, बोलो यार!...सम्भोग करते हुए तानाशाह अपनी पत्नी से माँग कर रहा है कि वह अभी केवल चेतन का ही सोचे।...बोलो यार।...बोलो।...शरमाओ मत।... बोलो।...हाँ, ऐसे।...तनिक ज़ोर से।...और ज़ोर से।...कहो, चेतन। चेतन।...आओ चेतन।...आओ।...समा जाओ मुझमें।...तेज़। और तेज़।...हाँ, ऐसे।...ऐसे ही।...

शाबाश।...वाह।...ग्रेट।...मज़ा आ रहा है न?...बताओ न यार?...चेतन।...चेतन। ...बोलो।...बोलो।...करो। मज़ा आएगा तुमको।...कहो। चेतन। चेतन। हाँ, ऐसे ही। बिलकुल ऐसे ही। वॉह।...ऑह।...फ़ैंटेसी के साथ सम्भोग करते हुए ख़ुद पूरा मज़ा लिया तानाशाह ने परन्तु सेक्स के दौरान सजग होकर पत्नी के प्रत्येक हाव-भाव पर लगातार तिरछी नज़र भी रखे रहा। उसे तब बड़ा धक्का लगा जब पायल ने उसकी फ़ैंटेसी में न केवल बढ़-चढ़ कर हिस्सा लिया, ख़ूब मज़ा भी लिया।

बस, उसी पल तय हो गया कि पायल का चेतन से चल रहा है।

सम्भोगरत पत्नी के चेहरे के भाव, शरीर के आन्दोलन और आत्मीय पलों में अधखुली रह गई आँखें—सबमें चेतन का अक्स स्पष्ट था; कन्फ़र्मेटिव टेस्ट पॉज़िटिव निकला था।

अब रस्तोगी जी को चेतन से बचाना है अपनी पायल को।

वही कर रहे हैं वे इन दिनों; उसी सिलसिले में चाहे जब पत्नी से पड़ताल करनी पड़ती है उनको। अभी कल ही, पत्नी देर तक हँस-हँस कर, धीमी आवाज़ में मोबाइल पर बात करती रही। वे अख़बार पढ़ रहे थे पर कान पायल के फ़ोन पर रहे; बाद में पूछ लिया—

"किससे बात हो रही थी?"

"एक सहेली थी, क्यों?"

"बड़ी घुट-घुटकर बातें हो रही थीं?"

"सहेलियों से तो ऐसे ही होती हैं।"

"नाम क्या है उसका?"

"तुम उसको नहीं जानते।"

"पर कोई नाम तो होगा?"

"ऑफ़िस की सहेली है यार।"

"वैसे मैं तुम्हारी सहेली का नाम जानता हूँ..." तानाशाह ने हँसकर कहा।

"...मतलब?"

"ये चेतन था, है न?"

पायल ने ज़ोर से घूरा उसे। घूरती ही रही। उसके चेहरे पर वितृष्णा थी और आँखें भर आई थीं। आँसुओं को ज़ब्त करते हुए उसने कहा—

"तुम्हारे दिमाग़ में यही सब चलता है?"

"क्यों न चलेगा?"

"क्यों चलना चाहिए?"

"न चलता अगर तुम नाम बता देतीं तो," वह बोला।

पायल की आँखें बह जाने को तत्पर थीं परन्तु आँसू रोक लिये उसने।

नहीं, उसे रोना नहीं है।

मेरे आँसुओं से इसे ताक़त मिलेगी। इसके समक्ष कमज़ोर नहीं दिखना है। यही तरीक़ा है इसकी तानाशाही से निबटने का। ग़ौर से घूरती रही वो उसके चेहरे को; वो चेहरा कहाँ गया जिसे इतना प्यार किया था उसने कभी? वो चेहरा था भी या एक मुखौटा था, बस? अभी तो यह एकदम ही अलग चेहरा है।

नकली आदमी निकला ये तो!

इसके लिए सेक्स ही प्यार है।

जो है, सेक्स है, बस सेक्स।

...पायल नाम की स्त्री मात्र नितम्ब, कमर, वक्ष और योनि का ही नाम है; इनके अलावा भी पायल में कुछ है, तानाशाह मानता ही नहीं। उसकी संवेदना, इंटेलिजेंस, समझदारी, ज़िम्मेदारी, रचनात्मकता; गुण जो पायल को पायल बनाते हैं, उनका कोई मोल ही नहीं उसकी नज़र में। पायल से उसे सेक्स चाहिए। हरदम सेक्स। बस सेक्स।...एक सेक्स मैनियक पुरुषवादी! इसी सोच से इसका शक्की मिज़ाज निकला है।

क्या अभी वह वास्तव में चेतन से बात कर रही थी?

नहीं, वह अपनी एक दोस्त से बात कर रही थी।

परेशान है उसकी दोस्त। पति की कम्पनी ने उसे ले-ऑफ़ कर दिया है। जब नौकरी नहीं रही तो वह बौखलाया रहता है, इसे मारता है, मानो कम्पनी का बदला इससे ले रहा हो। लम्बा रोना रो रही थी वह फ़ोन पर। रस्तोगी जी को क्या बताती कि कौन-सी सहेली थी ये?

"चुप क्यों रह गईं? बोलो?"

"क्या बोलूँ यार!"

"यह भी मैं बताऊँ?"

"बता दो क्योंकि तुमको वही सुनना है जो तुम्हारे मन में है।"

"हाँ, क्योंकि मुझे सच पता है।"

"क्या है सच?"

"यही कि फ़ोन चेतन का था।"

"मैं कहूँ कि नहीं था, तो?"

"यार, था तो चेतन का ही।"

"जब इतना ही श्योर हो तो फिर पूछना क्यों?"

"बस, अपनी ग़लती स्वीकार लोगी तो मुझे अच्छा लगेगा..."

"...अच्छा? चलो, मैं अपनी ग़लती मान लूँ तो..."

"...मैं माफ़ कर दूँगा अभी, यहीं के यहीं।"

"बहुत महान हो यार!"

जुगुप्सा से भर गई वह।

"इतना रबिश कैसे बोल लेते हो यार?"

"मेरे जेनुइन कंसर्न को रबिश कहते हुए शर्म नहीं आती?" वह गुर्राया।

"आती है, तुम्हारी बातें सुनकर किसी को भी आएगी।"

"अच्छा!" तानाशाह ने उसकी आँखों में आँखें डालकर देखा।

मौन रही पायल परन्तु उसने नज़रें नीची नहीं कीं।

तानाशाह सन्तुष्ट है कि एकदम सही जगह पकड़ा है उसने, एक शब्द तक बोलते नहीं बन रहा इससे अब।

तानाशाह ने अब अगला पैंतरा खेला।

"चेतन से रोज़ मिलती हो?"

"हाँ, मेरा सब-ऑर्डिनेट है वो। इसे मिलना कहते हो तो हाँ, वह मुझसे रोज़ मिलता है।"

"मिलने के नाम पर ऑफ़िस में क्या-क्या होता है, हम जानते हैं।"

"अपने ऑफ़िस में लड़कियों से ऐसे ही मिलते हो?"

"ज़ुबान सँभालकर! जानती हो, किससे बात कर रही हो?"

"भगवान से! है न?"

"कुछ सोचती भी हो कि..."

"सोचना क्या मेरी ही ज़िम्मेदारी है?"

"चलो, ऑफ़िस का छोड़ो; उसके बाद वो फ़ोन क्यों करता है?"

"ऐसे कौन से फ़ोन आते हैं उसके?"

"आते तो हैं," तानाशाह की हँसी तेजाबी है और चेहरे पर कुटिल मुस्कान।

"मुझे कौन कब फ़ोन करता है, इसी पर कान रहते हैं तुम्हारे?" पायल ने पूछा।

"यह मेरी बात का उत्तर नहीं," वह बोला।

"वो मेरा सब-ऑर्डिनेट है—कोई ऑफ़िसियल प्रॉब्लम आ जाए तो बात तो करेगा न? बॉस हूँ उसकी।"

"ऑफ़िसियल प्रॉब्लम, माई-फुट! अरे यार, मैडम जी आठ घंटे तक तुम्हारे ही साथ थीं; मन नहीं भरा तुम्हारा? उनके निकलते ही सारे अर्जेंट काम याद आने लगे तुमको?"

"दसों काम रह जाते हैं यार।"

"बहुत हरामी होती है ये मर्द जात।"

"चेतन सीधा-सादा है।"

"उसे इतना गहरा जानती हो? वाह!"

"कभी सीधा नहीं सोच सकते तुम?"

"अच्छा चलो, सीधा पूछते हैं। बताओ, कितना जानती हो चेतन को?"

"यार, हम ये डिस्कशन बन्द नहीं कर सकते?...इट हर्ट्स ट्रिमेंडसली।"

वह रुआँसी हो चली।

"पर तब तो बड़े मज़े ले रही थीं?"

वह सेक्स के दौरान चेतन के नाम से जो फ़ैंटेसी दोनों ने इनेक्ट की थी उस तरफ़ इशारा कर रहा था।

"तब क्या?"

"चेतन के नाम पर कैसा उछल-उछलकर मज़ा ले रही थीं..."

"छी छी!!...मैं मज़ा ले रही थी?...तुम ही..."

"...देखो, मज़े तो ख़ूब लिये तुमने। चेतन का नाम ले-लेकर जैसा माइंडब्लोइंग सेक्स तुमने किया वैसा हमारा सालों से नहीं हुआ था।"

"तो? इससे क्या समझा तुमने?"

"मैं तो सब समझ गया; अब तुम बताओ कि चेतन से क्या चक्कर है?"

"चक्कर का मतलब?"

"यार, इतनी भोली भी नहीं तुम कि चक्कर का मतलब समझाना पड़े।"

वह फिर से रुआँसी हो आई।

रुआँसा मुँह देखकर तानाशाह को आत्मिक सन्तोष मिल गया। खुलकर मुस्कराने लगा वह। औरतों को सही-ग़लत बतलाना पड़ता है यार; वे कब भटक जाएँ, कहना कठिन है।

वह अब रोने लगी।

वह आनन्दपूर्ण उत्तेजना से भर गया।

एकदम सही जगह पकड़ा है उसने—तभी तो रोने के नाटक पर उतर आई है। तिरिया चरित्र ख़ूब पहचानता है वो!

"तुम मुझे चरित्रहीन कह रहे हो?" वह सिसकियाँ लेने लगी।

"नहीं, मैं तो बस वॉर्न कर रहा था। इस सीधे-सादे चेतन से दूर रहो।"

"क्या करूँ? नौकरी छोड़ दूँ?"

बात ग़लत दिशा में जा रही है। तानाशाह ने तुरन्त भ्रम दूर करना उचित समझा—

"नौकरी छोड़ने की कौन कह रहा है?"

जानती है पायल भी कि नौकरी छोड़ने की बात तानाशाह की दुखती रग है। वह रुआँसे चेहरे से ही मुस्कराने लगी।

"फिर चाहते क्या हो?" पत्नी ने कहा।

"बस, तुम इस चेतन से कोई सम्बन्ध मत रखो।"

"मेरा उससे कोई सम्बन्ध नहीं। जैसे दूसरे कलीग्स के साथ सम्बन्ध हैं, वैसे हैं, बस।"

"पर वैसे भी क्यों रखना? मत रखो। उसका कोई फ़ोन आए तो उठाओ ही मत। नम्बर ही डिलीट कर दो हरामी का।"

“कैसी बात करते हो यार?”

“क्यों? उससे बात न होगी तो आसमान टूट पड़ेगा?”

“मान लो, ऑफ़िस का ज़रूरी मैसेज हो, कोई डिस्कशन हो तब? ऑफ़िस कॉल तो लेने पड़ेंगे न?”

“लो, सबके लो; बस, इसका मत उठाओ।”

“यार, चेतन मेरा डायरेक्ट असिस्टेंट है। कल को कुछ गड़बड़ हो गई तो? वो कहेगा, क्या करें, मैडम फ़ोन ही नहीं उठातीं...”

“...नहीं, वो तुम्हारी शिकायत नहीं करेगा।”

“ज़रूर करेगा। अपनी नौकरी को ख़तरे में डालेगा क्या?”

“...डालेगा। नौकरी को ख़तरे में डाल देगा पर अपनी प्यारी मैडम को नहीं डालेगा।”

वह आँसू भरी आँखों से देखने लगी उसे। कोई असर नहीं हुआ उस पर।

“तुम ग़लत सोचते हो। फ़ैंटेसी को यथार्थ पर इम्पोज कर रहे हो, बस...”

“यथार्थ से तो सारी मुश्किल है मेरी जान।”

“तुम बार-बार मेरे चरित्र पर उँगली क्यों उठाते हो?”

वह ज़ोर-ज़ोर से रोने लगी।

हर बार रुलाकर ही छोड़ता है वह उसे।

चलो, प्रायश्चित्त कर रही है, रो लेने देते हैं इसे; मन में अपराधबोध पैदा करके रखो तो स्त्री दबकर चलती है। देखिए भाई साहब, स्त्री सीधे कभी अपना अपराध स्वीकार नहीं करती है।

तानाशाह उसे सिसकते देखता रहा, फिर बोला—

“तुम रोओ मत। मुझे पूरा विश्वास है तुम पर, बस इससे दूर रहो।”

वह सिसकती रही।

“तुम बहुत अच्छी हो पर वो हरामी है।...सारे पुरुष हरामी होते हैं।”

वह आँखों में आँसू भरकर तानाशाह का चेहरा ग़ौर से देखती रही, और अचानक ही मुस्कराने लगी।

“क्या हुआ?” उसने मुस्कान पकड़ ली।

वह रुआँसी मुस्कराहट के साथ बोली—

“फिर तो अपनी भी बताओ तुम; तुम भी तो पुरुष हो?”

पत्नी ने वह निषिद्ध प्रश्न पूछ लिया जिसे सुनकर उसका बौखला जाना तय था।

बौखलाकर खड़ा हो गया वह।

चिल्लाकर बोला—

“इस चेतन ने तुम्हारा दिमाग़ ख़राब कर दिया है।”

पाँव पटकता हुआ तानाशाह कमरे से बाहर चला गया।

पुराना ज़माना होता तो वह पायल को ज़मीन पर पटककर अभी ठोंक डालता पर यह नई सदी की नारी है। इसे कुछ अलग ढंग से डील करना पड़ेगा। पढ़ी-लिखी औरत से बहुत सँभलकर, बहुत ही सँभलकर चलना पड़ता है भाई साहब वरना औरत हाथ से निकल जाएगी।

तानाशाह नम्बर तीन

[तानाशाह पुल्लिंग ही हो, ज़रूरी नहीं]

लोकगाथाओं और क़िस्सों ने तानाशाह की एक ख़ूँख़ार-सी छवि बना दी है हम लोगों के मन में—डरावना चेहरा, मज़बूत जबड़ा, पैने और मैले, ऊबड़-खाबड़ हिंसक दाँत, रक्तिम नेत्र, ख़ूँख़ार भाव, अजीब से उलझे-बिखरे बाल, डरावनी घनी मूँछें, कुल मिलाकर एक भयावह बीभत्स भंगिमा वाला राक्षसी व्यक्तित्व। इससे यह लगने लगा कि तानाशाह बस पुरुष ही हो सकता है और वो कभी ख़ूबसूरत नहीं हो सकता। दोनों ही बातें ग़लत हैं; ख़ूबसूरत चेहरे भी तानाशाह निकल आते हैं और तानाशाही लिंग आधारित नहीं होती; तानाशाह पुल्लिंग हो सकता है, स्त्रीलिंग भी, उभयलिंगी भी; हिजड़ों द्वारा हिजड़ों की दुनिया को जिस तानाशाही तेवर से कंट्रोल किया जाता है वह सर्वविदित है।

असल में तानाशाही एक सोच है, जेंडर नहीं।

हमारी कथा का तीसरा तानाशाह एक स्त्री है।

तानाशाह नम्बर तीन।

बला की ख़ूबसूरत, घबराई हिरनी-सी बड़ी-बड़ी आँखें, रसीले होंठ, अन्दर तक उतर जाने वाली मीठी छुरी-सी मुस्कान, तिरछी चितवन, सुनहरे घने बाल, मारक पतली-सी कमर, आमंत्रण देते हुए उभरे नितम्ब, नशीली शीरीं आवाज़ और ऐसी मादक चाल मानो ये दुनिया एक रैम्प हो; तानाशाह की पारम्परिक इमेज के एकदम विलोम तस्वीर; एक हसीन तानाशाह!

नाम है पूनम।

शरद पूर्णिमा के चाँद-सी मोहक, बेहद ख़ूबसूरत; महफ़िल में हो तो सारी महफ़िल उसकी गिरफ़्त में; लोग पलट-पलटकर देखते हैं उसे; कभी सीधे, कभी कनखियों से, कभी इस कभी उस बहाने से; हर पुरुष के मन पर घटा-सी छा जाने वाली स्त्री है पूनम। पैनी कटार है उसका हुस्न और इस हथियार का कहाँ,

कैसे इस्तेमाल करना, जानती है वो। कि उसकी ख़ूबसूरती एक अमोघ अस्त्र है, यह बात किशोरावस्था में ही जान गई थी वह।

कमसिन उम्र में ही प्रेमी टाइप के लोग उसके पीछे लग गए थे; लम्पट भी, शरीफ़ भी। उसका कॉलेज जीवन सतत स्वयंवर का अनवरत सिलसिला-सा था। एक उम्र तक विभिन्न प्रेमियों के बीच यह स्वयंवर चला; आज यह शख़्स तो कल वो, आज इससे, कल उससे—बहुत ठोंक-बजाकर, कई प्रत्याशियों को आजमाकर उसने फ़ाइनली कुशल को चुना था जिसका सबसे बड़ा गुण ये था कि वो पूनम के लिए सिर के बल भी चल सकता था; चलता ही था। पूनम से वह जब भी मिला सिर के बल ही मिला, या फिर पूरा दंडवत; कुशल का यही अन्दाज़ भा गया पूनम को।

स्वयंवर में उसने कुशल को चुन लिया।

प्रेम-विवाह के बाद भी स्थिति वही रही—जब देखो, सिर के बल ही मिलता कुशल, या साष्टांग दंडवत; वैसे (पूनम की अनुमति और आज्ञा से) वह कभी सिर उठाकर भी चला करता है। दाम्पत्यलैंड का आज्ञाकारी नागरिक है वो, पूनम को हृदय से समर्पित ताबेदार, एक आँख हमेशा पूनम के मूड पर कि वह ख़ुश है कि नहीं? पूनम के अप्रूवल के बग़ैर वह कभी कोई छोटा-सा काम भी नहीं करता है, घबराया रहता है कि वो रूठ न जाए क्योंकि वो अक्सर रूठ जाती है, किसी भी बात पर!

...अच्छा, मान लो कि वो कभी कुशल के श्वास लेने पर ही रूठ जाए, तो? हाँ, वो इस पर भी रूठ सकती है। तो क्या तब कुशल अपनी श्वास रोक लेगा? हाँ, रोकेगा तो ज़रूर; उसकी हिम्मत ही नहीं कि फिर वह श्वास लेता रहे, वह श्वास रोक लेगा; उतनी देर तो रोके ही रहेगा जितनी देर तक वह बिना मरे रोक सके; वैसे उसे पता है कि इसी बीच पूनम श्वास लेने की अनुमति दे देगी, पूनम बहुत प्रेम करती है न उसे, इसीलिए।

पूनम का रूठना, नाराज़ होना चलता रहता है।

रूठना एक बड़ा हथियार है इस तानाशाह के हाथ।

रूठना, कोपभवन में बैठ जाना, सीधे मुँह बात न करना, अबूझ इशारों में बातें करना, बात-बात पर शिकायत करना, ख़ुद को विक्टिम बनाकर पेश करना, पूनम का सत्ता के औज़ार हैं। वह पलक झपकते रूठ जाती है, खटाक से मुँह फुला सकती है, अचानक मौन हो सकती है; फिर कुशल बार-बार उसके समक्ष नाक रगड़े तभी मानती है वह। कुशल की दाम्पत्य गाथा संक्षेप में कहें तो, दो दंडवत में कट गए, दो नाक रगड़ाई में! रूठना, रूठे रहना, रूठे ही रहना फिर अचानक ही औचक मान जाना-तानाशाही का अपना ही तरीक़ा है पूनम का।

उसका दूसरा हथियार है उसकी तानों भरी बातें, 'देखन में छोटी लगें घाव करें गम्भीर' टाइप के ताने कि 'तुम अपने घरवालों से इतना डरते क्यों हो?'... क्या बोले वो?...कुछ नहीं बोलता। उसके तानों का कोई उत्तर नहीं देता वह।

चुपचाप सुन लेता है सब।..."मुझे तो कई बार शर्म आती है यार कि मैंने यह कैसे आदमी से प्रेम कर लिया जो मेरे लिए तनकर खड़ा भी नहीं हो सकता?"...कल ही कह रही थी पूनम उसे।...इस चक्कर में वह परिवार में हर एक से बुरा बन चुका है, विधवा माँ से, बड़े भाई-बहन, दोस्त, सबसे।

फिर भी पूनम को अभी वो सन्तोष नहीं। तानाशाह की तमन्ना परिवार में अपने एकाधिकार की है; एकच्छत्र सत्ता!

अभी तो कुशल और पूनम के विवाह को बस दो साल ही हुए हैं, बस।

*

आपसदारी में तब यह चर्चा ख़ूब गरम रही कि इस विवाह में आख़िर किसने किसको फँसाया?

पूनम के तत्कालीन दीवाने पूछते रहे कि कुशल जैसे साधारण लुक्स वाले लड़के में पूनम ने आख़िर ऐसा क्या देख लिया? कुछ क़रीबी फुसफुसाकर यह भी कहते रहे कि यार हमने तो कुशल को ख़ूब समझाया था कि तू है सीधा-सादा आदमी, पूनम जैसी के साथ निभा पाना तेरे बस की बात नहीं; पर कुशल तो इससे ऐसा अविभूत, तब भी और अब भी कि क्या कहें; गद्गद कि पूनम ने इतने प्रत्याशियों के बीच उसे चुना। आज भी वही अहोभाव कायम है। पूनम की तानाशाही का हर एक्शन अपने सिर-माथे; कुशल ऐसी प्रजा है जो अपने तानाशाह के प्रेम में पड़ गई है। प्रेम के अतिरेक में आँखें मुँद जाती हैं, इसकी भी मुँदी हैं। यह पूनम में कुछ भी ग़लत नहीं देखता। अब जाकर इसकी आँखें धीमे-धीमे खुल रही हैं पर उन आँखों से भी यह अपनी ही ग़लतियाँ खोजता है; पूनम भी ग़लत हो सकती है, सोच ही नहीं पाता; वो ऐसी प्रजा है जो ग़ुलामी में रस लेने लगती है।

...कभी लगता है कि कुशल रस लेने का नाटक तो नहीं करता? तानाशाही में सरवाइव करने के लिए नाटक भी करने पड़ते हैं; खुले गले से नारे, जुलूसों में तख़्ती लेकर निकलना, सार्वजनिक बयान कि तानाशाह से बड़ा लोकतांत्रिक बादशाह देश में हुआ ही नहीं; सारे नाटक!

पूनम अटपटे आदेश देकर देखती रहती है कि सल्तनत में कहीं विद्रोह तो नहीं पनप रहा? हुक्मउदूली बर्दाश्त नहीं उसे। नाफ़रमानी के तनिक से शक पर भी वो सख़्त सज़ा देती है पर इस अदा से कि तय न कर सको कि इसे सज़ा कहें या पारितोषिक? एक सफल तानाशाह की सज़ा और पारितोषिक में फ़र्क़ करना असम्भव होता है; इनाम में हाथी देने और उसी हाथी के पाँव के नीचे आपका सिर रख देने के बीच बादशाह के मूड का बारीक सा अन्तर होता है, बस! पूनम के इनाम भी ऐसे ही होते हैं, और सज़ा भी इनाम कहकर दी जाती है। उदाहरणार्थ, शृंगार रस पूनम का इनाम भी है, सज़ा भी, हथियार भी।

शादी के तुरन्त बाद ही पूनम ने कुशल के आसपास फैंसिंग खड़ी करनी शुरू कर दी थी; आत्मीय, रंग-बिरंगे सरियों की बाड़। "...मेरे लिए तो टाइम ही नहीं तुम्हारे पास,...कब तक माँ के पल्लू से बँधे रहोगे;...हर काम में पिताजी की सलाह क्यों लेना;...अपने पैसों का हिसाब अलग रखो न;...छोटे भाई की फ़ीस तुमने क्यों दी;...बालों को इतनी स्टाइल में ट्रिम कराया था मैंने, तारीफ़ का एक शब्द बोला तुमने;...दफ़्तर में धूनी रमाए बैठे रहते हो—कभी याद नहीं आती मेरी, आती है तो फ़ोन क्यों नहीं किया;...तुममें आजकल वो बात ही नहीं रही;...तुम्हारा कोई इंट्रेस्ट ही नहीं रह गया है मुझमें;...बैंक लॉकर सिर्फ़ मेरे नाम से करवाओ—तुम्हारे साथ ज्वॉइंट लॉकर नहीं चाहिए मुझे, ऐसी चोचलेबाज़ियों में मेरा कोई विश्वास नहीं;...गुड़िया ने फ़ेसबुक पर फ़ोटो लगाई तो अपनी बहन की फ़ोटो पर फटाक से लाइक भेज दी पर यह नहीं देखा कि उसी बहन ने तीन बार से मेरे फ़ोटोज पर कोई रेस्पोंस नहीं दिया है!"

इस तरह मात्र सात माह में पूनम ने कुशल को एकदम अकेला कर दिया था।

*

...कुछ समय तक तो कुशल समझ ही नहीं सका कि हो क्या रहा है?

पूनम की अदाएँ कब सज़ा बन गईं, कब वह प्रेम में तानाशाह बन गई, कब उन दोनों का सम्बन्ध ग़ुलाम और मालिक में बदल गया, उसे पता ही नहीं चला। अब जब पता चला है तो वह मौन रहने लगा है; कभी तो समझेगी वो। प्रेम एक खुली जेल बन गया है कुशल के लिए; जेल उतनी ही खुली है जितनी एक खुली जेल होती है! माँ उसे दया से देखती है, दोस्त उससे कतराते हैं (वह भी उनसे कतराने लगा है) रिश्तेदार उस पर हँसते हैं; पर उसे अब भी लगता है कि पूनम बड़ी भोली है, नहीं जानती बेचारी कि क्या सही है, क्या ग़लत।

कुशल के जीवनपथ पर तानाशाह के इतने कट-आउट्स लग गए हैं कि रास्ते के सारे दिशा संकेत छुप गए हैं; यहाँ से अब कहाँ और कैसे जाया जाए, वह पूरी तरह क्लूलेस है।

*

अब यह दृश्य देखें; शायद बात को बेहतर समझ पाएँ—

कुशल ऑफ़िस से घर आया है।

घुसते ही हैलोऽऽ किया है उसने।

कोई जवाब नहीं, मुँह बनाए बैठी है पूनम।

घबरा गया कुशल; सुबह तो सब कुछ ठीक-ठाक छोड़ा था, इसी बीच क्या हो गया होगा? अभी इसका मूड ऐसा क्यों है? ये ऐसी गुमसुम क्यों?

टीवी पर फ़ेवरेट कॉमेडी शो चल रहा है पर यह हँस नहीं रही? यार, कुछ तो हुआ है। पूनम के सामने लैपटॉप खुला पड़ा है, शायद फ़ेसबुक, शायद व्हाट्स ऐप, या कोई और ही सोशल मीडिया साइट; टीवी और लैपटॉप के बीच आवाजाही कर रही है उसकी नज़र।

कुशल बुझ-सा गया।

बोला कुछ नहीं, चुपचाप वाशरूम चला गया। लौटा तो मुँह अब भी सूजा ही था।...पूछूँ इससे?...पर वो भी ख़तरे से ख़ाली नहीं; पहले स्थिति समझ ली जाए। वह चुपचाप पास की कुर्सी पर बैठ गया। वह न केवल चुप है, उसकी तरफ़ देख भी नहीं रही। तानाशाह के तेवर ठीक नहीं। अब प्रजा को ही कुछ अन्दाज़ा लगाना होगा।...सोचो, सोचो; क्या अपराध हुआ होगा तुमसे? फिर सोचो कि आज तानाशाह क्या सज़ा देगा? पूनम इस बार कब तक रूठी रहेगी? कब जाकर मानेगी? और कैसे मानेगी? वह क्या करे कि ये जल्दी मान जाए?

अभी आठ दिन पहले ही तो रूठी थी, दो दिन ख़ासी रूठी रही थी; बाद में कहती है कि तुमने मेरी मम्मी को बर्थ डे विश नहीं किया, मेरी किरकिरी करा दी। ...पर मैंने तो उनको सुबह दस बजे ही विश कर दिया था मेरी जान?...सुबह दस बजे! यह भी कोई टाइम हुआ? बन्दा रात बारह बजे से तुम्हारी विश का वेट कर रहा है और तुमको सुबह दस बजे ये बात याद आती है—हद है!...जब उनको पूरी दुनिया विश कर चुकी तब जाकर तुमने की, ऐसी विश की भला क्या वेल्यू? ख़ुद बताओ? मम्मी बोलीं कि ज़रूर तुमने ही कुशल को याद दिलाया होगा वरना उसे इन फ़ालतू बातों के लिए फ़ुरसत ही कहाँ रहती है!

अन्ततः उसने लैपटॉप पर नज़रें गड़ाए पूनम से पूछ ही लिया—

"क्या हुआ जान?"

"कुछ नहीं; होना क्या है!" वह बिना उसकी तरफ़ देखे बोली, नज़रें लैपटॉप पर ही रहीं।

"कुछ तो हुआ है?"

"कह रही हूँ न, कुछ नहीं..."

"फिर ऐसी क्यों बैठी हो?..."

"कैसी बैठी हूँ?...और कैसे बैठते हैं?"

"रोज़ ऐसे बैठती हो?"

"हाँ, ऐसी ही बैठती हूँ..."

"ऐसी तो नहीं बैठतीं यार।"

"ऐसी ही बैठती हूँ, कभी सिर के बल बैठी मिली?"

"नहीं, वो बात नहीं।"

"फिर?"

"गुमसुम बैठी हो, एकदम चुपचाप, इसीलिए पूछ रहा हूँ..."

"ढोल बजाने लगूँ?"

"मैं ऑफ़िस से लौटकर आया और तुमने..."

"ओह! तो पतिदेव ऑफ़िस से लौटें और मैं आरती का थाल लेकर..."

"वो बात नहीं कह रहा..."

"...फिर?"

"देखो यार, तुम कहो, न कहो—परेशान तो हो तुम।"

पूनम तालियाँ बजाने लगी।

"वाह यार, बड़ा समझते हो मुझे!...किस एंगल से परेशान लग रही हूँ?"

"ज़रा अपना चेहरा देखो?"

"क्या करें, ऐसा ही है।"

"ऐसा तो नहीं है, ख़ासा ख़ूबसूरत है। हम ऐसे ही तो नहीं मर मिटे थे इस पर।" कुशल ने विवाद ठंडा करने के लिए प्रेम का छींटा मारना चाहा।

"मेरी शक्ल तो यही है, यही थी, तब तुम अन्धे थे मेरे प्यार में; ठीक से इसे देख नहीं पाए।"

"और अब?" उसने बात को मज़ाक़ में टालने की कोशिश की।

"अब तुम्हारी आँखें खुल चुकी हैं। अब तो घर की मुर्ग़ी दाल बराबर..." कहकर वह और गुमसुम बैठ गई।

"बताओ न यार? क्या हो गया? क्यों ग़ुस्सा हो?"

हारकर वह घिघियाने पर आ गया।

वह पिघली, पर सतह पर।

"चलो, बता दिया, हाँ मैं ग़ुस्सा हूँ; अब?"

"क्यों हो?"

"तुमको कोई फ़र्क़ पड़ता है?"

"फ़र्क़ न पड़ता तो ऐसे परेशान होता?"

"तुम और परेशान!! मुझे तो नहीं दिख रहे!"

"तुमने देखा ही कब? तब से, एक बार भी मेरी तरफ़ देखा?"

"यार, देखना नहीं पड़ता, बन्दे की आवाज़ बता देती है सब।...चलो, देख भी लेते हैं," कहकर पूनम ने एक तिरछी निगाह कुशल पर डाली। देखकर व्यंग्यपूर्वक मुस्कराई भी।

"हाँ, थोड़ा परेशान तो लग रहे हो..." उसकी मुस्कान और तिरछी हो गई।

उसकी मुस्कान और निगाह से बचते हुए कुशल ने इसरार किया—

"यार, बताओ न प्लीज़?"

"तुमको नहीं पता?"

वह उसे घूरने लगी।

तानाशाह की नज़रों का सारा फोकस कुशल के चेहरे पर था। कुशल सिर झुकाकर सोचता रहा।...यार, ऐसा क्या कर डाला होगा उसने? वो पिछले कुछ दिनों को रिवाइंड करके देखने लगा। कुछ याद नहीं आया।

आँखें बन्द करके वह सोच ही रहा था कि अचानक पूनम ने कहा—

"तुम तो सो ही गए यार?"

"नहीं तो!...मैं तो चिन्ता कर रहा था कि..."

"...और इसी चिन्ता में तुम्हारी नींद लग गई, वाह!"

"परेशानी में कैसी नींद..."

"तुम, और परेशान!"

"तुम परेशान हो तो मैं भी होऊँगा ही न?" कुशल ने उसका हाथ थाम लिया और घिघियाते हुए कहा, "यार, अब तो बता दो?"

पूनम ने हाथ झटक दिया पर बोली कुछ नहीं।

वह देर तक लैपटॉप पर स्क्रॉल करती रही। गाढ़ा मौन मानो चारों तरफ़ जम गया था। वह उसकी तरफ़ देखे जा रहा था।

अन्ततः पूनम ने ही मौन तोड़ा—

"कुछ नहीं। मुझे सिरदर्द हो रहा है, बस।"

"सिर दबा दूँ?"

कुशल समझा ही नहीं कि पूनम ने बात मज़ाक़ में कही थी।

वो हँस पड़ी, "अच्छा! मैंने कहा और तुम मान भी गए?"

"मतलब?"

"कितने फटाक से मान लिया कि मैं सिरदर्द के कारण गुमसुम हूँ!"

"...यार, तुमने ही कहा..."

"...हाँ मैंने कहा, तो? अरे दिखता नहीं, रूठी हुई बैठी हूँ?"

पूनम को एतराज़ है कि प्रजा उसके मूड को क्यों नहीं भाँप सकी?

"वही तो पूछा था, क्यों रूठी हो यार?"

"वह भी मैं ही बताऊँ?"

शिकार से पहले बिल्ली, खेल रही है चूहे से, छका रही है उसे। बड़ा मज़ा आता है पूनम को इस गेम में।

"क्यों? ख़ुद नहीं समझ सकते?" पूनम ने दूर कहीं देखते हुए कहा।

कुशल माथा पकड़कर बैठ गया। चार दिन भी शान्ति से निकल नहीं पाते कि यह ऐसे ही रूठ जाती है।

"यार, परेशान मत करो प्लीज़।"

"परेशान कर रही हूँ? मैं! तुमको? मैं तो एकदम चुपचाप बैठी हूँ। तुम ही बोले जा रहे हो।"

"तुम्हें परेशान देखकर परेशान हो जाता हूँ..."

"...वाह!...थैंक्यू वेरी मच।...ग्रेट। मेरा सौभाग्य!!" पूनम ने पूरी नाटकीयता से कहा। लैपटॉप को बे-बात स्क्रॉल करते हुए बोले जा रही है पूनम। फ़ेसबुक पेज खुला है उस पर।

अचानक ही उसने पूछा, "मेरा कल का फ़ेसबुक प्रोफ़ाइल देखा तुमने?"

"हाँ, देखा न।"

"कैसा लगा?"

"अपने दीवाने से क्या पूछती हो? बहुत ख़ूबसूरत लग रही हो...", उसने कहा।

तारीफ़ सुनकर वह मुस्कराई।

"तुमको मेरी फ़ोटो ख़ूबसूरत लगी, राइट? अब ज़रा ये सारे कमेंट्स पढ़ो—मेरे दोस्तों ने इसी फ़ोटो को देखकर क्या-क्या लिख भेजा है..." कहकर उसने लैपटॉप का स्क्रीन कुशल की तरफ़ घुमा दिया।

वह सरसरी तौर पर कमेंट्स देखने लगा।

"ठीक से पढ़ो सारे..."

"देख रहा हूँ न।"

"क्या देखा?...बीस लोगों ने तो यह कहा कि तुम बहुत उदास लग रही हो, दस ने पूछा है कि परेशान क्यों हो; होप, यू आर फ़ाइन, ऐसा तक लिखा है; हसन, रमन और आशु ने तो व्हाट्स ऐप के इन-बॉक्स में आकर अलग से पूछा कि कोई ऐसी-वैसी परेशानी हो तो बिना संकोच के बताओ, ऐनी हेल्प?...चार लोगों ने तो फ़ोन करके हालचाल लिया कि तुम्हारे साथ सब ठीक-ठाक है न?...सो फ़ोटो थी तो ऐसी; और आपको वही फ़ोटो बड़ी ख़ूबसूरत लगी!"

"यार, ऐसी मुस्कराती फ़ोटो पर कोई कैसे..."

"...देखनेवाले मुस्कान के पीछे का सच पढ़ लेते हैं यार। पर तुम मुझे देखते ही कहाँ हो आजकल?"

पूनम ने लैपटॉप को वापस अपनी तरफ़ घुमा लिया।

पूनम के अनगिनत सोशल मीडिया फ्रेंड्स हैं।

उसके क्लास-फेलो, ऑफ़िस-कलीग्स, कजिंस, डिस्टेंट कजिंस, लड़के, लड़कियाँ, फ़ैमिली, एक्सटेंडेड फ़ैमिली, स्कूल फ्रेंड्स—न जाने कितने, न जाने कौन कौन! पूनम की दुनिया इन दोस्तों के कमेंट्स, लाइक्स, और उनकी राय से ही बनती-बिगड़ती रहती है। उसके जीवन में इन सोशल पंचायतों का बड़ा महत्त्व है, यह बात कुशल भी जान गया है; वह इन पर कोई भी टिप्पणी करने से बचता है; बर्र के छत्ते में हाथ नहीं डालता वह। शुरू-शुरू में उसने कुछ दोस्तों के कमेंट्स और

इरादों पर कुछ प्रश्न उठा दिये थे तो वह बुरी तरह बिफर गई थी। अब वह सतर्क रहता है। पूनम की इस समान्तर दुनिया में घुसने की हिमाकत ही नहीं करता वह।

"जो चीज़ दूर बैठे दोस्त फ़ोटो देखकर नोट कर लेते हैं वह..."

"कौन सी चीज़?"

"यही कि मैं डिस्टर्ब्ड हूँ, तुम तो साथ रहकर भी..."

पूनम की निगाह फिर से लैपटॉप और टीवी के बीच आवाजाही कर रही है।

"क्यों डिस्टर्ब्ड हो?"

"तुमको नहीं समझ आता? पहले तो बड़ी-बड़ी बातें करते थे—तुम्हारा रोयाँ भी दुखा तो हम तड़पकर मर जाएँगे!"

इस बात पर वो क्या कहे? प्यार के नाज़ुक पलों में आदमी ऐसी ऊटपटाँग बातें कहता रहता है, इनको सीरियसली क्यों लेना?

वह अनुमान लगाने लगा—

"मम्मीजी से कोई बात हो गई क्या?"

उसने धीमी आवाज़ में यह पूछा, इतनी धीमी कि उधर माँ न सुन ले—उसे तो दोनों तरफ़ बैलेंस साधना है न; उसकी ये कोशिश पूनम ने पकड़ ली। गहरे अर्थों वाली मुस्कान आ गई उसके होंठों पर।

"मम्मीजी से पंगा? मुझे दीवार से सिर फोड़ने का कोई शौक़ नहीं," पूनम ने कहा और इतनी ऊँची आवाज़ में तो कहा कि उसकी माँ सुन ले।

"फिर बताओ न?"

"बता दूँ तो क्या करोगे?"

"तुम्हारी हर जेनुइन बात पर मैं तुरन्त..."

"और नॉन-जेनुइन बात पर?"

वह चुप हो गया। ओ स्साला! यह शब्द तो मुँह से बड़ा ग़लत निकल गया!

जेनुइन, नॉन-जेनुइन; अब बहस ग़लत दिशा पकड़ लेगी; पकड़ भी ली उसने।

"कौन तय करेगा कि बात जेनुइन है या नॉन-जेनुइन? मैं? कि तुम? कोई रूल-बुक है जिसमें लिखा हो कि ये बात जेनुइन, ये नॉन-जेनुइन?"

वह चुप रहा। उसका मुँह देखता रहा, फिर बोला—

"यार बताकर बात ख़त्म करो न।"

वह हँसकर बोली, "एकदम नॉन-जेनुइन बात है, क्या बताऊँ?"

"कह भी दो यार।"

"जेनुइन होती तो ज़रूर बताती।"

कहते हुए उसने गोद से लैपटॉप हटाकर बग़ल में रखा और उठ गई। जाते हुए उसने हँसकर एक आँख दबाई और बोली—

"मैं वाशरूम जाकर कुछ जेनुइन करके आती हूँ।"

पूनम चली गई।

पीछे छूट गए लैपटॉप का स्क्रीन रोशन है पर कुशल की हिम्मत नहीं कि उसमें झाँक भी ले। वह बैठा रहा। चुपचाप। ...सोचता रहा। ये ऐसा ही करती है। बार-बार करती है। ज़रा-सी बात पर रूठ जाना, फिर कई दिनों तक रूठे रहना; पूछते रहो, कुछ नहीं बताएगी। फिर एक दिन अचानक ही बता देगी कि क्यों रूठी हुई थी। और इश्यू ऐसा ओछा निकलेगा कि आपको अपने ही नहीं, सारे ज़माने के बाल नोचने की तमन्ना होगी।

वह बिना बाल नोचे बैठा रहा। इधर वो वाशरूम से निकल आई। कुशल का उतरा हुआ मुँह देखकर उसे दया आ गई। तानाशाही में दया का भी अपना स्थान होता है; हर तानाशाह अपने चेहरे के उदार कोण को प्रोजेक्ट करने के प्रति सतर्क रहता है। पूनम को दया आ गई थी।

"तो सोच पाए आप कि हम क्यों रूठे हैं?" पूनम ने हँसकर पूछा।

वह याचक के भाव से देखने लगा।

"बता दो और ख़त्म करो न यार?" उसने फिर कहा। वह उसे मज़े लेकर देखती रही। चलो यार, इसे बता ही देते हैं।

"क्यों? मैंने तीन दिनों से कान में ये नये ईयर रिंग्स डाल रखी हैं और..."

"...तो?"

"तुमने देखे?"

"हाँ देखे न, क्यों?"

"मुझे कैसे पता लगेगा कि तुमने देखे? एक बार भी बोला कुछ?"

"मैं क्या बोलता? मैंने ही दिलवाए थे।"

"तो? बोल नहीं सकते थे कि अच्छे लग रहे हैं?"

"वो तो मैं बोल चुका था।"

"कब बोला?"

"ज्वेलर की दुकान पर बोला था न कि ये झुमके तुम पर बहुत जँच रहे हैं..."

"दुकान पर बोलना और पहनने पर बोलना, दोनों को बराबर मानते हो?"

वह उसका मुँह ताकता रह गया; यार, ये भी!

"यार, इत्ती सी बात पर..."

"इत्ती सी बात!!"

"मेरा मतलब..."

"...मतलब एक ही है; शादी हो चुकी, अब कैसी तारीफ़?"

"यार, झुमके तो तभी देख लिये थे पर..."

"झुमका! बेपढ़ों जैसी बात मत किया करो; गले की हर चीज़ हार और कान की हर चीज़ झुमका नहीं होती यार! उस दिन रुचि के सामने तुमने प्लॉजो को

सलवार कह दिया, बताओ! एक महीने तक आँख नहीं मिला सकी उससे, अरे नाम तो सही लिया करो।"

वह चुप रह गया। चुप ही रहा। पूनम घूरती रही उसे। फिर मुस्करा दी। बोली—

"एक बार सॉरी भी नहीं कह सकते?"

"सॉरी यार।" कुशल ने माफ़ी माँगकर बात निपटाना उचित समझा।

"ऐसे बोला जाता है सॉरी? मुझे हग करके नहीं बोल सकते?"

कुशल ने हँसते हुए उसे आलिंगन में लेने की कोशिश की। वह दूर छिटक गई।

"दूर रहो यार। पूनम के ऐसे बुरे दिन भी नहीं आ गए कि उसे हग के लिए रिक्वेस्ट करनी पड़े।"

पूनम अपनी अदाओं पर आ गई। कुशल उठा। उठकर बार-बार, बार-बार सॉरी; सॉरी, सॉरी कहता चला गया जब तक कि उसने खिलखिलाकर अदा के साथ उसे परे करते हुए यह नहीं कह दिया कि छोड़ो यार, जाओ, हम जान गए तुमको!

अब पूनम ख़ुश है।

ग़ुलाम से नाक रगड़वाने के बाद तानाशाह उदार मूड में है।

"चाय पियोगे?" पूनम ने कहा।

"तुम थक गई होगी। मैं बनाता हूँ..."

...किचन की तरफ़ जाने लगा कुशल।

"सो स्वीट डार्लिंग; कितने अच्छे हो," कहकर पूनम ने लैपटॉप वापस उठा लिया।

तभी माँ चाय लेकर आ गई।

तानाशाह नम्बर चार

[कि देशप्रेम में बाधा है प्रेम, और ये बात बादशाह को बर्दाश्त नहीं]

चलिए, अब उस तानाशाह से मिलते हैं जिसकी ताबेदारी में न केवल ये तीनों तानाशाह हैं, पूरा देश ही है; इस कथा का चौथा तानाशाह।

देश का तानाशाह

कि देश उसकी मुट्ठी में, सत्ता उसकी चेरी; उसकी तेग के नीचे देश की हर गर्दन; क़द बित्ते भर का पर छाया विराट; उसके समक्ष हर सिर झुका, झुकने को मजबूर, झुकने को बेताब, उठने से घबराता; संस्कृति और साहित्य जिस पर चँवर डुलाएँ, कवि जिसके लिए भाँड़ बनने को आतुर और भाँड़जन साहित्य-संस्कृति के नियन्ता बनकर इठलाएँ-इतराएँ; वो कहे तो रात, वो कहे तो दिन,

चहुँओर भयावह नपुंसक सहमति; सर्वत्र उसी की वाह-वाह, नारों का नाश्ता, प्रशस्तियों का लंच, ढकोसलों का डिनर, चापलूसी के पेय; ज़िन्दाबाद की प्राणवायु; देशसेवा का मेकअप, राष्ट्रप्रेम का डीओ, देशभक्ति का इत्र कि जिसकी गन्ध के नीचे हर दुर्गन्ध दब जाए; मुट्ठी में गौरवशाली परम्परा का चबैना; गाल बजाने के संगीत कार्यक्रम, देश की हर समझदार सुर-ताल उसकी संगत को आतुर, समस्त वाद्यवृन्द उसकी दबोच में, हर राग उसके क़ब्ज़े में, हर सुर उसी की लय पर; झंडे का बाना, झंडे का गाना, झंडे का डंडा निकालकर सिर फोड़ने को आतुर मसीहा; प्रबल राष्ट्रवादी, महान देशप्रेमी; सबसे समझदार, सबसे बहादुर, सबसे भयभीत; निरन्तर गरजता, निरन्तर ताल ठोंकता, निरन्तर घबराता; चेहरे पर परम आत्मविश्वास, आत्मा में हीनताबोध; सिंहासन में प्राण जिसके; शिगूफ़े बनाने में ही अपनी सारी ऊर्जा होम करने को तत्पर; और भी न जाने क्या-क्या!

है वो पूरा तानाशाह पर नाम उसका जन सेवक। देश को मुट्ठी में भींचे यह कैसा सेवक है भाई?

देशद्रोहियों टाइप प्रश्न मत करिए, मुँह तोड़ दिया जाएगा आपका।...मुँह क्यों तोड़ेंगे? हमारा प्रश्न एकदम जायज़ है; क्या ग़लत कहा हमने? बिलकुल ग़लत नहीं कहा आपने, सच बोला पर यह सच बोलने का समय है क्या; यह तो उससे बचने का समय है। किसी भी समझदार नागरिक को आपने यहाँ सच बोलते देखा है कभी? ज़्यादा समझदार तो अब मौन ही हो चुके, वे बोलते ही नहीं; न सच, न झूठ, कुछ भी नहीं क्योंकि यहाँ हर बात का कोई ऐसा-वैसा अर्थ निकाला जा सकता है सो, बोलो ही मत। न झूठ, न सच। चुनी हुई चुप्पियों का समझदार समय है ये।

*

विकट देशप्रेमी है यह चौथा तानाशाह।

उसका मानना है कि उससे बड़ा देशप्रेमी कभी हुआ ही नहीं।

वो मानता है कि लोगों को देशप्रेम सिखाने की सख़्त आवश्यकता है। उस जैसा देशप्रेमी तो ख़ैर लोग बन नहीं सकते पर कुछ तो सीखें उससे। अभूतपूर्व और अतुलनीय राष्ट्रभक्त है वो। राष्ट्र पर बलि-बलि जाने वालों की कभी लिस्ट बने तो उसी का नाम सबसे ऊपर होगा, पहले से दसवें नम्बर तक बस उसी का नाम; लिस्ट तैयार करनेवाले को भी अपना करियर देखना होता है! बादशाह को लिस्ट नागवार लगी तो जाँच एजेंसियाँ पीछे लग जाएँगी; तानाशाह के समकक्ष लिस्टित नामों पर जाँच बैठ जाएगी कि ये शहीद हुए थे या कहीं दारू पीकर छत से फिसलकर तो नहीं मरे थे?

तानाशाह नाम उसे पसन्द नहीं।

कोई उसे तानाशाह कहे, वह बरदाश्त नहीं करेगा। वैसे उसका दृढ़ मत है कि यह देश तानाशाही से ही ठीक होगा। देश के लोगों को डंडा चाहिए। उसका विश्वास तानाशाही पर है यह बात वह बोलता कभी नहीं; तानाशाही नाम से नहीं, काम से ज़ाहिर होनी चाहिए, मानता है वो; लगे डेमोक्रेसी और हो विशुद्ध तानाशाही। ऐसी तानाशाही जिसका चेहरा लोकतांत्रिक हो; ऐसा लोकतंत्र जिसमें तानाशाही के सारे तत्त्व समाहित हों; लोकतांत्रिक संस्थाएँ स्वप्रेरणा से तानाशाह के अनुरूप चलें; अदालतें निर्णय देते हुए ध्यान रखें कि बादशाह क्या चाहता है; अख़बार निष्पक्ष होकर वो छापें जो बादशाह को पसन्द हो; अफ़सर उसके इशारे पर आँख मूँदकर एक्शन लें; विरोधी उसी हद तक विरोध करें जितना विरोधी की पहचान के लिए ज़रूरी हो; प्रजा बादशाह की जय, उसके नारों, उसके भजन-कीर्तन की निःशुल्क कक्षाओं में बढ़-चढ़कर हिस्सा ले। उसी के पास देश की हर समस्या का हल है, मानवता के हर प्रश्न का सटीक उत्तर है। दैहिक, दैविक, भौतिक, राजनीतिक, आर्थिक, सामाजिक और सांस्कृतिक, हर ताप का हल उसके पास है; केवल उसी के पास।

सारे उत्तर तानाशाह की जेब में हैं, बस उससे प्रश्न समझ-बूझकर किये जाएँ। उत्तरों पर एकाधिकार है उसका। खेल के नियमों और अम्पायर पर एकाधिकार की आश्वस्ति के बिना वह किसी खेल में नहीं उतरता; सारे इक्के उसके क़ब्ज़े में हों और हर बाज़ी को वही दोनों तरफ़ से खेले तभी खेलता है वह। दूसरों का अच्छा खेलना उसे बिलकुल पसन्द नहीं।

दूसरों के उत्तर उसे बर्दाश्त नहीं; होंगे उनके उत्तर सच, एकदम सोलह आने सच पर उनका सच जब तक उसके द्वारा निर्धारित और अनुमोदित उज्ज्वल परम्पराओं, मान्यताओं, पवित्र संस्कृति और पुरखों के अखंड ज्ञान के साथ मेल न खाए, उसे मान्य नहीं।

वैसे तो, किसी का कोई सवाल बरदाश्त नहीं उसे। हर सवाल से ऊपर है वह। और ऐसे-वैसे सवाल सुनकर तो वो बिफर-सा जाता है। उससे ऐसे सवाल करोगे तो उत्तर में वह आपसे वैसे कठिन प्रश्न पूछेगा कि आप मुँह छुपाते घूमोगे; अपनी आस्तीन में वह ऐसे आक्रामक और ज़हरीले प्रश्न रखता है कि आप निरुत्तर हो जाएँ; जैसे कि ये बताओ कि देशप्रेम होता क्या है? अच्छा यही बता दो कि देश क्या होता है? तुमको कुछ पता भी है कि राष्ट्र की तुम्हारी अवधारणा क्या है? बताओ कि हमारी प्राचीनता पर तुमको गर्व है कि नहीं?...इतिहास पढ़े हो कि नहीं? कौन-सा इतिहास पढ़े हो—ग़लत कि सही?...प्रश्न ही प्रश्न। एक बार अपनी आस्तीन झटक दे तो दस ऐसे प्रश्न बाहर!

*

उसे पता है कि वह बड़ा राष्ट्रप्रेमी है। पर उसकी चिन्ता है कि देश में कहीं उसकी तरह का राष्ट्रवाद और राष्ट्रप्रेम दिखलाई नहीं देता। ऐसे तो यह देश एकदम गर्त में ही चला जाएगा? उसे कुछ तो करना होगा। देश में राष्ट्रप्रेम जगाना ही होगा।

पर इस देश को सच्चा देशप्रेम कैसे सिखाया जाए?

दिन-रात यही सोच-सोचकर परेशान रहता था तानाशाह कि ऐसा देशप्रेम नागरिकों में कैसे पैदा हो? उसे पता है, प्रजाजन स्वयं में मग्न हैं, लोग देश से दूर हो चुके हैं, वे देश की सोचते ही नहीं। कहते सब हैं कि वे देश से प्रेम करते हैं पर जिस चीज़ को तुम अभी जानते ही नहीं उससे प्रेम कैसे करोगे? बादशाह प्रजाजन को राष्ट्र का मतलब समझाना चाहता है। उसे सारे देश को विकट देशप्रेमी बनाना है। यही जीवन उद्देश्य है उसका।

पर कैसे बनाए? क्या करे? समझ न आता था उसे कि तभी इसका उत्तर उसे एक सपने में मिला।

उस रात मदिरा बढ़िया रही थी, साकी ने पिलाई भी बड़े प्रेम से सो महफ़िल के बाद उसे नींद भी उतनी ही बढ़िया आई। और उस रात अलसभोर में उसे यह सपना दिखा जिसमें ये उत्तर मिला कि कैसे बनाए वो सबको देशभक्त? सपने में उसे अपने तैनात किये इतिहासकारों को बैठे काम करते देखा। वे बैठकर पुराना इतिहास ठीक कर रहे थे। उसने एक कमाल यह देखा कि वे लोग भविष्य का इतिहास भी अभी से लिखकर रखे ले रहे थे। इसी तारतम्य में वे मनोयोग से आगामी इतिहास की कोई ऐसी अद्भुत ऐतिहासिक घटना दर्ज कर रहे थे जो अभी घटी ही नहीं थी। "...ये क्या लिख रहे हो आप मेरे बारे में?" बादशाह ने उनसे पूछा। "...ये जिस आदेश का ज़िक्र तुम यहाँ कर रहे हो वो आर्डिनेंस मैंने कब ज़ारी किया? तुम किस आदेश को ऐतिहासिक बता रहे हो?"...सरकारी इतिहासकार दंडवत होकर कहने लगे कि सर, आप कैसी बात कर रहे हैं? यह तो आपका ही वो आर्डिनेंस है जो आप शीघ्र निकालने वाले हैं जो इस देश की तस्वीर बदल देगा। यह एक ऐतिहासिक घटना साबित होने वाली है। वे दंडवत पड़े रहे। वहीं पड़े-पड़े बोलने लगे कि आपका आर्डिनेंस तो ऐसा है कि जल्दी ही देश में देशभक्ति की उन्मादी लहर फैल जाएगी। "...पर कौन सा आर्डिनेंस?"...बादशाह ने तरद्दुद में पूछा। इसके उत्तर में वे लोग बादशाह की प्रशस्ति गाते रहे। प्रशस्ति के बोल थे—ऐसा आदेश निकालने की केवल आप ही सोच सकते थे। आपके एक आर्डिनेंस के कारण पूरे देश को झक मारकर देशभक्त बनना पड़ा।...बादशाह चिढ़ गया। उसने चिल्लाकर कहा, "उल्लू के पट्ठो, कौन सा आदेश? किस आर्डिनेंस की बार कर रहे हो तुम लोग?"

और इतनी ज़ोर से चिल्लाने के कारण उसकी नींद खुल गई।

सपना टूट गया था।

अभी पूरी सुबह नहीं हुई थी।

वह सपने के प्रभाव में था। सपने की सोचते हुए वो पलंग पर बैठ गया। अलसभोर की बेला थी। सुबह के सपने सच हुआ करते हैं। सपने के बारे में ही सोचता रहा वो कि ये इतिहासकार लोग उसके किस आदेश और आर्डिनेंस की बात कर रहे होंगे? वह समझ नहीं पाया था सारी बात और सपना टूट गया था; अब वो परेशान था कि इस सपने द्वारा आख़िर ईश्वर उसे क्या करने का आदेश दे रहा है? सुबह का सपना सच होता है पर यह कौन सा सच था जो वह जानने से चूक गया? ईश्वर उसे आदेश दे रहा है, यह पक्का है कि परमात्मा उसके हाथों कोई ऐसा आर्डिनेंस निकलवाना चाहता है कि जिससे समस्त देश राष्ट्रभक्त हो जाए। ईश्वर उसी की वर्षों की इच्छा को पूरा करने हेतु ये सपना दिखा रहा था पर वह बीच में ही टूट गया। उसकी भी तो बरसों की साध है कि प्रजा के बीच देशप्रेम की लहर उठे, पर कैसे? सपने द्वारा ईश्वर किस आर्डिनेंस निकालने की तरफ़ इशारा कर रहा था?

वह इस सपने के निहितार्थ को लेकर सोचता रहा, सोचता रहा।

दो दिन तक कमरा बन्द करके इसी के बारे में सोचता रहा।

उन दो दिनों में उसने और कुछ भी नहीं किया; दारू के जाम अधपिये पड़े रहे, जूता खाने को बेताब सिर फ़ालतू झुके रहे, लोग चमचागिरी को प्यासे रह गए, राजनर्तकी के नितम्ब अन-आन्दोलित रह गए, दरबारी चरणवन्दना को तरस गए और दरबार में रखा सिंहासन श्रीहीन महसूस करता रहा। बादशाह पूरे दो दिन तक सपने का इशारा समझने की कोशिश करता रहा कि वह इसका क्या अर्थ ले? क्या सपने के बहाने ईश्वर ने आदेश दिया है उसे कि तू जो लम्बे समय से सोच रहा है उस काम को करने का अब समय आ पहुँचा है? हाँ, उसके मन में लम्बे समय से एक प्लान तो लगभग बना रखा है। यह प्लान इस सोच से उपजा है कि प्रजाजन स्त्री प्रेम में ही समय बरबाद करते रहते हैं, देश से प्रेम करने का टाइम ही नहीं रह जाता उनके पास। ऐसे में वे देशप्रेम की सोचें ही कब? बादशाह लम्बे समय तक सोचता है कि उसे इस स्त्री प्रेम का कुछ करना होगा। उसने इन दो दिनों में मन ही मन वह प्लान तैयार कर डाला जिससे देश के स्त्री प्रेम को देशप्रेम की दिशा में मोड़ा जाएगा।

वैसे तो उसके पास लम्बे समय से इसके लिए यह योजना थी पर उसे ख़ुद ही इस पर सन्देह भी था कि यह सफल होगी भी या नहीं? पर आज ईश्वर ने सपने में उसे इशारा कर दिया है। अब उसके प्लान पर ख़ुदा की मोहर थी। अब वह इसे पूरी तरह फ़ालो करेगा।

वह अब अपनी योजना पर काम करेगा। अब समय आ गया है कि इस काम को एक ईश्वरीय आदेश मानकर वह देश को राष्ट्रप्रेमी और राष्ट्भक्त बनाने का ऐतिहासिक काम करेगा, ऐसा काम कि उसका नाम देश के इतिहास में अमर हो जाए।

*

और तीसरे दिन उसने एक मीटिंग करने का तय किया। अपने ख़ास लोगों की विशेष मीटिंग बुला ली। इन लोगों को इशारे में बता ही दिया जाए कि जहाँपनाह क्या चाहते हैं?

उसने ताली बजाकर अपने ख़ास लोगों को दरबारे-ख़ास में बुलवा भेजा।

ख़ास लोग तुरन्त से पेशतर आ भी पहुँचे; वे आसपास ही मँडरा रहे थे, दरवाज़े के ठीक बाहर खड़े थे कि पता नहीं बादशाह हमें कब याद कर ले। तानाशाह के निज़ाम में ख़ास आदमी बन जाना एक बड़ी बात थी पर हर वो ख़ास डरा भी रहता था कि बादशाह को ऐन मौक़े पर हम न दिखे तो वो किसी और को न बुला ले, तब कोई और ही उसका ख़ास बन सकता है। ख़ास बनना कठिन था, ख़ास बने रहना और भी कठिन।

ताली बजते ही समस्त ख़ास सभासद भागकर अन्दर पहुँच गए। सबने बढ़-चढ़कर बादशाह की कोर्निस बजाई और सिर झुकाकर उसके समक्ष बाअदब खड़े हो गए।

बैठक में तानाशाह ने एक सारगर्भित वक्तव्य दिया। वह सारगर्भित ही बोलता है। उसका बड़बड़ाना तक सारगर्भित होता है। समझदार लोग उसकी बड़बड़ाहट से भी गहन अर्थ निकाल लेते हैं।

उस दिन वह ख़ूब बोला; बोलता ही चला गया।

ख़ास लोग श्वास रोककर समझने की कोशिश करते रहे कि देखें, आज बादशाह की कौन सी सनक उजागर होती है? देश बादशाह की सनक से चलने का आदी हो चुका था। उसकी सनक ही देश का क़ानून बन जाती थी। देश में संविधान होने का फिर क्या मतलब? यही तो मज़ा था कि संविधान बादशाह की ऐसी सनकों के आड़े नहीं आता था, वह उनसे बचकर चलता था; बादशाह की हर सनक संविधान सम्मत हो जाती थी।

उसका उद्‌बोधन देशप्रेम से शुरू हुआ।

उसका हर वक्तव्य देशप्रेम, देशभक्ति, देशवासी, राष्ट्र, राष्ट्रीय विरासत, राष्ट्रीय परम्पराओं से शुरू और ख़त्म होता है—ये उसके अति प्रिय विषय थे। वह कभी ख़रीफ़ की फ़सल या कम्पोस्ट खाद पर भी भाषण दे तो उसमें भी यही सब ले आता था। उद्‌बोधन में देशवासियों का ज़िक्र भी आया जिसके दौरान बादशाह का गला भर आया। उसे अपने प्रजाजनों से अति प्रेम है। न केवल उसका गला भर आया,

एकाध आँसू भी उसके मोटे गाल पर ढलक गया। मौक़े पर आँखों में आँसू लाने की ट्रिक पता है उसे; कुछ देर तक अपनी पलकें मत झपकाओ, आँखें खोले रखो तो आँसू ऑटोमैटिकली आ जाते हैं। नाज़ुक मौक़ों पर बड़े काम की ट्रिक है ये; इसमें थोड़ी सी कम्पित आवाज़, भरा गला और उदास मुखमुद्रा जोड़ दो, बस; काम बन जाता है।

इसके साथ ही वो राष्ट्रभक्ति पर कूद गया।

उसे सबसे बड़ा राष्ट्रवादी माना जाता है। वो ख़ुद ही मानता है यह। उसने कहा कि अब इस देश में रहना है तो देशवासियों को देशप्रेमी होना ही होगा। प्रजाजनों को देशप्रेम की अपनी फ़िलॉसफ़ी समझाने का समय आ पहुँचा है और वो सबको शीघ्र ही समझाएगा भी।

तानाशाह ने अब एक नज़र अपने ख़ास दरबारियों पर डाली।

ख़ास जन महँगे डिज़ाइनर कुर्ते, जैकेट्स, शेरवानी, भारी साड़ी, वस्त्राभूषण आदि धारण किये ज़रूर हैं पर बेहद दरिद्र लग रहे हैं।...ख़ास लोगों का यह दरिद्र रूप तानाशाह को बहुत भाता है। कितना मनोहारी है ये देखना कि ऐसे सारे सिर उसके समक्ष झुके हुए हैं; लोग रीढ़ के बिना जितना तन सकते हैं, तने हैं और तने रहकर भी केंचुए-से रेंग रहे हैं; वही आदमी, उसी समय, तना भी हो और झुका भी, कैसा चमत्कारी और मनोहारी दृश्य!

तानाशाह ने अपनी आगे की बात शुरू की—

कोई मुझे बताएगा कि देश में यह सब चल क्या रहा है?

लोग देश से ही बेपरवाह क्यों हो गए हैं? देशभक्ति का जज़्बा कहाँ गया उनका?

क्यों छीजती जा रही है हमारी देशभक्ति? लोग पहले जैसे देशभक्त क्यों नहीं रह गए? याद करें अपने पूर्वजों को। प्राचीन काल में लोग कैसे अपना सिर अपनी ही हथेली पर रखकर निकल पड़ते थे मातृभूमि के लिए शहादत देने, पर अब? सब लोग इधर-उधर के निरर्थक कामों में उलझे रहते हैं; देश मानो उनकी लास्ट प्रायरिटी बन गई है। लोग खाते तो देश का हैं, गाते उसका नहीं, ऐसा क्यों?

ये क्या चल रहा है भाई?

और आप, मेरे ख़ास दरबारी, आप इस बारे में क्या कर रहे हैं?

कभी सोचा है आपने इस बारे में? कभी कुछ सोचते भी हो तुम लोग? पता है न कि सोचना भी एक काम होता है? बताओ, कुछ तो सोचते होगे?

ख़ास लोगों की भीड़ को उस दिन ख़ूब दुत्कारा बादशाह ने।

सारे गणमान्य सभासद मौन होकर फटकार सुनते रहे।

सभी मौन थे। सबके चेहरों पर तनाव था, भय भी।...बादशाह सलामत का मूड ठीक नहीं लग रहा; किसकी बलि चढ़ने वाली है आज?...तानाशाह ने घबराए पिल्लों जैसे उनके भयभीत चेहरे पढ़ लिये। वह खुलकर मुस्कराया।... बाप रे! बादशाह सलामत तो मुस्करा भी रहे हैं!!...आज क्या अनर्थ घटने को है?...तानाशाह कभी फ़ालतू नहीं मुस्कराता। यह कोई बुद्ध की मुस्कान नहीं। उसकी मुस्कान के अपने निहितार्थ होते हैं। मुस्कराते हुए वह किसकी गर्दन नाप ले, अन्दाज़ नहीं लग पाता।

मुस्कान समेटकर बादशाह ने आगे कहा—

मित्रो, आप लोग भी थोड़ा सा समय अपने देश के लिए निकालो न?

हाँ, अगर मैं आपसे कुछ ग़लत माँग रहा हूँ तो ज़रूर बोलिए।

तो विचार करिए, सोचिए कि हमारा देशप्रेम कम क्यों हो रहा है? इसका निदान भी बूझिए। हमें सुझाइए, क्या क़दम उठाएँ कि देशप्रेम का वही पुरातन जज़्बा देश में जाग उठे जब योद्धा शीश हथेली पर धर युद्धभूमि की ओर हँसते-हँसते कूच कर जाते थे?

आइए, हम सब मिलकर इस देश को फिर से वही महान देश बनाएँ।

'शीश हथेली' की बात पर ख़ास आदमियों ने डटकर तालियाँ पीटीं, आपस में इशारे भी किये कि कैसी शानदार बात कह डाली हमारे बादशाह सलामत ने! सभी जानते हैं कि बादशाह अपने कैमरों की रिकॉर्डिंग के ज़रिये बाद में हर सभासद का एक-एक रिएक्शन रिव्यू करेगा। बादशाह की नज़र अब भी सब पर घूम रही थी। झुके सिर, भयभीत चेहरे; चापलूस इशारे—तानाशाह ख़ुश हुआ कि स्थिति नियंत्रण में है।

एक अर्थपूर्ण विराम के बाद तानाशाह गरजा—

"तुम लोग करते क्या रहते हो?"

अनुयायियों के सर अब इतने झुक गए हैं कि लगभग धूल चाट रहे थे।

"बोलिए? बताइए?" तानाशाह ने पूछा।

ख़ास लोग जानते थे कि इस बात का उत्तर क्या है।

'बादशाह सलामत अमर रहें!' यह नारा ऐसे हर प्रश्न का जवाब था।

पहले एक ने यह नारा उठाया, फिर शेष विशिष्ट जनों ने, फिर तो मानो बाँध के फाटक ही खुल गए। '...मालिक तुम संघर्ष करो, हम तुम्हारे साथ हैं', 'जो हमसे टकराएगा चूर-चूर हो जाएगा', 'देश का नेता कैसा हो बादशाह जैसा हो'—नारे ही नारे। लगातार। लगातार। लगातार। बादशाह ने इशारे से मना किया कि

यह सब बन्द करो पर कोई नहीं माना। नारे चलते रहे। यही एक अवसर होता था जब आप तानाशाह की हुक्मउदूली करने की हिम्मत और हिमाकत कर सकते थे और वो नाराज़ भी नहीं होने वाला था; उलटे वह ख़ुश होता था और आश्वस्त भी कि सब ठीक चल रहा है।

धीरे-धीरे नारे शान्त हुए।

इसी बीच बादशाह गम्भीर हो गया था।

सभासद उसका मुँह देखते रहे।

"अच्छा ये बताइए कि ऐसा क्या करेंगे आप कि प्रजा परम राष्ट्रभक्त हो जाए? है कोई योजना आपके पास? ऐसा देशप्रेम कैसे पैदा करेंगे? कैसे?

चलिए, हम बताते हैं।...सबसे पहले तो उन लोगों की पहचान करो जो देशप्रेम की हमारी परिभाषा से सहमत नहीं हैं। ये लोग ही असली बाधा हैं। इनको पकड़ो।

और पकड़कर क्या करोगे इनका, इन जैसे लोगों का?"

बादशाह ने गरजकर पूछा।

महफ़िल में सन्नाटा छा गया। थोड़ी देर तक सूई-पटक सन्नाटा रहा। फिर किसी ने बुलन्द आवाज़ में चिल्लाकर कहा, 'हाथ पाँव तोड़ देंगे स्सालों के!... बादशाह सलामत, ज़िन्दाबाद!!...ज़िन्दाबाद, ज़िन्दाबाद!'...

फिर से 'ज़िन्दाबाद', 'जय हो', 'अमर रहें' की लहरें उठने लगीं।

तानाशाह मुस्कराया।

तानाशाह के मुस्कराने का अर्थ ये न लें कि वो ख़ुश हुआ; सफल बादशाहत की एक महत्त्वपूर्ण शर्त ही ये है कि वह मुस्कान को अपने हृदय में महसूस किये बिना ही मुस्करा सकता है; अन्दर ग़ुस्से और नफ़रत की खदबदाहट भरी पड़ी हो तब भी खुलकर मुस्करा सकता था बादशाह; आपकी मौत के फ़रमान पर दस्तख़त करने से ठीक पूर्व वो आपकी तरफ़ देखकर उतना ही सहज होकर मुस्करा सकता था।

बादशाह आज तीसरी बार मुस्कराया है जो अच्छा शगुन नहीं था।

क्या निहितार्थ हैं बादशाह की उस मुस्कान के जिसके साथ वह उस सभासद को घूर रहा है जिसने देशद्रोहियों के हाथ-पाँव तोड़ डालने की बात की थी। तानाशाह को वह मौक़ा मिल गया था जिसके ज़रिये वह अपने हिंसक व्यक्तित्व को अहिंसक इमेज दे सकता था।

बादशाह बेहद संयत आवाज़ में बोला—

"यह बापू का देश है।

हिंसा के लिए यहाँ कोई जगह नहीं। हिंसक बोली तक बर्दाश्त नहीं मुझे।

असहमत नागरिक भी हमारे सम्मानित साथी हैं। असहमति हर नागरिक का अधिकार है। यही हमारे लोकतंत्र की ताक़त है, परम्परा है। लोकतांत्रिक परम्पराओं का बहुत सम्मान करता हूँ मैं। हैरान हूँ मैं और शर्मसार भी कि यहाँ मेरी उपस्थिति में किसी ने हाथ-पाँव तोड़ने जैसी हिंसक बात कही! आप एक असहमत नागरिक के हाथ-पाँव तोड़ देंगे? यह तो हद है।

मैं ऐसी बात कभी बर्दाश्त नहीं कर सकता, कभी नहीं।"

हाथ-पाँव तोड़ने की बात करनेवाला शख़्स घुटनों पर आ गया था।

उसका दाँव उलटा पड़ गया था।

वह घिघियाने लगा। बादशाह के हाथ जोड़ने लगा।

तानाशाह की मुस्कान और फैल गई—

"मैं अभी, तत्काल प्रभाव से इस शख़्स को अपने अनुयायियों की जमात से निष्कासित करता हूँ।"

वो हाथ-पाँव जोड़ता रहा पर सैनिक आए और उस ख़ास सभासद की डंडाडोली करके, घसीटते हुए सभा से बाहर फेंक आए। बाहर से उसके रोने-गिड़गिड़ाने की आवाज़ें आती रहीं।

सभी फुसफुसाकर चर्चा करने लगे—

...कैसा नासमझ है ये भानु प्रताप भी! *अरे, ऐसी बातें बादशाह के सामने कही जाती हैं कभी? उनकी पोजीशन समझो यार। यहाँ दरबार में मीडिया मौजूद है, दस छोटे-बड़े कर्मचारी घूमते हैं, सुरक्षाकर्मी हैं, इनसे दुनिया भर में बातें फैलती हैं। हाथ-पाँव तोड़ने की बातें कहने की नहीं, करने की होती हैं भैया। अरे, एक दिन जाते, असहमत शख़्स के हाथ-पाँव तोड़ते और बादशाह सलामत के पास पहुँच जाते कि मालिक हम ऐसा कर आए हैं; साहब ख़ुश होते, तुमको हर क़ानून से बचाते और आगे भी ख़याल रखते तुम्हारा।*

हिंसा की बात पर अपने ख़ास अनुयायी को भरी सभा से कैसा निष्कासित किया बादशाह ने, अभी यह ख़बर अख़बारों और टीवी पर दिन भर चर्चा में रहने वाली थी, जानता है तानाशाह। उसकी छवि का जूता अपनी जीभ से चमकाने को आतुर मीडियानवीस यहीं बैठे हैं, ख़ास बन्दे की डंडाडोली करके बाहर फेंके जाने के हर पल की सतत फोटुएँ खींची हैं उन्होंने। तानाशाह उनको ऐसा करते देखकर खुलकर मुस्कराया भी।

आज का दिन दुर्लभ था।

तानाशाह चौथी बार मुस्करा रहा था!

तानाशाह ने अब एक प्रश्न पूछा सभा से—

"मैं जानना चाहूँगा, और आप ख़ूब सोचकर मुझे बताएँ कि प्रजा में देशभक्ति के इस तरह कम होने के कारण आख़िर हैं क्या? क्या लगता है आप लोगों को? कभी इस बारे में सोचते भी हैं? मेरा निवेदन है कि सभी माननीय सभासद इस बारे में सोचें, मनन करें, अपने सुझाव हमें दें। हर गण्यमान्य सोचकर राय दे।"

तानाशाह ने सभा में साँप छोड़ दिया था मानो। दरबार में हलचल मच गई। सब एक-दूसरे का मुँह ताकने लगे। तानाशाह का आदेश हुआ है, बोलना तो पड़ेगा; पर बोलें क्या? सब चाहते हैं कि पहले कोई और बोल ले ताकि बादशाह का मूड भाँपा जा सके कि वह क्या सुनना चाहता है? वे प्रतीक्षारत हैं कि बादशाह ही कुछ हिंट दे दे (जो वह अक्सर दे दिया करता है) तो चिन्तन को दिशा मिल जाए; फिर सब वैसा ही बोलें।

अनुयायी बनने में यही सुभीता रहता है कि ख़ुद को सोचना नहीं पड़ता; सहमत होना होता है बस। हाँ, सहमति की भाषा, मुहावरा और कहन गढ़ने की स्वतंत्रता आपको दी जाती है। तानाशाह इतना लोकतांत्रिक है कि भक्तों को भजन के बोल और धुन ख़ुद तय करने देता है।

सभी मौन थे।

अब इन लोगों को अपना आइडिया बताने का समय आ गया था।

आइडिया लम्बे समय से उसके दिमाग़ में है। और अब तो ईश्वर का आशीर्वाद भी उसके साथ था। इन दो दिनों में ख़ूब सोचा है उसने। और जितना सोचा उतना अपने आइडिया पर फ़िदा हुआ है; वाह, कैसी नायाब सोच है उसकी कि ईश्वर भी सहमत है उससे!

निर्णय लेने का समय आ पहुँचा था।

हाँ, यह ज़रूर है कि देशप्रेम बढ़ाने वाले इस क्रान्तिकारी आइडिया को मूर्त रूप देने में बड़ी सतर्कता और कारगुज़ारी लगेगी। काम आसान न होगा। फूँक-फूँककर क़दम रखने होंगे। ख़ास लोगों की सभा से बात करना इस सिलसिले में पहला क़दम है क्योंकि इन सबको अपने साथ लेकर चलना होगा। ये अन्धे अनुयायी उसके साथ न होते तो वह आज यहाँ सिंहासन पर न होता। इस्तेमाल करना हो तो हथियार साथ रखना होता है। वह इनको साथ रखेगा। आज अपने आइडिया की एक झलक भर दिखलाएगा; पूरा प्लान उजागर नहीं करेगा अभी; बस हल्का सा इशारा करके छोड़ देगा। इससे देश भर में एक शिगूफ़ा छूटेगा, लोग बातें करेंगे कि बादशाह कुछ बड़ा सोच रहा है।

भाषण आगे बढ़ाते हुए तानाशाह ने अब अपने आइडिया की एक झलक दिखाने की सोची—

मैं बताऊँ कि देशप्रेम क्यों छीज रहा है?

इस बारे में बहुत सोचा है मैंने। मैं बताता हूँ आपको। आप मेरे कहे पर गहन विचार करिए। सभी माननीय अपने सर्कल्स में मेरी बात पर खुलकर विमर्श करें और बताएँ कि हम क्या फ़ाइनल स्टेप्स लें? क्या उपाय करें?

कारण है, हमारे नौजवानों का स्त्री प्रेम में सतत डूबे रहना।

स्वयं सोचिए, देश का नौजवान यदि सतत लड़कियों के चक्कर में ही रहेगा तो वो देश की कब सोचेगा? प्रतिभाशाली नौजवान अपनी समस्त ऊर्जा यदि युवतियों का पीछा करने, उनको ऊलजलूल प्रेमपत्र लिखने, प्रेम के सपने देखने, रातों में जागकर तारे गिनने और प्रेमिका की फ़रमाइशों को पूरा करने में लगाते रहेंगे तो देश की चिन्ता कब करेंगे?

और अभी तो यही हो रहा है। नौजवान लड़के-लड़कियाँ; सब ख़ुद में ही मग्न हैं, देश की कोई परवाह नहीं उनको।

और हम उनको ही दोष क्यों दें? आप लोग भी तो स्त्री में ही व्यस्त हैं। सभी नागरिक औरतों के पीछे लगे हैं, सभी स्त्री में व्यस्त हैं, पूरा देश स्त्री में व्यस्त है, बताइए कि क्या होगा इस देश का? ऐसे में देशप्रेम के लिए टाइम किसके पास होगा? अरे, जब औरत से फ्री हों तब तो देश की तरफ़ देखें!

तो यह है असली कारण इस देश के पतन का।

अब आपको सोचना है कि इस प्रॉब्लम का हम क्या करें?

...याद रहे कि बड़ी कूवत है प्रजा में; बस, हमें उनके प्रेम की दिशा बदलवानी है, उसे स्त्री से हटाकर देश की तरफ़ मोड़ने की ज़रूरत है, बस।

तानाशाह ने अपनी बात एक सूत्र में कह दी थी।

वह पुनः मौन हो गया था पर अनुयायियों को दिशा मिल गई थी। हलचल मच गई। बोलने वालों के बीच होड़ लग गई।

टिप्पणियाँ, सुझाव, प्रशस्तियाँ, भजन, बादशाह के प्रति गद्गद कृतज्ञता कि हमारी आँखें खोल दीं आपने, सभी सहमत, सभी की वाह-वाह, शब्द ऐसे कि शकरपारे; घुमा-फिरा कर एक ही बात कि जैसा आप कहें, हम सहमत हैं। सारे ख़ास लोग किसी बौखलाए जानवर की भाँति सहमति के बिन्दु के चारों तरफ़ गोल-गोल घूमते रहे। सब सहमत थे, सभी भयाकुल कि सही ठुमका न लगा तो बादशाह इसे उनकी असहमति मान सकता है! सभी बढ़-चढ़कर सहमत होने लगे। सभी उस बात से सहमत हो रहे थे जो अभी बताई ही नहीं गई थी! अभी किसी को पता नहीं था कि

बादशाह क्या सोच रहा है पर सभी उससे सहमत थे। तानाशाह केवल इशारा करता है, साफ़ कभी कुछ नहीं बताता। फ़ायदा ये होता है कि बादशाह का आइडिया कभी फेल हो जाए तो ये उसकी ग़लती नहीं मानी जाएगी; किसी और की बलि चढ़ाकर सिद्ध कर दिया जाएगा कि तानाशाह ने तो रास्ता सही दिखाया था, ये लोग सहमत होकर भी इसे ठीक से नहीं समझे।

तानाशाह मज़े लेकर सबको देखता-सुनता रहा।

तभी उसे लगा कि उसके सुझाव को स्त्री विरोधी न मान लिया जाए। वो जानता है कि ज़माना स्त्री विमर्श का है। क्यों न स्त्री विमर्श भी निबटा दिया जाए?

बादशाह ने मुस्कराते हुए स्पष्ट किया—

उसकी अभी की बात न तो स्त्री के विरुद्ध है, न प्रेम के। प्रेम को बेहद पवित्र मानता है वह और स्त्री के लिए बहुत सम्मान है उसके मन में। स्त्री तो जीवन की सृष्टिकर्ता देवी है, माँ है, जननी है, गंगा माँ-सी पवित्र है, पूजनीय है, अर्द्धांगिनी है, बेटी है, बहन है; इसके अलावा जो छूट रहा हो वह भी है; और ऐसा ही प्रेम का भी मानिए। मेरे मन में भी प्रेम ही प्रेम है, हाँ, मैंने उस प्रेम को देश से जोड़ दिया है, आपसे जोड़ दिया है। मैं प्रेम के महत्त्व को जानता, स्वीकारता हूँ वरना मैं ऐसा देशप्रेमी भला कैसे हो पाता, बताइए?

अब वो प्रतीक्षा करेगा कि देश में इस पर बहस चले, पहले देश के मूड को समझा जाए, और फिर वह बड़ा क़दम उठाया जाए जो कब से उसके मन में है और जिसके लिए ईश्वर अब तथास्तु भी कह चुका।

तानाशाह नम्बर पाँच

[वह जिसकी तानाशाही सदियों से कायम है]

अब उस तानाशाह की बात जिससे देश का बादशाह भी घबराता है।

इस कथा का पाँचवाँ तानाशाह।

बादशाह प्रेम से डरता है। उसकी तानाशाही के प्राण हैं नफ़रत। विभिन्न सम्प्रदायों, जातियों, गुटों के बीच नफ़रत सुलगती रहे तभी तानाशाही की मटकी बढ़िया पकती है। पर होता ये है कि प्रेम अचानक ही आता है और ये हँडिया फोड़कर ग़ायब हो जाता है। नफ़रत तरह-तरह से कोशिश करती है, सन्त, महात्मा, फ़क़ीर, धर्मोपदेशक का वेश धर के भी देख चुकी परन्तु प्रेम उसे हर बार से हरा देता है। बादशाह जानता है कि देश में व्याप्त प्रेमभाव से उसकी तानाशाही को हमेशा ख़तरा रहेगा।

प्रेम को नेस्तनाबूद करना होगा। पर कैसे?

तब बादशाह को इस पाँचवें तानाशाह का पता चला, प्रेम का तानाशाह। यही हर प्रेमकथा लिखा करता है। बताया गया कि प्रेम की तानाशाही तो इस देश में सदियों से ज़ारी है। जितना पता चलता गया, हैरान होता गया बादशाह। उसे प्रेम के बारे में बहुत सी बातें पता चलीं कि जन-जन पर निर्बाध सत्ता है प्रेम की; लोग बे-मोल बिक जाते हैं प्रेम में। प्रेम से बड़ा कोई तानाशाह नहीं; न वो, न कोई और; कहते हैं कि न ऐसा कोई हुआ है, न होगा; पचासों तानाशाह दुनिया में आए, गए; क़िस्से बने, बिसर गए, विस्मृति और इतिहास में ऐसे दफ़्न हुए कि नामलेवा नहीं बचा कोई उनका पर इसकी बादशाहत कायम है। प्रेम की तानाशाही सदियों से है। इसका नाम सदैव, हर ज़ुबाँ पर।

प्रेम के तानाशाह के ठाठ हैं; अहर्निश ठाठ।

मानव मन पर सदियों से प्रेम का क़ब्ज़ा है; जैसा चाहे, वैसा नचाता है प्रेम। वो ऐसा तानाशाह है कि एक बार किसी को ग़ुलाम बनाने की ठान ले तो फिर किसी की सुनता नहीं। उसके अपने नियम, अपने क़ायदे, अपना संविधान जिसमें कोई संशोधन सम्भव नहीं। बड़ा ज़ुल्मी तानाशाह है यह प्रेम, आदमी को चुटकी में ग़ायब कर देता है।

बताया गया कि बड़ा ही बलशाली है प्रेम का तानाशाह। इसका युद्ध अलग, युद्धभूमि अलग। इसका शस्त्रागार तो एकदम ही अलग।

कैसे-कैसे मारक हथियार हैं इसके पास; दीवानी नज़र, तिरछी चितवन, शरारती इशारा, अनकहे बोल, अधरों पर ठिठका आमंत्रण, बोलता मौन, रहस्य खोलती रहस्यमयी मुस्कान, ठंडी आह, बेख़याली में भटकता कोई ख़याल, किसी की बस एक झलक, एक पोशीदा दीदार; पता भी नहीं चलता और ये बेआवाज़ चल जाते हैं। निशाना सटीक, असर ग़ज़ब का। सारे हथियार हैं तो लगभग वायवीय परन्तु ऐसे कारगर हैं कि हर आदमी बेशर्त समर्पण कर देता है।...और एक बार जो प्रेम की ताबेदारी में आया, वह ज़माने से ही गुम हो जाता है। यह गुमना भी कुछ अलग तरह से गुम हो जाना है; आदमी वहीं रहता है पर वहाँ होता नहीं, दिखता यहाँ है, होता कहीं और है; उसे ख़ुद की ख़बर नहीं होती, अपनी गुमशुदगी का पोस्टर बनकर वो ज़माने की दीवार पर चस्पाँ फड़फड़ाता रहता है।

जितना इसके बारे में पता चलता जाता था, देश का बादशाह और चिन्तित होता जाता था कि उसे प्रेम की तानाशाही का सिस्टम ही समझ न आता था। यह कैसी तानाशाही?

उसकी अपनी नाख़ुश प्रजा को भी झूठ-मूठ ख़ुश दिखना पड़ता है क्योंकि नाख़ुश नागरिक पसन्द नहीं उसे; नाख़ुश चेहरे बेबात ही बदनाम करते हैं उसे।... उधर प्रेम की तानाशाही में इस तरह के झूठ की ज़रूरत ही नहीं पड़ती; जैसे हो वैसे रहो, छुपाना कुछ नहीं, प्रेम में छुपाने को कुछ होता नहीं; छुपाना पड़े तो वह

प्रेम नहीं या फिर तुम्हारे प्रेम में कुछ अधूरा रह गया। अजब तानाशाही है ये।... उसके नागरिक सतत डरे न रहें तो उसे अपनी बादशाही कमज़ोर होती लगती है और इधर ग़ज़ब यह कि प्रेम अभय करता है अपने नागरिक को। और इसकी प्रजा भी अजब। सतत ख़ुशी तारी रहती है उस पर; बेबात की ख़ुशी कि जिसे दुनिया पागलपन कहती है। उसकी यह ख़ुशी छुप नहीं पाती। सब जान जाते हैं कि यह प्रेम में है। प्रेम में पड़ा व्यक्ति अलग दिखता है। प्रेम का तानाशाह अपने ग़ुलाम का चेहरा ही बदल देता है; नूर बरसने लगता है उस पर। और ग़ज़ब बात ये कि जो नूर प्रेम के तानाशाह के चेहरे पर, वही प्रजा के।

बड़ा ख़तरनाक लगने लगा है प्रेम का बादशाह उसे। ये तो उसके लिए हमेशा ही ख़तरा बना रहेगा। तो?

बहुत सोच-विचार के बाद बादशाह ने तय किया है कि वह प्रेम की इस तानाशाही को ही हमेशा के लिए ख़त्म कर देगा। प्रजा में प्रेमभाव रहा तो नफ़रत की सत्ता कायम नहीं की जा सकती जबकि निष्कंटक बादशाहत के लिए नफ़रत ही चाहिए; प्रजा एक बार नफ़रत में जीने लगे तो सत्ता बेखटके चल निकलती है। बादशाह देश से प्रेम समाप्त करने को संकल्पित है। इस हेतु उसे प्रेम के तानाशाह को दबोचना होगा।...पर कैसे?...बस, कहीं से प्रेम के तानाशाह का पता-ठिकाना मिल जाए; वो मिला कि बादशाह ने उसे पकड़ा; फ़ौज और पुलिस आख़िर कब काम आएगी?

उसका संकल्प है कि वो सीधे प्रेम के तानाशाह की मुश्कें बाँधेगा, लटका देगा सूली पर; बादशाह ख़त्म तो उसका साम्राज्य भी ख़त्म।

पर इसे पकड़ें कहाँ से?

प्रेम रहता कहाँ है?

उसने सबसे कह रखा है कि इसका पता लगाया जाए। बादशाह लम्बे समय से प्रेम के तानाशाह का पता लगवा रहा है पर कोई बता नहीं सका है। फ़ालतू की बातें, इधर-उधर के बहाने सबके। यही बताया है कि सर, इसका परमानेंट एड्रेस कहीं उपलब्ध नहीं; ये कहीं टिक कर बैठता नहीं, हज़ारों ठिए हैं प्रेम के। बड़ा चालाक है, पल-पल ठिकाने बदलता है; इस दिल से उस दिल में, हवा के हर मीठे झोंके पर सवार, आवारा बादलों में पोशीदा, सावन की घटाओं की चिलमन से झाँकता, सजल नयनों में झिलमिल, काजल की कोर में सिमटा हुआ, मासूम चितवन में घुटने समेटकर बैठा, भोली मुस्कान में घुला-सा, उन्मुक्त हँसी में प्राणवायु सा व्याप्त, बेसाख़्ता हँसी की कोर से शरारती बच्चे सा ताक-झाँक करता, प्रेमपत्रों के हर्फ़ों में टँका हुआ, लिखे गए शब्दों के बीच छूट गई स्पेस में ख़ुद को व्यक्त करता, आह में, पुकार में, मौन में, गान में, रुदन में, झरनों में, नदी की अठखेलियों में, प्रेम का बादशाह हर जगह मौजूद रहता है पर नज़र नहीं आता;

भेस बदल-बदलकर मँडराता और लोगों को ग़ुलामी के लिए रिझाता है; इससे पूर्व कि आदमी सँभले, जकड़ लेता है उसे।...ये कहीं दिखता नहीं, पर होता है। हम जहाँ जाएँ इसकी गन्ध व्याप्त मिलती है कि अभी-अभी यहीं था परन्तु दिखता नहीं कि हम इसे पकड़ सकें। ये तो हर पकड़ से दूर। इसे पकड़ना लगभग असम्भव।... हम एक को पकड़ें, तब तक यह दूसरे के पास दिखने लग जाता है; एक से दूसरे के बीच प्रवाहित होता है, कैसे पकड़ें इसे? इसके दाँव हर बार अलग, अन्दाज़ लगाना कठिन कि यह किसको, कब, किस तरह पकड़ेगा, दबोचेगा—किसको, कौन पसन्द आ जाए और कौन किसके प्रेम में खो जाए, बता पाना कठिन। प्रेम के तानाशाह की अगली चाल का अन्दाज़ लगाना असम्भव।

पर इसे दबोचना तो है। प्रेम को ध्वस्त तो करना है। देशनिकाला करना है प्रेम का इस देश से। यह संकल्प है बादशाह का। इसी अपराजेय पाँचवें तानाशाह को हराने निकला है देश का बादशाह।

*

देश से प्रेम को ख़त्म करने के लिए बादशाह दुतरफ़ा कोशिशें कर रहा है।

एक तरफ़ तो नफ़रत के अश्वों को खिला-पिला कर मज़बूत कर रहा है, दूसरी तरफ प्रेम के तानाशाह को क़ैद करने की मुहिम में वह और भी ताक़त झोंकने वाला है; जो काम सदियों से कोई नहीं कर सका वही करने चला है देश का तानाशाह। देश में प्रेम का पनपना क़बूल नहीं उसे। प्रेम का हल्का स्पर्श भी इतना पैना होता है कि उसकी सत्ता का ताना-बाना कटकर बिखर सकता है। इसीलिए वो पकड़ेगा प्रेम के बादशाह को। ज़रूर पकड़ेगा।

*

तभी बादशाह के एक कारिन्दे ने इस मामले में बड़ी आशा जगा दी।

यह कारिन्दा एक सामान्य दरबारी था, बादशाह के क़रीबी अन्तरंग सर्कल का मेम्बर तक नहीं था वह। उसे तो मामला ही पता नहीं था। वो तो अनायास ही मौक़ा बन गया उस दिन वरना उसने कब सोचा था कि उसे इस तरह एक दिन बादशाह की अन्तरंग मंडली में उतरने का अवसर मिल जाएगा।

उस दिन बादशाह अपने क़रीबियों की महफ़िल में था।

सारे बढ़-चढ़कर तारीफ़ के चँवर डुला रहे थे कि बातों-बातों में बादशाह ने पूछ लिया कि प्रेम के तानाशाह को कैसे पकड़ा जाए, इस पर आपका कोई सुझाव? अब मंथन के नाम पर चापलूसी चल पड़ी। किसी से कोई सार्थक जवाब नहीं मिला पर वह इन चापलूसों से क्या कहता, ये उसके सिस्टम के पैदा महापुरुष थे।

महफ़िल में ये बातें चल ही रही थीं कि वह सामान्य कारिन्दा घुस आया और पूरे दस मिनट वहाँ रहा भी; पूरे दस मिनट भाई साहब, जहाँ दस सेकंड को घुस पाना भी बड़ी उपलब्धि हो, वहाँ पूरे दस मिनट! है न उसका सौभाग्य!

दरअसल, उस कारिन्दे की ड्यूटी तो बाहर के हॉल में रहकर महफ़िल कक्ष की खान-पान व्यवस्था देखने की थी। बादशाह अपनी बातें बोल रहा था कि तभी उसके पान खाने का टाइम हो गया। प्रधान कारिन्दे ने पान के लिए इशारा किया। पान, पान, पान; कहाँ है बादशाह का पान? पान का टाइम हो गया है भाई। वे कभी भी पान माँग सकते हैं। पान मँगवाओ। फटाफट। कोई भागकर बाहर के हॉल में आया और तभी यह कारिन्दा सामने पड़ गया। आदेश मिला कि बादशाह का ख़ास पान लेकर दौड़ो अन्दर। भगदड़ मच गई। ख़ानसामे ने पान की तश्तरी बना रखी थी। नन्हे सिंह कारिन्दे ने झपटकर तश्तरी उससे ली और भागकर अन्तरंग महफ़िल में घुस गया।

बादशाह अब भी महफ़िल से सम्बोधित था। कारिन्दा तश्तरी लेकर उसकी पीठ के पीछे प्रतीक्षारत खड़ा हो गया। बादशाह बोलता रहा। वह तश्तरी लिये ठीक पीछे सादर खड़ा रहा।

बादशाह बोलने में मग्न था; कारिन्दा ध्यान से सब सुनता रहा, उसे मुद्दा समझ भी आ गया कि बात प्रेम के तानाशाह के सही ठिकाने का पता और सटीक हुलिया पता करने की हो रही थी। महफ़िल में सब चुप थे जबकि नन्हे सिंह कारिन्दे को लगा कि उसके पास इसका सटीक समाधान है।

इस तरह मौक़ा था तो नहीं, कारिन्दे ने बना लिया।

जैसे ही बादशाह ने मुड़कर उसकी तश्तरी से पान उठाया वह बादशाह के क़रीब आकर खड़ा हो गया। बादशाह चुपचाप उसकी तरफ़ देखते हुए पान चबाने लगा। कारिन्दा अतिशय विनम्रता, बहुत सी हें हें के साथ केंचुए जैसा बिलबिलाकर खड़े-खड़े ही ऐसा दंडवत हुआ कि ज़मीन में ही मिल गया; बादशाह का ध्यान उसकी तरफ़ जाना ही था।

बादशाह बोला, "पान अच्छा है, ठीक वैसा, जैसा मुझे चाहिए।"

पान दूसरे ने बनाया था, श्रेय नन्हे सिंह ले गया; हाथ जोड़कर और भी नतमस्तक हो गया। अन्तरंग मंडली के खुर्राट सभासदों ने उसे घूरकर देखा, परखा और तौला; अन्तरंग मंडली में घुसने की कोशिश कर रहा है स्साला! इस बन्दे पर नज़र रखनी होगी, महत्त्वाकांक्षी है हरामी!

दंडवत मुद्रा को साधे-साधे ही वह विनम्रता की लुगदी बनकर बादशाह सलामत की तरफ़ यूँ देखने लगा मानो कुछ अर्ज करना चाहता हो।

"कुछ कहना चाहते हो?" तानाशाह ने पूछा।

"जी मालिक, जान की अमान पाऊँ तो..."

"...हाँ, हाँ, बोलो।"

बस, यही मौक़ा था।

कारिन्दा बोलने लगा—

"मैंने अभी आपकी तकरीर का कुछ हिस्सा सुना सरकार।...प्रेम के तानाशाह को पकड़ने की एक तरकीब है मेरे पास। ...आप कहें तो..."

प्रधान कारिन्दा भड़क गया। इस स्साले की ये हिम्मत! वो चिल्लाया, "पान दे दिया न, अब जाओ यहाँ से; हुज़ूर का समय ख़राब मत करो।"

सबसे ख़ास कारिन्दे का अपना ही रुआब है। बादशाह का सबसे क़रीबी दरबारी। प्रधानमंत्री है वो। बादशाह उसकी बात को कभी नहीं काटता पर अभी उसे दरकिनार करते हुए बादशाह ने कहा, "इसका सुझाव सुनने में बुरा क्या है?"

"हाँ, बोलो, तुम क्या कह रहे थे?" बादशाह ने पलटकर अभयदान-सा देते हुए उससे पूछा।

सबसे ख़ास कारिन्दा मन मसोसकर चुप रह गया।

नन्हे सिंह कारिन्दा हाथ जोड़कर खड़ा रहा। खड़े-खड़े ही दंडवत। विनम्रता से गच्च। भूलुंठित पोज़ में ही उसने अपनी बात कही—

'आदरणीय, मेरी जानकारी में दीवाना टाइप का एक प्रेमी है। किसी के प्रेम में एकदम पागल आदमी। हमेशा उसी की यादों में खोया, प्रेम में डूबा हुआ, कोई और काम ही नहीं उसे; हर पल बस प्रेमिका का ख़याल; नायाब जान, नायाब जान—दिन-रात उसी की रट, वही नाम, वही काम। लड़की का असली नाम सायरा है, पर ये उसे नायाब जान कहता है, नायाब, अनोखी, अनुपम।'

"मुसलमान है?" सबसे ख़ास कारिन्दे ने मारक-प्वाइंट पकड़ा।

"सूरज प्रकाश कहता है कि प्रेम में कोई जात-पाँत नहीं होती।"

"सूरज प्रकाश! ...लौंडा हिन्दू है?"

ख़ास कारिन्दे के लिए अच्छा मौक़ा था; हिन्दू-मुस्लिम हथियार से इसकी अक्ल ठिकाने लगाएगा। सत्ता के निर्मम खेल में हिन्दू-मुस्लिम विवाद की अहमियत को बादशाह भी मानता था पर अभी तो वह इतना उत्तेजित था कि उसने सबसे ख़ास कारिन्दे की बात फिर से काट दी—

"इसे अपनी बात तो पूरी करने दो भाई? हिन्दू-मुस्लिम वाला मामला तो हमारे कर्मठ धर्मप्राण कार्यकर्ता देख ही लेंगे।....हाँ, तो?"

कारिन्दे ने दंडवत मुद्रा में बादशाह और उसके सबसे ख़ास कारिन्दे दोनों को प्रणाम किया और अपनी बात आगे बढ़ाई—

"सर, सूरज प्रकाश को लोग पगला समझते हैं पर उसके चेहरे पर एक अजीब सा नूर बरसता है। इसी को देखकर मैंने उससे दरयाफ़्त किया कि तेरे चेहरे पर ये नूर कहाँ से आया?" कहने लगा, "यह नूर तो प्रेम की रहमत है, कोई प्रेम में हो तो उसका चेहरा नूरानी हो ही जाता है।"...मैंने पूछा, "ऐसे कैसे?"...बोला, "ऐसा ही है,

बस प्रेम सच्चा हो; एक बार प्रेम के सच्चे बादशाह से मिलकर तो देखो, जान जाओगे कि ऐसा नूर कहाँ से आता है?"

"ऐसा कहा उसने? प्रेम के तानाशाह का नाम लिया?"

बादशाह ने उत्साह और उत्सुकता से पूछा।

"नहीं मालिक, तानाशाह तो नहीं कहा..."

"फिर?"

"कहा कि प्रेम के सच्चे बादशाह से मिलोगे तो ख़ुद जान जाओगे।"

"एक ही बात हुई, बादशाह कहो या तानाशाह...!" कहकर बादशाह हँसा। मज़ाक़ में कभी कड़वे सच भी मुँह से निकल आते हैं।

"तो फिर प्रेम के तानाशाह से मिले तुम?"

"कहने लगा कि पहले तुम किसी के प्रेम में पड़ो तो, फिर देखना, प्रेम का बादशाह ख़ुद बुलवाकर मिलेगा तुमसे।"

बादशाह और उत्तेजित हो चला।

"उससे कहते कि एक बार दूर से ही दिखला देता तुमको?"

"तब मुझे इस बात की अहमियत का पता नहीं था मालिक..."

"...अब तो पता चल गया?"

"जी मालिक..."

इधर ख़ास कारिन्दा कसमसाए जा रहा है। उसने नन्हे सिंह का कन्धा पकड़कर बाहर को धकेला, "अब जाओ, पकड़ो उस सूरज प्रकाश को, उससे सब पता करो और हमें बताओ।"

धक्का खाकर भी वो नहीं हटा। बादशाह की तरफ़ देखता हुआ ढीठ सा डटा रहा।

"हाँ, पूरा ज़ोर डालो उस पर, कहो कि बादशाह सलामत उसे..." बादशाह ने बात का सिरा सबसे ख़ास कारिन्दे से लेकर कहा।

"सर, प्रेमी बड़े ज़िद्दी होते हैं। वे दबाव में नहीं आते," साधारण कारिन्दे ने आदरपूर्वक असहमति जताई।

"फिर?"

"मैं इस काम को टैक्टफुली पूरा करने के लिए समय चाहूँगा सरकार।"

"दिया, समय दिया," सबसे ख़ास कारिन्दे ने जल्दबाज़ी में कहा। वह चाहता है कि यह आदमी अभी तो यहाँ से टले। उसे हर नये आदमी से डर लगता है कि बादशाह किसी और को अपना ख़ास न बना ले।

"कितना समय लोगे?" बादशाह बहुत उत्सुक है।

"सर, तीन महीने..."

"तीन महीने!!"

"जी मालिक..."

बादशाह की उत्सुकता चरम पर थी—

"तुमको लगता है कि उस आदमी को प्रेम के तानाशाह का ठिकाना पता होगा?"

"जी मालिक, पक्का।" साधारण से कारिन्दे के स्वर में जो आत्मविश्वास है उसे देख सबसे ख़ास कारिन्दा बेचैन हो गया। अब उसका बीच में पड़ना अतिआवश्यक हो गया था। उसने समय सिद्ध तरीक़ा सुझाया—

"हम उस सूरज प्रकाश को उठवा लेते हैं सरकार, सब उगलवा लेंगे उससे..."

"...सर, वह नहीं उगलने वाला। सौ टंच प्रेमी है; बड़ा ज़िद्दी।"

"पूछताछ के हमारे सिस्टम पर शक है तुमको?" सबसे ख़ास कारिन्दा कुटिल मुस्कान के साथ बोला।

"नहीं सर, बात वो नहीं। प्रेम में डूबा आदमी अलग ही मिट्टी का बना होता है..."

"...हम अच्छे-अच्छों की मिट्टी झाड़ देते हैं श्रीमान। हमारे पड़तालियों के पैने नाख़ून आत्मा नोचकर भी असली बात निकाल लेते हैं," ख़ास कारिन्दे ने गर्व से कहा।

"नहीं सर, मार-पीट करके तो हम उससे ज़रा भी नहीं उगलवा पाएँगे।" नन्हे सिंह कारिन्दे ने ख़ास कारिन्दे की बात को काटने का ख़तरा उठाते हुए कहा।

इससे पूर्व कि ख़ास कारिन्दा आगे कुछ कहता बादशाह ने पूछ लिया—

"पर उसका ठिकाना पता है न उसे, पक्का?"

"हाँ सर, पक्का पता है उसे।"

"फिर हम उससे यह पता कैसे निकालें?"

बादशाह ने ख़ास कारिन्दे को दरकिनार करते हुए उससे सीधे जानना चाहा।

"मालिक, उसका पीछा करके ये पता किया जा सकता है," कारिन्दे ने अपना वह प्लान बताया जो अभी-अभी उसके दिमाग़ में आया है।

"पीछा करने से क्या होगा?" सबसे ख़ास कारिन्दे ने चिढ़कर पूछा।

"वो अपने बादशाह के दरबार में तो जाता ही होगा; मैं उसका पीछा करूँ तो प्रेम के तानाशाह का पता करना कठिन न होगा।"

अब सबसे ख़ास कारिन्दा पूरा ही उखड़ गया—

"हुज़ूर, पीछा करने में हम समय क्यों बरबाद करें? इस सूरज प्रकाश को उठवा लेते हैं न? एक बार सही जगह डंडा डाला, सब उगल देगा।"

साधारण कारिन्दा सिर झुकाए चुपचाप सुनता रहा। अन्तरंग मंडली के समस्त कारिन्दे बादशाह का मुँह देख रहे थे; देखते हैं, क्या आज्ञा देता है तानाशाह?

कुछ देर तक सोचता रहा बादशाह। इस नये कारिन्दे के सुझाव में दम तो है पर उसे अपने पुराने वफ़ादार, सबसे ख़ास कारिन्दे की भावनाओं का भी ख़याल रखना है क्योंकि ये लोग ही उसकी तानाशाही के असल कलपुर्जे हैं; फिर?

तानाशाह ने दोनों को साधते हुए कहा—

"नन्हे सिंह, मैं पहला मौक़ा तुमको देता हूँ।...पर तीन नहीं, बस, दो माह; इससे ऊपर एक दिन भी नहीं।...क्या नाम बताया था—हाँ, सूरज प्रकाश और नायाब जान, यही न, तुम इनका पीछा करो, पता करो कि ये प्रेम के तानाशाह से कहाँ मिलते हैं?...तुम यह काम सफलतापूर्वक कर पाए तो हम तुम्हारी झोली अशर्फियों से भर देंगे।...और जो तुम ये न कर सके तो हम तुम्हारा क्या करेंगे वो भी तुम जानते हो। तो आज से लग जाओ काम पर।...दूसरे माह के अन्तिम दिन ख़ुद आकर हमें बता जाना कि क्या हुआ?...ठीक?...याद रहे, मुझे बुलवाना न पड़े; ख़ुद अपनी सज़ा लेने पहुँच जाना क्योंकि डंडा तो सबके नाम और नाप का बना रखा है हमने।

...तब तक इस चुनौती से मैं ख़ुद निबटूँगा।"

*

बादशाह इस बातचीत के दौरान भी लगातार सोच रहा था। पीछा करके उसका ठिकाना जानना तो 'प्लान ए' हुआ।

पर मान लो कि यह उसके ठिकाने का पता न ला सका तो?

तब 'प्लान बी' ये रहेगा कि देश के सारे प्रेमियों को एक बार में राउंडअप कर लिया जाए; देश में जो नागरिक प्रेम करता मिले, अन्दर कर दो स्साले को। जब प्रेम के ग़ुलाम ही न बचेंगे तो अकेला बादशाह क्या कर लेगा?

प्लान ए, और प्लान बी, दोनों उसके दिमाग़ में हैं। दो माह तक देखेगा। या शायद वो इतना इन्तज़ार न कर सके। हो सकता है कि जल्दी ही वो कोई बड़ा क़दम उठाए क्योंकि कुछ चल तो रहा है उसके दिमाग़ में। और उसका यही क़दम इस कथा की दिशा तय करेगा, यह बात पाठकों को बता देने में कोई बुराई नहीं यहाँ।

थोड़ा उस देश के बारे में

[मुखौटे को असली चेहरा मानने वाला देश]

विद्वान आलोचक कहते हैं कि उपन्यास में देशकाल ठीक से चित्रित होना चाहिए। सो थोड़ा उस देश के बारे में भी जहाँ यह कथा आकार ले रही है।

वर्तमान कथा जिस देश में घट रही है, वहाँ दोनों सिस्टम एक साथ चल रहे हैं; लोकतंत्र भी, तानाशाही भी, दोनों सहअस्तित्व में हैं और बढ़िया चल रहे हैं!

इधर आप तानाशाही से आजिज़ आने लगते हो, तभी कुछ ऐसा लोकतांत्रिक घट जाता है कि पनप रहे विद्रोह की भाप निकल जाती है। यहाँ ये पता करना सर्वदा असम्भव है कि इस देश में लोकतंत्र कब तो असली चेहरा है, कब एक मुखौटा।

यह देश हमेशा ही लोकतांत्रिक चमकीले मुखौटों की झिलमिल पर अश अश करता रहा है। फिर बादशाह के लोकतांत्रिक मुखौटे में तो देशप्रेम की एक मनमोहक झालर भी लगी है जो इसे और आकर्षण बनाता है।

कभी देश ने उसे यह सिंहासन ये सोचकर सौंपा था कि वह लोकतंत्र का सबसे बड़ा पैरोकार साबित होगा। ऐसा हुआ नहीं। बादशाह बनते ही उसने लोकतंत्र की उन्हीं सीढ़ियों को तोड़ना शुरू कर दिया जिन पर चढ़कर वह सिंहासन पर बैठा था। विरोध हुआ तो अपने मुखौटे की एकाध पन्नी उतारकर वो गुर्राया कि इन दकियानूसी सीढ़ियों का इस्तेमाल अब कौन करता है भला? ज़माना एस्केलेटर्स का है; लोकतंत्र की सीढ़ियाँ तो बाबा आदम के ज़माने की तकनीक है; उन पर चढ़कर विकास की वो ऊँचाइयाँ कभी हासिल नहीं की जा सकतीं। इस तरह बादशाह ने सीढ़ियाँ तोड़ने का संविधान संशोधन भी पास करा लिया। फिर वहाँ किसी बहुराष्ट्रीय कम्पनी का ऐसा लोकतांत्रिक एस्केलेटर लगवा दिया जो बाज़ार द्वारा अनुमोदित था और जिसके सारे खटके तानाशाह की कस्टडी में थे।

देश की हर लोकतांत्रिक संस्था में अब ऐसे ही एस्केलेटर लगे थे और सबके खटके तानाशाह के हाथ में थे। उसकी मर्ज़ी बिना अब कोई कहीं नहीं पहुँच सकता था।

देश में आगे बढ़ने का अब यही तरीक़ा था कि आप बादशाह के खटकों की पूजा करें।

*

इसके बाद भी सन्तुष्ट नहीं था तानाशाह।

इस देश से बड़ी शिकायत है उसे।

अरे, ये क्या बात हुई कि सबसे प्रेम करो; प्रकृति से, जानवरों से, मनुष्य से, हर धर्म से, सब पर सहज ही विश्वास कर लो; अजीब माहौल है यहाँ।

यह कैसा देश है यार कि सदियों से लाख धोखे खाकर भी सर्वधर्मसमभाव, साम्प्रदायिक सहिष्णुता, सभी की आस्थाओं का आदर, और ऐसे ही अन्य बहुत से चूतियापों पर हार्दिक विश्वास अब भी रखता है ये देश, और अपने बच्चों को भी यही अंटशंट सिखा रहा है कि दुश्मन से भी नफ़रत मत करो; अचार डालोगे अपनी नफ़रत का? दुश्मन से भी नफ़रत करने में जिसे संकोच हो उस देश की सोच में ही कहीं गम्भीर गड़बड़ी है। इसका प्रेम वाला यह दकियानूसी सोच बदलना होगा। नफ़रत की छलाँग बिना कोई देश बड़ा बना है कभी? इतिहास पढ़ो ज़रा। दूसरों को लूटकर ही तो बड़े बने हैं सब। हम ही मूर्ख थे जो प्रेम के चक्कर में रहे और इतना पिछड़ गए!

बादशाह अब इस देश को प्रेम के चक्कर से निकालना चाहता है।

इस देश को नफ़रत सिखानी ज़रूरी है पर लोकतंत्र एक बड़ी बाधा है इसमें। अब इस मुखौटे में दम भी घुटता है बादशाह का। लोकतंत्र से मुक्ति चाहता है बादशाह। पर वो यह भी जानता है कि देश को इसी बदरंग मुखौटे से बड़ा प्यार है जबकि देश भी इस लोकतांत्रिक मुखौटे की असलीयत जानता है। देश इस मुखौटे को भी चेहरे वाला सम्मान देता है। ऐसे में क्या करे तानाशाह?

उसने तय किया है कि लोकतांत्रिक मुखौटे को हटाकर वह देशप्रेम का मुखौटा पहनेगा क्योंकि देशप्रेम के मुखौटे का भी बड़ा मान है इस देश में। बादशाह इस देश से पूछेगा कि देश बड़ा होता है कि लोकतंत्र? देशप्रेम, देशभक्ति और इससे जुड़े समस्त झाँसे यहीं पर काम आते हैं तानाशाही के लिए।

तानाशाह के मन में कोई बड़ा झाँसा पनप रहा है इन दिनों। देशप्रेम के आसपास एक बारीक सा झाँसा बुनने का मन है उसका, एक जाल, जिसमें प्रेम का तानाशाह फँस जाए और लोकतंत्र का आदिमराग समाप्त हो। एक बार इस देश से प्रेम ख़त्म हो तो वह नफ़रत की अपनी सत्ता स्थापित करे।

तानाशाही की रीढ़ होती है नफ़रत।

ऐसे ही तानाशाह के चंगुल में फँसे देश की कहानी है यह।

प्रेम का ग़ुलाम उर्फ़ प्रेम-क़ैदी

[प्रेम की इबारत पानी पर लिखी जाती है और पढ़ने वाले पढ़ भी लेते हैं]

अब एक ग़ुलाम की कहानी।

प्रेम का ग़ुलाम, नाम सूरज प्रकाश; नायाब जान का प्रेमी।

फिर तो ये दो हुए, नायाब जान को नहीं गिनेंगे? चलिए, दो ग़ुलाम।

वैसे ये प्रेम में हैं जहाँ दो के लिए जगह ही नहीं होती, एक होकर ही प्रेमकथा की गली में प्रवेश सम्भव है।

ये दोनों वही हैं जिनका पीछा करने का काम नन्हे सिंह कारिन्दे को मिला है। कारिन्दा उनका पीछा कर भी रहा है और शुरुआती पड़ताल में सूरज प्रकाश के बारे में बहुत सा अनोखा पता चला है।

सबने यही बताया है कि लड़का दीवाना है साहब, निरा दीवाना, पागल; सायरा के प्यार में ऐसा बेख़बर कि ज़माने का होश नहीं इसे, सनक गया है।...और काम क्या करता है?...क्या करेगा जनाब?...प्यार करता है, बस। यही इसका फुल-टाइम जॉब है।

घर वाले परेशान हैं। समझा चुके। ठुकाई कर चुके। लतिया चुके। झाड़-फूँक तक करा डाली। पागलों वाले डॉक्टर के पास भी ले गए। ये समझने को राज़ी ही नहीं।

अब सबने हथियार डाल दिये हैं कि तू जाने, तेरा काम जाने!

...कहने को सूरज प्रकाश एक दुकान में कर्मचारी है पर वहाँ भी इसी में मग्न रहता है—मालिक आवाज़ दे तो बाज़ वक़्त सुनता ही नहीं; साफ़ कह देता है कि उस समय मैं सायरा के ख़यालों में था मालिक, सुन नहीं पाया।...तो वे इसे काम से निकाल क्यों नहीं देते?...नहीं, नहीं, वो तो उलटा कहता है कि यह बड़ा ही ईमानदार और होशियार वर्कर है। मालिक तारीफ़ करता है कि साहब, ऐसा सच्चा प्रेमी हमने तो कभी देखा नहीं। एक उम्र में लौंडे लड़कियों के पीछे लग ही जाते हैं पर ये वैसा नहीं; सौ टंच प्रेमी है, हीर-रांझा टाइप मानिए; जी हाँ, वैसा ही, ग़लत नहीं कहते हम; ग़ज़ब लड़का है साहब, ग़ज़ब।...जितना सुनता है, कारिन्दा हैरान हुआ जाता है। हर आदमी कोई नई और अच्छी बात बता जाता है।

अरे ये सूरज प्रकाश? एकदम पागल है साहब!

कोई बता रहा है—

दूसरों को दुखी देखकर रोने लगता है ये पग्गल।

उस दिन सड़क पर भीख माँगते बच्चे को देखकर यह जो फूट-फूटकर रोया है, तमाशा खड़ा कर दिया इसने; बच्चा घबराकर वहाँ से खिसक लिया, पीछे ये उसके लिए रोता रहा।...कहता है, "मुझसे रुका नहीं गया, बच्चे का हाल देखकर रुलाई फूट पड़ी, क्या करता?"...बताइए? है न पागल!...अरे, दुनिया के दुख से ऐसे दुखी होते रहोगे, तो रोते ही कटेगी ये ज़िन्दगी।...वैसे ये पहले ऐसा नहीं था, ख़ुद बताता है; 'पहले हम भी आप जैसे थे अंकल—भीख माँगते बच्चे, भूख से बिलखते मासूम, अशक्त बूढ़े जन और बिना वजह पिटती औरतें, कोई फ़र्क़ ही नहीं पड़ता था इनको देखकर, मैं देखता ही नहीं था इनकी तरफ़, चुपचाप निकल जाता था मानो कुछ हुआ ही न हो; अब ऐसा नहीं कर पाता; जब से सायरा के प्रेम में पड़ा हूँ, मुझे सारी दुनिया अपनी-सी लगती है; कुछ पिघलता-सा है भीतर जो बहकर दूसरों के वजूद से मिल जाता है। अब तो परम दुष्ट भी बुरे नहीं लगते; एक सम्भावना लगती है कि ये प्यार में पड़े तो बदल जाएँगे।'...ऐसी बातें करता है!

सूरज प्रकाश को देखकर मुस्कराते हैं लोग कि ऐसा पागल है ये भी तो किसके लिए! साधारण सी लड़की। ऐसे ही नैन-नक्श, साँवली, दरम्याना क़द, आगे के दो दाँत टेढ़े, ऐसा कुछ भी तो नहीं उसमें; हाँ, आँखें ज़रूर बड़ी-बड़ी हैं, एकदम हिरनी जैसी; पर तुमको हिरनी थोड़ेई पालनी है? कितना समझाया, समझता ही नहीं; ऐसा मोहित है कि क्या कहें!

घर वाले इसे ठोंक चुके। लड़की वाले धमकाते रहते हैं, ठोंक भी चुके पर ये पट्ठा सुधरने को राज़ी नहीं। दोनों सम्प्रदायों के उन गुटों ने भी धमकाया है जो

उसके प्रेम को अपने जाति-गौरव के विरुद्ध साज़िश मानते हैं।...घर वालों को डर है कि लड़के को वे मुसलमान न बना लें; बड़े भाई ने तो जबरन नंगा करके तसल्ली भी कर ली कि इसका खतना तो नहीं हो गया!...हाँ भाई, मुल्लाओं का भरोसा नहीं। ये पहले लव जेहाद में केवल हमारी लड़कियों को फाँसते थे, अब हमारी कौम के लड़कों पर भी नज़र पड़ गई है इनकी। उधर सायरा के घरवालों को भी यही डर कि ये स्साले पंडत लोग हमारी बेटी को हिन्दू न बना लें; बन गई तो नाक कट जाएगी।

तो क्या प्रेम ने सूरज प्रकाश को ऐसा अद्‌भुत बना दिया?

क्या ये प्रेम की कीमियागिरी है?

कारिन्दा सोचता रहता है आजकल।

कुछ अलग-सा सम्मान है उन्हीं के बीच इसका जो इस पर हँसते हैं।

...इसके बारे में क्यों पूछ रहे हो साहब?

एक-दो ने शुरुआत की पड़ताल के समय चिन्ता के स्वर में पूछा भी।... बादशाह इसे कोई सज़ा देने की तो नहीं सोच रहा?...इसे छोड़ दें साहब, सीधा-सादा आदमी है; प्लीज़ इसे कुछ मत करना।...सभी ने कहा कि बच्चा बहुत सच्चा है।... इसे इसके हाल पर छोड़ दें।...कारिन्दा हैरान है; स्वार्थ भरी इस दुनिया में प्रेम का इतना आदर? कमाल है! एक तरफ़ तो लोग इसे पागल मान रहे हैं, दूसरी तरफ़ इसके प्रेम की इतनी क़द्र भी कर रहे हैं।

*

कई दिन हो गए हैं इसका पीछा करते हुए।

इसे जितना समझा है, यही पाया कि ये कोई अद्‌भुत ही शख़्स है; सच कहें तो कारिन्दा पसन्द करने लगा है सूरज प्रकाश को कि यार, प्रेम ने इसे कितना पवित्र बना दिया है! इसको दिन-रात नि:स्वार्थ प्रेम में मुब्तिला देख कारिन्दा भी प्रेम की ताक़त का कायल होता जा रहा है; ऑफ़िसियल ऑर्डर है सो पीछा तो ज़रूर कर रहा है पर बहुत सम्मान के साथ। कारिन्दा हैरान है कि उसने अब तलक प्रेम को इस तरह क्यों नहीं जाना था? दरबारी तिकड़मों में ही जीवन का ध्येय खोजते हुए वह अधेड़ हो गया पर मानो ज़िन्दगी को समझा ही नहीं था; एक बेध्यानी और गफ़लत में ही जीवन गुज़ार दिया अब तलक का।

पर अब?

दुविधा में है कारिन्दा।

कारिन्दा यह पाकर हैरान है कि इसका पीछा करते हुए वह ख़ुद बदलता जा रहा है। वह अभी हाल तक एक बेहद स्वार्थी और शातिर दरबारी होता था; कोमल भाव क्या होते हैं, जानता ही नहीं था। इनका एक माह पीछा करने में ही

मानो आत्मज्ञान मिला है उसे; अब उसे प्रेम से जुड़े कोमल भाव बहुत मानीखेज लगने लगे हैं। उसने जाना है कि दरबार से बाहर भी एक दुनिया है जो उससे ज़्यादा जीवन्त और अर्थपूर्ण है; दरबार की सँकरी-सी दुनिया इस दुनिया की तुलना में कितनी दमघोंटू है! जीवन के असल मायने तो दरबार के बाहर की दुनिया में हैं यार!

तो ऐसा है प्रेम का यह ग़ुलाम और उसके पीछे लगा कारिन्दा।

*

कारिन्दा कब तक न पकड़ आता।

एक दिन सूरज प्रकाश पलटकर नन्हे सिंह के पास आया और पूछने लगा—

"आप मेरा पीछा क्यों करते हैं अंकल?"

"नहीं तो," कारिन्दे ने झूठ बोलने की कोशिश की।

"आप ज़रा-सा झूठ तो प्रॉपरली बोल नहीं पा रहे; दरबार में कैसे निभती होगी?" सूरज प्रकाश ने हँसकर कहा। उसने यह बात इतने भोलेपन से कही कि कारिन्दे ने उससे और झूठ बोलने का इरादा छोड़ दिया।

"तुमको कैसे पता कि मैं दरबार से हूँ?"

"शक्ल बता देती है अंकल। दरबारी आदमी छुप नहीं पाता। उसकी शक्ल में सत्ता का रुआब दिखता है।"

कारिन्दा बताना चाहता था कि वह उसका पीछा नहीं कर रहा, वो तो प्रेम के बादशाह का पता करने निकला है। पर इसे यह जटिल बात कैसे बताई-समझाई जाए?

"आप प्रेम के बादशाह का पता खोज रहे हैं न?" सूरज प्रकाश ने पूछा।

अरे! इसे तो सारा मामला पहले ही पता है।

"तुझे कैसे पता?"

कारिन्दा हैरान! बादशाह का इतना सीक्रेट मिशन और यूँ उजागर हो गया?

"मुझे ख़ुद बादशाह और उनके ख़ास कारिन्दे ने बताया," सूरज प्रकाश ने कहा।

"अरे! तू कब मिल लिया उनसे?"

"पाँच दिन पहले। आधी रात को उठा ले गए। वहाँ बस दो लोग थे, ख़ुद बादशाह, और सबसे ख़ास कारिन्दा; इन दो ने ही सारी पूछताछ की।"

इसका मतलब यह कि प्रधान कारिन्दे की कोशिशें अपने लेवल पर ज़ारी हैं।

"फिर? तुमने उन्हें क्या बताया?"

"मैंने उनके हर प्रश्न का उत्तर दिया। सब बताया। आप पूछोगे तो आपको भी वही सब बता दूँगा। मेरा पीछा करने से कुछ भी नया हासिल नहीं होगा आपको।"

*

पागल प्रेमी ने उस रात का पूरा घटनाक्रम कारिन्दे को सुनाया—

उस रात बादशाह के ख़ास चैम्बर में उससे लम्बी पूछताछ हुई।...मुझे मारा-पीटा नहीं गया। बादशाह की हिदायत थी शायद।...सोचा होगा कि पागल है, मार-पीट से कुछ नहीं बताएगा।...

पड़ताल परम्परागत प्रश्नों से शुरू हुई थी—

"नाम क्या है तेरा?"

ख़ुद सब कुछ पता करके ही तो मुझे उठाया था फिर भी नाम पूछ रहे थे; मैं क्यों बताता? चुप रहा। मैंने जान-बूझकर अपना नाम नहीं बताया।

"आशिक़ी में अपना नाम भी भूल गया?" सबसे ख़ास कारिन्दा मज़ाक़ उड़ाने लगा।

"कभी प्रेम करके देखिए, आप भी भूल जाएँगे।"

कारिन्दे को मेरी बात मुँहजोरी लगी, ग़ुस्से में बोला—

"हर नागरिक से अपेक्षा की जाती है कि वो अपने नाम के अलावा पहचान-कार्ड नम्बर, पासपोर्ट नम्बर, राशन कार्ड नम्बर, सब याद रखे।"

मैं हँसने लगा।

"हँस क्यों रहे हो?" वो और नाराज़ हो गया।

"सोचता हूँ, आप लोग भी प्रजा को किन-किन चीज़ों में उलझाकर रखते हो!"

बादशाह को मेरी बात नागवार गुज़री।

"तुम देश के बारे में जानते ही कितना हो?" उसने लगभग गुर्राकर पूछा।

"सब जानता हूँ, देश मेरा भी है," मैंने कहा।

"नहीं, देश सिर्फ़ बादशाह का है; तुम तो बस इसमें रहते हो और इसके लिए तुमको बादशाह का शुक्रगुज़ार होना चाहिए," ख़ास कारिन्दा बोला।

मैं और ज़ोर से हँसा।

"कैसे-कैसे भ्रम पाल रखे हैं आप लोगों ने!"

"बेअदब, भूल रहा है कि तू बादशाह से मुख़ातिब है।"

"प्रेम सब भुला देता है।"

कारिन्दा ग़ुस्से से तिलमिला रहा था पर बादशाह ने उसे इशारा किया कि आगे पूछो इससे।

"अच्छा, लड़की का नाम तो याद होगा, वही बता।"

"वह तो आसमान पर लिखा है आप पढ़ लो।"

"दिख तो नहीं रहा, सीक्रेट स्याही से लिखा है?"

"आपके पास वो निगाह ही नहीं जिससे प्यार की इबारत पढ़ी जाती है।"

"ऐसा क्या है प्रेमियों की लिखावट में?"

"प्रेम की इबारत पानी पर लिखने जैसी कठिन होती है; लिखते ही मिट जाती है; ये मिट न सके, बनी रहे, इसके लिए इसे हर पल लिखना होता है। हर पल प्रेम में न गुज़रे तो प्रेम को पढ़ा नहीं जा सकता।"

"तूने तो पूरा प्रेमग्रन्थ खोल दिया!" बादशाह ने हँसकर कहा, हँसी उड़ाने के भाव की हँसी।

ख़ास कारिन्दा और चिढ़ गया।

"मुझसे बात करो।"

"आप समझेंगे ही नहीं।"

"इतनी कठिन बात है?"

"बात सरल है पर इसे कोई हृदय वाला ही समझ सकता है।"

अब बादशाह बोला—

"हमें हृदयहीन समझते हो?"

"बुरा न मानें। अक्सर वे ही लोग सिंहासन पर पहुँचते हैं जो हृदयहीन हों। अपने हृदय की सुनने वाला बादशाह नहीं बन पाता।"

बादशाह तिलमिला गया।

"हम, और हृदयहीन! हमारे दिल में जो इतना राष्ट्रप्रेम है..."

"बादशाहों का राष्ट्रप्रेम दिल में नहीं, दिमाग़ में होता है। वो राष्ट्रप्रेम को दिल से महसूस नहीं करता। राष्ट्रप्रेम आपके लिए सत्ता का औज़ार है, बस।"

"अबे पागल है क्या?" ख़ास कारिन्दे ने बादशाह के विरुद्ध बोलने से उसे चेताया और खिसककर उसके क़रीब आ गया। बादशाह ने ख़ास कारिन्दे को इशारा करके रोका वरना वह ज़ोर से लात मारने को तत्पर था।

बादशाह असली मुद्दे पर आया—

"प्रेम के बादशाह को जानता है तू?"

"उसे कौन नहीं जानता!"

"घुमा मत। सबकी नहीं, अपनी बता; तू जानता है?"

"जानूँगा ही। उसका ग़ुलाम हूँ।"

"उसका ग़ुलाम कैसे हुआ?"

"मैं ख़ुद नहीं हुआ, उसने ही बना डाला।"

"अच्छा?"

"जी सर, प्रेम ताक़तवर होता है; जिसे चाहे, ग़ुलाम बना ले। बादशाहत है सारी दुनिया पर।"

बादशाह उसकी बेअदबी पर हैरान था! इधर सूरज प्रकाश की बेअदबी दो क़दम और आगे बढ़ गई—

"वो ठान ले तो आपको भी ग़ुलाम बना सकता है सर।"

"ज़ुबान सँभालकर! बदतमीज़!!" ख़ास कारिन्दा चीख़ा।

"मैंने ग़लत नहीं कहा सर। हमारे बादशाह सलामत भी प्रेम में पड़ सकते हैं; प्रेम में पड़ना ही प्रेम का ग़ुलाम हो जाना है।"

"इस बेअदबी के लिए तेरा सिर भी कलम हो सकता है," ख़ास कारिन्दे ने धमकाया।

बादशाह गुर्राया—"हमारा ग़ुस्सा न बढ़ा नादान लड़के।"

सूरज प्रकाश वैसा ही बना रहा, शान्त और संयत। बोला—

"बस, यही अन्तर है प्रेम के बादशाह और आपकी बादशाहत में।"

"मतलब?"

"प्रेम के दरबार में सब बादशाह हैं और सब ग़ुलाम; वहाँ किसी का सिर कलम नहीं हो सकता क्योंकि वहाँ हथेली पर सिर रखकर ही पहुँचा जाता है..."

"...और उसके दरबार से निकलकर वापस सिर जोड़ लेते हो, क्यों?" कहकर ख़ास कारिन्दा ख़ूब हँसा।

"मैं जानता था कि आप नहीं समझेंगे।"

"हमें ये ऊलजलूल समझना भी नहीं है। तू तो प्रेम के बादशाह के बारे में बता।"

"पूछिए, कोशिश करूँगा..."

"कैसा दिखता है वो?"

"वो दिखता नहीं; महसूस होता है, हवा की तरह, ख़ुशबू की तरह। आपने कभी हवा को देखा है? ख़ुशबू देखी है कभी? नहीं न; उसे महसूस ही करते हो न? प्रेम को भी महसूस ही कर सकते हो, बस।"

"तो उसमें क्या है? हमारे बादशाह सलामत भी देश के हर नागरिक को पल-पल महसूस होते हैं।"

"नहीं सर, दोनों में बड़ा फ़र्क़ है। प्रेम दिल में महसूस होता है, बादशाह गर्दन पर।"

"तू हमें बादशाहत सिखाएगा?" इस बार बादशाह उखड़ गया।

"नहीं सर, मैं तो बस प्रेम के तानाशाह का परिचय दे रहा था।"

बादशाह उसे देर तक देखता रहा।

"तू या तो बेहद चालाक है या बहुत भोला।"

"चालाक आदमी प्रेम नहीं कर सकता सर। तनिक-सी चालाकी और आदमी प्रेम के दरबार से बाहर; इस मामले में प्रेम का तानाशाह किसी की नहीं सुनता।"

"देख, तू उसे गिरफ़्तार करा सकता है तो बता, बहुत इनाम-इकराम दूँगा; बोल?" ख़ास कारिन्दे ने उसे फुसलाते हुए कहा।

"उसकी गिरफ़्तारी? अरे, प्रेम तो ख़ुद दुनिया को गिरफ़्तार करता है, उसे तुम गिरफ़्तार करोगे?"

"देखते जाओ, गिरफ़्तार भी करेंगे, सूली पर भी चढ़ाएँगे।"

"प्रेम सूली से नहीं डरता। सूली ऊपर सेज पिया की—वह कहता है; पिया की सेज मानता है सूली को।"

"हम चढ़ाएँगे न उसे पिया की सेज पर!"

"कोशिश भी मत करना। प्रेम अमर है।"

"कभी रहा होगा, अब नहीं; अब हमारे पास प्रेम को नेस्तनाबूत करने के लिए हथियारों का पूरा ज़ख़ीरा है।"

"हर हथियार की काट है उसके पास।"

"अच्छा? अफ़वाहों की काट है उसके पास? और घृणा की? सोशल मीडिया पर ज़ारी सफ़ेद झूठ का जवाब दे पाएगा वो? मूर्ख नौजवान, किसी को तलवार और बन्दूक़ से ही नहीं मारा जाता, शब्दों और भाषा का चालाक इस्तेमाल भी वही काम कर सकता है। उससे कहो, आत्मसमर्पण कर दे।"

"समर्पण तो आपको करना है सर। प्रेम समर्पण माँगता है।"

"क़ायदे से, तुम्हें इसी बात पर सौ कोड़े मारे जाने चाहिए परन्तु तुम प्रेम के दूत हो और दूत को हानि नहीं पहुँचा सकते हम; छोड़ रहे हैं तुमको, तुम जाओ। बस, अपने बादशाह को समझा दो कि समर्पण कर दे वरना..."

बादशाह ने उसे घर जाने दिया।

*

इतनी मुँहज़ोरी, बेअदबी, बदतमीज़ी और हुक्मउदूली के बाद भी बादशाह ने इसे क्यों जाने दिया? सबसे ख़ास कारिन्दे के चेहरे पर कड़वाहट आ गई जो तानाशाह की निगाहों से बची नहीं—

"यह हमें कुछ भी नहीं बताने वाला था। मार-पीट के बाद भी नहीं। निरा पागल आदमी है। ग़लत नहीं कहा उसने, हथेली पर अपना सिर रखे था वो; पता नहीं कि तुम देख सके कि नहीं? मरने का ख़ौफ़ नहीं था उसे, इसीलिए जाने दिया हमने। अब तो बस अपना वो कारिन्दा ही इसका पीछा करके शायद कुछ पता कर सके।"

बादशाह ने जाते हुए प्रेमी को देखकर कहा।

बादशाह की आख़िरी बात प्रेमी ने भी जाते-जाते सुनी और मुस्करा दिया।

*

कारिन्दे ने सारी घटना सुनी।

यही पहले होता तो बौखला जाता कि सबसे ख़ास कारिन्दा उसकी पोजीशन ख़राब करने की हरकत कर रहा है, पर अब नहीं; दरबार मानो उसके मन से उतरता जा रहा था।

"तुमको मारा-पीटा?" कारिन्दे के स्वर में आत्मीय चिन्ता है।

"नहीं तो, क्यों?"

"उनका विश्वास है कि मार-पीट से हर बात उगलवाई जा सकती है।"

सूरज प्रकाश मुस्कराया।

"उनको तुम्हारी बातें समझ आईं?"

"नहीं, बिलकुल नहीं।"

"नफ़रत की बात होती तो वे तुरन्त समझ जाते, विश्वास भी करते। प्रेम पर अविश्वास इस सिस्टम की पहली शर्त है और नफ़रत पर भरोसा दूसरी।"

"पर आप भी तो उसी सिस्टम का पुर्जा हैं?"

"हाँ हूँ, तभी तो बता पा रहा हूँ। पर अब मुझमें कुछ बदल रहा है।"

"कैसे?"

"तुमको देखकर।...अब समझा कि बादशाह क्यों डरता है प्रेम से?"

"हम इतने घातक लगते हैं उनको?" हँसने लगा सूरज प्रकाश।

"यार हो तो घातक; घातक भी, और छूत की बीमारी जैसे..."

"क्यों?"

"क्योंकि अब यह बीमारी मुझे पकड़ चुकी है। तुम्हारा पीछा करने में मुझे अलग-सा आनन्द आने लगा है। बादशाह के दिये काम और उसकी निगाह में चढ़ने का सुनहरा अवसर मानकर यह काम शुरू किया था मैंने परन्तु मैं कब बदल गया मुझे ख़ुद पता नहीं। तुम्हारा पीछा करके प्रेम के बादशाह का पता करना है मुझे।"

"मेरे पीछे आने से उसका पता मिल जाएगा?"

"हाँ, तुम्हारे ज़रिये प्रेम की सत्ता के केन्द्र का पता करके बादशाह उसे तबाह करना चाहता है।"

"प्रेम को तबाह कर सका है कोई?"

"तबाह करने की ताक़त पर बड़ा भरोसा है बादशाह को।"

"तो उसे सच बता दो न?"

"बादशाह से कभी सच नहीं कहा जाता। उसकी चाकरी में सच नहीं चलता। पीछा करके रोज़ कुछ झूठी-सच्ची रिपोर्ट बनाकर भेजता रहूँगा।"

"पीछे क्यों, हमारे साथ चला करें न?"

"साथ दिखा तो शक हो जाएगा, पीछा करूँगा तो शाबाशी मिलेगी..."

नन्हे सिंह कारिन्दे को उसे यह नौजवान भाने लगा है।

थोड़े ही दिनों में इसके भोलेपन, सच्चाई, प्रेम, उदारता, स्नेह, अपनेपन, नि:स्वार्थ मन और निर्मल व्यक्तित्व ने उसे अपना कायल बना डाला है। वह देखता है कि प्रेम ने इसे क्या का क्या बना डाला है! और वह? कितना निरर्थक जीवन बिताया है उसने; दरबार, सत्ता, ताक़त और उठा-पटक की मरीचिका में उलझा रह गया, समझ ही नहीं सका कि असल आनन्द कहीं और था।

इस नौजवान के समक्ष अभी कितना अदना महसूस कर रहा है वह!

"अच्छा, आप क्या लिखते हो अपनी डेली रिपोर्ट में?" सूरज प्रकाश ने पूछा।

"बना देता हूँ कुछ भी कहानी। दरबारी रिपोर्टों का यही मज़ा है। कोई पढ़ता नहीं।"

"पर इनके आधार पर तो बड़े-बड़े निर्णय लिये जाते हैं?"

"निर्णय तो बादशाह पहले ही ले लेता है..."

"तब तो मेरे बारे में भी कोई निर्णय ले चुका होगा वो?"

"नहीं, उसे तुम काम के लगते हो। वो तुम्हारे ज़रिये प्रेम के तानाशाह तक पहुँचना चाहता है।" कहकर मुस्कराने लगा कारिन्दा।

"तो फ़ाइनल रिपोर्ट सबमिट कर दो न कि मैं एक नाकारा प्रेमी हूँ, बस। लिख दें कि कुछ नहीं पता प्रेम के तानाशाह का इसे। आपको भी हमारा पीछा करने की लानत से छुटकारा मिले।"

कारिन्दा अधेड़ उम्र का हो चुका। उसके मुँह से बेटा शब्द निकल गया।

"बेटा, सही बात ये है कि मेरे लिए अब यह लानत का काम नहीं रहा। पीछा करना मुझे अच्छा लगने लगा है; जीवन में पहली बार कुछ सार्थक कर रहा हूँ। तुम्हारा प्रेम देखकर हैरान हूँ। बाज़ वक़्त तुम्हारे प्रेम की ताक़त मुझे अपने तानाशाह से ज़्यादा महसूस हुई है। मैं फ़ाइनल रिपोर्ट सबमिट नहीं करूँगा। मुझे अपना पीछा करने दो, बस।"

"ख़ूब करें पर ज़रा दूर रहकर ताकि मैं सायरा से मिल लिया करूँ?"

"ख़ूब मिलो।"

"पर कैसे? आप सिर पर रहेंगे तो हमारा तो गले लगना भी कठिन।"

"मैं हट जाऊँगा, बस इशारा कर देना।"

"तो अभी उससे मिल लूँ? जाऊँ?"

"ठाठ से जाओ। लौटोगे तो यहीं बैठा मिलूँगा। किसी और रास्ते से मत निकल जाना। मुझे अपनी ड्यूटी करने देना।"

दोनों हँसने लगे।

भाग : दो

घोषणा की प्रतीक्षा और ख़ौफ़

कल एक महत्त्वपूर्ण घोषणा होगी

[सनक के अस्तबल से नया घोड़ा कौन सा निकलेगा?]

देश में मुनादी पिट रही है। चैनल-चैनल डुगडुगी, अख़बार-अख़बार अलख, कानोकान कनकही।

सारे भोंपू बता रहे हैं कि कल सुबह, ठीक दस बजे बादशाह एक महत्त्वपूर्ण घोषणा करेगा। कल तानाशाह दरबार और राष्ट्र को एक साथ सम्बोधित करेगा।

राष्ट्र अभी से तरद्दुद में आ गया है कि कल वो क्या कहेगा? कौन सा नया शिगूफ़ा? कौन सी अनोखी सनक? सबको पता है कि बादशाह इस देश को आगे बढ़ाने की हड़बड़ी में है; वो आगे-पीछे की नहीं सोचता, मन में कोई योजना आई कि सब पर थोप दी; बाद में उनको सज़ा भी दी जिन्होंने एक शानदार योजना साजिशन फेल करा दी।...कल ऐसी ही कोई योजना न हो?

अन्देशे में है सारा देश कि पिछली बार जैसा तो कुछ नहीं करेगा? या उससे पहले जैसा कि जिसने पूरे देश को उथल-पुथल कर डाला था? या उससे भी पिछली घोषणा जैसा? या इन सबसे भी ख़राब कुछ एकदम अकल्पनीय?...या शायद इस बार कुछ बहुत अच्छा?...लोग बस कयास लगा सकते थे।

जब से मुनादी हुई है, देश मानो रुक गया है। सब इसी चिन्ता में मुब्तिला हैं। हर घर में यही विमर्श चल रहा है। हर तरफ़ बस यही चर्चा कि कल क्या कहने, करनेवाला है बादशाह? प्रजा कानाफूसी, बतकहियों, शर्त लगाने, सट्टेबाज़ी और बहस में मुब्तिला है आज; कल की कल देखी जाएगी!

एक ही चर्चा, कल तानाशाह क्या बोलेगा? कोई बता नहीं सकता पर बता सब रहे हैं।

घर नम्बर एक

[कमोड के पानी में डूबा सिर सोच नहीं सकता]

ठीक पहचाना; यह तानाशाह नम्बर एक का घर है।

राजा का घर।

देर रात का समय।

घर में पार्टी चल रही है।

आज तानाशाह के छोटे बेटे का जन्मदिन है।

महफ़िल सजी है। बड़ी रौनक। ढेर सारे मेहमान। ख़ूब चहल-पहल। राजा को बड़ा आनन्द आता है ऐसी महफ़िलें सजाने में। बड़े मेटिकुलसली अरेंज करता है वो हर महफ़िल; एक-एक बात का ख़याल, हर मेहमान को यूँ लगे कि होस्ट उसकी पर्सनल देखभाल कर रहा है; सब कुछ लार्जर दैन लाइफ़। बाद में विदा लेता मेहमान जब उससे हाथ मिलाता है, अभिभूत मुद्रा में गले लगकर कहता है कि वाह यार, बहुत शानदार रहा सब, तब राजा का दमकता हुआ चेहरा देखे कोई!... आज भी वही शानदार माहौल है। यार-दोस्त, पड़ोसी, उनके बच्चे, औरतें, रिश्तेदार, ऑफ़िस कलीग्स-ख़ासी जगमग है घर में।

तानाशाह का उत्साह देखते बनता है।

वह ख़ासा ख़ुश है। सभी से घुल-मिलकर हर शख़्स से पूछ रहा है कि आपने ठीक से सब लिया कि नहीं? कुछ लाऊँ? रबड़ी तो ली ही नहीं तुमने? ऐसे कैसे यार!...अरे, सर जी को रबड़ी दो। लाओ यार!...लाओ, लाओ!...मेहमान ख़ुश हैं।...एकदम शाही इन्तज़ाम किया है यार। नाम भर के राजा नहीं तुम। क्या कहने तुम्हारे बॉस!...यार, मुझे नहीं, रानी को कॉन्ग्रेच्युलेट करो। सारा इन्तज़ाम उसका है। ...रानी, इधर तो आओ!...तुम्हारी तारीफ़ हो रही है और तुम वहाँ खड़ी हो?... अपनी बलिष्ठ बाँहों में भींचकर खींच लाया है तानाशाह रानी को वहाँ। ...देखनेवाले अश अश कर रहे हैं, कितना प्यार है इनके बीच!...यही चाहता भी है तानाशाह। उसे विश्वास है कि वह दुनिया का सबसे बड़ा प्रेमी है; कोई और आदमी ऐसा प्यार करके तो दिखाए!

शाम से अभी तक, बार-बार, किसी न किसी बहाने वह सब पर ज़ाहिर कर रहा है कि रानी उसके प्यार में कितनी ख़ुश है। रानी जहाँ खड़ी मिली; किचन में, औरतों के बीच, बच्चों में, यहाँ, वहाँ, कहीं भी, वह बीच में सब काम छोड़कर उसके पास आता है, पीठ पर आत्मीय धौल जमाता है, कन्धों से भींच लेता है, कभी उसकी साड़ी, कभी बालों की तारीफ़ कर देता है, कैसी हैं हमारी रानी साहिबा,

ऐसा बोल आता है, हर मेहमान को उससे गर्वपूर्वक मिलवाता है, तारीफ़ करता है रानी के हुस्न की जिसने राजा को आज भी अपना ग़ुलाम बनाकर रखा है; ऐसी बातें, बार-बार, लगातार।

...शाम से अभी देर रात तक उसने सारे मेहमानों को अपनी मेहमाननवाज़ी और रानी के प्रति प्रेम का कायल कर रखा है।

पुरुष तारीफ़ कर रहे हैं कि जैसा दिल खोलकर दारू तू पिलाता है वैसा हमने कोई और देखा नहीं। औरतें रानी को छेड़ रही हैं कि भाभी, आप कितनी लकी हो जो ऐसा प्यार करनेवाला पति मिला है!...रानी क्या कहे! औरतें छेड़ रही हैं, वह छिड़ रही है; बाक़ायदा शरमा भी रही है, गाल इस झूठ में उसका साथ दे रहे हैं, ख़ासे लाल हो रहे हैं!...शर्म से लाल चेहरे से झाँकती एक भयभीत औरत भी है जो जानती है कि वो अभी तलवार की धार पर चल रही है; पार्टी में कुछ भी ऊँच-नीच हुआ तो राजा मार डालेगा उसे।...कैसी ऊँच-नीच? नहीं बता सकते। मान लें कि कुछ भी। राजा का मूड अचानक बिगड़ जाने, उसके बुरा मानने और ग़ुस्सा हो जाने का कोई सेट पैटर्न नहीं है; हर बार एकदम नया कारण बन जाता है।

अभी राजा अपने दोस्तों के साथ लगातार चीयर्स कर रहा है, धौल-धप्पा में है, हा हा-ही ही कर रहा है पर उसकी एक निगाह रानी पर है। रानी को एक पल नहीं भूलता वो; बहुत प्यार करता है उसे; और उसका प्यार नाटक नहीं; वह वास्तव में करता है, गहरा प्यार है उसे।...अब भी, किसी पागल प्रेमी की तरह लगातार देखे जा रहा है रानी के हर मूव को, और रानी को ये बात पता है। जानती है कि उसकी परीक्षा चल रही है। छोटी-मोटी तो हमेशा चलती हैं। हरदम। रोज़-रोज़। हर पल। आज कुछ बड़ी परीक्षा है। ऐसी पार्टियाँ रानी की बड़ी परीक्षा होती हैं।

उस पर राजा की नज़र है तो उसे भी बार-बार राजा के प्रति प्रेम प्रदर्शन करना पड़ेगा, एक पल को भूली तो कहेगा कि तुम वहाँ सड़ा-सा मुँह बनाए क्यों खड़ी थीं? रानी ध्यान रखे है। वह शाम से ही मुस्कराती और खिली-खिली घूम रही है। जब-जब राजा लौट-लौटकर उसे भींचे, प्यार जतलाए तब उसे हर बार शर्म से दोहरा होना है, भरपूर प्यार से राजा की आँखों में देखना है; और यह सब करते हुए वह अगर थक जाए तो एक शिकन नहीं आनी चाहिए चेहरे पर। हे ईश्वर, अभी तक तो आज, सब ठीक चला है, बस, थोड़ी देर और ऐसा चले।

डरी हुई औरत प्रार्थना में रत है। वैसे, तानाशाह उसकी आज की परफ़ॉर्मेंस को क्या रेटिंग देगा यह तो महफ़िल ख़त्म हो जाने के बाद ही पता चलेगा।

*

और महफ़िल ख़त्म भी हो गई।

सब ठीक-ठाक निबट गया।

सारे मेहमान बड़े ख़ुश-ख़ुश वापस गए। शानदार मेज़बानी की ढेर सी तारीफ़ें करते हुए गए सब। राजा बेहद ख़ुश लग रहा है। पार्टी के बाद, वह देर तक दोनों बच्चों के साथ बर्थ-डे गिफ़्ट खुलवाता रहा। ख़ूब मज़े लिये बच्चों के साथ। रानी साथ थी। साथ रहना ही था। रात बहुत हो गई है। राजा ने कल की छुट्टी ले रखी है सो वह रात एक बजे तक बच्चों के साथ हँसता-खेलता रहा परन्तु जिस निगाह से वह रानी को बीच-बीच में देख रहा है उससे डर लग रहा है रानी को; ज़रूर कुछ गड़बड़ है, पर क्या? राजा के चेहरे पर हँसी ज़रूर है पर आँखें जल रही हैं इसकी; कुछ है जो नागवार गुज़रा है इसे, पर क्या?

कुछ ऐसा याद नहीं आ रहा रानी को।

*

बच्चों को उनके कमरे में सुलाकर वे अपने बेडरूम में आए।

रात के दो बज रहे थे।

साड़ी चेंज करके रानी नाइट गाउन पहनने लगी। राजा पलंग के किनारे पर बैठकर जूते उतारने लगा। रानी और राजा के बीच पलंग है, बस। डबल बेड के पलंग की चौड़ाई जितनी दूरी पर राजा इस तरफ़ है, रानी उस तरफ़।

राजा ने जूता उतारा और उसे हाथ में लिये वह सोचता रहा।

हाथ में जूता लिये वह रानी को देख रहा है।

रानी का ध्यान कहीं और है।

चेंज करते हुए कुछ गुनगुना रही है। वह झुमके उतारने के लिए उसका स्क्रू घुमा रही थी कि ज़ोर की आवाज़ के साथ राजा का फेंका हुआ जूता उसके पास रखी अलमारी के पल्ले से टकराया और उलटकर ज़मीन पर औंधा हो गया। राजा ने उसे जूता फेंककर मारा था जो लग नहीं पाया।...तो शक सही था, कहीं, कुछ बहुत ग़लत घट गया है जिससे रानी अनभिज्ञ है।

रानी जहाँ थी वहीं थम गई।

"क्या हुआ?" उसने पूछने की हिम्मत बटोरी।

"मुझसे पूछती हो? तुमको नहीं पता कि तुमने क्या किया?"

"मैंने?"

ऐसा क्या कर दिया होगा उसने? पार्टी में तो सब कुछ ठीक रहा। ये भी तो बहुत ख़ुश था। फिर? पर इसको कभी महफ़िल में ग़ुस्सा आ जाए तो उसे उस समय पूरा जज़्ब कर लेता है—अपनी इमेज की बहुत चिन्ता रहती है उसे; अन्दर-अन्दर उबल भी रहा हो तो सारी भाप बाद के लिए दबाए रहता है!

"सब तो ठीक हुआ जान?"

रानी उसे प्यार से जान कहती है। जान शब्द की आड़ लेकर बच जाने की उसकी इस दरिद्र कोशिश पर तानाशाह मुस्करा दिया।

"अच्छा!! सब ठीक हुआ? तो वो क्या था मेरी जान?"

"वो क्या?"

"यह भी मैं ही बतलाऊँ?"

रानी नाइट गाउन में है पर राजा अब भी सूट और टाई में है। घूर रहा है उसे जो इस पार खड़ी है। दोनों के बीच पलंग की सुरक्षित दूरी है पर शेर कब छलाँग मारकर इस पार आ जाएगा कौन जानता है?

रानी पिटने की तैयारी करने लगी।

राजा का चेहरा बता रहा है कि आज वह उसे ठोंकेगा; धधकती आँखें, नितान्त अपरिचित-सा निकल आया चेहरा, बार-बार किसी हिंसक जानवर की तरह दाँत पीसना, सब चेतावनी दे रहे हैं कि मार खाने को तैयार रहो!

"पर हुआ क्या, बताओ न प्लीज़?"

उसे घूरते-घूरते उसने बेल्ट उतारकर हाथ में रख ली।

शस्त्र सज्जा शुरू हो गई थी।

"प्लीज़, बता दो न? क्या हो गया?"

"आज तो मैं तुमको ऐसा ठोंकूँगा कि भूल जाओगी कि पहले कभी पिटी भी थीं।"

वह पहले ही काँप रही है।

"अब सारी रात वहीं खड़ी रहोगी? लात मारने मुझे आना पड़ेगा क्या?"

बहुत तेज़ ग़ुस्सा आ रहा है उसे। रानी अगर अब भी अपनी जगह से न हिली तो वह दूसरा जूता सीधे उसके मुँह पर मारेगा।

रानी पलंग के साथ घूमकर धीरे-धीरे उसकी तरफ़ आने लगी; शायद इस आज्ञाकारी बर्ताव का कुछ कन्सेशन मिल जाए।...मिला भी। राजा ने उसे तुरन्त नहीं मारा।...तानाशाह ने न्यायप्रियता दिखलाई।...उसे सीधा नहीं मारा। सज़ा के पहले मुजरिम को सफ़ाई का पूरा मौक़ा देगा वो।

राजा ने आरोप पत्र पढ़कर सुनाया—

पार्टी जब अपने शबाब पर थी और यार-दोस्त पूरे सुरूर में, अचानक ही ये बात निकल आई कि बादशाह कल क्या घोषणा करनेवाला है? सभी देश के तानाशाह की फ़ितरत से वाक़िफ़ नागरिक थे। घोषणा के बारे में सबकी अपनी राय थी, अपने कयास। देश के तानाशाह का परम समर्थक है राजा। वह मानता है कि देश को तानाशाही से ही ठीक किया जा सकता है। अपने बादशाह को तानाशाह कहा जाना भी पसन्द नहीं उसे; बादशाह कोई तानाशाह नहीं, वो तो एक बेहतरीन प्रशासक है;

अराजक देश को बेहतरीन प्रशासक बड़े चुभते हैं; इसीलिए तानाशाह नाम दे दिया है स्सालों ने।

ज़्यादातर दोस्त बादशाह के इरेटिक व्यवहार की बुराई कर रहे थे।

राजा सबसे बहस करता रहा और देर तक बादशाह के समर्थन में बोलता रहा। बोला कि बादशाह कल कुछ अच्छी घोषणा करेगा जो देश को फ़ायदा पहुँचाएगी। ज़्यादातर दोस्त सहमत नहीं थे; दारू भी सिर चढ़ चुकी थी सो बादशाह को लेकर कटु तर्क-वितर्क हुए और तर्कहीन बातें भी।...तानाशाह ने आज तक तो कभी ढंग की घोषणा की नहीं तो कल कैसे कर देगा?...किसी ने ऐसा कुछ कह दिया। ...राजा को बुरा लगा।...बादशाह को तानाशाह कहना बेहद ग़लत है, उससे ज़्यादा लोकतांत्रिक कोई है नहीं। दोस्त हँसने लगे।...बादशाह और लोकतांत्रिक! यार तुम भी।...राजा बुरी तरह खिसिया गया। बहस होने लगी। होती रही।...लोकतांत्रिक कह देने से कोई तानाशाह लोकतांत्रिक हो जाएगा क्या?

तभी रानी दुर्भाग्यवश वहाँ से निकली।

वह घूम-घूमकर देख रही थी कि सब ठीक चल रहा है कि नहीं? किसी को कुछ चाहिए तो नहीं? रानी निकली तो भाभियों से फ़्लर्ट करने में सिद्धहस्त एक मित्र ने भाभीऽऽ आवाज़ देकर उसे रोक लिया और सीधे पूछा—

"अच्छा भाभीजी, आप बताओ, कल क्या घोषणा हो सकती है?"

वह रुककर मुस्कराने लगी।

उसका ध्यान राजा की तरफ़ से कुछ समय के लिए हट गया था। राजा के दोस्तों की भीड़ रानी को चीयर करने लगी।

"...भाभी, भाभीऽ, भाभीऽऽ..."

अगर वो अब भी एक बार राजा की तरफ़ देख लेती तो आगे वो बात न कहती जो उसने कह दी। उसने इसे दोस्तों के बीच हो रही हँसी-मज़ाक़, धौल-धप्पा का हिस्सा माना था। दारू पीकर हर महफ़िल में ये लोग ऐसा करते ही हैं। वही चल रहा है। मज़े ले रहे हैं। दोस्ताना टाँग खिंचाई चल रही है।

"क्या पूछ रहे हैं भाई साहब?" उसने रुककर पूछा।

"कल तानाशाह घोषणा करेगा, यह तो पता है न भाभी? या फिर राजा के प्यार में वो भी भुला बैठे हैं?"

एक दोस्त ने प्रश्न रिपीट किया।

सब हँसने लगे। राजा की हँसी सबसे लाउड थी। बादशाह को तानाशाह कहा जा रहा है पर इस कथन में रानी से उसके प्रेम की प्रशस्ति भी तो है! रानी के एक हाथ में कुछ गुब्बारे थे जिसे एक दीवार से उखाड़कर वह किसी छोटे बच्चे को देने जा रही थी।

"हाँ, पता है न!" वह बोली।

"तो बताइए? कल वो क्या बोलने वाला है?"

"तानाशाह का अन्दाज़ा तो भगवान ब्रह्मा भी नहीं लगा सकते, मैं भला क्या बताऊँ?"

हँसकर रानी ने कहा और चलने को हुई।

"आपने अभी बादशाह को तानाशाह कहा है—याद रखिएगा भाभी। मतलब यह हुआ कि आप हमारी तरफ़ हैं।"

जाती हुई रानी से दो-तीन आवाज़ों ने एक साथ कहा और सब हँस पड़े। रानी को पता ही नहीं चला कि वह अनजाने ही राजा का दोस्ताना मखौल उड़ाने वालों का साथ दे बैठी थी। दोस्त बाद में इस बात पर हँसते रहे। राजा भी उनके साथ हँसी में शामिल हुआ; तानाशाह इतने लोकतांत्रिक तो होते ही हैं।

अपराधी से तो वह सबके चले जाने के बाद निबटेगा।

और अब वही निबटा जा रहा है—

रानी डरती-डरती उसके पास आकर खड़ी हो गई।

इतने क़रीब कि वह उसे थप्पड़ भी मार सकता है और लात भी; दोनों की रेंज में है रानी। पर उसने रानी को नहीं मारा; बस घूरकर देखा। अब उसे देखे जा रहा है तानाशाह। चेहरा तमतमाया और ग़ुस्से की आँच से स्याह; झपटने को आतुर हिंसक जंगली पशु जैसी बॉडी लैंग्वेज हो, रानी सिहर उठी।

"तो, वो क्या था?" राजा ने फ़ाइनली पूछा।

"क्या?"

"याद नहीं?

"ऐसा क्या कर दिया?"

"क्या कर दिया!! दोस्तों के सामने मेरी उतार दी और..."

"नहीं तो..."

"नहीं तो!! नहीं तो? चलो, मैं ही बता देता हूँ।...तानाशाह शब्द का मतलब भी समझती हो?"

अब उसे याद आ गया सब।

एकदम समझ गई वो कि मसला क्या है?

"पर मैंने तो यूँ ही..."

"यूँ ही तुम कुछ भी कह दोगी? सबके सामने मुझे बेइज़्ज़त करोगी?"

"ऐसा क्या कह दिया मैंने, यार? बादशाह को लोग तानाशाह भी तो कहते हैं?"

"कुछ बुद्धिजीवी बददिमाग़ लोग ही कहते हैं।"

"मैं तो..."

रानी ने बचाव में कहना चाहा।

"कभी मेरे मुँह से ये सुना? नहीं न? लोगों का कहा सुनोगी कि मेरा? ...बोलो?"

वह चुप रही।

"अच्छा बताओ, तुम भी उसे तानाशाह मानती हो?"

वह चुप रही।

"फिर तो मैं ही मूर्ख बचा जो उसे तानाशाह नहीं मानता?"

राजा का चेहरा राख हो रहा है।

अब और बोलना बात को फ़ालतू खींचना होगा। वह चुप रह गई। मार-पीट करना है तो जल्दी से करे और मसला ख़त्म हो।

पर उसने नहीं मारा। वो चूहे-बिल्ली का खेल पूरा खेलकर ही उसकी पिटाई करेगा।

वह इन्तज़ार में चुपचाप खड़ी रही।

"तुम भी उन छद्‌म बुद्धिजीवियों में शामिल हो? है हिम्मत तो अब वही सब बोलकर दिखाओ? हाँ, हाँ, बोलो? अरे, चुप क्यों हो? कहो, बोलो, एक बार तो तानाशाह कहो उसे? तुम भी उन मादर...की तरह..."

"मैंने तो बस..."

अब वह फ़्लैश-प्वाइंट आ रहा है।

गालियों का पलीता सुलगने लगा है।

पिटाई का विस्फोट होने को है, कभी भी।

"बोलती है कि लगाऊँ एक लात?" तानाशाह ने मारने से पहले आगाह किया। बहादुर लोग पीठ पर वार नहीं करते, बताकर मारते हैं! वह पलंग से उठ खड़ा हुआ। अब नाज़ुक सी रानी और बलिष्ठ राजा एकदम आमने-सामने थे।

राजा जिम का शौक़ीन है, डोले-सोले वाला मसलमैन।

ज़ोर का एक चाँटा मारा उसने। झन्नाटेदार चाँटा कहते हैं जिसे, वो वाला।

चटाऽऽक।

रानी बिस्तर पर जा गिरी। फिर तो हाथ, लात, जूता, सब चला। राजा ने झोंटे खींचकर रानी का सिर पलंग के पैताने पर दे मारा। वह उसे मारता चला गया। साथ में गालियाँ। और गालियाँ। और और गालियाँ। और पिटाई। और और पिटाई। जो भी चीज़ हाथ में आई उसी से मारा। पटक-पटक कर मारा।

थक गया बेचारा मार-मारकर!

बैठ गया पलंग पर।

हाँफने तो नहीं, सुस्ताने लगा। वैसे, अभी उसका मन भरा नहीं है। अभी और मारेगा। थोड़ा आराम कर ले। फिर उठेगा।

रानी चुपचाप पिटती रही। अब वह एक कोने में ज़मीन पर बैठी है। घुटने मोड़कर। बाल बिखरे हुए। गाउन तितर-बितर। चुपचाप देख रही है उसकी तरफ़।

राजा ने उसे देखा और फिर से उत्तेजित हो गया।...तेरी तो स्साली!

पलंग से उठा वो। फिर से रानी के पास जा पहुँचा।

खुले बालों को झोंटे से पकड़कर रानी को उठा लिया उसने। बालों से खींचता, लगभग घसीटता हुआ उसे बेडरूम से अटैच्ड टायलेट में ले गया। यूरोपियन सिस्टर्न वाला शानदार टायलेट। उसने रानी का सिर पकड़कर कमोड में घुसेड़ दिया और फ़्लश चला दिया। तेज़ आवाज़ के साथ पानी का सोता फूटा और रानी के मुँह पर भलभलाने लगा। वह टायलेट के पानी में गोते खाने लगी। अचानक ही पानी में डूब जाने पर जो होता है, वही हुआ। दम घुटने लगा रानी का। बौखलाकर, इशारों द्वारा वह उसे छोड़ देने का इसरार करने लगी। राजा ने मानो कुछ सुना ही नहीं। तानाशाह बहरे होते हैं; फ़ालतू पुकारें सुनने लगे तो चल चुकी तानाशाही। रानी का सिर कमोड में दबोचे रहा वो। पानी भलभलाता हुआ उसके सिर पर बहता रहा। वो तो अच्छा था कि कमोड का टैंक ख़ाली हो गया, पानी आना बन्द हो गया और रानी के गले में पानी घुस जाने से उसे ज़ोर से खाँसी आई तो राजा ने उसका सिर आज़ाद कर दिया।

अब रानी निढाल होकर टायलेट के फ़्लोर पर चित पड़ी थी।

आँखें बन्द किये, ज़ोर-ज़ोर से श्वास लेती, गीले बाल, भीगा चेहरा और भीगा गाउन; कहाँ तो अभी-अभी पार्टी में इठलाती हुई सजी-धजी वो रानी, कहाँ यह फ़र्श पर बिखर गई बेतरतीब औरत!...तो क्या तानाशाह को दया आई?...या उसे अपने इस कृत्य पर कोई शर्मिन्दगी हो रही है? नहीं, उस पर कोई असर नहीं हुआ। बल्कि यह जो फ़्लोर पर लेटकर सुबकने और लम्बी साँसें लेने का नाटक रानी कर रही है, इसे देर तक बर्दाश्त नहीं करेगा वह।

राजा थोड़ी देर तक ज़मीन पर पड़ी रानी को देखता रहा फिर उसे लात से ठेलकर बोला, "ये स्वाँग बन्द करो अब। हटो रास्ते से वरना तुम पर पाँव धरकर उस तरफ़ जाना पड़ेगा मुझे!"

रानी जानती है कि तानाशाह उसे कुचलता हुआ निकल जाने में ज़रा भी गुरेज नहीं करेगा।

वह उठ गई।

घर नम्बर दो

[प्वाइंट नम्बर फोर में दर्ज पत्थर की लकीर]

तानाशाह क्या घोषणा करेगा?

देश जानता है कि उसके अनुमान ग़लत सिद्ध होंगे पर लगा रहा है।

तानाशाह अपने इरादों की भनक कभी स्वयं को भी नहीं लगने देता। हर बाज़ी वह पत्तों को छाती से चिपकाकर खेलता है; साथ बैठा सहायक भी हैरान रह जाता है कि अभी तो बेगम फेंक रहा था, अचानक दुक्की क्यों उठा ली? बाज़ी अलग, गड्डी अलग; पत्ते ऐसे पैने कि बाज़ी खेलते-खेलते कौन सा पत्ता वो अपने सबसे क़रीबी शख़्स की गर्दन पर चला दे, कोई नहीं जानता।

राष्ट्र को पूरा एक दिन मिला है कि वह हर अनहोनी के लिए तैयार हो ले।

वैसे राष्ट्र अब वैसा परेशान नहीं होता। आदी हो गया है इन बातों का। जो होगा, देखेंगे। तानाशाह की सनक के साथ जीना सीख चुका है देश। लोग टीवी के समक्ष बहस में उलझे हैं; गरमागरम पकौड़ों और चाय के साथ बड़ा मज़ा आता है राष्ट्र की चिन्ता करने में। हर मकान में उत्तेजित, मुस्कराते, गम्भीर, चिन्तित, हा हा ही ही करते, बहस में संलग्न, शोर को विमर्श मानने वाले नागरिक कयास में व्यस्त हैं।

मकान नम्बर दो, आशियाना तानाशाह नम्बर दो का।

रस्तोगी जी और पायल का घर। इस घर को भी सम्भावित घोषणा ने अपनी तरह से चपेट में लिया।

कैसे? बताते हैं।

आज पायल को दफ़्तर से आते थोड़ी देर हुई।

रस्तोगी जी ऐसे सरकारी डिपार्टमेंट के मुलाजिम हैं जहाँ कोई कुछ पूछता नहीं; मुँह उठाए कभी भी आ जाओ और जब अकर्मण्यता से बोर हो जाओ तो बाहर निकल आओ, ऐसा कर्मठ वातावरण, वे हमेशा समय से पहले ही घर पहुँच जाते हैं। आज तो वे दोपहर ही घर लौट आए। अभी तलक एक नींद ले चुके हैं, दूसरी की तैयारी में थे कि पायल आ गई।

वह घर में घुसी कि रस्तोगी जी ने घड़ी पर नज़र डाली।

बोले तो नहीं पर उनकी नज़रें बहुत कुछ कह रही थीं।

पायल ने इस नज़र पर ध्यान न देकर उनको मुस्कराकर देखा, पर्स को सोफ़े पर उछाला और सीधे किचन में घुस गई। बिना कपड़े चेंज किये सबसे पहले चाय चढ़ा दी उसने। आज सिर भारी है। चाय चढ़ाकर बच्चों की तरफ़ गई। बच्चे अन्दर खेल रहे हैं। उनको ख़ूब प्यार किया। वे अपने खेल में मशगूल रहे। वहाँ से लौटी। चाय की गैस को सिम पर करके वाशरूम गई, मुँह हाथ-धोए, बाहर के कपड़े बदले, टी शर्ट और पाजामा डाला और भागकर वापस किचन में पहुँच गई। चाय धीमी आँच पर भी उबलने लगी थी। चाय लेकर वापस लिविंग रूम में पहुँची।

तानाशाह चुपचाप बैठा हुआ टीवी के रिमोट से खेल रहा था।

पायल ने बेहद सुन्दर और सिंपल पिंक पाजामे पर ढीली सी कालर वाली ब्लू टी शर्ट डाल रखी है। उसकी यह ड्रेस रस्तोगी जी को बड़ी दिलकश लगती है। कभी पहने तो उत्तेजित हो जाते हैं; हो गए; प्यार उमड़ आया।

पास बैठने का इशारा करते हुए बोले, "ग़ज़ब लग रही हो यार। इस टी शर्ट में तुम्हारा टॉमबॉयिश लुक किसी को भी हिला दे।"

"तुम हिल गए न? मेरे लिए यही बहुत है..." कहकर हँसने लगी पायल।

उसने चाय के कप सामने रखे और तानाशाह से एकदम सटकर बैठ गई।

रस्तोगी जी के प्यार के बादल गहरे होकर घुमड़ने लगे।

बूँदाबाँदी होने लगी।

चाय पड़ी रही और उनका हाथ पायल के बदन पर घूमने लगा। पायल को भी अच्छा लगा गो कि उसने झूठ-मूठ आँखें दिखाईं, बच्चों के कमरे की तरफ़ इशारा करते हुए रस्तोगी जी को बरजा। वे शरारतन मुस्कराकर उसके और पास आ गए।

सहलाते रहे उसका बदन।

पायल ने चाय का अपना कप उठा लिया।

उन्होंने कन्धा भींचा तो कप हिल गया।

"यार, चाय गिर जाएगी तुम पर, बहुत गर्म है।"

"हम उससे ज़्यादा गरम हैं।"

कहकर वे ख़ूब ज़ोर से हँसे।

पायल ने कप वापस रख दिया।

फिर दोनों हाथ रस्तोगी जी के गले में डालकर टिक गई उनसे।

पायल का एक हाथ पति के कन्धे से खिसककर पीठ पर आ गया। उँगलियाँ नाचने लगीं वहाँ। उसकी एक आँख बच्चों के बेडरूम के दरवाज़े पर है। तानाशाह ने अब उसको भरपूर आलिंगन में ले लिया था। बदन के साज पर रस्तोगी जी की उँगलियाँ चल रही हैं। सितार बजने लगा। सब कुछ बेहद आत्मीय, मादक और अद्‌भुत था। महक फैल रही थी। रस झरने लगा। नशा श्वासों में घुल रहा था। आनन्द में पायल की आँखें मुँदने लगीं। तानाशाह की उँगलियाँ नाचते हुए पायल की कमर से नीचे जा पहुँचीं। घने बादल घुमड़ आए। हवा तेज़ हो गई। पायल का जूड़ा खुल गया। खुले बाल लहराने लगे आनन्द की हवा में।

उत्तेजना के अतिरेक में पायल ने आँखें बन्द कर लीं।

उसने हल्की सी आह भरी ही थी कि अचानक तानाशाह ने उसे बुरी तरह धकेलकर परे कर दिया।

पायल चौंक गई।...बच्चे आ गए क्या?...नहीं तो। उनकी तो अब भी अन्दर से आवाज़ आ रही है, फिर?

उसने आश्चर्य से पति की तरफ़ देखा जो उसे बेहद ग़ुस्से से घूर रहा था।

"क्या हुआ यार?..अभी तो बड़े मूड में थे?" पायल ने मुस्कराते हुए पूछा।

"यह सब क्या है?" तानाशाह ने गुर्राकर पूछा।

पत्नी जान गई कि क्या शुरू करनेवाला है?

वह खिसककर उससे दूर बैठ गई।

"क्या हुआ?"

"तुमने शेविंग की है नीचे?"

"हाँ, तो?"

"तो का मतलब?"

"मतलब यह कि ऐसा क्या कर दिया मैंने; सब करते हैं यार, बड़ा अनहाइजीनिक सा लग रहा था।...इसमें क्या?"

"इसमें कुछ नहीं? वाह!!"

"सब करते हैं।"

"कितनों को करते देखा है?"

"पता है यार, नार्मल बात है..."

"नार्मल बात होती तो मैं कहता?"

"क्या एब्नॉर्मल कर दिया मैंने?"

"हमें तो यही नार्मल पता था कि पति कहे तो पत्नी शेव कर लेती हैं वरना..."

"...वरना?"

"वरना क्यों करना।"

"तो मुझे इसके लिए भी तुम्हारे आदेश की प्रतीक्षा करनी चाहिए थी? तुमको एप्लीकेशन देती कि..."

"...बताकर तो करतीं?"

"इसमें क्या बताना। तुमको पता चल ही जाता न?"

"पहले तो ग़लत काम करोगी और पकड़ ली जाओ तो बहस करोगी?"

"ग़लत काम? अब अपनी सफ़ाई के लिए भी तुमसे पूछना होगा?"

"मुझसे नहीं तो किससे? चेतन से? या कोई और भी है?"

वह तानाशाह को घूरकर देखती रही। यह आदमी पक्का पागल है। एकदम पागल। और इस पागलपन को ये प्यार कहता है, विश्वास करता है कि यही प्यार है।

"यार, तुम्हारा दिमाग़ ख़राब है।"

पायल दूर खिसककर बैठ गई और चाय उठा ली उसने।

"अच्छा! मेरा दिमाग़ ख़राब है? रुको। कुछ दिखाता हूँ तुमको।"

रुकने का इशारा करते हुए वह लैपटॉप पर गूगल करने लगा—"हाऊ टू डिसाइड दैट माई वाइफ़ इज़ हैविंग एक्स्ट्रा मैराइटल अफ़ेयर?"

कई सारी पोस्ट सामने थीं।

एक पोस्ट खोलकर उसने लैपटॉप का स्क्रीन पत्नी की तरफ़ घुमा दिया।

"क्या है यह?" पायल ने पूछा।

"ख़ुद पढ़कर देख लो।"

कहकर रस्तोगी जी ने चाय का कप उठा लिया।

पायल चाय पीती हुई उसे घूरती रही। वह किसी जासूस की गहरी निगाहों से उसे वापस घूरता रहा।

दोनों कुछ देर तक चुप रहकर चाय पीते रहे। दोनों के बीच खुला हुआ लैपटॉप पायल की तरफ़ देख रहा है। पायल ने ख़ाली कप ज़ोर से काँच की सेंट्रल टेबल पर पटका और तिरस्कार और हिकारत की नज़रों से देखते हुए लैपटॉप तानाशाह की तरफ़ घुमाते हुए कहा, "ऐसे ही ट्रेश पढ़-पढ़कर अपना दिमाग़ ख़राब करोगे और मेरा भी, जीवन भर?"

"यह ट्रेश नहीं, हक़ीक़त है। इसका प्वाइंट नम्बर चार पढ़ो।"

"मुझे कुछ नहीं पढ़ना। वैसे भी तुम रोज़ मुझे ऐसी पोस्ट्स भेजते रहते हो।"

"फिर भी तुम समझती नहीं?"

"मैं बिना पढ़े डिलीट कर देती हूँ इस कचरे को।...तुम्हारे दिमाग़ में यह सब जो चलता रहता है न—सेक्स फ़ैंटेसीज, एक्स्ट्रा-मेराइटल अफ़ेयर्स, यह सारा कचरा ऐसी ही ट्रेश पोस्ट्स पढ़कर अर्जित ज्ञान है...।"

"चलो, कहीं से अर्जित किया हो, है तो ज्ञान ही न?"

"ऐसे ज्ञान से तो अज्ञानी होना बेहतर..."

"...ताकि तुम गुलछर्रे उड़ाओ और मैं कुछ न पूछूँ?"

"तो ये शेविंग करना मेरा गुलछर्रे उड़ाना है?"

"नहीं, इसे गुलछर्रे उड़ाने की तैयारी कहते हैं," कहकर वह ऐसा हँसा मानो कोई बहुत अर्थपूर्ण बात कह डाली हो।

"ऐसा लिखा है तुम्हारे गूगल ग्रन्थ में?" उसने भी व्यंग्यपूर्वक हँसकर पूछा।

"हाँ, प्वाइंट फोर पढ़ो न?"

कहकर उसने लैपटॉप का रुख़ फिर से पायल की तरफ़ कर दिया।

पायल ने पढ़े बिना ही लैपटॉप को वापस उसकी ओर घुमा दिया।

"तुम तो पढ़ चुके न, तुम ही बता दो।"

उसने पायल को हिक़ारत से देखा और बोला—

"चलो, मैं ही बता देता हूँ। इसमें साफ़ लिखा है कि तुम्हारी औरत नियमित रूप से नीचे शेविंग करती है तो सतर्क हो जाओ, ज़रूर वह किसी के साथ अफ़ेयर में है।"

वह ज़ोर-ज़ोर से हँसने लगी।

"और तुम इस घटिया तर्क पर विश्वास करते हो!" वह उसका मखौल करती हुई हँसने लगी।

तानाशाह उसे वितृष्णा से देखता रहा।

"हँस लीं, या और बाक़ी है?"

वह चुप हो गई।

"अब तो बता दो, किसके साथ चल रहा है तुम्हारा?"

वह हैरान रह गई। एकदम ही पागल है क्या?

"यार, गूगल-गंगा में आज गोता ही खा गए हो क्या? मैं हाईजैनिक रहूँ, नियमित शेव करूँ तो मैं चरित्रहीन!"

चुप रहकर घूर रहा है वह।

"सिम्पली डिस्गस्टिंग!!" पत्नी बोली।

अब वो उखड़ गया।

"डिस्गस्टिंग? मैंने एक सच बोल दिया तो डिस्गस्टिंग, वाह!"

"तुम इसे सच मानते हो?"

"सच है तो सच ही माना जाएगा।"

"तुम किसी अच्छे सायकेट्रिस्ट को दिखा लो न यार।"

"डिस्कोर्स मत बदलो पायल।"

"दिमाग़ गड़बड़ा गया है तुम्हारा।"

"चलो, मेरा दिमाग़ ठीक नहीं पर गूगल में जो लिखा है वो?"

"होगा वहाँ भी कोई तुम जैसा ही..."

"गूगल इसे एक एस्टेब्लिश्ड फ़ैक्ट बताता है और तुम इसे मेरा पागलपन बताकर बच निकलना चाहती हो? तुम आज रँगे हाथ पकड़ी गई हो पायल।"

"तुमने पकड़ा?"

"हाँ, मैंने; अभी पकड़ा न? शेव करके बैठी हो और बहस करती हो? बताती क्यों नहीं, चेतन के लिए की है या किसी और के लिए?"

"तुमको क्या लगता है?"

"मेरे लिए तो नहीं की, ये जानता हूँ बस।"

"हाँ तुम्हारे लिए नहीं की।"

"तो यह भी बता दो, किसके लिए की?"

"अपने लिए की; अपने लिए तो कर सकती हूँ न कि उसके लिए भी मुझे तुमसे परमीशन लेनी होगी?"

"तुम फिर से डिस्कोर्स बदल रही हो।"

"यार, तुम तो अपने डिस्कोर्स पर डटे हो न, डटे रहो।"

"देखो, सच बता दोगी तो मैं तुमसे कुछ नहीं बोलूँगा। प्वाइंट नम्बर फोर..."

"...भाड़ में गया तुम्हारा प्वाइंट नम्बर फोर।" वह बिफर गई।

"ऐसा कहकर पल्ला नहीं झाड़ सकती तुम, मुझे तुमसे एकदम साफ़ सुनना है कि यह शेविंग किसके लिए की है तुमने?"

"भाड़ में जाओ, जो लगे वो समझ लो।"

वहाँ से उठकर वह दूर बैठ गई।

"आज भी चेतन से मिलकर आ रही हो न?" तानाशाह ने पुलिसिया अन्दाज़ में पूछा।

"वह तो रोज़ मिलता है।" पायल ने बेपरवाह जवाब दिया।

"तो क्या कहा उसने?"

"किस बारे में?"

"तुम्हारी इस चिकनी..."

"...दिमाग़ एकदम ही ख़राब हो गया है क्या?"

"मेरा कि तुम्हारा?" वह चुप हो गई।

इस बहस का कोई अन्त नहीं था। चुप रह जाना ही बेहतर। वह कसमसाता हुआ घूरता रहा उसे।

"तुमको पता नहीं, दुनिया के मर्द बड़े हरामी हैं।" रस्तोगी जी ने अब समझाने के स्वर में कहा।

"तुम भी तो उसी दुनिया से हो, और शायद मर्द भी हो," पायल ने वितृष्णा के स्वर में कहा।

"हाँ मैं मर्द हूँ, इसीलिए जानता हूँ इन मर्दों को, तभी कह रहा हूँ।"

"सुन लिया मैंने।"

"सुनना नहीं, समझना होगा।"

"समझ भी लिया। तुम जैसा विद्वान आदमी समझाए तो कौन नहीं समझेगा?"

रस्तोगी जी घूरने लगे पायल को।

*

बात आगे बढ़ती, इससे पहले ही दोनों बच्चे एक-दूसरे के पीछे दौड़ते हुए लिविंग रूम में आ गए।

माँ-बाप को अपना चेहरा बदलना पड़ा।

आदर्श माँ-बाप हैं।

बच्चों को दोनों ही बेहद प्यार करते हैं, उनके प्रति गहरी ज़िम्मेदारी भी महसूस करते हैं; इसी के चलते ऐसा हर विवाद, एक सीमा पर आकर अगली बार के लिए स्थगित कर दिया जाता है। तानाशाह बेहद प्यार करता है पायल को। पायल को भी प्यार है अपने पति से जिसका प्यार और सन्देह एक साथ चलता है। दाम्पत्य एक तानाशाही में बदल गया है पर दोनों ही कमोबेश ख़ुश रहते हैं।

देखिए न कि माँ अभी सब कुछ भूलकर बच्चों के साथ कैसी खिलखिला रही है। तानाशाह भी झूठ-मूठ ही सही, मुस्करा तो रहा है गो कि उसके चेहरे पर जगह-जगह प्वाइंट नम्बर फोर छपा हुआ है। पायल बच्चों के साथ कितनी ख़ूबसूरत लग रही है! माँ के रूप में उसका चेहरा कितना आकर्षक लगता है!

रस्तोगी जी को पायल का हर रूप भाता है। बहुत प्यार करते हैं वे उसे।

अपनी बातें सुनाने में मशगूल हैं बच्चे, पायल भी तनाव भुलाकर बेहद सहज हो गई है। तानाशाह ने भी टीवी खोल लिया, कोई न्यूज़ चैनल। वही बहस चल रही थी कि बादशाह कल क्या बोल सकता है?

बहस कम, गुत्थमगुत्था ज़्यादा; तू-तू-मैं-मैं, शोर-शराबा, बस। सभी अपनी बात एक साथ कह रहे हैं, रुकने, सुनने को तैयार नहीं कोई; स्कूल में ऐसा करते तो मास्टर मुर्ग़ा बना देता!

तानाशाह बहुत रुचि के साथ बहस सुनने लगा। पायल भी अपनी एक आँख टीवी पर रखे है।

"क्या कहती हो जान? कल क्या बोलेगा बादशाह?"

रस्तोगी जी ऐसे सहज होकर पूछ रहे हैं मानो कुछ देर पहले की बातें मज़ाक़ में बोली हों।

पायल बच्चों में मग्न है।

"जो बोलना है, बोले; वह तो रोज़ ही कुछ न कुछ बोलता रहता है," पायल ने बेपरवाही से कहा।

तानाशाह को बुरा लगा; यदि उसने कोई टास्क दी तो पत्नी को मनोयोग से उसमें पार्टिसिपेट करना चाहिए; यही नारी-धर्म है!

"फिर भी, कोई अन्दाज़ा?" तानाशाह ने फिर कहा।

"फ्रेंकली स्पीकिंग, मुझे इस बात में कोई इंट्रेस्ट ही नहीं," पायल ने कहा।

"फिर भी? कुछ तो सोचो," तानाशाह पूछता गया।

पत्नी अचानक मुस्कराने लगी। हँस ही पड़ी लगभग। वह उसका मुँह देखने लगा।

"बताऊँ?" पायल हँसती हुई बोली।

"बताओ न? कह तो रहा हूँ..."

वह हँसकर बोली और बोलने के बाद भी हँसती रही—

"हो सकता है कि कल से बादशाह बिना उचित परमीशन के ऐसी शेविंग करना ग़ैर-क़ानूनी घोषित कर दे।"

तानाशाह तिलमिला गया।

"मज़ाक़ उड़ा रही हो?"

"मज़ाक़ नहीं, सच है। बादशाह लोग कुछ भी सोच लेते हैं भाई!" वह मुस्कराती रही।

वह और तिलमिला गया।

बच्चे वहीं थे पर बोल ही दिया उसने—

"यह भी तो हो सकता है कि वह ऐसे अफ़ेयर्स में इन्वॉल्व्ड लोगों को फाँसी चढ़ाने का क़ानून लाने की बात करे।" उसका लहज़ा बहुत तल्ख़ था, इतना तल्ख़ कि छोटा बेटा देखने लगा उन दोनों को।

पत्नी अलबत्ता मज़े ले रही थी।

"इतनी बड़ी सज़ा! बाप रे!!" वह डरने का अभिनय करने लगी।

"चेतन जैसे लोग तभी होश में आएँगे।" वह अब भी तल्ख़ था।

"फाँसी चढ़ गया तो होश में कैसे आएगा?" वह छेड़ रही थी।

"क्या हुआ चेतन अंकल को पापा?"

"अपनी मम्मा से पूछो। वे ज़्यादा जानती हैं चेतन अंकल को।"

वह अर्थपूर्ण ढंग से हँसा और रिमोट उठाकर टीवी में डूब गया।

किसी चैनल पर रोचक जूतमपैजार चल रही है। कोई कह रहा है कि पहले बादशाह यह बताए कि उसने पुरानी घोषणाओं का क्या किया? देश में विरोधी भी बोल लेते हैं कभी-कभी।...पूरी पैनल उस आदमी पर चढ़ बैठी।...बादशाह जैसा आज तक कभी कोई हुआ भी है देश में?...इतना किया है उसने और तू स्साले ऐसी बातें...। अबे जा।...अबे तू जा!..क्या कर लेगा बे?

बहस बौद्धिक मोड़ ले चुकी है।

घर नम्बर तीन

[कौन लिखता है इस घर का भविष्यफल]

दिन अच्छा बीतेगा, भविष्यफल कह रहा है।

हर दिन वह सबसे पहले यही पेज देखता है; सुबह-सुबह घर का अख़बार, फिर तीन अख़बार दफ़्तर के—इनमें दिये भविष्यफल का टोटल निकालकर अपनी आशा और आशंकाएँ गढ़ता है कुशल। आज सारे भविष्यफल अच्छे निकले—

...शनि की दृष्टि और षष्टम का चन्द्र ख़ुशी का समय देगा।...चंद्र की अनुकूलता प्रतिष्ठा, आय में वृद्धि और शत्रुओं का पराभव करेगी।...राशि स्वामी शुक्र का गोचर चल रहा है। गुरु की दृष्टि पराक्रम दिखाने का मौक़ा देगी। सूर्य, बुध, राहु की दृष्टि बनी रहेगी।

पराक्रम कहाँ दिखाएगा, कौन-से दुश्मन उसके हाथों पराजित होंगे, कुछ साफ़ नहीं था पर वो ख़ुश है कि आज का दिन ठीक जाएगा जिसका एकसूत्री मतलब उसके लिए यह कि आज पूनम ठीक रहेगी। बस एक ही ग्रह-दृष्टि तय करती है उसका दिन; पूनम की दृष्टि; वो ठीक रही तो बाक़ी नक्षत्र ऑटोमेटिकली झक मार कर साथ देते हैं। दाम्पत्य के समस्त ग्रह-नक्षत्र पूनम के क़ब्ज़े में हैं।

सुबह वो पूनम को बड़े अच्छे मूड में छोड़कर आया था। फिर दिन भर शिकायत, उलाहना या ग़ुस्से भरा कोई फ़ोन भी नहीं आया उसका; बस एक फ़ोन कि लंच के बाद दोस्तों के साथ मॉल जा रही हूँ, और 'तुम्हारा क्रेडिट कार्ड ले जा रही हूँ', ऐसा कुछ। मार्केट होकर आई होगी तो अभी मूड बढ़िया ही मिलेगा, सोच रहा है वह।

पूनम ख़ुश ही मिली।

बड़ी सी स्माइल तक दे दी उसने।

चलो, आज गृह नक्षत्र वास्तव में उसके फेवर में हैं—उसने आश्वस्ति की श्वास ली।

*

पूनम टीवी के सामने बैठी थी।

हाथ में मोबाइल। उँगलियाँ मोबाइल की स्क्रीन पर तेज़-तेज़ नाच रही हैं।

खटपट की आवाज़ें बता रही हैं कि माँ किचन में है। माँ हमेशा किचन में ही मिलती है; यही एक जगह है जिस पर पूनम ने अपना अधिकार नहीं जताया; उदारतापूर्वक किचन की पूरी मिल्कियत उसकी माँ को सौंप दी। माँ ने स्थिति से समझौता कर लिया है; उसने कुशल के जीवन से अपना दावा लगभग वापस ले लिया है। घर का साइनबोर्ड और झंडा विधवा माँ के नाम का ही रहने दिया है पूनम ने; झंडा तार-तार हो चुका और साइनबोर्ड जंगशुदा, पर वहाँ है तो।

पूनम फ़ोन पर हो तो दाएँ-बाएँ नहीं देखती, लगनपूर्वक उसी में लगी रहती है; दोस्तों से बातें करते, सोशल मीडिया पर चैट करते वह कभी थकती नहीं। दोस्तों को बताती रहती है कि हमारे यहाँ तो बस मम्मीजी का राज चलता है किचन में, मज़ाल है कि कोई वहाँ घुस भी सके! यही बात वह ख़ुद कुशल से भी गाहे-बगाहे बोलती रहती है; अब तो कुशल को भी विश्वास हो गया है कि माँ को किचन में ही मज़ा आता है। गोयबल्स ने कभी झूठ को सच बनाने का जो नायाब फ़ॉर्मूला ईज़ाद किया था वह आज पूनम के काम आ रहा है।

अब भी मोबाइल में उलझी है वह।

टीवी बहुत हाई वॉल्यूम पर चल रहा है; शायद फ़ैशन चैनल, शायद ट्रेवल गाइड, शायद कोई सीरियल, अंग्रेज़ी या हिन्दी की मसाला फ़िल्म, योगा या फिटनेस मंत्र वाला कोई चैनल—शोर इतना है कि सब बराबर; कर्णभेदी शोर, बस!

सारा माहौल आश्वस्तकारी है कि पूनम ठीक मूड में है और कुशल आराम से श्वास ले सकता है।

तभी एक बड़ी चूक हो गई उससे।

शोर कुछ ज़्यादा ही था सो रिमोट उठाकर उसने आवाज़ कम कर दी। न जाने, कौन सा ग्रह वक्री था जिसने उसे एक पल को भ्रमित कर दिया कि इस घर में उसके भी कुछ अधिकार हैं। तानाशाही के बन्द कमरे में ताज़ा हवा की खिड़की खोल बैठा था वह। हवा का यह झोंका पूनम के चेहरे से जा टकराया। बाल उड़े तो उसका ध्यान कुशल की हरकत की तरफ़ गया।

"तुमने किया वॉल्यूम कम?"

पूनम का ध्यान मोबाइल से हटकर खिड़की खोलने वाले पर आया। ताज़ा हवा सूट नहीं करती तानाशाह को। हर हवा को उससे पूछकर चलना चाहिए!

पूनम का चेहरा तल्ख़ हो गया पर कुशल इतना अकुशल कि देख नहीं सका।

उसने बेपरवाह-सा उत्तर दिया, "बहुत तेज़ वॉल्यूम था यार।"

"अच्छा!!"

पूनम ने कड़वे लहज़े में कहा तो कुशल सतर्क हुआ। वह सीधे मिमियाने लगा।

"यार, फ़ालतू का शोर..."

"...तो मैं फ़ालतू का शोर सुन रही थी?" पूनम ने आती हुई ताज़ा हवा पर एतराज़ जताया।

"नहीं यार, वो बात नहीं। मुझे लगा कि तुम मोबाइल पर चैट कर रही हो तो यह फ़ालतू का शोर..."

"तो अब तुम तय करोगे कि क्या शोर है, क्या संगीत?"

बात कुशल के हाथ से निकल चुकी थी।

वह मिमियाता रहा, फिर घिघियाने ही लगा—

"मेरा मतलब वो नहीं, और ऐसा कोई बहुत कम नहीं किया है यार; बस थोड़ा-सा ही तो कम किया है—देखो न, अब भी इतना साफ़ और बढ़िया सुनाई दे रहा है।"

पूनम ने कोई जवाब नहीं दिया।

अपनी बात वो कह चुकी थी। अब कोई प्रति-उत्तर उसे स्वीकार्य नहीं। वह मौन रहेगी और बहरी भी।

वह रूठ गई है। अब मरो बेटा।

अब उसे मनाओ। पीछे-पीछे भागो। लल्लो-चप्पो करो उसकी। हें हें हें हें करो उसके समक्ष। नाक रगड़ो। जय बोलो। जो कर सको, करो। गतिरोध तोड़ना अब तुम्हारी ज़िम्मेदारी है! पूनम अब हर प्रश्न पर, बस अपने मोबाइल से खेलती रहेगी। बोलेगी नहीं। होंठ तने-तने। चेहरा भावहीन। आँखें मोबाइल स्क्रीन पर या सामने शून्य में कहीं।

कुशल सोचने लगा, अब क्या करे? अभी वह जो भी बोलेगा, उसी के ख़िलाफ़ जाएगी बात पर मौन रहना भी ख़िलाफ़ ही जाएगा। तो? चुप बैठकर देखा जाए? वह चुप बैठ गया। बैठा रहा। देखता रहा उसकी तरफ़। पूनम का चेहरा सख़्त है। उसकी उँगलियाँ दौड़ रही हैं मोबाइल स्क्रीन पर।

अचानक ही पूनम ने रिमोट उठा लिया और टीवी झपाक से बन्द!

वह वापस मोबाइल में डूब गई। उसका तमतमाया चेहरा धमकी दे रहा है। कमरे में सन्नाटा है, साँय-साँय करता सन्नाटा।

कुशल ख़ुद को कोस रहा है कि हाय ये क्या कर बैठा?

लाख सतर्कता बरतता है पर उससे कुछ न कुछ ग़लत हो ही जाता है और कलह का मौक़ा बन जाता है। पूनम का अपना पीनल-कोड है, दाम्पत्य की उसकी बनाई अपनी ही क़ानूनी धाराएँ; और हर धारा की अपनी ही व्याख्या! वह किसी भी बात को अपराध घोषित कर सकती है जिसके ख़िलाफ़ कोई अपील नहीं हो सकती। अपराधों की लिस्ट भी रोज़ अपडेट होती है जिसे पूनम ही तय करती है। बिना पूनम की अनुमति लिए टीवी की आवाज़ कम करना ऐसा अपराध है जो अभी अभी लिस्ट में शामिल हुआ है; आगे ख़याल रखेगा वो।

अभी क्या करा जाए? अपराध तो हो चुका।

वह रँगे हाथों पकड़ा भी जा चुका। भाग निकलने का कोई रास्ता नहीं।

पूनम के थाने में एफआईआर दर्ज हो गया है। उसी ने पकड़ा। उसी की अदालत। केस दर्ज। उसी का बनाया कठघरा। खड़ा है वह; सुनवाई होनी नहीं, बयान सुने जाने से पूर्व ही अदालत उसे अपराधी घोषित कर चुकी, अब सज़ा घोषित होनी है; संसार की सबसे त्वरित अदालत है पूनम की।

कुशल ने आउट ऑफ़ कोर्ट समझौते की कोशिश में रिमोट उठा लिया और दोबारा टीवी शुरू करने की कोशिश की। यह उसकी माफ़ी की एप्लीकेशन जैसी थी।

पूनम ने कूल अन्दाज़ में रिमोट उठाकर टीवी वापस बन्द कर दिया।

माफ़ी की अप्लीकेशन फाड़कर डस्टबिन में डाल दी गई।

अदालत में सन्नाटा छा गया। सन्नाटे से ज़्यादा तनाव। तनाव से भी ज़्यादा बेचैनी। कमरे की हवा इतनी गाढ़ी कि चाकू से काटो तो एक बुलबुला न उठे।

दम घुटने लगा कमरे का।

"टीवी क्यों बन्द कर डाला यार?"

अपनी ही आवाज़ की मिमियाहट पर कुशल को शर्म तो आई पर यह आशा जगी कि शायद उसकी मिमियाहट पूनम के मन में उसके कुछ नम्बर बढ़ा दे।

वह कूल रही।

मोबाइल स्क्रीन स्क्रॉल करती हुई बर्फ़ीले स्वर में बोली—

"बड़ा शोर हो रहा था।"

पूनम का स्वर इस क़दर ठंडा था कि कमरे को फुरहरी हो उठी। अब तो सीधे माफ़ी माँगना ही उचित रहेगा—

"यार, तुम तो ज़रा-सी बात...।"

"...ज़रा सी बात थी ये?"

"मैंने सोचा ही नहीं कि तुम..."

"सोचते ही कहाँ हो मेरे बारे में? केवल अपना पता है, बस; तुमको शोर लगे तो शोर, संगीत लगे तो संगीत..."

"वॉल्यूम थोड़ा ही तो कम किया था कि तुम..."

"कि मैं?"

पूनम ने मोबाइल को अपनी गोद में रख लिया और उसकी तरफ़ देखकर इतना मुस्कराने लगी कि मुस्कान के बनावटी होने में कोई सन्देह न रह जाए।

"मैं क्या?" उसने फिर पूछा।

वह चुप रहा।

"बोलो न? कहो कि तुम ही फ़ालतू बुरा मान बैठी हो?"

"यार, प्लीज़! भूल जाओ। टीवी शुरू कर लो। कर लो प्लीज़!"

"और जो शोर होगा, वो?" पूनम ने व्यंग्यपूर्वक पूछा।

"कोई शोर नहीं होगा यार।"

उसके स्वर ही क्यों, सारे व्यक्तित्व से रिरियाहट झर रही है।

माँ, जो तभी चाय लेकर आई थी, पूछने लगी—

"तू ठीक तो है न बेटा?"

उसके घर लौटने पर माँ का यह नियमित डॉयलॉग है कि तू ठीक तो है न बेटा; आज भी उसने वही कहा पर उसके स्वर में चिन्ता थोड़ी अधिक है।

"ठीक हूँ माँ," पहले उसने बुझे स्वर में कहा, फिर स्वर में थोड़ी जान डालकर आश्वस्त किया कि एकदम ठीक हूँ माँ, एकदम!

माँ ने दोनों के चेहरे देखे और चाय रखकर चुपचाप लौट गई।

शुरुआत में माँ ऐसे में कुछ बोल और पूछ भी लेती थी पर अब ऐसा नहीं करती। उसे अपनी सीमाओं का ज्ञान हो गया है।

"तुम लोग ज़रा-ज़रा-सी बात पर ऐसे क्यों लड़ने लगते हो?" शुरू-शुरू में, शादी के तुरन्त बाद, वह उन लोगों से पूछ लेती थी।...एक बार पूनम ने मुँहतोड़ टाइप उत्तर देकर उनका मुँह हमेशा के लिए बन्द कर दिया, "आपको ये छोटी-सी बात लगती है? तभी तो! इसने यही तो सीखा है आपसे; इसके लिए हर बात छोटी-सी बात है! वाह! ख़ूब सिखाया है आपने; पर मेरे लिए ये कोई छोटी बात नहीं, आप भी जान लें और कुशल भी।"...कुशल ने रोका नहीं उसे; माँ को ही आँख दिखाता रहा, इशारे करता रहा कि आप हमारे बीच में क्यों टाँग अड़ाते हो? फ़ालतू ही क्यों बोलते हो? चुप रहा करो न?

...धीरे-धीरे सभी समझ गए कि पूनम से सामान्य संवाद के रास्ते भी बड़े जटिल हैं; बारूदी सुरंगें बिछी हैं हर रास्ते पर, कब किस ग़लत शब्द पर आपका पाँव पड़ जाए और विस्फोट हो जाए, कहा नहीं जा सकता था।

...माँ ने धीरे-धीरे इन रास्तों पर आवागमन ही बन्द कर दिया, चुप रहने लगी; चलेंगे नहीं तो सुरंग पर पाँव भी नहीं पड़ेगा।...पर कुशल को तो चलना ही था।... वो इस रास्ते पर एहतियातपूर्वक चलना सीख गया है। वह बारूदी सुरंगों को पहले ही सूँघ लेता है, हवा में उठा अपना ग़लत पाँव वापस खींच लेता है; ज़ुबान पर आई बात को वहीं रोककर वापस गुटक लेता है।

इधर तानाशाह भी कम नहीं, वह रोज़ नई सुरंगें बिछा देता है। छोटी-सी बात, हल्का सा असहमत क़दम जब इस सुरंग पर पड़ता है, विस्फोट हो जाता है। आज यही हुआ है।...'ज़रा-सी बात पर' विस्फोट हो चुका है। घर की शान्ति तहस-नहस होकर लिविंग रूम में मलबे-सी बिखरी पड़ी है। कुशल अब इन टुकड़ों को बटोरकर वापस जोड़ने की कोशिश कर रहा है।

उसने बात का डिस्कोर्स बदल देने की सोची; बात का विषय ही बदल दें, तो?

कल बादशाह घोषणा करेगा, उसकी बात करूँ?

न्यूज़ चल रही हो तो बीच-बीच में वह अपने कमेंट्स देती रहती है। कोशिश करके देखूँ? कुशल ने हाथ बढ़ाया और रिमोट उठा लिया। पूनम ने उसे घूरकर देखा पर रोका नहीं। कुशल ने रिमोट लेकर गोद में रख लिया और उससे खेलने लगा।

पूनम मोबाइल पर स्क्रोल करती रही। टीवी बन्द था।

कुशल की नज़र पूनम और टीवी के बीच आ जा रही थी।

"टीवी चलाएँ?" अन्ततः कुशल ने पूछा।

"शोर होगा।"

"अरे, बादशाह के अनाउंसमेंट पर डिस्कशन चल रहा होगा, सुनें?"

"कल उसका पता चल ही जाएगा न?"

"एक्सपर्ट्स का क्या अनुमान..."

"व्हाट अनुमान! कुत्तों की तरह लड़ते मिलेंगे सब," पूनम ने कड़वा मुँह बनाते हुए कहा।

"बहुत साफ़ बोलती हो यार। तभी तो प्यार आता है तुम पर..."

इस बहाने से पूरा लाड़ उड़ेल दिया उसने पूनम पर; जानता है कि पूनम को यह सब भाता है। ख़ूब तारीफ़ की, उसकी साफ़गोई की, ख़ूबसूरती की, आँखों की, उसके काजल की, आवाज़ की; देर तक लल्लो चप्पो करता रहा।

अन्ततः वह पिघल गई।

कुशल की तरफ़ देखकर मुस्करा दी तो उसने अपनी तारीफ़ का वज़न और बढ़ा दिया—

"याद है, कॉलेज में एक बार केमिस्ट्री के प्रोफ़ेसर को तुमने भरी क्लास में सीधे उसके मुँह पर कह दिया था..."

वह उसे नॉस्टेल्जिया की महकती डगर पर ले गया। यह रसायनवटी ज़रूर काम करेगी, हमेशा करती है।...वह और ख़ुश हो गई।

मूड वापस जमने लगा तानाशाह का, हल्के से मुस्कराने लगी पूनम।

कुशल के बेशर्त समर्पण से सन्तुष्ट है पूनम कि कारिन्दा अब उसे फ़र्शी सलाम कर रहा है, इस क़दर दंडवत है कि उसकी नाक ज़मीन और चरणों को एक साथ रगड़ रही है; पूनम को एक बार फिर आश्वस्ति मिल गई कि सत्ता निष्कंटक, निर्बाध चल रही है। ...चलो अब माफ़ ही कर देते हैं अपने ग़ुलाम को!

बहुत प्यारा और भोला है मेरा बलम, इस भाव से देखती रही पूनम उसे। तो अब सामान्य हो लिया जाए, पूनम ने तय किया। सज़ा दी जा चुकी है। मुजरिम नतमस्तक है, और चाय भी तो ठंडी हो रही है।

पूनम ने चाय का कप स्वतः उठा लिया तो कुशल ने राहत की साँस ली।

तानाशाह का मूड बेहद उदार हो गया था। वो अभी अशर्फ़ियाँ लुटाने लगे तो आश्चर्य न करिएगा।...उसने लुटानी शुरू भी कर दीं; उससे रिमोट लिया और टीवी ऑन करके रिमोट वापस कुशल को पकड़ा दिया। अभयदान-सा देते हुए उसने कुशल से कहा, "लो, चला लो।"

कुशल ने मुस्कराकर उसे देखा; उसके इस देखने में राहत, थैंक्यू, लव यू, कोर्निस और फ़र्शी सलाम, सब मिला-जुला था। ...वह टीवी चैनल्स स्क्रॉल करने लगा।...सारी चैनल्स पर गरमागरम बहस छिड़ी हुई है। ख़ूब बड़बड़। पैनलिस्टों की भिनभिनाहट। काँव-काँव। कुशल उत्तेजित होकर सब सुनने लगा।...पूनम मुस्करा दी—मेरा सोना, मेरा बच्चा! कितना भोला है यह आदमी! देखो तो, किन बेवक़ूफ़ियों पर उत्तेजित हुआ जा रहा है!

पूनम ने अनजान बनते हुए मुस्कराकर पूछा, "यह क्या चल रहा है यार?"

"बादशाह कल कुछ कहने वाला है।"

"वो मुझे पता है। पर ये लोग परेशान क्यों हैं?"

"तुम नहीं हो?"

"मैं क्यों होऊँगी? मुझे कोई इंट्रेस्ट नहीं पॉलिटिक्स में।"

"देश में तो है?"

"हाँ है?"

"मान लो कि वह कल ऐसी कोई घोषणा कर दे कि हम परेशानी में आ जाएँ, तो?"

"वह ऐसा क्यों करेगा?"

"क्योंकि वह बादशाह है!"

"बादशाह है, तो?"

"क्या यही एक कारण पर्याप्त नहीं? बादशाह लोग बादशाह होने के अहसास में कई काम कर डालते हैं।"

पूनम को उसकी बातें बेकार की लगीं। वह वापस किसी से चैट करने लगी। उँगलियाँ दौड़ रही हैं मोबाइल पर।

"अच्छा, मान लो कि..."

"भाड़ में जाने दो न यार, मुझे पंखुरी से चैट करने दो।"

"अच्छा, मान लो कि कल वह चैट करने को ही अपराध घोषित कर दे तो?"

"फिर कल तक तो चैटिंग कर लूँ न?" पूनम ने हँसकर कहा।

कुशल भी हँसने लगा।

मूड अच्छा हो गया है पूनम का, कुशल यह देखकर ख़ुश है।

"अच्छा, मान लो, कल वह औरतों के ख़िलाफ़ कुछ फ़तवा ज़ारी कर दे, तो!"

कुशल ने उसे शरारत से देखते हुए पूछा।

"वो ऐसा नहीं कर सकता," पूनम ने उससे पूछा, "अच्छा, तुम कर सकते हो?"

"मैं! मेरी हिम्मत!!"

"इसके लिए हिम्मत लगती है?"

"हाँ, औरतों को नाराज़ करने की हिम्मत बादशाह भी नहीं कर सकता।" कुशल ने हँसकर कहा।

"पर तुम तो मुझे हर दिन नाराज़ कर देते हो!" पूनम ने मुस्कराकर उसकी आँखों में झाँका और दिल तक पहुँच गई।

"इसे हिम्मत नहीं, मूर्खता कहते हैं मेरी जान!"

कुशल ने दिल उड़ेलकर रख दिया। वह ख़ुद की हँसी उड़ाकर पूनम को ख़ुश रखने की कला भी जानता है। ज़िन्दा रहने के लिए छोटे जीव-जन्तु तक परिस्थिति अनुसार अडॉप्टेशन कर लेते हैं, वह तो एक समझदार मनुष्य है।

"मुझे तुम्हारी इस मूर्खता से प्यार है जान," पूनम ने उदार होकर कहा।

वह हँसता रहा।

"लव यू जान," पूनम ने प्यार से कहा।

उसने भी पूनम को भरपूर प्यार की नज़रों से देखा।

फिर कुशल ने भी उसी भाव का अनुसरण करते हुए फटाफट रटा-रटाया-सा बोल डाला, "लव यू डार्लिंग।"

जब भी पूनम 'लव यू जान' कहे तो उसे तुरन्त ही 'लव यू डार्लिंग' कहना है, इतना तो सीख ही चुका है कुशल। उसने समय रहते 'लव यू डार्लिंग' कह दिया; कहने में थोड़ी भी देर हो गई होती तो क़यामत आ सकती थी!

जिसका कोई मकान नहीं

[कहने को घर नहीं है पर बाउंड्री वॉल पर बोगनवेलिया!]

और अब प्रेम-क़ैदी और नन्हे सिंह कारिन्दे की कथा।

कारिन्दे की स्थिति अजीब हो गई है। वो उसी शख़्स से प्रेम करने लगा है जिसका पीछा करके रिपोर्ट बनानी है उसे। पीछा करते हुए वह परम आनन्दित है आजकल; गहरा लगाव हो गया है उसे इन दोनों से।

वे ज़रूर उससे आजिज़ आ गए हैं; कहते हैं, अंकल आप पिछले एक माह से लगातार हमारा पीछा करके परेशान कर रहे हैं, अब तो हमें बख़्शो; आप और आपका पीछा! गर्दन पर बस आपकी ही श्वास महसूस होती रहती है हमें।...क्या करें बेटा? नौकरी है बादशाह की। हम तो चाकरी कर रहे हैं।...पर यह चाकरी वाला पीछा तो नहीं लगता आपका?...शुरू में चाकरी वाला ही था, अब वैसा बिलकुल नहीं है; मैं अब नौकरी के लिए नहीं, प्रेम को जानने के लिए तुम्हारा पीछा कर रहा हूँ। और प्रेम को बादशाह के लिए नहीं, अपने लिए जानना है मुझे कि हाय, मैं इस नियामत को कितनी छोटी चीज़ मानता रहा जीवन भर!...परन्तु सर, आप तो हमारी गोद में बैठकर हमारा पीछा करते हैं!...वह हँसने लगा।...यार, ऐसा भी मत कहो।...ऐसा ही है सर। किसी के इतने पास रहकर उसका पीछा किया जाता है क्या? आपके चक्कर में हम आजकल ठीक से प्रेम भी नहीं कर पाते।

आगे संवाद कुछ यूँ हुए—

"आप हमारा पीछा करना छोड़ दें प्लीज़।"

"कोई तुमसे कहे कि अपना यह प्रेम छोड़ दो, छोड़ोगे?"

"हमारा प्रेम एक अलग बात है..."

"...यार, ऐसा ही तो केस हमारा है।"

"पर क्यों रिस्क ले रहे हैं आप? आपका ये घपला पकड़ा गया तो..."

"दरबार को अपने घपलों से ही फ़ुरसत नहीं।"

"फिर हमें ब्रीदिंग स्पेस तो दिया करें?"

"मैं कौन सा तुम्हारे टेंटुए पर पाँव धरे हूँ यार?"

"वैसा ही है। आजकल आप इतने क़रीब रहकर पीछा करते हो कि..."

"ऐसा तो नहीं..."

"...ऐसा ही है; बताइए, आपके रहते मैं नायाब जान से कैसे मिलूँ?"

"मिलते तो हो; रोज़ मिलते हो।"

"इसे मिलना कहते हैं आप? मिलन का अर्थ तो समझें..."

"वही समझने की कोशिश है मेरी। तुम लोगों का पीछा करके बदल गया हूँ मैं। पहले जो मैं था वो तो बचा ही नहीं; पीछा करके पहली बार प्रेम को समझा हूँ।"

"...परन्तु हमें एकान्त चाहिए, ठीक-सा एकान्त!"

...फिर एक समझौता हो गया उनके बीच; आपकी ड्यूटी भी चले और हमारा प्रेम भी। अब तो बड़ी आत्मीयता बन गई है इन लोगों में। आपस में ख़ूब बातें भी होती हैं आजकल।...सूरज प्रकाश ने बार-बार चेताया ज़रूर है कि कोई हमें इस तरह घुल-मिलकर बातें करते देखेगा तो बादशाह को ख़बर हो जाएगी कि जाँच अधिकारी अभियुक्त से मिल गया है। उसके निजाम में इसकी सज़ा सीधे मृत्युदंड है!...इसे वे देशद्रोह मानेंगे।

पर कारिन्दा मानो बेपरवाह है इस सबसे।

*

एक दिन सूरज प्रकाश ने प्रार्थना की—

"आप फ़ाइनल रिपोर्ट सबमिट करके हमें मुक्त क्यों नह कर देते।"

"बात इतनी सरल नहीं है..."

"...क्यों?"

"दरबार में सब मुझे कमीना आदमी कहते हैं; निर्मम, स्वार्थी और कट्टर; और शायद मैं हूँ भी..." कारिन्दा आत्मविश्लेषण की मुद्रा में है।

"ज़रूर होंगे; न होते तो दरबार में घुस ही न पाते," प्रेमी ने हँसकर कहा।

"यही तो, मेरी रेपुटेशन के हिसाब से उनको मुझसे ऐसी रिपोर्ट की उम्मीद रहेगी जिसमें अभियुक्त फँसे।"

"हम अभियुक्त हैं?"

"हाँ, तुम हो न..."

सूरज प्रकाश हँसने लगा।

"फिर तो हमें पकड़वा दें और इनाम-इकराम बटोर लें?"

“यार, इनाम-इकराम के लिए ही यह सब शुरू किया था मैंने पर अब बात अलग है। दरअसल बादशाह को शक है कि तुम प्रेम के तानाशाह से मिले हुए हो।”

“कैसे?”

“वही समझने को तो मुझे पीछे लगाया है...”

“तो आपने क्या समझा?” वो हँसकर बोला।

“हँसो मत। यह कोई मज़ाक़ नहीं है। तुम बात को समझ ही नहीं रहे, बादशाह बड़ा सीरियस है इसको लेकर; राष्ट्रहित में तुम्हारे प्राण लेने की ऑफ़िसियल परमीशन तक मेरे पास है।”

“धमका रहे हैं आप?”

“नहीं, मैं तो बता रहा हूँ कि मामला अत्यन्त गम्भीर है। तुम पर बादशाह की निगाह है। और उसकी निगाह होने का मतलब समझते हो न?”

“प्राण ले सकता है, यही न? क्यों लेगा; कि मैं प्रेम करता हूँ? हाँ करता हूँ। मैं पूरे होशो-हवास में स्वीकार करता हूँ कि प्रेम है मुझे। अपनी फ़ाइनल रिपोर्ट में यही दर्ज करके उनको दे दें...”

“बात इतनी सरल भी नहीं है बेटा। इस रिपोर्ट में बहुत से उत्तर देने हैं मुझे—तुम प्रेम में इतने गहरे कैसे उतरे? इस तरह के गहन प्रेम को ताक़त कहाँ से मिलती है? कौन है प्रेम की इस ताक़त के पीछे की असली ताक़त? तुम जैसे मामूली लोग भी अपने प्रेम को इतना बड़ा क्यों समझते हो? प्रेम इतना बड़ा कैसे बना देता है आदमी को? प्रेम इतना बड़ा कैसे है? जो दरबार तुम्हारे प्रेम को दो-कौड़ी का मानता है उसी को दो-कौड़ी का समझने की ताक़त कहाँ से पाते हो तुम? किस तानाशाह की ताक़त के बूते इतराते फिरते हो तुम लोग? प्रेम का कोई तानाशाह है भी कि यह एक अफ़वाह है, बस? कोई ऐसा तानाशाह कहीं है तो उसका अता-पता क्या है? क्या प्रेम इतना ताक़तवर है कि बादशाह का सिंहासन हिला दे?...ऐसे बहुत से प्रश्नों का उत्तर देना होगा मुझे फ़ाइनल रिपोर्ट में; और इस सबमें तुम्हारा रोल डिफ़ाइन करके भी देना पड़ेगा।”

“आपको अब तक क्या-क्या उत्तर मिल गए?”

“उत्तर मिले हैं न, और भी हर दिन मिल रहे हैं,तभी तो मैं हैरान हूँ।”

“कैसी हैरानी?”

“हैरान हूँ कि मैं अब तक प्रेम को इस तरह जानता ही नहीं था!”

“आपका तानाशाह प्रेम से इतना डरता क्यों है?”

“तानाशाह नहीं, बादशाह कहो उसे। मेरे समक्ष उसे तुमने तानाशाह कहा और मैंने इस बात पर हथकड़ी नहीं डाली तो यह राष्ट्रद्रोह है मेरा।”

“आप बहुत डरते हैं इस आदमी से...”

“आदमी नहीं, बादशाह...”

“बादशाह भी आख़िर आदमी ही होता है...”

“नहीं, बादशाह में थोड़ा भी आदमी नहीं होता; उसमें ज़रा-सा भी आदमी बकाया रह जाए तो उसकी बादशाहत ख़तरे में पड़ सकती है।”

“कमाल है यह सब! और आपके डर भी कमाल के हैं!!”

“डरना तो दरबार में रहने की पहली शर्त है। सत्ता-केन्द्र के जितने क़रीब पहुँचो, डर बढ़ जाता है; हाँ, डरता हूँ, बहुत डरता हूँ। दरबार आख़िर है क्या? डरे हुए लोगों का एक संगठित झुंड, बस। सब डरते हैं यहाँ, सब के सब; हम बादशाह से, बादशाह हमसे, हम एक-दूसरे से, यहाँ तक कि हवा से भी कि हवा ख़िलाफ़ न चल पड़े, पानी से भी कि उसकी गहराई हमारे क़द से ज़्यादा न निकल आए और हमें डुबा दे; फूलों से भी क्योंकि वे क़ब्र पर भी चढ़ते हैं; हर शै डराए रखती है सत्ता को।...और प्रेम तो सबसे ज़्यादा डराता है।”

“धीमे बोलें। कोई सुन लेगा तो हँसेगा।”

“हँसेगा क्यों?”

“...कि जिन लोगों से पूरा देश डरता है वे ख़ुद कितने दयनीय हैं।”

तभी कुछ लोग वहाँ से गुज़रे।

वे कारिन्दे को पहचान गए। सभी ने कारिन्दे को झुककर सलाम किया और चुपचाप गुज़र गए। प्रेमी ने ग़ौर से देखा यह सब।

“कौन थे ये?” प्रेम-क़ैदी ने पूछा।

“नहीं जानता।”

“पर ये तो आपको प्रणाम कर रहे थे?”

“हाँ, तो? मुझे तो सभी प्रणाम करते हैं। जिस तरफ़ निकल जाऊँ, कोई न कोई करता ही है। दरबारियों का बड़ा आदर है इस देश में।”

“आदर नहीं, डर।”

“डर का ही तो इस देश में आदर है, सभी किसी न किसी से डरते हैं...”

“...नहीं, हम तो नहीं डरते। मन में प्रेम हो तो डर को वहाँ जगह ही नहीं मिलती।”

“ऐसा क्या है प्रेम में?”

“ख़ुद करके देखिए न?”

“मेरी तो उम्र निकल गई बेटा।”

“प्रेम में पड़ने की कोई उम्र नहीं होती सर।”

“अरे, मेरी छोड़ो। तुम तो प्रेम में हो ही, अपनी बताओ न?”

“देखिए, आप सच्चे प्रेम में हों तो सब अपने लगते हैं; पूरी दुनिया ही अपनी लगे तो आप किससे डरेंगे, बताइए! सच्चा प्रेम आपको निर्भय करता है...”

“यार, न डरो दुनिया से पर बादशाह से तो डरो।”

"उससे कैसा डर? उस पर तो हमें दया आती है।"

"दया?"

"हाँ, कितना दयनीय है बेचारा कि उसे प्रेम से भय लगता है!"

"मैंने इस तरह नहीं सोचा था।"

"सोचकर देखें, सच यही है।"

"परन्तु दरबार का सच अलग होता है बेटा।"

"आप किस सच के साथ हैं—दरबार के या प्रेम के?"

"नहीं कह सकता अभी, तुम्हारे साथ कुछ बदल ज़रूर रहा है मुझमें..."

कहते-कहते कारिन्दा मानो किसी गहरी सोच में पड़ गया था। उसके मुख पर असमंजस के भाव हैं।

"कुछ कहना चाहते हैं?" सूरज प्रकाश ने चेहरा देखकर पूछा।

"कहना नहीं, पूछना है मुझे, पूछूँ?"

"पूछिए न; आप इतने ताक़तवर हैं कि मुझे थाने में उलटा लटकाकर भी सब पूछ सकते हैं। पूछिए, पूछिए," प्रेमी ने हँसकर कहा।

"यार, तुम्हारी इस कविता के क्या अर्थ हैं?"

"किस कविता के?"

...इस कोलाहल भरे समय में मेरा पल मौन क्यों है?

प्रेमी चौंका।

यह कविता तो उसने नायाब जान को परसों ही सुनाई थी! वह कविताएँ लिखता है। यह उसकी अभी हाल में लिखी कविता की ही एक पंक्ति है जो कारिन्दे ने अभी-अभी सुनाई। इसके हाथ मेरी कविता की डायरी लग गई क्या? प्रेमी ने फटाफट अपना थैला टटोला। डायरी तो सुरक्षित थी।

"आपने छुपकर मेरी डायरी पढ़ी?"

"नहीं, तुम्हारी डायरी की पूरी कॉपी है मेरे पास। हम दो मिनट में पाँच सौ पेज स्कैन कर लेते हैं।"

"ऐसा क्यों किया आपने?"

"मेरे काम का हिस्सा है यह। पीछा करते हैं तो सारे रिकॉड्‌र्स की पड़ताल करनी पड़ती है हमें..."

"यार, आपने मेरी व्यक्तिगत डायरी को छूने की हिम्मत कैसे की?"

"यहाँ कुछ भी व्यक्तिगत नहीं। बादशाह मानता है कि आपका जीवन राष्ट्र की सम्पत्ति है।"

"राष्ट्र की सम्पत्ति न? बादशाह की तो नहीं?"

"एक ही बात है।"

"एक बात कैसे है?"

"बादशाह ही राष्ट्र है और राष्ट्र ही बादशाह; बादशाह के बिना काहे का राष्ट्र?"

"राष्ट्र तो उसके पहले भी था और उसके बाद भी रहेगा।"

"बादशाह नहीं मानता ये बात।"

"और आप?आप क्या सोचते हैं?"

"हम कुछ भी नहीं सोचते, इजाज़त ही नहीं हमें सोचने की। सोचना राष्ट्रद्रोह माना जाता है दरबार में।"

"पर कविता को समझने के लिए तो आपको सोचना पड़ेगा।"

"तुम्हारी सारी कविताएँ पढ़ रहा हूँ तो सोचने का मन तो होने लगा है मेरा भी..."

"इस तरह राष्ट्रद्रोह न करें। वे सूली पर चढ़ा देंगे," हँसकर कहा प्रेम-क़ैदी ने।

"वह मैं सँभाल लूँगा, तुम तो अर्थ समझाओ मुझे इस कविता का।"

"आप प्रेम को ही नहीं जानते तो प्रेम कविता कैसे समझोगे? आप तो यह स्कैन सामग्री अटैच करके रिपोर्ट सबमिट कर दें। उनको समझने दीजिए इनके अर्थ..."

"ऐसे तो अनर्थ हो जाएगा। वे तुम्हारी कविता को कोड भाषा में लिखी कोई गोपनीय सामग्री मानकर केस दर्ज कर लेंगे," कारिन्दे ने कविता को समझने का सरकारी तरीक़ा बताया।

हँसने लगा प्रेमी।

"कविता को वैसे भी कौन डी-कोड कर सका है आज तक?"

"क्या इतनी ही कठिन होती है कविता?"

"हाँ, और प्रेम भी। प्रेम का कोड तो सदियों से नहीं समझ सका है कोई।"

"पर वे तुमसे तो पूछेंगे ही कि..."

"...कि क्या?"

"...कि कोलाहल भरे समय में तुम मौन होकर कौन-सा षड्यंत्र कर रहे हो?"

"यदि प्रेम कविता में भी बादशाह को षड्यंत्र दिखने लगे तो मान लो कि सत्ता अन्धी हो गई है। अच्छा, आप इस कविता से क्या समझे?"

"तुम्हारी कविता में लिखी उलझी बातें समझ पाना कठिन है मेरे लिए।"

"समझकर करेंगे क्या? न तो इसका सही अर्थ आप रिपोर्ट में डाल सकेंगे, न ही सच्चे प्रेम की कोई बात दरबार में कह सकेंगे।"

"मै तो ख़ुद के लिए जानना चहता था। मैं अपने लिए इस कविता का सही अर्थ जानने में इंट्रेस्टेड हूँ।..."

"आप मानेंगे नहीं? चलिए, पूछिए।"

"तो बताओ न कि इस कोलाहल भरे समय में तुम मौन क्यों हो? इसका मतलब..."

"नहीं, ऐसे नहीं, पहले पूरी कविता पढ़िए।"

कारिन्दे ने अपना मोबाइल निकाला और स्कैन किया पेज निकाल लिया। वह कविता पढ़ने लगा।

प्रेमी आँखें बन्द करके अपनी ही कविता सुनने लगा—

दसों दिशाएँ वीरान हैं
मौन
सुनसान
वादे सबा में वह रवानी नहीं/
केसर क्यारियाँ ख़ाली हैं
पुष्प सब स्तब्ध/
आज सूरज बड़ा अनमना-सा उगा
और धूप ऐसी निस्तेज़ मानो स्वयं ही काँप रही हो ठंड से/
एक तुम्हारे न होने से समय की नदी में यह एक वक़्फ़ा जम गया है मानो/
और इसके चारों ओर बहता जा रहा है बाक़ी का समय
पथरीली दुनिया पर तेज़ शोर के साथ बहता समय/
चारों तरफ़ कितना कोलाहल है
बातें
ही-ही खी-खी
धौलधप्पे
तेज़ बजता पड़ोस का रेडियो
मिलन का कोई गीत है शायद
पर ढोल बहुत कर्कश हैं
और शहनाई बहुत तीखी
इस क़दर कोलाहल भरा समय/
और इसके बीच विरह का यह पल
कितना एकाकी है
बेसुध सा/
किस क़दर मौन कि मानो स्तब्ध हो गया हो/
इस कोलाहल भरे समय में मेरा पल मौन क्यों है?
तुम्हारे बिना मेरा यह पल किसी भोले बच्चे सा भटक रहा है
बच्चा जिसकी उँगली छूट गई हो माँ के हाथ से
क्या प्रेमिका माँ भी होती है?

कविता पूरी पढ़ डालने के बाद कारिन्दा उसकी तरफ़ देखने लगा।

"तुम इसका अर्थ एक काग़ज़ पर लिखकर मुझे दे दो। मैं उसी को टीपकर अपनी रिपोर्ट के साथ नत्थी कर दूँगा।"

"मेरा लिखा समझ पाएँगे आपके लोग? वे न तो कविता समझते हैं, न प्रेम, फिर?"

"यही तो मज़ा है। कोई भी नहीं समझेगा पर हर कोई यही बताएगा कि वह समझ गया है। हमें इससे मतलब भी नहीं, हमारी रिपोर्ट पूरी हो जाए, बस।"

"ऐसा है तो मैं लिखकर दे दूँगा आपको।"

"परन्तु ये सब क्या लिख देते हो यार? 'प्रेमिका भी माँ होती है', ये कुछ अश्लील नहीं हो गया? ऐसे में तो आदमी मादर...हो गया न?"

प्रेमी उखड़ गया। बोला—

"यार, आप जैसों को न तो प्रेम का शऊर है, न कविता का, तभी तो सच्ची कविता दरबार में पहुँचकर आत्महत्या कर लेती है।"

दरबार की बात चली तो कारिन्दे को याद आया। बोला—

"अरे हाँ, कल मैं तुम्हारे पीछे नहीं आऊँगा।"

"चलिए, दया आपकी। वैसे, कल क्या ख़ास है?"

"सारे देश को पता है यार, कल बादशाह दरबार में कोई बड़ी घोषणा करेगा। वहाँ हर दरबारी की उपस्थिति अनिवार्य होगी। मुझे भी रहना होगा।"

"कैसी घोषणा?"

"कोई नहीं जानता। सब यही मना रहे हैं कि कम से कम बादशाह को पता हो कि वह क्या घोषणा कर रहा है!"

"क्या वो बिना समझे भी घोषणा कर सकता है?"

"बादशाह है, कुछ भी कर सकता है। बादशाह होना ईश्वर होने जैसा है; आप पूछ नहीं सकते कि ऐसा क्यों किया ईश्वर ने?"

सूरज प्रकाश चुप होकर देखता रहा उसे।

"और आप लोगों का वहाँ क्या काम रहेगा?"

"हमें तालियाँ बजानी हैं, बस। घोषणा जो हो, जैसी वो करे, हमें तो ताली बजानी है और बादशाह की जय बोलनी है।"

"मान लो कि कल बादशाह प्रेम के विरुद्ध कोई घोषणा करे, तब? तब भी तालियाँ बजाओगे?"

कारिन्दा सोच में पड़ गया।

"सोचता हूँ, ताली तो तब भी बजानी होगी; दरबार को उसकी हर बात पर ताली बजानी होती है। दरबारी होने की यह न्यूनतम अर्हता मानी जाती है।"

“फिर तो आप हमारा पीछा बन्द ही कर दें। कभी प्रेम को ठीक से समझ गए तो इस तरह ताली बजाना कठिन हो जाएगा।”

कारिन्दा मुस्कराते हुए उठ गया। उठते-उठते उसने सूरज प्रकाश के हाथ में एक काग़ज़ देखा। वह रुक गया—

“तेरे हाथ में ये क्या है?”

“नायाब जान के लिए अभी एक कविता लिखी थी।”

“यार, मुझे इसका भी स्कैन करना होगा।”

“तू दे तो...” कहकर कारिन्दे ने काग़ज़ उसके हाथ से ले लिया और कविता को नाटकीयता के साथ पढ़ने लगा—

घर की मुँडेर पर लगे लाल-लाल फूल
झाड़ पर
बोगनवेलिया के या
हैं गुड़हल के/
पूछते आते जाते सबसे
किस मंज़िल जाते हो राही तुम?
या मैं बतलाऊँ
घर का पता तुम्हें
लाल गुलाबी जो हूँ मैं प्रेम से/

“इसे भी प्रेम कविता ही कहोगे तुम, है ना?”

“हाँ, प्रेम कविता ही है।”

“फिर इसमें लाल रंग को कैसे डिफेंड करोगे?”

“किससे डिफेंड करना है मुझे, और क्यों?”

“जाँच होगी इस कविता की भी। इसकी तो ज़रूर होगी। लाल रंग का ज़िक्र आते ही वे सतर्क हो जाते हैं। इसे विद्रोह का रंग मानता है दरबार।”

“विद्रोह क्यों? प्रेम क्यों नहीं? प्रेम में नायिका के गाल भी तो शर्म से लाल हो जाते हैं।”

“भैया, ऐसा प्रेम बस किताबों में मिलता है। पब्लिक ख़ुद विश्वास नहीं करती ऐसे प्रेम पर।”

“गाल तो आज भी शर्म से लाल ही होते हैं सर।”

“गाल तो थप्पड़ से भी लाल हो जाते हैं। इस कविता पर यह कमेंट लगा भी दूँ कि ये प्रेम के कारण लाल हैं, कोई नहीं मानेगा कि यहाँ लाल रंग प्रेम का प्रतीक है। वे उलटे मुझसे ही एक्सप्लेनशन माँग सकते हैं कि विद्रोह की कविता को प्रेम कविता कैसे मान लिया तुमने?”

“विद्रोह?”

“हाँ, विद्रोह।”

“वाह साहब, हम भी सुनें; विद्रोह कैसे?”

“सीधे-सीधे लोगों को बहकाया जा रहा है कि तुम जो अनुशासित नागरिक की भाँति सीधे घर की दिशा में चले जा रहे हो वह तुम्हारी दिशा नहीं है—लाल रंग के फूल विद्रोह का इशारा कर रहे हैं उसे।”

“हद है! आप तो कुछ भी...”

“मैं नहीं, वे। वे इसे प्रेम की आड़ में लाल रंग का प्रचार मानेंगे; वाम-विद्रोह की कविता! यही नोट डालेंगे वे इस कविता की फ़ाइल पर।”

“और आप क्या नोट डालेंगे?”

“मैं तो इस पक्ष को इग्नोर करके ऐसा कुछ लिखूँगा कि बात दब जाए।”

“हम पर ग्रह मेहरबानी क्यों?”

“क्योंकि तुम लोगों से ही मैंने जाना है कि प्रेम वास्तव में होता क्या है...”

“हमसे प्रेम का पाठ सीखा तो ताली के पाठ बिसरा जाएँगे।”

“मैं मैनेज कर लूँगा।”

“ठीक सर। बेस्ट ऑफ़ लक। निकलिए।”

हँसता हुआ कारिन्दा चला गया।

गली के छोर पर पहुँचकर कारिन्दा पलटा।

उसने दूर से अपनी हथेलियाँ दिखाईं और तालियाँ बजाते हुए बोला—

“मुझे बस ये करना है। देखो, बढ़िया बजा लेता हूँ न? बस, मैं रास्ते भर ताली बजाता जाऊँगा। प्रैक्टिस करूँगा कि मेरी तालियाँ सबसे तेज़ बजें।”

कहकर नन्हे सिंह कारिन्दे ने दूर से ही एक आँख दबाकर ताली बजाई, एक मुस्कान फेंकी और मुड़ गया।

जिसमें ये सारे मकान हैं

[जब दीवारों के कान हों तब मौन को सुनना पड़ता है]

अब उस देश के बारे में जो सबका घर है।

तानाशाही की चपेट में यह घर भी बदला है गो कि एक नज़र में इस बात का पता नहीं चलता है; ऊपर से ये अब भी वही पुराना देश लग रहा है—वे ही मकान, वही बस्तियाँ, सड़कें, नदियाँ, मौसम और रहवासी, सब वही बल्कि लोकशाही से कुछ बेहतर ही; बाहरी रंग-रोगन ख़ूब बढ़ गया है; दरवाज़ों की

पॉलिश और भी चमकदार हो गई है, मुख्य दरवाज़े पर सोने की पॉलिश वाले मज़बूत कुन्दे लग गए हैं—दूर से लगता है कि मुल्क में बड़ी तरक़्क़ी हुई है। देश के संसाधनों का एक बड़ा हिस्सा इसी पर ख़र्च करता है बादशाह ताकि बाहर से घर आकर्षक दिखे।

...हाँ, घर के अन्दर घुसो तो सारी कलई खुल जाती है।

वैसे तो बाहर से भी इसे ध्यान लगाकर देखो तो कई विरोधाभासी बातें तरद्दुद में डाल देंगी—इसके दरवाज़े बड़ी मज़बूती से बन्द मिलेंगे, इतने मज़बूत फाटक तो बस जेल के होते हैं, पहरेदार भी ऐसे चौकन्ने कि दस तरह की पड़ताल के बाद ही अन्दर आने दें; फिर भीतर की निस्तब्ध और घुटती हवा में तानाशाही के गाढ़ेपन की बेचैनी, घर ख़ूब चमचमाता हुआ पर समझ नहीं आता कि दुर्गन्ध कहाँ से आ रही है?...यहाँ कहीं से भी किसी अप्रिय घटना का समाचार नहीं आता; हर ऐसा समाचार दबा देते हैं वे।...रहवासी समझदार हैं। वे केवल निरापद बोलते हैं। चुप रहने का मोल जान गए हैं वे। वे जान गए हैं कि न केवल दीवारों के कान हैं, छत, दरवाज़ों, खिड़कियों, खम्भों और हवा के भी कान हैं; इस मकान की हर चीज़ एक कान में बदल चुकी है, हर बात तानाशाह तक पहुँचने का डर लगा रहता है।

इसीलिए प्रजा बोलती ही नहीं। फुसफुसाकर भी नहीं। जीने का यही रास्ता निकाला है देश ने कि या तो मौन रहो या बादशाह की जय बोलो।

जय बोलना सबसे निरापद था।

देश में जय बोलने वाले सबसे सुखी थे। कुछ वास्तव में दिल से जय बोलते थे और मानते भी थे कि इस देश को एक तानाशाह ही ठीक कर सकता है। बाक़ी के समझदार होने के कारण जय बोलते थे क्योंकि समझदारी जय बोलने में ही थी। बादशाह की नज़र दोनों पर रहती; जय बोलने वालों पर कि कौन ऊँची आवाज़ में जय बोलता है, कौन मरी आवाज़ में, कौन पूरे उत्साह से, कौन बस औपचारिकतावश; और मौन रहने वालों पर नज़र कि ये स्साले चुप क्यों हैं, जय क्यों नहीं बोलते ये? चक्कर क्या है? गूँगे हैं? इनके मन में कोई विद्रोह तो नहीं पनप रहा? चुप्पा लोगों की दीवारों में एक्सट्रा कान फिट करवाए जाते कि देखा जाए कि ये जो बाहर मौन रहते हैं, अकेले में किससे क्या बोलते हैं?

पर देश में कुछ घोषित असहमत लोग भी हैं।

आदत से मजबूर लोग; ये न तो जय बोलते हैं, न चुप रहते हैं—असहमति व्यक्त करते रहते हैं।...बादशाह के पास इन देशद्रोहियों की अक्ल ठिकाने लगाने का बड़ा सक्षम सिस्टम मौजूद है; किसी दिन कुछ लफंगे श्रीमान असहमत को घेरकर जूते मार देते हैं, कभी आते-जाते कोई धक्का-मुक्की कर देता है,

अचानक कोई मुँह पर कालिख मल जाता है, सोशल मीडिया पर उसके ख़िलाफ़ आरोप और गालियों का गटर खोल देते हैं, कहीं भी सरेराह रोककर लोग गाली-गलौज कर देते हैं; बादशाह के लिए समर्पित युवा किसके साथ क्या कर बैठें, बादशाह भी नहीं जानता!

यहाँ जयकारों का कोलाहल है या फिर समझदारों की चुप्पी; मंच पर कोलाहल है और नेपथ्य में निपट चुप्पी।

ऐसा घर है यह।

*

इसी घर में बड़ी हलचल है आज।

कारण वही कि कल क्या घोषणा करनेवाला है बादशाह?

घर में बातें चल रही हैं। बातें। बातें। अनुमान। अपने-अपने अनुमान। दीवारों के कान सतर्क खड़े कि आज कौन क्या कह रहा है? हवा सकते में है कि वह कितनी और कैसी बहे कि हवा का बहना बादशाह के साथ मान लिया जाए? छत ने फुसफुसाकर दीवार से पूछा कि अनुमान है तुझे कि तानाशाह क्या बोलेगा कल? दीवार ने इशारा किया कि चुप रहो कि इस घर की दीवार में ऐसे कान हैं जो दीवार तक की रिपोर्टिंग करते हैं।

कल बादशाह बोलेगा और प्रजा सुनेगी। यही सिस्टम है इस घर में संवाद का; राजा बोलता है, प्रजा सुनती है। प्रजा की आवाज़ सुनने का यहाँ कोई सिस्टम नहीं; है कुछ सिस्टम पर सजावटी; बोलते रहो, कोई सुनेगा नहीं—बिना तार के चोंगे हैं, ख़ाली चोंगे, संविधान, क़ानून और नियमों के खोखले चोगे, इनमें जी भरकर बोलिए; भ्रम पालिए कि आपकी आवाज़ बादशाह तक पहुँच रही है; पहुँचती वो कहीं नहीं। सिंहासन सुनता नहीं क्योंकि बादशाह के कान ही नहीं हैं। चापलूस दरबारी ही उसके कान हैं। और ये कान बड़े समझदार हैं; बादशाह को वही बताते हैं जो वह सुनना चाहता है।

बहरा बादशाह इकतरफ़ा बोलता रहता है।

पर देश इतना आशंकित क्यों है? यह भी तो हो सकता है कि बादशाह कल कोई अच्छी घोषणा करे।...चलिए, ख़ूब आशा बाँधिए पर हमें तो उम्मीद अब एक ग़ैर-क़ानूनी और अश्लील शब्द लगने लगा है यहाँ; हमें सिंहासन से कोई उम्मीद बाँधना देश के विरुद्ध एक षड्यंत्र-सा लगता है। कल वो हर उम्मीद को ही ग़ैर-जमानती अपराध घोषित कर दे, क़ानूनन देशद्रोह डिक्लेयर कर दे तो आश्चर्य नहीं होगा।

राष्ट्र ख़ुद को तैयार कर रहा है कल के लिए।

चौबीस घंटे का समय है। पर्याप्त समय दे दिया; बहुत समय दे दिया तानाशाह ने। एक महान राष्ट्र के लिए चौबीस घंटे बहुत होते हैं साहब—इतने में तो आदमी ख़ुद को फाँसी के लिए भी तैयार कर लेता है।

देवता सकते में हैं

[अपनी पूजापाठ करवाने में मग्न हो जाए तो देवता शक्तिहीन हो जाता है]

बात अब देश तक सीमित नहीं रह गई थी, अन्तरिक्ष जा पहुँची थी।

देवताओं के बीच भी आज यही चर्चा है कि कल क्या घोषणा होगी?

जब शुरुआत में तानाशाह ने सत्ता सँभाली ही थी तो देशवासियों के अलावा देवताओं को भी लगा कि देश को अब जाकर ऐसा बादशाह मिला है जो बस देश के लिए सोचता है। इसी झाँसे में वे सालों तक रहे, बात-बात में उस पर पुष्प वर्षा करते रहे; इतनी पुष्प वर्षा की कि आसमानी सत्ता में बगीचे कम पड़ गए; देवताओं ने झटपट कुछ और बगीचे सेंक्सन कराए, पुष्प वर्षा तो करनी पड़ेगी, बादशाह काम ही ऐसे कर रहा है!

तानाशाह नित्य नई लुभावनी घोषणाएँ करता जा रहा था।

...पर समय के साथ सबने पाया कि घोषणा कुछ और होती है, काम कुछ और। घोषणा होती कि देश में अनिवार्य रूप से गुरु, सन्त, विद्वान और बुद्धिजीवियों की पूजा होगी पर दूसरे ही दिन बादशाह के गुर्गे किसी गुरु या बुद्धिजीवी की ठुकाई कर देते और तानाशाह उन्हीं पीटने वालों के साथ फ़ोटो खिंचवाता मिलता; मासूमियत से कहता कि बुद्धिजीवियों को अपना एक कोड ऑफ़ कंडक्ट तय कर देना चाहिए, वे अपनी सीमा प्रॉपरली समझें ताकि देश को उनकी पूजा करने में परेशानी न हो। वह पिटने और पीटने वालों के बीच समुचित समझ, तालमेल और समन्वय की बात करने लगता ताकि ऐसी दुर्भाग्यपूर्ण घटनाएँ फिर से न दोहराई जाएँ। उसकी हर अच्छी घोषणा का यही हश्र होता।

शनैः-शनैः देवता न केवल उसका खेल समझ गए, दहशत में आ गए।

अब बादशाह की हर नई घोषणा से देवता चिन्ता और बेचैनी से भर जाते हैं। आज भी धरती से अन्तरिक्ष तक यही बेचैनी है।

देवताओं की पोजीशन एक्स्ट्रा ख़राब है क्योंकि प्रजाजनों के बीच उनकी साख दाँव पर लगी रहती है क्योंकि आज भी प्रजाजन उनकी ही पूजा-पाठ कर रहे हैं, प्रार्थना कर रहे हैं कि कल बादशाह ऐसी घोषणा न कर डाले कि उनका जीवन और कठिन हो जाए। देवता उनकी प्रार्थना सुनकर भी चुप हैं। वे अपने भक्तों से आख़िर क्या कहें? क्या सान्त्वना दें उनको? भक्तों को अभी पता नहीं कि उनके देवता अब कुछ भी करने की स्थिति में नहीं रह गए हैं।

तानाशाह अपनी पर आ जाए तो फिर भगवान की भी नहीं सुनता!

भाग : तीन

जिस दिन घोषणा होनी थी, उसी दिन, ठीक घोषणा के पहले

फिर तानाशाह की घोषणा का दिन भी आ गया।
हम लाख रोकना चाहें पर ऐसे पल आ ही जाते हैं जीवन में कि जिन पर किसी का बस नहीं होता; माथे पर लिखी क़िस्मत की इबारत जैसा।

सुबह के आठ बजे हैं।
रविवार का दिन है। प्रजाजन घर बैठे हैं। ठीक दो घंटे बाद, भरे दरबार में वो अपनी बहुप्रतीक्षित घोषणा करेगा जिसका डायरेक्ट टेलीकास्ट देश भर में देखा जाएगा। देश को बेसब्री से दस बजने की प्रतीक्षा है।

और दस बजे तक?
नहीं, कहानी तब तक रुकी नहीं रहेगी। आठ से दस बजे के बीच भी तो कहानी चलेगी न क्योंकि कोई कहानी कभी रुकती नहीं।

तब तक थोड़ा प्रेम हो जाए?

[प्रेम की पगडंडी न तो मन्दिर में उतरती है, न मस्जिद में]

इन दो घंटों में देश मानो थम गया था।

इस एक उत्कंठा में कि आज क्या होने को है?

इसी से प्रेमियों को मौक़ा मिल गया। जब सभी अन्यत्र व्यस्त हैं, प्रेम कर लो, मिल लो। जाओ, हाथ पकड़ लो, गले लगा लो, चूम लो, आलिंगन में ले लो उसे, ख़ूब प्यार करो कि आज तुमको देखने वाला नहीं कोई; निगाह रखने वालों की निगाहें और दिमाग़ कहीं और हैं।

प्रेमियों को मिलन का मौक़ा दिया आज की सुबह ने; नागरिक घरों में टीवी के सामने जमे हैं, गलियाँ सूनी, नज़रें और कान बादशाह की तरफ़; निगरानी बहुत कम, प्रेमियों के मिलन के लिए बेहद मुफीद समय था यह। प्रेम के तानाशाह ने सूरज प्रकाश को सन्देश दिया। आदेश मिला कि वो चल दिया।

उधर नायाब जान ख़यालों के झरोखे पर टिकी बैठी थी; उसे भी प्रेम के तानाशाह का इशारा मिला कि निकलो, अभी जाकर मिलो, वहीं जहाँ तुम लोग कभी-कभी मिल लेते हो; जाओ, वहीं पहुँचो; सूरज प्रकाश के हृदय ने ऐसा पुकारा कि नायाब जान को आना ही पड़ा।

*

और वे दोनों वहाँ पहुँच गए जहाँ पहले भी छुप-छुप कर मिलते रहे हैं।

पर ये भी कोई मिलन की जगह है!! उजाड़ सा ये वीराना!

आप जो कहें, ये लोग तो ज़माने से बच-बचाकर यहीं मिला करते हैं; एकदम सुरक्षित एकान्त, शहर से अलग, निगाहों से दूर, एक उजाड़, सूनी, लगभग ध्वस्त-सी मज़ार है यह जो इस सुनसान पहाड़ी पर बनी हुई है। कोई नहीं आता यहाँ। मिलन की ट्रेडीशनल जगहें—बाग, बगीचे, नदी, झील, तालाब, झरने, नाव, बादलों की छाँव,

सुरमई उजाले के तले, अमराई, पनघट, सुनसान छत, कॉलेज के बरामदे; चप्पा-चप्पा उन लोगों के क़ब्ज़े में आ चुका है जो प्रेम के विरुद्ध हैं; प्रेमीगण अब सपनों में मिल सकते हैं या फिर ऐसे वीरानों में।

टूटी मज़ार एक नियामत है इन प्रेमियों के लिए।

निचाट सन्नाटा रहता है यहाँ। अब भी यहाँ कोई नहीं, बस ये दोनों हैं। एक टूटी-ढहती दीवार, बेतरतीब सूखी घास का ऊबड़-खाबड़ सिलसिला, सूखे-बिखरे पत्तों का बड़ा सा गलीचा; ऐसी ठाठदार सजावट। बैठे हैं वे; खोए हुए हैं वे, हाथों में हाथ, दुनिया से बेख़बर। छोटे-बड़े पत्थरों के टुकड़े बिखरे हैं दूर तलक। बेसाख़्ता विचरण करतीं चींटियाँ, कीड़े-मकोड़े, यहाँ-वहाँ बिखरे छोटे-छोटे काँटे, सूखे पत्ते, टूटी डालें और इन सबसे बेख़बर ये दोनों प्रेमी।

"एक कविता लिखी है मैंने कल रात, सुनाऊँ?" सूरज प्रकाश ने नायाब जान की हँसती हुई आँखों में झाँककर कहा।

"बड़ी कविताएँ लिखी जा रही हैं आजकल; चक्कर क्या है श्रीमान?" नायाब जान की आवाज़ में शरारत है।

"यार, हम आपके प्रेम में हैं..."

"प्रेम में ऐसी कोई शर्त तो नहीं होती कि कविता लिखो?"

"सही कहा, कोई शर्त नहीं। न कविता की, न कोई और। प्रेम में कैसी शर्त? और कविता भी तो शर्तों पर नहीं लिखी जाती। तुमने अपनी कविता तो सुना दी, अब मेरी सुनो।"

"मैंने! मैंने कौन सी कविता सुना दी?"

"तुम्हारा आलिंगन किसी कविता से कम था क्या? और चुम्बन तो महाकाव्य!"

"तुमसे बातें करा लो बस..."

"नहीं जान, तुम ख़ुद एक मुजस्सिम मनोहारी कविता हो।"

"मैं, और कविता!"

नायाब जान ज़ोर-ज़ोर से हँसने लगी।

"अच्छा, दर्पण देखा था आज?"

"हाँ देखा न, क्यों?"

"तो दर्पण पर उकेरी कविता पढ़ी तुमने?"

"दर्पण पर कविता?"

"तुम्हारा दर्पण में झाँकना, तुम्हारी हँसती हुई आँखें, दबी-दबी हँसी, तुम्हारे चेहरे पर मेरे ख़याल की छाया! हर चीज़ एक कविता है..."

"यह कविता दर्पण की नहीं, तुम्हारी लिखी है..."

"नहीं, तुम ही लिखवाती हो, मुझसे भी, दर्पण से भी।"

"तब तो मैं ही दोषी कहलाई?"

"हाँ, कभी मुझे मुश्कें लगीं तो इल्ज़ाम तुम पर भी आएगा।"

"वे हमें एक ही कठघरे में खड़ा करेंगे न?" नायाब जान ने बच्चों की तरह हुलसते हुए पूछा।

"हो सकता है..."

"एक ही हथकड़ी में बाँधेंगे?"

"बादशाह पुलिस कुछ भी कर सकती है..."

"कितना अद्भुत पल होगा—ज़रा सोचो!"

"निरी पगली हो यार!" प्रेमी ने हँसकर कहा तो वह सिमटकर और पास आ गई।

"वे हमारे लिए क्या सज़ा तजवीज़ करेंगे?"

"प्रेम ख़ुद एक सज़ा है!"

"यार, कवियों की भाषा में नहीं, साफ़ बताओ कि वे क्या सज़ा देंगे?" कहती हुई वह उसके सीने से लग गई।

"उनकी मर्ज़ी, जो सज़ा दें!"

"फन्दे से लटका देंगे?"

"लटका भी सकते हैं।"

"एक ही फन्दे से?"

"अलग-अलग लटकाते हैं यार।"

"फिर क्या फ़ायदा? अरे, प्रेम की सज़ा दे रहे हो तो एक ही फन्दे से लटकाओ दोनों को?"

उसने झूठ-मूठ का मुँह लटका दिया।

सूरज प्रकाश उसे प्यार से देखता रहा। फिर पूरी शिद्दत से उसे आगोश में लेकर वह बोला

"एकदम पागल हो।"

दोनों आगोश के घटाटोप में गुम हो गए।

कुछ देर तक वे यूँ ही बैठे रहे। चुप। आँखें मूँदकर। दुनिया से बेख़बर। एक दूजे को महसूस करते हुए, बस।

नायाब जान ने उसकी छाती पर उँगलियों से हस्ताक्षर करते हुए कहा—

"अपनी कविता सुनाओ न?"

"सुनाऊँ?"

"मुझे नहीं तो और किसे सुनाने का इरादा है जनाब?" नायाब जान हँसकर उससे एकदम चिपक गई, सिर उठाकर उसका चेहरा निहारने लगी।

तो सुनो—

मैं नहीं रहता अपने पते पर आजकल/
कोई और ही रहने लगा है वहाँ
मुझ में
लहू में कोई और ही बहता है/
किसी और ने क़ब्ज़ा कर लिया है
मेरे हर ख़याल पर/
कुछ रहा ही नहीं मेरा
श्वास तक किसी और के नाम
मेरी श्वास में आ-जा रहा है वो/
कोई घुल गया है मेरे प्राणों में/
कुछ चटखता है मेरी रग-रग में/
रंगीन सा तैरता है इन आँखों में/
अजीब कैफ़ियत है कि
हर सू वही दिखता है
बस वो
बस वो
व्याप्त है वह मेरे रोम-रोम में/
मेरा घर मेरा नहीं रह गया/
मेरे पते पर आई चिट्ठियाँ लौटाई जा रही हैं
कि वे आजकल यहाँ नहीं रहते।
घर में रहकर भी बेघर हूँ/
होकर भी नहीं हूँ यहाँ/वहाँ/कहीं भी/
अपने ही पते पर गुमशुदा हूँ मैं/

कविता सुनाता रहा वह।

नायाब जान आँखें मूँदकर सुनती रही। हर शब्द मानो उसकी नस-नस में उतर गया। कविता ख़त्म हो गई पर वह उससे वैसी ही चिपकी रही।

"कैसी लगी?" उसने पूछा।

नायाब जान ने आँखें खोल दीं।

टकटकी लगाकर देखती रही उसे, फिर मुस्कराने लगी।

"क्या हुआ?" उसने पूछा नायाब जान से।

"अच्छी कविता है पर है चोरी की..."

"...मैं, मैं चोरी करूँगा? मेरी कविता है मेरी जान!"

"नहीं, यह तुम्हारी नहीं।"

"अच्छा!! फिर किसकी है?"

"मेरी है।"

नायाब जान खुलकर मुस्कराने लगी। प्रेमी भी हँसने लगा।

"पर तुमको तो कविता आती नहीं?"

'हाँ, आती तो नहीं पर है ये मेरी; मेरे ख़याल चुरा लिये तुमने, चोट्टे हो, चोट्टे!"

बात में इतनी अदा थी कि बहार उतर आई वीराने में।

"जब तुम्हें चुरा लिया तो ख़याल भी तो मेरे हो गए रानी; हाँ, चोट्टा तो हूँ मैं," प्रेमी ने उसे चूमते हुए कहा।

नायाब जान शरमा गई।

वह उसे एकटक देखता रहा। देखता ही गया।

"क्या देख रहे हो?"

"वह सब जो तुम छुपाती रहती हो!"

"धत्!"

"सच कह रहा हूँ।"

"पागल।"

नायाब जान लाज से दोहरी हो गई।

ध्वस्त दीवार की आड़। सूखे पत्तों का गलीचा। ख़ूबसूरत सपनीली बातें। तैरते सपने। नीले आकाश में इधर-उधर छितराते कुछ भूरे से बादल। उन बादलों पर तैरते ये दो प्रेमी।

अचानक नायाब जान ने पूछ लिया—

"ये कारिन्दा अंकल कब हमारा पीछा छोड़ेंगे?"

दोनों जन बादलों से उतरकर ज़मीन पर आ गए।

प्रेम-क़ैदी कुछ सोचकर मुस्कराया—

"लगता है, अंकल जी मेरे नहीं, तुम्हारे पीछे लगे हैं।"

प्रेम-क़ैदी ने छेड़ा तो नायाब जान मुस्करा दी।

"देख लो, फिर तो हम आपके रक़ीब को याद कर रहे थे अभी," नायाब जान ने भी उसे छेड़ा।

दोनों हँसने लगे।

हवा का एक झोंका मस्ती में आया और सूखे पत्ते उड़ने लगे।

नायाब जान के बालों की एक लट अपनी जगह से हिली और माथे पर तिरछी होकर अटक गई। एक उड़ता हुआ पत्ता बहुत एहतियात से नायाब जान के गालों को छूता हुआ उसकी गोद में जा बैठा। सूरज प्रकाश ने उसका हाथ हौले-हौले

सहलाते हुए बताया कि आज इस निर्द्वन्द्व प्रेम का मौक़ा हमें यूँ मिला है क्योंकि अंकल ने आज दरबार में तालियाँ ठोंकने की ड्यूटी पर तैनात हैं। कह गए हैं कि आज सारा तंत्र व्यस्त है, खुलकर प्यार कर लो।

नायाब जान मुस्करा दी।

गाल गुलाबी हो गए उसके।

"खुलकर?" उसने हँसकर पूछा।

गुलाबी रंग गालों से बहता हुआ कायनात पर उड़ल गया।

उजड़े मज़ार के निचाट ऊबड़-खाबड़ प्रांगण की सूखी घास और नंगे पेड़ गुलाबी हो गए। आसमान सतरंगी हो उठा। इन्द्रधनुष तन गया। कोयल कूकने लगी। पपीहे आ गए। मोर नाच उठा। गुलाब खिल गए। सितार बज उठे। बाँसुरी के सुर नाच उठे। एक-दूजे में खो गए दोनों कि उजड़ी मज़ार की पहाड़ी धड़कने लगी। दोनों देर तक इक-दूजे में खोए हुए इक-दूजे को तलाशते रहे। सदियाँ गुज़र गईं और वे आलिंगनबद्ध रहे।

दुनिया अचानक ही और भी जीने लायक़ लगने लगी।

वे लिपटे रहे।

"काश कि बादशाह को भी कोई नायाब जान मिल जाती..." उसने नायाब जान को पास खींचते हुए कहा। नायाब जान का सिर उसकी छाती पर था।

"उसे नायाब जान मिल गई होती तो वह कभी बादशाह न बन पाता; प्रेम का रास्ता कभी बादशाहत की तरफ़ नहीं जाता," नायाब जान ने हँसकर कहा।

"इसका मतलब तो यह हुआ कि मैं कभी बादशाह बन ही नहीं सकूँगा?" उसने बनावटी निराशा प्रकट की।

"हाँ यार, यह तो बुरा हुआ। और बादशाह नहीं बनोगे तो क्यों मैं अपना समय ख़राब कर रही हूँ तुम्हारे साथ?" वह झूठमूठ लम्बा मुँह करके बैठ गई।

यही तो अद्‌भुत है कि प्रेम की निरर्थक बातें भी अर्थपूर्ण रस पैदा करती हैं।

"तो अब तुम मुझे छोड़ दोगी, है न?"

"क्यों छोड़ दूँगी?"

"क्योंकि मैं कभी बादशाह तो बन नहीं सकता?"

"हाँ, तो? मुझे तो एक ग़ुलाम चाहिए था, वह मुझे मिल गया है," कहकर नायाब जान खिलखिलाकर उससे और ज़ोर से लिपट गई।

"तो ये बात है!" कहकर वह उसे यहाँ-वहाँ पागलों की तरह चूमने लगा।

वह हँसती रही।

"बादशाह क्यों नहीं चाहिए आपको? महारानी बनने का शौक़ नहीं मोहतरमा?" उसने होंठों पर चूमते हुए पूछा।

"वो तो मैं पहले से हूँ, ये मेरी सल्तनत ही तो है," सूरज प्रकाश की छाती पर उँगली धरते हुए उसने कहा, "तुम्हारे दिल की मलिका हूँ मैं, हूँ न?"

प्रेमी ने किसी ग़ुलाम की तरह मलिका को सलाम करने का स्वाँग किया। नायाब जान ने मुस्कराकर सलाम क़बूल किया।

"जान की सलामती दें तो यह ग़ुलाम कुछ अर्ज करे?" सूरज प्रकाश ने नाटकीय अन्दाज़ में बाअदब कहा।

"बेख़ौफ़ बोलो मेरे अज़ीम ग़ुलाम।"

"गुज़ारिश है कि आप अगर इस देश के बादशाह को भी एक गहरा चुम्बन अता कर दें तो वह अपनी तानाशाही छोड़कर प्रेम की तानाशाही स्वीकार कर ले!"

"ऐसा क्या है हमारे चुम्बन में?" नायाब जान ने बनावटी आश्चर्य के साथ आँखें बड़ी-बड़ी करके पूछा।

"हम कैसे बताएँ मलिका-ए-आलम?"

"फिर भी, थोड़ा तो समझाएँ।"

"पता है आपको कि कितने मीठे हैं आप?" प्रेमी के होंठों पर अब भी चुम्बन का स्वाद बकाया है।

"पर आप तो हमें नमकीन बताते रहे हैं? बार-बार बयान बदलने की सज़ा जानते हैं न आप?"

"जी जानता हूँ, पर ग़ुलाम फिर भी माफ़ी का हक़दार है क्योंकि मेरे दोनों बयान अपनी जगह एकदम दुरुस्त हैं।"

"वो कैसे मेरे ग़ुलाम?"

"प्रेम में सब मुमकिन है मलिका।"

"तो तुम प्रेम में हो नौजवान?"

"सरकार का इक़बाल बुलन्द रहे, हूँ तो।" प्रेमी ने भी नाटकीय अन्दाज़ में सिर झुकाकर अपनी मलिका को आदाब किया।

"जानते हो न, दरबार में बयान बदलने की इजाज़त तो प्रेम को भी नहीं है नादान।"

"फिर मेरी सज़ा तजवीज़ कर दी जाए मलिका।"

"तुमको एक और चुम्बन की सज़ा दी जाती है," कहकर नायाब जान उससे एकदम चिपक गई। दोनों फिर से देर तक एक-दूसरे में खोए रहे। सन्नाटे में देह का संगीत बज उठा। उद्दीप्त शृंगार के ताप में पिघलकर दोनों जिस्म तनहाई में प्रवाहित होने लगे। बहने-उतराने लगे दोनों।

सन्नाटे का सितार मद्धम पर बज रहा था।

*

अचानक अज्ञात पदचापों ने इस संगीत की लय तोड़ दी। किसी के क़दमों तले सूखे पत्तों के चटखने की आवाज़ पास आती जा रही थी। पास। और पास। और और पास। टूटी दीवार के परे अहाते में दूर तक सूखे पत्ते बिखरे पड़े हैं। कोई उन्हीं पर चलता हुआ इस तरफ़ आ रहा है। टूटी दीवार की कच्ची-सी ऊँची आड़ है अब उनके बीच, बस।

"कोई आ रहा है!"

नायाब जान घबरा गई, छिटककर अलग हुई और ख़ुद को सँभालने लगी।

प्रेमी ने आश्वस्त किया कि टूटी दीवार के इस पार कोई नहीं आने वाला; कोशिश भी नहीं करेगा कोई। राह में टूटी ईंटों के फ़ालतू टुकड़ों के टीले हैं, टूटकर गिरी डालियों के झुरमुट हैं, पत्तों के बेतरतीब ढेर हैं, छोटे-बड़े पत्थर हैं, कचरेनुमा वनस्पति का अटाला है—इन सबको एहतियात से पार करके ही ये दोनों इस पार आए थे; कोई और बेवजह इस तरफ़ नहीं आने वाला। फिर अभी ये लोग जहाँ बैठे हैं, उससे कुछ फुट की दूरी पर एक तीखी ढलान है जो पहाड़ी से नीचे की तरफ़ जाकर पीछे एक वीरान इलाक़े में उतर जाती है। कोई इस ढलान की तरफ़ से भी ऊपर को नहीं आने वाला हो तू चिन्ता मत कर। एकदम चुप होकर बैठी रह।

"तू ज़रा शान्त बैठी रह, मैं देखता हूँ, कौन है?"

प्रेमी उठने लगा कि दीवार के किनारे जाकर टोह ले सके कि बाहर कौन आया है?

नायाब जान ने बाँह पकड़ ली उसकी।

"मत झाँको यार, वो तुमको देख लेगा।"

वह रुक गया। ...फिर क्या किया जाए?

"बादशाह का आदमी तो नहीं?" नायाब जान ने फुसफुसा कर शक प्रकट किया।

"नहीं, आज वे सब 'ताली-ड्यूटी' पर तैनात हैं।"

"नहीं, वही होगा, कोई न कोई सरकारी कारिन्दा।"

"नहीं यार, यह तो किसी थके आदमी के क़दमों की आवाज़ थी; कैसा घिसट-घिसट कर चल रहा था, कोई बेरोज़गार, धोखा खा चुका कोई निराश प्रेमी," उसने बहुत धीमी आवाज़ में नायाब जान से कहा जो उसकी टाँगों से मानो लिपटकर बैठ गई थी।

बाहर पदचापें थम चुकी थीं।

पत्तों के टूटने की आवाज़ अब बन्द थी।

कुछ अन्तराल से अचानक ही कोई दीवार से कुछ ही दूर उस तरफ़ धम्म से बैठ गया।

"यह तो एकदम दीवार से चिपक कर बैठ गया है!" नायाब जान घबराई हुई है।

"बैठने दो न? बैठा रहे।"

"फिर हम बाहर कैसे निकलेंगे?"

"निकलना कौन चाहता है यार!"

"तुमको ठिठोली सूझ रही है?"

"नहीं यार, मैं भी सोच रहा हूँ पर तुम जैसा घबरा नहीं रहा।"

"डर लग रहा है मुझे तो; बादशाह का आदमी हुआ तो?"

"यार, कुछ तो भी! बादशाह किसी को उजड़ी मज़ार में क्यों तैनात करेगा?"

"मान लो कि बादशाह अभी ऐसी कोई घोषणा कर रहा हो जो धर्म को लेकर हो तो ऐसे में वह मन्दिर, मस्जिद, मज़ार—सब जगह अपने कारिन्दों की तैनाती करेगा कि नहीं?"

सूरज प्रकाश ने इस तरह नहीं सोचा था।

वह भी सोच में पड़ गया, फिर धीमे स्वर में बोला, "यार, मैं झाँक ही लेता हूँ।"

"पर एहतियात से," नायाब जान ने कहा।

प्रेमी बहुत सतर्कता के साथ टूटी दीवार के उस किनारे तक गया।

बहुत धीमे, बहुत सतर्कतापूर्वक, इसके बावजूद उसका पैर एक पत्थर पर पड़ ही गया जो खिसककर लुढ़का, लुढ़कता हुआ पीछे की ढलान तक गया और नीचे बनी खाई में जा गिरा; ज़ोर की आवाज़ हुई। प्रेमी अपनी जगह पर मानो जम गया। नायाब जान का कलेजा मुँह को आ गया। अलबत्ता, आगन्तुक पर इसका कोई असर नहीं पड़ा, बाहर जो भी आकर बैठा था वह हिला भी नहीं। सूरज प्रकाश चुपचाप एक ही जगह खड़ा होकर इन्तज़ार करता रहा कि बाहर कोई हलचल हो।

बाहर से कोई आवाज़ नहीं आई।

प्रेमी ने सतर्कतापूर्वक दीवार की आड़ से झाँका।

कोई शख़्स दीवार से पीठ टिकाए घुटने सिकोड़कर बैठा था।

घुटनों पर सिर झुकाए ऊँघ रहा है।...बादशाह का कारिन्दा तो कहीं से नहीं लग रहा। धज देखो इसकी; पुराना-धुराना-सा कुर्ता-पाजामा और बैठने की मुद्रा ऐसी कि जिसमें कोई रुआब नहीं, बस एक गहरी थकान। हो सकता है कि एकान्त में चिलम खींचने आया हो; नशेड़ी, गँजेड़ी लोगों की नज़र ऐसी उजाड़ जगहों पर रहती हैं। ये हिन्दू हैं कि मुसलमान? उसके वेश में कोई ऐसा चिह्न नज़र नहीं आ रहा—न टीका, न टोपी, न दाढ़ी, न पटका, न कंठीमाला, न चोटी—वह मुस्कराया; आदमी से ये सब छुड़ा लो तो हर शख़्स एक-सा लगता है!

वैसे यह जिस धर्म का भी निकले, हमारे लिए ख़तरनाक ही साबित होगा; हर धर्म प्रेम के ख़िलाफ़ क्यों रहता है यार?

उसने थोड़ी दूर पर बनी ढलान को देखा, फिर नायाब जान की तरफ़ देखा। यह पगडंडीनुमा पथरीला, सँकरा रास्ता टूटी दीवार के पीछे से नीचे जाता है, खाई-खन्दकों के बीच से नीचे उतरती, टेढ़ी-मेढ़ी पगडंडी; शायद पीछे भेड़-बकरियाँ चराने वालों के आवागमन से बनी हो, या उनके जैसे प्रेमियों के क़दमों से बन गई हो।

उसने ग़ौर से झाड़-झंखाड़ों और पत्थरों के बीच जा रही पगडंडी को देर तक देखा और एक निर्णय लेकर नायाब जान के पास लौटा।

उठने का इशारा करते हुए उसने नायाब जान का हाथ मज़बूती से थामा—

"आओ, निकलें यहाँ से। डरना बिलकुल मत; बस, मेरा हाथ ज़ोर से पकड़े रहना।...आ जाओ। चलते हैं।"

वे दोनों पथरीली पगडंडी पर तेज़ी से उतरने लगे।

"गिर गए तो?" नायाब जान ने एक जगह फिसलते-सँभलते हुए कहा।

"तो साथ ही गिरेंगे न यार!" उसने हँसकर कहा।

वह मुस्करा दी।

"तुम तो मुझे पकड़े रहो, बस। ख़ूब ज़ोर से।"

उसे सूरज प्रकाश का यही आत्मविश्वास पसन्द है। स्वयं वह तो बड़ी जल्दी घबरा जाती है। यह कभी घबराता नहीं।

वे सँभलकर उतर रहे हैं।

राहत की बात यह है कि पगडंडी न तो मन्दिर में उतर रही है, न मस्जिद में; वह एक वीराने में उतर रही थी जहाँ बस वीराने की बादशाहत चलती है।

ठीक से तालियाँ न मार पाया तो?

[जहाँ हर ताली पर नज़र रखी जा रही है]

नन्हे सिंह कारिन्दा दरबार में गुमसुम बैठा है।

बड़े संशय में प्रतीत होता है।

दरबार खचाखच भरा है। कुछ देर में बादशाह सिंहासन पर होगा। दरबारियों को बादशाह की प्रतीक्षा है। हथेलियाँ बेचैन हैं। हाथ कुलबुला रहे हैं कि कब वो आए और कब तालियाँ पीटी जाएँ।

तालियाँ पीटेंगे सब; बादशाह के आने पर, उसके हर बोल पर, हर तेवर पर, आँख के हल्के से इशारे पर, तालियाँ कि देश में ऐसा बादशाह हुआ है जो न होता तो न जाने इस देश का क्या होता! पहले तो यह कारिन्दा भी बढ़-चढ़ कर तालियाँ

बजाता ही था, पर अब? आज उसे संशय है कि वह उसी शिद्दत से बजा भी पाएगा कि नहीं? कभी वे दिन भी थे कि दरबार में घुसते ही वह ऐसे दुर्दमनीय उत्साह से भर जाता था कि हथेलियाँ बेकाबू और एक ही कामना कि सबसे तेज़, सबसे पहले उसी की ताली बजे और सबसे अन्त तक उसी की बजती रहे; पर आज? आज कोई उत्साह ही नहीं उसमें, कुछ भी नहीं; न उत्साह, न तमन्ना; उलटा उसे चिन्ता है, संशय भी।... युवा उम्र से बादशाह के पीछे आँखें मीचकर चलने वाला अनुयायी रहा है वो; तब से, जब बादशाह, बादशाह नहीं था। हरदम उसके पीछे रहा। उसका ही झंडा। उसका ही नाम। उसका बताया सच ही सच। उसकी बताई राह ही सच्ची राह। उसने जो कहा वही श्रवणीय। उसके ही नारे। उसका साया। उसकी छाया। उसके पोस्टर। उसकी जयकार। आज तक का उसका जीवन इस बादशाह को समर्पित रहा है; उसके ख़िलाफ़ कोई बोले तो मुँह तोड़ने को तत्पर; एक उम्र गुज़ारी है बादशाह की अन्धभक्ति में उसने।

उसी अन्धभक्ति का फल था कि अधेड़ होते-होते उसे दरबार में जगह मिल गई। अन्धभक्तों की भीड़ का ही नाम तो दरबार है, बादशाह के अन्ध आस्तिकों की भीड़।

इस भीड़ के भी कई स्तर हैं। दरबार के सौरमंडल में कई घेरे हैं। हर दरबारी का सपना रहता है कि वह सबसे अन्दर के घेरे में जगह बना ले, बादशाह की अन्तरंग मंडली में। सारे इसी कोशिश में रहते हैं। कभी उसका सपना भी यही था; तब तो नहीं घुस पाया और अब जो चांस बन रहा है तो उसकी इच्छा ही मर गई है; अब वो सोचता है कि बादशाह का अन्तरंग बन भी गया तो आख़िर ऐसा क्या मिल जाने वाला है?...क्या उसके चेहरे पर वह नूर दिखने लगेगा जो उन प्रेमियों के वजूद से अहर्निश बरसता है?...अब तो उसे ख़ुद में वह नूर चाहिए। वही सपना है अब नन्हे सिंह कारिन्दे का। बादशाह में वह नूर है ही नहीं; जो उसके पास नहीं है वो चीज़ वह मुझे कैसे देगा?

...कारिन्दा जान गया है कि दरबार की दुनिया के बाहर प्रेम की एक बहुत बड़ी दुनिया है, एक बेहद ख़ूबसूरत दुनिया जो बादशाह की दुनिया से बहुत अलग है; वहाँ किसी को चिन्ता ही नहीं कि बादशाह उनके बारे में क्या सोचता है?

सोच में कारिन्दा गुमसुम खड़ा है दरबार में; वो वहाँ है भी, नहीं भी है।

बादशाह आने को है पर उसकी हथेलियों में दम ही नहीं। सारे दरबारी बढ़-चढ़कर नारे लगा रहे हैं पर उसकी आवाज़ में कोई जान क्यों नहीं? अभी तो उसके मन में बादशाह ही था बस, परन्तु वहाँ तो कविताओं की तितलियाँ मँडरा रही हैं! बादशाही से ऐसी अक्षम्य नमकहरामी! यह तो विद्रोह हुआ कि बादशाह ने उसे प्रेम के ख़िलाफ़ काम पर लगाया था और वो प्रेम में ही आनन्द देखने लगा;

यह क्या हो रहा है, बादशाह से अलग क्यों सोच सकता है वो? देश में सोचने का संवैधानिक अधिकार केवल बादशाह का है; ख़ुद की सोच रखना एक दंडनीय अपराध है। सभी सोचने लगेंगे तो अराजकता न फैल जाएगी?

भारी भीड़ है। दरबार खचाखच भरा है। सबकी कोशिश है कि उसकी उपस्थिति बढ़-चढकर दर्ज हो जाए। कुछ तो मुँहअँधेरे ही बन्द दरवाज़ों के समक्ष आकर खड़े हो गए थे। दरबार के द्वार तीन घंटे बाद खुलेंगे पर यहाँ खड़े होकर प्रतीक्षा करने में वही सुख है जो मन्दिर के पट खुलने के इन्तज़ार में होता है! उत्सव का माहौल है। हर दरबारी अपनी सर्वश्रेष्ठ पोशाक में है; चुस्त, दुरुस्त, चौकन्ना और स्मार्ट दिखने की हर कोशिश कि बादशाह की निगाह पड़ जाए तो कवायद सार्थक सिद्ध हो।

इधर कारिन्दा तनाव में है कि उसका असमंजस कोई ताड़ न ले।

और पड़ोस में बैठे दरबारी ने ताड़ ही लिया—

"क्या हुआ बन्धुवर?"

कारिन्दा अचकचा गया—

"कुछ भी तो नहीं, क्यों?"

"परेशान लग रहे हो?"

"नहीं तो, बिलकुल नहीं," उसने मुस्कराकर कहा।

"बादशाह सलामत के साथ आपका सब ठीक चल रहा है न मित्र?"

"क्यों? बादशाह की तो पूरी कृपा है मुझ पर; मैं तो ये सोच रहा था कि आज मालिक क्या कहेंगे?"

"जो कहेंगे अद्‌भुत कहेंगे।"

"सो तो है। वे चमत्कारी मानव हैं।"

दोनों ने एक-दूसरे से वह झूठ बोला जो दरबार की नींव का परम सत्य था। कारिन्दे को अपनी आवाज़ कमज़ोर ज़रूर लगी। पड़ोसी ने कमज़ोर आवाज़ नोट तो नहीं कर ली होगी? वह सतर्क हो गया।

सामने ऊँचाई पर रखा सिंहासन अभी ख़ाली है। उसके ठीक पीछे की दीवार पर बादशाह की आदमक़द तस्वीर लगी है।

"कितने भव्य हैं हमारे बादशाह, है न?" पड़ोसी ने कहा।

कारिन्दा सोच में गुम था सो थोड़ा रुककर बोला कि हाँ, बहुत भव्य हैं हमारे बादशाह और उनकी तस्वीर। क्या उसके रेस्पॉन्स टाइम में कुछ डिले रहा? पड़ोसी को सन्देह तो नहीं हो गया होगा? बादशाह की शान में बोलने में दरबारी एक पल भी देर करे तो सन्देह लाज़िमी है। कारिन्दे ने पड़ोसी दरबारी की तरफ़ ध्यान से देखा जो अभी तक बादशाह की तस्वीर को भाव-विभोर होकर देख रहा था।

"कितनी ख़ूबसूरत तस्वीर है, है न?" कारिन्दे ने लीपापोती का प्रयास किया।

"बादशाह सलामत हैं ही ऐसे ख़ूबसूरत कि कोई नौसिखिया चित्रकार भी उनकी तस्वीर उकेरे तो ख़ूबसूरत होगी।"

पड़ोसी दरबारी ने पलटकर उसे देखा तो वह यूँ अचकचा गया मानो उसकी चोरी पकड़ी गई हो।

"सच कहा मित्र, बादशाह सलामत हैं ही ऐसे भव्य!" उसने जल्दबाज़ी में उत्तर दिया तो बोलते हुए उसकी ज़ुबान लटपटा गई।

घबराहट में पसीना आ गया कारिन्दे के चेहरे पर। बादशाह की चापलूसी में अभी उसने जो कहा उसमें उसे वो अवर्णीय सुख महसूस क्यों नहीं हुआ जो पहले हुआ करता था? इसी तानाशाह की नितान्त झूठी तारीफ़ें वह कितने मनोयोग करता था कभी!

"मित्र, तुम्हारी तबीयत ठीक नहीं दिख रही?" पड़ोसी दरबारी ने उससे फिर कहा।

"नहीं, मैं एकदम ठीक हूँ श्रीमान।"

"ख़ैर, तबीयत ख़राब हो तो भी आज के स्वर्ण अवसर को मिस करने की सलाह नहीं दूँगा मैं; कोई और दिन होता तो कहता कि घर जाएँ, आराम करें पर आज नहीं..."

कारिन्दा चुप रहा।

"तबीयत की वजह से तालियाँ ठोंकने में कोताही मत कर बैठना मित्र," पड़ोसी दरबारी ने अयाचित सलाह दी।

"मैं ऐसा क्यों करूँगा?" कारिन्दा चिढ़ गया।

"तबीयत ढीली लगे तो ताली भी ढीली..."

कारिन्दा उखड़ गया—

"यार, जब मैं कह रहा हूँ कि मैं एकदम दुरुस्त हूँ तो आप क्यों बार-बार यह सब कहे जा रहे हैं?"

"क्षमा करें। चेहरे से परेशान लगे तो कह दिया," पड़ोसी ने माफ़ी माँग ली।

कारिन्दे को लगा, वह फ़ालतू ही नाराज़ हुआ। दरबार में सबसे बनाकर चलना पड़ता है, पता थोड़ेई चलता है कि कौन, कब, कहाँ नुक़सान पहुँचा दे!

"मुझे क्षमा करें," इसी बीच दरबारी ने फिर से माफ़ी माँग ली।

"नहीं, नहीं, आप ही मुझे माफ़ करें। मैं फ़ालतू ही तैश में आ गया," उसने भी अपनी भावनाओं पर नियंत्रण पा लिया था। कुछ देर तक दोनों मौन रहे।

फिर पड़ोसी दरबारी ने ही पुन: बात शुरू की—

"क्या लगता है—मालिक आज क्या कहेंगे?"

"अच्छा ही कहेंगे—हमेशा अच्छा कहते हैं," कारिन्दे ने इस बार समझदारी का परिचय दिया।

"ग़ज़ब का सोचते हैं बादशाह सलामत।"

"जी बिलकुल।"

"ऐसा अद्‌भुत कोई और सोच सकता है क्या?"

"जी बिलकुल नहीं। और कोई सोचे भी क्यों? बादशाह सलामत ही सबकी तरफ़ से सोच लेते हैं," कारिन्दा अब सचेत था; उसका हर संवाद पहले से बेहतर होता जा रहा था।

दोनों वापस मंच पर रखे सिंहासन की दिशा में देखने लगे।

बादशाह कभी भी आ सकता है।

कि विशेष अंगरक्षकों की अग्रिम टोली के सौ लोग दरबार में घुसे और चप्पे-चप्पे पर चपलता से तैनात हो गए। वे हर तरफ़ सतर्क और चौकन्नी आँख से निगाह रखेंगे। सब पर नज़र रखी जा रही है। टोह लेती आँखें कारिन्दे पर भी पड़ीं, कुछ देर तक ठहरीं, कारिन्दे की आँखों से पल भर को मिलीं भी—कारिन्दा सिहर गया; कहीं मेरे मन की उथल-पुथल तो नहीं पढ़ ली होगी इन्होंने? मेरी आँखों से कोई कविता तो नहीं झाँक रही थी तब?

कारिन्दा सतर्क होकर हथेलियाँ मलने लगा।

बादशाह के आगमन की घोषणा हो रही है।

कारिन्दा ज़ोरदार करतल ध्वनि का हिस्सा होने की तैयारी कर रहा है।

गहरी हृदय रेखा और वक्री शनि

[गहरी हृदय रेखा में दफ़्न प्रेम]

राजा की कथा—

सुबह से बेचैन है राजा।

मकान नम्बर एक वाले तानाशाह नम्बर एक की बात कर रहे हैं हम।

साढ़े नौ बजने को हैं।

इतवार का दिन है।

बादशाह का उद्‌बोधन दस बजे है।

राजा उसका अन्धभक्त है, नहा-धोकर ऐसे तैयार हुआ है मानो पूजा में बैठना हो; बादशाह के उद्‌बोधन को ऐसा ही पवित्र मानता है वो। देश का शेयर मार्केट आसमान छू रहा है, बहुत-सा धन लगा रखा है उसमें राजा ने। बादशाह की एक-एक गति पर उसकी नज़र रहती है क्योंकि बाज़ार का हर सेंटीमेंट सीधे बादशाह से जुड़ा हुआ है। उसका एक बयान, एक वायदा, एक योजना, एक एक्शन—

बस, एक ही—बाज़ार में हलचल मचा देता है। राजा बेहद प्रभावित है कि बादशाह नागरिकों से ज़्यादा बाज़ार के सेंटीमेंट्स को तवज्जो देता है।

कल उसके ऑफ़िस में एक ज्योतिषी आया था।

बताने लगा कि उस पर छह माह तक शनि की दृष्टि वक्री है। वैसे वह ज्योतिष-विद्या को फ्रॉड मानता है सो उसने ज़ोर से हँसकर कहा, मेरी छोड़ो, आप तो देश की जन्मकुंडली का बताएँ महाराज।

"...देश की कुंडली से अपना भाग्य कभी मत आँकना श्रीमान—उसकी वही कुंडली हर नागरिक को अलग-अलग भाग्यफल देती है!"

"हाथ भी देखते हैं पंडित जी?"

मज़ाक़ में हाथ बढ़ा दिया था उसने।

ज्योतिषी मुस्कराते हुए उसका हाथ देखने लगा, बोला, "आपकी हृदय रेखा बड़ी गहरी है, लगता है पत्नी से बड़ा प्यार करते हैं श्रीमान?"

"हमारी लव मैरिज हुई थी," उसने किंचित गर्व से बताया।

लव मैरिज वाली बात बताने से वह कभी नहीं चूकता। तारीफ़ें बटोरता है कि लव मैरिज के इतने साल बाद भी उसका प्यार ज्यों का त्यों बरकरार है।... रात में यही ज्योतिष वाली बात उसने रानी को बताई। बताया कि पंडित ने कहा है कि उसकी हृदय रेखा बेहद गहरी है! रानी ने भी कहा कि हाँ, तुम बहुत अच्छे हो।...बस अच्छे?...वह भी शरारत के मूड में था।...अरे, दुनिया में सबसे अच्छे, ठीक?...कहकर वह उससे चिपक गई थी। राजा ने बहुत प्यार किया रात उसे। बड़ी देर से सोए वे कल।

आज संडे था पर वह सुबह जल्दी ही जाग गया।

अब वह टीवी के सामने बैठा था।

पौने दस बज रहे हैं।

वह रिमोट तलाशने लगा। रिमोट कहीं दिख नहीं रहा।

रानी टायलेट में है। प्रोग्राम शुरू होने को है और रिमोट मिल नहीं रहा। वह उत्तेजित होने लगा। बड़बड़ाते हुए रिमोट तलाशने लगा। सोफ़ा। टेबल। अख़बार। पत्रिकाएँ। हर चीज़ हटाकर देख ली। सोफ़े की गद्दियों के नीचे भी। रिमोट कहीं नहीं था। दीवार घड़ी बता रही है कि बस पाँच मिनट शेष रह गए थे।

उसने चिल्लाकर रानी को आवाज़ दी—

"रिमोट कहाँ रख दिया तुमने?"

रानी टायलेट में है।

"चिल्ला क्यों रहे हो? आ रही हूँ।"

वह आगबबूला हो गया—

"तुझे पता है न कि दस बजे..."

तभी रानी टायलेट से भागकर वहाँ आ गई।

आगे की कहानी, रानी की ज़ुबानी—

मुझसे ग़लती यह हुई कि मैंने राजा से कह दिया कि रिमोट तो हमेशा तुम्हारे हाथ में रहता है—तुमने ही यहाँ-वहाँ रख दिया होगा! बस, वह बिफर गया।

बादशाह के भाषण का समय हो गया था। वह बौखलाया हुआ था; बेचैन कि भाषण निकला जा रहा है।

वह मुझे घूरकर देख रहा था।

"क्या कहा तुमने; मैंने ही कहीं रख दिया होगा?" गुर्राकर पूछा उसने।

क्षितिज पर तूफ़ान उमड़ रहा है।

मैं पागलों-सी, यहाँ-वहाँ रिमोट खोजने लगी। वह मुझे गालियाँ दिये जा रहा था लगातार...मादर..., भैंचो...! कह रहा है कि अभी जूतों से ऐसी ठुकाई करता हूँ तेरी कि मुझसे मुँहजोरी करना भूल जाएगी।...दो मिनट और रिमोट न मिला तो वो उसी हाथ से मारेगा मुझे जिसमें गहरी हृदय रेखा बनी है; ईश्वर किसी के हाथ में प्यार की रेखा इतनी गहरी न बनाए कि प्रेम उसी में दफ़्न हो जाए!

वह ग़ुस्से से दीवार घड़ी को देखे जा रहा है।

दस बज चुके हैं।

भाषण निकला जा रहा है।

आगे की कहानी, राजा की ज़ुबानी—

इस कुतिया के कारण, पूरे पाँच मिनट का भाषण मिस हो गया। आज तो ये ऐसा पिटती कि पिछली सारी पिटाइयाँ भूल जाती पर ऐन मौक़े पर ये न मालूम कहाँ से रिमोट खोज लाई।

इसी ने कहीं रख छोड़ा था पर कहने लगी कि तुम्हारे ऑफ़िस बैग के नीचे दबा पड़ा था। मैं तो वहीं दो थप्पड़ लगाता और सारा सच उगलवा लेता पर इसे छोड़ दिया मैंने; प्यार करता हूँ इसे। बेसिकली इसे बहुत प्यार करता हूँ मैं। कल ज्योतिषी भी यही कह रहा था! यह भी मुझसे बेइन्तिहा प्यार करती है। पागल रहती है मेरे लिए, जानता हूँ। देखिए न, अभी मैंने इसे इतनी गालियाँ दीं पर मजाल कि इसने चूँ भी की हो! चुपचाप आकर मुझे रिमोट दिया और बताकर चली गई कि कहाँ पड़ा था! कोई बहस नहीं। कोई आरोप नहीं।

हाँ, जब इससे मैं रिमोट ले रहा था तब यह मेरी हथेली को बड़े ग़ौर से देख रही थी—ज़रूर मेरी हृदय रेखा देख रही होगी!

कुल कथा यह कि—

बादशाह का सम्बोधन चल रहा है टीवी पर।

राजा भक्तिभाव में सराबोर मनोयोग से उसे सुन रहा है। रानी की लापरवाही के कारण सम्बोधन के शुरुआती पाँच मिनट मिस हो गए परन्तु वह एक उदार तानाशाह है; ठुकाई करने की अदम्य तमन्ना को ज़ब्त कर गया वो—यही तो प्यार कहलाता है जनाब!

प्यार न होता तो क्या आज रानी उसकी वक्र-दृष्टि से बच पाती?

गहरी हृदय रेखा ने आज रानी को बचा लिया!

नये सुबूतों के मद्देनज़र

[प्रेम में पतिव्रता धर्म की पड़ताल]

मकान नम्बर दो में बैठा तानाशाह नम्बर दो।

रस्तोगी जी को पायल के ख़िलाफ़ नये सुबूत मिले हैं। शक तो पहले ही था। सोचा जाए तो लगभग हरदम था, याद नहीं आता कि उनको शक कब नहीं था। नये सुबूत उनके सन्देह को सच साबित कर रहे हैं। उनकी पायल पतिव्रता धर्म से विचलित हो चुकी है; वो ऑफ़िस के बहाने कहीं और जाती है; पर कहाँ? किसके साथ? कब?

सब पता करना होगा। वे करेंगे।

रस्तोगी जी इस नये डेवलपमेंट से हैरान हैं। कितनी सीधी-सादी होती थी ये पायल कभी; और अब देखो! हरामी मर्दों ने इसे क्या से क्या बना दिया!

तो क्या इसका ऑफ़िस जाना ही बन्द करा दें?

नहीं, यह किसी भी एंगल से प्रैक्टिकल बात नहीं है। वो दफ़्तर न गई तो ये घर कैसे चलेगा? अर्थशास्त्रीय मजबूरी ने समाजशास्त्रीय समस्याएँ पैदा कर दी हैं। फिर कैसे पता करें? रस्तोगी जी क्या करें? इससे पूछेंगे तो ये साफ़ मना कर देगी। इसका दफ़्तर जाना रोक नहीं सकते और घर की दहलीज़ से बाहर निकली औरत पर सारे मर्द कोशिश शुरू कर देते हैं; कब तक बच सकती है कोई बेचारी? कोई न कोई उसे फाँस ही लेता है। वैसे वे शुरू से सतर्क रहे हैं, शादी के बाद से ही हमेशा एक निगाह इस बात पर रखे रहे कि पायल के क़दम बहक तो नहीं रहे?

पर कल देर रात मिले नये सुबूतों ने उनकी चिन्ता बढ़ा दी है।

कल रात जब पायल गहरी नींद में थी उन्होंने उसके फ़ोन रिकॉर्ड की गहन पड़ताल की और उनको ऐसे अकाट्य सुबूत मिले जो सिद्ध करते हैं कि उनका शक ग़लत नहीं था। आज इतवार की छुट्टी है। समय मिलेगा। वे छुट्टी का सदुपयोग करके इन सुबूतों की आगे पड़ताल करेंगे।

आज बादशाह का उद्‌बोधन भी है।

तो पहले तो बादशाह को सुनेंगे, फिर पायल का इंटेरोगेशन करेंगे।

अभी वे टीवी के सामने हैं। दिमाग़ में रात मिले सुबूत घूम रहे हैं। पायल को अभी पता ही नहीं कि वह पकड़ी जा चुकी है। वह छुट्टी के मूड में है। आराम से देर तक सोई रही। अभी उठी है। टायलेट में है। फिर जाएगी किचन। चाय के दो कप लेकर यहाँ आएगी। उसके गुनगुनाने की आवाज़ें यहाँ तक आ रही हैं। रिलेक्स्ड मूड में है पायल; सोचकर ही मुस्कराने लगा कि अभी वे उसी के मोबाइल पर, उसी का कॉल रिकॉर्ड दिखाकर जब कुछ सख़्त प्रश्न करेंगे तब यह गुनगुनाना कैसे छू होता है, देखकर मज़ा आएगा!

तभी वो आ पहुँची।

एक पल को तो वे अवाक् रह गए; न कोई मेकअप, न ऐसे कोई कपड़े, वही पुरानी सी, कॉलर वाली छोटी-सी हरी टी-शर्ट जो पायल की गहरी नाभि को बमुश्किल ढक पाती है और उसके नीचे आदिवासी स्त्रियों के लहँगे-सा बुंदकियों के छापे वाली रंग-बिरंगी घाघरेनुमा स्कर्ट, बिन्दी खिसककर माथे पर, आँखों का काजल तनिक फैला हुआ, गुलाबी फ्रेम की ख़ूबसूरत ऐनक और बेपरवाही से यूँ ही पीछे की तरफ़ खींचकर बाँध लिये गए रेशमी बाल—एकदम अनगढ़ सौन्दर्य और नैसर्गिक भोलापन; रहस्यात्मक सहज मुस्कान की हल्की सी झाँईं लम्बे से चेहरे पर; पायल अभी ऐसी दिलकश और बला की आकर्षक लग रही है कि मन हुआ, उठकर बाँहों में ले लें।

उनके मन में चल रही उथल-पुथल से ग़ाफिल पायल ने अपनी सहज तिरछी मुस्कान के साथ उनको गुड मॉर्निंग कहा और मेज़ पर चाय के कप रखने लगी। चाय की ट्रे को पकड़े हुए ही उसने हाथ में मोबाइल भी पकड़ रखा है। उसने पहले तो ट्रे, फिर मोबाइल को मेज़ पर रखा।...इस छोटे-से लम्हे का नशा देर तक बना रहा, रस्तोगी जी पर—कितनी ख़ूबसूरत है यार उनकी पत्नी!...क्या करें इसका? कहाँ छुपा लें इसे कि ये दुनिया के मर्दों की निगाहों से महफूज़ रहे?

वे फिर से सब सोचने लगे।

कौन छोड़ेगा ऐसी ख़ूबसूरत स्त्री को? चेतन को, डायरेक्ट असिस्टेंट है हरामी, उसे तो दिन में दस बार मौक़ा मिलता होगा; चले आए कोई भी फ़ाइल लेकर, मर्दों को तो बहाना चाहिए, और क्या! पायल को फँसाने में कित्ती देर लगनी है! चक्कर चला लिया है स्साले ने इससे।

यूँ तो पिछले दिनों छोटे-छोटे क्लूज मिले थे परन्तु वे किसी कंक्रीट प्रूफ़ की तलाश में थे। कल रात वो भी मिल गए। कल उसने पूनम और चेतन के बीच के कॉल रिकॉर्ड का गहन अध्ययन किया तो उसमें एक निश्चित पैटर्न पकड़ा—जो अफ़ेयर की तरफ़ इशारा कर रहा है। आज वह इसी आधार पर पायल से सच उगलवाएगा।

उसे ग़ुस्सा नहीं, तरस आ रहा है पायल पर लेकिन पूछताछ अपनी जगह।

चाय रखकर पायल पास की सोफ़ा चेयर पर बैठ गई थी। मन ही मन मुस्करा रही है, उसने रस्तोगी जी की दीवानी नज़र ताड़ ली। उधर वे भी उसके होंठों पर खेल रही मन्द स्मित को देख रहे हैं।

"ऐसे क्या देखे जा रहे हो मुझे?" पायल ने चाय का कप पकड़ाया और इठलाकर पूछा।

तानाशाह ने मुस्कराते हुए उसकी तरफ़ देखा और साथ-साथ दीवार घड़ी पर नज़र डाली, बादशाह के भाषण में अभी देर थी।...तब तक कुछ पड़ताल कर ही ली जाए तो कैसा रहे? उन्होंने टेबल पर पड़े पायल के मोबाइल को उठा लिया और उससे खेलने लगे। चाय का घूँट लेते हुए भी वे फ़ोन से खेलते रहे।

फिर उन्होंने उसके फ़ोन को ऑन कर दिया।

"कुछ दिखाना था तुमको," उन्होंने पायल के फ़ोन की तरफ़ इशारा करते हुए कहा।

"मेरे फ़ोन पर?"

"हाँ, उसी में तो।"

"अच्छा? बताओ," वह उत्सुकता से देखने लगी।

वे स्क्रीन पर उँगलियाँ नचाने लगे।

"मेरे फ़ोन का तो मुझे सब पता है—ऐसा क्या दिखाने वाले हो?" उसने असमंजस में पूछा।

वे किसी विजेता के आत्मविश्वास भरी मुस्कान के साथ बोले—

"थोड़ा सब्र करो न, अभी दिखाते हैं," उसने कॉल-लॉग खोलकर फ़ोन पायल के हाथ में दे दिया।

"यह क्या है?" वह फ़ोन को सरसरे ढंग से देखती हुई वापस उनको देखने लगी।

"मुझे नहीं, उधर देखो, तनिक ध्यान से।"

उँगली से चेतन के नम्बर की तरफ़ इशारा करते हुए उसने आगे पूछा—

"यह क्या है?"

पूनम ने फ़ोन देखा। चेतन का नाम पढ़ा। कल की तारीख़ में चेतन के तीन कॉल दिख रहे हैं।

पूनम ने ध्यान से देखा। क्या हुआ, समझ न सकी। दिखाना क्या चाहता है ये? पूछ क्या रहा है?

पायल ने उसकी तरफ़ देखा—

"ये तो चेतन के कॉल थे, तो?"

"ग़ौर से देखो। देखोऽऽ," उसने कहा।

"देख लिया, इसमें क्या है? चेतन ने कल तीन बार मुझे फ़ोन किया था; हाँ, किया था, तो?"

"इनके पैटर्न को देखो।"

"कैसा पैटर्न?"

"तुमसे वही तो जानना है। मुझे इन कॉल्स का पैटर्न समझाओ।"

"मतलब?"

"एक पैटर्न है इन कॉल्स में..."

"किस पैटर्न की बात कर रहे हो यार?"

"चलो, मैं समझाता हूँ, देखो—पहला कॉल चेतन ने किया, यह कॉल पूरे दस मिनट चला; इसके पन्द्रह मिनट बाद तुम उसे कॉल करती हो, छोटा-सा कॉल, चालीस सेकंड का, बस; और इसके बाद उसका एक बहुत छोटा-सा कॉल आता है तुम्हें, पन्द्रह सेकंड का।"

"तुम मेरे कॉल रिकॉर्ड चेक करते हो?"

"करना पड़ता है।"

"इतना अविश्वास?"

"विश्वास अविश्वास की बात ही नहीं। बीबी सुन्दर हो और मूर्ख भी, तो हसबैंड को सतर्क रहना ही पड़ता है।"

"मूर्ख लगती हूँ मैं?"

"अब तो बहुत होशियार हो गई हो, चालाक भी; चेतन जैसे लोग भोली-भाली लड़की को भी चालाक बना सकते हैं।"

"लड़की नहीं, औरत; मैं औरत हूँ।"

"चलो, औरत ही सही।"

"औरत बनने की प्रक्रिया में लड़की जिन अनुभवों से गुज़रती है वे उसे भोला नहीं रहने देते।"

"तो स्वीकार करती हो न कि तुम बिगड़ गई हो?"

"तुम इसे बिगड़ना कहो, मै कहूँगी कि हाँ, अब मैं न तो भोली रही, न मूर्ख। बिगड़ी नहीं हूँ, समझदार बन गई हूँ।"

"चेतन ने बना दिया?"

"सबने, तुमने भी!"

वह उसे घूरकर देखता रहा।

"याद रखना, कितनी भी समझदार हो जाओ, मैं हमेशा तुमसे ज़्यादा समझदार निकलूँगा।"

"वह तो तुम हो ही; पर तुम्हारी यह समझदारी मैं समझ नहीं पा रही?" पायल ने फ़ोन की तरफ़ इशारा करते हुए कहा।

"क्यों? बड़ा सिंपल-सा पैटर्न है।"

"किस पैटर्न की बात कर रहे हो?"

"बताता हूँ न। देखो, ये तीनों कॉल्स कल सुबह दस बजे के आसपास के हैं; है न?...अब एक कहानी सुनो।"

"कहानी?"

"कहानी ये है; तुम दस बजे ऑफ़िस पहुँचती हो और पाती हो कि चेतन आज नहीं आया है। तभी उसका कॉल आता है; पहला कॉल, लम्बा, पन्द्रह मिनट का। वह बताता है कि पत्नी को अचानक ही मायके जाना पड़ा है। वह अभी उसे बस में बिठाकर घर लौटा है।"

पायल हँसने लगी। ग़ज़ब का आदमी है ये भी!

"वाह यार, ग़ज़ब कहानी गढ़ लेते हो..."

"...पहले सुनो तो, पूरी सुन लो पहले। इंटरप्ट मत करो।"

"सॉरी, सॉरी, बताओ, पूरी बता लो।"

"...तो वह अपने घर में है। एकदम अकेला। वह इस लम्बी कॉल में बताता है कि मौक़ा बढ़िया है, तुम दस मिनट में फटाफट बिल्डिंग से नीचे आ जाओ, मैं तुमको वहाँ से लेता हूँ। ऑफ़िस छोड़कर कैसे आ सकती हूँ मैं? तुम कहती हो। वह तुमको कन्विंस करता है; लम्बी बातचीत के बाद मान जाती हो तुम। तय होता है कि वह अपनी कार से दस मिनट बाद तुमको नीचे से पिक-अप कर लेगा। डिस्कशन लम्बा चलता है सो पहला कॉल पन्द्रह मिनट लम्बा हो जाता है, ठीक?"

वह आश्चर्य से सुन रही है उसे।

कमाल की सोच है इसकी! कोई इतना अंटशंट भी सोच सकता है?

"फिर क्या करती हूँ मैं?" उसने व्यंग्यपूर्वक पूछा।

वह बोलता गया—

"इसके ठीक बारह मिनट बाद तुम उसे चालीस सेकंड का छोटा-सा कॉल करती हो, रिकॉर्ड में दर्ज है वो भी।...देख लिया?"

"इस छोटे कॉल में उससे क्या कहा मैंने, यह भी बता दो?"

"पहले एक लम्बा कॉल, फिर यह छोटा कॉल, पैटर्न बताता है कि नीचे उतरकर तुमको जब वो कहीं दिखा नहीं तो तुमने यह शार्ट कॉल किया कि मैं तो नीचे आ गई हूँ, तुम कहाँ हो?"

पायल चकित है कि फ़ोन कॉल्स के समय के हिसाब से ऐसे निष्कर्ष भी निकाले जा सकते हैं!

वह चकित होकर देखती रह गई परन्तु वह बोलने में मग्न रहा—

"अब आगे भी क़ॉल का पैटर्न देखो। ये क्या बताता है? एक्जेक्टली वही हुआ होगा जो मैं बता रहा हूँ। सब एकदम स्पष्ट है; पहले लम्बे कॉल के बाद दस मिनट में ही तुम नीचे आती हो, वो कहीं दिखता नहीं। तुम दो मिनट इन्तज़ार करती हो, फिर बेचैन होकर फ़ोन लगाती हो उसे। चालीस सेकंड बात होती है।... यार, तुम ग़लत साइड पर आकर खड़ी हो गई हो।...नहीं, मैं तो वहीं खड़ी हूँ जहाँ हमेशा खड़ी होती हूँ? तुम कहाँ हो?...वह कहता है कि अब तुम वहीं खड़ी रहो जहाँ खड़ी हो; मैं ही वहाँ गाड़ी ले आता हूँ।...तो यह हुआ तुम्हारा छोटा-सा कॉल जो रिकॉर्ड के हिसाब से तुमने चेतन के पहले लम्बे कॉल के ठीक बारह मिनट बाद उसे किया। ठीक!...अब समझे न कि पैटर्न क्या है?"

"इसी पैटर्न की बात कर रहे थे तुम?"

"हाँ, यही..."

"...और यह उसका आख़िरी कॉल, बीस सेकंड का; तनिक उसकी कथा भी सुना देते महाराज?" उसने हँसकर पूछा।

"वह तो सेल्फ़ एक्सप्लेंड है; चेतन गाड़ी घुमाकर वहाँ आता है और तुम दूसरी दिशा में देख रही हो। वह हॉर्न मारता है, तुम नहीं मुड़तीं; वो यह कॉल करके बताता है कि वह सड़क के उस पार खड़ा है, पीछे पलटकर देखो—यह है बीस सेकंड के कॉल की कथा, अब बोलो?"

"मैं क्या बोलूँ? मेरी तो बोलती बन्द है यार! तुम तो जादूगर हो। सब कुछ जादू से देख-सुन लेते हो..."

"...जादू से नहीं, सहज वृत्ति से।"

"तो क्या कहती है तुम्हारी सहज-वृत्ति; कि वह मुझे अपने घर ले गया होगा, है न?"

"ज़ाहिर है..."

"फिर मैंने उसके बेडरूम में वह सब किया होगा जो तुम फैंटेसाइज करते हुए अक्सर मुझे सुनाते रहे हो?"

"हाँ, क्यों नहीं? किया ही होगा; मुझे न बताओ, वो अलग बात है," तानाशाह पूरे विश्वास के साथ बोल रहा है।

कैसा आदमी है यह! इतना शक!

"और जो मैं तुमको सब कुछ सच-सच बता दूँ तो?" उसने पति की आँखों में आँखें डालकर कहा।

"सच बता दोगी तो मैं तुमको माफ़ कर दूँगा," उसने किसी बादशाह के ठसके से कहा जो अपराधी को जान की अमान देने का आश्वासन दे रहा हो।

छि:! इसे आदमी भी कैसे कहें!

"यार, तुम पगला गए हो।"

"सच बोलते-बोलते अचानक अपनी बात क्यों बदल दी तुमने, बोलो न? मैं सच सुनने को तैयार हूँ।"

"अपनी फ़ैंटेसी मेरे मुँह से सुनने को बेताब हो; है न?"

"फ़ैंटेसी नहीं, सच, पूरा सच।"

"तो एक बात कहूँ; सिंसियरली, तुम गहरी प्रॉब्लम में हो। सेक्स के दौरान बार-बार इस तरह की फ़ैंटेसीज सोचते-सोचते तुम इनसे इतने एकाकार हो गए हो कि तुमको होश ही नहीं कि फ़ैंटेसी कहाँ तक है, और सच कहाँ तक; ये कहाँ अलग होते हैं, तुम भूल गए हो। किसी साइकैट्रिस्ट को कंसल्ट करो।"

वह उसका चेहरा देखने लगा।

यह मेरी भोली-भाली पायल नहीं, चेतन की पट्टी-पढ़ाई हुई औरत बोल रही है!

"यार, तुम तो कुछ ज़्यादा ही समझदार हो गई हो!" उसने कहा।

"समझदार हुई नहीं, बना दी गई, तुमने बनाया, तुमने, तुम्हारी ऐसी ही हरकतों ने। पर अब मुझे चिन्ता हो रही है। गम्भीर प्रॉब्लम है तुमको। मुझे लेकर पैरानायड हो रहे हो और अपनी सेक्स फ़ैंटेसीज को सच समझने लगे हो।"

"पैरानायड? मैं? बहुत ख़ूब! पहले मुझे पागल साबित कर दो और फिर इसकी आड़ में रंगरेलियाँ करो, है न?"

"नहीं, ऐसा कोई इरादा नहीं मेरा। बस, चिन्ता है तुम्हारी," पायल ने गहरे सरोकार से कहा।

"चिन्ता करतीं तो यह सब न करतीं।"

"मैं ऐसा क्या कर रही हूँ? दफ़्तर जाना बन्द कर दूँ?"

"नहीं, ये वाला काम बन्द कर दो।"

"अब इन कॉल्स का सच सुनोगे?"

"हाँ, पर सच बताना, मैं माफ़ कर दूँगा।"

"बताती हूँ, फिर तुम बताना कि माफ़ी किसे माँगनी चाहिए?"

"मैं कुछ ऐसा नहीं करता कि माफ़ी माँगनी पड़े।"

"पहले सुन तो लो।"

"चलो, तुम्हारी कहानी भी सुन लें।"

"कहानी वो थी जो तुमने कही, मैं उसका सच बताऊँगी।"

"ज़रूर बतलाओ।"

वह उसके हर उत्तर को ख़ारिज करने को तैयार बैठा है।

वह बतलाने लगी—

"...कल जब मैं ऑफ़िस पहुँची तो पता चला कि चेतन ने अचानक छुट्टी ले ली है जबकि उसके पास कुछ अर्जेंट फ़ाइल्स थीं जो मुझे तुरन्त चाहिए थीं। ऑफ़िस से कहलवाया गया तो उसका लम्बा कॉल आया मुझे, पहला, पन्द्रह मिनट वाला।"

"वो तुमसे पन्द्रह मिनट तक छुट्टी माँगता रहा? वाह!"

"नहीं, वह बताता रहा कि उसकी पत्नी बाथरूम में गिर गई। बताने लगा कि डॉक्टर को कॉल किया है। इसके बाद मैंने उन फ़ाइल्स का पूछा। उसने रात में बैठकर पाँचों फ़ाइल्स कम्पलीट कर ली थीं। बोला कि वह अभी किसी के हाथों भिजवा देगा।...इस बातचीत में पन्द्रह मिनट लग सकते हैं न?"

"और इसके बाद? तुम्हारा वो शार्ट-कॉल?"

"वो कट्सी कॉल था। तब मैंने उसकी पत्नी का हाल ठीक से पूछा नहीं था, बाद में लगा कि मुझे पूछना चाहिए था।...मैंने लगाया तो फ़ोन उसके बच्चे ने उठाया। मैंने उसी से उसकी माँ का हाल पूछ लिया। उसने बताया कि मम्मी ठीक हैं अब।"

"वाह, बढ़िया कहानी है!"

"पूछना ग़लत था क्या?"

"नहीं, एकदम दुरुस्त था।...फिर चेतन का आख़िरी कॉल, बीस सेकंड वाला?"

"उसके बेटे ने बताया होगा उसे कि मैंने कॉल किया था तो उसने थैंक्स देने के लिए वह कॉल किया—बस, थैंक यू मैडम फॉर इनक्वायरिंग एबाउट माई वाइव्स हेल्थ, नाउ शी इज़ फ़ाइन वाला छोटा-सा कॉल।"

पायल ने यह सब इतने आराम और कॉन्फ़िडेंस से कहा कि एक बार तो रस्तोगी जी का मन भी हो आया कि इस कहानी को सच मान लें!

कितनी सहजता से सब कुछ छुपा ले गई यह!!

"तुमने तो नरेटिव ही बदल दिया यार!" उसने पायल से कहा।

"नहीं, सही नरेटिव यही है।"

"मेरा नरेटिव भी तो सच हो सकता है?"

"हाँ, हो तो सकता था, पर है नहीं।"

"यह तो तुम कह रही हो..."

"मैं ही तो कहूँगी; मेरा सच और कौन कहेगा?"

"वह तो एक कहानी सुना दी तुमने। अब मुझे सब कुछ सच-सच बताओ।"

"फिर तुम ही यह सच खोजते रहो, मिल जाएगा।"

"कैसे मिलेगा?"

"रतजगा कर करके सच खोजते हो, क्यों न मिलेगा?"

"सच तो मिल गया, तुम ही मानने को राज़ी नहीं।"

"क्योंकि वो सच नहीं।"

"सच वही है।"

"नहीं है।"

"जल्दी ही दिखा दूँगा, विद सुबूत..."

"मुझे उन सुबूतों का इन्तज़ार रहेगा।"

वह देर तक पायल का चेहरा देखता रहा। इसके चेहरे पर पछतावे की छाया तक नहीं! हद है!

तभी उसने घड़ी देखी।

समय हो रहा था। बादशाह का भाषण आता ही होगा।

उसने रिमोट उठा लिया। टीवी पर अभी न्यूज़ चैनल के प्रस्तोताओं के शुरुआती चोचले चल रहे हैं।

"शर्म आती है, मेरा हसबैंड छुप-छुपकर कॉल लॉग्स चैक करता है, मेरी जासूसी..." पायल बड़ड़ाती रही।

"जासूसी नहीं, चिन्ता; चिन्ता करता हूँ। दुनिया बहुत..."

"...ख़राब है, यही न?"

कहकर व्यंग्यपूर्वक हँसने लगी वह।

बादशाह का सम्बोधन शुरू हो रहा है और वो हँसे जा रही थी। तानाशाह ने उसे मौन रहने का इशारा किया कि पहले बादशाह की बात सुन ली जाए।

वह हँसकर बोली, "अभी बादशाह भी जनता से यही कहने वाला है, मैं तुम्हारी बहुत चिन्ता करता हूँ...बादशाह तो चिन्ता करता ही है...जनता तानाशाह की चिन्ता का सच जानती है और, मैं भी।"

तानाशाही आपने देखी ही कहाँ है यार!

[चाँद का मुँह आज फिर टेढ़ा है]

दो दिन हुए, एक अपराध हो गया उसके हाथों।

तानाशाह ने तुरन्त सज़ा भी दे डाली।

वही सज़ा चल रही है। कब ख़त्म होगी, पता नहीं। सब पूनम के मूड पर निर्भर करता है। अपराध एक तरह से संगीन ही था। पूनम द्वारा निर्धारित दाम्पत्य का अपना ही पीनल-कोड है। कुछ बातों पर संगीन अपराध की धारा लगती है; कुशल ऐसी ही ग़लती कर बैठा था। कड़ी सज़ा तो लाज़िमी थी।

कुशल हमेशा कुछ ग़लती कर ही बैठता है। पिछली सज़ा से सीखता ही नहीं। कुत्तों को भी ट्रेनिंग दो तो वे एक से एक कठिन करतब सीख जाते हैं, तुमको तो मानवदेह प्राप्त हुई है पतिदेव, फिर तुम ये क्या कर डालते हो? ऐसी ग़लती कोई हसबैंड कैसे कर सकता है? यही है तुम्हारा प्रेम? ये प्रेम नहीं श्रीमान, इसे घास छीलना कहते हैं! प्रेम के बुनियादी उसूल ही पता नहीं तुमको!

शादी के पहले तो छोटी-छोटी डेट्स भी याद रखा करते थे, अब?

तुम कैसे भूल गए यह इम्पोर्टेंट डेट? दाम्पत्य की इतनी महत्त्वपूर्ण तारीख़ को तुम कैसे भूल सकते हो यार?

इस तरह तो एक दिन पूनम को भी भूल जाओगे? कल पूछने लगो कि आप कौन; आपको कहीं देखा तो है, ऐसा कहने लगो तो?...अब मैं पूरा जान गई हूँ तुमको।... भूल गए, दो साल तक हाथ जोड़े-जोड़े मेरे पीछे भागे हो, प्लीज़, प्लीज़ करते?... शादी के लिए कैसे बेताब थे, मानो जान निकल रही हो! और अब? इतनी महत्त्वपूर्ण तारीख़ भूल गए?...और कहते हो कि माफ़ कर दूँ?...ये कहते हुए शर्म नहीं आई? और कोई कब तक, किस-किस बात के लिए माफ़ करे!

अच्छा समझाओ कि परसों की तारीख़ कैसे भुला दी?

तुमने कभी एक कार्ड देकर इसी को 'दुनिया के इतिहास' की सबसे महत्त्वपूर्ण तारीख़ बताया था—पता नहीं, फील करके लिखा था या टीप-टापकर लिख मारा था; फील करके लिखते तो भूलते नहीं। इधर मैं ही मूर्ख थी, रात से प्रतीक्षा थी कि सुबह हो और तुम मुझे अच्छा-सा किस करो, सुन्दर सा कार्ड दो, गुलाब का बुके दो, छोटी-मोटी ही सही, बढ़िया सी कोई गिफ़्ट दो; और तुमने क्या किया?... सुबह उठे, वही रूटीन वाली गुड मॉर्निंग और जनाब सीधे टायलेट में!...कुछ याद ही नहीं!!...काम पर भी निकल गए।...मैं वाच करती रही, शायद जाते-जाते ही याद आ जाए इस आदमी को; पर तुम तो अपने में ही मस्त थे।...और तुमको तो शाम तक भी इसकी याद नहीं आई। दफ़्तर जाकर अपनी रंगरेलियाँ में लग गए।...वो तो घर लौटने पर जब मुझे चुप देखा, तना हुआ चेहरा देखा, मेरी शक्ल देखी तब तुमको रियलाइज हुआ कि क्या कर बैठे हो! फिर तुम किसी बहाने से दोबारा घर से निकले, बाज़ार जाकर बड़ा सा बुके, केक, कार्ड और महँगा परफ़्यूम लेकर घर आ गए और लगे मेरी लल्लो-चप्पो करने; पर अपराध तो हो चुका था, मर्डर के बाद लाश को वापस ज़िन्दा तो नहीं कर सकते न और तुम वही करने की कोशिश कर रहे थे।

...तुम यह तारीख़ भूल ही कैसे सकते हो यार, कैसे?

...यही तो वह डेट थी जब तुमने मुझे प्रपोज किया था और मैंने तुमको 'हाँ' कहा था। हमारी 'प्रपोजल डेट!' हमारे जीवन की इतनी इम्पोर्टेंट डेट; कैसे भूल सकते हो तुम यार, कैसे? इसे दुनिया की सबसे महत्त्वपूर्ण तारीख़ बताने का नाटक करते हो और भूल भी जाते हो?

यह सोचकर ही काँप जाता है कुशल कि अगर उसने समय रहते ग़लती रियलाइज न की होती; जाकर उसी समय गिफ़्ट और कार्ड न लाया होता तो सोचो कि यह और भी कितना बड़ा हादसा साबित होता? सीधे मृत्युदंड टाइप कुछ सज़ा मिलती तब तो। वो तो घर लौटते ही याद आ गया और वह भागकर बाज़ार पहुँच गया तो बाल-बाल बच गया। उसको बौखलाया देखकर दुकानदार पूछने लगा कि तबीयत तो ठीक है न भाई साहब? कहने लगा, इस कुर्सी पर बैठ जाएँ, पानी-वानी पी लें! उसने थैंक्स कहा, गिरते-पड़ते सब कुछ उठाया, फटाफट घर लौटा, 'हैप्पी प्रपोजल-डे' कहकर पूनम को ज़ोर से हग और किस किया जिसे उसने कृपापूर्वक करवा भी लिया, दे दिया ख़ुद को उसकी बाँहों में कि कर ले तू इकतरफ़ा, अकेले-अकेले; बेहद ठंडा आलिंगन मानो बर्फ़ की सिल्ली बाँहों में आ गई हो।...बर्फ़ीली फ़ितरत से ज़ाहिर था कि सज़ा लम्बी चलने वाली है।...अब यह तीन-चार दिन तो बात ही नहीं करने वाली, फिर एकाध दिन जवाब तो देगी पर सीधे मुँह नहीं, फिर एक-दो दिन बेहद ठंडे ढंग से देगी, उसे रह-रहकर घूरती रहेगी, बोलेगी नहीं, बोलेगी तो व्यंग्यात्मक रिमार्क्स करेगी—और यह सब उसे बिना किसी ना-नुकुर या प्रतिरोध के सुनना होगा; फिर सातवें-आठवें दिन वह अचानक ही पिघल जाएगी, मुस्कराने लगेगी, खिल जाएगी, हँसने लगेगी—कुशल की जान में जान आएगी, घर की हवा कुछ तरल हो जाएगी, श्वास आने लगेगी। हाँ, इसी बीच उसके व्यवहार से प्रसन्न हुई तो सज़ा के एक-दो दिन कम हो सकते हैं।

आज रविवार है।

सज़ा का तीसरा ही दिन है अभी।

अभी तो ठंडा मौन है। चाँद का टेढ़ा मुँह ज़्यादा ही टेढ़ा है। ऊपरी तौर पर घर पहले जैसा ही चल रहा है, सब काम हो रहे हैं, पर बेआवाज़—वह बोल नहीं रही; चेहरे पर ऐसे भाव हैं कि आसपास हो तो एक आँच महसूस होती है मानो सतह के नीचे लावा उबल रहा हो!

यह अब पाँच-छह दिन तो चलेगा ही।

पर आज क्या करे वह?

बादशाह का सम्बोधन सुनने की उत्कंठा उसे भी है जैसी सारे देश को है, पर कैसे सुना जाए?

टीवी ऑन करना कहीं टाइम बम का ग़लत तार खींचने जैसा न हो जाए!

वैसे भी पूनम को पॉलीटिकल प्रोग्राम्स देखना पसन्द नहीं। और बादशाह को वह बिलकुल पसन्द नहीं करती; कहती है कि इसका सब कुछ फेक है! नहीं, वो टीवी ऑन नहीं करेगा। उसने हाथ का रिमोट धीरे से वापस रख दिया।...

पूनम ने उसे रिमोट छूते हुए देखा तो नहीं?...उसने आसपास के माहौल का जायज़ा लिया। राहत की बात थी कि पूनम अभी बेडरूम से नहीं निकली है।...वह चैन की साँस लेकर सोफ़े पर पसर गया। अब किसी दोस्त से ही पूछेंगे, वही बताएगा कि बादशाह ने क्या बोला?

वह अचानक ही कुछ सोचकर मुस्कराने लगा; लोग फ़ालतू ही बादशाह को तानाशाह कहते रहते हैं, कैसी तानाशाही यार, वो भी कोई तानाशाही है! तुम लोगों ने तानाशाही देखी कहाँ है यार? न तो तुमने तानाशाह ही देखा है, न तानाशाही। इसका मतलब कोई उससे पूछे!

वह अकेले बैठे-बैठे ही इस चुटकुले पर मुस्करा रहा था कि सँभल गया और मुँह लटकाकर चुपचाप बैठ गया। कहीं वह उसे मुस्कराता देख लेती अभी तो?

और इधर पूरे देश में खलबली

[बहस के बुलबुले और औक़ात में लहर]

बादशाह ने अभी घोषणा नहीं की है परन्तु सब तरफ़ खलबली है।

यह देश खलबली से जीवन रस ग्रहण करने का आदी हो चला है; ख़ुद को कोड़े लगाकर आनन्द लेने वाला मैसोकिस्ट। देश को नशा है खलबली का। वैसे कोई खलबली यहाँ लम्बी नहीं खिंचती; चार दिन बाद उसका कोई नामलेवा नहीं रहता, खलबली का नामोनिशां नहीं बचता; देश ऐसा हो जाता है मानो यहाँ कुछ हुआ ही न हो! हाँ, जब तक रहती है, दिल खोलकर रहती है खलबली; लोग तबीयत से खलबलाते हैं, डटकर बहस करते हैं; बहस जितनी निरर्थक हो उतना ही मज़ा लेते हैं।

यहाँ हर हलचल सतही होती है, उथली बहस, उथले तर्क, उथली खलबली; सतह पर खलबली के बुलबुले बनते-फूटते हैं। बहस कैसी भी गम्भीर हो, मुद्दे कितने भी क्रान्तिकारी लगें, होते वे बुलबुले ही हैं; पहले वे ढेर सारे होते हैं, तेज़ आवाज़ के साथ फूटते हैं; बाद में वे कुछ कम उठते-फूटते हैं; फिर सब एकदम बैठ जाते हैं, बहस का झाग भी बैठ जाता है; अन्ततः सतह ऐसी शान्त हो जाती है कि वहाँ खलबली का एक बुलबुला नज़र नहीं आता।

घोषणा कल सुबह होगी पर खलबली आज से है, और ज़बरदस्त है।

सब तरफ़ झाग ही झाग। बेमतलब बहस के बुलबुले। कयास का झाग। बातों का कचरा। नाली बह निकली है। सड़क पर कीचड़ है। सारे काम बन्द हैं। बस, खलबली और खलबली। लहर जैसा कुछ नहीं, बुलबुले हैं, बुलबुले ही बुलबुले;

ऐसा कुछ नहीं कि बहस किनारा तोड़कर बह निकले। देश खलबली को खलबली तक ही सीमित रखने की कला सीख गया है। कोई खलबली लहर में तब्दील नहीं होने पाती है। देश किसी भी मुद्दे को लहर नहीं बनने देता; बने उससे पहले ही, हर खदबदाते मुद्दे में निरर्थक बहस की पिन गड़ाकर हवा निकाल देता है उसकी। देश में अनुशासन है। यहाँ लहर को भी अपनी मर्यादा का पता है।

दबाव बनने से पहले ही बहस के वॉल्व खुल जाते हैं; और दबाव ख़लास।

तानाशाह को ऐसी नपुंसक खलबली बड़ी पसन्द है।

यही लोकतंत्र की परिभाषा है उसकी; लोकतंत्र जिसमें नपुंसक असहमतियाँ खुलकर व्यक्त की जाएँ, ऐसी असहमतियाँ जो सहमति की बड़ी बहन जैसी हों; इससे लोकतंत्र और असहमति, दोनों का टोटका पूरा हो जाता है और लोकतंत्र के तानाशाही स्वाँग को वैधता मिलती है। नियंत्रित खलबलियाँ बड़ी माकूल हैं तानाशाह के लिए; बुलबुले तमीज़ से उठें, लहरें औक़ात में रहें। कहने की आज़ादी ख़ूब है, सुनने का कोई सिस्टम ही नहीं; लोग बोलते रहते हैं, सुनता कोई नहीं। बहस होती हैं फिर बहस करनेवाले वहाँ से उठकर कहीं और बहस करने निकल जाते हैं, बस। बहस यहाँ बिना घोड़े और बिना पहिये का रथ है। करो बहस। बोलो। चिल्लाओ। भाड़ में जाओ। कब तक बोलोगे तुम?...बोलते रहो स्सालो!...बुलबुले फूटते रहते हैं। दुनिया देखे कि यहाँ खलबली को दबाया नहीं जाता।

उसी तरह की खलबली है देश में सब तरफ़, कल से।

लोग टीवी, मोबाइल और बतकहियों में समय काट रहे हैं कि कब दस बजे। खचाखच भरे दरबार के विजुअल्स हर टीवी पर हैं। हुज़ूर आए ही समझो।

बादशाह की प्रतीक्षा है।

दरबार में दरबारी टाइप हलचल है।

अंगरक्षकों ने पोजीशन ले ली है।

बादशाह आज कौन सी विशेष पोशाक धारण करके आने वाला है; उसके कपड़े, तागे, कढ़ाई और रंग आदि के बारे में बताते हुए टीवी एंकर गद्गदाए जा रहे हैं। बता रहे हैं कि पोशाक भव्य होगी परन्तु 'बादशाह उसमें भी बहुत अपना-सा लगेगा, यही विशेषता है बादशाह की'—बता रही है एक ख़ूबसूरत एंकर।...ऐसी पोशाक डिज़ाइन करना आसान नहीं जो आतंकित करने की हद तक भव्य हो पर ख़ूब आत्मीय लगे; विशेषज्ञों की एक टोली रात-दिन काम करती है इसके लिए; पोशाक ही नहीं, बादशाह का उठना, बैठना, मुस्कराना, तनना, हँसना, ऊँघना, आँखें खोलना, चाल-ढाल, बच्चों के गाल थपथपाना, बूढ़ों के समक्ष गद्गद प्रणाम, सही जगह पर आँसू ला देना, उचित अवसर पर गला भर आना

आदि सब कुछ तय करती है यही टीम। तानाशाह को प्रजा का आत्मीय बनाकर पेश करना आसान काम नहीं है भाई साहब; इसका भी एक बाज़ार है दुनिया में। 'लोकतंत्र में तानाशाही' और 'तानाशाही में लोकतंत्र' के खेल की बुनियादी शर्त है कि हत्यारे भी मासूम नज़र आने चाहिए!

दरबार प्रतीक्षा में व्याकुल है पर बादशाह को विलम्ब हो रहा है क्योंकि डरावने चेहरे को मासूमियत देने वाला मेकअप समय तो लेता है।

भाग : चार

घोषणा और उसके बाद

घोषणा

[कि सकते में आ गया देश और दरबार]

बादशाह हुज़ूर कितने ख़ूबसूरत लग रहे हैं, है न?

दरबारी उत्साहित हैं। अति उत्साहित।

ज़ोरदार तालियाँ ठोंकते हुए पड़ोसी दरबारी ने पास खड़े नन्हे सिंह कारिन्दे की तरफ़ झुककर कहा कि बादशाह सलामत कितने ख़ूबसूरत...। करतल ध्वनि इतनी भारी थी कि उसने सुना नहीं।

बादशाह सलामत पधार गए हैं।

दरबार तालियों से गूँज रहा है; छत नहीं उड़ी तो बस इसीलिए कि बादशाह बुरा मान जाएगा! अनवरत तालियाँ। गगनभेदी शोर। तड़-तड़, तड़-तड़। चटाचट चटाचट। आज रास्ते में कहीं गोल मुँह की हवा टकरा जाए जो जानिएगा कि दरबार से सीधे चली आ रही है, दरबार से आ रही हवा के गाल अक्सर सूजे हुए मिलते हैं। इतनी तालियाँ, जयकारों का ऐसा तुमुल नाद कि ध्वनि तरंगें अगर जगह घेरती होतीं तो अभी यहाँ भगदड़ का माहौल होता, एक-दूसरे पर चढ़ती, रौंदती हुई तालियाँ दरबार में धक्का-मुक्की करती दीखतीं!

बादशाह को समारोहपूर्वक मंच तक लाया गया।

तालियाँ बजती रहीं।

उसके सिंहासन पर बिराजते हुए तो वो विकट तालियाँ बजीं कि पागलों सी अपने ही कपड़े फाड़ने लगीं। नंगी-अधनंगी तालियों के हुजूम ने दरबार हॉल पर क़ब्ज़ा कर लिया। पागल तालियाँ छाती कूट रही हैं, गुलाटियाँ मार रही हैं, हर तरफ़ पत्थर सन्ना रही हैं; तालियाँ खूँटा छोड़कर सब तरफ़ कुदक्कड़ मचा रही हैं। सिंहासन पर बिराज गए बादशाह को तालियों ने अपनी हथेली पर उठा लिया, वहीं बैठकर वो सारे दरबारियों को गद्‌गद होकर देख रहा है; उसे तालियाँ बन्द होने की प्रतीक्षा ज़रूर है पर उसका मन यही है कि तालियाँ ताज़िन्दगी बन्द न हों; बहुत आश्वस्त करती हैं उसे ये।

...टीवी के दसों कैमरे अभिभूत होकर तालियों के इस ऐतिहासिक जुनून को दर्ज कर रहे हैं। तालियों में सराबोर, चापलूसी के कीचड़ में सने दरबारियों के चेहरों पर कैमरे लगातार घूम रहे हैं; ये कुछ अलग से चेहरे हैं; अलग तरह से चिकने, अलग तरह से बेशर्म, अलग तरह से आत्मविश्वासी, निरपेक्ष क़िस्म के आत्मीय पर अलग से अपरिचित, अलग से ख़ूबसूरत पर अलग ही डरावने, अलग तरीक़े से घाघ और कुछ अलग ही तरह से शिकार को आतुर बनैले सूअर जैसे; देश भर के टीवी स्क्रींस पर ये चेहरे घूम रहे हैं। सब गड्डमड्ड हैं।

तालियाँ रुकें तो बादशाह उद्बोधन शुरू करे। पर उन्हें रोके कौन? किसकी हिम्मत कि ख़ुद से ताली बजानी बन्द कर दे? दरबारी एक-दूसरे पर तिरछी नज़र रखे हैं; कोई और बन्द करे तो हम भी करें पर वह 'कोई और' कौन होगा? फिर? तुमुल नाद के बीच बादशाह स्वयं ही सिंहासन से उठा।

बेहद गद्गद, बड़ा ख़ुश; तालियाँ सुनकर उसे कुछ हो जाता है—वह मानो आसमान में उड़ने लगता है; जब तक तालियाँ मारने को लालायित लोग मौजूद हैं, उसकी तानाशाही सुरक्षित है। वह उठकर आगे आया। मंच के किनारे आकर वो दरबारियों की भीड़ को निहारता रहा; अब तो सब पगला ही गए; तालियाँ और तेज़, ज़िन्दाबाद और ज़ोर से, अमर रहें, अमर रहें के झंझावात। वो देर तक मंच पर वहीं खड़ा रहा, फिर उसने बनावटी विनम्रता से गचागच बड़ा शालीन और आत्मीय नमस्कार किया; दरबारी तो पगला ही गए! वे और भी ज़ोर से तालियाँ पीटने लगे। बन्द करने का इशारा किया तो और बजाने लगे। कुछ दरबारी तो नाचने भी लगे। नाचते हुए ताली बजाने लगे।

चाटुकारिता का सामूहिक नंगा नृत्य मनोहारी था। बादशाह अतिप्रसन्न हुआ; जी भर के देखा, जी भर मुस्कराया। वह माइक तक आया, गम्भीर आवाज़ और अपने ही निराले अन्दाज़ में सभा और देश को सम्बोधित करता हुआ बोला, 'मेरे प्यारे देशवासियो!'

तालियाँ पगला उठीं, एक-दूसरे को नोचने-काटने लगीं; बौरा गईं, बेकाबू होकर दरबारियों को रौंदते हुए वे टीवी और रेडियो के ज़रिये देश के आकाश पर छा गईं। करतल ध्वनि यदि घटा बन पाती तो आज बादल फट गए होते और चापलूसी के परनाले बह चलते, सब तरफ़।

बादशाह ने तालियाँ बन्द करने का इशारा करते हुए माइक पर कहा, "आपके प्रेम को मैं अपने सिर-माथे पर रखता हूँ..."

बाप रे! बादशाह की विनम्रता तो देखो!!

तालियाँ और तेज़ हो गईं।

अब बादशाह ने पास खड़े बेहद ख़ास आदमियों को इशारा किया। वे बड़ी तेज़ी से आगे बढ़े, फटाफट नीचे उतरे, उन्होंने तालियाँ बन्द करने का इशारा किया और इस तरह किया कि सबको समझ आ गया कि अब इस तमाशे को और आगे खींचना स्वास्थ्य के लिए हानिकारक होगा।

करतल ध्वनि शनैः-शनैः डूबने लगी।

शोर कम हुआ तो पड़ोसी दरबारी ने कारिन्दे के कान के पास दोहराया कि बादशाह आज कितने ख़ूबसूरत लग रहे हैं! उसे इस बात का माकूल जवाब देना ही होगा वरना बादशाह तक यह बात पहुँचते देर नहीं लगेगी कि वो बादशाह को ख़ूबसूरत नहीं मानता है!

"आज ही क्यों, बादशाह हुज़ूर तो हमेशा ख़ूबसूरत लगते हैं," कारिन्दे ने बता दिया कि उसमें अब भी बहुत सा कारिन्दा बकाया है।

कहने को उसने यह बात कह दी पर उसे लगा कि वह कीचड़ में बुरी तरह से लिथड़ गया है। कीचड़ सब तरफ़ था। कीचड़ ही कीचड़। हर चेहरा चापलूसी में लिथड़ा। दरबार के संगमरमरी फ़र्श पर आडम्बर और चापलूसी का चिपचिपा कीचड़ बह रहा था। यही कीचड़ सबकी पीठ पर, बोल में, भाव में, मुद्रा में। कीचड़ अब उसकी आत्मा में घुसे जा रहा था।...हम इसी कीचड़ का हिस्सा हैं। हम कीचड़ ही हैं, साक्षात कीचड़।

उसे लगा कि कीचड़ उसके जूतों में घुस गया। उसने अपना पैर झटका।

"ये क्या कर रहे हो मित्र? सुरक्षाबलों की निगाह में हैं हम, गतिविधि तनिक भी सन्देहास्पद लगी तो वे हमें दूर से ही गोली मार सकते हैं।" दरबारी ने उसे लात झटकते देखा तो चेताया।

कारिन्दे ने उसे क्षमाभाव से देखा।

"बादशाह को ध्यान से सुनें मित्र! ...सम्बोधन प्रारम्भ हो गया है। हर शब्द अपनी रूह में उतार लेना है हमें..." दरबारी ने फुसफुसाकर कारिन्दे को सलाह दी।

बादशाह ने बोलना शुरू कर दिया था।

दरबार की हर ईंट मनोयोग से सुन रही है उसे। सुनो उसे। बस सुनो।

और उधर देखो, वो शख़्स क्या नोट कर रहा है?

सबके नाम नोट हो रहे हैं; बादशाह को कौन ठीक से सुन रहा है, कौन नहीं? ध्यान रखना कि तुम्हारा नाम कहीं 'न सुनने वालों' में न आ जाए; बादशाह तक सीधी पहुँचती हैं ये लिस्टें; वफ़ादारी की अहर्निश नपती चलती है, दरबार में भी, देश में भी। नाम नोट हो रहे हैं। नाम कटवाए जा रहे हैं। नाम जोड़े जा रहे हैं। हर नागरिक के सिर पर लिस्ट में आ जाने की तलवार लटकी रहती है। एकाग्रता से सुना जाए; चेहरे पर असहमति या बोरियत की झाँईं भी दिखी कि तुम गए! समझदार मुंडियाँ ज़ोर-ज़ोर से हिल रही हैं; समझदार सिर बादशाह से पूर्ण सहमति व्यक्त करते हुए 'फ्रीऽली' हिल रहे हैं मानो गरदन की जगह कोई लचीली स्प्रिंग लगी हो; रीढ़ बादशाह ने निकाल ली है और सभी ख़ुश हैं कि रीढ़ फ़ालतू ही भरपूर सहमति व्यक्त करने में बाधा पहुँचाया करती थी।

बादशाह देश को सम्बोधित है।

सबसे पहले उसने वह कहा जो हर बार कहता है—'देश की माटी, गौरवशाली परम्पराएँ, सुनहरा इतिहास, राष्ट्रभक्ति, राष्ट्र-प्रेम, शहीदों का ख़ून, बलिदान की गाथाएँ, कर्तव्यपालन का महत्त्व, सीमाओं की रक्षा, और ऐसी ही दीगर बातें;' उसका मुँह खुलने के साथ ही देशभक्ति बाहर टपक आती है ताकि आगे वो जो भी कहे, सब देशभक्ति के खाते में जाए।

इसी बीच एक सुकुमार, सजी-धजी कन्या चाँदी के थाल में काली मिट्टी ले आई। बादशाह ने सम्बोधन रोककर अपना माथा आगे बढ़ाया। बादशाह के माथे पर देश की माटी का तिलक लगाया गया। देशभक्ति और देशप्रेम प्रदर्शित करने का यह ऐसा अचूक, सरल, सस्ता और शर्तिया तरीक़ा था जो सौ बार आजमाने के बाद भी उतना ही असरदार था; असहमत नागरिक भी नाच उठता था, कमीनों तक का दिल भर उठता था। ख़ूब तालियाँ बजीं।

ख़ासी भूमिका बँध गई थी और अब मूल मुद्दे पर आया जा सकता था। बादशाह असली मुद्दे पर आया—

उसने लगभग रुँधे गले से कहा कि 'आजकल राष्ट्रप्रेम और राष्ट्रभक्ति का वह जज़्बा कहीं नहीं दिखता जो सदियों से हमारी पहचान रहा है। कभी देश का बच्चा-बच्चा, देश पर बलि-बलि जाने को तत्पर रहता था।' यह कहते हुए उसका चेहरा दमक उठा। इसी तारतम्य में वह इतिहास में कूदा, उसमें गहरी डुबकी मारकर अमर शहीदों की निहायत व्यक्तिगत लिस्ट निकाल लाया और बावला-सा होकर बताने लगा कि तब ऐसा, तब वैसा, तब न जाने कैसा-कैसा...। देर तक यह 'तब ऐसा' चला। फिर वह 'अब' पर आया।...और 'अब?'...एक नाटकीय मौन के बाद उसने एक बार फिर पूछा, 'और अब?'...सब मौन रहे।

जानते थे कि उत्तर तो बादशाह ही देगा।

"कहाँ गए वे लोग जो अपनी जान हथेली पर लेकर चलते थे?" उसने पूछा।

सब जान गए कि देशभक्ति के किसी प्रोजेक्ट की बात होने वाली है। स्पष्ट था कि उसी की भूमिका बन रही है।

बादशाह उसी दिशा में बढ़ रहा था—

...क्यों उस तरह का देशप्रेम नहीं दिखता अब?...ऐसा तो नहीं कि हम कहीं और उलझ गए हों?...कहीं इधर-उधर के प्रेम प्रसंगों में लगे होने के कारण हम मातृभूमि पर जान न्योछावर करने को दकियानूसी तो नहीं मानने लगे? हाँ, यही हुआ है। देशवासी अपनी जान अपने प्रेम सम्बन्धों पर न्योछावर करेंगे तो देश के लिए क्या बचा—बताइए?

समय आ गया है कि हम तय करें कि पहले कौन? हमारी फ़र्स्ट प्रायोरिटी क्या होनी चाहिए, देश कि प्रेमिका?

देशवासी अपना प्रेम ग़लत दिशा में चैनलाइज कर रहे हैं। यह कैसा अनर्थ है!... कैसा दिशा-भ्रम कि आप देश को ही भूल गए!...आपको राष्ट्र पर जान देनी थी और आप किसी स्त्री के लिए आत्महत्या कर रहे हैं—बताइए भला!!...आपको 'वैलेंटाइंस डे' याद रहता है, राष्ट्र की याद नहीं आती? फ़ालतू के प्रेमगीतों पर रात-रात भर नाचते हैं लोग परन्तु देशगान पर थिरकने को वे राज़ी नहीं, शर्म आती है आपको, ऐसा क्यों?...

कहाँ जा रहा है यह देश?

सभी अनुमान लगाने लगे कि बात किधर जा रही है?

वह मुस्कराया। लगाओ अनुमान। ख़ूब लगाओ। तुम सोच भी नहीं सकते जो मैं कहने और करनेवाला हूँ! उसका अपना ही तरीक़ा है बात को टेक्टफुली भटकाने का; मुद्दे पर आने से पूर्व वह इतना गोल-गोल घूमता है कि असली दिशा का अनुमान लगाना कठिन हो जाए; असल घोषणा में ज़रूर कुछ गोलमाल नहीं होता, बात एकदम स्पष्ट होती है, यही उसकी फ़ितरत है—सीधे आदेश कि यह काम होना है, बस; 'आदेश का पालन हो' वो यह भी नहीं कहता, पालन तो 'तुम्हारा बाप भी करेगा' वाले भाव से घोषणा करता है बादशाह। एक बार घोषणा कर दी तो फिर किसी विरोध, शंका या तर्क की गुंज़ाइश ही नहीं। जो कह दिया सो पालन करिए; 'जी हुज़ूर' कहकर लग जाइए काम पर। बादशाह कहे कि गड्ढे में कूदिए, तो पूछने मत बैठ जाइए कि क्यों कूदना है, हड्डी टूट गई तो क्या होगा, गड्ढे से बाहर निकालने की क्या व्यवस्था होगी, वह व्यवस्था कितनी विश्वसनीय रहेगी? पहले तो जैसा कहा गया है, वैसा करिए; गड्ढे में कूद जाइए!

और अब उसने वह घोषणा की जिसमें उस गड्ढे की तस्वीर थी जिसमें सबको कूदना था। घोषणा सुनकर दरबारी ऐसे सकते में आए जैसे वे पहले कभी आए ही नहीं थे, कुछ देर तो वे ताली बजाना तक भूल गए।

देश सकते में आ जाएगा, जानता था बादशाह; और यही सोचकर तब से मज़े ले रहा था जबसे ये क्रान्तिकारी विचार उसे सूझा। वही हुआ भी। घोषणा ने देश को हिलाकर रख दिया।...दरबार भी सकते में आ गया। टीवी कैमरामैन कैमरा घुमाना भूल गए।...दरबारी निःशब्द और भौचक्के थे। शॉक्ड, सकते में, हैरान! पर जल्दी ही दरबारी तो सँभल गए। सबने ख़ुद को फटाफट सँभाला और तालियाँ मारने लगे। पहले धीमी, धीमी, फिर तेज़, फिर और तेज़, फिर लगातार। उनको आता ही ये है।

बादशाह मौन होकर दरबार के रिएक्शन का आकलन कर रहा है।

घोषणा के बाद का क्षणिक मौन उसने नोट कर लिया है और इससे वो परम सन्तुष्ट है कि घोषणा अनुमान से इस क़दर परे निकली है कि ये हरामी तक भौचक्का रह गए; और अब वह जानता है कि तालियों में पन्द्रह सेकंड्स के विलम्ब के घनघोर पाप के प्रायश्चित्त स्वरूप ये लोग तब तक तालियाँ बजाएँगे जब तक कि उनको तसल्ली न

हो जाए कि विलम्ब को उनकी असहमति नहीं माना जाएगा! ...बादशाह देखता रहा सबको—शाबाश मेरे पट्ठो! शाबाश!!...तुमसे यही चाहिए, बिना हीलो-हुज्जत, बग़ैर कोई सवाल किये, तालियाँ, बस, तालियाँ; ज़ुबान पर बस जी-हाँ, हाँ-जी, जी जी के बोल; जी हुज़ूर कहती बॉडी लैंग्वेज; बादशाह की हर सनक से सहमति।...पीटो तालियाँ कमबख़्तो। पीटो। मैं अगर इस राष्ट्र की खाल खींचकर उसमें भूसा भरवाने की घोषणा भी कर डालूँ तब भी तुम ऐसी ही शिद्दत से तालियाँ बजाओगे, जानता हूँ मैं।

बादशाह मुस्कराते हुए तालियाँ सुन रहा है। सब सहमत हैं। उसकी घोषणा से सब सहमत हैं। और क्यों न होंगे; दरबार में रहना है कि नहीं? बादशाह ने तालियाँ बन्द कर देने का इशारा किया। उसने फिर से एक-एक शब्द को रेखांकित करते हुए संक्षिप्त में घोषणा दोहराना उचित समझा ताकि किसी से कुछ छूट गया हो तो वह ठीक से सुन ले।

बादशाह की घोषणा अक्षरश: यह थी—

'आज रात बारह बजे के बाद राष्ट्र में सम्पूर्ण प्रेमबन्दी लागू की जा रही है। अब देशप्रेम के सिवाय हर अन्य तरह का प्रेम इस देश में नाजायज़ माना जाएगा। स्त्री-पुरुष के बीच प्रेम एक गम्भीर अपराध होगा। सज़ा निर्धारण आदि का विस्तार से निरूपण अध्यादेश में उपलब्ध है।'

ये चन्द पंक्तियाँ बोलकर बादशाह मुस्कराने लगा।

वह सबकी शक्ल देख रहा था।

स्सालो, तुमने सोचा था कभी कि हम एक दिन ऐसा भी कर सकते हैं, नहीं न?...हाऽ,हाऽ,हाऽऽ!...पर कैसे सोच पाते तुम? ...कोई और शख़्स ऐसी विलक्षण बात सोच भी कैसे सकता है!...है किसी के पास ऐसी नायाब सोच? ऐसे प्रखर राष्ट्रवादी विचार? ऐसा दिमाग़? राष्ट्र-प्रेम के लिए इस हद तक जाने की कल्पना भी कर सकता है कोई? बादशाह ख़ुद पर गद्गद है। दरबारी तालियाँ मारकर गद्गद हैं।

घोषणा के तुरन्त बाद एक प्रेस कॉन्फ्रेंस रखी गई है।

इसमें बादशाह प्रेमबन्दी विषयक सभी कठिन प्रश्नों के उत्तर देगा।

घोषणा : पूरा ख़ुलासा

[चूँकि स्त्री-पुरुष के बीच का प्रेम बड़ी बाधा है देशप्रेम में]

प्रेस कॉन्फ्रेंस एक सुनहरा मौक़ा होता है मीडिया के लिए, सिंहासन का नमक भँजाने का अवसर। अब मीडिया बादशाह के काम को आगे बढ़ाएगा।

वो इस देश को बताएगा कि प्रेमबन्दी कितना क्रान्तिकारी क़दम है जिसे बादशाह जैसा दूरदर्शी शासक ही उठा सकता था; देश को दुनिया का सर्वश्रेष्ठ मुल्क बनाने की दिशा में बादशाह की छलाँग है यह।

पिट्ठू पत्रकारों को प्रश्न दे दिये गए हैं।

उत्तरों का मसौदा भी उनको मिल गया है। वही छपेगा कल सब जगह।

और अभी जो प्रश्नोत्तर होंगे, वे?

हाँ, वे तो होंगे ही; दरअसल अभी एक यहाँ प्रहसन खेला जाएगा, लोकतांत्रिक प्रहसन। इसमें सबको अपना-अपना रोल पता है। मंच सज्जा यूँ है कि बादशाह ऊँचे सिंहासन पर, पत्रकार नीचे लगी कुर्सियों पर। हर पत्रकार के सिर पर एक घाघ कारिन्दा और कुछ सुरक्षाकर्मी खड़े हैं; सबको ख़बर है कि ये कुछ भी कर सकते हैं, सक्षम अधिकारी की अनुमति और आदेश है इनको कि प्रेसवार्ता नियमानुसार चले। जिसे इशारा मिलेगा वही पत्रकार प्रश्न पूछेगा, बाक़ी चुपचाप बैठेंगे। लोकतंत्र के नाटक को सफल बनाने के लिए सभी का सहयोग अपेक्षित है।

सुरक्षाकर्मियों की गरम श्वासें हर पत्रकार की गर्दन पर हैं, याद दिलाते हुए कि गर्दन एक कोमल अंग है; इसे ककड़ी की तरह मरोड़ा भी जा सकता है! संवाद का यही समयसिद्ध तरीक़ा है तानाशाह का; वह मानता है कि प्रश्न और उत्तर के बीच गर्दन और तलवार के जैसा अन्तर्सम्बन्ध स्थापित रहे तो प्रश्नोत्तर का माहौल सौहार्दपूर्ण रहता है; किसी की हिम्मत नहीं होती कि एक प्रश्न भी उलटा-सीधा पूछ सके!

बादशाह ने सबसे पहले प्रेमबन्दी के प्रावधानों के बारे में विस्तार से बताया कि—

- आज से प्रेम एक दंडनीय अपराध माना जाएगा।
- नागरिक जिन्हें उसूलन अपना अमूल्य समय और अपार ऊर्जा राष्ट्र के लिए लगानी थी, उसे अब तक वे प्रेम में बर्बाद कर रहे थे। प्रेमबन्दी उनकी यह ऊर्जा राष्ट्र निर्माण की तरफ़ मोड़ेगी।
- स्त्री और पुरुष के बीच कोई भी ऐसी गतिविधि जो इंगित करे कि वे प्रेम में हैं, प्रेम में उतरने या दूसरे को उतारने के प्रयास में हैं, धारा अ ब स द के अन्तर्गत ग़ैर-जमानती अपराध होगा जिसे सक्षम अधिकारीगण (जिनकी सूची संलग्न है) स्वविवेक से संज्ञान में लेकर समुचित धाराओं में मर्ग कायम कर सकेंगे जिसके विरुद्ध अपील की सुनवाई केवल दरबार में हो सकेगी।
- कोई ये कहे कि वह राष्ट्र से भी प्रेम करता है और (स्त्री या पुरुष) साथी से भी तो इससे अपराध की गम्भीरता कम नहीं होगी।
- तिरछी चितवन से ताकना, झरोखे से ताक-झाँक और इशारे, चिलमन से झाँकना, एकटक घूरना, नयनों में परायी औरत की छवि बसाना आदि हरकतें धारा अ के सब-सेक्शन ब के अन्तर्गत गम्भीर अपराध माने जाएँगे।

स्व-विवेक से कर्तव्य निर्धारण कर क्लास फोर दरबारी कर्मचारी भी ऐसे अपराधी को ऑन द स्पॉट दस कोड़े, सहस्त्र मुद्राओं का जुर्माना या दोनों दंड एक साथ दे सकेंगे।...तिरछी नज़र वाले मेडिकल केसेज, भैंगे नेत्र वालों को नेत्ररोग विशेषज्ञ का सील लगा प्रमाणपत्र साथ रखना अनिवार्य होगा, अन्यथा मर्ग कायम होने के बाद प्रस्तुत मेडिकल सर्टीफिकेट अमान्य होगा। काला चश्मा पहनना अपराध छुपाने की कोशिश मानी जाएगी; इसमें चश्मा ज़ब्त करके ऑन द स्पॉट तत्काल फ़ाइन का प्रावधान होगा।

- प्रेमपत्र लिखना, प्रेमपत्र का पाया जाना, ई-मेल या व्हाट्सएप में प्रेम सन्देशों का बरामद होना धारा च छ ज के अन्तर्गत ग़ैर-क़ानूनी हथियार रखने के समकक्ष अपराध माना जाएगा। प्रेमपत्र लिखने वाला और जिसके नाम यह लिखा गया, दोनों ही अपराधी माने जाएँगे। सबक्लाज च (ब), छ (अ) के अनुसार प्रेमपत्र लिखने में प्रयुक्त काग़ज़, क़लम इत्यादि के लिए काग़ज़ विक्रेता, क़लम देने वाला दोस्त और लिफ़ाफ़ा पहुँचाने वाला कासिद भी हिरासत में लिया जा सकेगा।
- वैलेंटाइंस डे को कैलेंडर से हटा दिया जाएगा।
- वैलेंटाइन कार्ड छापने वालों को होने वाली हानि की भरपाई सरकारी ख़ज़ाने से की जाएगी।
- किसी के पास वैलेंटाइन कार्ड बरामद होना राष्ट्रद्रोह माना जाएगा।
- गुलाब का फूल प्रेम का प्रतीक है; इसकी बिक्री पर सीमित प्रतिबन्ध रहेगा। अब केवल वैध लाइसेंस-धारक किसान ही गुलाब उगा सकेंगे। गुलाबों की बिक्री का हफ़्तेवार हिसाब दरबार में देना अनिवार्य होगा।
- गुलाब पर प्रतिबन्ध होगा परन्तु काँटे उगाना और (राह में) काँटे बिछाना क़ानूनन परमीसिबल एक्ट माने जाएँगे।
- जिनके नाम में गुलाब शब्द है (यथा गुलाबो, गुलाब सिंह, गुलाब चन्द, गुलाब रानी आदि) उनको एफ़िडेविट द्वारा अपना नाम बदलवाना होगा; इनको पुराने नाम से बुलाना, पुकारना, याद करना अपराध माना जाएगा।
- आज से गुलाब की तस्वीर को अश्लील घोषित किया जाता है।
- यह आदेश दिया जाता है कि पुराने प्रेमपत्र, वैलेंटाइन कार्ड्स आदि तुरन्त से पेशतर नष्ट कर दिये जाएँ। इनका बरामद होना राष्ट्र-विरोधी साहित्य बरामद होने के समकक्ष अपराध माना जाएगा।
- आज से चुम्बन पर सख़्त प्रतिबन्ध लगाया जाता है जिसमें फ़्लाइंग किस भी शामिल हैं।
- प्रस्तावित है कि शीघ्र ही देश के वैज्ञानिक होंठों में इम्प्लांट करने हेतु माइक्रो-चिप बनाएँगे जिनको लगवाना समस्त नागरिकों के लिए अनिवार्य होगा।

चुम्बन लेते ही यह चिप, अपराध की सूचना हेडक्वार्टर को इतनी त्वरित गति से भेजेगी कि जब तक नागरिक चुम्बन-क्रिया से फ़ारिग होगा तब तक सुरक्षाबल के सदस्य दरवाज़ा तोड़कर उसको रंगे हाथों गिरफ़्तार भी कर चुके होंगे।

- आहें भरना, यादों में डूबना, ख़यालों में खोए रहना, किसी को अपनी जान मान लेना और किसी को अपना ख़ुदा बना लेना दंडनीय अपराध होगा; इस पर, देखते ही 'ऑन द स्पॉट' पचास कोड़े मारे जाएँगे। दोबारा पकड़े जाने पर दुगने कोड़ों का प्रावधान होगा।
- हर नागरिक केवल देश से प्रेम करेगा। बादशाह सलामत देशप्रेम पर नियमित प्रेरक सन्देश देंगे जिसे हर टीवी और रेडियो स्टेशन अनिवार्य रूप से प्रसारित करेगा; हर नागरिक अनिवार्य रूप से इनको सुनेगा; उस वक़्त कोई कुछ और सुनते मिला तो उसकी चमड़ी उधेड़ दी जाएगी।
- कोड़ा निर्माण को लघु उद्योग का स्टेटस दिया जाएगा। इसके प्रोत्साहन हेतु उचित सब्सिडी नीति घोषित होगी ताकि राष्ट्र में पर्याप्त कोड़ों की उपलब्धता सुनिश्चित हो। कोड़ों की कमी के कारण कोई नागरिक बिना कोड़ा खाए रह जाए, ऐसा नहीं होगा।
- स्त्री और पुरुष केवल शादी करेंगे और देशभक्त सन्तानें पैदा करेंगे। इसके अतिरिक्त उनके बीच अन्य कोई और प्रेम सम्बन्ध की भनक भी पड़ने पर न केवल दोनों को गिरफ़्तार कर लिया जाएगा बल्कि शादी करानेवाले पंडित को भी जेल भेज दिया जाएगा।
- प्रेमगीत गाने वालों की जुबान काट ली जाएगी।
- प्रेमगीत रचने वालों की क़लम तोड़ दी जाएगी और उसी स्याही से मुँह काला करके पूरी बस्ती में घुमाया जाएगा।
- प्रेमगीत विस्फोटक सामग्री की लिस्ट में शामिल माने जाएँगे।
- हमारे ख़ुफ़िया सिपाही अति-संवेदनशील वॉयस-रिकॉर्डर लेकर गलियों में नियमित गश्त करेंगे; इश्क़ में भरी हल्की-सी आह, प्यार की धीमी सी फुसफुसाहट और ऐसी ही दीगर छोटी-मोटी गुफ़्तगू भी तुरन्त पकड़ ली जाएगी; ऐसे में तत्काल कोड़े या जुर्माना या दोनों या गिरफ़्तारी भी की जा सकेगी। बीमार मरीज़ों की आहों और गला बैठ जाने पर होने वाली फुसफुसाहट को वायस रिकॉर्डिंग में इस्तेमाल होने वाला सॉफ्टवेयर स्वत: फिल्टर कर देगा।
- चिलमन हटाकर ताका-झाँकी, नैन-मटक्का, नयनों से सन्देश, फ़्लाइंग-किस, क़दमों का बोसा, महबूब की गली के चक्कर आदि प्रेम के समय-सिद्ध उपादानों की निरन्तर सर्विलांस होगी, कुछ भी सन्देहास्पद पाए जाने पर धारा य र ल व के तहत सख़्त कार्रवाई की जाएगी।

- नागरिकों को सख़्त ताकीद की जाती है कि आसपास ऐसी सन्देहास्पद और सन्दिग्ध गतिविधि का हल्का सा सुराग मिलने पर भी टोल फ्री नम्बर पर तुरन्त सूचना दें। बताने वाले का नाम गुप्त रखा जाएगा, उसे इनाम भी दिया जाएगा; ऐसे हर वफ़ादार नागरिक को बादशाह का स्व-हस्ताक्षरित फ़ोटो भेजा जाएगा।

ऐसे और भी कई प्रावधानों की बात तानाशाह ने बताई।

बताया कि विशेषज्ञों की टीम अभी और सम्भावित प्रावधानों पर भी गहन विमर्श कर रही है; आश्चर्य नहीं कि वे कुछ अनोखे सुझाव हमें दें और हम, उन सुझावों को मात्र इसीलिए स्वीकार लें कि वे अनोखे हैं।

अब प्रश्नोत्तर की बारी थी।

पूछिए।

"जो लगे, बेख़ौफ़ पूछें", बादशाह ने अभयदान की मुद्रा में कहा।

सब मुस्कराने लगे। बादशाह सलामत का मज़ाक़ सबको समझ आ गया।

सब चुप रहे।

एक पत्रकार को ज़रूर एक ऐसा प्रश्न करने दिया गया जो सत्ता से असहमति व्यक्त करता हुआ-सा प्रतीत हो। यह प्रश्न उसे पहले ही दे दिया गया था। तानाशाही में लोकतंत्र का भ्रम बनाए रखने के लिए ऐसे प्रश्न बहुत ज़रूरी होते हैं।...उसने पूछा कि "प्रेम तो सदियों से जीवन का शाश्वत सत्य और बुनियादी रस रहा है इसे आप एक अध्यादेश द्वारा कैसे मिटा सकते हैं?"

प्रश्न सुनकर दरबार में सन्नाटा छा गया।

ऐसा दुस्साहस!

खड्गधारी सैनिक लपके परन्तु बादशाह ने इशारे से उनको रोका और बड़ा संयत उत्तर दिया जिससे प्रेमबन्दी की फ़िलॉसफ़ी पूरी तौर पर स्पष्ट हो जाए। इसे यह प्रश्न दिया ही इसीलिए गया था कि बादशाह को अपनी बात कहने का अवसर बने और वो अपना लोकतांत्रिक चेहरा दिखा सके।

बादशाह खुलकर मुस्कराया, बोला तो बहुत मीठा; सभी अश अश कर उठे कि बादशाह चाहता तो ऐसे विद्रोही प्रश्न के लिए सरे दरबार इस दुस्साहसी का ऑन द स्पॉट सिर कलम करवा देता, पर नहीं, यही तो लोकतंत्र है!

बादशाह बहुत संयत था, बहुत आत्मीय भी, बोला कि तुम्हारी बात से हम भी सहमत हैं। सच कहा तुमने। सौ टंच सच। हाँ, ये संसार प्रेम पर ही टिका है।...फिर हम यह प्रेमबन्दी क्यों कर रहे हैं?...यही न?...बहुत अच्छा प्रश्न है तुम्हारा। मैं दूँगा इसका उत्तर, परन्तु उससे पहले तुम मेरे एक प्रश्न का जवाब दो;

बस एक प्रश्न कि तुम्हारी नज़रों में राष्ट्र सर्वोपरि है कि नहीं?...दिल में राष्ट्रप्रेम न रह जाए तो दिल में उसकी जगह बनाने की ड्यूटी किसकी है? दिल पर किसी और चीज़ ने क़ब्ज़ा कर रखा हो तो हम उसे वहाँ से हटाएँ या नहीं?

...हम आपके दिल में राष्ट्रप्रेम के लिए जगह बनाएँ या नहीं?

...क्या आप चाहेंगे कि नागरिकों के दिल में राष्ट्रप्रेम के लिए जगह ही न रहे? है कोई ऐसा जो यह चाहेगा? नहीं न?...बस, तो हमारा ये अध्यादेश अब वही काम करेगा, इससे हम प्रजा के दिलों में राष्ट्रप्रेम के लिए जगह बनाएँगे। दिल में यह चालू प्रेम-व्रेम का कचरा भरा रहेगा तो राष्ट्रप्रेम के लिए कैसे जगह बनेगी? नहीं, हम आपको प्रेम करने से मना नहीं कर रहे। न। नहीं। बिलकुल नहीं। करिए। ख़ूब प्रेम करिए; अपने राष्ट्र से करिए न? राष्ट्रप्रेम में सारे प्रेम समाहित हैं क्योंकि समस्त प्रेमीगण इसी राष्ट्र का हिस्सा हैं। अभी जिस प्रेम की बात आप करते हैं, बहुत सीमित दायरे का प्रेम है वह; दो व्यक्तियों के बीच का मसला, बस; हम आपके प्रेम को और बड़े परिप्रेक्ष्य में देख रहे हैं। राष्ट्र दो व्यक्तियों से नहीं बनता, करोड़ों नागरिकों से बनता है।

राष्ट्रप्रेम व्यापक प्रेम है।

यह अध्यादेश प्रेम के विरोध में नहीं है मित्र, हम तो प्रेम को इन छोटे दायरों से मुक्त कर रहे हैं। यह क़ानून इन संकुचित दायरों के ख़िलाफ़ है। हाँ, सही कहा, प्रेम तो बुनियाद है इस जीवन की। एक उदात्त भाव है प्रेम परन्तु राष्ट्रप्रेम से बड़ा उदात्त भाव भी कोई हो सकता है क्या? (यहाँ ज़ोरदार करतल ध्वनि हुई और दरबारी देर तक तालियाँ पीटते रहे।)...अरे, राष्ट्र रहेगा तभी तो तुम होगे, हम होंगे, तुम्हारा यह प्रेम होगा जिसे तुम अभी-अभी जीवन का बुनियादी भाव बता रहे थे; जब राष्ट्र ही न बचा तो तुम कहाँ और तुम्हारा प्रेम कहाँ?

और अभी क्या चल रहा है देश में?

अभी सारे स्त्री-पुरुष, चलिए सारे नहीं ज़्यादातर कह लें, चलिए ज़्यादातर नहीं ढेर से कह लें, तो ढेर से स्त्री-पुरुष आपसी प्रेम-व्यापार में ऐसे संलग्न हैं कि उनको राष्ट्र याद ही नहीं आता! आम नागरिक इसी तरह प्रेम, लव, इश्क़, मुहब्बत, अफ़ेयर्स के चक्कर में फँसा रहा तो उसके पास देश के लिए समय ही कहाँ होगा? आप कहीं और लगे हैं (इस पर सारा दरबार ठठाकर हँसा) तो राष्ट्र की तरफ़ कैसे देखेंगे? राष्ट्र बड़ी आशा से आपकी तरफ़ देख रहा है और आप स्त्री में लगे हैं, हद है! (लोग और हँसे।)

तो क्या मुझे भी आँखें बन्द करके बैठ जाना चाहिए जैसा पूर्ववर्ती राजा करते रहे? सालों से इस कठोर निर्णय को लेने की आवश्यकता थी पर कठोर निर्णय लेगा कौन? पहले किसी ने नहीं लिया तो क्या मैं भी हाथ पर हाथ धरे बैठा रहूँ? क्या एक ज़िम्मेदार बादशाह मूकदर्शक बना रहे, राष्ट्र को गर्त में जाने दे, बोलिए? आप ही बोलिए?

वह कोई उत्तर नहीं माँग रहा था पर उस पत्रकार को लगा कि बादशाह उससे जेनुइनली कुछ पूछ रहा है।

और वह मूरख जवाब दे बैठा।

जवाब में उसने वह प्रश्न पूछ लिया जो उसे दिया ही नहीं गया था। पत्रकार ने बादशाह से वह प्रश्न पूछ लिया जो उससे समस्त राष्ट्र पूछना चाहता था।

उसने पूछ लिया, "क्या प्रेमबन्दी से ही राष्ट्र का गर्त में जाना बन्द होगा? गर्त में जाने के और दूसरे कारण नहीं हैं क्या? उन पर नियंत्रण की कोशिश न हो तो प्रेमबन्दी से क्या मिलेगा?"

बादशाह ने अपने ख़ास कारिन्दे की ओर देखा जिसने दो और जूनियर कारिन्दों को घूरकर देखा।...यही सिखाकर लाए हो इसे स्सालो!...ख़ामोश निगाहों ने यह बात इतने ज़ोर से कही कि सारी महफ़िल ने सुन ली। सबने सिर झुका लिये।

मासूम पत्रकार को भी समझ आ गया कि उसने कुछ ग़लत पूछ लिया है शायद। उसने घबराकर अपनी आँखें झुका लीं। सिर झुकाए इन्तज़ार करता रहा वह कि सैनिक आते ही होंगे, उसे भरी सभा से घसीटकर कारागार ले जाएँगे; पर अनहोनी थी कि ऐसा नहीं हुआ; बादशाह तो मुस्कराने तक लगा! वह शायद आज तानाशाही का लोकतांत्रिक चेहरा दिखाने पर एकदम उतारू था। उसने इस अवसर का अपनी ही तरह से इस्तेमाल कर लिया—

सिर मत झुकाओ मित्र। तुमने बहुत महत्त्वपूर्ण सवाल पूछा है। बहुत ही महत्त्वपूर्ण।

हाँ, यह सच है कि राष्ट्र के गर्त में जाने के बहुत से और भी कारण हैं। बहुत से हैं। एक तो आप ही हैं। नहीं, आप ख़ुद नहीं, आपकी पत्रकार बिरादरी जो हमारे लोकतांत्रिक कमिटमेंट्स का बेजा फ़ायदा उठाती रहती है। आपको पता है न कि आप अपनी ज़िम्मेदारियों से विमुख होते जा रहे हैं? ऐसे ही और भी कारण हैं। लोकतांत्रिक सीमा में रहकर मैं इन राष्ट्र विरोधी ताक़तों के विरुद्ध जितना जूझ सकता हूँ, जूझ रहा हूँ। अभियान चलाए हैं मैंने। उनको छोड़ने वाला नहीं मैं। ये सारे अभियान भी प्रेमबन्दी के साथ-साथ चलते रहेंगे। राष्ट्र को गर्त में ले जाने वाला कोई शख़्स नहीं बचेगा।

पर यह समझ लें कि प्रेमबन्दी का मामला अलग है।

हमने राष्ट्र प्रेम के संवर्धन हेतु दरबार के नवरत्नों से, और जो नवरत्न नहीं हैं उनसे भी, सबसे कहा था कि वे इस मसले पर गहन विचार करके हमें बताएँ कि हम इसके लिए क्या करें? और मज़ा देखिए कि सबने वही सुझाव दिया जो पहले ही हमारे मन में था। हमें अपने नवरत्नों पर, और जो नवरत्न नहीं पर कभी बन सकते हैं, सब पर गर्व है; वे न जाने कैसे ठीक वही सोच डालते हैं जो हम सोच रहे थे! सबकी राय एकदम वही थी, हाँ वही, प्रेमबन्दी।

यहाँ इस दरबार में सब सहमत हैं मुझसे, इस प्रेमबन्दी से। सब के सब। हर दरबारी। सारे नवरत्न। वे भी जो नवरत्न बन सकते हैं। सब। मेरा यही विश्वास भी था कि प्रेमबन्दी में मेरे दरबारी एकमत से मेरा साथ देंगे (यहाँ दरबारियों ने खड़े होकर ज़ोरदार तालियाँ बजाते हुए सामूहिक सहमति दी, बादशाह की भावनाओं को स्टैंडिंग ओवेशन दिया।)

तो आपके प्रश्न का यही उत्तर है मित्र कि यहाँ सभी सहमत हैं।

हम प्रेमबन्दी करके अपना महती कर्तव्य निभा रहे हैं और यही मेरे साथियों का सामूहिक निर्णय है, है न? (यहाँ इतनी जबर करतल ध्वनि हुई कि दरबार-हॉल बनवाने वाले वरिष्ठ कारिन्दे की तो जान ही सूख गई कि ये हॉल गिर न जाए कहीं, उसे हॉल बनाने में लगाई सामग्री का ख़ूब पता है!)

तो मिल गया आपको उत्तर?

पत्रकार ने सादर प्रणाम करके बता दिया कि उत्तर मिल गया है उसे।

फिर सबसे पहले ख़ास कारिन्दे ने बादशाह सलामत की जय बोली।

फिर नवरत्नों ने। फिर पूरे दरबार ने।

देश की जय, फिर बादशाह की जय, धरती माता की जय, फिर बादशाह की जय, देश के उन महापुरुषों की जय जिनकी लिस्ट बादशाह ने एप्रूव की है; फिर से एक जय बादशाह की; सबकी एक बार और, एक बार और, एक बार और, और बादशाह की जय तो बार-बार। जयकार का लम्बा सिलसिला चला; न्यूक्लीयर बम के चेन रिएक्शन की तरह जय हो का सिलसिला कि जिसका असर किसी एटम बम से कम नहीं; जय-जयकार में सारे नियम-क़ायदों और संविधान के परखच्चे उड़ सकते हैं बल्कि इस मामले में तो यह एटामिक बम से भी घातक होता है कि इसमें इमारत खड़ी भी रहती है और ध्वस्त भी हो जाती है देश उन मलबों में रहने का आदी हो रहा है जो बस जयकार पर टिके हैं।

बादशाह मुस्कराता खड़ा है। तालियाँ बज रही हैं। सबसे तेज़ ताली उस पत्रकार की है जो जान की अमान देने वाले बादशाह की शान में तालियाँ बजा रहा है।

सावधान! यहाँ प्रेम की सख़्त मुमानियत है

[कि अब देशप्रेम, देशप्रेम, और देशप्रेम, बस]

आधी रात से प्रेमबन्दी लागू हो गई।

जो, जिस जगह, प्रेम की जिस अवस्था में था, उसे वहीं स्थगित करके महबूब से विदा ले गया कि अबसे यह काम ग़ैर-क़ानूनी है प्रिय! क़ानून तोड़ा तो बादशाह

का अमला कुछ भी कर सकता है; फ़िलहाल सतर्क रहना बेहतर; सभी ने तय किया कि कुछ दिन रुककर, समझकर देखते हैं कि सरकार यूँ ही मज़ाक़ कर रही है या वास्तव में प्रेमबन्दी को लेकर गम्भीर है।

परन्तु सरकार तो ख़ासी गम्भीर निकली।

आधी रात से बहुत पहले सड़कों पर पुलिस की गाड़ियों के सायरन बजने लगे। बैरिकेड्स लग गए कि आवाजाही के दौरान रास्ते में ही प्रेम को दबोचा जा सके।...पर वे प्रेम को पहचानेंगे कैसे?...क्या सुरक्षाकर्मियों के पास प्रेम की कोई आधिकारिक तस्वीर है? नहीं है।...फिर? कैसे पहचानेंगे उसे? कैसे रोकेंगे प्रेम को बैरिकेडिंग पर? अरे साहब, वे रोक लेंगे; पुलिस को विश्वास है ख़ुद पर। जैसे वे शक्ल देखते ही बदमाश को ताड़ लेते हैं, वैसे ही प्रेम को भी पकड़ लेंगे। प्रेमियों को ताड़ना तो वैसे भी बहुत आसान; वर्षों का आजमाया पुलिसिया फ़ॉर्मूला है कि नौजवान लड़के-लड़कियाँ, अकेली स्त्री, ऐसी स्मार्ट स्त्री जिसे देख स्वयं पुलिसवाले का दिल छेड़छाड़ को हो आए, मोटरसाइकिल पर किसी से चिपककर बैठी हुई स्त्री, हँसती-बतियाती स्त्री, एकान्त में बैठे स्त्री-पुरुष, फ़ोन पर हँस-हँस कर बतियाती स्त्री—एक पारम्परिक इमेज है उनके पास प्रेम का अपराध करने वालों की; वही तस्वीर यहाँ काम आएगी। फिर सबसे कारगर तरीक़ा है उसी को दबोच लेना जिसकी तरफ़ बड़े साहब इशारा कर दें। क़बूल तो उसका बाप करेगा।

अब, प्रेम बचकर नहीं जा सकता था उनसे। देश के समस्त प्रेमियों की धड़कनें तेज़ हैं, अब क्या होगा?और जो ये तेज़ धड़कन पुलिस को सुनाई दे गई तो? सौभाग्यवश सिपाहियों के बूटों की आवाज़ इतनी तेज़ है कि धड़कनों की आवाज़ दब जाती है उसमें।

मुनादी पीटी जा रही है। सावधान, सावधान!

प्रेम से सावधान। प्रेम करने वालो सावधान।

प्रेमबन्दी के पोस्टर हर दीवार पर फड़फड़ा रहे हैं। हवा के घोड़े पर सवार घोषणाओं के शार्प शूटर निकले हैं चेतावनी देते कि अब देश में प्रेम की सख़्त मुमानियत है। प्रेम पर पहरे तो सदियों से हैं परन्तु उसके ख़िलाफ़ वारंट पहली बार निकला है। छापेमारी ज़ारी है। जल्द ही प्रेम की बरामदगी भी होगी। कब तक बचेगा ये प्रेम का बच्चा? फीडबैक है कि प्रेम दुबका-दुबका घूम रहा है; पर कब तक? देश में नफ़रत की मुहिम ऐसी प्रभावी है कि प्रेम को कहीं ठौर ही न मिले; झक मारकर बाहर निकलेगा और दबोच लिया जाएगा प्रेम।

आदेश हुआ है कि खिड़कियों पर बहुत झीने पर्दे लगाए जाएँ या फिर कोई पर्दा ही न हो तो बेहतर; पर्दे मोटे लगे हों तो उन्हें पूरा खोलकर रखा जाए; आते-जाते सिपाही झाँककर तसल्ली किया करेंगे कि घर में कोई घसड़-पसड़ तो नहीं चल रही? उनको कुछ भी सन्देहास्पद लगा तो वे किसी भी घर की तलाशी ले सकते हैं, प्रेम के शक के आधार पर किसी को भी उठा सकते हैं।

हर घर शक के दायरे में है; घर में कितने लोग रहते हैं—सभी का नाम, उम्र, लिंग, वैवाहिक स्थिति आदि का विवरण लिखकर मेन गेट पर चस्पाँ करना अनिवार्य कर दिया गया है। इस विवरण से पुलिस को आसानी हो गई कि वो किन घरों पर नज़र रखें? स्त्री की उम्र से तय हो रहा है कि किस घर पर नज़र रखने में मज़ा आएगा। बादशाह पुलिस में मायावी शक्तियाँ हैं। लम्बा अनुभव है, नाकुछ से भी एक तगड़ा केस बनाने का। देखते ही जान जाएगी वो कि मन में क्या चल रहा है? कौन प्रेम के इरादे से जा रहा है, कौन प्रेम करके चला आ रहा है, कौन प्रेम को छुपा रहा है, कौन प्रेम की तलाश में है, किसे प्रेम मिल चुका है, कौन है जो प्रेम का षड्यंत्र कर रहा है, किसकी सुबह उसकी रात का फ़साना बयान कर रही है, किसने अभी-अभी प्रेम के सुबूत मिटाए हैं, कौन हैं जो प्रेम करने के लिए राष्ट्र विरोधी ताक़तों के साथ हाथ मिलाने तक को तत्पर है?

देश परेशान था।

उसने सदियों से प्रेम के आख्यान सुने, पढ़े, सराहे और आत्मसात किये हैं। देश प्रेमकथाओं पर पला है। देश प्रेम-गीतों पर सिर धुनता रहा है। देश सबसे प्रेम करता है। प्रेमबन्दी का आर्डिनेंस ज़ारी हुआ तब भी प्रेम की हिलोर पर सवार था देश। पर अब? एक तरफ़ तो बादशाह का आदेश, दूसरी तरफ़ हृदय की हिलोर, क्या करे यह देश? नफ़रत करना उसे आता नहीं। उसके लिए तो जीवन का मूल ही है प्रेम, बस प्रेम। बसुधैव कुटुम्बकम्। देश कैसे निकले प्रेम के इस सागर से? कौन से पम्प लगाकर उलीच फेंके अपना प्रेमभाव? पर आदेश है तो करना होगा, मानना तो होगा; बादशाह कौन अपने लिए यह सब कर रहा है, उसका तो हर काम राष्ट्र के लिए होता है; वह टॉयलेट भी राष्ट्र के लिए जाता है ताकि वहाँ अकेले बैठकर राष्ट्र-चिन्तन कर सके! कुछ सोचकर ही प्रेमबन्दी की होगी उसने।...देश को उसका साथ देना होगा।...देशवासी को प्रेम करने से बचना होगा।

...कोशिश कर भी रहा है देश।...देश के नागरिक शान्तिप्रिय और अनुशासित हैं; क़ानून पालन को कटिबद्ध; हर क़ानून सिर-माथे पर; संविधान का हर संशोधन मंजूर; ऐसा कर-करके ही उन्होंने सिंहासन के चिराग़ से यह तानाशाह पैदा किया है। पर आज यह शान्तिप्रिय नागरिक भी उलझन में आ गया है कि उसके हृदय में स्वत: ही जो प्रेम रहता है—उसका क्या करे वो? अब तो प्रेम को दिल में रखना भी क़ानूनन गुनाह कहलाएगा। इधर उसके दिल में तो प्रेम ही प्रेम; ढेर सा प्रेम, इतना माल कहाँ छुपाएगा? डरा हुआ है वो। कोई यूँ ही उसकी शिकायत कर दे और पुलिसवाले पड़ताल को आ गए तो? वे पूछें कि अपनी स्त्री से बहुत प्यार करते हो तो कैसे न कहेंगे? वह कैसे सिद्ध करेगा कि उसे किसी से प्रेम नहीं?

सब तरफ़ खलबली है।

जगह-जगह पुलिस पिकेट्स हैं। वे किसी को भी रोक लेते हैं। कपड़े उतरवाकर प्रेम के निशानात की पड़ताल के बहाने देर तक लोगों को सड़क किनारे खड़ा अधनंगा रखते हैं। हल्ला रहता है; उधर से मत जाना, पिकेट लगी है; लोग बचकर दूसरी गली से निकलते हैं परन्तु वहाँ भी पकड़े जाते हैं क्योंकि वे हर जगह हैं। रोज़ आँकड़े प्रसारित होते हैं। हर माध्यम से प्रजाजन को निरन्तर चेताया जाता है कि सावधान, तुम पर निगाहें हैं हमारी। लोग बतियाते हैं। पूछते हैं, कितने पकड़े गए, कितनों पर सख़्त एक्शन हुआ?...अरे, शर्मा जी भी! अरे मलिक साहब भी! अरे वो भी। अरे ये भी।...हर आदमी भयभीत कि उसका नम्बर भी आ सकता है।

सबसे शपथ पत्र भरवाए जा रहे हैं कि हम प्रेम नहीं करते।

हर ऑफ़िस ने, दुकानदार एसोसिएशन ने, स्कूल-कॉलेज के छात्रों ने, हम्माल संघ ने, किसान यूनियन ने, पिछड़ी जाति क्रान्ति-मंडल ने, प्रगतिकामी स्त्री परिसंघ ने, भिखारी एसोसिएशन ने, बेरोज़गार मित्र संघ ने, देश-भक्त मंडल ने, ग़रज़ यह कि हर नागरिक ने बढ़-चढ़कर उत्साहपूर्वक ये फ़ॉर्म फटाफट भर डाले हैं कि जाँच एजेंसी पड़ताल न करने बैठ जाए कि फ़ॉर्म भरने में देर क्यों लगाई; दिमाग़ में क्या चल रहा था तुम्हारे? सोच क्यों रहे थे जबकि बादशाह सलामत तुम्हारी तरफ़ से भी सोच चुके हैं; उन पर विश्वास नहीं तुमको? जैसा होता रहा है, शपथपत्र के फ़ॉर्म ख़त्म हो गए। उनकी कालाबाज़ारी चल पड़ी। पाँच का फ़ॉर्म सौ-सौ रुपये में बिका; सो वे भी दिये, लिये, तुरन्त भरे, क्या करते साहब?

समझ नहीं आ रहा कि क्या होगा? कौन फँसेगा? सब सकते में हैं। एक-दूसरे से पूछ रहे हैं पर साफ़ कोई नहीं बोल रहा। आप तो जानते ही हैं साहब कि ज़माना कैसा चल रहा है?...नारे बन रहे हैं। होर्डिंग्स लग रहे हैं। देश के प्रमुख गायक-गायिकाएँ, जिनका जीवन प्रेमगीतों से कमाई करते बीता है अब प्रेम के गर्त से निकलने के सरकारी आह्वान गीत गा रहे हैं। विद्वान, बुद्धिजीवी प्रेम के ख़िलाफ़ बयान दे रहे हैं। सबको अपनी जान की पड़ी है।

और प्रेम? वो गया भाड़ में साहब!

एक माह बीत गया।

लोग अब नये क़ानून की आँख में धूल झोंककर प्रेम करना सीख रहे थे पर ख़ूब डरे हुए हैं। सबके मन में आशंकाएँ हैं, असमंजस है पर सभी एक दूजे को आश्वस्त करते हैं कि यह बस कुछ दिनों की बात है, जल्द ही सारा तमाशा बन्द हो जाएगा; तब तक सँभलकर चलो, बस। प्रेमी बेताब हैं, महबूब का दीदार नहीं हो पा रहा; जान जा रही है; मिलें कैसे, महबूब की गली पर सरकार के पहरे हैं। और जो प्रेम में नहीं, वे? वे आराम से हैं?...कहाँ साहब!...सबसे ज़्यादा भयभीत तो वे हैं। वे कभी प्रेम-व्रेम के चक्कर में नहीं पड़े; पर जानते हैं कि झूठे मामलों में शरीफ़ों को ही फँसाया जाता है; कोई हमें फँसा दे तो? वे रेट्स पता कर रहे हैं,

कभी फँसे, तो किस अफ़सर को कितना देना होगा? ख़ुद को सुरक्षित रखने का यही समयसिद्ध तरीक़ा है इस देश में। पता चला है कि अभी कोई रेट फिक्स नहीं हुए हैं, मोलभाव करना पड़ता है। क्या कोई हफ़्ता भी देना होगा? कौन-सा कर्मचारी किस इलाक़े में वसूली करेगा? पता करते फिर रहे हैं सब।

फिर?

प्रेमियों का क्या बना?

क्या प्रेम हार गया? और वे तानाशाह? तानाशाह नम्बर एक, दो, तीन जो प्रेम के नाम पर अपनी तानाशाही चला रहे थे; उनकी तानाशाही रही या ख़त्म हो गई? बादशाह की तानाशाही ने कैसे इन तानाशाहों की तानाशाही को उथल-पुथल कर डाला?

और प्रेम के तानाशाह का क्या हुआ?

आगे की कहानी में शायद इन सवालों के आधे-पूरे उत्तर मिल सकें आपको। वैसे भी, प्रेमकथा में कभी कुछ मुकम्मल नहीं मिलता, सब मिल जाए तब बहुत सा छूट जाता है! पता नहीं क्यों, हर प्रेमकथा अधूरी रह जाने के लिए अभिशप्त होती है।

मकान नम्बर एक का तानाशाह

[आधी रात में लात!]

राजा और रानी गहरी नींद में हैं। आधी रात से आगे का पहर।

तभी दो बार डोर-बेल बजी।

इतनी रात कौन हो सकता है?

और कोई समय रहा होता तो राजा खट से उठकर देखता कि बाहर कौन है? अभी ऐसा नहीं किया उसने। अभी तो दोनों चौंककर उठ बैठे और सकते में बाहर की तरफ़ देखते रहे; कौन हो सकता है आधी रात को? रानी ने कुछ बोलना चाहा तो राजा ने चुप रहने का इशारा किया; अभी चुप रहो, देखो; 'वे' होंगे तो फिर से घंटी बजाएँगे, या बाउंड्री वाल कूदकर सीधे दरवाज़ा ही पीटने लगेंगे। बिलकुल चुप रहो। कोई रिस्पॉन्स न मिले तो शायद लौट ही जाएँ वे।

अगले पाँच मिनट तक कोई घंटी नहीं बजी।

अब राजा पलंग से बेआवाज़ उठा कि देखूँ तो।

झाँकूँ बाहर, कोई खड़ा है क्या?

कमरे में नाइट बल्ब की झीनी रोशनी थी पर उसका पाँव तिपाही से टकरा गया। तिप पर धरा पानी का गिलास नीचे जा गिरा। छन्न की तेज़ आवाज़ हुई और गिलास लुढ़कता हुआ दूर चला गया। राजा घबराकर उछल गया। अब वह एकदम स्थिर खड़ा है, स्टेचू बना। चुपचाप। रानी पलंग पर बैठी देख रही है उसे।

अब वह दबे क़दमों से खिड़की तक गया। झीने पर्दे से बाहर देखने की कोशिश की उसने। कुछ भी साफ़ नहीं दिख रहा। पर्दा खिसकाकर देखा। स्पष्ट नहीं कुछ। उसकी सड़क पर रोशनी नहीं है। बाहर की लाइट जलाकर देखूँ? हिम्मत नहीं हुई। कुछ देर तक खिड़की से सटकर ही खड़ा रहा वो। देखें, फिर कोई घंटी मारता है क्या?

पाँच मिनट और गुज़रे। घंटी नहीं बजी।

कौन हो सकता है ये?

कौन था जिसने घंटी बजाई?

'वे' ही होंगे। ज़रूर, 'वे' ही होंगे। उनके ही क़िस्से सुने हैं ऐसे, 'वे' रात-बिरात घरों को चेक करने पहुँच जाते हैं; हो सकता है कि आज इस कॉलोनी की रेंडम चेकिंग चल रही हो। कैसी चेकिंग? यही कि कौन इतनी रात भी जागा हुआ है, जागकर कर क्या रहा है; घर के एकान्त में, छुप-छुपकर कहीं कोई प्यार तो नहीं चल रहा? 'वे' कभी भी, किसी भी घर में घंटी मार सकते हैं। उनके अपने तरीक़े हैं।...राजा, खिड़की पर खड़ा सोचता रहा—किसी ने मेरी शिकायत तो नहीं जड़ दी? सच है कि उसने कभी प्रेम-विवाह किया था; पर तब ऐसा कोई क़ानून भी तो नहीं था भाईसाहब, हमारी उसमें क्या ग़लती, बताइए? लोग हरामी हैं, पुरानी शिकायत को आज कर दें और वे जाँच के लिए आ गए हों, ऐसा हो सकता है। बादशाह के राज में कुछ भी हो सकता है!...कुछ ग़लती हमारी भी रही, हमारी मूर्खता कह लें; हम लगातार, हर जगह, हर महफ़िल में शान से बताते रहे हैं कि हम इतना प्यार करते हैं रानी से, ऐसे ये करते हैं, ऐसे वो करते हैं; स्साला!! कोई दिलजला गुमनाम शिकायत तो कर ही सकता है न? हो सकता है, कर दी हो और उसी सिलसिले में कोई जाँच के लिए आकर घंटी मार रहा हो?

"आ जाओ यार! रात भर खिड़की पर खड़े रहोगे?" रानी पलंग पर बैठकर सब देख रही है।

"मैं सोच रहा हूँ कि यह था कौन?" खिड़की से हटते-हटते उसने आख़िरी बार बाहर झाँका और कहा।

उत्तर रानी ने दिया, "अरे, होगा कोई शराबी, पी-पाकर अपना घर समझकर घंटी मार दी होगी; बाद में रिलाइज़ हुआ होगा तो सही घर की तरफ़ चला गया।"

"बाहर कोई दिखा तो नहीं?"

"माफ़ी माँगने खड़ा मिलेगा क्या? ...सो जाओ यार।" कहकर रानी ने लिहाफ़ मुँह तक खींच लिया।

कुछ सोचता हुआ वह पलंग पर ही बैठा रहा। फिर बोला—

"यार तुम समझती नहीं, मान लो कि..."

"मान लो कि, क्या?" रानी ने लिहाफ़ मुँह से हटा लिया।

"मान लो कि 'वे' ही रहे हों, तो?"

" 'वे' रहे होते तो ऐसे चले न जाते, सो जाओ यार।"

"ऐसे कैसे सो जाऊँ?" वह चिड़चिड़ाया।

इस बार आवाज़ में चेतावनी थी कि बहस न करे रानी, वह हिंसक हो सकता है। रानी सतर्क हो गई। वह एहतियातन उठकर बैठ भी गई। उसने पैरों पर पड़े लिहाफ़ को कन्धों तक खींच लिया, थोड़ा खिसककर बैठ गई। राजा बैठा रहा। दीवार को ताकता। तनाव में।

उसे ग़ौर से देखा रानी ने—कितना कमज़ोर और घबराया आदमी लग रहा है ये? इसी आदमी से भयभीत रहती है वह? यह डरा आदमी! यह शेर। वह मुस्कराने लगी। देखो इसे, कैसी घिग्घी बँधी है अभी। जबसे प्रेमबन्दी हुई है, डरा रहता है कि कभी केस न बना दें वे कि यह बहुत बड़ा प्रेमी है। वह ख़ुद को संसार का सबसे बड़ा प्रेमी मानता है जबकि अब रानी को पता है कि राजा को बस ख़ुद से प्रेम है; ख़ुद का अहम, ख़ुद की इमेज, एक मालिकाना भाव, स्त्री को दासी समझने का अर्वाचीन विचार जिसे वह चाहता है कि स्त्री भी पूरे मन से स्वीकारे।

वह उनींदी बैठी रही पलंग पर।

मन है कि लेट जाए पर अभी बैठे रहना ही सुरक्षित रहेगा; यह लेटे तो मैं लेटूँ; अकेली लेटी तो वह इसी बात पर मार-पीट कर सकता है कि मैं परेशान हूँ तो तू कैसे चैन से लेट सकती है?

"कहीं वे हमें पकड़ तो न लेंगे?" राजा ने पूछा।

यार, इसे न जाने कौन सी ग़लतफ़हमी है अपने प्रेम के बारे में।

"क्यों पकड़ेंगे भला!" रानी के स्वर में किंचित चिड़चिड़ापन है जो ठीक नहीं लगा राजा को; रानी ऐसी महत्त्वपूर्ण बात पर ऐसा रिस्पॉन्स कैसे दे सकती है?

उसने चिढ़कर कहा, "पता है न, बादशाह प्यार करने वालों को पकड़वा रहा है?"

"पकड़वाता रहे, हमें क्या डर?"

रानी के स्वर में व्यंग्य महसूस कर सकता था राजा। इतनी हिम्मत! या कहीं वो ही तो ग़लत नहीं समझ रहा? रानी स्थिति की गम्भीरता नहीं समझ रही—इसे समझाना होगा; आसन्न ख़तरे को पहचान नहीं रही ये।

"मैं कह रहा हूँ, वे हमें भी पकड़ लेंगे!"

"ये तो तुम रोज़ कहते हो पर मुझे पता है, हमें कोई डर नहीं।" रानी ने हँसकर कहा।

आज यह लड़की पिटने पर ही उतारू है।

पर वह भी कब तक डरे पिटने से? चुप रहकर भी पिट ही जाती है तो क्यों न आज कड़वा सच बोलकर पिटे? कह डालूँ? बोल दूँ? या न बोलूँ?इसे सच बोला तो ठोंकेगा तो बहुत। पगला जाएगा कि तेरी इतनी हिम्मत!

पर कब तक?

"हमें ही तो सबसे ज़्यादा डर है। सबको पता है कि मैं तुमको कितना प्यार करता हूँ," राजा ने अपना सोच बताया कि वह क्यों डरता है।

"पर हमें तो असली बात पता है न?" रानी ने सच बोलने की ठान ली है आज।

"मतलब?" उसकी बात से राजा हैरान भी हुआ और आहत भी।

"मैं कह रही हूँ कि मुझे ऐसा कोई डर नहीं लगता," रानी ने कहा।

"क्यों? मैं जो तुमसे इतना प्यार करता हूँ, वो?"

"वे जो भी कहें पर सच यही है कि तुम ऐसा नहीं करते; फिर कैसा डर?" रानी ने हिम्मत करके वह कड़वा सच बोल ही दिया। अब जो हो!

"कैसी बात कर रही है तू?" राजा इतनी ज़ोर से चिल्लाया कि रात का सन्नाटा तक सहम गया।

वह चुप रहकर हिम्मत बटोर रही है।

"एक बार और बोल? बोल न? मैं भी तो सुनूँ?"

अब बोल ही देते हैं यार, जो हो, सो हो। वह फिर बोल दी—

"यह सच है कि तुम कभी बहुत प्यार करते थे पर अब कोई यह आरोप नहीं लगा सकता तुम पर।"

"तो मैं प्यार नहीं करता तुमसे?"

"हाँ, नहीं करते।"

राजा बिफर गया।

"दूँ एक लात, मुँह टूट जाएगा तेरा," वह चिल्लाया।

"प्यार करनेवाला लात मारता है क्या?"

"ग़ुस्सा दिलाएगी तो और क्या करूँगा? तू बता?"

"अच्छा! ग़ुस्सा आए तो मारना पड़ता है, क्यों?"

"तो क्या, पूजा करें?"

"और जो मुझे ग़ुस्सा आए, तो? मैं क्या करूँ?"

"तू मारेगी मुझे?" वह गुर्राया।

अब तो ये मारेगा ही, और हमेशा से चार थप्पड़ ज़्यादा। चलो, खा लेंगे यार, पर कहने की हिम्मत की है तो आज सब कह डालें! चुपचाप अपनी जगह बैठी उसे देखती रही।

"दिमाग़ फिर गया है तेरा? मुझे मारेगी? मुझे!"

"नहीं मार सकती, यही तो बात है।"

"मार के देख न?" वह पलंग का चक्कर मारकर उसके सामने आकर खड़ा हो गया।

"मार..." वह गुर्राया।

"मैं ऐसा नहीं कह रही कि कमज़ोर हूँ और तुम ताक़तवर, इसलिए नहीं मार सकती; मुझमें तो ताक़त भी होती तो न मार पाती; जिन्हें प्यार करते हो, उनको कैसे मार सकते हो? मैं तुमको प्यार करती हूँ तो..."

रानी की बात सुनकर वह किंचित पिघला।

"प्यार तो मैं भी तुमसे इतना करता हूँ..." वह बोला।

"धीमे बोलो। वे सुन लेंगे..." उसने हँसकर बाहर की तरफ़ इशारा किया।

घबराकर चुप हो गया वह।

वह और ज़ोर से हँसी। राजा ने खिसियाकर कहा, "उनकी ऐसी तैसी! मैं नहीं डरता किसी से..."

"डरते तो हो यार।"

रानी अब उसके मज़े ले रही थी। पिटाई तो तय है, पर आज उसका डर नहीं लग रहा उसे। वह उसे घूर रहा है पर वे निगाहें भी नहीं डरा पा रहीं उसे।

"यह तो तानाशाही हुई इनकी।" वह स्वगत बड़बड़ाया।

"पर तुम तो इसके दीवो थे? कहते थे कि इस बादशाह से बड़ा राष्ट्रभक्त कोई..."

"हाँ, तो?"

"तुम जैसों के भक्तिभाव ने ही उसे तानाशाह बना दिया है," रानी ने कहा।

"तो मैंने कहा, सर आप तानाशाह बन जाओ?" वह आश्चर्य से बोला।

"नहीं, हम कहते किसी से नहीं पर हमारा अन्धा प्यार तानाशाह पैदा कर देता है।"

"मतलब?"

"किसी से इतना प्रेम मत करो कि वह तानाशाह बन बैठे।"

इशारा समझ गया वो। तमतमाकर बोला, "बहुत ज़ुबान चल रही है तेरी? बात को कहाँ ले जा रही हो; मुझे तानाशाह कह रही हो?"

न जाने क्यों आज वह उसे पीट नहीं पा रहा। पर कब तक?

"तानाशाह को तानाशाह कहकर सूली चढ़नी है मुझे?" कहकर वह मुस्कराने लगी।

आज शहीद होने पर तुली है रानी।

"औक़ात में रहो रानी," राजा अब उसके इतने क़रीब था, और इतना उत्तेजित कि लात भी मार सकता था, थप्पड़ भी—दोनों की रेंज में थी रानी।

आधी रात है। पुलिस के इक्का-दुक्का सायरन जब-तब सुनाई दे रहे हैं। पुलिस की गाड़ी सायरन बजाती निकली है।

"मैं बस यह कह रही थी कि हमें छापे से क्यों डरना? डालें छापा। ख़ूब डालें। अभी आ जाएँ। मैं उनको बदन पर पड़े नील दिखा दूँगी; पूछूँगी, क्या ये होता है प्यार?

चोटों के तमाम निशान दिखा दिये तो वे माफ़ी माँगने लगेंगे कि हम किसी ग़लत शिकायत पर छापा मारने आ गए।"

"मैं तुमसे प्यार नहीं करता? मेरे जैसा प्यार कोई कर सकता है?"

अब वह कभी भी हाथ उठा सकता है।

रानी का लगातार मुस्कराते रहना खल रहा है उसे।

"नहीं, कोई नहीं कर सकता। कौन अपनी प्रेमिका के बदन पर ऐसे नील डाल सकता है?" कहकर वह फिर हँस पड़ी।

आग लग गई राजा के तन-बदन में। स्साली की ये मजाल!

ज़ोरदार लात मारी राजा ने।

रानी को इसकी आशंका थी और वह बचाव को तैयार भी थी पर लात इतनी आकस्मिक और ज़ोरदार थी कि वह पलंग से नीचे जा गिरी। अब वह घूमकर पलंग के उस तरफ़ आ रहा है जिस तरफ़ वह गिरी है। वह उठे, उससे पहले ही इसे ऐसा ठोंकेगा कि भविष्य में फ़ालतू के कमेंट्स बन्द कर देगी।

बाहर अभी-अभी पुलिस़ की गाड़ी गुज़री है।

कारिन्दा बचाने चला है प्रेम को!

[जब हाथ ताली बजाने से इनकार कर रहे हों]

और दूसरे, तीसरे तानाशाह की कथा? प्रेमबन्दी में उनकी तानाशाही का क्या बना?

उनकी कहानी भी बताई जाएगी पर अभी हम वापस उस पल में जाते हैं जब बादशाह की घोषणा चल रही थी।

उस पल की जब दरबार करतल के दलदल में धँसा हुआ था; वाह क्या बात है, ज़िन्दाबाद, अमर रहें, जय हो, जय हो का मिला-जुला कीचड़, इसी में धँसा दरबार और उस पर बादशाह की घोषणा की तैरती-उतराती गन्ध; नन्हे सिंह कारिन्दा घनघोर असमंजस में था कि नाक पर हाथ रखकर गन्ध से बचे तो ताली रह जाएगी। घोषणा ने उसको बुरी तरह से विचलित कर दिया था। अब उसका हृदय तालियों का साथ नहीं दे पा रहा था। उसके दिल में चिन्ता पैदा हो गई थी कि अब सूरज प्रकाश और नायाब जान का क्या होगा? क्या होगा उनके प्रेम का? अभी तक तो समाज ही उनके ख़िलाफ़ था, अब बादशाह का पूरा अमला भी उनके विरुद्ध होगा। ऊपर से नन्हे सिंह की अब तक सबमिट रिपोर्ट्स, दोनों के विरुद्ध स्ट्रांग केस बन जाएगा; दोनों पकड़े जाएँगे।

इनको बचाना होगा।

इन बच्चों से प्यार हो गया है उसे। इनकी पवित्र दुनिया को सुरक्षित रखना होगा उसे। उसकी रिपोर्ट्स की ऑफ़िस में रखी फ़ाइल इन बच्चों को फँसा सकती है। फ़ाइल को ऑफ़िस से उठाना होगा और उसे आमूलचूल बदलना होगा। ...इन्हीं ख़यालों में गुम कारिन्दा तीन बार तो ताली से ही चूक गया; पास के दरबारी ने इशारे से चेताया भी कि ये तू कैसा अनर्थ कर रहा है; पता है न, हर क़दम की वीडियो रिकॉर्डिंग चल रही है—बाद में बादशाह का ख़ास कारिन्दा, अपने ख़ास मनोवैज्ञानिक और ख़ुफ़िया एजेंटों के साथ बैठकर सारे फुटेज का गहन अध्ययन करेगा; पकड़े जाओगे। वे लोग बड़े एक्सपर्ट हैं; कौन बादशाह के साथ है, किसके मन में विद्रोह पनप रहा है—सब समझ जाते हैं। फिर एक दिन वह दरबारी घर से निकलता तो है, दरबार नहीं पहुँचता; घर भी नहीं लौटता—न जाने कहाँ ग़ायब हो जाता है।

कारिन्दे को यह सब पता है पर अब उसे कोई भय नहीं रहा।

उसने पाला बदल लिया है शायद। अब वो प्रेम के तानाशाह का ग़ुलाम है। दरबार समाप्त होते ही वह भागकर दफ़्तर जाएगा और वह फ़ाइल उठा लाएगा। प्रेमबन्दी में प्रेम को बचाने की कोशिश में है कारिन्दा।

नैतिकता को प्रतिबद्ध तानाशाह

[पत्नी का काढ़ा विश्वसनीय नहीं]

रस्तोगी जी तो आजकल बड़े ख़ुश होंगे?

प्रेमबन्दी क़ानून से समाज जो नैतिक बनेगा, स्त्रियाँ झक मारकर जो पतिव्रता बनेंगी और लम्पट पुरुष जिस तरह से सज़ा पाएँगे; वह तो बहुत बढ़िया रहेगा। पायल को भी पतिव्रता होने का महत्त्व समझ आ जाएगा। है न? हाँ, वे इन दिनों ख़ुश हैं। उनके मन में बैठा नैतिकता का तानाशाह भी बड़ा सन्तुष्ट है।

प्रेमबन्दी को तीन माह होने को आए।

छिछोरों की देशव्यापी पकड़-धकड़ चल रही है।

रस्तोगी जी सन्तुष्ट थे कि आख़िर कोई तो ऐसा क़ानून बना जो स्त्री को अनैतिक प्रेम में खींचने वाले दुष्ट पुरुषों को डराकर रखेगा। नैतिकता के हाथ में जब तक क़ानून का डंडा न हो कोई नहीं सुनता। उनकी मुहिम में अब बादशाह भी साथ है और वे बहुत ख़ुश हैं। रस्तोगी जी को वैसे तो पूर्ण विश्वास है कि प्रेमबन्दी में पायल भी सँभल गई होगी और चेतन भयभीत होकर सब बन्द कर चुका होगा, फिर भी उनकी नज़र रहती है पायल पर।

*

रात के दस बजे हैं।

दोनों बिस्तर में हैं। सोने की तैयारी है।

नाइट बल्ब की हल्की नीली रोशनी, रेशमी लिहाफ़, बाहर पसरा उत्तेजक सन्नाटा और सूनापन-रस्तोगी जी उत्तेजित हो गए। आज पायल पिंक कलर की झीनी नाइटी में कुछ ज़्यादा ही ख़ूबसूरत लग रही है, बला की आकर्षक। तभी उत्तेजना और उद्दीपन को मन से परे हटाते हुए इस सोच ने उनको दबोच लिया कि विगत एक माह से पायल कुछ ज़्यादा ही ख़ूबसूरत, ख़ुश और दिलकश नज़र आ रही है।

और अभी इस पिंक नाइटी में देखो इसे!

ब़ला की ख़ुश और किस क़दर ख़ूबसूरत!

वे अचानक ही यह सोचने लगे कि ये इतनी ख़ुश क्यों है? ये और ख़ूबसूरत कैसे निकल आई है? यह सब तो तब होता है जब औरत किसी के साथ अफ़ेयर में हो? ज़रूर इसका चक्कर अब भी चल रहा है। मैं ही मूर्ख था जिसे लगा कि प्रेमबन्दी के दबाव में वह 'सुधर चुकी' होगी।

रस्तोगी सिद्धान्त कहता है कि स्त्री अफ़ेयर में हो तो ख़ूबसूरत निकल आती है, निखर जाती है। अपने अफ़ेयर के दिन याद हैं उनको, उन दिनों पायल के चेहरे पर जो लुनाई और रहस्यात्मक दमक होती थी, ठीक वैसी ही दिखाई देती है आजकल। ईश्वर ने इसे पहले ही ख़ासा ख़ूबसूरत बनाया है पर अभी तो ज़्यादा ही मारक और आकर्षक लग रही है।

पड़ताल करनी होगी।

प्रेमबन्दी के बाद भी ये लोग भयभीत क्यों नहीं? चेतन तो ख़ैर लम्पट है परन्तु पायल क्यों नहीं समझ रही? आप ख़ुद देखिए कि जब पूरा देश तनाव में है तब यह कैसी बेपरवाह और ख़ुश दिख रही है! जानता हूँ, चेतन के कारण ख़ुश है। इसका अब भी चल रहा है उससे। प्रेमबन्दी की आड़ में ये सब कर रहे हैं! हिम्मत इनकी!! मूर्ख थे वे कि बादशाह के सिस्टम पर भरोसा कर बैठे।

लेटे-लेटे वे यही सब सोच रहे थे। सब कुछ शीशे की तरह साफ़ था।

अब?

"सो गईं?" उन्होंने बेहद प्यार से पूछा।

"नहीं तो, बस थक गई थी। सोने की कोशिश कर रही हूँ," उसने सोते-सोते आँखें खोल दीं। अधखुली भारी अलकें, बिखरी हुई रेशमी ज़ुल्फ़ें कि जिनको सँवारने का मन हो आए, रानी का सोना और जागना, सब कुछ दिलकश होता है। पायल ने अर्धनिमीलित नेत्रों से रस्तोगी जी को देखा तो कमरे के अँधियारे आकाश में भी इन्द्रधनुष तन गया।

"क्या सोच रही थीं?" उन्होंने अपनी तरह से कुरेदना शुरू किया।

"कुछ ख़ास नहीं..."

"अरे, कुछ तो? नींद न आए तो मन भटकता ही है।"

"नहीं यार, आजकल थक जाती हूँ बहुत।"

"आजकल बहुत काम हो रहा है, क्यों?"

"नहीं, ऐसा भी नहीं।"

"फिर क्यों?"

"आजकल कुछ जल्दी ही थकने लगी हूँ," पायल ने कहा और आँखें मूँद लीं।

"तो ऑफ़िस में वर्क-लोड कम लो न? काम बाँटो सबको। इतने क़ाबिल असिस्टेंट रखे हैं तुमने—ये स्साले क्या करते हैं?"

वह अब भी नहीं समझी कि बात किस दिशा में ले जा रहा है तानाशाह।

"नहीं यार, सब ख़ुद करना होता है। असिस्टेंटों पर काम नहीं छोड़ सकते। हर कोई नहीं सँभाल सकता ऐसे काम," रानी ने आँखें मूँदे हुए ही कहा।

"क्यों? चेतन कहाँ गया? वो नहीं सँभालता मैडम के काम?" उसने मुस्कराकर पूछा।

मुस्कान उसके लहज़े में थी और इस क़दर थी कि पायल चौंककर देखने लगी उसकी तरफ़—वही सन्देह से स्याह चेहरा, वही व्यंग्य भरी सुपरिचित मुस्कान; वह समझ गई, क्या कहना चाह रहा है वो और इस बात को कहाँ तक ले जाएगा। आगे संवाद की सीढ़ियाँ फिसलन भरी होने वाली हैं; कीचड़ ही कीचड़ मिलने वाला है वहाँ।

"मतलब?"

पायल ने आँखें खोल दीं।

"यार, जब वो अपनी मैडम को इतना बढ़िया सँभाल रहा है तो उनके काम क्यों नहीं सँभाल सकता?"

रस्तोगी जी के चेहरे पर कटाक्ष की राख पुती हुई है, शक्ल सन्देह के अवधूतों जैसी, हिंसक और रहस्यमयी।

पायल बेहद आहत हुई।

"मुझे लग रहा था कि तुम समझदार हो गए हो। पर मैं ग़लत थी। तुम तो अब भी वही हो; शक्की, गन्दी सोच वाले—कुछ भी नहीं बदला है तुममें।"

पायल ने वितृष्णा भरे स्वर में कहा और आँखें बन्द कर लीं। इस आदमी का चेहरा देखना भी बर्दाश्त नहीं हो रहा अभी; समय के खेल भी कैसे निराले हैं—कभी यही चेहरा एक दिन देखने को न मिले तो कैसी तड़प जाती थी वो। वे दिन तो आज अफ़वाह जैसे लगते हैं।

"समझदार हो गया हूँ? काश कि मैं समझदार होता। बेवक़ूफ़ था, बेवक़ूफ़ ही रह गया मैं।"

"तुम बेवक़ूफ़ तो ख़ैर बिलकुल नहीं हो।"

"क्यों? बेवक़ूफ़ ही हुआ जो सोचता रहा कि प्रेमबन्दी में तुम लोग सुधर गए होगे..."

"तुम लोग; मतलब?"

"तुम लोग मतलब तुम दोनों; अब नाम भी लूँ क्या?"

"अच्छा!! तो हम दोनों ने ऐसा क्या कर दिया?"

"दुनिया प्रेमबन्दी में सँभल गई पर तुम्हारा लफड़ा चलता रहा..."

पायल ने उसको शिकायती नज़रों से देखा।

पानी तैरने लगा पायल की आँखों में।...अब इसके नाटक शुरू!...अभी आँसू बहाने लगेगी।...यार, ये ठगन हम ख़ूब जानते हैं। हम पर अब इन आँसुओं का कोई असर नहीं होता।...ये ठगन तुम चेतन पर आज़माया करो।...रस्तोगी जी की मुखमुद्रा वैसी ही कठोर बनी रही, निर्दयी मुस्कान के साथ।

"पहले भी कहा था, फिर कहता हूँ—तुम एक बार पूरा सच स्वीकार लो, बस। बता दो मुझे सब कुछ। सब कह दो। सब बता दो मुझे; तुम्हारे सीने से बोझ हट जाएगा, मेरे से भी," रानी को भेदती निगाहों से आँकते हुए उन्होंने कहा कि वे अभी भी उसे माफ़ करने को राज़ी हैं, बस, वो कन्फ़ेशन कर ले एक बार।

"किस सच को सुनना चाहते हो?"

"वही सच जो सच तो है पर तुम बतलाती नहीं।"

"क्या नहीं बतलाती?"

"वही जो तुम्हारे और चेतन के बीच चल रहा है; उसका पूरा सच। एक-एक डिटेल चाहिए मुझे। वायदा रहा, मैं माफ़ कर दूँगा, पक्का माफ़। माँ क़सम। मैं तुमसे बेहद प्यार करता हूँ सो माफ़ तो कर ही दूँगा।"

"कुछ भी बताने को नहीं है मेरे पास। हाँ, तुम मुझसे क्या सुनना चाहते हो, वह बता दोगे तो मैं वही बोल देती हूँ अभी; तुमको तसल्ली मिल जाएगी।"

"मैं तो बस सच..."

"अपना सच तो मैं सौ बार बता चुकी।"

"पर, वो तो झूठ है न मेरी जान! देखो, सच का पता है मुझे; बस, एक बार तुम्हारे मुँह से सुनने की इच्छा है..."

"तुमको सच पता है?"

"हाँ, मुझे पता है।"

"इतना श्योर हो तो पूछ क्यों रहे हो?"

"ताकि मैं तुमको माफ़ कर सकूँ।"

"ख़ुद को बादशाह समझते हो?"

"नहीं, बादशाह नहीं, पति हूँ; पति भी माफ़ कर सकता है न?"

"और पत्नी?"

"तुम किस बात के लिए माफ़ करोगी मुझे—बताना?"

"इस बकवास के लिए, मैं पहले भी ऐसी बातों के लिए तुमको माफ़ करती रही हूँ।"

"तुमको गाइड करना बकवास है?"

"मैं बच्ची नहीं कि गाइड करते फिरो, इस राह चलो, उधर न जाओ।"

"ग़लत राह जाने से रोकना बकवास है?"

"यार, मैं पढ़ी-लिखी औरत हूँ, ग़लत-सही की समझ है मुझे।"

"होगी पढ़ी-लिखी, तुम जैसों को चेतन जैसे लोग चुटकियों में बरगला देते हैं।"

"उसके पास यही एक काम बचा है?"

"मर्दों के पास और क्या काम होता है? सब यही करते हैं।"

"तुम भी करते हो?"

ग़ुस्से से घूरने लगा वह उसे। देखा, बात को कैसा घुमाया इसने! चतुर हो गई है; उसी का पढ़ाया-लिखाया है सब!

"चेतन को बता देना कि वो जानता नहीं मुझे; अभी प्रेमबन्दी-डिपार्टमेंट में नाम दे दूँगा तो बादशाह पुलिस मुँह काला करके इतने कोड़े मारेगी कि सारी कारिस्तानियाँ भूल जाएगा...।"

"पुलिस से क्या कहोगे? कि इस आदमी का मेरी वाइफ़ से अफ़ेयर चल रहा है? तब तो हम दोनों अपराधी हुए? फिर वे मुझे भी उठा ले जाएँगे। दोनों जेल में चक्की पीसेंगे।"

अरे हाँ! यह तो सोचा ही नहीं था उसने कि पायल भी फँसेगी।

वह कुछ बोल नहीं सका। चेहरे पर असमंजस नज़र आया तो पायल हँसने लगी।

"हम दोनों को जेल भेजकर भी तुम परेशान रहोगे कि ये उसके साथ चक्की पीसने के बहाने जेल में भी चक्कर चल रहा होगा। बताओ कि मैं ऐसा क्या करूँ कि चैन आ जाए तुम्हें?"

देखिए, यह कहकर बेहयाई से मुस्करा भी रही है! औरत बेशर्मी पर ही उतर आए भाई साहब, तो मर्द बेचारा क्या करे?

बेहद आहत स्वर में पूछा रस्तोगी जी ने—

"घर की शान्ति के लिए तुम इस आदमी को छोड़ नहीं सकतीं?"

"मैंने उसे पकड़ा ही कहाँ है?"

"चलो, तुमने नहीं, उसने तुमको पकड़ रखा है तो उससे छुड़ा लो?"

"मुझे पकड़ रखा है और मुझे पता नहीं?"

"होता है रानी। यही होता है। भोली औरतें इसी तरह फँसती हैं। समझ ही नहीं पातीं कि वे पकड़ी जा चुकी हैं; कभी बहुत केयर दिखाकर, कभी तुम्हारे कपड़ों की, कभी तुम्हारी मुस्कान की बढ़-चढ़कर तारीफ़ करके, कभी तुम्हारी हाँ में हाँ मिलाकर; बहुत हरामी होते हैं दुनिया के मर्द।"

"सारे मर्दों को गोली क्यों नहीं मार देते?"

"चेतन को तो मार ही दूँगा।"

"क्या हो गया है तुमको यार?"

"तुम समझती क्यों नहीं? इतना भोलापन ठीक नहीं।"

"यार, मैं भोली नहीं। मेरे लिए फ़ालतू चिन्ता मत किया करो।"

"कैसे न करूँ? प्रेम करता हूँ तुमसे।"

"सोचकर बोलो यार, प्रेमबन्दी लागू है।"

"ठीक से कहाँ लागू है; लोग रिश्वत देकर बच भी तो रहे हैं? उसी भरोसे तो चेतन जैसे छिछोरे अपना खेल चला रहे हैं।"

"वो कोई छिछोरा नहीं, बाल-बच्चेदार आदमी है, तुम्हारे जैसा।"

"उसकी तुलना मुझसे कर रही हो? ये स्साले, बाल-बच्चेदार होने की आड़ में स्त्रियों को बरगलाते रहते हैं," वे गहरी वितृष्णा से बोले।

वह उसका चेहरा देखती रह गई।

"यार, औरतों को क्या समझते हो तुम? कोई भी बरगला सकता है उनको?"

"बिलकुल! हमारे सारे धर्मग्रन्थों में लिखा है..."

"...कि दुनिया हरामी है?"

वह बुरी तरह चिढ़ गया।

"मैं सिंसियरली एक बात कह रहा हूँ और तुम मेरा मखौल उड़ाने पर तुली हो?"

"नहीं, मखौल नहीं है। तुमको आश्वस्त कर रही हूँ कि वैसा कुछ नहीं है जो तुम सोचते हो; समय के साथ औरत उन ग्रन्थों को पीछे छोड़कर आगे बढ़ गई है; तुम भी छोड़ दो उनको। समय के साथ चलो।"

"क्या समय है, ज़रा बताना?"

"ग्यारह बज रहे हैं।" कहकर वह हँस दी।

नैतिकता का तानाशाह चुप होकर उसे घूरने लगा।

"यार, सो जाओ न? आराम से," कहकर रानी ने उसके कन्धे पर अपना हाथ रखा और उसके पास खिसक आई, "क्यों इतना उलटा-सीधा सोचते रहते हो?"

वह कुछ देर रानी को आलिंगन में लिये रहा फिर धीरे से बोला, "यार, तुम इस चेतन से दूर ही रहा करो, एकदम दूर।"

"दूर ही रहती हूँ। मैं अपनी कुर्सी पर बैठती हूँ, उसकी गोद में नहीं।"

"तो उसकी गोद में बैठकर काम करने की इच्छा है तुम्हारी? तभी इतना सिंगार पट्टी करके...?"

ईश्वर ऐसा शक्की पति किसी को न दे! कैसा आदमी है यह।

"मैं कौन-सा सिंगार करके ऑफ़िस जाती हूँ, बताना?"

"मुझे दिखता नहीं क्या? बताओ, पहले कभी बालों का जूड़ा बनाती थीं तुम? और यह डार्क लिपस्टिक? पहले..."

"...हाँ, तो? मुझे अच्छा लगा तो बना लिया; सभी ने कहा अच्छी लगती हो जूड़े में।"

"चेतन ने भी कहा? है न? मुझसे नहीं तो बादशाह के सिस्टम से तो डरो। चेतन जैसे लोग दस जगह मुँह मारते हैं—ज़रूर फँसेगा एक दिन और उसके पास से तुम्हारे भेजे कार्ड, प्रेमपत्र, चैट रिकॉर्ड, सब पकड़े जाएँगे। तुम भी फँसोगी।"

रात ग्यारह बजे रहे हैं। बाहर सन्नाटा है। इक्का-दुक्का गाड़ियों की आवाज़ें, बस। कभी सायरन। कभी बूटों की आवाज़, यदा-कदा।

"यार, सो जाओ प्लीज़। हम पचासों बार इस पर बात कर चुके," कहकर पायल ने करवट ले ली।

*

कि तभी पायल का फ़ोन बज उठा।

स्क्रीन पर चेतन का नाम चमक रहा है—इसे भी अभी फ़ोन करना था! काट दूँ क्या? नहीं, उठाना ही सही रहेगा।

"इतनी रात किसका फ़ोन है?" रस्तोगी जी ने पूछा।

पायल ने उत्तर न देकर फ़ोन का माइक ऑन कर दिया; ठीक होगा कि पूरी बात यह भी सुन ले।

"हाँ चेतन, बोलिए? इतनी रात?"

पायल के स्वर में क्रोध की झाँई है।

"वेरी सॉरी मैडम, रियली सॉरी..."

"...नो इश्यू, जल्दी बोलिए।"

"मैडम, कल की छुट्टी चाहिए..."

"क्या हुआ? दो दिन बाद ऑफ़िस का इंस्पेक्शन है, दिल्ली से टीम..."

"तबीयत ठीक नहीं मैडम..."

"मतलब...?"

"अच्छा नहीं लग रहा मैडम, कल की छुट्टी..."

"सबकी छुट्टियाँ कैंसल्ड हैं, पता है न? इतने काम पेंडिंग हैं, वे कब होंगे?"

"मैडम मैं.."

"लेट आ जाएँ पर आ जाएँ।"

"जी मैडम, ...सॉरी, मैंने इतनी रात..."

"...दवाई ली आपने?"

"वाइफ़ ने काढ़ा दिया है। कल डॉक्टर को..."

"दिखा ही दें, काढ़े पर डिपेंड मत करिए..."

"...जी मैडम, थैंक्स, गुड-नाइट मैडम।"

"गुड-नाइट।"

पायल ने सारी बातचीत माइक पर डाल दी थी ताकि रस्तोगी जी इसमें लव-एंगल आरोपित न कर सकें।

फ़ोन बन्द करके पायल ने पति की तरफ़ देखा, "हो गई तसल्ली?"

"कैसी तसल्ली?"

"सुन लिया न—यही बातें होती हैं हमारी, यही सम्बन्ध है चेतन से; बॉस और सब-आर्डिनेट का, बस..."

रस्तोगी जी हँस पड़े।

"यार, हम ऐसे मूरख भी नहीं!"

"मतलब?" हैरान हो गई पायल।

वे ठठाकर हँसने लगे।

"मुझे मूर्ख समझती हो; इतने साफ़ इशारे भी नहीं पकड़ूँगा?"

"कैसे इशारे?"

"ऐसे में इशारों में ही तो बातें होती हैं, याद है, हम भी करते थे?"

"अभी क्या इशारा किया, मैं भी सुनूँ..."

"बताऊँ? तो सुनो, उसने क्या कहा? "मुझे ठीक नहीं लग रहा"..."

"तो?"

"ये कोई ख़राब तबीयत की बात नहीं हो रही थी।"

"फिर?"

"वह कह रहा था, तुम इतना याद आ रही हो कि दिल बैठा जा रहा है..."

"अच्छा!" रानी चिढ़ गई।

"और क्या!...बीमार हो तो डॉक्टर को फ़ोन करोगे कि मैडम को? पर मजबूर है बेचारा, इलाज तो मैडम के पास है।"

"क्या-क्या सोच लेते हो यार, हद है!"

"अच्छा बताओ, ऐसा कौन-सा काम है जो बस चेतन ही कर सकता है?"

"वह उन केसों को देख रहा है जिनका इंस्पेक्शन होना है..."

"नहीं, वो बात नहीं। उसे तुम्हारा केस गहराई से पता है..."

"...कैसी नीच बातें करते हो यार! बीमार माइंड है तुम्हारा।"

"मुझे पागल कह रही हो?"

"हाँ, अपने दिमाग़ की जाँच करा लो..."

"...करा लेंगे न; तुम्हारी भी कराएँगे कि दिमाग़ में ऐसी ख़ुराफ़ातें कहाँ से..."

"ख़ुराफ़ातें?"

"...पत्नी के काढ़े पर डिपेंड़ मत रहो, मेरी दवाई खाओ..."
"...मैंने ऐसा कहा?"
"...मतलब यही था।"
"...मेरी बात का यह अर्थ..."
"यार, लव-टॉक्स को डी-कोड करने पर सही अर्थ..."
"तो मैं ऐसी चालाक, इम्मोरल..."
"नहीं, तुम चालाक नहीं। चालाक वो है। वह एक भोली स्त्री को चालाकियाँ सिखा रहा है..."

वह मौन हो गई।

कितना ख़तरनाक है इसका प्यार!

यह उस बच्चे की तरह है जो खिलौने को अपनी मुट्ठी में भींचकर घूमता है कि लोग मेरा खिलौना छीनने की फ़िराक़ में हैं।

"यार, सो लें अब? कल ऑफ़िस जल्दी जाना है। इंस्पेक्शन के काम पेंडिंग हैं। तुम चाहो तो इसे चेतन से मिलने की उतावली भी कह सकते हो!" उसने कटु हँसी के साथ करवट बदल ली और सोने का उपक्रम करने लगी।

वे भी सोने लगे। इसे पतिव्रता होने का पाठ फिर से पढ़ा दिया उन्होंने आज, सन्तोष है इस बात का।

*

दोनों अब नींद में थे।

कि तभी सड़क पर बूटों की आवाज़ आने लगी। पहले दूर थी, फिर पास, फिर एकदम ही पास आ गई। दोनों की नींद खुल गई।

दोनों के कान बूटों की आवाज़ पर थे। अब ये क़दम ठीक उनके घर के सामने रुक गए थे। रस्तोगी जी घबराकर उठ बैठे।...ये हमारे घर के सामने क्यों रुके हैं? ...मुँह सूखने लगा उनका। छापा डालेंगे क्या? स्सालों ने सुन तो नहीं लिया? वे अभी-अभी प्यार, अफ़ेयर की बातें ही तो कर रहे थे। आवाज़ कुछ ऊँची थी; बादशाह के ख़बरी गली-गली घूमते हैं, किसी ने सुन लिया हो और पुलिस बुलवा ली शायद?

हाँ, ज़रूर वे ही हैं।

वे सकते में आ गए। पायल भी चिन्तित थी पर स़ंयत रही।

"बाहर पुलिस है।" वे फुसफुसाकर बोले।

"हाँ, रुके तो हैं।"

"अभी खटखटाएँगे।"

"हमने क्या किया है? प्रेम तो हम कर नहीं रहे थे; लड़ ही रहे थे!"

उन्होंने घूरकर देखा पायल को। बाज नहीं आ रही ये अब भी। चुप रहने का इशारा किया रस्तोगी जी ने।

बूट बड़ी देर तक बाहर ही चुपचाप खड़े रहे पर किसी ने दरवाज़ा नहीं खटखटाया।

क्या टोह ले रहे हैं पट्ठे? पाँच मिनट मानो पाँच घंटे के समान बीते।

पाँच मिनट बाद अचानक ही वे बूट फिर से चल दिये, खट-खट करते उनके घ़र से दूर निकल गए। जब तक बूटों की आवाज़ पूरी तरह बन्द नहीं हुई रस्तोगी जी उस दिशा में कान धरे रहे।

कहीं वापस तो नहीं आ जाएँगे? देर तक डरे रहे वे।

देर रात ही सो पाए दोनों।

बूटों की आवाज़ सपनों को रौंदती रही, रात भर।

गश्ती सिपाही थोड़ी देर को बाहर रुककर सिगरेट पीते रहे थे। भय का धुआँ रिसकर पूरे मकान में घुस गया था।

तानाशाही दरकती है

[रोम-रोम माफ़ी और मैकेनिकल परफ़ॉर्मेंस]

कुशल अक्सर तारीख़ें भूल जाता है। शुक्र है कि उसे पूनम का जन्मदिन याद रहता है, हमेशा। इसे वो कभी नहीं भूलता। भूल ही नहीं सकता। बेहोशी की हालत में भी पूछो तो बता देगा। कुछ तारीख़ें ऐतिहासिक होती हैं। भूलना सम्भव नहीं, न ही निरापद; विवाह की वर्षगाँठ के बाद यही वो तिथि है जिसे वह कभी भूल नहीं सकता।

दस दिन से उलटी गिनती ज़ारी थी उसके मन में।

रात को ठीक बारह बजे उसने पूनम को बर्थ-डे विश दी, बड़ा सा एक बुके दिया, छोटा-सा एक केक काटा गया (बड़ा वाला कल काटा जाएगा); बात गुडनाइट किस पर ख़त्म हुई। पर वो ख़ुश नहीं दिखी; इतने प्यार से सब अरेंज किया था कुशल ने पर वो उड़ी-उड़ी ही रही; गुड नाइट किस में भी वो गरमाहट नहीं थी, बात आई-गई सी हो गई। फिर अगली सुबह वे झील वाले रिसॉर्ट चले गए; आज वहीं पूरे दिन रहकर कल सुबह घर लौटेंगे।

वहाँ दिन भर ख़ूब मस्ती भी की। जन्मदिन बढ़िया मना।

डिनर के बाद रिसॉर्ट के कमरे में लौटे तो रात ग्यारह बज रहे थे।

वह ख़ुश था कि अभी तक सब बढ़िया रहा है। वो यही बात पूनम से कहने को था जो अभी-अभी वाशरूम से नाइट गाउन डालकर निकली है पर उसकी शक्ल देखकर वह ठिठक गया। ये तो ख़ासी रूठी हुई लग रही है यार?

वह उसे इतनी बार रूठा हुआ देख चुका है कि पहचानने में ग़लती नहीं कर सकता था, हाँ, वह रूठी हुई थी। यार, अब क्या हो गया इसे?

अब?

कुशल ने हाथ बढ़ाकर उसको अपने पास खींचना चाहा। तुर्शी से झटक दिया उसने; बोली, सो जाओ और ख़ुद लिहाफ़ में जा घुसी। वह उसके साथ लेट गया। लिहाफ़ में हाथ डाल उसकी कमर पकड़ ली, पास खींचना चाहा तो वह और दूर खिसक गई। अब पक्का था कि वह न केवल रूठी हुई है, रूठने का एलान भी कर रही है। उसे अब बार-बार पूछना होगा कि हुआ क्या है? वो क्यों रूठी है? क्या ग़लती हो गई उससे? वग़ैरह-वग़ैरह। मूड ऑफ़ हो गया उसका कि इतना करने के बाद भी वह..., पर ये बात वह सीधे कह नहीं सकता था; इसकी जगह उसने वो बात कही जो वह सुनना चाहती थी—

"यार, क्या हुआ?" उसने पूछा।

"कुछ नहीं, सोती हूँ मैं..." कहकर वह पलट गई और लिहाफ़ सिर पर खींच लिया।

"क्या हो गया यार?"

"होना क्या है? कुछ भी नहीं।"

"फिर भी, कुछ तो?"

"थक गई हूँ बस, तुम भी सो जाओ।"

"नहीं, कोई बात तो ज़रूर है, बोलो?"

"कहा न, थक गई हूँ; क्या तुम ही थक सकते हो, बस?"

"यार, तुम्हारे चेहरे पर थकान नहीं, कुछ और दिख रहा है..."

"...शक्ल ही ख़राब है, बताओ क्या करें?...यह तो शादी के पहले देखना था तुमको; वैसे, अभी कुछ बिगड़ा नहीं है, कोई अच्छी शक्ल वाली ले आओ..."

"मैंने ऐसा कहा?"

"ऐसी बात कोई सीधे कहता है क्या? इसी तरह मुँह से निकल आती है, अभी तुम्हारे मुँह से निकली न?...तभी तो आजकल तुम सेक्स भी ऐसे मैकेनिकली करते हो मानो कोई सरकारी ड्यूटी निभा रहे हो!"

"क्या हो गया यार? क्यों ऐसी कड़वी बातें कर रही हो?"

"बिटर बट ट्रू..."

"यार, अभी-अभी हमने बहुत अच्छा दिन बिताया..."

"...तुम्हारा बीता होगा, मेरा मुझे पता है..."

"तुम्हारा क्यों नहीं?..."

"फ़ालतू में एक सीएल ख़राब की।"

"क्या हुआ यार?"

"बताने से फ़ायदा? सुबह से साथ हो, अब जाकर समझे कि मेरा मूड ख़राब है—इसी से ज़ाहिर है..."

"किये-कराए पर पानी मत फेरो यार।"

"अच्छा! ऐसा क्या अनोखा किया था जनाब ने; हम भी तो सुनें?"

"मैं वो नहीं कह रहा..."

"...कह तो वही रहे हो।...एक सड़ी-सी गिफ़्ट, छोटा-सा केक, और मामूली सा बुके; और कह रहे हैं कि ग़ज़ब कर दिया!...किये-कराए पर पानी! माई फुट!!"

"यार, सब यही करते हैं..."

"...एक्जेक्टली! सही कहा। तुम भी सब जैसे हो; मैं ही ग़लत समझती रही कि मैंने एक अलग सा इनसान चुना है।...सही कह रहे हो—बढ़िया तो कर दिया, छुट्टी ले ली, यहाँ झील पर ले आए, दिन भर घुमा दिया; सब तो कर दिया; कितनी बढ़िया ड्यूटी की, है न?"

वह चुप ज़रूर रहा पर आज पहली बार उसका भी मूड न जाने क्यों और कैसे उखड़ने लगा; बस, उसकी हिम्मत नहीं हुई कि उखड़े मूड में कुछ ऐसा-वैसा कह दे!

"सब यही करते हैं, सच कहा तुमने। मैं ही..."

"यार, मैं कुछ और कह रहा था..."

"...नहीं, तुम एक्जेक्टली यही कह रहे थे।" पूनम ने कहा और लिहाफ़ तानकर लेट गई।

"यार, क्यों आज का दिन ख़राब कर रही हो?"

"दिन तो बढ़िया बीता, अभी तुम्हीं कह रहे थे?"

"क्या हुआ यार?"

"जो होना था वह तो सुबह हो गया।" अब जाकर उसने कुछ इशारा किया।

यही तरीक़ा रहता है उसका। देखें, इतना पहाड़ खोदने के बाद आज कौन सी चुहिया निकलती है—वह चुप रहकर उसका चेहरा देखने लगा।

"फ़ालतू सा बुके पकड़ा दिया; गुलाब नहीं ला सकते थे? पता है न, मुझे गुलाब पसन्द हैं; फिर भी।"

"गुलाब कहाँ से लाता? बादशाह ने गुलाबों पर प्रतिबन्ध लगा दिया है।"

"ख़ूब गुलाब मिल रहे हैं, पैसे निकालो तो गुलाब ही गुलाब हैं। मेरी दोस्त का बॉयफ्रेंड परसों गुलाब का पूरा बंच लेकर आया था।"

"ऐसे लोग पकड़े भी जा रहे हैं। अख़बार पढ़ती हो न?"

"पकड़े जाने से डरोगे तो..."

"नहीं, मैं डरता नहीं पर..."

"एक्जेक्टली, तुम डरने से नहीं, पैसों के चक्कर में गुलाब नहीं लाए हो। गुलाब तो आज भी ख़ूब मिलते हैं; हाँ, महँगे हो गए हैं।"

"जानती हो, गुलाब के साथ पकड़े जाने की सज़ा क्या है?"

"यार, कोई नहीं पकड़ा जाता।"

"और जो मीडिया में हर दिन आता है, वो?"

"ये वे लोग हैं जिन्होंने पकड़े जाने पर रिश्वत नहीं दी वरना कौन सी सज़ा? सबको इनके रेट्स पता हैं। जेब में पाँच हज़ार रखकर आप चौराहे पर आलिंगन-चुम्बन भी कर सकते हो; हज़ार-हज़ार रुपये देकर छूट रहे हैं लोग। हाँ, तुम अलग हो, दस कोड़े खा लोगे पर हज़ार रुपये नहीं निकालोगे," कहकर वह व्यंग्यपूर्वक हँसने लगी।

"कैसी बातें करती हो तुम?"

उसने पहली बार बेइज़्ज़ती महसूस की।

मैंने कितने चाव और अहसास के साथ आज की हर चीज़ अरेंज की थी, और यह एक सड़ी-सी बात पर रूठकर बैठी है।

"बीच में ये पैसा कहाँ से आ गया यार?" वह इतना ही बोल सका।

रात हो गई थी। उसका इरादा था कि पूनम को आज बहुत प्यार करके सुलाया जाएगा। वह इसी के लिए तैयार था कि ये गुलाब-कांड हो गया; हद है!

"प्रेम के बीच में समझदारी आ जाए तो पैसा भी आ ही जाता है," वह बोली।

"यार, बड़ी सख़्त प्रेमबन्दी चल रही है तो मैंने एहतियातन..."

"...इतना एहतियात! चलो, अनुशासन से चलने वाला तुम जैसा कोई नागरिक तो है; अब वे स्वतंत्रता-दिवस पर मिलने वाले सरकारी-सम्मानों की लिस्ट में तुम्हारा नाम डाल सकते हैं!" चेहरे से लिहाफ़ हटाकर वह ज़ोर से हँसी।

"यार, प्रेम को इन छोटी-मोटी चीज़ों से आँकना बन्द करो, प्लीज़।"

"अच्छा! फिर किसी के प्रेम का कैसे पता किया जाए? तुम बताओ..."

"...महसूस किया करो, समझ आ जाएगा।" अपने हिसाब से उसने एक बढ़िया डायलॉग बोला था।

"मुझे जो महसूस होता है, वो बताऊँ?"

"बताओ..."

"...कि तुम मुझसे ऊब गए हो।"

"...कुछ भी बोलती हो यार।"

"नहीं, मैं एकदम सही कह रही हूँ; हाँ, प्रेमबन्दी है पर दुनिया ने प्रेम करना बन्द कर दिया क्या?"

"तो मैंने कब बन्द किया?"

"लगता तो यही है..."

"...मैं तुमको इतना प्रेम करता हूँ कि..."

"ऐसा होता है प्यार? एक गुलाब तो ला नहीं पाए, बातें ऐसी बड़ी-बड़ी..."

"मुझे लगा, तुम समझ जाओगी कि मैं गुलाब क्यों नहीं ला सका..."

"हर बात मैं ही समझूँ, तुम मुँह में दही जमाकर बैठे रहना।"

वह चुप रह गया।

उसकी निगाहें पूनम से दया माँग रही हैं। उसका रोम-रोम माफ़ी माँग रहा है। उसने आलिंगन में ले लिया पूनम को। वह पिघलती-सी लगी; मुस्कराकर उसके पास भी आ गई, ज़ोर से लिपट गई। परमपिता ईश्वर को धन्यवाद देते हुए वह उसे प्रेम करने लगा; लम्बा आवेगपूर्ण चुम्बन लिया, फिर देर तक उसे प्रेम किया; अपने लिहाज़ से बहुत सन्तोषजनक प्रेम-व्यापार करके वह आलिंगन से अलग हुआ।

वह उठकर.वाशरूम चली गई, चुपचाप। लौटी और चुपचाप ही लेट गई।

"कैसी हो अब?" उसने शरारती अन्दाज़ में पूछा। एक अच्छे सहवास का आत्मविश्वास है उसकी आवाज़ में।

"ठीक हूँ," उसने ठंडा-सा उत्तर दिया।

"मतलब?"

"तुम आजकल बड़ा ही मैकेनिकल-सा सेक्स करते हो यार।" उसने कहा और करवट लेकर सोने लगी।

"ऐसा क्यों कह रही हो?" वह बोला।

"तुम्हारा इंट्रेस्ट ही नहीं बचा मुझमें।"

आजकल इसने ये नई बात कहनी शुरू की है। हर सेक्स के बाद बेहद ठंडा रुख़ जतलाती है; कई बार तो हँसी उड़ाने लगती है कि यार, ज़रूरी थोड़ेई है कि करो, नहीं बन पाता तो रहने दिया करो न?....आजकल कुशल पर परफ़ॉर्मेंस एंक्जाइटी का भयंकर दबाव रहता है।

"तुम आजकल यह सब क्या कहती रहती हो?" उसने पूछा।

"देखो, सच ये है कि तुमको अब इस काम में मज़ा नहीं आता, डंडे के ज़ोर पर कर रहे हो, ऐसा लगता है..."

"नहीं यार, मुझको तो बहुत मज़ा आया..."

"...फिर मुझको क्यों नहीं आया?"

वह चुप रह गया। पूनम के इस हथियार का उसके पास कोई जवाब नहीं है।

"चलो, सो जाओ..." वह करवट बदलकर सो गई।

थोड़ी ही देर में उसके खर्राटे भी सुनाई देने लगे। हाँ, वह रात भर नहीं सो पाया; नहीं, खर्राटों के कारण नहीं, बस, यूँ ही। सोचता रहा देर रात तक वह, फिर कब सो गया, पता नहीं।

भाग : पाँच

प्रेमबन्दी के छह माह : तानाशाही दरक रही है

बादशाह हैरान है और देश परेशान

[नफ़रत की लाख वजहें और प्रेम तो बस यूँ ही, बेवजह]

प्रेमबन्दी के छह माह निकल गए।

बादशाह की सनक वैसी ही बरकरार रही। प्रेमबन्दी क़ानून सख़्ती से ज़ारी है, ज्यों का त्यों। बादशाह के निजाम की ख़ासियत है कि यहाँ हर क़ानून सख़्ती से लागू होता है। वैसे, सख़्ती के अपने ही मायने हैं यहाँ; तानाशाह के शब्दकोश में 'नरम' जैसा कोई शब्द नहीं है; यहाँ सख़्ती में ही नरमी का प्रावधान रहता है; हर सख़्त क़ानून में एक 'इनबिल्ट मैनेजेबल' नरमी पोशीदा रहती है, ठीक से मैनेज करो तो सख़्ती में भी नरमी का इन्तज़ाम हो जाता है। प्रेमबन्दी में भी यही हुआ, दोनों चीज़ें ख़ूब चलीं; सख़्त-सी नरमी या नरम जैसी सख़्ती।

इस बार नई बात यह हुई है कि पहले उसकी कोई भी सनक लम्बी नहीं चलती थी; कुछ समय बाद ही वो उसे भूलकर किसी नई सनक में लग जाता था; देश इस बार भी आश्वस्त था कि प्रेमबन्दी से ऊब जाएगा तानाशाह; जल्द ही वो किसी और शिगूफ़े में मुब्तिला हो जाएगा। पर इस बार ये नहीं हुआ। छह माह बीतने पर भी प्रेमबन्दी उसी उत्साह से लागू है। बादशाह किसी नई सनक में नहीं उलझा इस बार; छह माह से प्रेमबन्दी, प्रेमबन्दी, बस, प्रेमबन्दी; इसीलिए देश के लोग हैरान हैं, चिन्तित भी। वे नागरिक जो दरबार के क़रीबी होने के कारण गण्यमान्य माने जाते थे, उन्होंने दरबार के क़रीबी-क़िस्म-के-नितान्त-क़रीबियों से जानना चाहा कि बादशाह सलामत के दिमाग़ में आख़िर पक क्या रहा है?...किसी के पास कोई उत्तर नहीं था।...हुज़ूर के दिमाग़ की देगची में जो नये-नये आइडियाज खदबदाते रहते हैं उनकी गन्ध तो बेहद क़रीबी कारिन्दे भी नहीं सूँघ पाते; यही फ़ितरत तो बादशाह की तानाशाही की जान है; उसके अमोघ अस्त्र हैं, अनप्रेडिक्टिबिलिटी, अप्रत्याशित निर्णय और छापामारी सोच। तानाशाह के एकदम पास वाले भी उसका दिमाग़ नहीं पढ़ पाते हैं; और जो लम्बे समय साथ रहकर या अपनी होशियारी से

उसका दिमाग़ पढ़ना जान जाते हैं, बादशाह तुरन्त जान जाता है कि वे अब जानने लगे हैं।...तुम मेरी चालें भाँपने लगे हो, तुम मेरी बातों पर अब वैसे चकित नहीं होते तो अब तुम्हारा होना बड़ा ख़तरनाक है; फिर वो शख़्स कहीं नहीं रह जाता; बादशाह के ख़ासा क़रीब रहने वाला ऐसा शख़्स एक दिन अचानक ग़ायब हो जाता है; किसी की हिम्मत नहीं होती कि पता करे, वह गया कहाँ? बाक़ी के दरबारी घबरा जाते हैं कि जब इतना ख़ास आदमी नहीं बचा तो हम किस खेत की मूली हैं!

सो कोई बता नहीं पाया कि इस बार बादशाह लगातार उसी सनक पर कैसे कायम है? प्रेमबन्दी सख़्ती से लागू रही।

बादशाह का ख़ास अमला नित्य नये आँकड़े रिलीज करता है जिससे हवा बँधती है कि प्रेमबन्दी बढ़िया चल रही है। दरबारी ऐसी हर रिलीज की बढ़-चढ़कर तारीफ़ें करते हैं कि वाह जहाँपनाह, वाह!! आँकड़ों से लबरेज विज्ञापनों से गचागच भरे रहते हैं अख़बार। समझदार नागरिकों के जत्थे महल तक लाए जाते हैं जो बादशाह हुज़ूर को उत्साहपूर्वक बतलाते हैं कि प्रेमबन्दी क़ानून ने पूरे देश में एक नई स्फूर्ति भर दी है; कि हर तरफ़ जय-जयकार है मान्यवर की। प्रेमबन्दी की प्रायोजित जय-जयकार को देश में राष्ट्रीय-संगीत का ऑफ़िसियल दर्जा प्राप्त हो गया है। प्रेमबन्दी तोड़ने वाले ढेरों अपराधी रोज़ गिरफ़्तार हो रहे हैं। लाखों प्रेमपत्रों की ज़ब्ती हुई है, पुलिस के मालख़ाने प्रेमपत्रों और मुहब्बत के कार्ड्स से ठसाठस भर चुके हैं। ढीठ प्रेमियों का मुँह काला कर उनकी सार्वजनिक परेड निकालने के दृश्य मीडिया में आम हो गए हैं। प्रेमबन्दी के मुक़दमों के चलते अदालतों में हत्या, चोरी, डकैती, बलात्कार आदि की सुनवाई ठप पड़ी है।

साथ घूम रहे स्त्री-पुरुष हरदम कोई पुख़्ता पहचान अपने साथ रखकर ही बाहर निकलते हैं, वो न दिखा सके तो सगे भाई-बहन को भी ठोंक दिया जाता है कि अगर बहन भाई ही हो तो आपस में ऐसे चिपक के क्यों बैठे थे भैंऽचो? पुलिस और प्रशासन का अपना ही भाष्य है—किसकी, कौन सी नज़र तिरछी मान ली जाएगी, किस निगाह पर तीरे नज़र का आरोप लग जाएगा, लड़की को देखकर ली गई कितनी गहरी श्वास को आह मान लिया जाएगा, किस गीत को प्रेमगीत मान लिया जाएगा; सब कुछ उनके स्व-विवेक पर निर्भर था कि इसे कब प्रेमबन्दी का तोड़ना मानें, कब नहीं और इसकी कहीं सुनवाई नहीं थी; उनका निर्णय ही ख़ुदाई आदेश था। वे किसको कहाँ पकड़ लेंगे, कोई नहीं जानता था—पूरा देश आशंका में जी रहा था।...लोगों ने देशभक्ति के गीतों के सिवाय अन्य हर तरह का गाना छोड़ दिया था। जेब में रिश्वत लायक़ पैसा लेकर ही नागरिक घर से निकलता था।...लम्बे बाल वाले लौंडों को दबोचकर चौराहे पर मूँड़ दिया जाता और क़रीने से बाल सँवारे हुए लड़के भी मार खा जाते कि तू बहुत शरीफ़ बनने की कोशिश करके हमें मूर्ख नहीं बना सकता स्साले!

...रेट्स फिक्स हो गई थीं। सिफ़ारिशों का बाज़ार गर्म था। नागरिक की पकड़ चाहे जब, चाहे जहाँ हो जाती थी। चौराहों पर नागरिकों की सख़्त नंगा-झोली होती; कभी उनके पास से कोई ख़ुशबू, कोई मुस्कान, कोई फूल-पत्ती बरामद हुई कि आदमी पकड़ लिया जाता; लॉकअप में बिठाकर उससे घंटों ऊटपटाँग पूछताछ चलती। जेब में पड़े किसी भी लिखित काग़ज़ से आपकी राइटिंग मिलाई जा सकती थी।...क्यों रे, ये तेरी ही लिखावट है न?...स्साले, बादशाह के इतने मना करने पर भी लगा है तू प्रेम करने, शर्म नहीं आती?...माना कि पत्नी है तेरी, पर उसे प्रेमपत्र क्यों लिखा तूने? देश में किसी भी तरह का प्रेमपत्र अलाउड नहीं है, पता है न?... शादीशुदा है तो बच्चे पैदा करनेवाला काम कर, बस; ये नहीं कि पत्नी के लिए फूलों की बेणी लाई जा रही है, प्रेमपत्र लिखे जा रहे हैं; ये सारे चोचले बन्द करने होंगे, समझा कि नहीं? इस बार वार्निंग देकर छोड़ रहे हैं; यह लिहाज़ भी इसलिए कि तूने रेट से हज़ार रुपये अधिक दिये हैं, वह भी ख़ुशी-ख़ुशी, पर आगे ख़याल रखियो कि फिर ये हुआ तो पैसे तो लेंगे ही, अन्दर भी करेंगे।

...फ़ाइनली प्रजा ने इसका भी तोड़ निकाल लिया था; एक ऐसा सिस्टम कि प्रेमबन्दी रहे और प्रेम भी। लोग अन-ऑफ़िसियली ख़ूब प्रेम में थे, ऑफ़िसियली प्रेम कहीं नहीं था; प्रेमबन्दी में आप पकड़े भी जा सकते थे, नहीं भी; पकड़ गए तो छूट भी सकते थे और नहीं भी; प्रेम की कालाबाज़ारी चल पड़ी थी देश में।...

हाँ, कुछ दिनों से एक नई बात हुई थी।

प्रेमबन्दी के विरुद्ध एक तरह की सुगबुगाहट है सब तरफ़।

देश में ख़ासी बेचैनी है और यह बेचैनी बढ़ती ही जा रही है; अब तो गूँगे तक बोलने को बेचैन हैं। खुलकर बोलने की हिम्मत तो कोई नहीं कर रहा परन्तु दबे सुर में सब तरफ़ प्रश्न उठने लगे हैं। दरबारी कारिन्दे अपने बँगलों से निकलते डरते हैं कि प्रजाजन रास्ता रोककर पूछने लगे हैं; साहब, ये तमाशा कब बन्द करनेवाले हैं आप लोग?...देशभक्ति के नाम पर कई तमाशे पहले भी देखे हैं देश ने, हँसकर नज़रअन्दाज़ ही किया है सबने पर प्रेमबन्दी का यह तमाशा भारी पड़ रहा है सब पर; मानो किसी ने श्वास लेने पर ही पाबन्दी लगा दी हो!...बादशाह पुलिस किसी भी स्त्री-पुरुष को पकड़कर नंगा कर सकती है, रात-बिरात किसी भी घर में घुस जाती है; पुलिस को उस तरह की पुलिस होने के संवैधानिक मौक़े दे दिये गए हैं जो उसकी असंवैधानिक पहचान है और फ़ितरत भी।...लोग बादशाह के ख़िलाफ़ हो रहे हैं जो एकदम नई बात है।...यहाँ तो सत्ता को साष्टांग करने की लम्बी रिवायत रही है। आश्चर्य था कि 'कोउ नृप होय हमें का हानी' वाली प्रजा दरबारियों से पूछने लगी थी कि यह सब क्या और क्यों चल रहा है और कब तक चलेगा?

दरबारी श्रेष्ठि वर्ग प्रजा के इस मूड से बहुत डरे हुए हैं पर यह बात बादशाह को कौन बताए?

बताने की हिम्मत नहीं हो रही उनकी। उससे कहे कौन? घंटी हाथ में है पर भय है कि बिल्ली बुरा मान गई तो?

फिर यह बात तो बादशाह को यूँ भी पता होगी ही। उसको सब पता रहता है। उसके कान सब जगह हैं। मान्यता है कि बादशाह को सब पता रहता है; वह सर्वज्ञ हैं, सर्व-ज्ञानी है, सर्व-शक्तिमान और सर्व-व्यापी है।...उसे इस बेचैनी का भी पता होगा ही पर वो इससे परेशान नहीं होगा क्योंकि वह सर्व शक्तिमान है—वह हर बेचैनी को चैन में बदल सकता है, आसमान को धरती पर उतार सकता है, किसी को भी ज़मीन में गाड़ सकता है, समुद्र को पी सकता है, आग से बेखटके गुज़र सकता है, हर दुश्मन को मसल सकता है और रेगिस्तान में फूल खिला सकता है और रूठी प्रजा की अक्ल ठिकाने लगा सकता है। उसे देश के मूड के बारे में कुछ भी बताना सूरज को दीपक दिखलाने जैसा है। सो किसी ने बादशाह से ये नहीं कहा कि देश बेहद बेचैन है।

सब चुप रहे।

सब डरे भी हैं कि देश में विद्रोह न हो जाए; प्रजा विद्रोह कर बैठी तो? बादशाह सलामत तो तब भी सलामत निकल जाएँगे, हर तानाशाह बचाव के रास्ते बनाकर रखता है; मारे हम लोग जाएँगे क्योंकि तानाशाह सर्व शक्तिमान है, हम नहीं। हम तो कुछ भी नहीं दरअसल; जो हैं, बादशाह के कारण हैं। वही हमारा रक्षक है। वह हमारा चरवाहा है, नाव है, खेवैया है, पतवार है, लहर है, किनारा है, लाइट हाउस है, ढाल है, तलवार है, तमंचा है, बाप है, अब अपने बाप को कोई कैसे बताए कि सामने गड्ढा है; वह दो थप्पड़ मार के हमें बोलेगा कि हमें अन्धा समझा है क्या? तानाशाह को कौन बताए कि वह वास्तव में अन्धा है? आँखों की छोड़िए बादशाह के कानों पर भी तानाशाही के पहरे हैं—असहमति की हल्की आवाज़ के प्रवेश की भी वहाँ सख़्त मुमानियत है।

सो हुआ यह कि दरबारी सोचते रह गए, बादशाह से वे कुछ बोले नहीं; जब-जब पूछा गया, हर कोई बोला कि सब बहुत बढ़िया चल रहा है सरकार!

और ऐसे माहौल में एक दिन बादशाह ने ही दरबारियों को ये कहकर चौंका दिया कि उसे पता है कि प्रेमबन्दी असफल हो गई है; देश में बेचैनी है यह भी पता है, और जो यह कहकर मुझे चूतिया बनाया जाता है कि सब ठीक चल रहा है, उसका भी पूरा पता है; समय आने पर कुछ गर्दनें अपनी जगह पर न दिखें तो आश्चर्य मत करना तुम लोग!

यह सुनकर दरबार में सन्नाटा छा गया था उस दिन।

*

आगे की कथा बताने से पहले हम उस दिन की बात बता दें जब बादशाह ने देश के मशहूर फ़क़ीराना शायर को अपने महल में गोपनीय ढंग से सादर आमंत्रित करके प्रेमबन्दी पर उसकी राय पूछी।

बादशाह की आदत है, हर बड़े क़दम के बाद वह देश के बुद्धिजीवी वर्ग से बातचीत करके उनकी राय जानने की कोशिश करता है कि बुद्धिजीवी क्या कहते हैं? अक्सर बुद्धिजीवी तो चुप रह जाते हैं या अपनी बात इस क़दर तोड़-मरोड़कर बोलते हैं कि सत्ता अपने हिसाब से उसे अपने पक्ष में इस्तेमाल कर सके, या हें हें करते हुए ख़ूब मुंडी हिलाते हैं; बहुत से तो इसी में ख़ुश हो जाते हैं कि बादशाह ने ख़ुद अपना पर्सनल रथ भेजकर उनको बुलवाया, चेयर से एक नितम्ब उठाते हुए आदर दिया, इस्तकबाल किया कि आइए, आइए; बताइए कि कितना सम्मान, वाह!

बादशाह का अभी तक का अपना अनुभव यही है। अक्सर बुद्धिजीवी दरबारियों से भी बढ़-चढ़कर हें-हें करते हैं, बादशाह से सहमत होने की भरसक कोशिश करते हैं और पिल्ले की भाँति टाँगें हवा में उठाकर कूँ-कूँ न भी करते हों, माहौल कुछ वैसा ही बना देते हैं! इसी दिव्य अनुभव के लिए वह इनको बुलाया करता है और बाद में इस मुलाक़ात के समाचार को कसकर भुनाता भी है। ऐसी मुलाक़ातें मज़े की होती है और सन्तोष देती हैं कि चलो, देश का बुद्धिजीवी भी उसके साथ है।

ख़ास कारिन्दा सत्ता से सहमत बुद्धिजीवियों में से ही किसी को चुनकर लाता है ताकि बातचीत में अपेक्षित सौहार्द का माहौल बना रहे; कुछ कमीने बुद्धिजीवी समझते ही नहीं कि वे किससे असहमत हो रहे हैं, ऐसे बुद्धिजीवी को बादशाह के पास कभी लाता ही नहीं वो। पर इस बार बादशाह ने ख़ुद इस शायर का नाम लिया, कहा कि ज़रा इसकी भी राय लेते हैं; देश में बड़ा नाम है स्साले का! ख़ास कारिन्दे ने विनम्र सलाह भी दी कि इस पागल को न बुलवाएँ हुज़ूर, इसे तो बुद्धिजीवी समाज भी अपनी गोष्ठियों से बाहर रखता है; यह स्साला दुनियादारी समझता ही नहीं, कहीं भी, कुछ भी बोल देता है—डर है कि बादशाह सलामत की शान के ख़िलाफ़ कोई गुस्ताख़ राय ज़ाहिर न करने लगे; ठीक न होगा कि हमें मेहमान को जूते मारकर महल से बाहर निकालना पड़े।

बादशाह नहीं माना—

"यह तो वही मुहब्बत के गीत लिखने वाला शायर है न जिसके प्रेमगीत ज़ोर-ज़ोर से गाए जाते थे कभी, है न?"

"जी, ये वही पाजी है। प्रजा में बड़ा मान है स्साले का वरना हम इसे प्रेमगीत लिखने के अपराध के लिए कब का अन्दर कर चुके होते," कारिन्दे ने बताया।

"ऐसी मूर्खता कभी न करना। बुद्धिजीवी को कभी गिरफ़्तार मत करो; या तो उसे पूरा ग़ायब कर दो, कुछ दिन हल्ला रहेगा, बस; या उसके विरुद्ध उसके ही बुद्धिजीवी साथियों को लगा दो, आपस में उलझते रहेंगे। जेल भेज दोगे तो उसका क़द फ़ालतू ही बढ़ जाएगा।"

बादशाह मौन रहकर अपनी इस थ्योरी पर ख़ुद मन ही मन मुस्कराता रहा फिर इसी विचार को और आगे बढ़ाते हुए बोला—

'कोई लाख प्रेमगीत लिख ले, जब प्रेमगीतों को गाने वाले ही न बचेंगे तो स्साला ख़ुद चुप बैठ जाएगा! इसे पकड़ने की ग़लती मत करना। हम तो इसे इस्तेमाल करने की सोच रहे हैं। सत्ता की कोशिश बुद्धिजीवी को अपना शो-पीस बनाने की होनी चाहिए; अगर इस शायर से हम प्रेमबन्दी के समर्थन में दो बातें भी कहलवा सके तो मीडिया में भूचाल आ जाएगा। इसी को आमंत्रित करो। मैं इसी से मिलूँगा। हाँ, मुझे पता है; पूरे चांस हैं कि यह कोई समर्थन नहीं देगा, तब भी इस मुलाक़ात को मीडिया में फैलाने से हमारा एक लोकतांत्रिक चेहरा सामने आएगा कि देखो, बादशाह विरोधियों का प्वाइंट भी समझने की कोशिश कर रहा है, सो तुम उसी को बुलाओ।'

इसी पृष्ठभूमि में शायर से बादशाह की यह मुलाक़ात बनी।

पहली नज़र में तो बादशाह को यही लगा कि फ़ालतू ही इतना हल्ला है इसका; ये फक्कड़ शायर तो बहुत ही विनम्र निकला; देखो तो कि मुझसे कितना झुककर मिला! पर दूसरी नज़र में ही स्पष्ट हो गया कि इसके झुकने में भी अजीब सा बड़प्पन था मानो झुककर भी कह रहा हो कि इसे उसका झुकना न माना जाए, इस झुकने में ही उसका तनना है; शायर का सिर न तो झुका था, न उठा, उसकी पूरी मुद्रा में अनोखा आत्मविश्वास था; ख़ुद में ही आनन्दित, सन्तोष से लबरेज मन, चेहरे पर अनोखी उजास कि बादशाह हैरान हुआ कि उसे सालों बाद कोई ऐसा मिला था जिसके सामने उसे अपना क़द छोटा लगा।

बादशाह ने शायर के प्रणाम का माकूल जवाब देते हुए उसे सामने वाली कुर्सी पर बिठाया। इधर-उधर की बातें करने के बाद वह सीधे मुद्दे पर आया—

"आपको हमारी प्रेमबन्दी कैसी लगी?" बादशाह ने मुस्कराकर पूछा।

शायर चुप था, चुप ही रहा। हाँ, वह रह-रहकर मुस्करा ज़रूर रहा था। बादशाह लगातार उसका मुँह देखता रहा।

"कुछ तो कहिए?" बादशाह ने कहा।

इस बात पर शायर ने बादशाह की आँखों में आँखें डालकर जो कहा वैसा कहने की जुर्रत इससे पहले कभी किसी ने नहीं की थी—

"पहले यह बताएँ कि आप सुनना क्या चाहते हैं? सच वाला सच, या फिर आप वाला सच जो सच तो क़तई नहीं है पर सुनने में बड़ा अच्छा लगेगा आपको; बोलिए कि क्या बोलूँ मैं?" शायर उसकी तरफ़ देखकर और भी मुस्कराने लगा।

बादशाह अवाक् रह गया।

स्साले की हिम्मत तो देखो!

वह तो आसपास कोई मौजूद नहीं था सो ठीक रहा; कारिन्दा दूर खड़ा है, अंगरक्षक और भी दूर। उद्दंड शायर का मुँह देखता रह गया बादशाह—इसका दिमाग़ फिर गया है क्या? क्या इसे मौत का ख़ौफ़ नहीं? मेरे मुँह पर ऐसा बोलने की हिम्मत इसकी! ये कोई पागल तो लगता नहीं परन्तु होशो-हवास में कोई ऐसा दुस्साहस कैसे कर सकता है?और आँखों में चमक देखी इसकी? है एकदम फटेहाल, पर देखो, मेरे सामने कैसे ठाठ से बैठा हुआ है? मन किया, अभी गर्दन उतारने का इशारा कर दें पर रोक लिया ख़ुद को, गर्दन तो कभी भी उतारी जा सकती है, उतार ही देंगे; पहले इसकी सुन ली जाए।

"आपसे पूछना था कि प्रेमबन्दी सफल रही या असफल? बुद्धिजीवी हैं आप। अपनी बात कहें। आपकी राय क़ीमती है हमारे लिए; खुलकर बताएँ। यह भी बताइएगा कि इसे और सफल बनाने के लिए मुझे क्या करना चाहिए?" बादशाह ने पूछा।

अब तो शायर ज़ोर-ज़ोर से हँसने लगा।

इसमें हँसने की क्या बात? बादशाह की निगाह ने पूछा।

शायर की हिम्मत देखें कि वह 'आप' से 'तुम' पर आ गया।

"तुमको ऐसी ग़लतफ़हमी क्यों है कि प्रेमबन्दी जैसी चीज़ कभी सफल भी हो सकती है? कायनात के सिस्टम को कैसे पलट सकते हो तुम? प्रेम तो इनसानी फ़ितरत है, उसका बुनियादी स्वभाव; नफ़रत के लाख कारण होते हैं और प्रेम किसी कारण का मोहताज नहीं, वह अकारण होता है, बस, हो जाता है। बुरा मत मानना बादशाह सलामत, पहले भी बादशाहों ने नफ़रत के अभियान चलाए हैं परन्तु नफ़रत कभी टिक नहीं पाई और प्रेम कभी मिटा नहीं। समझो ज़रा, समस्त जीवन प्रेम पर ही टिका है; दुनिया में सब कुछ प्रेम के कारण है—यह धरा, वायु, जल, तुम और मैं, सब; प्रेम न हो तो हम हैं ही क्या?"

शायर एक पल को मौन होकर अपनी बात का असर आँकता रहा, फिर बोला—

"अच्छा बताओ, क्या तुम नहीं चाहते कि प्रजा तुमसे प्रेम करे?"

बादशाह मुस्कराया।

"जी नहीं, मैं ऐसा क़तई नहीं चाहता, मैं तो चाहता हूँ, प्रजा मुझसे डरे; थर-थर काँपे मुझसे।"

शायर उसे देखता रह गया।

कितना बेबस है यह आदमी, नफ़रत के हाथों! बेचारा बादशाह!! शायर के चेहरे से ज़ाहिर हो रहा था कि वह कोई गहरी फ़िलॉसफ़िकल बात कहने के कगार पर था, बादशाह ने उसे रोक दिया; फ़ालतू बातों में रुचि नहीं उसकी।

"शायर, तुम तो बस यह बताओ, प्रेमबन्दी ठीक चल रही है या..."

अब क्या कहे शायर? पर शायर तो सच कहने को अभिशप्त होता है! वो मुस्कराया; बादशाह की आँखों में आँखें डालकर उसने जो कहा वो केवल वही कह सकता था—

"इसका उत्तर 'हाँ' या 'न' में देना सम्भव नहीं। हाँ, सच या झूठ ज़रूर हो सकता है। तुम सच सुनने को राज़ी हो? तो सच यह है कि प्रेमबन्दी सफल नहीं हो सकती। तुम कहो तो मैं बताऊँ कि यह सफल क्यों नहीं हो सकती? बोलूँ?"

बादशाह ने अभयदान की मुद्रा में गो-अहेड का सिग्नल दिया।

शायर ने कई प्रश्न उठाते हुए बात आगे बढ़ाई—

...कभी आकाश के अनन्त विस्तार को ध्यान से देखा है बादशाह तुमने? नहीं न? कैसे देखोगे, समय कहाँ है तुम्हारे पास?...कभी समय निकालना, देखना; छत पर, किसी मैदान में, एकान्त में, एकदम अकेले में; इसे देखना ज़रूर। पर अकेले रह कहाँ पाते हो तुम, कोई न कोई घेरे रहता है तुम्हें।...अच्छा, हाल में कब ऐसा हुआ कि तुम कुछ पलों के लिए ही सही, एकदम अकेले रहे हो—आसपास कोई न हो, सुकून के साथ आँखें मूँदे रहे हो; ऐसा कब हुआ है तुम्हारे साथ? शायद कभी नहीं क्योंकि कोई न कोई तुम्हारे पीछे या आसपास हमेशा ही सिर झुकाए खड़ा रहता है।...समय निकालकर कभी अकेले खड़े होना जहाँ तुम्हारे साथ केवल तुम हो, केवल तुम। फिर उस एकान्त में एकदम मौन रहकर तुम आकाश को कभी बेवजह ताकना, ताकते ही रहना; तब तुम्हें अनन्त तक, बस प्रेम का ही राज दिखेगा।...आसमान में हौले-हौले उड़ते नृत्य मग्न बादल...क्षितिज जिसे ख़ूब पता है कि उसका धरा से मिलन असम्भव है पर कितने धैर्य से इन्तज़ार है उसे इस मिलन का, खड़ा है क्षितिज, क्षितिज पर,...चील और बाज़ के निरन्तर ख़ौफ़ के बावजूद गाते-नाचते पंछी,...रहस्यमयी दसों दिशाएँ, पल-पल अपना रूप बदलती मनोहारी घटाएँ—इनको कभी ग़ौर से देखो तो जान लोगे कि प्रेमबन्दी सम्भव ही नहीं; इनको देख लिया तो तुम ख़ुद ही किसी के प्यार में पड़ जाओगे, ख़ुद के बनाए क़ानून के बावजूद।...देर तक निहारो तो आकाश एक विराट नाचघर के गुम्बद-सा लगेगा जिसके तले ज़िन्दगी नृत्य कर रही है, और बिना प्रेम के तो नृत्य सम्भव ही नहीं महोदय; तुम्हारी प्रेमबन्दी का बस चलता तो आकाश का विराट गुम्बद अभी एकदम वीरान, उजाड़ और ध्वस्त ऑपेरा हॉल जैसा बन गया होता पर ऐसा कुछ नहीं हुआ न? आकाश सन्नाटे के हवाले तो नहीं हुआ न? फिर? कहीं भी दिखती है तुमको तुम्हारी प्रेमबन्दी? नहीं, कहीं नहीं है प्रेमबन्दी क्योंकि वह सम्भव ही नहीं।'

शायर बोलता चला गया—

और आकाश ही क्यों, सब तरफ़ प्रेम है। सारे जगत में। सब तरफ़। कण कण में। ...बादे सबा को महसूस करके देखो न, क्या तुम्हारी प्रेमबन्दी के बाद वो बदली? नहीं न? आज भी उतनी ही उत्फुल्लता और प्रेम से बहती है।...और चाँद की ओर कभी ताको न?...और ये तारे।...और ये, बस यूँ ही अपने आप में मग्न, झूमते दरख़्त।...एकदम एकान्त में भी उतनी ही शिद्दत से खिले हुए ये फूल।

वीराने में भी बेपरवाह, बेवजह उड़ती हुई उनकी सुगन्ध।...और यह धरती के हर कोने में, सब तरफ़ महकती हुई ज़िन्दगी की ख़ुशबू।...अकेले में भी किसी की याद में धड़कता हुआ कोई दिल। यह सारा उत्सव तो प्रेम से ही है महोदय।...कभी भीड़ में भी तनहा होकर देखा है तुमने श्रीमान बादशाह सलामत? शायद कभी नहीं हुए क्योंकि यह तुम्हारे बस की बात ही नहीं और, तुम्हारी ऐसी क़िस्मत भी नहीं; पर कभी ऐसे अकेले हुए होते तो फिर तुम सपने में भी प्रेमबन्दी की नहीं सोचते।... अच्छा, बाँसुरी सुनी है कभी? और पायल के घुँघरुओं की रुनझुन?...और शहनाई?... पपीहे को बोलते सुना है, कभी?...देखा है कभी पाज़ेब वाले पाँवों का महावर?... सुनी हैं कभी विरह की आहें? दर्द भरे गीत?महसूसी हैं किसी की गर्म श्वासें? बेसाख़्ता भर आए आँसू?...देखी है कभी वह मुस्कान जो आँसुओं के नीचे खेलती है, और वे आँसू जो मुस्कान की तलहटी में बहते हैं?...महसूसा है कभी वो दर्द जो हर ख़ुशी में घुला रहता है पर दिखता नहीं?...किसी को देखकर अचानक ही गले में कुछ अटक-सा जाना, महसूस किया है कभी?...अरे तुम एक बार ठीक से देखो तो, प्रेम सब तरफ़ है, पूरी कायनात में; कहाँ-कहाँ प्रेमबन्दी करोगे, और कैसे? कभी कर भी सकोगे?...अच्छा बताओ क्या करोगे डूबते सूरज की हल्की उजास में खोए गोधूलि के आसमान का, ख़ुद में ही मग्न बहती नदी के विस्तार में तैरते सुकून का, कहीं सुनसान-सी पहाड़ी पर एकान्त में बहते गीत गाते झरने का, और उसके साफ़-शफ़्फ़ाफ़ जल की तली में मज़े से पड़े उन गोल-गोल चिकने, अनगढ़ पत्थरों का जो स्वयं में इतने सन्तुष्ट दीखते हैं, नदी के किनारे फैली रेत में पल भर को उभर आए उन पदचिह्नों का जो एकान्त में हाथ पकड़कर घूमते प्रेमियों की पगथलियों ने उकेर दिये और गीली रेत ने जिनको सहेजकर छाती से लगा लिया—ये सब धरती पर पड़ी निर्जीव वस्तुएँ नहीं, प्रेम है, विशुद्ध प्रेम। यह सब ईश्वर ने हमें बस इसलिए अता किया कि हम भी किसी के प्रेम में पड़ सकें। धरा पर बिखरा यह सारा ख़ज़ाना प्रेम को समझने के लिए ही बना है श्रीमान। धरती की हर शै प्रेम के कारण है, प्रेम के लिए है, ठीक से समझ लो ये बात।... तुम अगर प्रेमबन्दी चाहते हो तो पहले ये सब नष्ट करना होगा तुमको।...करोगे नष्ट?...कर दो, परन्तु फिर बचेगा ही क्या जिसे तुम सल्तनत कह सको?...तो असली सल्तनत तो प्रेम की है। वही सबका बादशाह है। तुम भी उसी की सल्तनत में आते हो बादशाह हुज़ूर, हम सब आते हैं। प्रेमबन्दी एक असम्भव काम है।... अरे, कैसे करोगे प्रेमबन्दी?...क्या कर लोगे उस मौसम का जो आदमी को नशे में डाल देता है?...क्या करोगे आकाश में तने इन्द्रधनुष का, याद के बादलों का, मन में उठ रही गुनगुनाहट का, अकेले में बैठे हुए यूँ ही बेसाख़्ता मुस्करा देने का, उस लट का जो अनायास ही उसके माथे पर गिर-गिर पड़ती है और तुमको पागल बना देती है, उस काजल का, कजरारे नयनों का, शब्दों के उन मोतियों का जो

प्रेम-सन्देशों में टँके रहते हैं, उन मनुहारों का, उलाहनों का, रूठने का, मान जाने का, इशारों में की जा रही मीठी बातों का, सावन का, घटाओं का, बिजलियों का, बौछारों का, रिमझिम का, साथ-साथ भीगने का, सुबह-सुबह नींद खुल जाने का जब उसकी याद फिर सोने ही न दे, और उस मन का जो कहीं लगता न हो, मन के उस बावलेपन का, और उस कुछ-कुछ का जो छाती में पिघलकर रग-रग में बहता है और उसकी यादों को बिठाए मन की पालकी का जो प्रेमी की हर श्वास उठाए घूमती है—साहब, कहाँ-कहाँ रोकोगे तुम प्रेम को?...प्रेमबन्दी की तुमने सोची भी कैसे?...यह क्या करने बैठ गए हो तुम? प्रेम को रोक सका है कभी कोई? ईश्वर ने प्रेम बनाया ही इसीलिए कि सारा संसार इसके हवाले करके वह निश्चिन्त हो गया कि प्रेम रहेगा तो दुनिया ठीक से चलेगी ही।

बादशाह का हाथ कई बार अपनी तलवार पर गया पर न जाने क्यों वह आगे और सुनना चाहता था। शायर बोलता गया—

प्रेम बहुत छोटी-छोटी चीज़ों में अटका होता है बादशाह सलामत जी, उसे तुम्हारी पुलिस कहाँ-कहाँ तलाशेगी? प्रेम तो वहाँ-वहाँ दिख जाता है कि हैरानी होती है। ...वह तड़प, वह थरथराहट जो उठी तो अब चैन ही नहीं लेने दे रही, और दिल, और जिगर; और चाक गरेबाँ, उसका दामन, उसका अक्स, और उसके कुर्ते के काज में अटका सा, अब टूटा तब टूटा बटन, और...अरे, प्रेम तो न जाने कहाँ-कहाँ है बादशाह; कहाँ-कहाँ पकड़ोगे उसे? यहाँ पकड़ोगे तो वहाँ रह जाएगा।...तुम तो हवा को मुट्ठी में बाँधने चले हो भाई। मैंने इतनी सारी चीज़ें गिनवाईं अभी तुमको; इनमें से एक भी चीज़ को बदल पाई तुम्हारी प्रेमबन्दी?...क्या तुम्हारी पुलिस लोगों की भावनाओं को ज़ब्त कर सकती है? भावनाओं की ज़ब्ती तैयार की जा सकती है क्या? नहीं न? फिर? ...इतनी सी बात जानने के लिए मुझे क्यों बुलाया तुमने? आँखें खोलकर ख़ुद देखते तो सब उत्तर मिल जाते। सुन पाओ तो दसों दिशाएँ कह रही हैं कि प्रेमबन्दी सफल हो ही नहीं सकती।

और मान भी लो कि तुम्हारी प्रेमबन्दी सफल हो भी जाए, तब?

कभी ऐसी असम्भव अनहोनी हो भी गई तो फिर बचेगा ही क्या इस दुनिया में?...प्रेम को हटा दें तो समस्त स्त्री-पुरुष बस कठपुतली बनकर रह जाएँगे।...वैसे, तुमको शायद कठपुतलियाँ ही चाहिए; कठपुतलियाँ जो तुम्हारे इशारे पर उठें, बैठें, नाचें, है न? ...परन्तु कठपुतलियों का बादशाह होने में भी कोई मज़ा है क्या? तुम कठपुतलियाँ नचाने वाले साधारण तमाशेबाज़ तो हो नहीं।...बादशाह हो तो कुछ बड़ा सोचो।...सच है कि देशप्रेम बहुत बड़ी चीज़ है, पर जब तुम प्रेम ही न समझोगे तो देशप्रेम को कैसे समझ सकोगे? प्रजा में राष्ट्रप्रेम हो, उसके लिए आवश्यक है कि प्रजा प्रेम करना भी जाने। तुम तो यहाँ उलटा ही कर रहे हो?

...प्रेम कभी ख़त्म नहीं हो सकता, सदियों से यही परम सत्य है; बादशाहतें ज़रूर आती-जाती रही हैं, आती-जाती रहेंगी।...हर बादशाह की भाँति तुमको भी ऐसा क्यों लगता है कि नफ़रत का सहारा लिये बिना सिंहासन टिक ही नहीं सकता? सच एकदम उलट है। नफ़रत पर टिका सिंहासन डगमगाता रहता है। तानाशाहियाँ नफ़रत के भरोसे चलती हैं परन्तु प्रेम से हार जाती हैं; यही होता रहा है सदियों से। और तुम प्रेम को ही समाप्त करने चले हो!...लड़ाई छेड़ दी है प्रेम के विरुद्ध! हद है तुम्हारी हठधर्मी की।...प्रेम को यूँ नहीं जीता जाता श्रीमान, प्रेम को जीतने का सबसे सरल रास्ता है उससे हार जाना; प्रेम में वही जीतता है जो हार जाता है। ...प्रेम में समर्पण चाहिए, युद्ध नहीं; युद्ध छेड़कर प्रेम को नहीं जीता जाता। प्रेम सबसे बड़ा तानाशाह है मेरे बादशाह! प्रेम की तानाशाही सदियों से हर तानाशाही पर भारी रही है, याद रखना।

...क्या बादशाह ने यह सब सुना जो शायर कह रहा था?

और जो सुना भी तो एक शब्द भी समझ पाया उसका? नहीं, कुछ भी नहीं; न सुना, न समझा। तानाशाह के कान बस उतना ही सुनते हैं जितना बादशाह सुनना चाहता है। कानों ने उतना ही सुना। ...सुनकर हैरान हुआ बादशाह—अरे, यह स्साला तो एकदम ही पागल है, बदतमीज़ तो है ही; वैसे, कवि शायर लोग थोड़े पागल होते हैं, यह तो सुना था पर इस क़दर बेअदब भी हो सकते हैं, यह देखकर हैरान था बादशाह। और इसकी तो हर बात में बेअदबी थी; मुद्रा में, मुस्कान में, नज़र में। बादशाह को आश्चर्य हुआ कि इस आदमी को जान का ख़ौफ़ नहीं!

बादशाहत जानती है, ऐसे गुस्ताख़ बेअदबों से कैसे निपटना है।

बादशाह ने बहुत सा सम्मान, श्रीफल, शॉल और मोहरें आदि देकर शायर को आदरपूर्वक महल से बिदा किया।...और उसी शाम तेज़ भागते एक रथ ने शायर को बुरी तरह कुचल दिया।...शायर साहब अपने घर से निकलकर ख़यालों में गुम, भारी ट्रैफ़िक से बेपरवाह, सड़क की ग़लत साइड पर चले जा रहे थे कि पीछे से तेज़ आते रथ के सारथी द्वारा भोंपू बजाने और अश्वों के हिनहिनाने पर भी वे सँभले नहीं, रथ के भारी पहियों के नीचे आ गए; सिर कुचल गया उनका, और उसके साथ ही खोपड़ी में भरे बढ़िया-बढ़िया विचार भी सड़क पर बह रहे ख़ून के साथ सड़क पर बहकर धूल में जज़्ब हो गए।

बादशाह ने शायर के घर के सामने की सड़क उसके नाम कर दी।

ज़रा-सा एक पत्थर लगवाने के नाकुछ से ख़र्च में वाहवाही लूट ली बादशाह ने! लोग बादशाह के साहित्य-प्रेम को लेकर कई दिनों तक अश-अश करते रहे।

*

और अब भरे दरबार में वही बादशाह स्वीकार कर रहा है कि उसकी प्रेमबन्दी असफल हो गई है। पूरी सभा सनाके में आ गई थी। दरबारी हैरान थे; जो बात वे लोग बादशाह को बताने में डर रहे थे, उसे पहले ही पता थी!

पर बादशाह ने कोई सीधे-सीधे नहीं कह दी ये बात। लोगों को अचानक चौंकाने पर विश्वास करता है वह। वही किया उसने। शुरू में इस पर कोई बात ही नहीं की। दरबार हस्बमामूल सजा था और वह बैठा हुआ अपनी प्रशस्तियाँ सुन रहा था। जयकार, कीर्तन, भजन, वाह-वाह, जी हाँ, जी हाँ वग़ैरह भी हो रहा था और बादशाह ख़ुश भी दिख रहा था। दरबारी गवैये प्रशस्ति-गीत गाने में दत्तचित्त थे। राष्ट्रकवि महोदय बड़े गर्व और सन्तोष से चहुँओर देखते हुए मुस्की मार रहे थे—प्रशस्ति-गीत उनका ही रचा है।

कि बादशाह ने अचानक ही ऊँची आवाज़ में चिल्लाया, चोप्प! वो इतनी ज़ोर से चिल्लाया कि गायक सकते में आ गए।

"बन्द करो यह तमाशा..." बादशाह गरजा।

गायक मंडली बुरी तरह से काँपने लगी। ढोल, मजीरे, हारमोनियम, तबला, शहनाई, सारंगी वाले साजिन्दों, और खुले गले से गाते गायक ने घबराकर झपाक से सब बन्द कर दिया और दहशत में आकर बादशाह का मुँह ताकने लगे। गायक का गला सूख गया; कुछ ग़लत तो नहीं निकल गया उसके मुँह से—कहीं उसने वह सच तो नहीं गा दिया जो उसके मन में सतत चलता रहता है?

"गुस्ताख़ी मुआफ़ हुज़ूर, जान की अमान हो, कहीं कुछ ग़लत गा दिया हो तो..." गायक अपनी जगह दंडवत हो गया था।

"नहीं, तुम्हारे स्वर एकदम दुरुस्त थे; बस हम ही, इन प्रशस्तियों से बोर हो गए हैं..." बादशाह ने कहा।

घबराने की बारी अब राष्ट्रकवि की थी।

वह लगभग काँपने लगा। उसने रस, अलंकार, विशेषण, बिम्ब-योजना और उपमाओं की अपनी पिटारी टटोली; कहाँ चूक हो गई उसकी क़लम से कि बादशाह का मन अपनी प्रशस्ति से ही ऊब गया?

दरबारी काँपने लगे। बादशाह का मूड कुछ ज़्यादा ही ख़राब लग रहा है आज; आँखें तो देखो हुज़ूर साहब की! सभी लोग अपनी गर्दन पर हाथ फेरने लगे; बोला कोई कुछ भी नहीं। सन्नाटा रहा कुछ देर। फिर बादशाह ने ही पूछा—

"कोई बताएगा मुझे; अभी क्या चल रहा है देश में?"

"बादशाह सलामत के प्रताप से सब ठीक..." किसी ने कहने की कोशिश की।

"देखो, झूठ मत बोलना, सच मुझे पता है।"

बोलने वाला एकदम चुप हो गया।

बाप रे! मालिक को ज़रूर सब कुछ पता है। बादशाह को सच का पता है

यह बात राहत की भी थी और चिन्ता की भी; वैसे किसी को नहीं पता कि 'उसका सच' क्या होगा और 'उस सच' के लिए अभी उसने किस-किस की खाल उतारने का इरादा बनाया है?

"देश में इतना सब हो रहा था और तुम लोगों ने मुझे कुछ भी क्यों नहीं बताया?" बादशाह सबकी आँखों में झाँकते हुए दहाड़ा।

सारे सिर झुक गए।

"मुझे बता नहीं सकते थे, बोलो?" उसने दरबार पर एक विहंगम और कड़ी दृष्टि डाली।

सन्नाटे की अलगनी पर झुके हुए सिर लटके थे।

"देश में इतनी बेचैनी फैली हुई है और कोई मुझे बताने को तैयार नहीं, क्यों?"

सब चुप रहे। क्या कहते? वे तो मानते हैं कि हर दीवार में बादशाह के कान हैं; उसे तो सब पता चल ही जाता है।

"तुमको सब पता था न?" वह सबको घूरता रहा।

सिर झुके रहे। यही मुद्रा बचा सकती थी अब उनको।

"बताया क्यों नहीं मुझे?"

सब चुप रहे—मौन ही बचा सकता था अब उन्हें।

"बेवजह लाखों गिरफ़्तारियाँ हुई हैं और मुझे कोई फ़ीड बैक ही नहीं? प्रशस्तियाँ और भजन गा-गाकर मुझे बहरा नहीं बना सकते तुम लोग, समझे न? मैं केवल सुनता ही नहीं, सूँघता भी हूँ, सही ख़बर सूँघ लेता हूँ मैं।...मैं हर दरबारी से पूछता रहा कि प्रेमबन्दी ठीक चल रही है कि नहीं?...तुमसे, तुमसे भी, हर एक से पूछा है मैंने।... बार-बार पूछा है कि नहीं?...और तुमने क्या कहा?...सब बढ़िया चल रहा है मालिक!... स्साला हर बात में, बस जी हुज़ूर, जी हुज़ूर; यही था न तुम्हारा उत्तर—सब झूठ! सब ग़लत!!...वैसे भी, प्रेमबन्दी कहाँ से सफल होगी? अरे, ख़ुद तुम ही प्रेमबन्दी तोड़ रहे हो।...मेरे पास सबकी फ़ाइल है; कौन कहाँ, किस स्त्री से फँसा है, मुझे सबका पता है, कहो तो तुम्हें भी प्रेमबन्दी में गिरफ़्तार करा दूँ?...बोलो? लगवाऊँ कोड़े, हरामियो?"

बादशाह आज गाली-गलौज पर उतर आया था।

माबदौलत बहुत ही ख़राब मूड में हैं आज।

दरबारी डर गए—साहब को सब पता है, सबके बारे में सब पता है; लोग ग़लत नहीं कहते, वो रात में भेस बदलकर घूमता है, हर चीज़ की फ़र्स्ट-हैंड सूचना रहती है उसके पास; उड़ती चिड़िया पहचान लेने वाले ख़ुफ़िया कारिन्दे तैनात हैं उसके, तानाशाही की सक्षम मशीनरी है उसकी। वह दरबारियों पर निर्भर नहीं; प्रशस्ति में माहिर, अहर्निश दंडवत रहने में ही जीवन का सार मानने वाले दरबारी उसकी तानाशाही को संवैधानिक वैधता देते हैं, बस; वरना तानाशाह का अपना निर्मम तंत्र है जो बादशाह का इशारा यूँ पकड़ता था जैसे चिंगारी का इशारा बारूद का ढेर समझता है।

तो प्रेमबन्दी, उसका सबसे महत्त्वाकांक्षी प्रोजेक्ट कैसे असफल हो गया? क्या कर रहा था उसका सिस्टम? बर्दाश्त ही नहीं कर पा रहा बादशाह; अरे, ऐसे कैसे? कौन हो सकता है इसके पीछे? बादशाह का मूड बहुत उखड़ा हुआ है।

वह बौखलाया हुआ-सा बोलता गया—

प्रेमबन्दी सफल नहीं हुई यह सच है, पर असफल भी नहीं हुई है; कोई यह न मान बैठे कि हमारा क़दम ग़लत था।...दरबारी इतिहासकार, अभी, इसी वक़्त अपनी नोटबुक निकालें और नोट करें कि यह सही क़दम था, एकदम सही क़दम। जो इसे ग़लत बोलते हैं, उनके लिए रेशमी फंदों का भरपूर स्टाक है हमारे पास।... प्रेमबन्दी ग़लत नहीं थी। हाँ, उसे लागू करने में ग़लतियाँ हुई हैं। इन्हें जल्दी ही ठीक कर लिया जाएगा। ग़लती करने वालों के गले की नाप लेने वाले निकल चुके हैं। इन्क्वायरी के फंदों के ऑर्डर इश्यू हो रहे हैं।...नहीं, प्रेमबन्दी फेल नहीं होगी, हम इसे सफल बनाएँगे; प्रेमबन्दी के अच्छे रिजल्ट जल्द ही मिलेंगे।...अब आप दरबार से निकलकर सीधे प्रजाजनों से मिलें, उनको प्रेमबन्दी के बारे में बतलाएँ कि इसे लेकर बेचैनी एकदम ग़लत है; प्रेमबन्दी के उद्‌देश्य पवित्र हैं, परमपावन; इसके बूते कुछ साल बाद जब देश में राष्ट्र-भक्ति ठाठें मारने लगेगी तब देशवासी समझेंगे कि प्रेमबन्दी हमने क्यों की?...तब मैं अपने प्रिय देशवासियों से विनम्रतापूर्वक पूछूँगा कि बताइए, कौन सही था, आप कि हम?

दरबारी सिर झुकाए सुनते रहे।

पर अभी हमें प्रजा में व्याप्त इस बेचैनी से निपटना है; मुझे प्रेमबन्दी के लिए हर हालत में अपनी प्रजा की जय-जयकार चाहिए।...तो अब आप बताएँ कि इसके लिए हम क्या करें? ख़ूब सोचकर अपना सुझाव दें।

सब घबरा गए थे। बादशाह जानता था कि सोचना इनके बस की बात नहीं। उसने दरबार पर नज़र डाली। हर एक की आँखें झुकी हुई थीं कि बादशाह उसी से सुझाव न माँग बैठे! प्रतीक्षा है कि बादशाह ही किसी क़दम की घोषणा कर दे तो आसानी हो जाए।

"आज मैं वह घोषणा करने आया हूँ जो प्रजा की इस बेचैनी को ख़त्म कर देगी।"

बादशाह ने नाटकीय अन्दाज़ में कहा तो दरबारियों की साँसें अटक गईं; बाप रे, एक और घोषणा!

मैं आज घोषणा करता हूँ कि पिछले छह माह के दौरान दर्ज प्रेमबन्दी के समस्त केसेज वापस ले लिये जाएँगे; जेल में पड़े समस्त प्रेम-क़ैदियों को तत्काल प्रभाव से रिहा कर दिया जाएगा। ऐसे हर क़ैदी को एक एफ़िडेविट भरना होगा, उनके चाल-चलन पर आगे गहरी नज़र रखी जाएगी; अगर फिर से उन्होंने प्रेमबन्दी-क़ानून तोड़ा तो दुगना दंड भुगतना होगा। इस घोषणा के ज़रिये हम सभी को एमनेस्टी का एक चांस दे रहे हैं। इससे पहले भी हमने काला धन रखने वालों, कालाबाज़ारियों, दंगा करने वालों, बलात्कारियों और मुर्ग़ी चोरों को एमनेस्टी स्कीमें लाकर ऐसे ही मौक़े दिये हैं।

कन्फ़ेशन करनेवाले को तो ईश्वर भी माफ़ करता है। हम आज सभी प्रेम-क़ैदियों को आम माफ़ी देने की घोषणा करते हैं।

बादशाह ने अपनी एमनेस्टी स्कीम रखी तो दरबारियों को नमक भँजाने का मौक़ा मिला। अभी तक सुन्न पड़ा दरबार हॉल करतल ध्वनि से गूँज उठा। हर तरफ़ तालियाँ, तालियाँ, बस तालियाँ। बादशाह मज़े लेता रहा, बजाओ स्सालो!...फिर एक को कुछ सूझा। उसने ताली बन्द की, आसमान में मुट्ठी उठाकर ज़ोर से जय-जयकार की। अब सारी मुट्ठियाँ आसमान में थीं और सारे गले काम पर लग गए। सुन्न पड़ गई हथेलियों को राहत मिली। हथेलियों ने गले से कहा कि बेटा, अब तू भुगत! गला उत्साहित होकर दूसरे गलों के साथ मिल गया। बादशाह की जय चल पड़ी। जय हो। जय हो। जय हो। ज़िन्दाबाद। ज़िन्दाबाद। ज़िन्दाबाद। अमर रहें। अमर रहें। अमर रहें।

बादशाह देखता रहा सारा तमाशा।

बादशाह ख़ुश दिख रहा था पर उसके चेहरे की मुस्कान के पीछे जुगुप्सा का भाव भी है जो इन लोगों को देखकर उसके दिल में हर बार पैदा होता है गो कि इस चापलूस सिस्टम को ख़ुद उसने पैदा किया है; केंचुए हैं स्साले, सब के सब! लिजलिजे। जीवन भर रेंगने वाले जीव; दरबार में रेंगते कीड़े हैं सब, मन तो करता है कि स्सालों को...; स्सालों को क्या? कोई ठीक-ठाक जवाब है नहीं उसके पास कि इस स्सालों का क्या? इनको जूते मारें, लात लगाएँ, इन पर थूकें, मुँह काला करें, कोड़े मारें, गधे पर नंगा बिठाकर इनका जुलूस निकलवाएँ; इनके साथ जो किया जाए, कम कहलाएगा।...फिर बादशाह बर्दाश्त क्यों करता है इनको?... क्योंकि वह इन हरामियों का महत्त्व जानता है; जानता है कि उसका निर्मम सिस्टम ऐसे ही हरामियों से चलता है। ज़रूरी कल पुर्जे हैं ये तानाशाही की मशीन के; इन्हें हटा दो तो मशीन बिखर जाए, और जो कभी ज़ोर से ठोंक दो तो मशीन जाम हो जाए, इनको तो बस बीच-बीच में कसते रहो और तेल-पानी भी देते रहो, बस।

बादशाह मौन खड़ा है सिंहासन के सामने, मंच पर। सीधा। सतर। बादशाह के इशारे पर करतल ध्वनि और जय-जयकार बन्द हो चुके हैं। दरबार में अब पहले जैसा ही सन्नाटा है। घूरे जा रहा है बादशाह सबको। लोगों में बेचैनी बढ़ाने का अपना ही मज़ा है।

लम्बी चुप्पी के बाद बादशाह ने यकायक पूछ लिया, "हमारे नन्हे सिंह जी नहीं दिख रहे कहीं?"

हलचल मच गई।

सभी अपने आसपास पड़ताल करने लगे जबकि सबको पता था कि नन्हे सिंह जी कहीं मौजूद नहीं हैं; नन्हे सिंह अर्थात वो कारिन्दा जिसे प्रेम के तानाशाह का पता करने का काम दिया है बादशाह ने। दरअसल, भाषण देते-देते बादशाह

को प्रेम का तानाशाह याद आया और उसी तारतम्य में नन्हे सिंह याद आए। यदि हमने तब ही प्रेम के इस तानाशाह को पकड़ लिया होता तो सब ठीक हो जाता; प्रजा में आज विद्रोह की सुगबुगाहट और यह बेचैनी न होती; प्रजा तो हमेशा ही उसकी इतनी आज्ञाकारी और सहनशील रही है कि जब-तक उसकी गर्दन पर ही पैर न रख दो, वह चूँ नहीं करती है; वह प्रेमबन्दी को भी चुपचाप स्वीकार कर लेती। प्रजा में प्रेमबन्दी के विरोध की हिम्मत पैदा करने की हिमाकत प्रेम के तानाशाह की है। हाँ, यह उसी की कारस्तानी है। निहायत ख़ामोशी से काम करनेवाली शातिर शै है प्रेम। वह इसी बीच, प्रेमबन्दी के जुनून में इस प्रेम के तानाशाह को तो भूल ही बैठा था। बोलते-बोलते यही सब सोच रहा था कि उसे नन्हे सिंह की याद आई।

दरबारियों की अपनी कानाफूसियाँ चल रही थीं—

"अभी तो यहीं था न?"

"हमने तो नहीं देखा।"

"नहीं, आज आए ही नहीं थे।"

"आजकल वैसे भी नज़र नहीं आते वे।"

"आए थे पर बीच में ही..."

"सर, फ़ोन भी आउट ऑफ़ रीच..."

"मैं अभी उनको बुलवाए लेता हूँ..." मुख्य कारिन्दे ने कहा।

"नहीं, आज नहीं, कल। और यहाँ नहीं, महल में।"

"बहुत बेहतर जहाँपनाह।"

"एक सैनिक भेजकर सन्देश पहुँचाया जाए कि कल सुबह आठ बजे, महल आकर मुझे रिपोर्ट करे।"

"जी, बहुत बेहतर..."

दरबारी मन ही मन मुस्की मार रहे हैं। अब आएगा मज़ा।

यह नन्हे सिंह ख़ुफ़िया ड्यूटीज़ के बहाने घूमता रहता है सरकारी रथ में। न काम, न धाम, अब समझ आएगी बच्चू को; हुज़ूर बड़े ग़ुस्से में थे!

गिरते तारे से प्रेम, बस प्रेम ही माँगता है

[गिरते तारे के मीठे भरम]

आधी रात का समय।

सिर पर काला आसमान।

एक तारा टूटा और काले आसमान में रोशनी की लकीर बनाता हुआ ग़ायब हो गया।

कहते हैं, टूटते तारे से जो माँगो मिल जाता है; मरता हुआ तारा गोदान जैसा कुछ कर जाता है। सदियों से लोग टूटते तारे से विश करते रहे हैं। जिस इच्छापूर्ति की सांसारिक सम्भावना नहीं उसके लिए आसमान से गुज़ारिश करते हैं लोग। इच्छा पूरी हो न हो, कुछ दिनों के लिए एक सुखद भ्रम तो बन ही जाता है; कुछ पल को मुँह मीठा हो जाता है।

एक तारा टूटा और नजूमी की अबूझ इबारत की तरह आसमान के ब्लैक बोर्ड पर रोशनी की लकीर उकेरता पल भर में ग़ायब भी हो गया। लकीर खिंची और मिट गई; अभी थी, अब नहीं है; मानो एक हाथ से इबारत लिखी और दूसरे हाथ के डस्टर ने पोंछ दी। तारा गिरा और बिखर गया बारीक धूल बनकर अन्तरिक्ष में, काले आसमान की चादर पर बुरक गया। उसके टूटने का कोई असर आसमान पर नहीं पड़ा, उसे फ़र्क़ नहीं पड़ता, वहाँ अब भी ढेरों तारे हैं, एक न रहा तो न सही!...एक दिन मैं भी नहीं रह जाऊँगी, ठीक यूँ ही—छत से आसमान को निहारते हुए नायाब जान ने सोचा; हे ख़ुदा, इससे पहले कि ऐसा हो, बख़्शीश कर कि मैं हो जाऊँ उसकी, हमेशा के लिए।

"क्या माँगा तुमने टूटते तारे से?" सूरज प्रकाश ने पूछा।

रात की बात बता रही है नायाब जान सूरज प्रकाश को।

छत, आधी रात, टूटा तारा...। नायाब जान बता रही है कि वो कल रात करवटें लेते छत पर लेटी थी कि तभी एक चमकीला तारा टूटकर नीचे गिरा।

"उससे कुछ माँगा?" प्रेमी ने पूछा।

सख़्त प्रेमबन्दी में वे पहले की तरह मिल नहीं पा रहे आजकल। सम्भावित मिलन-स्थलों पर पुलिस की नज़र है। दोनों तड़पते हैं मिलने को। कारिन्दा ज़रूर दोनों को एक पोशीदा जगह पर मिलवा देता है कभी-कभी। आज भी सरकारी रथ में बिठाकर ले आया है दोनों को उस जगह। सरकारी रथों की चेकिंग नहीं होती सो सख़्त प्रेमबन्दी में भी दोनों का मिलन हो जाता है।

कारिन्दे की मेहरबानी से दोनों सुरक्षित भी हैं।

दोनों को अभी अकेला छोड़ दिया है कारिन्दे ने।

"तुम होते तो क्या माँगते, बोलो?" नायाब जान ने उसे तिरछी नज़रों से देखा।

"मैं इसके लिए तारे के टूटने का इन्तज़ार नहीं करता हूँ..." प्रेमी हँसा।

"...फिर?"

"आसमान से तो मैं रोज़ ही माँगता हूँ..."

"...क्या माँगते हो—वही तो पूछ रही हूँ?"

"वही जो तुमने माँगा।"

"तुम क्या जानो कि मैंने क्या माँगा?"

"अच्छा!! जैसे तुमको नहीं पता कि मैं क्या माँगता हूँ?"

प्रेमी ने धीरे से उसका हाथ अपने हाथ में ले लिया। सहलाने लगे इक दूजे की हथेलियों को वे दोनों। नायाब जान उसके कन्धे से टिक गई। खो गए दोनों एक दूजे में।

सदियाँ गुज़र गईं।

*

तभी कारिन्दे ने दरवाज़ा खटखटाया।

दोनों ने एक दूजे की तरफ़ देखा—आज कारिन्दा बहुत जल्दी लौट आया?

"फटाफट निकल चलो यहाँ से।"

कारिन्दा हड़बड़ी में दिखा। दोनों सामान समेटते हुए उसकी तरफ़ देखने लगे कि हुआ क्या?

"कल मुझे बुलवाया गया है बादशाह के महल में। पता चला है कि बेहद नाराज़ था वो। कल कुछ भी हो सकता है मेरे साथ। ख़ुश तानाशाह को भी हम ख़तरनाक मानते हैं, नाराज़ का तो कहना ही क्या! कल वहाँ से ज़िन्दा लौट पाया तो ठीक वरना अलविदा दोस्तो..."

सूरज प्रकाश ने भावुक होकर उसका हाथ पकड़ लिया।

"आप तो हमें पकड़वा दें ताकि आपकी लॉयल्टी पर आँच न आए," नायाब जान ने भी यही इसरार किया।

"तो फिर तुम यही माँगते न टूटते तारे से?" कारिन्दे ने हँसकर कहा।

"आप छुपकर हमारी बातें सुन रहे थे?" नायाब जान ने रूठते हुए कहा।

"मैं क्या करता, तुम लोग तो कुंडी लगाने की भी जहमत नहीं उठाते हो। मैं घुसा तब तुम्हारे बीच टूटते तारे की बातें ही हो रही थीं और बातें इतनी मीठी थीं कि बीच में टोकने का मन नहीं हुआ। हाँ, मैं कुछ देर से यहीं था।"

कारिन्दे ने माना कि उसने तारे वाली बात छुपकर सुनी है। दोनों शरमाकर मुस्कराने लगे। सरकारी रथ बाहर ही खड़ा था। तीनों चुपचाप उसमें बैठ गए। बैठते-बैठते कारिन्दे ने सारथी को घूरकर देखा—कहीं इसने तो कोई बात बादशाह तक नहीं पहुँचा दी?

तानाशाह के निजाम में दीवार से हटकर भी कान हुआ करते हैं!

तानाशाह माफ़ नहीं करता

[जब जादू की छड़ी से जादू ग़ायब हो जाए]

देश में चर्चा का नया मुद्दा है, बादशाह द्वारा घोषित आम-माफ़ी।

मीडिया में यही चल रहा है, दिन-रात।

अभी चार विद्वान इसी को भँभोड़ रहे हैं टीवी पर। इनको पता है कि इस बहस पर बादशाह की नज़र होगी; कुछ ऐसा बोलो कि उसकी निगाह में आ जाएँ। सभी बढ़-चढ़ कर बोल रहे हैं; तू-तू मैं-मैं टाइप डिस्कशन चल रहा है पर कुशल उसे भी मनोयोग से सुन रहा है। पूनम उसके पास बैठी है, मोबाइल में चैट पर व्यस्त; निगाह टीवी स्क्रीन, कुशल के चेहरे और मोबाइल के बीच घूमती हुई।

"ये कुत्तों जैसा क्यों लड़ते रहते हैं?" पूनम ने अचानक पूछ लिया।

कुशल को बहस विचारोत्तेजक लग रही थी, वह समझा नहीं।

"कुत्ते? कहाँ हैं कुत्ते?"

"ये, सामने..." पूनम ने टीवी की तरफ़ इशारा किया।

"सार्थक बहस को भौंकना तो मत बोलो यार। एक राष्ट्रीय महत्त्व की बहस..."

"बाप रे! इतने भारी शब्द!! 'सार्थक', 'राष्ट्रीय महत्त्व'; माई फुट!"

"सबका व्यू-प्वाइंट समझो तो..."

"बॉय द वे, मैं तो तुम्हारा व्यू-प्वाइंट जानना चाहती हूँ," पूनम ने मोबाइल को परे रखा और उसकी तरफ़ देखकर पूछा।

"मतलब?"

"यार, प्रेमबन्दी और एमनेस्टी पर तुम भी तो कोई व्यू रखते होगे?"

"बादशाह ने..."

"कम से कम तुम तो बादशाह को इसका श्रेय मत दो।"

"फिर किसको दूँ?"

"ख़ुद को; ख़ुद को श्रेय दो कि बादशाह से पहले तो तुमने ही प्रेमबन्दी लागू कर दी।"

"प्रेमबन्दी? मैंने?" कुशल ने आश्चर्य से पूछा।

"यार, ऐसे सरप्राइज़्ड मत हो; गर्व करो कि तुम बादशाह से आगे की सोच लेते हो।"

टीवी से ध्यान हटाकर अब वह पूनम को देखने लगा। समझ गया, आज पूनम मूड में है; सँभलकर चलना होगा। आज उसकी साधारण बात भी बहस की बारूदी सुरंग पर पाँव रख सकती है। वर्चस्व के लिए पूनम ऐसे गेम खेलती रहती है। पहले वो समझता नहीं था, अब सब कुछ समझता है।

वह चुप रहकर पूनम को देखने लगा।

"हाँ, तुमने तो पहले से प्रेमबन्दी कर रखी है। प्रेम पर कोई विश्वास नहीं तुम्हें, न तुम्हारे बादशाह को।"

"भूल रही हो; तुमसे प्रेम-विवाह किया है मैंने।"

"मैं नहीं, तुम भूल चुके।"

"प्रेम-विवाह..." उसने आगे कुछ कहना चाहा।

"चलो, मान लिया कि तुमने प्रेम-विवाह किया था, उसके बाद?"

"उसके बाद क्या होना था?"

"जब ये ही पता नहीं तो फिर मैं क्या कहूँ?"

उधर टीवी पर धुआँधार-सा कुछ चल रहा है।

"यार, पहेलियाँ मत बुझाओ; अभी मेरे मुँह से कुछ निकल जाएगा तो मुँह बनाकर बैठ जाओगी।"

"मैं? मैं मुँह बनाकर बैठ जाती हूँ?" वह नाराज़ हो सकती थी पर नहीं हुई। यह बात भी उसने मुस्कराते हुए कही!

वह घबरा गया। यार, शुरू में ही यह ग़लत निकल गया मुँह से!

"मेरा मतलब ये नहीं था यार।"

"तो क्या था? समझाओ न?"

वह चुप रहा। उसने टीवी बन्द कर दिया। अब वह पूरी तरह पूनम की तरफ़ मुख़ातिब था।

"हाँ, अब कहो, मैं सुन रहा हूँ," उसने कहा।

"ज़र्रानवाज़ी बादशाह सलामत की..."

"बादशाह, और मैं!"

"हाँ, तुम, घर के बादशाह तो तुम ही हो न?"

"काश कि मैं बादशाह होता!"

"तुम हो, हो तुम बादशाह यार।"

"बादशाह वाला कौन-सा काम कर दिया मैंने?"

"मैंने बताया तो।"

"क्या बताया?"

"यही, प्रेमबन्दी वाला काम; बादशाह ने तो ये अब जाकर की, तुम चार साल से किये बैठे हो," कहकर वह तिरस्कारपूर्वक हँसने लगी।

"कैसी प्रेमबन्दी?"

"तुमको नहीं पता?"

"नहीं तो, ऐसा क्यों कह रही हो? मैं तो प्यार करता हूँ..."

"तो किसी और से करते होगे, मुझसे तो नहीं करते।"

"और किससे करूँगा? कुछ भी बोलती हो यार!"

"मर्दों की फ़ितरत होती है, बीवी से ऊब जाते हैं वे।"

अब वो चिढ़ गया—

"बोलने से पहले कुछ सोचती भी हो या बस...?"

"तो मैंने ग़लत क्या कहा?"

"ग़लत ही तो है, मैं तुमसे इतना प्यार करता हूँ..."

"मुझसे? प्यार? इसे प्यार नहीं, बला टालना कहते हैं; बस, एक ड्यूटी जैसी निभाते हो पलंग पर..."

"मैंने क्या कर दिया यार?"

"करते ही तो नहीं हो..."

"...मतलब?"

"अब 'करने' का मतलब भी समझाना पड़ेगा मुझे?" कहकर वह हँसने लगी।

"मेरे प्यार..."

"यार, जब तुम 'प्यार' बोलते हो न, आवाज़ बड़ी खोखली लगती है तुम्हारी।"

"खोखली का मतलब?"

"आवाज़ में कुछ जादू तो हो..."

"मैं कोई जादूगर नहीं..."

"शादी से पहले तो आप बहुत बड़े जादूगर थे; अपनी जादू की छड़ी उठाए मेरा पीछा करते फिरते थे...," जादू की छड़ी के सम्भावित द्विअर्थीपन को भाँपकर वह ख़ुद ही हँसने लगी। वह भी इसके दोहरे अर्थ को समझ गया पर चुप रहा।

"तुम्हारी छड़ी में वो जादू नहीं बचा यार," उसने हँसकर पूछा।

वह चुप रहा।

उसे चुप देखकर पूनम ने फिर कहा, "मन में प्रेम न बचे तो छड़ी से जादू ग़ायब हो जाता है।"

वह सीधे उसकी मर्दानगी पर आक्षेप कर रही है। आजकल वह जब-तब, इसी हथियार को इस्तेमाल करती है। सेक्सुअली कमज़ोर बताकर जब-तब जलील करती है उसे। कुशल की आँखों में आँसू आ गए। पूनम की तानाशाही का यह बारीक खेल उसे तिलमिला देता है। मन करता है कि...।...कि क्या?... बस यहीं रह जाता है वो। नहीं जानता कि क्या करे वो? विद्रोह उसकी फ़ितरत में नहीं। जीवन में सब कुछ शान्ति से निबटता रहे, यही चाहता है कुशल। उसने मिमियाकर कहा—

"जादू का तो तुम बतलाओगी पर मैं इतना प्यार करता हूँ कि..."

"देश में प्रेमबन्दी लागू है जनाब, पता है न? फिर? ऐसे, 'प्यार करता हूँ, प्यार करता हूँ' कहोगे तो फँसोगे। कहीं तुम्हारे बादशाह ने सुन लिया तो..."

"वह तुम्हारा बादशाह भी है..."

"मेरे बादशाह तो बस आप हैं जहाँपनाह..." वह एक अर्थपूर्ण निगाह से उसे देखने लगी। वह भी ग़ौर से उसे देखता रहा। यही चेहरा उसे चाँद सा नज़र आता था कभी, हद है यार!

"मेरा मखौल उड़ा रही हो या बादशाह का?"

"बादशाहों का मखौल करने की हिम्मत नहीं किसी की। मैं तो तुम्हारी तारीफ़ कर रही थी, बता रही थी कि प्रेमबन्दी का आइडिया सबसे पहले मेरे बादशाह के मन में आया था।"

अब क्या उत्तर दिया जाए ऐसी अनर्गल बात का?

उसने टीवी दोबारा खोल लिया। बहस का परनाला कमरे में बहने लगा। उसने वॉल्यूम बहुत कम कर दिया क्योंकि विद्वान पैनलिस्ट इतना तेज़ चिल्ला रहे थे कि उनके मुँह से झाग निकल रहा था।

एक कान बहस की ओर, दूसरा पूनम की तरफ़। तभी कुशल ने ध्यान दिया—पूनम एकदम चुप हो गई थी। ऐसी चुप्पी भी ठीक नहीं। ऐसे तो यह इस मुद्दे को मन ही मन चुभलाती रहेगी, फिर मुँह फुलाकर बैठ जाएगी। नहीं, इस बहस का समापन आज ही टैक्टफुली करना होगा।

"तुम आजकल यह सब क्या लेकर बैठ जाती हो यार?"

वह जान रही थी कि क्या कहा जा रहा है पर बोली वह कुछ और ही—

"अरे, क्या हुआ जान?"

"तुम मुझे ये सब क्यों कहती हो?"

"तो अब कहूँ भी नहीं?"

"मैं तुमको प्यार करता हूँ यार..."

"तुम कहते तो ख़ूब हो पर करते कुछ नहीं..."

"इतना तो करता हूँ..."

"करते हो तो दिखता क्यों नहीं?"

"कैसे दिखाऊँ यार?"

वह चिड़चिड़ा उठा।

"अब तुम्हें यह भी सिखाना पड़ेगा कि प्यार कैसे जतलाया जाता है?"

कुशल के होंठों पर कुछ कड़वा-सा आया तो पर वह बोलते-बोलते रह गया।

"बोलो न? कुछ कह रहे थे तुम?"

"नहीं, कुछ नहीं कहना है मुझे।"

"तो मेरी सुनो, मैं कहती हूँ।"

वह उसे देखने लगा। व्यंग्यपूर्ण मुस्कान खेल रही है चेहरे पर।

"तुमको ठीक से पता ही नहीं कि प्यार कैसे किया जाता है..."

"और मैं तुमको जो दिन भर प्यार के मैसेज डालता हूँ, सालों से..."

वह हँसने लगी।

"यार, मैसेजेज डालने से क्या मिल जाएगा? बच्चों जैसी बात मत करो!"

"तुम रूठ जाओ तो मैं दिनभर तुमको मनाने के लिए मैसेज डालता रहता हूँ..."

"अब भी मैसेज पकड़कर बैठे हो, हद है। मैं तुम्हारे मैसेज सेव करके रखती हूँ और अकेले में इन चुटकुलों को पढ़कर ख़ूब हँसती हूँ।"

वह आज बहुत निर्मम हो रही थी। वह आहत हुआ।

"मेरा प्यार तुम्हारे लिए चुटकुला है?"

"था नहीं, तुमने बना डाला—मेरा ख़याल ही नहीं रखते तुम..."

"इतना तो रखता हूँ?"

"यार, इतना छुपकर भी मत रखा करो कि..."

वह चुप रह गया।

"अच्छा, ज़रा मेरा हाथ तो पकड़ लो..." पूनम ने हँसकर कहा।

"क्यों?" वह समझ नहीं सका।

"क्यों, प्यार से हाथ पकड़वाने के लिए भी मुझे एप्लिकेशन देनी होगी?"

उसने हाथ थाम लिया। 'मरता क्या न करता' के अन्दाज़ में।

"ऐसे ठंडे-ठंडे पकड़ते हैं लड़की का हाथ?"

वह हँसने लगी। चिढ़कर उसने अपना हाथ खींच लिया। पूनम ने उसका हाथ वापस पकड़कर ज़ोर से भींचा और हथेलियाँ सहलाते हुए बोली, "अच्छा, बस एक बार दिल से कहो—आई लव यू; पर कहना दिल से; सरकारी काम जैसा मत निबटाना!"

उसने हाथ तो नहीं खींचा पर चुप रहा।

"अरे कुछ बोल भी दो यार..."

वह चुप रहा।

"डरते हो न कि बाहर घूम रही पुलिस सुन लेगी?"

वह चुप रहा।

वह उसका हाथ सहलाती रही; इस सहलाने में कोई उत्तेजना न होकर एक जबरन का गुदगुदाना भर था, बस।

"यार, तुम्हारे बादशाह ने अब तो एमनेस्टी का एलान भी कर दिया है—अब कैसा डर? एक बार तो बोलो, कहो न, आई...लव...यू..."

वह फिर भी चुप रहा।

पूनम पुचकारती हुई बोली—

"अरे, पुलिस आ भी गई तो मैं तुम्हारे फेवर में ही अपनी गवाही दूँगी। उनको एकदम सच बता दूँगी कि तुम चाहो तो भी प्यार नहीं कर सकते।"

कहकर वो और ज़ोर से हँसने लगी। कुशल ने अपना हाथ वापस खींच लिया।

टीवी पर बहस ज़ारी है।

कारिन्दा, उसी रात

[डस्टबिन में कविता]

उस रात सूरज प्रकाश कारिन्दे के घर रह गया। नायाब जान को उसके घर छोड़कर कारिन्दे ने पूछा कि अब तुमको मज़ार वाली रोड पर छोड़ दें या कहीं और?

"आज की रात आपके साथ बिताने का मन है," सूरज प्रकाश ने झिझकते हुए कहा।

"क्यों? क्या लग रहा है; कल वे मुझे फाँसी पर लटका देंगे?" कारिन्दे ने हँसकर पूछा।

सूरज प्रकाश चुप रहा। कारिन्दे ने हँसकर पूछा—

"अन्तिम दर्शन के लिए साथ रहने का मन कर रहा है?" हँसते कारिन्दे ने रथ को अपने घर की तरफ़ मुड़वा दिया।

दोनों ने साथ बैठकर डिनर लिया। फिर देर तक बैठक में कालीन पर पाँव फैलाकर बैठे रहे दोनों। ख़ूब बातें हुईं दोनों के बीच; बादशाह की बातें, सल्तनत की, दरबारी राजनीति की बातें—दिल खोलकर सब बताया कारिन्दे ने।

प्रेमी ने झोले से एक कविता निकाल ली।

"कविता सुनेंगे सर? कल ही रची है।"

"क्यों न सुनेंगे? सुनाओ, सुनाओ।"

रात के ग्यारह बज रहे थे। बाहर सन्नाटा था। बस, कभी पुलिस की गाड़ियों के सायरन और कुत्तों के भौंकने के स्वर। प्रेमी ने कविता सुनाई—

पहरे
पहरों पर पहरे।
उन पर भी पहरे।
बगीचे की बाड़ पर संगीनें
खिलने की पाबन्दी गुलाबों पर
सख़्त मुमानियत ख़ुशबू पर कि वो फैले न/
अब बस वे गुलाब ही खिलेंगे
जो टाँके जाने हैं बादशाह की अचकन में
अब तो बस ये ही खिलेंगे, ये ही बस/
तानाशाह के इस सुरक्षित बगीचे में
एक गुलाब खिल गया
जो नहीं चाहता कि टँके बादशाह की अचकन में

चाहत है कि वह सजे किसी जूड़े में/
अकेला है
ऐसे ज़िद्दी गुलाब खिलते ही कहाँ इन दिनों
सख़्त मुमानियत है कि न खिलें ऐसे गुलाब/
एकाध हैं जो ज़िद में खिल जाते हैं कि खिलेंगे हम/
ज़िद कि लगेंगे जूड़े में ही।
असम्भव स्वप्न देखने पर अड़े नासमझ
सारे .ख़तरों के बीच खिलने की ज़िद/
प्रहरी हैरान कि
प्रेम की ताक़त है ये या गुलाब का पागलपन?

कारिन्दे ने कविता ख़त्म होते ही काग़ज़ उसके हाथ से ले लिया। सुन तो ली, अब इसे दोबारा पढ़ने का आनन्द लिया जाए।

"बढ़िया कविता है..."

"अब आपको कविता समझ में आने लगी है..." कहकर प्रेमी हँसा।

कारिन्दा मुस्कराया, "मुझे आ गई, बस, बादशाह को समझ न आए वरना मुश्किल होगी।"

"मुश्किल हमको नहीं बादशाह को होगी; वो कविता समझने लगा तो तानाशाही भूल जाएगा," प्रेमी ने हँसकर कहा।

कारिन्दा फिर से उसी कविता को पढ़ रहा है। फिर-फिर।

शब्दों के जगमग वैभव से अभिभूत है कारिन्दा। सूरज प्रकाश उसका चेहरा पढ़ रहा है; उस चेहरे पर वे नये अर्थ भी खुल रहे थे जो कवि के अवचेतन में थे ज़रूर पर अभी मानो नये से थे! एक अच्छी कविता हर नये पाठक के साथ नई हो जाती है क्योंकि वह उसमें स्वानुभव-जनित अपनी कविता भी जोड़ देता है।

कारिन्दा हाथ में कविता लिये था। गोद में तकिया धरे सूरज प्रकाश उसे देखे चला जा रहा था।

*

कि तभी दस्तक हुई।

पहले धीमी, फिर तेज़, फिर और तेज़, फिर लगातार।

"तुम अन्दर छुप जाओ। यह बादशाह के लोगों की दस्तक है," कारिन्दे ने हाथ पड़कर उसे उठाया और बेडरूम में धकेल दिया।

"कोई और भी तो हो सकता है...?" सूरज प्रकाश ने बेडरूम में जाते-जाते कहा।

"वे ही हैं। मैं यह दस्तक ख़ूब पहचानता हूँ..." कारिन्दा उठकर दरवाज़े की तरफ़ चला। दरवाज़े के पास जाकर वह पलटा। कुंडी पकड़कर खड़ा रहा जब तक कि सूरज प्रकाश ने बेडरूम का दरवाज़ा पूरा बन्द नहीं कर दिया।

इसी बीच खटखटाना ज़ारी था।

अब कारिन्दे ने लपककर दरवाज़ा खोल दिया।

उसे लगभग धक्का देकर जो आदमी अन्दर आया, कारिन्दा ख़ूब पहचानता है उसे; उसी ऑफ़िस का सबसे सीनियर अधिकारी जहाँ से वह इन प्रेमियों की फ़ाइल उठा लाया है; राज्य का सबसे तेज़ और शातिर विवेचना अधिकारी; अच्छी तरह पहचानते हैं एक-दूसरे को वे दोनों। उसे देखा और कारिन्दा जान गया कि समाचार बुरा है। उसने सामान्य दिखने की कोशिश की। मुस्कराते हुए नमस्ते की।

नमस्ते के लिए हाथ उठाया तो ध्यान आया कि हाथ में तो कविता का काग़ज़ है।

अधिकारी का ध्यान काग़ज़ पर जाना ही था; घबरा गया कारिन्दा। उसने तुरन्त ही ख़ुद को सँभाल लिया; यह तो कोई फ़ालतू सा रफ़-वर्क है, ऐसा जतलाते हुए उसने लापरवाही से कविता के काग़ज़ को तोड़-मरोड़ कर डस्टबिन में फेंक दिया और सहज होकर अधिकारी को बैठने को कहा।

अधिकारी बैठ तो गया पर उसकी एक नज़र लगातार डस्टबिन में पड़े इस काग़ज़ पर बनी रही। कारिन्दा ख़ूब समझता है पड़ताल अधिकारी के इस विज़िट का तात्पर्य मगर वो अपनी तरफ़ से पूरा सहज दिखने का प्रयास करता रहा।

"और सर?" उसने अधिकारी से मानो यूँ ही पूछा।

"बस, इधर से गुज़र रहा था; सोचा, आपसे हैलो करता चलूँ..." अधिकारी इसी तरह नपे-तुले अन्दाज़ में, दबे पाँव अपने शिकार की तरफ़ बढ़ता है।

"बहुत अच्छा किया सर," कारिन्दा नोट कर रहा था कि इसकी नज़र बार-बार डस्टबिन की दिशा में जा रही है।

डस्टबिन की तरफ़ देखते हुए अधिकारी ने कहा—

"याद आया, बहुत दिन हुए आप दफ़्तर से एक फ़ाइल उठा लाए थे और वापस करना भूल गए; फ़ाइल-ऑडिट में उसका मिसिंग होना दर्ज है क्योंकि आप इसे रजिस्टर में दर्ज करना भूल गए..."

"...अरे, पर मैंने तो दर्ज किया था," वह इतने कच्चे ढंग से झूठ बोल रहा था कि मुस्कराने लगा अधिकारी।

"इस चक्कर में हमें एक क्लर्क को सस्पेंड करना पड़ा। उसी ने बताया कि आप बिना ऑफ़िसियली दर्ज किये फ़ाइल उठा लाए..."

"सॉरी, मुझे याद आ रहा है कि..."

"वही तो, क्लर्क बोला कि बहुत से क़ानून दरबार के माननीय सदस्यों पर लागू नहीं होते इसीलिए उसने वो गोपनीय फ़ाइल आपको ले जाने दी..."

“मैं आपको हुई परेशानी के लिए शर्मिन्दा हूँ,” कारिन्दे ने कहा।

“कोई बात नहीं, हो जाता है। ...और क्या चल रहा है हुज़ूर?”

“काहे के हुज़ूर...”

“हमारे लिए तो दरबार का हर माननीय सदस्य हमारा हुज़ूर ही है सर,” कहकर हँस पड़ा वो। इसी बीच वह दो बार डस्टबिन की तरफ़ देख चुका है।

“आजकल दरबार आना नहीं हो रहा आपका?”

“तबीयत नासाज़ है।”

“हाँ, शक्ल भी उतरी-सी लग रही है।”

यह सुनकर कारिन्दे की शक्ल और उतर गई। अधिकारी बड़े ग़ौर से उसकी हर प्रतिक्रिया को जाँच रहा है।

“कल सुबह आपको महल में तलब किया गया है, सूचना मिल गई न आपको?”

“हाँ, हरकारा घर आकर आदेश पहुँचा गया है।”

“फिर तो यह भी पता होगा कि दरबार में आपको लेकर क्या-क्या बातें हुईं?”

नन्हे सिंह कारिन्दा चुप रहा।

अधिकारी मुस्कराने लगा। कुटिल मुस्कान के साथ उसने कहा—

“हमारे दरबार के गोपनीय सेटअप की यही ख़ासियत है, बातें तुरन्त लीक हो जाती हैं!”

कारिन्दे का चेहरा और उतर गया—

“नहीं, मुझे किसी दरबारी ने कुछ नहीं बताया!”

वैसे कारिन्दा सच ही कह रहा था। आजकल वो दरबार से इतना अलग-थलग रहता था कि उसे कौन बतलाता?

“...ख़ैर, तो कल समय पर पहुँच जाइएगा।”

“जी, ज़रूर! मैं सात बजे ही महल के दरवाज़े पर हाज़िर हो जाऊँगा,” कारिन्दे ने आश्वस्त किया।

“...और वो फ़ाइल मुझे अभी दे दें। रात हो गई है। मैं निकलूँगा। आप भी आराम करें...”

“फ़ाइल?”

“हाँ वोई फ़ाइल, शायद जहाँपनाह उसे देखना चाहें।”

“वैसे उसमें ऐसा कुछ ख़ास नहीं।”

कारिन्दे ने फ़ाइल में बहुत से काग़ज़ बदल दिये हैं और आश्वस्त है।

“बादशाह सलामत ही तय करेंगे कि क्या ख़ास है, क्या नहीं; आप भी ख़ूब जानते हैं ये बात।”

“हाँ, वे हमसे ज़्यादा समझदार हैं, यह सच है।”

"वही तो, पर लोग यही छोटी-सी बात भूल जाते हैं।"

"बादशाह हुज़ूर की समझ का तो कहना ही क्या..."

"तभी तो वे बादशाह हैं..."

"ज़ाहिर है..."

"तो आप फ़ाइल उठा लाएँ।"

कारिन्दा उठकर अन्दर चला गया और बेडरूम से फ़ाइल लेकर लौटा तो विवेचना अधिकारी ने इसी बीच वह काग़ज़ डस्टबिन से उठा लिया था। कारिन्दे ने घबराहट दबाने की कोशिश की परन्तु फिर भी उसका चेहरा स्याह हो गया। यह कविता उस बच्चे को फँसवा सकती है। कारिन्दे ने यत्नपूर्वक ख़ुद पर काबू किया।

अफ़सर मनोयोग से कविता पढ़ रहा है। कारिन्दे ने फ़ाइल सामने की टेबल पर रख दी और सहज होने की कोशिश करते हुए पूछा—

"ये लीजिए फ़ाइल।"

अधिकारी ने फ़ाइल पर उड़ती नज़र डाली और कविता पढ़ने में लगा रहा। कारिन्दे ने बेपरवाह होते हुए उससे कहा—

"ऐसी ही कविता है ये। अच्छी नहीं बनी तो डस्टबिन में फेंक दी मैंने।"

"अच्छी तो बहुत है भाई साहब। आपने लिखी है?"

"हाँ, मेरी है..."

"आप कब से कवि हो गए?"

"अरे, यूँ ही फ़ालतू बैठा था तो..."

"...तो कविता लिखने का फ़ालतू काम उठा लिया?"

कारिन्दा कोशिश करके मुस्कराता रहा। सहज बनने की कोशिश उसे दयनीय बना रही है।

"वैसे ये आपकी हैंड राइटिंग लगती नहीं?"

"मेरी ही है।"

"सर जी, यह राइटिंग आपकी रिपोर्ट्स की राइटिंग से एकदम अलग है, ख़ुद देख लीजिए।" अफ़सर ने कविता के काग़ज़ को हवा में लटकाकर दिखाया मानो कविता को फाँसी पर टाँग रहा हो।

"कविता मेरी है, राइटिंग मेरी नहीं..."

"राइटिंग किसकी है?"

"डिक्टेट करके लिखवाई है..."

"किससे? वो अभी घर में है?..."

"नहीं, वो तो एक मिलने वाले आए थे, उनसे ही कहा कि लिख दें..."

लहज़े में इतनी लड़खड़ाहट है कि कोई भी पकड़ ले, अफ़सर की घाघ नज़र से कैसे चूकती; वह मुस्कराकर बोला—

"सर, आप जानते हैं न मुझे?"
"ख़ूब जानता हूँ..."
"फिर यह सब क्यों कह रहे हैं? मुझे मूर्ख समझते हैं?"
"मैं कैसे मान सकता हूँ ऐसा?"
"मानिएगा भी मत। मूर्ख होता तो टिक न पाता इस पद पर।"
"जानता हूँ..."
कारिन्दा चुप रह गया।
अफ़सर ने कविता का काग़ज़ दिखाते हुए पूछा—
"पता है न कि देश में प्रेम-कविताओं पर सख़्त पाबन्दी है?"
कारिन्दा चुप रहा।
"आप भी उस दिन वहीं थे जब बादशाह ने दरबार में इसकी घोषणा की?"
"हाँ था, था न..."
"मैंने उस दिन की रिकॉर्डिंग भी मँगवाकर जाँची है; उस दिन आपका व्यव्हार बड़ा सन्देहास्पद था। चूक हुई सुरक्षा अधिकारी से उस दिन कि उसने रिकॉर्डिंग ठीक से देखी ही नहीं। हमने उसे गिरफ़्तार कर लिया है।"
"ऐसा क्या था मेरे व्यवहार में?"
"वह तो कल बादशाह आपसे पूछेंगे, अभी तो यह कविता ही आपके ख़िलाफ़ जा रही है।"
"कैसे?"
"बताता हूँ। आप इस कविता का कुछ बताएँ..."
"कविता है; यूँ ही फ़ालतू बैठा था, मन में कविता आई तो..."
"ऐसी कविता मन में आना भी ग़ैर-क़ानूनी हरकत है, जानते हैं न?"
"ऐसा क्या लगा इसमें आपको?"
"महोदय, आप प्रेमबन्दी में प्रेम कविताएँ रच रहे हैं और हमसे पूछ रहे हैं कि..."
"...पर यह तो प्रेम-कविता है ही नहीं।"
"सर, हम कविता न भी समझें, प्रेम तो समझते हैं..."
मन तो हुआ कि बोलें कि आप प्रेम को समझ पाते तब तो बात ही क्या थी, पर कहा कुछ और ही—
"यह प्रेम-कविता नहीं है, बागबानी की कविता है..."
"अच्छा?"
"जी।"
"वो कैसे?"
"पढ़कर देखिए न, क्या लिखा है मैंने? बादशाह के बगीचे में सुन्दर गुलाब उगे ज़रूर हैं पर उनको पता है कि बादशाह सलामत के सख़्त प्रेमबन्दी के कारण

उनको किसी सुन्दरी के जूड़े में नहीं टाँका जाएगा। प्रेमबन्दी को लागू करने में लगे सिपाही गुलाब को यही चेतावनी दे रहे हैं कि..."

"मुझे इतना मूर्ख भी न समझें सर।"

"नहीं, यह प्रेम-कविता नहीं..."

"चलिए, ये वही है जो आप कह रहे हैं पर आप तो इसमें बादशाह सलामत को तानाशाह कह रहे हैं!"

"मैंने तो बादशाह को बादशाह ही कहा है..."

"अच्छा? फिर यह 'तानाशाह का बगीचा' क्या है?"

कारिन्दा हँसने लगा—

"यहाँ बादशाह सलामत के माली को तानाशाह कहा जा रहा है; पता है न कि वो कितना स्ट्रिक्ट माली है? एकदम तानाशाह। घास पर मत चलो, फूलों के पास मत जाओ, दूर से देखो, उसे ही तानाशाह कहते हैं लोग। बादशाह को तानाशाह कहने की हम सोच भी कैसे सकते हैं?" उसने बेहद भोलेपन से कहा।

"अब यह भी आप ही बादशाह सलामत को समझाइएगा। यह कविता मैं साथ ले जा रहा हूँ। बादशाह भी पढ़ लें तनिक..."

"देखिए जनाब, इस कविता में कुछ भी ऐसा नहीं है। इसे यहीं फेंक जाएँ..."

"फेंक देता शायद अगर इसमें यह आख़िरी लाइन न होती।"

"कैसी लाइन?"

"ख़ुद पढ़िए और थोड़ा लाउडली पढ़िए। इसमें आप कहते हैं, प्रेम की ताक़त है ये, यह तो सरासर प्रेमबन्दी के ख़िलाफ़ स्टेटमेंट है।"

उसने कविता को फ़ाइल में लगाते हुए पूछा—

"...और यह फ़ाइल भी अधूरी-सी लगती है। लगता है, काग़ज़ों से छेड़छाड़ की गई है, क्यों सर? पेजों की नम्बरिंग भी ऑफ़िसियल स्याही की नहीं लगती। कुछ काग़ज़ तो बाद में लगाए हुए लग रहे हैं।"

कारिन्दा जानता है कि अफ़सर बेहद शातिर है; उड़ती चिड़िया ताड़ लेता है। बेहद निर्मम भी है वह। बस, एक ही बात कारिन्दे के फेवर में है कि इस अधिकारी के कुछ काम कभी दरबार में फँसे थे जिनको कारिन्दे ने सुलटवाने में मदद की थी।

अफ़सर उसे ग़ौर से देखते हुए आगे बोला, "देखिए सर, मैं आपको लम्बे समय से जानता हूँ। नहीं पता कि आप क्यों कर बैठे हैं यह सब? मैं आपकी इतनी ही मदद कर सकता था कि आपको पूरी एक रात का समय दे दूँ कि इन प्रश्नों के उत्तर तैयार कर लें आप; शायद यह तैयारी कल आपको बचा ले। इसी में सबका भला है क्योंकि बात तो हमारे सिर भी आएगी कि एजेंसियों को आपकी हरकतों की भनक क्यों नहीं लगी?"

कहकर वह उठ गया।

कारिन्दे ने मुस्कान के साथ उसे विदा किया।

जाते-जाते उसने कहा कि अब रात भर आपका घर हमारे सर्विलांस में है। मेरे आदमी लगातार निगरानी रखेंगे। जब तक आप बादशाह से मिल नहीं आते तब तक आपके घर से न तो कोई बाहर जा सकता, न यहाँ कोई आ सकता है; इसमें उस आदमी को भी शामिल समझें जिसकी कविता है यह!

कहकर अफ़सर निकल गया।

कारिन्दा बन्द दरवाज़े को ताकता हुआ देर तक बैठा रह गया। फिर उसने इस अन्दाज़ में सिर झटका कि ये तो कभी होना ही था! उसने बेडरूम में पोशीदा सूरज प्रकाश को आवाज़ दी कि बाहर आ जाओ।

"कौन था?"

"मित्र थे एक।"

"आप तो डर रहे थे कि..."

"इस निजाम में सबसे ज़्यादा तो मित्रों से ही डरकर रहना पड़ता है बेटा..."

"मतलब?"

"तानाशाह ने दोस्ती के मायने बदल दिये हैं जैसे वह प्रेम के मायने बदलना चाहता है न, वैसे।"

"कविता तो मैं लिखता हूँ, उलझी हुई बातें आप करते हैं!"

"ऐसा कुछ उलझा नहीं बोल रहा मैं। कल बादशाह के सामने पेशी है मेरी, मित्र बस यही बताने आए थे। हाँ, जाते-जाते एक नुक़सान कर गए, तुम्हारी कविता उठा ले गए।"

"काग़ज़ ही ले गए न? कविता मेरे पास है। कविता और प्रेम को ज़ब्त नहीं कर सकता कोई भी निजाम। मन में रहते हैं ये। हम फिर वो कविता लिख लेंगे।"

कारिन्दा मुस्करा दिया।

"काश, मैं कल बादशाह को यही बात समझा सकूँ..."

नैतिकता का तानाशाह ख़ुश नहीं

[चेस्टिटी बेल्ट उर्फ़ दरिया में फेंक दे चाबी]

रस्तोगी जी ख़ुश नहीं हैं आज।

अपने बादशाह से बेहद नाराज़ हैं वे।

एमनेस्टी की घोषणा तो लफंगों को सह देने वाला काम हो गया भाईसाहब। कितना क्रान्तिकारी क़दम था प्रेमबन्दी का; समाज में व्याप्त छिछोरापन कंट्रोल भी आ रहा था; चेतन जैसे दिलफेंक आशिक़ मिज़ाज तक घबरा गए थे। प्रेमबन्दी क़ानून विवाह की नैतिकता को क़ानूनी बल प्रदान करनेवाला सिद्ध हो रहा था।

माना कि इसे लागू करने में प्रॉब्लम्स रहीं पर वो तो हर नये काम में होती हैं, माना कि निरपराध लोग भी ग़लती से इसमें फँस गए पर एक बड़े यज्ञ में इस तरह की आहुतियाँ तो लगती ही हैं; प्रेमबन्दी एक बार सफल हो जाती तो इस देश की नैतिक तस्वीर पूरी दुनिया से अलग होती। कितना नाम होता बादशाह का! पर वे तो शुरुआत में ही घबरा गए। माफ़ी दे दी। काहे की माफ़ी भाई साहब? क्यों दी एमनेस्टी इन हरामियों को? बहुत ग़लत है एमनेस्टी देना। इससे चेतन जैसे लम्पटों का हौसला बढ़ेगा और पायल जैसी भोली औरतों पर ख़तरा भी।

*

"आज तो चेतन ने मिठाई खिलाई होगी सबको?"

पायल दफ़्तर से आकर बैठी ही थी कि नैतिकता के तानाशाह ने बातें करते-करते मानो यूँ ही कहा। वह इसका मतलब नहीं समझी।

"क्यों?" उसने भोलेपन से पूछा।

रस्तोगी जी मुस्कराते रहे।

"वो क्यों मिठाई खिलाएगा?" पायल ने पूछा।

"उसको भी तो एमनेस्टी मिल गई न?" कहकर रस्तोगी जी हँसने लगे।

वह उनको देखती रह गई! हद है ये आदमी; उलटी ट्रैक पर चलने और ग़लत जगह पहुँचने को प्रतिबद्ध।

"हाँ, उसने पूरे स्टाफ़ को भरपेट मिठाई खिलाई और ख़ूब नाचा भी," पायल ने चिढ़कर कहा।

"समझा देना, वन टाइम माफ़ी है। इसके बाद..." उसने कहा।

"...बादशाह ने तो माफ़ कर दिया, तुम कब करोगे?" पायल ने व्यंग्यपूर्वक पूछा।

"काश कि मेरी बादशाहत चलती..."

"...चलती तो क्या करते?"

"...या फिर तुम ही समझ पातीं कि..."

"...कि सारे मर्द बदमाश हैं? सभी मुझे बिगाड़ने की मुहिम पर हैं?" पायल के स्वर में आजिज़ आ जाने की चिढ़ है।

"मेरा बस चले तो..."

"...अच्छा है कि बस नहीं चलता..."

"...उसे बता देना, एमनेस्टी के बाद प्रेमबन्दी और सख़्ती से लागू होगी; सँभलकर रहे।"

"तुम फ़ोन करके उसे यही समझा दो न प्लीज़!" पायल ने नाटकीय अन्दाज़ में कहा तो वे चिढ़ गए।

"और तुम भी सँभलकर रहना..."

"मैं क्यों?"

"क़ानून ही ऐसा है, औरत और आदमी दोनों फँसते हैं..."

"बाप रे! फिर तो मैं फँस ही जाऊँगी यार...!! और मैं तो बड़ी भोली हूँ। कोई भी मर्द मुझे फँसा सकता है..."

"फँसा सकता है, सच कहा तुमने।"

"तो बादशाह से कहो न कि एमनेस्टी न दे; औरतों का चरित्र ख़तरे में पड़ जाएगा।"

"यही तो..."

"एमनेस्टी मिलने से तो सारे मर्द शेर हो जाएँगे..."

"...एक्जेक्टली!"

"एक्जेक्टली माई फुट! यार, तुमने क्या समझा है औरतों को? बोलो?"

"पति ने तुम्हारी चिन्ता की तो बुरा लग गया?"

"इसे चिन्ता नहीं, तानाशाही कहते हैं। तुम भी उसी के जैसे तानाशाह हो..."

"...उसी के जैसे, मतलब?"

"तुम्हारा बादशाह और उसकी प्रेमबन्दी!"

"ओऽऽहो, तो चेतन के अलावा आपको भी प्रेमबन्दी पर एतराज़ है?"

"चेतन का मुझे नहीं पता, मुझे ज़रूर है।"

"सही पर्सपेक्टिव में देखो, तुमको प्रेमबन्दी आवश्यक लगेगी।"

"और तानाशाही भी, है न?"

वह उसे घूरता रह गया।

औरत विद्रोह पर उतर आए तो? किसी महापुरुष ने इस बारे में कोई बहुत ही अच्छी बात कही है पर अभी न तो वो बात याद आ रही न उस महापुरुष का नाम; अभी तो मन कर रहा है कि...अभी तो यह भी याद नहीं आ रहा कि मन क्या कर रहा है? उनके साथ यही परेशानी है। वे बहुत जल्दी बौखला जाते हैं; ऐसे में समझ नहीं पाते कि क्या जवाब दें?

उनका बस चले तो पायल को सात तालों में बन्द रखें। उनको अपने कॉलेज के वे अध्यापक महोदय याद हैं जिनको वे आज भी एक रोल मॉडल मानते हैं। नई-नई शादी हुई थी अध्यापक जी की; डरे रहते कि कॉलेज आ जाने पर, पीछे कभी कोई स्मार्ट लौंडा या अध्यापक नई-नवेली पत्नी पर डोरे डालने उनके घर न पहुँच जाए। दरवाज़े पर ताला मारकर कॉलेज आते, बीच में घर पर सरप्राइज विज़िट भी मार देते। रस्तोगी जी आज भी कायल हैं कि वे ठीक किया करते थे, ग़लत क्या था इसमें? स्त्री पर नियंत्रण तो आवश्यक है न?

और वह तो बड़ा सरल-सा समय था। अभी का समय जटिल है। आजकल नैतिकशास्त्र के साथ अर्थशास्त्र का बैलेंस बनाना पड़ता है; एक की तनख़्वाह से घर नहीं चलता, पत्नी को भी नौकरी के लिए घर से बाहर भेजना पड़ता है;

ताले में रखना सम्भव नहीं रहा। पायल तो उनसे भी ज़्यादा कमाती है, इस कमाई को कैसे छोड़ें?...पतियों के लिए बड़े ख़राब दिन हैं ये। बताएँ कि ऐसे में एक शरीफ़ पति आख़िर क्या करे? कैसे पत्नी पर नैतिक नियंत्रण रखे?...कमर से नीचे बाँधने का वो जो एक बेल्ट आता था न, चेस्टिटी बेल्ट; कहीं पढ़ा है रस्तोगी जी ने बहुत पहले कि इसे पत्नी की कमर में बाँधकर ताला मार दो, चाबी जेब में रखो तो स्त्री के सतीत्व-स्थल की नाकेबन्दी हो जाती है; फिर चाबी लगाए बिना उस एरिया में किसी का दख़ल सम्भव नहीं रह जाता। वही बेल्ट मिलता हो कहीं तो क्यों न पायल की कमर में बाँध दिया जाए? बेचैन मन को राहत मिल जाएगी।...पर ये मिलेगा कहाँ, और कितने का पड़ेगा?...मिल भी गया तो उसे पायल को पहनाएगा कैसे? वो कभी नहीं मानेगी। कहेगी कि तुम भी कुछ ऐसा ही पहनो।...वैसे भी, ऐसी बेल्ट क्या करती होगी? होना क्या है इससे? औरत के साथ ऊपरी घसड़-पसड़ तो आदमी कर ही लेगा।

रस्तोगी जी प्रेमबन्दी के बड़े हिमायती हैं।

प्रेमबन्दी के फेवर में अख़बार, टीवी आदि पर जो भी डिस्कशन और मैटेरियल उपलब्ध होता है, पायल को पढ़ने को देते हैं जिसे वो बड़ी हिकारत से देखती है। समझाओ तो हँसती है। मानती नहीं। पुरुषों को ख़तरा ही नहीं मानती। मेरी छोड़िए, बादशाह तक का मज़ाक़ उड़ाती है। सालों बाद देश में नैतिकता लाने की कोशिश की गई है परन्तु पायल जैसे लोग बादशाह के पवित्र इंटेंशन्स को एप्रीसिएट ही नहीं करते, हद है; क्या होगा इनका और इस देश का? स्त्रियों को इसी तरह भ्रष्ट किया जाएगा तो वर्णसंकर सन्तानें आएँगी, समाज बर्बाद हो जाएगा। ख़ुद रस्तोगी जी की स्त्री हाथ से निकली जा रही है। अब वो उनकी सत्ता उस सहजता से स्वीकार नहीं करती जैसी कभी करती थी। ये सब ठीक नहीं हो रहा है।

कुछ तो करना होगा कि उनकी तानाशाही में कोई दरार न आए।

उस रात वह मार नहीं सका

[कि ये घिघिया क्यों नहीं रही]

राजा-रानी की कहानी—

राजा का ख़ास दोस्त पकड़ा गया, प्रेमबन्दी तोड़ने में।

पन्द्रह दिन जेल में रहा खन्ना।

वह एक बड़ा ठेकेदार था सो उसके लिए ख़ूब भागदौड़ हुई; महत्त्वपूर्ण चरण पकड़े गए, शक्तिपीठों पर चढ़ावा चढ़ा, खन्ना से एफ़िडेविट दिलवाया गया कि वो पत्नी के अलावा हर स्त्री को माँ-बहन मानेगा तब जाकर वह जमानत पर छूट पाया।

केस अभी चलना था। तब तक उसे रोज़-रोज़ थाने में हाज़िरी देनी होती थी जहाँ उसे बहुत देर बिठाकर न रखा जाए इसके लिए हर बार उचित भुगतान भी करना पड़ता था। ज़ाहिर है, बड़ा परेशान था वो। एमनेस्टी की घोषणा हुई तो ये केस ख़त्म हो गया। मुक्ति मिली खन्ना को।

आज उसके बँगले पर इसी का सेलिब्रेशन है; इष्ट-मित्रों को पार्टी दी है खन्ना ने।

राजा ऐसी हर पार्टी की जान होता है।

इस पार्टी पर भी वही छाया हुआ था। उसने दारू पिलाने और मेहमानों को देखने का ज़िम्मा अपने हाथों में ले लिया है। "तू बैठ यार। आज सब कुछ मैं ही करूँगा। तू भाभी के साथ बैठ। सेलिब्रेट कर, बस।" खन्ना को किनारे बिठा दिया उसने और शिद्दत से लग गया इसमें। ऐसा करते हुए वह अपने सर्वश्रेष्ठ रूप में होता है, आज भी है; बहुत आनन्दित, बहुत मज़े में, बहुत विटी, उत्साह से लबरेज। रानी कन्धे से कन्धा लगाकर उसके साथ लगी है; इसी में भलाई है उसकी।

राजा को गर्व है कि महफ़िल उनकी जोड़ी पर अश अश कर रही है; न भी कर रही हो, वो यही मानता है कि कर ही रही होगी; हो नहीं सकता कि न करे; उनकी जुगल जोड़ी है ही दिलकश। राजा का हाथ कभी रानी की कमर में, कभी कन्धे पर, कभी पीठ पर आ-जा रहा है।...प्रेमबन्दी के प्रावधानों का ख़याल रखते हुए रानी से भरपूर प्यार जताना है उसे। सबको दिखलाते हुए राजा कभी पीठ पर हल्की सी धौल मारकर, 'और रानी जी' कहकर उसके कन्धे भींचते हुए, कभी कमर पकड़कर उसे अपनी तरफ़ खींचकर, कभी गालों को यूँ ही बेबात निचोड़ते हुए 'एंज्वॉय करो मेरी जान' का नारा जैसा लगाकर प्रेम जतला रहा है।

"भाभीजी को बहुत प्यार करते हैं भाई साहब, है न..." कोई महिला छेड़ रही है।

"प्रेमबन्दी में न फँसवा देना भाभीजी..." कहकर ज़ोर से हँसा राजा।

"चिन्ता न करें भाई साहब, अभी तो एमनेस्टी चल रही है," वह भी हँसी।

आसपास के सब हँसे। राजा भी हँसा।

रानी ने कोई भूल नहीं की। उसकी हँसी सबसे तेज़ थी।

राजा की निगाहें उसी पर हैं; वो किसी भी तरफ़ देखे, एक नज़र रानी पर रखता है। औरतों ने रानी को राजा का नाम लेकर छेड़ा। वह ख़ूब छिड़ी भी; बाक़ायदा शरमाई, शरमाए चेहरे के पीछे का भयभीत चेहरा किसी ने नहीं देखा। कोई कभी उसका वो चेहरा नहीं देख पाता है; लोग उसे अलग से देखते ही कब हैं; सब उसे राजा का एक्सटेंशन मानते हैं। वह ख़ुद को राजा के प्यार में कभी ऐसा मिटा चुकी थी कि अब अलग से अस्तित्व बचा ही नहीं उसका; राजा का साया बनकर रह गई थी वो जबकि अब वो राजा से पूरी बाहर निकल आई है; प्रेम को लेकर उसके समस्त भ्रम टूट चुके; जानती है कि राजा का प्रेम बस एक छलावा है पर दिखावा करती है प्यार का क्योंकि इस आदमी का भरोसा नहीं; सरे महफ़िल ही मारना शुरू कर दे तो?

ऐसी हर महफ़िल में राजा अपने शानदार व्यक्तित्व, उससे भी शानदार बोलचाल और उससे भी कातिल मुस्कान के साथ आकर्षण का केन्द्र बना होता है। रानी अपना बचाव जानती है, वो राजा के पीछे साए की तरह लगी रहती है।

पार्टी शानदार रही।

खन्ना बहुत ख़ुश था।

तेरे जैसा दोस्ती निभाने वाला कहाँ मिलता है यार? देख न, तू मेरे साथ तब तक रुका रहा जब तक कि हमने आख़िरी गेस्ट विदा नहीं कर दिया।...आजकल कौन करता है ये सब?...तू और भाभीजी हमारे परिवारजन जैसे साथ ही खड़े रहे, सबको बॉय बॉय किया, थैंक्स तो यूँ कह रहे थे मानो सब तुम्हारे घर आए हों—वाह यार, दोस्त हो तो ऐसा!...भाव-विभोर था खन्ना।...देर रात वे खन्ना के घर से विदा हुए।

परन्तु रास्ते भर चुप था वो।

ये इतना चुप क्यों है?

फिर कोई चूक हुई क्या?

*

चूक का पता बेड रूम में जाकर चला।

रात बहुत हो चुकी थी।

रानी ने जल्दी-जल्दी कपड़े बदले। नाइट गाउन पहनकर पलटी तो पाया कि राजा ने कपड़े नहीं बदले थे; अब भी टाई-सूट में था। वह पलंग के उस तरफ़ बैठा था। उसने जूते उतार दिये थे जो उसके पैरों के पास सहमे से पड़े थे। सौभाग्य से, दोनों के बीच डबल बेड की सुरक्षित दूरी थी।

वो उसे ग़ुस्से से घूर रहा था।

"क्या हुआ जान!" प्यार के पलों में वह उसे जान कहा करती है; अभी उसने जानबूझकर ये सम्बोधन चुना।

अब जाकर वह बोला; गुर्राया कह लें। उसने गुर्राकर पूछा—"ये क्या था?"

"क्या हुआ?" वह सहमी हुई है, तैयार भी।

राजा तमतमा रहा है; नथुने किसी हिंसक जानवर जैसे फैले हुए, गोरा चेहरा एकदम स्याह, आँखों में ख़ूँख़ार भाव और नफ़रत तथा अपरिचय के डोरे। बॉडी लैंग्वेज हिंसक जंगली पशु जैसी, शिकार पर कूदने को तैयार; रानी जान गई कि आज यह पीटेगा। अपराध का अभी पता नहीं, सज़ा जानती है।

"तू नहीं जानती, वहाँ क्या कांड कर आई?" वह दाँत पीसकर बोल रहा है।

"क्या कर दिया मैंने?"

उसके स्वर में जेनुइन भोलापन है क्योंकि उसे वास्तव में नहीं पता कि हुआ क्या है; यह आदमी क्यूँ बौखलाया हुआ है?

राजा का बयान—

दिमाग़ ख़राब हो गया है इस औरत का। सब मेरे प्यार का नतीजा है। मैंने ही बिगाड़ा है इसे; औरत को तो पाँव की जूती बनाकर रखो, वही ठीक रहता है!

आज इसने भारी बेइज़्ज़ती करा दी।

सब बढ़िया चल रहा था, पार्टी में सभी ख़ुश थे; सबने मेरे अरेंजमेंट की तारीफ़ की!...खन्ना तो हर किसी को बढ़-चढ़ कर बता रहा था कि राजा ने हमें हिलने भी नहीं दिया है, एक-एक चीज़ इसकी अरेंज्ड है।...मैंने इसे पूरे टाइम अपने साथ रखा ताकि रानी का प्रोजेक्शन भी हो; साथ लेकर घूमा, बराबर हाथ पकड़कर रखा इसका, पूरे टाइम इसका कन्धा पकड़े रहा। जब ये औरतों के बीच जाकर बैठ गई थी तब भी मैं जा-जाकर पूछता रहा कि रानी कुछ लाकर दूँ क्या? मैंने ख़ुद लाकर इसे आइसक्रीम खिलाई। सब हँसते रहे; भाभियाँ छेड़ती रहीं पर मैंने अपने हाथ से इसे आइसक्रीम खिलाई।

...पर देखिए कि इसने क्या किया?

मैं तो सोच भी नहीं सकता था कि रानी कभी ऐसा भी कर सकती है; इसने वहाँ सबके सामने अपने कन्धे से मेरा हाथ हटा दिया! बताइए, इसकी ये जुर्रत! और अभी भोली बनी पूछती है कि मैंने क्या कर दिया?...अभी जूते से ठोंकूँगा तो पता चल जाएगा तुझे! आज मैं इसे छोड़ने वाला नहीं; अभी यही जूता फेंककर ऐसा मारूँगा कि इसकी नाक टूट जाए! मुझसे बचेगी नहीं आज!

रानी का बयान—

राजा भयंकर गुस्से में है। पागलों-सा घूर रहा है मुझे।

मैं क्या करूँ? ये पहले कुछ बताए तो।

"सारी रात वहीं खड़ी रहोगी?" राजा ने गुर्राकर कहा।

"क्या हो गया जान? सब कुछ तो इतना अच्छा रहा," मैंने जगह से हिले बिना वहीं से कहा।

राजा ने इसे अपनी हुक्मउदूली माना। वो गुर्राया—

"उधर मत खड़ी रहो। यहाँ, मेरे पास आकर बात करो। याद रखना, मुझे तुम तक न आना पड़े।"

ख़तरा तो था पर मैं पलंग के साथ घूमती आधी दूर तक आई; न तो उससे दूर, न बहुत पास। पलंग से उठे बिना यह मुझे लात या हाथ नहीं मार पाएगा। वैसे, आज मैं इसे मारने नहीं दूँगी; पूरी शाम इसकी चाकरी में गुज़ारी है, फिर भी अगर इसके मन मुताबिक होने से कुछ रह गया तो मैं क्या करूँ?

"प्लीज़, बताओ न, क्या हुआ?" मैंने इसरार किया।

"बताऊँ?" वह पलंग से आधा उठ गया।

राजा-रानी की कहानी—

अब दृश्य कुछ यूँ था—

राजा पलंग से पूरा उठा तो नहीं पर बैठा भी नहीं है; आधी छलाँग की मुद्रा में फ्रीज हो गया हो जैसे। रानी सुरक्षित दूरी पर ज़रूर है पर तानाशाह से कोई दूरी सुरक्षित नहीं; प्रजा हरदम उसकी छलाँग की ज़द में है।

आधी रात से बाद का पहर।

"यहाँ आओ, मेरे पास, इधर..." राजा का लहज़ा आदेशात्मक था। यही लहज़ा और यही मुखमुद्रा; मार-पीट से पहले उसका चेहरा उस तानाशाह जैसा निकल आता है जो अपराधी के सिर को हाथी के पाँव के नीचे कुचल देने का आदेश दे रहा हो; हाँ, ठीक वैसा। रानी को और पास आना ही पड़ा। वह आ गई। कोई और चारा भी न था। राजा ने उसका हाथ पकड़ लिया, बला के ज़ोर से; राजा का हाथ कसरती है, नियमित जिम जाता है; कभी ज़ोर से पकड़ ले तो निचोड़ ही दे, ऐसी ताक़त। ज़ोर से हाथ पकड़ा तो बिलबिला गई रानी। राजा ने हाथ खींचकर उसे अपनी तरफ़ ज़ोर से खींचा तो वह कराहती हुई पलंग पर दोहरी हो गई।

अब वो खड़ा है और रानी पलंग पर पड़ी है।

उसने रानी का हाथ छोड़ दिया। रानी पलंग पर बिखर गई। हाथ सहलाते हुए पलंग पर बैठ गई वो।

"याद आया कि तूने क्या कांड किया?"

वह चुपचाप बैठी रही। जानती है, यही बताएगा। कहने दो इसे ही।

"मैं याद दिलाऊँ?...जब हम खन्ना के साथ खड़े होकर सबको विदा कर रहे थे, सब देख रहे थे हमें, तेरे कन्धे पर हाथ था मेरा; तब तूने क्या सोचकर मेरा हाथ अपने कन्धे से हटाने की हिम्मत की, बोल?"

रानी ने याद करने की कोशिश की।

पार्टी के अन्त में सारे मेहमान एक-एक करके विदा हो रहे थे।

राजा का दोस्त खन्ना, मिसेज खन्ना, और उनके साथ राजा-रानी भी मेजबान बनकर सबको विदा करते खड़े हुए थे। राजा ज़बरदस्त मूड में था। हर कोई राजा को अलग से "बढ़िया इन्तज़ाम किया बॉस..." कहकर जा रहा था। वह परम गद्गद था।...शाम बन गई प्यारे!...मज़ा आ गया यार!!...भौत मज़ा आया यार। थैंक्स यार।...नाइस अरेंजमेंट।...तेरे कहने पर चौथा पेग ले तो लिया पर अभी बीस किलोमीटर ड्राइव करनी है स्साले!...ओके बॉस।...कल मिलते हैं।...राजा, यूँ आर ए जेम, यह तो ख़ुद खन्ना ने कहा।

रानी उसके ठीक बग़ल में थी। रानी प्रेम के प्रोटोकॉल से परिचित है; वह उससे चिपककर खड़ी थी। राजा ने प्रेम की इस मनोहारी तस्वीर पर आख़िरी कूची मारते हुए बड़े प्यार से अपना हाथ उसके कन्धे पर रखकर ज़ोर से भींच दिया उसे। कुछ दिनों से यही कन्धा दर्द कर रहा है रानी का। राजा को भी ये बात पता है। डॉक्टर के पास भी ले गया था उसे। रसोईघर में कोई सामान उठाते हुए कन्धे में खिंचाव आ गया था चार दिन पहले। उसी कन्धे को राजा ने अभी ज़ोर से दबोच दिया। ख़ासा भारी हाथ है राजा का, और भींचा भी उसने ज़ोर से, फिर रानी कोमलांगी, कन्धे में तेज़ दर्द हुआ पर सहती रही वो कुछ देर। फिर दर्द असहनीय हो गया तो रानी ने धीरे से उसका हाथ कन्धे से हटा दिया और किंचित हटकर खड़ी हो गई।

...याद आ गया रानी को सब कुछ। तब नहीं सोचा था कि इतनी सड़ी-सी बात का यह इतना बुरा मान जाएगा।...हद है ये तो! आज वो चिढ़ ही गई। ये आदमी तो कभी मेरे श्वास लेने का भी बुरा मान सकता है यार!!

"तूने सबके सामने ऐसे रूडली मेरा हाथ झटककर हटाया कि..."

"सॉरी, झटका तो बिलकुल नहीं..."

"तो झटककर भी देख लेती न? वहीं ठोंकता मैं, सबके सामने।..."

"मैंने झटका तो नहीं"—अरे वाह!

"चार दिन से कन्धे में दर्द है, पता है न..."

"तो?"

वह चुप रह गई।

"कन्धे में दर्द है तो? मेरी इज़्ज़त उतारोगी?"

"तुमने भींचा तो तेज़ दर्द उठा..."

बताती हुई वह पलंग से उठने लगी। क़ायदे से यही वो क्षण था जब राजा को एक ज़ोरदार थप्पड़ मार देना था इसे, पर नहीं मारा। राजा स्वयं हैरान है कि उसने अभी तक इसे क्यों नहीं मारा? क्या हो रहा है मुझे—उसने सोचा। और ये औरत डरी हुई क्यों नहीं दिख रही? ये घिघिया क्यों नहीं रही? हमेशा की तरह दया की भीख क्यों नहीं माँग रही? तनकर बात कैसे कर रही है?

...नहीं, ये तेवर बर्दाश्त नहीं करनेवाला वो। आज वो इसे छोड़ेगा नहीं। इसे पचास जूते अभी के अभी न मारे तो मेरा नाम...।

"मैंने दो मिनट को हाथ रख दिया और तेरा कन्धा उखड़ने लगा?...भैंचोऽ..."

"गाली मत दो...।"

"...मुझसे मुँह लड़ाती है? तेरी ये हिम्मत!"

"गाली से मेरी बेइज़्ज़ती होती है और तुम्हारी इज़्ज़त ख़त्म होती है।"

देखता रह गया वो उसे।...स्साली की हिम्मत तो देखो!...ये तेवर!! तानाशाह ने रानी को ज़ोरदार धक्का दिया। वह बिस्तर पर जा गिरी परन्तु उसी पल बैठ गई और पीछे को खिसक गई।

राजा ने झुककर नीचे पड़ा जूता हाथ में उठा लिया; मारने ही वाला था कि रानी ज़ोर से चिल्लाई—

"मारने की सोचना भी मत!"

ये कौन सी नई औरत है यार? यह मेरी रानी तो नहीं। वो तो चुपचाप पिट लेती थी? क्या हो रहा है ये? मेरी रानी मुझसे ही मुँह लड़ा रही है, मुझसे!! मेरे प्रेम का यह प्रतिदान! दुनिया इस प्रेम के लिए मेरी इतनी तारीफ़ करती है और ये मुझसे मुँहज़ोरी कर रही है, कहती है, मुझे मारना मत!...क्यों नहीं मारना भाई?...मैं तुम्हें मार नहीं सकता??...अरे, जब प्रेम करता हूँ तो मार भी तो सकता हूँ।

उसने जूता घुमाकर ज़ोर से फेंका।

नहीं, रानी पर नहीं, ड्रेसिंग टेबल के काँच पर जूता दे मारा। रानी का ग़ुस्सा उसने ड्रेसिंग टेबल पर निकाला। काँच तो नहीं टूटा, टेबल ज़रूर हिल गई। उस पर रखा श्रृंगार का सामान नीचे जा गिरा। छन्न की तेज़ आवाज़ के साथ क्रीम, पाउडर, मॉस्चराइजर, बिन्दियाँ आदि नीचे जा गिरीं।

रानी पलंग पर और दूर खिसक गई।

राजा उसे ग़ुस्से से घूरता हुआ कपड़े बदल रहा है। वह ख़ुद को नहीं समझ पा रहा कि उसे क्यों नहीं मार पाया आज?

भाग : छह

न कथा का अन्त होता है, न तानाशाही का

कोई भी कथा कभी ख़त्म नहीं होती, ख़त्म होने के बाद भी वो कहीं न कहीं चलती रहती है।

तानाशाही भी कभी अन्त नहीं होती गो कि उसके अन्त के बीज उसकी शुरुआत में ही पड़े होते हैं; ऐसा इसीलिए कि तानाशाही के हर अन्त के साथ ही उसकी एक और नई शुरुआत का बीज पड़ जाता है।

टूटने से पहले तानाशाही दरकती है
हर दरकने की एक कथा होती है

और अब इस कहानी का अन्त—

यह कहानी अब समस्त तानाशाहों के हाथ से निकल चुकी है। इसका अन्त अब प्रजा तय करनेवाली है।

उपन्यास उस जटिल मोड़ पर आ गया है जहाँ सबको सबसे शिकायत है।

राजा की शिकायत?

उसे रानी से शिकायत है कि वो उसके प्यार को समझती ही नहीं। हाँ, वो उसे मारता-कूटता है पर बाद में उस चोट पर प्यार से बर्फ़ भी तो वो ही मलता है, फिर?...अरी पगली, यही तो प्रेम है। मेरी मार-पीट तो देखती हो कभी इस प्रेम को भी तो देखो न!

और पायल से तो पचासों शिकायतें हैं रस्तोगी जी को।

कि पायल समझती क्यों नहीं कि पराए मर्दों से उसकी रक्षा करना रस्तोगी जी के प्रेम का परिचायक है; इसे तानाशाही कहकर तुम उनके प्रेम का अपमान करती हो। और अगर ये तानाशाही है भी, तो किसके लिए? तुम्हारे लिए न? हमारे प्यार के लिए न?

और पूनम की शिकायतें?

उसके पास शिकायतों का पुलिन्दा है।

कुशल से अनगिन शिकायतें हैं उसे : कि वो प्रेम में नितान्त अकुशल है, प्रेम निभाना जानता ही नहीं, मेरी मम्मी की सालगिरह तक भूल गया, बताइए! यदि पूनम उसे एक शानदार प्रेमी बनाने की कोशिश करती है तो इसे तानाशाही क्यों समझा जा रहा है? क्या पूनम उसे उसके हाल पर छोड़ दे? ऐसे कैसे! प्यार करती है वह कुशल से।

सबसे ज़्यादा शिकायतें बादशाह को हैं।

उसे शिकायत है कि प्रजा उसका देशप्रेम नहीं समझती, तानाशाही के पीछे का नेक इरादा नहीं देख पाती, समझती ही नहीं कि प्रेमबन्दी देश के लिए है, देश के भले के लिए; प्रेमबन्दी के विराट उद्‌देश्य को क्यों नहीं समझते ये लोग?

और आख़िरी शिकायत (शायद) पाठक की।

आप शिकायत कर सकते हैं कि इसे प्रेमकथा क्यों कहा जा रहा है? इसे प्रेमकथा का नाम देना कैसे जायज़ है? प्रेम तो इसमें कहीं दिखा नहीं?

कहीं ऐसा तो नहीं कि प्रेम वास्तव में ऐसा ही होता हो; शुरुआत में स्वप्निल-सा, बाद में ठीक ऐसा जो इन कथाओं में है? नहीं, लेखक का मत अलग है। लेखक प्रेम को नायाब जान की निगाह से ही देखता है; यह अलग बात है कि अक्सर निराशा ही हाथ लगती है उसके पर उस बात से सच्चे प्रेम का अर्थ और महत्त्व तो नहीं बदल जाता न? लेखक मानता है कि जीवन में सच्चा प्रेम हमें कभी न कभी ज़रूर मिलता है, बस हम ही उसे सँभाल नहीं पाते; इन प्रेमकथाओं में अगर आपको प्रेम न दिखे तो इसकी ज़िम्मेदारी लेखक से ज़्यादा उन प्रेमियों की है जो अपने नाज़ुक प्रेम को सँभाल न सके; उनको मिला पर वे इस काँच की मूर्ति से खिलवाड़ करते हुए उसे गिरा बैठे; उसे बटोरने का काम लेखक कर रहा है तो इस कथा में अगर प्रेम से ज़्यादा प्रेम की किरचें हैं तो लेखक का क्या कुसूर? प्रेमकथा को रचना केवल लेखक की ही ज़िम्मेदारी तो नहीं, ज़िम्मेदारी तो उनकी है जो प्रेम कर रहे हैं, लेखक तो उन प्रेमियों की कथा लिख रहा है, बस; इसे प्रेमकथा बनाए रखने की ज़िम्मेवारी बुनियादी तौर पर उनकी थी, जैसी बनाओगे, वैसी ही लिखी जाएगी।

भले ही ये अभी प्रेमकथा जैसी न लग रही हों पर ये कभी स्वप्निल प्रेमकथाएँ ही थीं। फिर इन कथाओं में तानाशाही प्रवेश कर गई। तानाशाह बनते ही हर प्रेमी, प्रेम से बाहर हो जाता है; प्रेमकथा उसे ख़ुद से बाहर कर देती है। अक्सर प्रेमकथाएँ इसी तरह टूटती-बिखरती हैं।

असल में होता यह है कि हम प्रेम को जाने बिना ही प्रेम में उतर जाते हैं; प्रेम को समझे बिना यह समझने लगते हैं कि हम प्रेम में हैं। प्रेम की हमारी नितान्त व्यक्तिगत परिभाषा होती है, निजी समझ और सोच जो उसकी सोच से एकदम अलग होती है जिसे हम प्यार कर बैठे हैं, नतीजा? हमारी प्रेमकथा वैसी नहीं बन पाती जैसी हमने सोची थी। फिर इस प्रेमकथा को अपने खाँचे में फिट करने के लिए हमारे भीतर बैठा तानाशाह इस प्रेम को तराशने, काटने, छीलने लग जाता है। प्रेम खंडित हो जाता है और हम शिकायत करते रह जाते हैं कि इसमें अब वो पहले वाली बात नहीं रही।

तानाशाही की चपेट में फँसी ऐसी हर प्रेमकथा का अन्त बेहद जटिल होता है; प्रेमकथा कब की समाप्त हो जाती है, एक ध्वस्त ढाँचा खड़ा रह जाता है उसकी जगह; प्रेम का भूतिया खँडहर परन्तु तानाशाह यह मानने को राज़ी नहीं होता कि उसकी प्रेम-कहानी ख़त्म हो चुकी है; कि अब उस पते पर कोई प्रेम नहीं रहता, बस उसकी नेमप्लेट लटकी रहती है जो उसकी रिहाइश का भरम देती है। ऐसे तानाशाह को कौन बताए कि वह प्रेम में नहीं, उसके खँडहर में रह रहा है क्योंकि तानाशाह कभी सच सुनने को राज़ी नहीं होता। तानाशाह से सच बोलने के अपने जोखिम भी हैं। वे अपने सच को ही सच मानते हैं। तानाशाह कभी जान ही नहीं पाते कि उनकी तानाशाही में दरार पड़ चुकी है।

ख़त्म होने से पहले तानाशाही दरकती है।

इस कथा में अब वो दरक साफ़ दिखाई दे रही है परन्तु चारों में से कोई भी तानाशाह इसको देख नहीं पा रहा। आगे इन तानाशाहियों के दरकने की ही कथा है।

तानाशाही दरकती है-1

[सर, वाइफ़ का इस आदमी से कुछ चल रहा है]

रस्तोगी जी एक माह से हर दिन पायल का पीछा कर रहे हैं।

बेचारे और क्या करते? और कोई रास्ता नहीं छोड़ा था इसने। अब तो चेतन और पायल को रंगे हाथों ही पकड़ना है उन्हें वरना चेतन इसे बर्बाद कर देगा। ये तो ऐसी भोली है कि चेतन को ख़तरा ही नहीं मानती, हम सलाह दें तो उलटा मतलब निकालती है; एकाध बार तो हमें दकियानूसी तक कह दिया। चेतन ने इस पर काला जादू कर दिया है।

रस्तोगी जी समझ ही नहीं पा रहे थे कि करें क्या? पायल, आजकल देर से घर लौटने लगी थी; ज़रूर ये चेतन के साथ जाती है। कहीं न कहीं मिलते होंगे दोनों। बस, इनको वहीं रँगे हाथ पकड़ना है। रस्तोगी जी अब ठोस प्रमाण के साथ ही पायल से बात करेंगे।

पायल का लेट होना और बढ़ गया है। रोज़ लेट आ रही है, बहाना ये कि हेडऑफ़िस से टारगेट्स बढ़ा दिये गए हैं, सभी को रुकना पड़ रहा है।

"चेतन भी रुकता होगा?" एक दिन पूछ लिया तो लम्बी बहस हो गई।

"बॉस रुकेगी तो सब-आर्डिनेट्स भी रुकेंगे ही..."

"तो किसके टारगेट्स पूरे हो रहे हैं?"

"दफ़्तर के, और किसके?"

"कोई पर्सनल टारगेट्स?"

"किसके?"

"तुम्हारे..."

"मेरे? मेरे कौन से?"

"पर्सनल हैं तो तुम ही बताओगी..."

"मेरे क्यों होंगे?"

"फिर चेतन के होंगे।"

"अच्छा! अब समझी! तभी तुम फ़ोन करके मेरे बारे में पता करते रहते हो?"

"मैंने कब पता किया?" मानो रँगे हाथों पकड़े गए थे वे।

"क्यों? परसों ही तुमने इंक्वायरी डेस्क से पता किया था कि नहीं?"

"मैंने?"

"हाँ, तुमने कि पायल मैडम अभी दफ़्तर में हैं या कहीं बाहर निकली हुई हैं?"

"तो? पूछा था क्योंकि तुम्हारा मोबाइल आउट ऑफ़ रीच बता रहा था..."

"...यार, कब सुधरोगे!" पायल ने आजिज़ आकर कहा।

हिम्मत देखो इसकी, मेरे सुधरने की बात कर रही है!

"सुधरना किसे है, यह भी मैं ही बताऊँ?" मुस्कराकर बोले थे वे।...ये मुस्कराता है तो इसका मुँह कैसा एकदम सियार जैसा निकल आता है—पायल ने वितृष्णा से देखा था उनकी तरफ़।

"तो साफ़ कहो न कि तुम मुझे चरित्रहीन समझते हो?" पायल ने लगभग घृणापूर्वक कहा।

"तुमको नहीं, चेतन को..."

"और जो मैं चरित्रहीन निकली तो?"

"काट न डालूँगा तुमको!..."

"...मुझे काट डालोगे? वाह रे मर्द!"

"मैं वो नहीं कह रहा..."

"...कह तो वही रहे हो।"

"समझा करो पायल। ये चेतन तुमको बिगाड़ रहा है..."

"पर बिगड़ तो मैं रही हूँ न? फिर मैं ही तो चरित्रहीन हुई? तो अब काट डालो मुझे; लो, काटो..." वह एकदम सामने आकर खड़ी हो गई।

वे पीछे हट गए।

"तुमको अपनी ही वाइफ़ पर भरोसा नहीं?"

वे बोले नहीं, घूरते रहे उसे, बस।...इस औरत से कुछ भी कहने का कोई मतलब नहीं; ये अभी उस नोटोरियस के प्रभाव में है।...तो वे सीधे चेतन का गिरेबान क्यों नहीं पकड़ते?

पर कैसे? उनके पास कोई प्रमाण नहीं; बस, अपनी छठी इन्द्रिय से जानते हैं वे कि ये चल रहा है।

पायल का पीछा करने का आइडिया उसी दिन सूझा उन्हें। पायल का पीछा करके वे सारे प्रमाण निकालेंगे।

*

चाय की छोटी-सी दुकान है पायल के दफ़्तर के सामने।

यहीं बैठकर वे पायल की राह देख रहे हैं।

खम्भे की आड़ में सतर्क बैठे हैं।

दुकान कोने में है पर यहाँ से दफ़्तर का गेट साफ़ नज़र आता है। वो जब भी दफ़्तर से निकलेगी, वे उसके पीछे जाएँगे।...यहाँ से सीधे बस स्टॉप जाती है वो, पैर पैदल; बमुश्किल पन्द्रह मिनट का रास्ता, आजकल इसी रास्ते पर वे रोज़ उसका पीछा करते हैं। वहाँ, किसी बस की ओट से वे उस पर तब तक नज़र रखते हैं जब तक कि वो रवाना नहीं हो जाती। फिर वे स्कूटर से घर लौट आते हैं। कई दिनों से यह कर रहे हैं वे।

...वो ज़रूर कभी चेतन के साथ दफ़्तर से निकलेगी; हँसते, खिलखिलाते, बाँहों में बाँहें डाले न भी हो पर मज़े-मज़े में साथ चलती मिल जाए, बस; एक बार ऐसी पोज़िशन में दिख जाएँ दोनों!...या ऐसा हो कि पायल बस स्टॉप की तरफ़ न जाकर किसी और दिशा में जाने लगे।...या उसे चेतन बस स्टॉप या रास्ते से कहीं पिकअप करके मोटरसाइकिल पर ले जाता बरामद हो जाए, बस!

...कितना मज़ा आए कि पायल उसकी पीठ से चिपककर, कमर में हाथ डाले मोटरसाइकिल पर जा रही हो और रस्तोगी जी उनके सामने आकर खड़े हो जाएँ—सोचिए, क्या तो सीन बनेगा; वे तो सोचकर ही उत्तेजित हो जाते हैं। उनको विश्वास है कि एक दिन ज़रूर इन दोनों को वे किसी काम्प्रोमाइज़िंग पोज़िशन में पकड़ लेंगे। यह तो मात्र एक संयोग है कि जिस दिन से वे पीछा कर रहे हैं उसी दिन से चेतन कदाचित कहीं और उलझ गया है; इसके साथ वो आ ही नहीं रहा, पर कब तक? ज़रूर आएगा वो, आएगा और पकड़ा जाएगा। उनको जल्दी ही सफलता मिलेगी; सौ परसेंट मिलेगी।

पायल अभी-अभी निकली है दफ़्तर से।

चाय का अध-पिया कप छोड़कर ही उठ गए वे और अब एक सुरक्षित दूरी बनाते हुए उसका पीछा कर रहे हैं। पायल सड़क पर बाएँ नहीं, दाएँ चलती है कि ऐसे में किसी गाड़ी द्वारा पीछे से हिट करने का चांस नहीं रहता। पायल बेहद धीमी भी चलती है। अभी वह सड़क पर एक तरफ़ दबकर चली जा रही है,

ट्रैफ़िक से बचते-बचाते। रस्तोगी जी उससे थोड़ा पीछे चल रहे हैं, पोशीदा, दबे पाँव गो कि व्यस्त सड़क की चिल्ल-पों के बीच दबे पाँव चलने की कोई तुक नहीं है फिर भी।

आधा रास्ता निकल चुका। पायल अपने में मग्न जा रही है। आगे मोड़ है, वहाँ से घूमने पर किंचित दूरी पर ही बस स्टॉप पड़ता है।

आज भी उनको अभी तक ऐसा कोई क्यू नहीं मिला है। चलिए, आगे देखते हैं। बस स्टॉप तक तो इस पर नज़र रखेंगे ही। रस्तोगी जी धैर्यपूर्वक पीछा करते चले जा रहे हैं। नज़र पायल पर। लगातार। बेहद चौकन्नाई के साथ। अचानक, पुलिस की जीप तेज़ी से आई और पीछे से कट मारकर ठीक रस्तोगी जी के बग़ल में आकर रुकी। गाड़ी पर आगे और पीछे मोटे हरूफ़ों में 'प्रेमबन्दी पुलिस' लिखा है।

जीप उनके इतने पास आकर रुकी थी कि वे चौंककर उछल न गए होते तो उनके चौकन्ने शरीर का कोई न कोई हिस्सा जीप की चपेट में आ ही गया था! दो पुलिसवाले जीप से कूदे, फुर्ती से कूदे भी कह सकते हैं पर वैसी वाली फुर्ती मत मान लीजिएगा; बादशाह की पुलिस की तोंद निकली हुई है और रात की अभी ठीक से उतरी नहीं है, ऐसे में फुर्ती भी बस ऐसी-वैसी ही है।

पुलिसवालों को जीप से उतरते देखा तो रस्तोगी जी रुक गए। आश्चर्य! ये पुलिसवाले तो उनकी ही तरफ़ आ रहे हैं। आते ही उन्होंने रस्तोगी जी को दबोच लिया।

"क्यों बे?"

पुलिसवाले ने गर्दन को ऐसा दबोचा कि वे बिलबिला उठे।

घिग्घी बँध गई उनकी, चेहरा यूँ सफ़ेद मानो किसी ने ख़ून निचोड़ लिया हो। प्रेमबन्दी पुलिस के अत्याचार के ख़ूब क़िस्से सुने हैं। बताते हैं कि बुरा ठोंकते हैं वे; नंगा करके पेशाब की नली में ऐसा करंट मारते हैं कि परमानेंट प्रेमबन्दी का ख़तरा उत्पन्न हो जाता है; पैसे वसूलते हैं सो अलग, पूरा निचोड़कर ही छोड़ते हैं, ऐसा कहते हैं।

"जी सर..."

रस्तोगी जी ने कातर दृष्टि और उससे भी कातर आवाज़ को मिलाकर ऐसा दयनीय पोज़ दिया कि पुलिस के अलावा कोई भी अन्य मनुष्य होता तो दया से उत्प्लावित हो जाता। वे जानते हैं कि बादशाह पुलिस चाहे तो भी द्रवित नहीं हो सकती; दयनीय बनने से यह ज़रूर हो सकता था कि वे उनको थोड़ा कम ठोंकें।

"क्यों बे, हमें अन्धा समझता है?"

"नहीं सर..."

"क्या लग रहा था तुझे? तू इस लौंडिया के पीछे रोज़ आएगा-जाएगा और हम समझ न पाएँगे, क्यों?"

"सर, वो लौंडिया नहीं है..."

"अरे वाह! तुझे तो पूरा पता है; अन्दर तक टटोल आया?"

"नहीं सर, मैं कह रहा था कि..."

"इसको जीप में पटको रे। अब तू थाने पहुँचकर ही बताना..."

"सर, ज़रा सुनिए तो..."

"...तो फिर जल्दी सुना, फटाफट। तुझे तो बस एक औरत का पीछा करना है, हमें तेरे जैसे पचासों का पीछा करना है जो प्रेमबन्दी को फेल करने में लगे हैं..."

"सर थोड़ा साइड में चलेंगे?"

"साइड में ही हैं..."

"सर, थोड़ा और किनारे..."

"नाली में घुस जाएँ?"

"नहीं सर, अकेले में कुछ बताना था..."

"सिपाही बलभद्दर हमारे भरोसे के आदमी हैं, जो कहना है, यहीं उनके सामने बेखटके कह डालो..."

"सर, गुज़ारिश है..."

"हर गुज़ारिश की फ़ीस लगती है, पता है न?"

"दे दूँगा सर..."

"...और प्रेमबन्दी में हर फ़ीस डबल हो गई है, यह भी बता दो इसे बलभद्दर।"

"ट्रिपल दे दूँगा सर..."

"फिर तो हम ख़ुश हुए; बता, क्या गुज़ारिश है?"

"जल्दी से बोल दे, अभी साहब ख़ुश हैं; मूड बदल भी सकता है," सिपाही ने समझाइश दी।

"सर, मैं कह रहा था कि वो मेरी वाइफ़ है..." रस्तोगी जी बेहद धीमे स्वर में लगभग घिघियाते हुए कहा।

"क्या बोला बे!!" पुलिस वाला हैरान हुआ।

"सच कह रहा हूँ हुज़ूर..."

पुलिस वाला उसे आश्चर्य और अविश्वास से घूरने लगा।

"माँ क़सम, एकदम सच कह रहा हूँ सर..." रस्तोगी जी ने टेंटुआ छूकर कहा।

"हमें बरगलाने की कोशिश की तो ग़लतबयानी की धारा और लग जाएगी..."

"नहीं सर, वो मेरी वाइफ़ ही है..."

"तो अपनी ही वाइफ़ का पीछा क्यों कर रहा है? कोई लफड़ा है क्या?"

"वही तो सर..."

"तो बताओ।"

"एक आदमी इसे बरगलाने की कोशिश कर रहा है..."

"किसी और के साथ फँसी है क्या?"

"नहीं सर, प्रेम तो वह मुझसे ही करती है..."

"तुझसे प्रेम करती है तो इससे क्या चल रहा है उसका?"

"सर, पायल बड़ी भोली है..."

"पायल?"

"मेरी वाइफ़ का नाम पायल है सर..."

"और तेरा? तू घुँघरू है उसका, क्यों?" पुलिसवाले ने कहा तो सिपाही अपने अफ़सर के सेंस ऑफ़ ह्यूमर पर लहालोट हो गया।

"सर यह आदमी बहुत हरामी है और पायल बड़ी भोली..."

"और तू? मुझे तो लगता है कि तू ही सबसे बड़ा भोला है। तुझे नहीं मालूम कि देश में प्रेमबन्दी लागू है? तेरी आँख के सामने ये आदमी क़ानून तोड़ रहा है और तूने उसकी रिपोर्ट अब तक दर्ज नहीं करवाई? हर जगह पोस्टर लगे हैं कि कहीं प्रेम का शक भी हो, फ़ोन करके शिकायत दर्ज करवाई जाए; तूने रिपोर्ट क्यों नहीं की?"

"सर, मैंने सोचा..."

"बड़ा ग़ैर-ज़िम्मेदार नागरिक है रे तू..."

"...नहीं सर, मैं तो क़ानून का पूरा पालन..."

"...अच्छा? और जो तू अभी सड़क पर दाएँ चल रहा था, वो? क़ानून तो बाएँ चलने का है न?"

"नहीं सर, वो पायल दाएँ ही चलती है तो मुझे भी..."

"तो तेरी वाइफ़ भी क़ानून नहीं मानती?"

"नहीं सर, वो बड़ी भोली है न इसलिए..."

"...तब से उसे भोली कहे जा रहा है—ऐसा क्या भोलापन देखा है उसमें?"

इस बात का कोई जवाब उनके पास नहीं था। भोलापन मापने का कोई यंत्र तो होता नहीं। वे ख़ुद नहीं जानते कि पायल को भोला क्यों मानते हैं?"

"है सर, वो भोली ही है। तभी तो चेतन ने उसे बरगला दिया।"

"वो भोली है कि तू चूतिया है?"

"सर, यह चेतन बड़ा हरामी आदमी है..."

"...चल, तो एक काम कर।...तू यही सब हमें लिखकर दे दे।"

"दे दूँगा सर।"

"और वाइफ़ से भी एक लिखित शिकायत दिला दे इस आदमी के ख़िलाफ़ बस, फिर देख।"

"वो कभी लिखकर नहीं देगी सर, यही तो दिक़्क़त है..."

"तेरा इतना भी कंट्रोल नहीं वाइफ़ पर?"

"सर, वो कहेगी कि ऐसा कुछ है ही नहीं, तुम फ़ालतू ही शक करते हो..."

"तो क्यों करते हैं? मत करो।"

"क्या?"

"शक, और क्या; अबे, तू भी भोला है क्या?"

"नहीं सर।"

"हम कह रहे हैं, अगर यही है तो क्यों शक करते हो?"

"नहीं सर, चक्कर तो ज़रूर है। यह चेतन बहुत बदमाश है..."

"...और तेरी औरत बड़ी भोली है न?"

"वो समझती नहीं..."

"तो हम ऐसा करते हैं, दोनों को थाने बुलवा लेते हैं, बल्कि तीनों को; तू भी आ जा। हमने भी सालों से कोई भोली औरत नहीं देखी है..."

"सर, पायल को कुछ नहीं कहिएगा प्लीज़..."

"कुछ न कहने करने की भी फ़ीस लगती है..."

"वो मैं दे दूँगा हुज़ूर।"

"चल, तो फ़ीस दे और जा अपने घर।"

"सर, एक गुज़ारिश है..."

"यार, तेरी गुज़ारिशें ही ख़त्म नहीं होतीं, बोल!"

"सर उस चेतन को उठवा लें एक बार और..."

"...चलो उठवा लिया, फिर?"

"उसे धमका दें ठीक से कि वो पायल को छोड़ दे।"

"पता है न, ऐसा धमकाना ग़ैर-क़ानूनी है?"

"सर, प्लीज़..."

"देखो, हमसे ग़ैर-क़ानूनी काम करने की मत कहना।"

"सर, करा दें प्लीज़..."

"बादशाह के राज में हर काम क़ानून-क़ायदे से होता है, पता है न?"

"सर, प्लीज़..."

"क़ानून ये है कि ग़ैर-क़ानूनी काम की फ़ीस चार गुना लगेगी..."

रस्तोगी जी चुप होकर कुछ सोचने लगे।

"सर, तो फिर जाने ही दें..." कुछ देर तक सोचकर बोले वे।

बात पैसे की नहीं थी। देने को वे दस गुना दे दें पर चेतन ने कोई ऐसा-वैसा बयान दे दिया तो साथ में पायल भी प्रेमबन्दी में फँसेगी।

"सर, जाने ही दें," उन्होंने आगे चिरौरी की।

"चलो, जाने देते हैं पर इसकी भी फ़ीस लगेगी..."

"...दे दूँगा सर।"

"सारी फ़ीस बलभद्दर को दे और निकल यहाँ से; फिर इधर दिखा तो ऐसा ठोंकेंगे..."

रस्तोगी जी ने जेब से पैसे निकाले। बलभद्दर ने एक-एक नोट थूक लगाकर गिना और हिसाब सही पाकर बड़े साहब की तरफ़ देखकर मुस्करा दिये। बड़े साहब ने जाने का इशारा किया तो रस्तोगी जी बस स्टॉप की दिशा में वापस चल पड़े।

"अबे, उस तरफ़ नहीं, इस तरफ़..."

पुलिसवाले ने आवाज़ दी तो वे पलटे परन्तु उन्होंने तभी कुछ ऐसा देख लिया कि अवाक् रह गए।

पलटते-पलटते वे अचानक ही रुक गए।

बस स्टॉप के मोड़ से एक मोटरसाइकिल इस तरफ़ मुड़ी और अब इसी तरफ़ आ रही थी। गाड़ी चेतन चला रहा था।

हाँ, वही है।

पक्का वही है; और उसके पीछे बैठी है पायल; चेतन की कमर में हाथ डाले, उसकी पीठ से टिकी हुई। हाँ, थी तो वही। पायल ही थी वो। एकदम वही। मोटरसाइकिल तेज़ी से इस सड़क की तरफ़ मुड़ी और फर्राटे से उनके बग़ल से निकल गई। बहुत ही तेज़ स्पीड थी। झक से निकल गई। ठीक से वे कुछ देख नहीं पाए, न उस आदमी का चेहरा, न पीछे बैठी औरत का; पर उनको लगा कि यह चेतन ही था। देखा है उन्होंने चेतन को, पहले भी। पहचानते हैं उसकी मोटरसाइकिल।...और लड़की का सलवार, कुर्ता, बालों की स्टाइल, बड़े वाले गॉगल्स—सब, पायल जैसे ही थे। हाँ, ये वोई थी। पक्का वोई थी। पीछे चिपककर बैठने का अन्दाज़ भी बिलकुल पायल के जैसा। ज़रूर चेतन ने इसे अभी बस स्टॉप से उठाया है। अब वो इसे लेकर कहीं जाएगा और मज़े लूटकर बाद में घर से थोड़ी दूर छोड़कर वापस निकल जाएगा। ऐसे ही खेल जमाते हैं मर्द लोग।

जाती हुई मोटरसाइकिल को वो तब तक देखता रहा जब तक कि वह आँखों से ओझल नहीं हो गई।

"खड़ा क्यों है रे? निकल यहाँ से..." सिपाही ने चेताया।

वे चल दिये। आज घर पहुँचकर, इस मामले को सेटल करना ही है। अब तो उन्होंने दोनों को अपनी आँखों से देख लिया है।

वे ही थे! हाँ, पायल ही थी। चेतन ही था।

*

रस्तोगी जी को घर पहुँचने में देर लग गई। पायल तब भी नहीं पहुँची है। कहीं गुलछर्रे उड़ा रही होगी चेतन के संग।

रस्तोगी जी तीसरे माले के फ़्लैट की अपनी खिड़की के पास बैठे हैं जिससे कॉलोनी के अन्दर आने वाली सड़क एकदम सामने दिखती है। चेतन ड्रॉप करेगा तो दिख जाएगा; क़सम से, मज़ा आ जाएगा। वे सड़क पर निरन्तर नज़र रखे हैं। पर कोई आता नहीं दिख रहा। बहुत देर हो गई। बेचैन होने लगे वे। नैतिकता के तानाशाह की यह बेचैनी हर गुज़रते पल के साथ बढ़ती जा रही है।

कि तभी पायल उसी सड़क से आती हुई दिखलाई दी। पैदल। अकेली। थके क़दम।...थक तो गई होगी; मज़े लेने में भी मेहनत लगती है साहब।

वह घर के अन्दर आई।

चौड़ी मुस्कान के साथ स्वागत किया रस्तोगी जी ने।

वह थके क़दमों से आकर सोफ़े पर बैठ गई, थककर चूर। पर्स गोद में। आँखें बन्द। अधलेटी। चेहरा बेनूर। पसीने से तर-बतर। बाल बिखरे हुए। कुछ देर तक सोफ़े पर ही चुपचाप पड़ी रही पायल। बेआवाज़। रस्तोगी जी कुछ नहीं बोले; उसे देखते रहे, बस।...इसे ही शुरू करने दो, देखते हैं, क्या बोलती है? बोलेगी। अभी बोलेगी। आज इसे ही बोलने दो। सुनेंगे। ज़रूर सुनेंगे इसकी। इसके मन में अभी ज़रूर कोई कहानी चल रही होगी; सारी कहानी सोचकर ही घर में घुसी है, नहीं जानती कि वे पहले ही आँखिन-देखी असली कहानी जानते हैं।

अचानक पायल ने आँखें खोल दीं—

"पूछोगे नहीं, क्या हुआ?"

"वो कहानी तो तुम सुनाओगी न!" रस्तोगी जी ने अर्थपूर्ण ढंग से कहा।

'वो कहानी" में निहित व्यंग्य पर पायल का ध्यान नहीं गया। वह फिर से मौन हो गई थी। बहुत ध्यान से देखते रहे उसका चेहरा वे। कितना भोलापन है चेहरे पर और कितना बड़ा धोखा दिये जा रही है उनको; और ख़ुद नहीं जानती कि चेतन के हाथों कितना बड़ा धोखा खा रही है।

"बड़ी देर कर दी आज?" अन्ततः उन्होंने ही पूछा।

देखें, क्या उत्तर देती है?

"बहुत थक गई मैं आज..." पायल ने आँखें मूँदे हुए ही कहा।

"बहुत काम रहा होगा दफ़्तर में?"

"नहीं, कहीं और ही फँस गई थी..." उसने आँखें खोल दीं और अपना पर्स गोदी से उठाकर सामने रख दिया।

"फँस गई थीं? कहाँ फँस गई थीं?"

रस्तोगी जी ने फँसने पर ज़ोर देकर कहा परन्तु वो ऐसी भोली कि फिर भी उनकी बात नहीं समझी। उनका मन तो था कि पायल कहे कि दफ़्तर में देर हो गई और वे उसका झूठ तुरन्त पकड़ लें क्योंकि सच ख़ुद उनके क़ब्ज़े में आ जाता; दफ़्तर से उसे सही वक़्त पर निकलते देखा था उन्होंने।

"दफ़्तर तो आज टाइम से ख़त्म हो गया था। पर जब मैं बस स्टॉप पर पहुँची तो..." वह सहजता से आज की कहानी बताने लगी। नैतिकता का तानाशाह झूठ को दबोचने के लिए शिकारी जानवर की मुद्रा में बैठ गया था।

"फिर?" रस्तोगी जी ने पूछा।

"वहाँ एक भी बस नहीं थी। ख़ूब भीड़ मची थी। ख़ूब हल्ला-गुल्ला। पता चला कि बसों की फ़्लैश-स्ट्राइक हो गई है; पुलिसवाले ने किसी बस ड्राइवर को थप्पड़ मार दिया था।...कोई नहीं बता पा रहा था कि बस आएगी भी या नहीं?... बहुत देर मैं वहाँ खड़ी रही। फ़ाइनली पता चला कि आज सारी बसें कैंसिल रहेंगी।"

"अरे, फिर?" उन्होंने पूछा। वे जानते हैं कि वो झूठ बोल रही है।

ये वहाँ बस स्टॉप पर काफ़ी देर रुकी थी, यह सच है; पर ये वहाँ चेतन के इन्तज़ार में रुकी थी, बस के कारण नहीं; झूठ बोल रही है। उन्होंने ख़ुद देखा, आधा घंटा बाद चेतन के साथ मोटरसाइकिल पर निकली थी। रास्ते में इसे कहीं पता चल गया कि बसों की स्ट्राइक हो गई है, अब यही बोल देंगे घर जाकर; देर से घर पहुँचने का सॉलिड बहाना मिल गया।

टीवी पर अब भी दिखाए जा रहे हैं बसों की हड़ताल का समाचार।

"फिर?" रस्तोगी जी ने मानो बड़ी चिन्ता से पूछा।

"कोई ऑटो इस तरफ़ आने को राज़ी नहीं था, कुछ दुगना-तिगुना किराया माँग रहे थे; मीटर से चलने को राज़ी नहीं था कोई..."

उधर पायल अपनी व्यथा-कथा सुनाने में मशगूल थी, इधर नैतिकता का तानाशाह आक्रमण की तैयारी में अपने पंजे घिसकर पैने कर रहा था।

"फिर तो बड़ी परेशान हुई होगी?" तानाशाह ने झूठी सहानुभूति दिखाई।

"बहुत परेशान हुई मैं। बड़ी दूर पैदल चली तब जाकर एक ऑटो मिला। वह भी कॉलोनी के अन्दर लाने को तैयार नहीं था। बाहर ही छोड़कर निकल जाऊँगा, ऐसा बोला। मैं गेट से पैदल चलकर आई हूँ।"

पायल बता रही है।

"मुझे कॉल करके बस स्टैंड बुला लेतीं?"

"पर तुमको तो किसी काम से बाहर जाना था न—तुमने ही तो कहा था?" रस्तोगी जी भूल गए कि पीछा करने के लिए उन्होंने ही यह बहाना गढ़ा था, पायल से।

वह उठी, फ्रिज से पानी निकालने लगी। बॉटल खोलकर पहला घूँट ही गुटका था कि रस्तोगी जी का धैर्य जवाब दे गया।...यार, इसे बता ही दिया जाए कि मुझे असलियत पता है।

"तो चेतन को बुला लिया होता? वह अपनी बुलेट पर आ जाता?" उन्होंने रहस्यमयी अन्दाज़ में सुझाव दिया।

चेतन का ज़िक्र और रस्तोगी जी का लहज़ा, वह सतर्क हो गई। ओहोऽऽ! तो जनाब के दिमाग़ में ये नॉनसेंस चल रहा था और वो ऐसी मूर्ख कि उसे लगा कि रस्तोगी जी उसकी चिन्ता कर रहे हैं! हद है! कितना शक्की है यह आदमी यार!! अब तो मन करता है कि सच में चेतन से अफ़ेयर कर लिया जाए।

"हाँ, मैं उसे फ़ोन तो कर सकती थी..." पायल ने ठंडी आवाज़ में कहा।

"तो किया क्यों नहीं? वो तो फटाफट आ जाता।" रस्तोगी जी के चेहरे पर तिरछी मुस्कान आई पर स्वर कड़वा था।

"हाँ, आ जाता। तुरन्त आ जाता, सच कहा तुमने," पायल बोली और उसका चेहरा देखने लगी; देखें, अब यह आदमी क्या कहता है?

"वही तो, बड़ी परवाह करता है तुम्हारी," वे बोले। दाँत नहीं पीसे। गुर्राए भी नहीं। बस, आँखों की जंगली चमक और बढ़ गई थी।

वह उनका चेहरा देखती रही। हिंसक मुस्कान और आक्रामक नज़र। इस आदमी का चेहरा लोमड़ी जैसा क्यों है? कहीं यह वास्तव में कोई वैसी लोमड़ी तो नहीं जो रहस्य कथाओं में आदमी की आत्मा पर क़ब्ज़ा कर लेती है? उसे रस्तोगी जी की शक्ल से वितृष्णा होने लगी। कभी इसी चेहरे को देखकर उसके मन में हज़ारों दीप जल जाते थे!

तो इस आदमी को लगता है कि मैं अभी तक चेतन के साथ गुलछर्रे उड़ा रही थी सो लेट हो गई!!

वह अब भी ख़ुर्दबीनी नज़रों से देख रहा था उसे।

...ठीक यही कुर्ता उस लड़की ने पहना था; हाँ, यही कुर्ता था, पायल ही थी उस मोटरसाइकिल पर, पक्का। मोटरसाइकिल बड़ी तेज़ी से निकल गई, फिर भी रस्तोगी जी को एकदम पक्का है कि वो लड़की यही थी और वो चेतन ही था।

"अभी तुमको चेतन ही छोड़कर गया है न? देखो, सच-सच बताना...," रस्तोगी जी ने आँखों में आँखें डालकर सीधे ही पूछना उचित समझा।

पायल ने भी उसकी आँखों में आँखें डालकर पूछा—

"तुमने देखा उसे?"

"कैसे देखता? वो तो कॉलोनी के गेट पर ही ड्राप करके निकल गया होगा..."

"वायदा रहा, अगली बार मैं उसे अन्दर लाऊँगी," पायल ने चिढ़कर कहा।

"मैं यूँ ही नहीं कह रहा, मैंने तुम दोनों को उस मोटरसाइकिल पर देखा आज।"

"मुझे?"

"हाँ तुमको, आज ही..." उन्होंने कह दिया।

वह हैरान रह गई।

"तो वहीं क्यों नहीं पकड़ लिया?"

"कैसे पकड़ता? तुम्हारा चेतन बड़ी तेज़ ड्राइव करता है, सर्र से निकल गया..."

"मेरा चेतन?...मेराऽऽ!"

"तुम जिस तरह उससे चिपटकर बैठी थीं..."

"मैं चिपटकर बैठी थी?"

"ऐसे बैठने को चिपटना ही कहते हैं..."

"दिमाग़ ख़राब है?" पायल ने तमतमाकर पानी की बोतल टेबल पर पटक दी।

"यार, मैंने ख़ुद तुम दोनों को अपनी आँखों से देखा..."

"...तो आँखें ख़राब हो गई हैं तुम्हारी।"

"तुम दोनों मेरे ठीक सामने से गुज़रे..."

"कहाँ देखा तुमने?"

"तुम्हारे ऑफ़िस के पास के बस अड्डे की सड़क पर..."

"तुम वहाँ क्या कर रहे थे?"

रस्तोगी जी चुप रह गए। वह उनको घूरती रही। तो यह चल रहा है!

"तो ये ज़रूरी काम था तुम्हारा? कब से पीछा कर रहे हो?"

रस्तोगी जी चुप रह गए।

"शर्म नहीं आती?" पायल आक्रामक हो उठी।

"शर्म मुझे आनी चाहिए कि तुम्हें?"

ऑफ़ कोर्स मुझे कि तुम मेरे पति हो..."

"मैं पति होने का ही धर्म निभा रहा हूँ।"

"ये धर्म है तो अधर्म क्या होता है?"

"अधर्म वह है जो तुम कर रही हो..."

तभी पायल का फ़ोन बज उठा।

फ़ोन सामने ही रखा है।

स्क्रीन पर चेतन का नाम चमक रहा है।

रस्तोगी जी ने नाम पढ़ लिया है—यह बताने की ज़रूरत नहीं। पायल की तिरछी नज़र ने यह बात नोट की और फ़ोन उठाते-उठाते, कड़वी मुस्कान के साथ रस्तोगी जी से पूछा—

"मेरे प्रेमी का फ़ोन आया है, आपकी परमीशन हो तो उठा लूँ?" और उनके उत्तर की परवाह किये बग़ैर उसने कॉल ले लिया—

"बोलो चेतन?"

पायल ने आराम से कहा और उससे बात करने लगी।

सेक्स भी तानाशाही का औज़ार हो सकता है क्या?

[प्रॉब्लम है कि तुमको प्रॉब्लम ही नहीं कोई]

वे सेक्स काउंसलर से मिलकर लौट रहे हैं।

पूनम ने ज़ोर डाला तो कुशल को जाना पड़ा। वह क़तई जाना नहीं चाहता था; जाने से पहले ख़ासी बहस भी की पर उसे मानना पड़ा अन्तत:।

"यार, बहस बहुत करने लगे हो आजकल..." पूनम ने रास्ते में शिकायत की।

"पहले तो हर बात चुपचाप मान लेते थे, अब क्या हुआ?" पूनम ने आगे कहा।

जवाब था उसके पास, होंठों तक आया भी पर रोक लिया कुशल ने।...सालों से नाक रगड़वाती आ रही है उससे।...वो रगड़ता भी रहा है; कभी बहस नहीं की—सीधे रगड़ दी, बस, सीधे कान पकड़ लिये, सीधे चरण पकड़ लिये; जब जैसा अवसर बना; यही चल रहा था अब तक, और इसी को वे सफल दाम्पत्य का नाम देते थे। परिचित उनके सफल दाम्पत्य पर अश अश करते थे। कुशल शुरू में पूनम पर अहर्निश फ़िदा रहता भी था—कहें कि प्रजा अपने तानाशाह पर फ़िदा थी; प्रजा को पता न था कि इस तरह आँखें मूँदकर फ़िदा होना ही तानाशाह पैदा करता है। सालों से यही चल रहा था।

इधर कुछ समय से कुशल ने आँखें खोलकर देखना शुरू कर दिया और वो बदलने लगा था; पूनम ने नोट किया है कि वह आजकल बात-बात में उससे बहस करने लगता है, तर्क देता है, उन पर अड़ जाता है।...कभी पूनम के रूठ जाने पर इसी कुशल की दुनिया हिल जाती थी; जब तक मैं मान न जाऊँ, ये मेरे आसपास घूम-घूमकर कैसा लल्लो-चप्पो करता फिरता था!

इन वर्षों में पूनम ने ख़ूब तानाशाही दिखाई; कभी कोई अवसर नहीं चूका। पहले तो वो किसी छोटी-सी बात का बतंगड़ बनाती फिर प्रतीक्षा करती कि कुशल उसे बेशर्त मनाए, पुचकारे, दुलार करे, नाक रगड़े; पूनम की मनमर्ज़ी से ही ज़िन्दगी चले तभी वो प्रेम है, ऐसा मानती और मनवाती रही वह। वो इसके लिए तानाशाही का हर औज़ार आज़माती रही है।

समय के साथ उसने औज़ार भी बदले हैं।

अब उसने सेक्स को औज़ार बना लिया था।

बेहद कारगर निकला यह औज़ार, बड़ा मारक, सटीक और प्रभावी अस्त्र; इसके एक ही वार में कुशल ध्वस्त हो जाता था।...पुरुष को उसकी औक़ात दिखाने का इससे बेहतरीन अस्त्र हो ही नहीं सकता; स्त्री इसे आँख मूँदकर भी चला दे, निशाने पर ही लगेगा, और पूनम तो सेक्स को कई तरह से इस्तेमाल करती थी।...कभी कहती है कि जैसा अमुक पोर्न में हमने उस दिन देखा,

तुम वैसा बढ़िया क्यों नहीं कर पाते?...और यह तो अक्सर ही कहती कि तुम करते तो ठीक-ठाक हो पर आजकल वो मज़ा नहीं दे पाते; बड़े ही मैकेनिकल ढंग से निबटाते हो सारा काम।...ये ऐसी हवाई शिकायतें हैं जिनका निवारण कठिन है; कुशल जितना भी अच्छा कर ले, पूनम यही कहती है कि यार, बात बनी नहीं; क्या नहीं बनी, वो न बताती।...कई बार तो सेक्स की शुरुआत में ही हँसकर कह देती है कि तुमसे नहीं बनेगा यह सब, रहने ही दो यार।

...कुछ दिनों तक तो वह पूनम की शिकायत के हिसाब से जी-तोड़ कोशिश करता रहा पर अब वो इरिटेट होने लगा है। उसका चिड़चिड़ाना पूनम ने भी नोट किया है और इसे अपनी सत्ता के ख़िलाफ़ खुले विद्रोह की कोशिश माना है।...वो देख रही है कि इन दिनों बहुत बदला है कुशल; आजकल तो पलटकर जवाब तक देने लगा है—और हद तो तब हुई जब एक दिन यह ख़ुद ही रूठ गया!...रूठने का हक़ तुमको किसने दिया यार?...रूठूँगी तो मैं; तुम्हारा कर्तव्य है मुझे मनाना। ...रूठना तो मेरा अधिकार है न?...वैसे, उसने बाद में अपने रूठने की ख़ुद ही माफ़ी माँग ली तो बात आई-गई हो गई परन्तु पूनम ने अपनी तानाशाही में पैदा हो रही दरार तो देख ही ली; दरार पाटने का एक ही तरीक़ा होता है तानाशाह के पास कि तानाशाही को और बढ़ा दिया जाए—उसने बढ़ा दी।

अब वो हर सेक्स के बाद ही जतलाने लगी कि आज तो बिलकुल ही मज़ा नहीं आया। हथियार को और पैना बनाती गई वो। सेक्स लाइफ़ को लेकर पूनम की शिकायतें बढ़ती गईं।

वह हँसती कि तुम्हारी जादुई छड़ी में कोई जादू नहीं बचा है!...हद तो तब हुई जब यही बात वह तिरछे-आड़े इशारों में, दूसरों के सामने भी कहने लगी। कुशल के सामने ही फ़ोन पर अपनी दोस्तों से पूछती, पता करती कि यार, खाने-पीने में इनको ऐसा क्या दें कि इनमें थोड़ा दम आ जाए! इसके उत्तर में दूसरी ओर से फ़ोन पर सहेली जो भी कहती, दोनों ठहाका मारकर हँसते।

आजकल हर सेक्स के बाद वह कुशल को सलाह देती है कि तुम किसी अच्छे वैद्य से कोई जड़ी-बूटी पूछो, आयुर्वेद में बड़ी दवाएँ हैं पावर बढ़ाने की, रोज़ खाया करो।...मुझमें क्या कमी है, बताओ तो? वह पूछता। ठीक तो होता है सब, तुमको भी आर्गेज़्म हो जाता है—फिर?...जवाब में हँस देती है वो, बस; कुछ न बताती, तुमको ही सब समझना होगा, समझ तो आता होगा न?

फिर एक दिन पूनम ने कहा कि हमको सेक्स काउंसलर से मिलना चाहिए। कुशल ने साफ़ मना कर दिया पर वह नहीं मानी। उसने सेक्स काउंसलर से स्वयं ही अपाइंटमेंट भी फिक्स कर लिया।...फ़ीस दे दी है यार, अब तो चलना ही पड़ेगा, कहने लगी।... हम उससे कहेंगे क्या? जब कोई समस्या ही नहीं तो काउंसलर क्या हेल्प करेगा?...

समस्या तो वो समझेगा न, डायग्नोज तो डॉक्टर करेगा न?...वैसे, तुम उससे ये ज़रूर समझ लेना कि ठीक सेक्स होता क्या है?

*

और वे गए। उसे जाना ही पड़ा। काउंसलर के पास जाते हुए उसने पूनम से बहस ज़रूर की—

"जब सब कुछ..."

"...'ठीक' चल रहा है; तुम यही कहनेवाले थे न?"

वह अचकचा गया। हाँ यही तो कह रहा था वो।

"हाँ, ठीक चल रहा है..." कुशल ने लड़खड़ाते हुए यही कहा।

"पर मुझे भी तो ठीक लगना चाहिए न?"

"क्या ठीक नहीं लगता?"

"बता दूँगी उसे।"

"मुझे क्यों नहीं बतातीं?"

"तुमको तो सौ बार बता चुकी।"

"कब बताया? बस शिकायत करती रहती हो।"

"तो मेरी शिकायत पर कोई एक्शन लिया सरकार ने?"

"मुझे समझ ही नहीं आता कि..."

"...पर सेक्स काउंसलर समझ जाएगा।"

"इतने साल तो सब ठीक लगता था तुमको, अब अचानक ही यह..."

"जब तक ठीक रहा, मैंने कुछ कहा? अब ठीक नहीं है तो कह रही हूँ।"

"क्या ठीक नहीं लगता? कि जादू की छड़ी में अब वो बात नहीं रह गई?"

"वह बात मैंने मज़ाक़ में ज़रूर कही है पर असल बात वही है।"

"किस जादू की बात करती हो तुम?"

"तुम नहीं जानते?"

"नहीं जानता।"

"फिर सेक्स काउंसलर ही बताएगा।"

"जब तुम नहीं बता पा रहीं, वो कैसे बताएगा?"

"इसी की फ़ीस लेता है वो।"

वह बिना और कुछ कहे कार ड्राइव करता रहा।

"पता नहीं कि तुम मुझसे चाहती क्या हो?" कार चलाते हुए वह बड़बड़ाया।

"एक हेल्दी फ़ीमेल को जो चाहिए, वही चाहती हूँ बस..." पूनम ने कहा।

"ख़ूब अच्छा तो होता है..."

"ये होता है ख़ूब अच्छा होना?"

"और कैसा होता है?"

"ये तुम उसी से पूछना।"

"मैं क्यों पूछूँगा? सब ठीक होता है तो..."

"ठीक होता तो ये काउंसिलिंग का स्यापा ही क्यों होता?"

"स्यापा!! यार, तुम कुछ भी बोल देती हो..."

"चलो, तुम इसे कोई और नाम दे दो पर रहेगा ये स्यापा ही..."

पूनम ने बहस का पटाक्षेप कर दिया।

*

सेक्स काउंसलर ने दोनों से अलग-अलग बात की। यह भी बताया कि वह फिर किसी और दिन दोनों को एक साथ बिठाकर भी बात करेगा।

पहले पूनम को बुलाया गया।

वह पन्द्रह मिनट लगाकर वापस आ गई।

फिर कुशल को अन्दर बुलाया गया। वह उठा तो पूनम ने चेताया कि डॉक्टर से कुछ मत छुपाना, सब साफ़-साफ़ कहना क्योंकि मैं अभी-अभी उसे सब साफ़-साफ़ बताकर ही आ रही हूँ।...

उसने भी पूनम को गहराई से देखा और मुस्कराते हुए जाने को उठ खड़ा हुआ; आज वो भी कुछ नहीं छुपाएगा; वह तो भरा बैठा है; न कहती तो भी बताता। अन्दर घुसते हुए वह तय कर चुका था कि आज वह सेक्स काउंसलर से सब बताएगा, वो क्या सोचता है, क्या भुगत रहा है, सब कुछ; पूनम से प्रेम-विवाह, बाद में इसकी लगातार बढ़ती गई तानाशाही प्रवृत्ति और उसकी अपनी छटपटाहट!

हुआ भी यही।

काउंसलर पूछता गया और वह सब कुछ साफ़-साफ़ बताता गया। काउंसलर ने बड़ी दिलचस्पी से उसका सारा क़िस्सा सुना। क़िस्सा? हाँ, उसकी शक्ल देखकर तो यही लग रहा था मानो वह कोई रोचक क़िस्सा सुन रहा हो!

फिर बात कुछ यूँ शुरू हुई—

"हाँ, तो अब अपनी प्रॉब्लम बतलाइए। छुपाइएगा कुछ भी मत।"

"छुपाऊँगा क्यों?"

"लोग छुपा जाते हैं, बाद में डॉक्टर को दोष देते हैं।"

"मैं आपको दोष नहीं दूँगा क्योंकि मैं पहले ही ठीक हूँ।"

"कोई तो प्रॉब्लम होगी?"

"नहीं, कोई प्रॉब्लम नहीं।"

"आपकी वाइफ़ ने तो..."

"...उसने आपसे क्या कहा, मैं नहीं जानता पर..."

"...वो तो कहती हैं कि आप लोगों के बीच ढेर सारी प्रॉब्लम्स हैं और आप कहते हैं कि कोई प्रॉब्लम नहीं; वेरी इंट्रेस्टिंग!"

"उन्होंने क्या कहा?"

"उनकी बात मैं सुन चुका हूँ, आपका वर्ज़न सुनना है।"

"मेरा वर्ज़न यह है कि हमारी कोई प्रॉब्लम नहीं।"

"प्रॉब्लम तो है जनाब। आपकी वाइफ़ सेक्स से सन्तुष्ट नहीं, क्या ये प्रॉब्लम नहीं?"

"वह तो बढ़िया सन्तुष्ट होती है सर..."

"कैसे?"

"दिख जाता है साफ़-साफ़..."

"तो वो ऐसा क्यों कह रही हैं?"

"उसको हर बात का बतंगड़ बनाने में मज़ा आता है, बस।"

"तो पहली प्रॉब्लम तो यही हुई कि आप मानने को राज़ी नहीं कि कोई प्रॉब्लम है।"

"है ही नहीं तो मैं कैसे मान लूँ?"

"और वे जो मुझे बताकर गईं, वो?"

"मुझे कैसे पता कि वे आपको क्या-क्या बताकर गई हैं?"

"आपके बीच भी तो इस बारे में डिस्कशन होता होगा?"

"ऐसा कोई डिस्कशन कभी होता ही नहीं।"

"अरे, ऐसे कैसे?"

"वे कुछ कहती ही कहाँ हैं? रूठ जाती हैं, बस।"

"रूठती हैं तो प्रॉब्लम तो हुई न; कुछ होगा, तभी तो रूठती हैं?"

"पर वे कुछ बताएँ तो।"

"आपको उनके पीछे लगकर पूछना चाहिए था; एक बार में न बतातीं तो बार-बार पूछते। औरतों का स्वभाव..."

"मेरा तो जीवन बीत गया बार-बार पूछते; आपको कुछ बताया?"

"...कहा कि आप सेक्स के नाम पर फ़ार्मेलिटी निभाते हैं; कोई पैशन नहीं है आपके सेक्स में..."

"सर, बहुत बढ़िया होता है सब," वह बोला।

"बढ़िया होता है तो आप यहाँ आए ही क्यों हैं?"

"पूनम पीछे लगी थी कि हमें मिलना चाहिए आपसे।"

"क्यों पीछे लगी थीं, ये नहीं पूछा?"

"कैसे बताऊँ? वे कुछ बताएँ तो..." वह तल्ख़ी से मुस्कराया।

"ठीक से पूछते, ज़रूर बतातीं। आप सवाल ही नहीं करेंगे तो..."

"तानाशाह से कोई सवाल नहीं कर सकते सर। वो कोई सवाल पसन्द नहीं करता।"

"देखिए, यह शब्द यहाँ न बोलें। भूलकर भी इस्तेमाल न करें यह शब्द प्लीज़।" डॉक्टर ने चेताने वाले स्वर में कहा।

"ऐसा क्या बोल दिया मैंने?" वह समझा नहीं।

"आपने अभी 'तानाशाह' कहा न?" डॉक्टर ने तानाशाह बहुत धीमे स्वर में कहा।

"हाँ कहा; वो मुझ पर अपनी तानाशाही चलाती है। ख़ुद को बादशाह समझती है..."

"...देखिए मिस्टर, यह सब क़तई न बोलें। 'बादशाह', 'तानाशाही' क्या-क्या ऊलजलूल बोले चले जा रहे हैं आप? बादशाह सलामत से बड़ा डेमोक्रेटिक आदमी कोई और है क्या?" डॉक्टर ने बादशाह और डेमोक्रेटिक बहुत ऊँचे स्वर में कहा; कहीं बादशाह का कोई कान सुन रहा हो तो वह पॉलिटिकली सही साबित हो।

"मैं अपने बादशाह सलामत की बात ही नहीं कर रहा।"

"सुनने वाला तो यही समझेगा न?"

"यहाँ कौन सुन रहा है?"

"दीवारों के भी कान होते हैं श्रीमान। सोच-समझकर बोलिए, ख़ुद फँसेगे, मेरी क्लीनिक भी बन्द करा देंगे।"

"सर, मैं तो सम्बन्धों में तानाशाही की बात कर रहा था। आप सायकेट्रिस्ट हैं, घरेलू तानाशाही से त्रस्त मरीज़ मिलते ही होंगे आपको?"

"देखिए, मैं आपको आख़िरी वार्निंग दे रहा हूँ—बार-बार यह 'तानाशाही, तानाशाही' न कहते फिरें। उनके जासूस दीवार के पार भी यह शब्द पकड़ लेते हैं!"

"सॉरी सर, वेरी सॉरी।"

डॉक्टर चुपचाप उसकी शक्ल देखता रहा।

"अच्छा, कभी सेक्स के दौरान वे आपकी परफ़ॉर्मेंस पर कोई कमेंट करती हैं?"

"नहीं, तब तो ख़ूब इन्जॉय करती हैं।"

"आपकी ख़ुशी के लिए झूठ-मूठ आनन्द लेने का एक्शन करती होंगी..."

"नहीं, वे इन्जॉय करती हैं।"

"इतने विश्वास से कैसे कह रहे हैं?"

"समझ आ जाता है सर।"

"फिर वो ऐसा क्यों कह रही थीं कि आप उनको ख़ुश नहीं कर पाते?"

"वैसे तो उनको भगवान भी ख़ुश नहीं कर सकता!"

"आपने ही कहा कि वे इन्जॉय करती हैं?"

"यही तो है कि उनका, इन्ज्वॉय पूरा करो और ख़ुश बिलकुल न हो।"

"मतलब?"

"उनका ख़ुश होना इस सबसे एकदम अलग फिनोमिना है।"

"समझा नहीं मैं?"

"मैं भी आज तक नहीं समझ सका सर।"

"आप मुझे कन्फ़्यूज़ कर रहे हैं..."

"मैं ख़ुद कन्फ़्यूज़्ड हूँ। समझ नहीं आता कि ऐसा क्या करूँ कि वो ख़ुश रहें?"

"देखिए, आप सेक्स में ठीक से इंट्रेस्ट लें तो सब ठीक हो जाएगा।"

"मैं तो बहुत इंट्रेस्ट लेकर ही..."

"देखिए, सच-सच बताइए, क्या आपका सेक्स में इंट्रेस्ट ख़त्म हो गया है?"

"मैं कोशिश करता हूँ..."

"सेक्स में कोशिश नहीं की जाती। सेक्स तो सहज होना चाहिए।"

"मेरी सेक्स परफ़ॉर्मेंस सहज और बेहतरीन है। कोई इश्यू नहीं।"

"पर उनको इसी परफ़ॉर्मेंस से समस्या है।"

"जहाँ समस्या न हो वहाँ भी समस्या पैदा कर लेना, यही करती हैं वे।"

"यह आपका आकलन है।"

"नहीं सर, कोई इश्यू ही नहीं है।"

"सेक्स में सबसे बड़ा इश्यू तब बनता है जब एक पार्टनर माने कि इश्यू ही नहीं..."

"नहीं है तो कैसे मान लूँ?"

"इंट्रेस्टिंग..."

"...मतलब?"

"समस्या ये है कि आपको लगता है कि समस्या ही नहीं है।"

वह चुप बैठ गया। डॉक्टर से कौन बहस करे।

"चलिए, आपकी सेक्स परफ़ॉर्मेंस पर कुछ बात करें..." डॉक्टर ने उसकी आँखों में झाँककर पूछा।

"मेरी सेक्स परफ़ॉर्मेंस? वह तो बहुत बढ़िया..."

"...ये किसने बताया? आपकी वाइफ़ ने?"

"नहीं, मैं जानता हूँ..."

"अपनी परफ़ॉर्मेंस का आइडिया ख़ुद कैसे लगेगा?"

"मैं बता रहा हूँ न, बहुत अच्छी है..."

"कितनी औरतों से सम्बन्ध हैं आपके?"

"कैसी बात कर रहे हैं आप?"

"मैंने ग़लत नहीं पूछा। परफ़ॉर्मेंस का असेसमेंट तो औरत करेगी न? आपकी वाइफ़ कहती हैं कि ठीक नहीं, तो यह कौन सी औरत आपसे कहती है कि आप बढ़िया परफ़ॉर्म करते हैं?"

"मेरी वाइफ़ ही, और कौन? ख़ूब इन्जॉय करती हैं..."

"नहीं, आपकी वाइफ़ आपसे कभी सैटिस्फ़ाइड नहीं होती..."

"पर वो तो किसी व्यक्ति से सैटिस्फ़ाइड नहीं..."

"ऐसा क्यों?"

"उनको मज़ा आता है।"

"मज़ा क्यों आएगा? कोई तो इश्यू होगा?"

"होगा तो मुझे बताया नहीं। अच्छा, उसने आपको बताया?"

डॉक्टर एक पल को अचकचा गया, बोला—

"हाँ, बताया। वे आपके सेक्स से..."

"सेक्स मैं बढ़िया करता हूँ।"

"...आप हमेशा ऐसे ही डिनायल मोड में रहते हैं?"

"देखिए डॉक्टर, परफ़ॉर्मेंस का सम्बन्ध होता है प्रेम से; मुझे पूनम से प्रेम है।"

"आपकी पत्नी भी यही कहती हैं..."

"उनका प्रेम 'विद कंडीशंश अप्लाइड' वाला प्रेम है।"

"मतलब?"

"उन्हें प्यार तो है परन्तु शर्तों के साथ; शर्तें बरदाश्त करते रहो, वे प्यार करेंगी वर्ना रूठ जाएँगी; प्रॉब्लम उनके एटीट्यूड की है..."

"और वे आपके एटीट्यूड को ग़लत..."

"तानाशाह को अपने अलावा हर एटीट्यूड ग़लत लगता है।"

"देखिए, मैंने अभी-अभी आपको वॉर्न किया था—यह शब्द मेरी क्लीनिक में इस्तेमाल न करें। दीवारों के ही नहीं, हवा के भी कान हैं सब तरफ़; हर शब्द सँभलकर बोलें।"

"सॉरी सर?"

"अच्छा ये बताएँ, उन्हें आर्गेज्म अचीव होता है?"

"साफ़ दिखता है कि हुआ, पर वो कहती है कि नहीं हुआ।"

"तो नहीं होता होगा..."

"...नहीं सर, उसका आर्गेज्म साफ़ दिखता है!"

"होता है तो मना क्यों करेंगी?"

"दाम्पत्य में तानाशाही का एक बड़ा हथियार भी हो सकता है सेक्स..."

"आपने फिर वही शब्द इस्तेमाल किया?"

"सॉरी सर..."

"इस प्रॉब्लम की तह में जाना इंट्रेस्टिंग होगा, चैलेंजिंग भी..."

"...हमारा दाम्पत्य शुरू में बड़ा इंट्रेस्टिंग था, अब केवल चैलेंजिंग रह गया है।"

"आपका तो प्रेम विवाह था न?"

"हाँ, पर अब जाकर मैं जाना कि वो प्रेमी पर सम्पूर्ण क़ब्ज़े को ही प्रेम मानती है। सारी समस्या ये है कि वो मुझ पर पूरा क़ब्ज़ा नहीं कर पा रही।"

"क्वाइट इंट्रेस्टिंग..."

"वो चाहती है कि मैं उसके इशारे पर नाचूँ और मैं नाच-नाचकर थक चुका हूँ।"

"थक गए, इसीलिए सेक्स परफ़ॉर्मेंस..."

"नहीं सर, प्रॉब्लम सेक्स का है ही नहीं; सेक्स तो हथियार है जिससे वह मुझ पर क़ब्ज़ा करना चाहती है। यह आपकी समस्या है ही नहीं। आपसे मिलकर आज मुझे लगा है कि अब मैं ही इस समस्या को ठीक करूँगा। तानाशाही का इलाज प्रजा को ही करना पड़ता है।"

अब डॉक्टर तमतमाकर कुर्सी से खड़ा हो गया। नाराज़ होने लगा—

"देखिए श्रीमान, मैं एक सिंपल सा सेक्स-काउंसलर हूँ। मुझे 'तानाशाह, तानाशाही'—इस सब में मत घसीटिए; आपको उपाय मिल गया न? जाइए, ख़ुद ही अपना इलाज करिए। जाइए, जाइए।"

कुशल हँसने लगा। बोला—

"मेरी हालत तो वो हो गई है सर जो एक जोक में पति की हो जाती है, सुनाऊँ?"

वह जोक सुनाने लगा।

*

अब कार से लौट रहे हैं दोनों जन।

पूनम रूठी हुई है, चुपचाप।

कनखियों से जान जाता है कुशल कि वह रूठी हुई है, उसे देखना नहीं पड़ता। ...उसका रूठना आसपास की हवा को इतना गाढ़ा कर देता है कि दम घुटने लगे। पर आज कुशल का दम नहीं घुट रहा। हवा भी आराम से बह रही है। पूनम के रूठने से मानो कोई फ़र्क़ ही नहीं पड़ा कुशल को। कार हिचकोले नहीं ले रही। हवा से किसी ने ऑक्सीजन नहीं चुरा ली। पूनम के रूठ जाने के बाद भी मौसम बिगड़ा नहीं है।

कुशल ने उसका रूठना नोट कर लिया है परन्तु वह हमेशा की भाँति बेचैन नहीं हुआ; उसने पूछा भी नहीं कि क्या हो गया, क्यों मुँह बनाकर बैठी हो?

वह रूठी हुई बैठी रही। वो चुपचाप गाड़ी चलाता रहा।

पूनम के लिए यह एकदम नई बात थी।

इतने सालों से वह अपने रूठने, फिर कुशल से नाक रगड़वाने का पूरा मज़ा लेती रही है; वो हर बार ख़ूब नाक रगड़ता भी है, तब तक बेचैन रहता है जब तलक पूनम मुस्करा न दे। सालों से यही होता आ रहा है। इसी लल्लो-चप्पो की आदी है वो; प्रजा नतमस्तक होकर गिड़गिड़ाए, रिरियाए तो आश्वस्ति मिलती है तानाशाह को कि स्थिति नियंत्रण में है। अपने इसी नियंत्रण के शिकंजे को और

टाइट करने के लिए वो उसे सेक्स काउंसलर के पास लाई थी पर यह तो उलटा हो रहा है?

कुशल के तेवर बदले से क्यों हैं? सेक्स काउंसलर से मीटिंग के बाद तो इसे क्षमा प्रार्थी भाव से लबरेज होना चाहिए था पर नहीं, उलटा मैं इतनी देर से रूठी हूँ और इसे क़ोई परवाह ही नहीं!...कैसे मज़े से गाड़ी चला रहा है!...आधा रास्ता गुज़र चुका है और यह तब से चुप ही है; अब तक एक बार पूछा तक नहीं कि तुम क्यों रूठी हो?

पूनम को इन्तज़ार है कि ये अब बोले, तब बोले पर ये आराम से गाड़ी चला रहा है और चुप है; तानाशाह को विद्रोह की गन्ध आ रही है।

इसने अभी तक गिड़गिड़ाना भी शुरू नहीं किया?

क्या हो रहा है यह? रिवायत तो ये रही है कि तानाशाह ने तनिक से तेवर दिखाए कि दरबार घुटनों पर आ जाता है। अभी कुशल जिस आराम से चुपचाप गाड़ी चला रहा है वह सिंहासन की खुली नाफ़रमानी है! पूनम बेचैन तो थी पर अब पूनम की बेचैनी बर्दाश्त के बाहर हो गई। वह तल्ख़ स्वर में बोली—

"पूछोगे नहीं, मैं क्यों नाराज़ हूँ?"

वह अब भी नहीं बोला। उसने हल्की सी गर्दन घुमाई, बस; थोड़ा मुस्कराया, और फिर से ड्राइविंग में मशगूल हो गया। ये तेवर!!

"मैं बहुत नाराज़ हूँ तुमसे," पूनम ने आगे कहा।

उसने सुन लिया पर कुछ बोला नहीं। इस बार तो उसकी तरफ़ देखा तक नहीं। यह एकदम नई बात थी। यह तो खुला विद्रोह है प्रजा का!

"पता है न, हम काउंसलर के पास क्यों आए थे?" पूनम का स्वर बेहद तल्ख़ था।

"तुमने कहा था, मैं आ गया..." उसने बड़े इत्मीनान से कहा।

"...अच्छी-ख़ासी फ़ीस दी है हमने।"

"उसे तुम ही शहर का बेस्ट बता रही थीं, महँगा तो होगा।"

"और तुमने उससे क्या कहा?...हमारी कोई प्रॉब्लम ही नहीं!"

"नहीं, हमने प्रॉब्लम तो डिस्कस की; हाँ, सेक्स-प्रॉब्लम जैसा कुछ नहीं है—यह ज़रूर कहा।"

"और जो मैं रोती रहती हूँ, वो?"

"मैंने वह भी डिस्कस किया उससे।"

"सेक्स-प्रॉब्लम नहीं; ऐसा ग़लत क्यों बोला?"

"मैंने कुछ भी ग़लत नहीं कहा।"

"तब तो मैं ही ग़लत हुई..."

"वह तो तुम बेहतर जानती हो..."

"...और तुम नहीं जानते? सेक्स तो हम दोनों के बीच ही होता है न? जो होता है या नहीं हो पाता वह तो तुम भी जानते हो न? मैं जो हर बार कहती हूँ, मज़ा नहीं आया; उसकी कोई वैल्यू है भी तुम्हारी नज़रों में कि नहीं?"

"मैंने डॉक्टर को बस अपना बताया कि मुझे कोई शिकायत नहीं।"

"और मेरी शिकायत?"

"उसकी भी बात हुई..."

"...और ऐसी हुई कि डॉक्टर तुमसे नाराज़ हो गया? उसने तुमको अपने चैंबर से बाहर कर दिया?"

"ऐसा कुछ भी नहीं कहा मैंने कि वो नाराज़ हो जाता..."

"...पर वो हुआ तो?"

"हाँ, बेवजह ही तुनक रहा था..."

"बिना वजह? पागल है वो?"

"पागलों के डॉक्टर कई बार ख़ुद भी पागल हो जाते हैं...वैसे वो पागल नहीं, डरपोक है।"

"मतलब?"

"मैंने एक शब्द कहा, बस और उसकी फट गई; बार-बार कह रहा था कि बादशाह सुन लेगा, बादशाह सुन लेगा, हम फँस जाएँगे; फ़ालतू ही क्रेंकी हुआ जा रहा था वो," उसने लापरवाही से कहा।

"कोई ऐसे ही क्रेंकी होता है क्या?"

"यार, वो डरता है। उसे अपने चारों तरफ़ बस बादशाह,उसके जासूस, उसकी पुलिस, यही दिखता है, बस। उसे लगता है कि बादशाह के जासूस उसकी दीवार से चिपके खड़े हैं, उसकी हर बातचीत दर्ज हो रही है।"

"इतना बड़ा डॉक्टर है..."

"डॉक्टर बड़ा होगा पर क्रेंकी है। मैंने ज़रा-सा एक जोक क्या सुनाया..."

"जोक?"

"अरे हाँ वो प्रेमबन्दी वाला जोक..."

"...तुमने प्रेमबन्दी को लेकर जोक क्रैक किया वहाँ?"

"अरे, ऐसेई! वो तुमको सुनाया था न मैंने?...जिसमें पतिदेव रात को देर से घर लौटते हैं और पत्नी का प्रेमी बाउंड्री वाल से कूदकर..."

"वो वाला सुनाया तुमने? उसे!!"

"हाँ, तो?"

"यार, डॉक्टर को कोई जोक सुनाता है?"

"वो जोक तो तुम्हारी बात करते हुए याद आ गया..."

"कौन सी बात?"

"वही कि बादशाह ने तो बहुत बाद में की, अपने घर में तो प्रेमबन्दी न जाने कब से चल रही है। उसी से ये जोक याद आ गया, सुना दिया; इसी में वह ऐसा घबराया कि मुझे गेट आउट कहने लगा, बोला कि प्रेमबन्दी को लेकर यहाँ कोई भी जोक नहीं चलेगा..."

"वो यह भी बता रहा था कि तुमने बादशाह को तानाशाह कहा?"

"नहीं, मैंने किसी और को तानाशाह कहा था...डरपोक है वो..."

"और तुम नहीं डरते?"

"डरता हूँ न? तुमसे डरता हूँ।"

"मुझसे!"

"हाँ, बादशाह से तो सभी डरते हैं..."

"मैं? बादशाह!!"

"हाँ, तुम, बादशाह..."

"और तुम मुझसे डरते हो?"

"हाँ, डरता हूँ न? वही बता रहा था मैं काउंसलर को..."

"मुझसे डरते हो, मुझे ही पता नहीं?" कहकर वह मुस्कराने लगी।

"ऐसा होता है; तानाशाह को प्रजा के चेहरे पर खेलती झूठी मुस्कान के पीछे से झाँकते डर का पता नहीं चलता।"

"मुझे तानाशाह कह रहे हो?"

"नहीं, मैं डरता हूँ तुमसे, बस, ये कह रहा हूँ।"

"आज अपना सही रंग दिखा रहे हो तुम; मैं समझती थी कि बड़ा प्रेम करते हो।"

"हाँ, करता हूँ न। करता हूँ। बहुत प्यार करता हूँ तुमको; पर कहना चाहता हूँ कि प्रेम में डर की कोई जगह नहीं होती; डर आ जाए तो प्रेम नहीं बचता।"

"बड़ी-बड़ी बातें कर रहे हो आज!"

"नहीं, ऐसी बड़ी भी नहीं; कई दिनों से यह सब कहना चाहता था..."

"कि मैं तुमको डराती हूँ?"

"हाँ, डराती तो हो।"

"कैसा डर?"

"दिन-रात किसी के रूठ जाने का डर कैसा होता है, कभी मुझसे पूछो।"

"मेरा यही रूठ जाना कभी मेरी अदा लगती थी, भूल गए?"

"बार-बार दोहराने पर अदा बासी और ऊबाऊ हो जाती है।"

"अदा बासी हो गई कि अदा वाली बासी हो गई?"

"यह तुम्हारा अपना इंटरप्रिटेशन है..."

"तभी तो तुम ऐसे झींक-झींक कर, मन मसोसकर सेक्स करते हो मानो..."

"तुमको ऐसा लगता है, मुझे क्यों नहीं लगता?..."

"क्योंकि तुम सेक्स-समस्या से मुँह छुपाते फिर रहे हो। इस पर कभी बात ही नहीं करते।"

"चलो, आज ही करते हैं, अभी," कहकर उसने पूनम का हाथ थामना चाहा। पूनम ने उसका हाथ ज़ोर से झटक दिया।

"सेक्स-काउंसलर से तो बात की नहीं, मुझसे करोगे!"

"मैं सेक्स-काउंसलर को तो धन्यवाद देना चाहूँगा, बस।"

"धन्यवाद?"

"हाँ, धन्यवाद कि उससे बात हुई तभी तो मैं यह रियलाइज कर पाया कि मैं तानाशाही की चपेट में हूँ।"

"तुमको मैं तानाशाह लगती हूँ?"

सामने सड़क के बीचोबीच एक साँड़ बैठा हुआ है। उसे बचाते हुए वह कार को आगे ले गया। साँड़ों से भिड़ना कोई समझदारी नहीं।

"कार रोको। अभी के अभी रोको तुम," वह बिफर उठी।

"क्या हुआ?" कहकर उसने कार रोक दी।

पूनम ने कार का दरवाज़ा खोलकर एक टाँग बाहर रख दी—

"कुछ ज़्यादा ही हिम्मत दे दी है तुमको सेक्स-काउंसलर ने," वह कार से उतरने लगी।

"मैं अपनी तानाशाही से तुमको अभी, इसी पल मुक्त करती हूँ," पूनम ने कार से उतरना चाहा तो उसने पूनम का हाथ पकड़ लिया।

"मैंने तानाशाही से मुक्ति माँगी है, तानाशाह से नहीं।"

पूनम ने उसकी तरफ़ देखा। चाहती है कि वह उसी पुराने तरीक़े से रिरियाए, माफ़ियाँ माँगे, कार से उतरने से रोके उसे। वह रोक रहा है पर उस तरह से गिड़गिड़ाकर नहीं; उसकी बॉडी लैंग्वेज में वो बात ही नहीं जो पूनम को आश्वस्त कर दे कि उसका सिंहासन सुरक्षित है।

"बैठे रहो यार," बस, इतना कहा उसने!

नहीं, पूनम वापस नहीं बैठेगी। तानाशाह को यह स्थिति स्वीकार नहीं।

वह कार से उतर गई, दरवाज़े को ज़ोर से बन्द करती हुई बोली, "तुम जाओ। मैं पैदल आ जाऊँगी।"

वह कार के आगे-आगे पैदल चल पड़ी।

वह कार रोककर वहीं खड़ा रहा। कार का इंजिन ऑफ़ करके उसे जाते हुए देखता रहा। एक मन कर रहा है कि कार बढ़ाकर उसको पकड़ूँ, मनाऊँ, कार में वापस बिठाऊँ; जीवन के परिचित पुराने रास्ते पर ही यात्रा ज़ारी रखूँ; दूसरे मन ने उसे रोका—कहा कि अभी कार में ऐसे ही बैठे रहो; पके फोड़े पर रहम न करो, चीरा लगाओ, मवाद निकालो, उसे नासूर मत बनने दो।

वह कार में बैठा रहा। कार रुकी रही।

उधर पूनम पैदल चलती जा रही थी पर उसे विश्वास है कि वह उसके पीछे कार लेकर आएगा, यहीं सड़क पर नाक रगड़कर उससे माफ़ी माँगेगा, बार-बार मनाएगा, कान पकड़कर उठक-बैठक लगाएगा; पूनम का ध्यान पीछे से आ रही हर कार पर है। वह आता ही होगा। माफ़ी माँगेगा तो नखरे दिखाकर कार में बैठ जाना ही ठीक रहेगा क्योंकि धूप तेज़ है। इतनी दूर पैदल चलने की सोचकर ही उसका मन बैठा जा रहा है।

वैसे वह उसे माफ़ नहीं करने वाली। विद्रोह को शुरू में ही न दबाया गया तो सत्ता डाँवाँडोल हो जाती है। नहीं, वो उसे क्षमा नहीं करने वाली!...वह बिफरी हुई घायल शेरनी जैसी चली जा रही है सड़क पर। पूरे पाँच मिनट हो गए उसे पैदल चलते! पूनम की बेचैनी अब चरम पर है कि यह अभी तक आया क्यों नहीं?

तभी कुशल की कार पूनम के ठीक बग़ल से निकली। धीमी स्पीड से आती हुई कार पूनम के पास आकर थोड़ी धीमी हुई और फिर तेज़ी से आगे निकल गई।

पूनम हैरान रह गई। इसकी यह हिम्मत!

खुला विद्रोह!

राजा की जाएगी बारात

[प्यार बस एक पैनिक बटन है]

अभी एक दिन, राजा ने इस लेखक को पकड़ लिया; अरे वही, मकान नम्बर एक वाला राजा, तानाशाह नम्बर एक।

उसे इस उपन्यास के लिखे जाने की ख़बर मिली है। किसी मित्र ने बता दिया, या किसी और ने, पता नहीं कैसे, उसे पता चल गया है। वो नाराज़ था, दुखी भी; कहने लगा कि आपसे ऐसी उम्मीद नहीं थी, आप तो बड़े संवेदनशील लेखक माने जाते हैं, फिर? आप ही मुझे तानाशाह बता रहे हैं, मुझे!! ख़ैर, जब मेरी रानी ही मेरे प्रेम को नहीं समझ सकी तो आप कैसे समझेंगे?...आप रानी को मारने-पीटने को तानाशाही कहते हो, है न? हाँ, मैं उसे मारता हूँ, ये सच है; मारता हूँ, ख़ूब मारता हूँ, चाहे जब मार देता हूँ—तो? बहुत प्यार भी तो करता हूँ उसे।...बात विरोधाभासी लगती है, पर है नहीं—प्रेम और मार-पीट, दोनों मेरी मर्दानगी की निशानी है; मारते हैं, प्यार भी ख़ूब करते हैं बल्कि जब मारते हैं तब और भी ज़्यादा प्यार करते हैं।...मारने पर एक बार उसके कान से ख़ून आ गया था तब मैं ही भगा-भगा इसे डॉक्टर के पास गया था।...उस दिन मैं इस क़दर उद्वेलित हुआ था

कि मेरा रिएक्शन देख डॉक्टर बोला, मैडम, आपके पतिदेव तो आपसे बहुत प्रेम करते हैं—देखिए, इनके चेहरे पर कैसी हवाइयाँ उड़ रही हैं!...एक बार पिटाई से इसके माथे पर गूमड़ा पड़ गया था तो उस पर देर तक बर्फ़ किसने रगड़ी थी? मैंने। आप इसे मेरी तानाशाही कहते हैं; ऐसा भी इकतरफ़ा मत लिखिए लेखक महोदय, मेरे प्रेम को समझिए तनिक।...न आप समझ रहे हैं, न रानी।...वह भी आजकल मार-पीट का विरोध करती है।

मैं ठहरा लेखक। हर पात्र को साधकर रखना है मुझे।

कहानी के पात्रों को नाराज़ नहीं किया जा सकता; यह अगर अभी उपन्यास के बीच से ही कहानी छोड़कर भाग गया तो मुश्किल हो जाएगी। आगे सतर्क रहूँगा, उसे तानाशाह कहने से बचूँगा; राजा कहकर ही काम चलाऊँगा। वैसे तानाशाह कहने से राजा उतना परेशान नहीं जितना इससे कि उसकी तानाशाही दरक रही है; रानी जो कभी उसकी अत्यन्त आज्ञाकारी प्रजा थी, चुपचाप पिट लेती थी, आजकल मारने जाओ तो तेवर दिखलाती है।

अभी कल ही उससे इतनी बहस हुई कि पहले ऐसा होता तो उसने मार-मारकर सुजा दिया होता रानी को; कहने लगी, सच्चा प्यार बस एक धोखा है।...बताइए साहब, इसकी ये हिम्मत! अरे, तुम्हारे सामने ही सच्चे प्यार का साक्षात उदाहरण बैठा है और तुम ऐसी बातें करती हो?

*

हुआ यह कि टीवी पर बैठे कुछ मूर्ख विद्वान विमर्श कर रहे थे कि सच्चा प्रेम कहीं होता भी है या कि ये बस एक धोखा है?...कोई बोला कि हमें तो कहीं सच्चा प्रेम दिखता नहीं, कोई कह रहा था कि ऐसा प्रेम बस क़िस्से-कहानियों में ही होता है; एक सज्जन तो कहने लगे कि सारा भ्रम इन कवियों ने फैलाया है वरना कोई सच्चे प्रेम के झाँसे में आ भी कैसे सकता है?...रानी मनोयोग से न केवल उनकी बातें सुन रही थी, उसने टीवी का वॉल्यूम भी बढ़ा दिया था ताकि मैं भी सुनूँ। वह मेरा व्यू ख़ूब जानती है; पता है कि मैं ऐसी बातों से इरिटेट होता हूँ, फिर भी। मैं उठा, रिमोट उठाकर मैंने वह चैनल ही बदल दिया। वो मुस्कराकर कहने लगी कि सुनने दो न, ठीक ही तो कह रहे हैं कि सच्चा प्रेम बस एक भ्रम होता है।

बताइए कि ऐसी बात मेरी रानी मुझसे कह रही थी जिसे मैंने इतना प्यार किया है, एकदम सच्चा प्यार। ...वो ऐसा कैसे कह सकती है भाई साहब?

"तुम भी सच्चे प्रेम को एक भ्रम कहती हो?"

"हाँ, यही सच है।"

"और जो मैं तुमसे करता हूँ वो; वो भी भ्रम है, धोखा है?"

हिम्मत देखिए इसकी, मेरी बात पर हँसने लगी।

पिट-पिटकर ढीठ हो गई लगती है।

हँसकर कहने लगी कि अभी तुम्हारी बात का सही जवाब दे दूँ तो तुम यहीं मार-पीट पर उतारू हो जाओगे।...कैसी बातें करती है, देखा आपने?...फिर आप ही कहेंगे कि मैं इसे मारता हूँ!

"...अच्छा? चलो बोलो। मैं हाथ नहीं उठाऊँगा," मैं उसकी बात सुनकर तय करना चाहता था कि देखें, ये कहाँ तक जा सकती है।

"...तो सुनो, मैं भी मानती हूँ कि सच्चा प्यार बस एक भ्रम है जो कभी न कभी टूटता ही है।"

"तुम्हारा टूट गया कि अभी बना हुआ है?"

वह चुप रही।

"बोलो?"

वह चुप रही।

अब राजा को ग़ुस्सा आ गया। इसकी ये हिम्मत! जब हमने आश्वस्त कर दिया कि हाथ नहीं उठाएँगे और हम ऑर्डर भी दे रहे हैं कि बोलो तो ये चुप्पी कैसी? यह तो हुक्मउदूली कहलाई!

"दूँ एक थप्पड़; तब बोलेगी?" वादा करने का मतलब ये नहीं कि हुक्मउदूली बर्दाश्त करेगा वो।

पर वह चुप रही।

"क्या मैं तुझे प्यार नहीं करता?" उसने तमतमाकर पूछा।

अब और चुप रहना ख़तरनाक होगा, वह जानती है। कुछ तो कहना होगा।

"करते होगे प्यार, शायद करते ही हो," रानी ने सतर्कतापूर्वक कहा।

"करते होगे का मतलब?"

"मैं क्या बताऊँ? करते तुम हो, तुमको पता होगा।"

"और तुमको नहीं पता?" और दिन होता तो अब तक लात मार दी होती राजा ने; पर रानी की आँखों में आज कुछ ऐसा दिख रहा है कि इसे मार नहीं पा रहा है वो।

"नहीं, मुझको तो आज तक इस बात का धोखा नहीं हुआ..." रानी ने कह डाला।

राजा अवाक् रह गया। इतनी बड़ी बात!

"तो मैं प्यार के नाम पर तुमको धोखा दे रहा हूँ?" चेहरा लाल हो गया उसका।

"नहीं, हम दूसरे को धोखा नहीं देते; ख़ुद को देते हैं कि हमारा प्यार सच्चा है। ...मैं भी और तुम भी, हम ख़ुद को ही धोखा देते रहे हैं अब तक।"

"अच्छा?" वह और पास आ गया।

"हाँ सच्चे प्यार को चिल्लाकर नहीं बताना पड़ता; वह तो बिना कहे महसूस हो जाना चाहिए," आज रानी वो सब कह रही थी जो वह सालों से कहना चाहती थी पर उसे चुप रह जाना पड़ता था।

वह उसे घूरता रहा।

"मुझे तो प्यार ही महसूस होता है वरना क्या है ये?" राजा ने तमतमाए अन्दाज़ में कहा।

"पर मुझे ऐसा महसूस नहीं होता, बताओ, क्या करूँ मैं? झूठ बोलूँ तुमसे? ख़ूब सोचती हूँ कि मैं ख़ूब प्यार करूँ पर..."

"पर...?"

"...तुम्हारी मार-पीट और गाली-गलौज बीच में आ जाते हैं।"

"हद है, ज़रा-सा मार दिया तो ऐसा क्या हो गया?"

"अभी मारने ही उठे हो न?"

"मारना ख़ूब याद रहता है और मैं जो इतना प्यार करता हूँ वो?"

"जिसे प्यार करते हो उसे मार कैसे सकते हो?"

"क्यों? ग़लती करने पर बच्चों को मारती हो न तुम, फिर?"

"ग़लती करने पर ही न?"

"तुम भी तो हमेशा ग़लती करने पर ही पिटती हो।"

"मेरी बस एक ग़लती है कि मैंने तुमसे बेइन्तहा प्यार किया, बार-बार पिटने के बाद भी करती रही, सालों किया।"

"और मैंने? मैंने नहीं किया? मैं तो अब भी..."

"...यही तो धोखा है। भ्रम है तुमको..."

"...अच्छा! तो असलियत क्या है?"

"असलियत है—ये मार-पीट, गाली-गलौज, मुझ पर धौंस। प्रेम तो बस एक मुखौटा है तुम्हारा; असली वाले तुम तो वो हो जो अभी सोच रहे हो कि इसे लात मारूँ या झापड़—है न?"

"बदतमीज़ी मत करो..."

"यह बदतमीज़ी नहीं, सच है।"

"बड़ा टाइम लिया सच खोजने में?"

"सच तो हरदम सामने था; मैंने ही उधर झाँका नहीं।"

"और अब अचानक झाँक लिया?"

"हाँ, शायद प्रेमबन्दी ने यह मौक़ा दिया।"

*

वह लगभग बौखला रहा है।

यही लड़की कभी भीगी बिल्ली बनकर कैसे कोने में सिमट जाती थी, हथेलियों से चेहरा छुपा लेती थी, चुपचाप बेआवाज़ पिट लेती थी, उफ़ तक नहीं करती थी—ये इसे हुआ क्या है? उसके पौरुष को ललकार रही है! उसे लोहे का शिकंजा कसना ही होगा, अभी इसे बढ़िया कूटेगा वो, तभी समझेगी ये। इसे छोड़ेगा नहीं। वह रानी के इतने क़रीब आकर खड़ा हो गया जहाँ से मार-पीट करने के अलावा गला भी मसका जा सकता था।

पर इस बार नई बात यह हुई कि रानी भी तनकर खड़ी हो गई।

थोड़ा हटकर, ख़ासी तनकर।

उसके चेहरे पर कोई भय नहीं है बल्कि आत्मविश्वास भरी तिरछी मुस्कान है और ऐसा तेजस्वी भाव जो राजा ने पहले कभी उसके चेहरे पर देखा ही नहीं था। राजा ठगा रह गया।

"मुझे मारने की कोशिश भी मत करना," रानी ने चेतावनी दी।

वह घूरता खड़ा रहा। क्रोध से स्याह चेहरा, जलती आँखें। फड़कते होंठ। शिकार पर झपटने को तत्पर भेड़िया।

"बता दिया मैंने, मारने की सोचना भी मत।"

रानी ने उसके चेहरे पर भाव देखे और फिर से चेतावनी दी।

वह फट पड़ा।

"मुझे धमकाती है स्साली?"

"...और गाली तो देना ही मत।"

"अच्छा!!!"

"शायद मैं वैसा मार न पाऊँ पर गालियाँ तो मैं भी दे सकती हूँ तुमको।..."

"...तू गाली देगी मुझे?"

वह इसमें भैंचो भी जोड़ना चाहता था पर न जाने क्या हुआ कि गाली मुँह में ही रह गई। ज़मीन पर चप्पलें पड़ी हैं, जूते भी; इतने पास कि अभी झुककर उठा ले और रानी के मुँह पर दे मारे तो बड़ी बात न होगी पर वह उठा नहीं सका; न ज़ाने क्यों, उसकी हिम्मत ही नहीं पड़ रही। औरत एक बार तनकर खड़ी हो जाए तो कितनी ऊँची लगने लगती है! उसका हाथ कैसे पहुँचे इस तक?...क्यों वह ख़ुद को बौना महसूस कर रहा है आज?

यह तो कोई अलग ही औरत लग रही है आज।

उसकी भोली-भाली, सीधी-सादी रानी कहाँ चली गई; वह जो प्रेम भी करती थी, चुपचाप पिट भी लेती थी?

राजा खड़ा है ड्राइंग रूम में रानी के ठीक सामने।

टीवी पर सच्चे प्रेम पर हो रही बहस के पुर्जे कमरे में तैर रहे हैं। मुश्किल से एक हाथ की दूरी पर रानी खड़ी है। रात काफ़ी हो चुकी।

फिर?

उसने रानी को मारा कि नहीं?

यदि यही कथा अभी आपको पकड़ा दी जाए तो आप इसे कैसे ख़त्म करेंगे? कठिन है न? कुछ भी हो सकता है अभी। कई तरह के अन्त लेखक के मन में आ जा रहे हैं पर हम आपको वह बताएँगे जो उस दिन हुआ।

वह एकदम सामने तनकर खड़ी थी। यार, इसे ठोकना तो पड़ेगा। उसने ज़मीन पर पड़ी चप्पल उठा ली।

"देखो, मारने की सोचना भी मत!"

रानी ने एक क़दम पीछे हटकर फिर से चेतावनी दी। क्रोध से उबलने लगा वो; मुझे धमकाती है भैंचो! कोई और दिन होता तो अभी रानी के मुँह पर चप्पल दे मारता, उसके बाल पकड़कर झोंटे खींचता, लात मारता, थप्पड़ लगाता; बढ़िया कूट देता इसे पर आज कुछ ऐसा है कि बड़ी कोशिश करके भी वह चप्पल को हवा में ऊपर उठा भर पाया, बस उठाकर रह गया।

"देखो, मारना मत," रानी ने फिर चेताया।

"क्यों? क्या कर लेगी तू?" उसने कहा।

"तो इसी सच्चे प्यार की बात कर रहे थे अभी?"

रानी ने तिरछी मुस्कान के साथ सतर्कतापूर्वक पूछा। अब उससे बर्दाश्त नहीं हुआ। उसने ज़ोर से चप्पल घुमाई। रानी पीछे को झुक गई। वार ख़ाली गया। वह तिलमिला गया। उसने दोबारा मारने का भाव बनाया तो हैरान रह गया; इसी बीच रानी ने अपने पैर से चप्पल निकालकर हाथ में ले ली थी।

"मैंने कहा था न?" रानी ने चप्पल वाला हाथ हवा में उठा रखा है और राजा अवाक् है।

ये औरत मुझे मारेगी? मुझे!! आज तो इसे नहीं छोड़ेगा वो। उसने हाथ में उठाई चप्पल नीचे फेंक दी और कोने में पड़ा बच्चों का क्रिकेट बैट उठा लिया।

इसे ठीक से समझाना ही पड़ेगा!

सच्चे प्यार का मतलब ये नहीं कि तुम अपनी औक़ात ही भूल जाओ! अगले दस मिनट में इसे सब समझ आ जाएगा कि सच्चे प्यार का मखौल बनाने का क्या नतीजा होता है? वह बैट लेकर रानी की तरफ़ बढ़ा। पीछे की तरफ़ हटकर रानी दीवार से चिपक गई।

उसने हवा में बैट उठाया ही था कि सड़क पर तेज़ सायरन बजाती हुई गाड़ी ठीक उसके घर के आगे आकर रुक गई।

सायरन बजता रहा।

राजा का हाथ हवा में रह गया, चेहरे पर हवाइयाँ उड़ने लगीं।

पुलिस की गाड़ी ठीक उसके घर के सामने आकर क्यों रुकी है? चक्कर क्या है?

राजा को घबराया देखकर रानी मुस्कराने लगी।

"घबरा क्यों रहे हो?" वह बोली।

"अरे, पुलिस है।" बैट को नीचे छोड़कर वह खिड़की के एक कोने से बाहर झाँकता हुआ बोला।

"मुझे पता है। मैंने ही बुलवाया है उनको," रानी ने शान्त स्वर में कहा।

"तुमने?"

"प्रेमबन्दी पुलिस ने एक नम्बर दे रखा है न—पैनिक बटन वाला, दो डिजिट का नम्बर।"

"तुमनेऽऽ पैनिक बटन दबाया?" वह हैरान है।

"हाँ, क्यों?"

"तू मुझे जेल भिजवाना चाहती है?"

"नहीं तो..."

"फिर क्या नाटक है ये?"

"मैंने पढ़ा था कि इस नम्बर को दबा भर दो, प्रेमबन्दी पुलिस पहुँच जाती है।"

"और तुमने दबा दिया?"

"हाँ, मैंने सोचा कि उनसे ही पूछते हैं न कि सच्चा प्रेम क्या होता है?"

वह रानी को घूरता रह गया। इधर डोर-बेल बजने लगी थी।

"पुलिस का पता है न? अभी उठा ले जाएँगे मुझे।"

"चलो, तुम कहते हो तो हम उनसे नहीं पूछेंगे, पर तुम उनको अपने सच्चे प्यार का बताने मत बैठ जाना..."

"क्यों कहूँगा मैं? पागल लगता हूँ?"

"सच्चे प्यार के लिए उनसे लड़ने तो नहीं लग जाओगे जैसा मुझसे लड़ रहे थे?"

वह दाँत पीसता हुआ रानी को देखता रहा।

"नाराज़ मत हो यार। बस, उनको, कोई इंडीकेशन मत देना, साफ़ कहना कि हमारे बीच कोई प्यार नहीं है; न सच्चा, न कम सच्चा; फिर कोई डर नहीं। वे तो प्रेम करने वालों को पकड़ते हैं न? जब हम ही मना कर देंगे तो फिर कोई प्रॉब्लम नहीं होगी। मैं तो उनको अपनी पुरानी चोटें भी दिखला दूँगी। चिन्ता मत करो, वे आसानी से कन्विंस हो जाएँगे कि हमारे बीच कोई प्यार नहीं।"

वह बौखलाया खड़ा रहा। घंटी फिर बजी। वह अब दरवाज़े की तरफ़ बढ़ी।

"मैं खोल रही हूँ पर चेताए देती हूँ, उनसे अड़ मत जाना कि सच्चा प्यार जैसी कुछ चीज़ होती है।"

कहकर वह हँसी। इधर उसके चेहरे पर हवाइयाँ उड़ रही थीं।

वह बोला—

"यह मज़ाक़ का टाइम नहीं है रानी। प्रेमबन्दी पुलिस का बहुत सुना है कि वे किसी की भी नहीं सुनते।"

इधर रानी ने दरवाज़ा खोल दिया।

दरवाज़े पर प्रेमबन्दी पुलिस के लोग ही थे।

राजा का चेहरा भय से सफ़ेद हो रहा है। रानी ने उसकी ये हालत देखी तो मुस्करा दी। उसके सामने हमेशा अपनी तानाशाही जतलाने वाला यह आदमी अन्दर से कितना डरपोक है यार!

"फ़ोन किसने किया था?"

"सॉरी ऑफ़िसर, मेरी ग़लती से पैनिक बटन दब गया। वेरी सॉरी। हम जानते हैं कि आप कितना महत्त्वपूर्ण काम कर रहे हैं।...है न डार्लिंग?"

"जी सर", उसे झक मारकर बोलना ही था, बोला।

"इधर तो परमानेंट प्रेमबन्दी है हमारे घर। हम बिलकुल नहीं मानते प्रेम को। हम सच्चे प्यार को एक धोखा मानते हैं, है न डार्लिंग?" वह बोली।

"जी सर, हम मानते हैं कि सच्चा प्यार होता ही नहीं," इतना भयभीत है वो कि अभी उससे कुछ भी कहलवा लो, वह कह देगा।

पुलिस वाला दोनों को घूरकर देखता रहा, ख़ासतौर पर राजा को।

"फिर ये इतने घबराए हुए क्यों हैं?"

"आपसे कौन नहीं घबराता?" वह हँसी।

"यदि आप प्रेम नहीं करते हैं तो क्यों डरना? हम तो बस प्रेम करने वालों की बारात निकालते हैं। आप प्रेम तो नहीं करते न?" पुलिस राजा से मुख़ातिब थी।

"नहीं, नहीं, ये प्रेम नहीं करते। कभी किया ही नहीं। ये जानते ही नहीं कि प्रेम होता क्या है? अरे, तुम भी तो कुछ बोलो न?" रानी ने कहा।

"ये सही कह रही हैं," बस इतना ही बोल सका वो।

"अपने फ़ोन का की-पैड लॉक रखा करो मैडम..." कहकर पुलिसवाले वापस चले गए।

दरवाज़ा बन्द कर लिया रानी ने।

"चलो, पुलिस के सामने ही सही, तुमने सच तो क़बूल किया!" कहकर रानी हँसी तो वह ग़ुस्से में बिफर गया।

उसने अपना एक हाथ दीवार पर ज़ोर से दे मारा।

"बस, आगे से यही किया करो। कभी ग़ुस्सा आए तो दीवार है न!" रानी ने मुस्कराकर कहा।

दो तानाशाहों की भिड़न्त

[जहाँ हार जाना ही सबसे बड़ी जीत है]

बादशाह बेचैन है।

जानता है कि प्रेमबन्दी असफल हो चुकी। कोई उससे कुछ कहता नहीं पर ये कड़वा सच दसों दिशाओं से उस पर हँसता है। राजमार्ग पर जगह-जगह लगे प्रेमबन्दी की सफलता के सरकारी होर्डिंग्स आते-जाते उसका मुँह चिढ़ाते हैं।

उस दिन, दरबार में जनरल एमनेस्टी की घोषणा के बाद उसने ख़ुद को अपने कमरे में बन्द कर लिया। बाहर मँडराते ख़ासमख़ास लोग घबराते रहे कि हाय, अब? बादशाह अन्दर यह सोच-सोचकर तिलमिलाता रहा कि सख़्त प्रावधानों के बावजूद लोग देश में डटकर प्रेम कर रहे थे।...वो जानता है कि अधिकारी हरामी हैं और पुलिसवाले कमाई के लिए बेचैन; और यह उनका दोष नहीं था, उसके निजाम का सिस्टम ही ऐसा था।

पर यह तो सीधे-सीधे प्रेम के तानाशाह की विजय कहलाएगी?

बादशाह को यह हार स्वीकार नहीं। उसे पता है कि एक छोटी-सी हार भी अन्ततः सम्पूर्ण पराजय में बदल सकती है, हर युद्ध और हर हार का यही कटु सत्य है।

फिर?

उस रात वो अपने कमरे से निकला ही नहीं।

डिनर भी अन्दर ही खाया। उसने रात में सोने से पहले, बाहर बरामदे में बैठकर हल्के स्वर में नित्य शहनाई बजानेवाले को भी फटकार पहुँचाई कि अब अगर एक सुर भी आगे लगाया तो पूरी शहनाई तेरे गले में डाल दूँगा! बाहर निरन्तर रहने वाली हलचल एकदम बन्द थी। वो चुपचाप सो गया। फिर अलसभोर में नींद खुल गई उसकी। चौंककर उठ बैठा वो। रात भर नींद में ख़ूब सोचा उसने। सोचते हुए सोता रहा और सोते हुए सोचता रहा। सपने भी इसी के आसपास आए।

नतीजा?

उसने तय पाया कि प्रेम के तानाशाह को पकड़ना ही इस समस्या का सटीक निदान है; अकेले प्रेमबन्दी से कुछ हासिल नहीं होने का। प्रेमबन्दी पर अन्धा भरोसा और प्रेम के तानाशाह को पकड़ने के प्रोजेक्ट को ठंडे बस्ते में डालकर बड़ी ग़लती की है उसने।

"नन्हे सिंह को कब बुलाया है?" बादशाह ने पुछवा भेजा।

"वे तो अलस्सुबह आकर बैठे हैं हुज़ूर," दरबान ने बताया।

"तो उनको बैठक में लाओ, अभी," बादशाह ने कहा।

*

कारिन्दा सुबह पाँच बजे ही वहाँ पहुँच गया था।

बुलाए जाने की प्रतीक्षा में बैठा है महल के प्रतीक्षालय में। बैठा-बैठा बड़े ग़ौर से निहार रहा है सब तरफ़ : महल की भव्यता, पोर-पोर से रिसता, बजबजाता ऐश्वर्य; हर चीज़ मानो चेता रही हो कि तुम बादशाह से मुख़ातिब होनेवाले हो जहाँ तुम्हारे साथ कुछ भी हो सकता है। बादशाह से ज़्यादा उसका ऐश्वर्य बोलता है; वहाँ का सन्नाटा एक डरावने पार्श्व-संगीत जैसा होता है; आदमी मिलने से पहले ही थर्रा जाता है। बादशाह चाहता भी यही है कि लोग थर्राएँ; मिलने से पहले, मिलने पर, न मिलने पर, मिलने की बात होने पर और न मिल पाने पर भी; थर्राएँ।

तभी उसे बादशाह का बुलावा आ गया।

कारिन्दा लगभग भागकर अन्दर पहुँचा और देखकर हैरान हुआ कि भव्य बैठक में बादशाह अकेला था, एकदम अकेला। पूरी बैठक में वो था और बादशाह, बस। बादशाह एक बहुत ही ऊँची कुर्सी पर बिराजा हुआ था। कारिन्दे को ऐसे छोटे-से आसन पर बैठने का इशारा हुआ जिस पर बैठने वाला स्वत: प्रणाम मुद्रा में आ जाए। बैठकनुमा हॉल भी इतना बड़ा है कि आदमी को बादशाहत के समक्ष अपनी क्षुद्रता का पूरा एहसास हो; ऊँची छत, बड़े झाड़ फानूस, मोटे पर्दे, गदीले गलीचे, दीवार पर टँगे बारहसिंगा के सिर, वहीं चस्पाँ शेर की खाल, बादशाह की कुर्सी तले हिरण की खाल, एक भूसा भरा शेर उस कोने में, एक ज़िन्दा कछुवा किनारे धरे काँच के बर्तन में, रंग-बिरंगी मछलियों से भरा एक काँच का मर्तबान उस कोने में; हर चीज़ अपनी औक़ात के हिसाब से नियत स्थान पर। शेर और हिरण की खाल मानो सन्देश दे रहे हैं कि बादशाह निर्बल और सबल, दोनों की गर्दन उसी सहजता के साथ काट सकता है।

तो बैठक का अपना रुआब, और बादशाह का अपना। बादशाह अकेला दिख ज़रूर रहा है पर है वो सब तरफ़। हर चीज़ पर उसी की छाप। बादशाह का महल। बादशाह के प्रहरी। बादशाह की तलवार। बादशाह की धार। बादशाह के तीर। बादशाह के निशाने। बादशाह की बन्दूक़ें। बादशाह के कारतूस। बादशाह की बारूद। बादशाह की हवा। बादशाह की रोशनी। बादशाह के अँधेरे। बादशाह की छत। बादशाह की दीवार। दीवार पर बैठी छिपकली भी उसी की।

सब तरफ़, बस बादशाह ही बादशाह।

...उसी की हुकूमत। उसी का जलाल। उसी का प्रताप। उसका ही डर। उसी का आतंक। उसी की मुस्कान।...उसको ही दंडवत। उसको ही प्रणाम। उसकी पूजा। उसी के भजन। उसी की अर्चना। उसी की कृपा। उसी का अभिशाप। उसी का मन। उसी की सनक। उसी के नारे। उसी की प्रशस्ति। उसी का मौन।...उसके ही प्रश्न। उसी के उत्तर। उसका ही सोच।...उसका ही सब कुछ।...हाँ, सब कुछ उसी का; तुम भी। और तुम भी तभी तक कि जब तक वह चाहे; वो न चाहे तो तुम भी नहीं।

तुम्हारा होना उसकी सनक पर निर्भर; और तुम्हारा न होना कोई उल्लेखनीय घटना नहीं, यह तो होता रहता है; कोई अभी था, अब नहीं है, इसमें क्या?

कारिन्दा महसूस कर रहा है कि आज वह एक दरबारी नहीं, अपराधी बनकर यहाँ आया हुआ है। उसके पास सारे सम्भावित प्रश्नों के उत्तर हैं; पूछे बादशाह, जो पूछना हो, कारिन्दा पूरी तैयारी से आया है; इस तैयारी से भी कि शायद आज घर ही न लौट सके, मार दिया जाए उसे; फिर भी, न जाने क्यों वो डर नहीं रहा।

हथेली देखिए उसकी। अपना सिर रखे है वो इस हथेली पर। प्रेम ने ही सिखाया है उसे कि एक बार सिर कटने का भय न रहे तो फिर समस्त उत्तर आसान हो जाते हैं।

*

"तुमको एक काम दिया था हमने?" बादशाह ने ठंडे स्वर में पूछा।

"काम ज़ारी है हुज़ूर। उसी में लगा हूँ। आदेश था कि मैं उस प्रेमी जोड़े का पीछा करूँ, वही करता रहा," उसने बाअदब कहा।

कारिन्दा अपने जवाब के खोखलेपन से परिचित है।

"आपका काम ये नहीं था।...काम तो प्रेम के तानाशाह को पकड़ने का दिया था हमने; जब अपना काम ही ठीक से याद नहीं तो..."

"...जान की अमान पाऊँ, इन प्रेमियों का पीछा करके ही प्रेम के बादशाह तक पहुँचने की राह बनी।"

"तो क्या जीवन भर पीछा ही करते रहोगे?"

"नहीं सर, काम पूरा हो गया है।"

"तुम तो प्रेम के तानाशाह को पकड़ने निकले थे न?"

"जी मालिक..."

"...और ख़ुद प्रेम-कविताएँ लिखने लग गए—वाह!" बादशाह ने व्यंग्यपूर्वक उसके हाथ में कविता का वह काग़ज़ पकड़ा दिया जिसे उसके घर से पड़ताल-अधिकारी कल रात उठा लाया था। इस प्रश्न के लिए वह रात से ही तैयार था पर अभी उत्तर देते हुए लड़खड़ा-सा गया।

"नहीं सर, वो बात नहीं, बस..." वह यही कह सका।

"यह तुम्हारी लिखी प्रेम-कविता है न? विश्वास ही नहीं होता है मुझे कि मेरा कोई दरबारी प्रेम-कविता लिखकर देशद्रोहियों वाला काम करेगा।...ये सब क्या है? पता है न, प्रेमबन्दी की धारा पाँच में इसके लिए दस साल की सज़ा है?"

"सर प्रेमी बनकर ही प्रेम के तानाशाह के कैंप में घुस पाया हूँ मैं; प्रेम-कविता तो वहाँ परिचय पत्र होती है, परमिट जैसा," कारिन्दे ने लीपापोती की।

"तो तुम घुस पाए?" बादशाह के स्वर में व्यंग्य है।

“हाँ सर, पहुँच गया।”

बादशाह उत्तेजित हो चला—

“तुमने ख़ुद देखा उसे?”

कारिन्दा सँभल गया है अब तक—

“हाँ देखा, बहुत क़रीब से देखा उसे, ठीक से समझा भी।”

“फिर?...देर क्या है?...पता बताओ। हमारे जाँबाज़ कमांडो...”

“मैंने पहले ही पकड़ लिया है उसे।”

“अकेले? अकेले ही पकड़ डाला प्रेम के तानाशाह को!!”

“पकड़ना कठिन नहीं था; पकड़ने जाओ तो प्रेम ख़ुद-ब-ख़ुद पकड़ में आ जाता है।”

“मैं समझा नहीं?”

“सर, आप उससे मिल लें, ख़ुद समझ जाएँगे।”

“साथ लाए हो उसे!!”

“हाँ, लाया हूँ, रथ में बैठा है।”

“वहाँ किसके हवाले छोड़ आए बेवक़ूफ़! रथ से निकलकर भाग गया हो तो?”

“नहीं भागेगा सर; प्रेम का यही तो है, आते देर लगती है, जाता नहीं फिर।”

“तुम क्या कह रहे हो—समझ नहीं आ रहा कुछ।”

“पहले मैं भी उसे समझ नहीं पाया था।”

“यहाँ लाओ उसे, अभी के अभी; और लाने से पहले यहाँ प्रहरी बढ़ा लो।”

“सर, वह बिलकुल ख़तरनाक नहीं; इतना साधारण है कि आपके बग़ल में खड़ा रहे और आप पहचान न पाएँ।”

“बादशाह जैसा तो लगता है न?”

“फ़क़ीरों टाइप रहता है सर।”

“यह भी एक स्ट्रेटजी है उसकी। तभी तो आज तक पकड़ा नहीं गया वो। बदमाश है स्साला!”

“उसका यही है; वो बदमाश भी है और शरीफ़ भी।”

“ले आओ उसे, फटाफट; सैनिकों को लेकर जाओ, लाओ उसे।”

कारिन्दा मुस्कराकर बाहर चला गया।

उसके पीछे कुछ सैनिक भी गए। बादशाह ने सैनिकों को इशारा कर दिया था।

*

बादशाह भिड़न्त के लिए तैयार होने लगा।

इतिहास गवाह है कि दो तानाशाह कभी वैसे नहीं मिलते जैसे हम साधारण लोग आपस में मिल लिया करते हैं। वे मिलते नहीं, भिड़ते हैं।

भिड़न्त की मानसिकता में ही जीते हैं वे, भिड़न्त ही उनका जीवन है। अनवरत भिड़न्त का निरन्तर सिलसिला है हर तानाशाह का जीवन। वो हर शै से भिड़ता है क्योंकि उसे हर शै पर शक होता है, हर शै के पीछे उसे अप्रत्याशित और अप्रिय की आशंका दिखती है; वह अहर्निश भिड़न्त में है; सोच से, व्यक्ति से, कविता, गीत, गायन, हँसी, हवा, फूल, पत्ती, यहाँ तक कि झरनों की कलकल से भी भिड़न्त में; वह चौकन्ना है कि उसकी सत्ता के लिए ख़तरा किसी भी शै में पोशीदा हो सकता है। वह कविता में विद्रोह, व्यक्ति में चुनौती, गीत में षड्यंत्र के निहितार्थ, निर्मल हँसी में सत्ता का मखौल और फूलपत्ती में मौसम की चालाकी देखता है। इसे वो अपना सतर्क होना मानता है; सतर्कता के बिना सत्ता नहीं चल सकती, वो मानता है।

बादशाह का किसी से भी मिलना एक समाचार होता है। तानाशाह यूँ ही किसी से नहीं मिल लेता। बे-मक़सद तो वह कुछ नहीं करता। किसी से उसकी दो पल की मुलाक़ात का भी कोई मक़सद होता है वरना तो वह अपनी सँकरी-सी दुनिया में ही परम-सन्तुष्ट और सुरक्षित महसूस करता है।

बादशाह की अपनी ही दुनिया है।

इस दुनिया में बस वो है, और हैं—झुके हुए सिर, तालियों में मशगूल हथेलियाँ, वाह-वाह में व्यस्त गले, प्रश्न न उठानेवाले समझदार लोग, दंडवत मुद्रा को ही अपनी स्थायी मुद्रा मानकर गर्व महसूस करनेवाले दरबारी, बादशाह के गले में पड़ी माला का हिस्सा बनने में ही पुष्प के जीवन की सार्थकता है, ऐसा माननेवाले लोग, बस; इन लोगों की बेहद सँकरी सी दुनिया और इस दमघोंट में ही इत्मीनान महसूस करता है बादशाह; इस दुनिया में घुसने के लिए आपको रेंगने में प्रवीण होना पड़ता है, तनकर चलने वालों का तानाशाह की दुनिया में प्रवेश ही नहीं।

और इसके बरक्स प्रेम के तानाशाह की दुनिया?

उसकी दुनिया भी सँकरी है परन्तु और ही तरह से सँकरी; वह तो इतनी सँकरी बताई जाती है कि उसमें दो भी नहीं समा पाते; दो लोग जब तक एक न हो जाएँ, प्रेम की दुनिया में प्रवेश नहीं कर पाते। प्रेम गली इतनी सँकरी है कि वहाँ बस एक की ही गुंजाइश है; बाक़ी गली तो प्रेम घेर लेता है, प्रेम हो तो किसी और चीज़ के लिए जगह नहीं रह जाती। प्रेम की तानाशाही ज़बरदस्त है, वो अपने ग़ुलामों से पूरा समर्पण माँगता है; एक हो गए प्रेमी बाद में कभी दो हो जाएँ तो वो कान पकड़कर अपनी गली से बाहर कर देता है। प्रेम की तानाशाही में प्रेम के सिवाय और किसी चीज़ के लिए गुंजाइश नहीं।

इस तानाशाह की दुनिया का सँकरापन बादशाह की दुनिया के सँकरेपन से एकदम अलग है; प्रेम का आकाश अनन्त है, बेहद खुला जहाँ ऊँचे उड़ने की कोई सीमा ही नहीं। इधर बादशाह की सँकरी दुनिया में आसमान बहुत नीचा है, ऊँचा उड़ने की सख़्त मुमानियत है और आसमान को बादशाह से ऊँचा होने का प्रावधान संविधान में नहीं।

ऐसे दो एकदम अलग तरह के तानाशाह अभी मिलने को हैं।

*

कारिन्दा बस दो प्रहरियों के साथ बाहर गया।

बादशाह हैरान कि यह कितना कमज़ोर तानाशाह होगा कि मेरे अदने से कारिन्दे के क़ब्ज़े में आ गया! पर इतना ही कमज़ोर है तो इसकी तानाशाही सदियों से चल कैसे रही है? कुछ तो पेच है जो अभी पकड़ में नहीं आ रहा।...उसे आने दो। देखते हैं।...बादशाह कभी अपने किसी दुश्मन को कमज़ोर नहीं आँकता। एक कमज़ोर से कारिन्दे के क़ब्ज़े में यूँ आसानी से आ जाना उस तानाशाह की रणनीति भी हो सकती है; हाँ, ज़रूर उसकी यह कोई रणनीति ही होगी; मेरे महल में घुसने की रणनीति तो नहीं? चौकन्ना रहकर मिलना होगा उससे। सबसे पहले तो उसकी नंगाझोली करवा दूँगा; कहीं वो कोई प्राणघातक हथियार छुपाकर न ला रहा हो?

वह सतर्क होकर बैठ गया।

तभी दरवाज़े से कारिन्दे ने प्रवेश किया। उसके पीछे-पीछे नायाब जान और सूरज प्रकाश ने प्रवेश किया। बस ये और साथ दोनों प्रहरी, बस।

प्रेम का तानाशाह तो कहीं दिख ही नहीं रहा?

वो कहाँ है?

*

बादशाह ने कारिन्दे की तरफ़ उत्सुकता और नाराज़गी से देखा।

"कहाँ है तुम्हारा प्रेम का तानाशाह?"

बादशाह ने गरजकर पूछा। गरजना ही था। बादशाह से इतना बड़ा झूठ? इसकी ये हिम्मत!! वह गरजा तो दूर खड़े प्रहरी भागकर पास आ गए। कारिन्दा जानता था कि यह पल आएगा ही।

"सर ये ही तो हैं। प्रेम का तानाशाह आपके सामने हैं।" कारिन्दे ने नायाब जान और उसके युवा प्रेमी की तरफ़ इशारा करते हुए कहा। बादशाह ने एक नज़र सामने खड़े प्रेमी जोड़े को देखा, फिर पलटकर कारिन्दे की तरफ़ देखा।

"ये!!" बादशाह ने जलती हुई आँखों से घूरा।

"जी, ये ही।"

बादशाह क्रोध से बिफर गया। ग़ुस्से में काँपता हुआ वह अपनी कुर्सी से उठा और कारिन्दे की तरफ़ बढ़ा। हाथ कमर में लटकी कटार पर आ गया था।

"मुझे एकदम ही मूर्ख समझते हो क्या? इस हिमाकत का अंजाम जानते हो न?"

बादशाह को आगे बढ़ते देख चपल प्रहरी दौड़कर कारिन्दे के आसपास आ गए। तलवारें हवा में, आँखें और कान बादशाह की तरफ़; हुज़ूर का जैसा इशारा हो

उतने टुकड़े करके मालिक की सेवा में पेश कर दें। बादशाह ने प्रहरियों को दूर हटने का संकेत दिया और वह कारिन्दे के एकदम पास आ गया। आँखों में आँखें डालकर देखता रहा उसे। प्रहरी तलवारें उठाए एक क़दम की दूरी पर खड़े थे। कारिन्दा दो तलवारों के बीच बेख़ौफ़ खड़ा था बादशाह के समक्ष, एकदम शान्त।

"मुझसे झूठ बोलने का नतीजा जानते हो न?" बादशाह ने कहा।

"इसमें कुछ भी झूठ नहीं जहाँपनाह!"

"झूठ ही तो है, और मज़ाक़ भी।" बादशाह का चेहरा क्रोध से लाल है।

"नहीं मालिक, भरोसा करें—न तो झूठ है, न मज़ाक़—ये लोग ही प्रेम के तानाशाह हैं," कारिन्दे ने पूरी विनम्रता से कहा।

"तुम कहोगे और मैं मान लूँगा?"

"सर मान लें, ये ही हैं।"

"पागल समझा है मुझे?...ये ज़रा-सा लौंडा? ये नाजुक सी लौंडिया?...येऽऽ, ये हैं प्रेम के तानाशाह? तानाशाह का मतलब भी जानते हो?"

"जान की अमान चाहता हूँ मालिक, ये ही हैं।"

"चलो माना, तो इनमें से तानाशाह कौन है?"

"ये ही हैं..."

"पर ये तो दो हैं। दोनों में से कौन?"

"ये दो नहीं, एक हैं।"

"मुझे दिखता नहीं क्या?"

"सर, दिखते दो हैं, पर हैं एक।"

"तू सच में पगला गया है क्या?"

"मैं पागल नहीं सर; यही तो प्रेम की पागल तानाशाही है; उसमें दो के लिए जगह नहीं होती, जब तक दो लोग एक न हो जाएँ, प्रेम होता ही नहीं। ये एक ही हैं।"

"ये किस कोण से तानाशाह लगते हैं?"

"बड़े-बड़े तानाशाह हमेशा बहुत भोले दिखते हैं मालिक।"

"येऽऽ, बड़े तानाशाह!!"

"बहुत बड़े।"

"मुझसे भी बड़े?"

"आप तो बादशाह हैं हुज़ूर," कारिन्दे को पता है कि बादशाह को तानाशाह कहलवाना सख़्त नापसन्द है।

बादशाह ग़ुस्से में भी मुस्कराया। उसे अच्छा लगा, कारिन्दा भूला नहीं है कि वह कितना बड़ा तानाशाह है और तानाशाह कहे जाने पर वह कैसी तानाशाही दिखला सकता है!

"तुम्हारी इस बात पर कौन विश्वास करेगा कि ये प्रेम के तानाशाह हैं?"

"सर, मैं गहन पड़ताल के बाद इस नतीजे पर पहुँचा हूँ।"

"तो ये ही चला रहे हैं प्रेम की तानाशाही?"

"जी सर, प्रेम की तानाशाही तो प्रेमी ही चलाते हैं।"

"तो मैं अभी इनकी गर्दन उड़वाए देता हूँ..." राजा ने प्रहरियों की ओर देखा। वे तलवार चमकाते हुए आगे बढ़े।

"रुको..." कारिन्दे ने प्रहरियों को रोकते हुए बादशाह से निवेदन किया—

"सर, इनको मारना असम्भव है। कोशिश भी मत करिएगा।"

बादशाह हैरान था कि एक अदना-सा कारिन्दा उससे ऐसे बात कह सकता है।

"जानते हो न, क्या कह रहे हो?"

"हाँ मालिक, इनको ख़त्म करना असम्भव है।"

"कोई वरदान है इनको?"

"प्रेम स्वयं ही एक वरदान है।"

"मैंने भी दरबार में कभी ऐसी कोई कविता सुनी थी," बादशाह फिर मुस्कराया।

थोड़े से अन्तराल में ही बादशाह का, ख़ासतौर पर क्रोधित बादशाह का यूँ मुस्कराना कितना ख़तरनाक संकेत है, यह बात कारिन्दा ख़ूब जानता है।

कारिन्दे ने अपनी बात स्पष्ट करते हुए कहा—

"सर इनको मारने से कुछ नहीं मिलेगा।"

"क्यों? अरे, तानाशाह ख़त्म तो उसका साम्राज्य ख़त्म..."

"नहीं मालिक, इन जैसे और भी लाखों हैं।"

"अभी तो तुम कह रहे थे कि ये ही तानाशाह हैं?"

"हाँ, ये तो हैं ही।"

"फिर?"

"इन जैसे और भी लाखों तानाशाह हैं..."

"लाखों तानाशाह? दिमाग़ फिर गया है तुम्हारा? इतने तानाशाह होंगे तो आपस में लड़ न मरेंगे?"

"ये प्रेम के तानाशाह हैं हुज़ूर। लड़ना जानते ही नहीं। इनको तो बस प्रेम आता है।"

"तो ये बिना लड़े जीत कैसे जाते हैं?"

"इनके पास प्रेम है। प्रेम से बड़ा हथियार आज तक हुआ नहीं है।"

अब जाकर दोनों प्रेमी गण कारिन्दे को पीछे करते हुए इस बातचीत में उतरे।

सूरज प्रकाश बोला—

"सर जी, हर प्रेमी तानाशाह तो है पर वो किसी को जीतना नहीं चाहता।"

"अरे, भाई ये कैसी तानाशाही और ये कैसा तानाशाह! जो सबको जीतना न चाहे, वो कैसा तानाशाह?"

"जीतने की कोशिश से प्रेम में कुछ भी हासिल नहीं होता। यहाँ तो हारना होता है; जो जितना बड़ा प्रेमी, वो उतना ही सब कुछ हारने को तत्पर।"

बादशाह बौखलाने लगा। बातें गूढ़ होती जा रही थीं। ये उसके मूल्यवान समय की बरबादी थी। परन्तु उसे प्रेम को समझना भी था, दुश्मन को समझे बिना उसे जीतना असम्भव है।

"तुम कह रहे हो कि तुम ऐसे तानाशाह हो कि हारकर भी तुम्हारी तानाशाही कायम रहती है?"

"हाँ सर, हार में ही जीत है प्रेम की।"

"मुझे मूर्ख समझा है?"

"नहीं सर, यही सच है। प्रेम की तानाशाही में दुनिया को जीतने की कोई कोशिश नहीं होती।"

"फिर दुनिया तुम्हारी परवाह क्यों करेगी?"

"न करे, हम भी तो किसी की परवाह नहीं करते।"

"मेरी भी नहीं?"

"जब हम बच्चे थे तो आपकी ख़ूब करते थे; हमारे स्कूल की किताबों में आपकी जीवनी पढ़ाई जाती थी, तब ख़ूब करते थे; फिर हम बड़े हो गए।"

"इतने बड़े हो गए कि बादशाह से डरना बन्द कर दिया?"

"कुछ तो प्रेम ने बड़ा कर दिया, कुछ आपकी प्रेमबन्दी ने। हमने पाया कि सब लोग हमारे साथ हैं—प्रेम के साथ; आपके सख़्त दंड विधान के बावजूद लोग प्रेम तो कर ही रहे हैं न?"

"प्रेम ने इतना बड़ा कर दिया तुम्हें?" बादशाह गुर्राया।

"प्रेम में जितना गहरे उतरो उतना ही बड़े होते जाते हो।"

"तुम कितने गहरे उतरे हो?"

"प्रेम अथाह होता है सर; अभी बहुत गहरे उतरना शेष है।"

"और मैं तुमको कितना गहरे दफ़ना सकता हूँ इसका भय नहीं?"

"भय कैसा?"

"बड़ी हिम्मत है तुम्हारी!"

"प्रेम हो तो हिम्मत आ ही जाती है सरकार।"

"अन्धे कुएँ में कूदने को हिम्मत नहीं कहते मूर्ख।"

"हम हर कुएँ से बाहर निकल आएँगे, इसी आत्मविश्वास का नाम प्रेम है सर।"

बादशाह का चेहरा लाल हो रहा था। वह चाहे तो एक इशारे की देर थी, बस। पर उसे धैर्य रखना होगा। उसे इनसे जानना है कि प्रेमबन्दी असफल होने के पीछे ऐसा क्या कारण है? प्रेम में ऐसी क्या ताक़त होती है? दोनों प्रेमी उसके सामने क्यों और कैसे यूँ सहज खड़े हैं? पैनी तलवारें एक पल में इनकी गर्दन अलग कर सकती हैं फिर भी ये दोनों यूँ सहज हैं मानो किसी बगीचे में खड़े हों!

"तलवार की ताक़त जानते हो न?" बादशाह ने प्रहरियों की ओर इशारा करते हुए पूछा।

"ताक़त का तो नहीं पता, इसकी कमज़ोरी का ज़रूर पता है।"

"तलवार कभी कमज़ोर नहीं होती मूर्ख!"

"कमज़ोर ही होती है; तलवार की कमज़ोरी ये है कि यह ख़ुद नहीं चल सकती। इसे कोई हाथ ही चला सकता है; और हाथ में ताक़त न हो तो..."

"याद रखना, तलवार जब बादशाह के हाथ में हो तो वो सबसे ताक़तवर होती है..."

"...क्षमा करें मालिक, तलवार तभी सबसे कमज़ोर होती है जब वह बादशाह के हाथ में हो।"

कहकर प्रेमी मुस्कराया। नायाब जान तो हँसने भी लगी।

कारिन्दा पास ही खड़ा था परन्तु उसने इन दोनों को बादशाह के साथ बेअदबी करने से नहीं रोका। कारिन्दा अपना अन्त जानता है पर उसका मन है कि बादशाह सलामत प्रेम की तानाशाही के ठाठ को ठीक से समझ लें। ख़ुद उसे भी तो पहले कुछ नहीं पता था; उसने भी तो प्रेम की ताक़त इन बच्चों के साथ रहकर जानी है। जितना ही उसने जाना है उतना ही लगा है कि काश, देश को वो लोग चलाएँ जो प्रेम को ख़ूब गहराई से समझते हों; काश कि इस मुलाक़ात से बादशाह को प्रेम की ताक़त का अहसास हो जाए; जानता है कारिन्दा कि बेहद कठिन है कि ऐसा हो, फिर भी।

कारिन्दा, नायाब जान और सूरज प्रकाश, तीनों अपना शीश हथेली पर रखकर ही यहाँ पहुँचे हैं। तीनों ही ये मानकर यहाँ आए हैं कि आज वे यहाँ से वापस नहीं जा सकेंगे। बादशाह उनका सिर काटे इससे पहले ही उन्होंने अपने शीश काट लिये हैं। अब ठीक है। अब कोई भय नहीं।

हथेली पर धरा शीश ही बादशाह से बेखटके बहस कर सकता है।

इधर प्रहरी हैरान हैं कि कोई उनके सर्वशक्तिमान मालिक से इस तरह बहस करने के बाद भी अभी तक ज़िन्दा है। बादशाह के इशारे की प्रतीक्षा में उत्कंठित हैं वे लोग।

"तो तुम लोग आपस में बहुत प्रेम करते हो?" बादशाह ने कुटिल मुस्कान के साथ पूछा।

"हाँ, करते हैं।"

"यह एक ग़ैर-क़ानूनी काम है, पता है न? प्रेमबन्दी का सुने हो?..."

"...सुना है सर; सुनकर हम ख़ूब हँसे भी थे कि बादशाह सलामत को भी क्या-क्या मज़ाक़ सूझते रहते हैं।"

"प्रेमबन्दी को मज़ाक़ समझते हो?"

"हर प्रेमी यही समझेगा, और आप इसे मज़ाक़ नहीं मानते यह तो सबसे बड़ा मज़ाक़ है।"

बादशाह उन दोनों को घूरकर देखता रहा। घूरता ही रहा। क्या करें इनका? इनको ऐसी क्या सज़ा दे कि देश के सारे प्रेमियों को एकबारगी ही सबक़ मिल जाए? कुछ समझ नहीं पा रहा वो। वह कुछ भी क्यों नहीं सोच पा रहा? क्यों उसे ऐसा कोई सटीक उत्तर नहीं सूझ रहा जो वो अभी दे और जीता हुआ महसूस कर सके? क्यों वह इनके कथनों के सामने पराजित-सा महसूस कर रहा है? आख़िर प्रेम की तानाशाही का ऐसा क्या रसायन है कि ये अदने से प्रेमी भी उसकी ताक़तवर तानाशाही पर भारी पड़ रहे हैं?

"तुम जैसे ग़ैर-ज़िम्मेदार नौजवान ही इस देश को बर्बाद कर रहे हैं," बादशाह इतना ही बोल पाया।

प्रेमीगण मुस्कराकर देखते रहे उसे। नायाब जान तो बादशाह को ऐसी रुचि से देख रही है मानो वह अजायबघर में रखी कोई अजीब वस्तु देख रही हो; बताइए, कैसे-कैसे लोग हमारे भाग्य नियन्ता बन बैठते हैं!

बादशाह ने भर्त्सना ज़ारी रखी।

"तभी तो देश में कोई देशप्रेम..."

"देशप्रेम को आप कितना समझते हैं सर?"

"मेरी समझ पर शक करते हो मूर्ख?"

"फिर भी, बताइए न कि देशप्रेम होता क्या है?"

बादशाह अचकचा गया।

"यह पूछने की तुम्हारी हिम्मत?"

"हिम्मत का तो हम बता ही चुके हैं सर..."

"तुम जैसे छिछोरे प्रेमी देशप्रेम को क्या समझेंगे..."

"...जो शख़्स प्रेम को ही नहीं जान सका, वो देशप्रेम को कैसे जानेगा?"

"तुम जैसे प्रेमी ही देशप्रेम की राह में बाधा हैं।"

"फिर तो प्रेमबन्दी के बाद देशप्रेम बहुत बढ़ गया होगा सर?"

"प्रेमबन्दी सफल होती तो ज़रूर बढ़ता।"

"कभी सोचा कि प्रेमबन्दी क्यों नहीं चली?"

"नहीं चली पर चलेगी, ज़रूर चलेगी," बादशाह चिल्लाया।

"आप बिना सोचे-समझे ही प्रेम का विरोध कर रहे हैं बादशाह सलामत..."

"बिना सोचे-समझे?...नामुराद नौजवान..." बादशाह चिल्लाया।

प्रेमी को फ़र्क़ नहीं पड़ा, वह बोलता गया—

"प्रेम का विरोध करके कोई कैसे देशप्रेम को जान सकता है; प्रेम तो देशप्रेम में भी निहित है।"

"तो तुम सोचते हो कि मैं प्रेम जानता ही नहीं?"

"लगता तो यही है।"

"मूर्ख, मैं बादशाह हूँ, बादशाह; सर्वज्ञ, मुझे न पता हो तो किसे पता होगा?"

"बादशाहों को अक्सर भ्रम हो जाता है कि वे सब कुछ जानते हैं।"

"जानते हैं, तभी कह रहे हैं..."

"जानते होते तो प्रेमबन्दी की सोचते भी नहीं।"

"मैं प्रेम भी जानता हूँ और देशप्रेम भी।"

"कभी प्रेम किया है, किसी से, कभी भी?"

"हाँ, मेरे जीवन में भी स्त्रियाँ आई हैं। मैं प्रेम समझता हूँ।"

"नहीं, आप नहीं समझते; समझते तो प्रेमबन्दी लाते ही नहीं। असल में, आप स्त्री की बात कर रहे हैं और हम प्रेम की।"

"एक ही बात है।"

"नहीं, एक ही बात नहीं।...आप स्त्री के भोग में प्रेम देखते हैं; अरे, कभी उसे प्रेम करके भी देखते; उससे सच्चा प्रेम कर लेते तो साथ में देशप्रेम का भी सही अर्थ समझ जाते।"

"तो मुझे देशप्रेम का अर्थ नहीं पता?"

"हाँ, नहीं पता; आपके लिए देशप्रेम सत्ता का एक औज़ार है बस, एक हथियार, एक नारा; देशप्रेम इससे कहीं ज़्यादा बड़ी चीज़ है।"

"तुम मुझे देशप्रेम सिखलाओगे बदतमीज़?"

"प्रेम ने सदियों से बादशाहों को ये सिखाने की कोशिश की है।"

"ख़ुद को बड़ा होशियार समझ रहे हो, क्यों?"

"नहीं, हमें ज़रा-सी भी होशियारी नहीं आती, कभी आई ही नहीं; होशियारी आती तो हम आपके सामने ये सब बोलते? प्रेम में होशियारी नहीं चलती सर।"

बादशाह हर पल और बौखलाता और खिसियाता जा रहा है।

"तुमको मालूम है, एक बड़े सर्वे में पचासी फ़ीसदी प्रजा ने मुझे देश के इतिहास में आज तक का सबसे बड़ा देशप्रेमी माना है।...याद रखना, पचासी प्रतिशत!!"

"समाज में पन्द्रह प्रतिशत प्रजा भी समझदार हो तो देश का भविष्य सुरक्षित है।"

बादशाह क्रोध, असमंजस और बेचैनी में खड़ा दोनों को घूर रहा है जो विनम्रतापूर्वक तनकर खड़े हैं।

क्या बादशाह ख़ुद को पराजित महसूस कर रहा है?

अरे पराजय कैसी! अदने से लौंडे-लौंडिया की आख़िर क्या औक़ात! वह चाहे तो अभी के अभी, एक इशारे में मसलवा दे इनको; पल भर में टुकड़े करवा दे इनके, फेंक दे शिकारी कुत्तों के सामने या नाली में, जैसा उसका मन करे।

पर क्या इनको मार देने मात्र से जीत जाएगा वो?

*

प्रेम के तानाशाह से इस भिड़न्त की कितनी आतुरता से प्रतीक्षा थी उसे—पर इस भिड़न्त में वह ज़ीता कि हारा, पता ही नहीं चल पा रहा उसे।

बादशाह चुपचाप घूरे जा रहा है दोनों को।

कारिन्दा पास खड़ा बादशाह के अगले क़दम की प्रतीक्षा कर रहा है। प्रहरियों ने तलवारें और भी दृढ़ता से उठा ली हैं; वे जान गए हैं कि वह पल आ पहुँचा है। दोनों प्रेमी भी जानते हैं कि वह पल कभी भी आ सकता है पर वे बिलकुल भी नहीं डर रहे; उनको सन्तोष है कि उन्होंने बादशाह से वह सब कह दिया जो पूरा देश उससे कहना चाहता है पर कह नहीं पा रहा। इसकी एवज़ में उनकी जान जाती है, तो जाए।

आग के दरिया में डूबे आदमी का कैसा तो मरना!

फिर आगे क्या हुआ?

[फिर वे मिले कि नहीं]

कहानी की जान होता है यह प्रश्न कि फिर आगे क्या हुआ?

प्रेमी मिले कि बिछुड़े? वे बचे कि मारे गए?...ख़ज़ाना हाथ लगा कि घड़े की अशर्फ़ियाँ छूते ही मिट्टी हो गईं?...राजकुमारी गूँगी रह गई या कि उसकी आवाज़ लौटी और वो वापस मधुर गीत गाने लगी?...दुष्ट सेनापति की क़ैद से छूटकर राजकुमार वापस प्रजा के बीच पहुँच पाया?...बिछुड़े हुए वे फिर कभी मिले कि नहीं?...हत्यारा पकड़ा गया या नहीं?...दुख के दिन बीते या नहीं?...अगले जनम में उनकी मुलाक़ात हुई कि नहीं?...राजकुमारी का ख़त पकड़ लिया गया, फिर?... फाँसी की रात वह उसे छुड़ाने आया कि नहीं?...कहानी बार-बार ऐसे प्रश्न उठाती चलती है और उत्तर तलाशती है कि फिर आगे क्या हुआ?

यही सवाल अभी इस कथा-लेखक के सामने है कि इस कहानी में आगे क्या हुआ होगा?

मेरा लेखक ख़ुद से बार-बार पूछता चलता है कि यार, इस कथा में आगे क्या हुआ (होगा); फिर इसका उत्तर रचकर अपने अन्दर विराजे आलोचक से भी सख़्त पाठक को दिखाकर पूछता जाता है कि तुझे ये कैसा लग रहा है? फिर क्या हुआ, फिर क्या हुआ, फिर...; कथा लेखक का अपने भीतर के लेखक और पाठक से

इस प्रश्न को लेकर निरन्तर संवाद ही कथा लेखन की जान है। इस तरह अपने ही उत्तरों से सहमत-असहमत होता हुआ कथाकार कहानी रचता चला जाता है; अपने भीतर बिराजे पाठक से सहमत-असहमत होते, बार-बार अपने ही लिखे को ख़ारिज करते-करते हुए जब वो कथा के अन्त पर पहुँचता है तब उसके समक्ष यह सबसे बड़ा प्रश्न आता है कि क्या हो इस कथा का अन्त? कहानी तो बहुत लम्बी फैला ली, इतने चरित्र खड़े कर लिये; अब? इन सबको समेटोगे कैसे? कथा के अन्त पर पहुँचते-पहुँचते इतने अनजान मोड़, अनसुलझे सिरे और अनकहे का इतना ढेर सामने दिखता है कि लेखक बौखला जाता है। मेरी स्थिति भी अभी कमोबेश वही है; कथा के सारे चरित्र लेखक से अपना हश्र जानना चाहते हैं कि आख़िर हमको लेकर तुम्हारा इरादा क्या है?

और मैं भी सोच रहा हूँ कि इस कहानी में आगे क्या हुआ होगा?

...क्या हुआ होगा उस कारिन्दे का?

...क्या हुआ नायाब जान, उसके प्रेमी और उनके प्रेम का?...क्या हुआ तानाशाह का?...कहाँ गए होंगे बाक़ी के तानाशाह, नम्बर एक, दो, तीन? हाँ, इन प्रश्नों के जवाब तो चाहिए; मुझे भी, आपको भी।

तो चलिए, हम बताते हैं कि फिर हुआ क्या?

*

पर उससे पहले एक महत्त्वपूर्ण प्रश्न।

क्या हम इस प्रेमकथा के अन्त पर आ गए हैं?

नहीं, प्रेमकथाओं का कोई अन्त नहीं होता; अधूरी रहने में ही सम्पूर्णता प्राप्त करती हैं वे। समस्त क्लासिक प्रेमकथाएँ अधूरी रह जाने को अभिशप्त रही हैं। हीर-रांझा, लैला-मजनू, सलीम-अनारकली जैसी सारी गाथाएँ अधूरी रह जाने के कारण ही पाठकों के दिल में एक टीस की तरह बस गई हैं। कदाचित इनका अधूरा रह जाना ही इनका पूरा होना था। अन्त में प्रेमियों को मिलाना ही प्रेमकथा का अभीष्ट नहीं हो सकता। बड़ी बात है प्रेम। सच्चा प्रेम ही बड़ी बात है प्रेमकथा में; प्रेमियों का मिलना, न मिल पाना कथा के महत्त्व को कम नहीं करता।... मान लो कि वे न मिल पाए; तो क्या उनका प्रेम झूठा था? सच्चे प्रेमी अन्ततः मिलेंगे ही, यह कहाँ लिखा है?...हर प्रेमकथा में मिलन से ज़्यादा हृदयस्पर्शी हिस्सा बिछोह का होता है; विरह में सुलगता विदग्ध अन्त भी मिलन के बराबर ही सार्थक होता है। प्रेमकथाएँ प्रेम पर टिकी होती हैं; मिलन तथा विरह से कहीं बड़ी चीज़ होता है प्रेम।

पर कई प्रेमकथाएँ मिलन के साथ भी समाप्त होती हैं।

हाँ, ऐसा भी होता है। प्रेमी मिल भी जाते हैं। फिर तो बहुत अच्छा हो जाता होगा, है न? नहीं साहब, प्रेमकथा की जटिलता ये है कि प्रेम करनेवाले यदि मिल गए तो अक्सर प्रेमकथा, प्रेमकथा नहीं रह जाती; फिर उस कथा में जो चलता है वह प्रेम नहीं होता; ख़ुद को प्रेम के धोखे में रखते हुए ऐसी कहानी बढ़ा करती है फिर; प्रेम बह जाता है, रेत रह जाती है; इसी रेगिस्तान में नखलिस्तान के पीछे भागने की कहानियों में बदल जाती हैं प्राय: प्रेम कहानियाँ।...यहाँ जो तीनों तानाशाहों की प्रेमकथाएँ आपने पढ़ीं, वे इसी नखलिस्तान की तलाश की कहानियाँ हैं, विशुद्ध मरीचिका; सोचकर देखें तो ये तीनों तानाशाह कभी ख़ूब प्रेम करते थे, अपने प्रेम में सफल भी हुए; मिलन भी हुआ पर उनकी प्रेमकथाएँ अधूरी रह गईं। प्रेम ग़ायब हो गया उनकी प्रेमकथाओं से; कहाँ गया वह प्रेम कि जिससे उन तीनों की प्रेमकथा शुरू हुई थीं?

ऐसा प्रेम आख़िर जाता कहाँ है?

परन्तु प्रेमियों का मिल जाना भी अगर अधूरी प्रेमकथा को ही जन्म देता है तो फिर प्रेमकथा का सुखान्त कब कहलाएगा? क्या प्रेमकथा का ऐसा कोई सुखान्त सम्भव है भी? क्या विशुद्ध प्रेमकथा मात्र एक फ़ैंटेसी होती है, असल में सारी प्रेमकथाएँ अन्तत: क्या वैसी ही होती हैं जो हमने आपको सुनाईं? ऐसे अनेक सवाल मेरे सामने हैं और मैं इस कथा का अन्त रचने बैठा हूँ।

तो क्या हुआ फिर?

पूछा है आपने। बताते हैं हम।

मारे गए वे!

[वे मारे गए पर मरे नहीं]

अब आगे की कथा।

दो तानाशाहों की भिड़न्त के अगले दिन की बात है।

उस दिन नायाब जान और उसके प्रेमी के क्षत-विक्षत शव मज़ार के पीछे वाले वीराने में बरामद हुए, वहीं, जहाँ वे कभी छुपकर मिला करते थे।

इसे संयोग कहें या कि मौत का पोयटिक जस्टिस कि बादशाह के आदमियों ने मारने के बाद उनको लाकर इसी जगह फेंका। बड़ी बेदर्दी से मारा गया था दोनों को; ऐसे नहीं कि उठाई तलवार और काट दिया, यह तो दया दिखलाना कहलाता; पहले तो ख़ूब ठोंका दोनों को, लातों, घूँसों से देर तक मारा, मारते ही चले गए—बादशाह के सामने मार रहे थे तो पूरी कर्तव्यनिष्ठा से मारा। कारिन्दा देखता रहा यह सब। वह करता भी क्या? वे तीनों इस मानसिक तैयारी से आए ही थे कि वे मारे जाएँगे।

कारिन्दा जानता था कि अभी उसका भी यही हश्र होगा। पर वो रहम माँगने की नहीं सोच रहा था; उसे तो बादशाह पर रहम आ रहा है—कोई इस क़दर बेरहम और छोटे दिल का कैसे हो सकता है?

क़ायदे से कारिन्दे को अब तक बादशाह के चरणों में गिर जाना था, इन प्रेमियों को भी; पर इनमें से किसी ने भी रहम की भीख नहीं माँगी—बादशाह अपनी इस बेइज़्ज़ती से बेतरह तड़प गया; ये स्साले ना-कुछ से लोग, क्षुद्र लोगों की ये हिम्मत!

उसने आदेश दिया कि इनके ज़ख़्मों पर नमक-मिर्च छिड़का जाए!

दोनों ने फिर भी उफ़ तक नहीं की।

...ये कैसे सम्भव है?...अरे, दर्द तो हो रहा होगा न?...फिर?...यह सब क्या है? कैसे सम्भव है ये? इनमें ये कौन सी ताक़त है? क्या प्रेम आदमी को ऐसा महाबली बना देता है?...कुछ तो है जो बादशाह की समझ से परे है।...जो इतने मर्मान्तक दर्द को हँसते-हँसते सह ले, मरने से न डरे, उसका और क्या किया जा सकता है आख़िर? कैसे पराजित करें ऐसों को? ताक़तवर बादशाह दो निहत्थे प्रेमियों से पराजित हो रहा था।...खीज रहा था तानाशाह। और मारो स्सालों को, और ज़ोर से, और, और..., मारते रहो।...वे पिटते रहे। ख़ूब पीटा। वे पिटते गए। पिटते-पिटते मर गए।...अरे, इतनी जल्दी?...बिना माफ़ी माँगे ही मर गए हरामी? ...बहुत ग़ुस्सा आया बादशाह को।

बादशाह के सामने बड़े ठाठ से मरे पड़े हैं दोनों, ढीठ जैसे!

शव मानो चिढ़ा रहे थे उसे।

वह बिफर गया और ख़ुद ही तलवार लेकर इन शवों पर टूट पड़ा। ख़ूब गालियाँ दीं मर जाने वालों को उसने। पागलों की भाँति ज़ोर-ज़ोर से चिल्लाते हुए वह देर तक शवों पर अपनी तलवार चलाता रहा। हाँफने लगा पर रुका नहीं; शवों के टुकड़े-टुकड़े कर डाले बादशाह ने। क्षत-विक्षत शवों के पास देर तक हाँफता हुआ खड़ा रहा वह; हाथ में रक्तरंजित तलवार, संगमरमर के शानदार सफ़ेद फ़र्श पर बहता हुआ लाल ताज़ा रक्त—दृश्य बड़ा बीभत्स था।

थोड़ी ही दूर प्रहरी खड़े थे, मौन और सतर्क; पता नहीं कि बादशाह अब क्या आदेश दे? वे उसकी हर सनक को पूरा करने को तत्पर खड़े थे। प्रहरियों से तनिक और दूरी पर कारिन्दा खड़ा था। रक्त की बहती हुई धार उसी की तरफ़ आती हुई बीच राह जमने लगी थी। क्रोध में विक्षिप्त-सा बादशाह अब ज़िन्दा बच गए कारिन्दे को घूर रहा है—देखा न तुमने, प्रेम करने का हश्र!... और इनको ही तुम प्रेम का तानाशाह बता रहे थे? कहीं ऐसा कमज़ोर होता है तानाशाह?...ये थे तुम्हारे प्रेम के तानाशाह! इतने निर्बल! ऐसे डरपोक! बिना युद्ध किये ही मारे गए!!

...बादशाह का मन है कि दुश्मन की मौत का जश्न मनाए परन्तु मन में कुछ और ही चल रहा है; मन कह रहा है कि ये कमज़ोर नहीं थे, बड़े बहादुर निकले ये तो; मर गए पर डरे नहीं, मरते-मरते भी हरा गए तुम्हें। अब उसने कारिन्दे को भी बहुत ध्यान से देखा और देखता रह गया—प्रेमियों की इस भयानक मौत ने भी इसे विचलित नहीं किया था।...ये कैसा चमत्कार है?...और बादशाह जान गया कि यह भी मर जाएगा पर डरेगा नहीं; मरते-मरते यह भी उसे हराकर ही जाएगा।

नहीं, वह अपने ही कारिन्दे से नहीं हारने वाला। वह इसे शहीद नहीं बनने देगा। इसे मारेगा नहीं, इसके साथ वह कुछ और ही करेगा।

*

तभी कोई हँसा उस पर, ठठाकर।

ये कौन हँस रहा है उस पर?

कोई फिर से हँसा। चौंककर आसपास देखा उसने; ये कौन हँस रहा है? वो भी यहाँ! उसका महल, उसकी सत्ता, उसकी ऐसी अभेद्य सुरक्षा-व्यवस्था—यहाँ उस पर कौन हँस सकता है? प्रहरी तो हँस नहीं सकते। वे उसके सेवक हैं। हर कर्मचारी की हँसी और रोना, दोनों चीज़ें उसके पास गिरवी हैं।...फिर ये कौन हँसा? कारिन्दा? नहीं, वह तो उसके सामने ही खड़ा है। मुस्कराता भी, तो दिख जाता। नहीं, वह नहीं हँसा।...फिर, ये कौन?...कोई हँसा तो ज़रूर। कौन था वो?...अब बादशाह का ध्यान क्षत-विक्षत शवों पर गया।...क्या ये दोनों हँसे?...पर यह तो सम्भव ही नहीं। कैसे भी सम्भव नहीं। ये लोग मर चुके हैं।...ऐसा तो नहीं कि ये अभी ज़िन्दा हों? टुकड़े-टुकड़े होकर भी ये मरे न हों?...क्या प्रेम वास्तव में अमर होता है? क्या उसे कुछ और टुकड़े करने होंगे इनके, तब जाकर मरेंगे ये?

...क्या इनको अभी कुछ और तलवारें मारूँ?...पर मेरी तलवार अभी उठ क्यों नहीं रही? कोशिश की पर उठा नहीं पाया। उठाते-उठाते रह गया। उठाने की हिम्मत ही नहीं हुई उसकी। टुकड़े-टुकड़े हो गए शवों के पास वह देर तक खड़ा रहा।

*

बादशाह की पुलिस ने इसे ऑनर-किलिंग माना।

यही मानने का इशारा मिला है उसे।

मुसलमान लड़की और हिन्दू लड़के के बीच प्रेम की एकमात्र तार्किक परिणति यही हो सकती थी। ऐसे बेमेल प्रेमी तो मारे ही जाते हैं, पहले भी मरते रहे हैं; कोई न कोई मार ही देता है इनको। इनको भी अन्ततः कोई मारता ही; हिन्दू मार देता, या मुसलमान—कौन छोड़ता आख़िर इनको? मरने वाला काम ही किया था इन्होंने! ऑनर किलिंग तो होनी ही थी इनकी।

पूरे समाज ने आँख मीचकर मान भी लिया कि यह तो होना ही था; ऐसे प्यार का और क्या अंजाम हो सकता है; इनको मरना ही था। कैसे बचते कि जब आपसे हिन्दू भी नाराज़, मुसलमान भी? कम से कम जात, गोत्र देखकर प्रेम किया होता!...कुजात से भला कैसा प्रेम? इत्ती दुनियादारी भी नहीं सीखी तो क्या सीखा? अब मारे गए न?

...पर बादशाह अपने न्याय के लिए यूँ ही मशहूर नहीं है; उसने मुनादी करवा दी कि इन मासूम प्रेमियों को मारने वाले बचेंगे नहीं, एक को भी छोड़ा नहीं जाएगा; जिन्होंने भी इनको मारा है, वे किसी भी धर्म के हों और किसी भी हैसियत के, बचेंगे नहीं। बादशाह के क़ानून ने काम शुरू भी कर दिया; इस बहाने ढेर सारे लोगों को क़ानूनी ढंग से ठिकाने लगाने वाला है बादशाह।...क़ानून से बड़ा कोई नहीं—ऐसा कहकर वह किसी को भी इस केस में फँसा सकता है।

बहुत से अवांछित तत्त्व लम्बे समय से उसकी नज़रों में हैं जिनकी निष्ठा सन्देहास्पद है।...ये सारे सन्दिग्ध जो बादशाह की जय ठीक से नहीं बोलते, कभी बोलना पड़ जाए तो इतने मरे स्वर में बोलते हैं मानो इनकी आख़िरी श्वास चल रही हो, औपचारिकता निभाते हैं बस; वे जो बादशाह से इतर सोचने का दुस्साहस करते हैं; जिनका सच बादशाह के सच से मेल नहीं खाता; जो ऐसे ग़ैर-व्यावहारिक हैं कि बादशाह रात को दिन कहे तो जवाब में सूरज को तुरन्त चाँद नहीं कह पाते, कहते हुए हिचकिचाते हैं; वे जो दरबार से असहमत होते हुए डरते नहीं; वे जो रेंगने को चलने का सर्वश्रेष्ठ तरीक़ा नहीं मानते—ऐसे सब लोग प्रशासन की निगाह में थे। बादशाह के इशारे पर वे सब उठा लिये गए। क़ानून के हाथ न केवल लम्बे थे, कठपुतली चलानेवाले कुछ हाथ इन हाथों के तार भी चलाते थे जो इतने लम्बे थे कि पता नहीं चलता था कि इनको कौन खींचता है?

इनमें से कुछ को तो पुलिस ने पकड़ा, कुछ दंगों में मार दिये गए।

दंगे? हाँ, दंगे भी हुए न।

दंगे तो होने ही थे। ऐसे मुबारक मौक़े बार-बार नहीं आते हैं; इन दोनों की मौत पर भी दंगे न हुए होते तो यह धर्म के लिए लानत की बात होती। तो दंगे हुए। महीनों तक हिन्दू-मुस्लिमों के बीच तनाव चला। कुछ घर जला दिये गए, कुछ लोग पिट गए, कुछ छुपे-छुपे फिरे, कुछ मारे गए, कुछ लड़कियाँ उठा ली गईं; यूँ समझें कि एक ज़रा-से प्रेम के बहाने नफ़रत के गटर का ढक्कन उठा दिया गया। यह सब हुआ दरबार के इशारे पर ही; बादशाह की अनुमति और पूरी सहमति से। सरकार की अनुमति के बिना कभी दंगे होते नहीं; न पहले कभी हुए हैं, न अब ही हुए। लोगों पर पकड़ बनाने के लिए दंगों की आवश्यकता पड़ती है सत्ता को। दंगों ने कुछ लोगों को दरबार के क़रीब आने का मौक़ा दिया और कुछ लोग इसी के चलते दरबार से निकाल भी दिये गए...एक दंगे ने कई लम्बित और उलझे समीकरण सुलझा दिये।

...दंगे के बाद बादशाह ने दो पंक्तियों का बयान ज़ारी किया—

हम प्रेमबन्दी ठीक से लागू कर पाते तो ये सब न होता, प्रजा को यह महत्त्वपूर्ण बात समझनी ही होगी। दंगे बताते हैं कि प्रेम और उस जैसी प्रतिगामी शक्तियाँ कितनी प्रबल हैं पर हम उनके सामने समर्पण नहीं करेंगे अन्यथा इस देश का कोई भविष्य नहीं है।...

बादशाह ने पुनः शपथ ली कि वह प्रेमबन्दी को सख़्ती से लागू करने के लिए पूर्णतः प्रतिबद्ध है।

*

अब आप पूछेंगे कि कारिन्दे का क्या हुआ?

नहीं, बादशाह ने कारिन्दे को मारा नहीं।

दरबारी को मारने से देश में एक ग़लत मैसेज यह जाता कि आजकल दरबारी भी बादशाह के विरुद्ध हो रहे हैं। ऐसी ही बातें अन्ततः विद्रोह को जन्म देती हैं। अभी जो कुछ महल में यहाँ हुआ, आगे-पीछे सबको पता चल ही जाएगा; कारिन्दे और प्रेमीजनों ने उससे जो मुँहजोरी की, उसका भी एक-एक शब्द दरबार और देश तक अफ़वाह के रूप में पहुँचेगा; उसके महल में प्रेमियों को जिस बुरी तरह मारा गया, वह बात भी। लोग डर तो जाएँगे पर इसी समय कारिन्दे को भी मार देना बड़ा काउंटर-प्रोडक्टिव हो जाएगा; लोग जान जाएँगे कि कुछ दरबारी बादशाह से असहमत भी हैं।...ये ठीक न कहाएगा। बादशाह को अपनी तानाशाही के महल की मज़बूती की असलियत पता है; मज़बूत दिखती दीवारों में कितनी सीमेंट है और रेत कितनी, जानता है वो; वह तो ख़ुद भी इन दीवारों के सहारे कभी टिकता नहीं; जानता है कि यहाँ कोई भी दीवार भरोसे लायक़ नहीं, तानाशाही का तामझाम कभी भी बिखर सकता है; कोने से गिरा विद्रोह का छोटा-सा पलस्तर भी उसके महल को गिरा सकता है।

...नहीं, वह कारिन्दे को नहीं मारेगा। इसके लिए तो कुछ और ही सोचना होगा।

...क्या करे इस पागल कारिन्दे का जो अदने से प्रेम के लिए अच्छी-भली दरबारी पोज़िशन को ख़तरे में डालने को तैयार हो गया? एकदम पागलों जैसा ही काम तो किया है इसने तो?

...हाँ, यही ठीक रहेगा इसके लिए।

बादशाह अपनी तिकड़मी बुद्धि पर फ़िदा हो गया; हाँ, यही ठीक रहेगा कि इसे ऑफ़िसियली पागल घोषित करवा दो, बता दो सबको कि डॉक्टरों के बोर्ड ने विस्तार से जाँच करके बताया है कि नन्हे सिंह कारिन्दा पागल हो गया है। कारिन्दा बेहद कर्तव्यनिष्ठ और वफ़ादार दरबारी रहा है इसीलिए बादशाह ने उसके पागलपन के बेहतरीन इलाज की ज़िम्मेदारी अपने ऊपर ले ली है;

बादशाह अब इसे देश के सबसे बड़े पागलख़ाने में भर्ती कराएगा। उसे तब तक पागलख़ाने में भर्ती रखा जाएगा जब तक कि यह पूरी तरह ठीक न हो जाए।

...पर वह तो पागल ही नहीं?

जो पहले ही ठीक हो, वह और ठीक क्या होगा?

...सही समझे आप।...उसे अब जीवन भर पागलख़ाने में रखा जाएगा।...एक नॉर्मल इनसान अपना जीवन उन पागलों के बीच कैसे काटेगा?...हाँ, कठिन होगा पर यह सब तो उसे पहले सोचना था न? एक तरह से तो ये पागलपन ही था जो उसने यह सब नहीं सोचा।...नॉर्मल था तो नॉर्मल की तरह व्यवहार तो करता!...अच्छा, आप अपना बताइए, आप उसकी जगह होते तो क्या करते?...प्रेम का साथ देते कि बादशाह का?...कोई भी नॉर्मल नागरिक क्या करता, बताइए? बादशाह से डरता कि नहीं? और इसे देखो, ये डरा ही नहीं। क्या इसे पता न था कि बादशाह इसके साथ क्या-क्या कर सकता है? कोई भी नॉर्मल दरबारी कभी ऐसा करता क्या? नहीं, कोई न करता। पर ये तो उलटा बादशाह से ही मुँह लड़ाने लगा; इसे पागलख़ाना ही सूट करेगा क्योंकि वहाँ इसके हर काम को पागलपन के खाते में डाला जा सकता है; यह आदमी पागलख़ाने की छत पर खड़ा होकर भी चिल्लाए कि मैं बादशाह से नहीं डरता तो सब यही कहेंगे कि दिमाग़ चल गया है बेचारे का।...वहाँ रहकर, इसे जो करना है करे, जो कहना है कहे, हर बात को इसका पागलपन ही माना जाएगा। यह बार-बार कहे, सबसे कहे कि मैं पागल नहीं हूँ, मुझे जबरन यहाँ रखा गया है, कोई न मानेगा; यह भी इसका पागलपन माना जाएगा। बादशाह के विरुद्ध ख़ूब बोले, ऊँची आवाज़ में नारे लगाए, सब हँसेंगे सुनकर।...हाँ, ये अगर बाहर रहा और फिर इसने ये सब कहा तो यह देशद्रोह कहलाएगा जिसकी सज़ा फाँसी है। संविधान के हिसाब से बादशाह के विरुद्ध कुछ भी कहना, सोचना, इशारे में कोई संकेत देना भी देशद्रोह माना जाता है जिसकी एकमात्र सज़ा सूली पर चढ़ाना है। यहाँ पागलपन की आड़ में छुप जाएँगी इसकी बातें, जान बची रहेगी बेचारे की; एक लिहाज़ से इसे पागलख़ाने में रखकर बादशाह इस पर एहसान ही करेगा—बादशाह का सोचना है।

कारिन्दे को पागलख़ाने में भेज दिया गया।

*

तो सब ठीक तो हो गया न?

फिर बादशाह आजकल इतना परेशान क्यों दिख रहा है?

हाँ, परेशान तो है; परेशान है कि उसने जिन्हें अपनी तलवार से ख़ुद काटा था, वे दोनों, यहाँ-वहाँ आजकल दिख जाते हैं उसे।...कल ही वे उसके बेडरूम की खिड़की से झाँक रहे थे।...कहीं भी नज़र आ जाते हैं वे दोनों। कभी छत पर। कभी शाही बाग में।...जब न भी दिखें तो हवा में उनकी ही गन्ध, उनकी फुसफुसाहट,

कभी उनकी छाया-सा, कभी उनके होने का अहसास भर...और यह अहसास दिनोंदिन बढ़ता गया है; अब तो वे उसे हर जगह एकदम साफ़-साफ़ दिखते हैं; कहीं भी—अपने कर्मचारियों में, आम सुनवाई के दौरान एकत्रित प्रजाजनों के बीच, एकान्त में, भीड़ में, रथारूढ़ होकर देश की सड़कों से गुज़रते हुए, यहाँ तक कि भरे दरबार तक में। क्या वे लोग अब हर आदमी का हिस्सा बन गए हैं?...सारे लोग उन जैसे ही कैसे हो सकते हैं?...सारे चेहरे उन जैसे तो नहीं हो गए कहीं? ...सारी प्रजा उन जैसी हो गई तो उसकी बादशाहत का क्या होगा? हर शख़्स में वही प्रेम व्याप्त हो गया तो?

क्या प्रेम ऐसा ही सर्वव्यापी होता है? क्या इसीलिए प्रेम को अमर कहते हैं?

तानाशाही कायम रहे, इसके लिए उसे लोगों के बीच व्याप्त प्रेम-भाव समाप्त करना होगा। कैसे तो भी। कैसे भी।

भाग : सात

सदियों बाद का कोई समय

वीराने में प्रेम के फूल

[कि सदियों बाद भी सब कुछ वही है]

मेला लगा है यहाँ।

इलाक़ा निचाट वीरान है पर आज यहाँ ख़ासी हलचल है।

इलाक़ा इस तरह की चहल-पहल का आदी ही नहीं। मूलतः यह तो एक वीरान रेतीली जगह है। एकदम उजाड़। दूर तलक तन्हाई, बस तन्हाई। चहुँओर रेगिस्तान और उसका रेतीला विस्तार। मीलों तक नितान्त ख़ालीपन। दूर-दूर तक सन्नाटा, वीराना। कोई बस्ती नहीं, कोई इनसान नहीं; यहाँ रहे भी कौन? निरा उजाड़; और यह उजाड़ भी कुछ अलग-सा ही उजाड़—बेहद उदास, थका-थका और खोया-खोया-सा उजाड़; रेतीले विस्तार में दफ़्न वीराना।

पर आज एक मेला सजा हुआ है यहाँ।

भीड़। हलचल। तीन दिन का मेला; आज शुरू हुआ है, परसों ख़त्म होगा। मेला यहाँ पहली बार लगाया गया है वरना यहाँ ऐसा कुछ है ही नहीं कि इनसान इस तरफ़ आए। कोई नहीं फटकता यहाँ; करोगे भी क्या यहाँ आकर? रेतीली हवाओं का राज चलता है पूरे माहौल पर, सर्वत्र सर्वदा धूल उड़ती रहती है। दूर तक केवल पीली-लाल सी, रेतीली ज़मीन का बियाबान विस्तार। यहाँ कुछ नहीं उगता; यत्र-तत्र इक्का-दुक्का कँटीली झाड़ियाँ दिख जाएँ तो वही बहुत है।

*

इसमें कहीं कोई बस्ती नहीं है; एकान्त में बस यही एक बसाहट है यदि उसे बसाहट कह सको तो; एक टीला और टीले पर बनी सदियों पुरानी, उजाड़-सी मज़ार।

*

फिर यहाँ यह मेला? ये क्यों?

उसकी भी एक कहानी है; इसी मज़ार से जुड़ी कहानी।

कहते हैं कि मज़ार और उसके आसपास अनोखा चमत्कार मौजूद है और वही इस मेले और भीड़ की वजह है।...मज़ार के टीले के पीछे, जहाँ एक पथरीला रास्ता नीचे उतरता है वहाँ की एकदम बंजर ज़मीन पर चम्पा के सात हरियाले पेड़ खड़े हैं, एक झुंड सा बनाकर; हमेशा फूलों से लदे पेड़। बियाबान बंजर में जहाँ कोई वनस्पति नहीं उग पाती, वहाँ चम्पा का यह टापू अविश्वसनीय चमत्कार लगता है कि कैसे?

चम्पा के ये फूल और यह मज़ार ही इस मेले का कारण हैं।

यह मज़ार, और चम्पा के सात पेड़ों का इस बंजर में सदैव हरियाये रहना स्थानीय बतकहियों, विश्वास और श्रद्धा का हिस्सा रहे हैं, दशकों से, आसपास के गाँवों में।

स्थानीय लोग इसे अमर-प्रेम का प्रतीक मानते हैं। लोकगाथा है कि सदियों पूर्व, एक दुष्ट तानाशाह ने दो प्रेमियों के टुकड़े-टुकड़े करके, इसी जगह उनकी लाशों को फेंक दिया था।...कुछ समय बाद, ठीक उसी जगह चम्पा के ये सात पेड़ रातोंरात उग गए और चमत्कार यह कि ये हमेशा ही फूलों से भरे रहने लगे।

...इधर ये फूल खिले, उधर तानाशाह का राज उजाड़ होता चला गया।...पहले तो उसके राज में सब तरफ़ पानी ख़त्म हो गया। नदियाँ सूख गईं। बावड़ियाँ रीत गईं। कुओं से पानी के दो लोटे भी न निकलते।...हाहाकार मच गया।...कई सालों तक बारिश नहीं हुई।...फ़सलें बर्बाद हो गईं।...पहले भूख, फिर छूत की बीमारियों ने तबाही मचा दी।...तबाही से उठी बेचैनी को दबाने के लिए उस बादशाह ने अपनी तानाशाही और बढ़ा दी।...फिर लोगों ने बादशाह के ख़िलाफ़ विद्रोह कर दिया।...प्रजाजन उस बादशाह को पकड़कर महल से घसीट लाए और उसी फन्दे से लटका दिया जो महल के मुख्य दरवाज़े पर सदैव लटका रहता था। बादशाह अब तक इसी पर रोज़ एक विद्रोही को लटकाकर प्रजा को मौन धमकी देता था कि मुख़ालफ़त करनेवाले का यही हश्र होगा।

विद्रोह में बादशाह तो मारा गया पर उसका सिंहासन ख़ाली नहीं रहा; सिंहासन कभी ख़ाली रहता है भला; उस पर तुरन्त ही कोई और आकर बैठ गया।...लम्बा गृहयुद्ध चला; चलता रहा।...विद्रोहियों के विरुद्ध इतनी मुहिमें चलाई गईं कि राज के सभी प्रजाजन भाग निकले, बस्तियाँ वीरान हो गईं।...लोग रातोंरात घरबार छोड़कर भाग गए।...बस्तियाँ ख़ाली और सल्तनत वीरान। कहीं कुछ बचा नहीं।

...लोग मानते हैं कि आह लग गई उन प्रेमियों की; ऐसा शाप लगा कि फिर यह इलाक़ा कभी बस ही नहीं पाया।...उन प्रेमियों की बेचैन आत्माओं की धधकती आह में कुछ ऐसी गर्मी थी कि इलाक़े का मौसम ही बदल गया।...अब पूरे बरस गर्मियों का मौसम रहने लगा।...सब तरफ़ बंजर हो गया; मीलों तक रेतीला विस्तार, बस। कुछ बचा ही नहीं; न खेत, न खलिहान, न बस्तियाँ, न पशु-पक्षी; कहीं कोई जीव नहीं, न पेड़, न हरियाली, न आदमी, न आदमज़ाद; कुछ भी शेष नहीं रहा सल्तनत में।

ख़ाली पड़े मकान पहले खँडहर हुए, फिर ज़मींदोज हो गए, फिर उनका नामोनिशां न बचा। चौबीसों घंटे गर्म हवाएँ चलतीं। रेत के अंधड़। धूलभरी आँधियाँ।...रेतीले विस्तार के बीच कुछ गुमसुम रास्ते, वे भी हमेशा सुनसान; रास्ते तरसते कि कोई तो उन पर चले; पर कौन चलता? कोई नहीं चलता था उन पर। कोई आता ही नहीं था इस तरफ़; उदास-सा एक सन्नाटा टहलता है इन रास्तों पर, बस।

और इसी सन्नाटे में ऊँघता-सा यह टीला, ये मज़ार, और चम्पा के फूलों से लदे हुए ये सात वृक्ष।

*

तो यहाँ कभी कोई नहीं आता?

नहीं, आते तो हैं। लोग आते हैं। पागल प्रेमी आया करते हैं यहाँ। वे तो सालों से यहाँ आ रहे हैं।

लोकविश्वास है कि चम्पा के इन फूलों को इसी मज़ार पर चढ़ाकर अपने प्रेम के लिए प्रार्थना करो तो मन्नत ज़रूर पूरी होती है। आसपास के प्रेमीगण एक ज़माने से छुप-छुपकर आते रहे हैं यहाँ, सदियों से, प्रेम की अरदास के लिए। यहाँ वे ही आते हैं अन्यथा यह स्थान निर्जन रहता है।...मज़ार पर कोई नियमित फ़क़ीर तक नहीं रहता। कभी कोई फ़क़ीर यहाँ-वहाँ से भटकता आ गया, कुछ दिन यहाँ रह गया, फिर यहाँ से चला गया, फिर कोई और आ गया; ऐसा चलता है।...चम्पा के फूलों को भी सदियाँ हो गई हैं, एकान्त में खिलते हुए।...आज की तारीख़ में किसी को उस बादशाह का नाम याद नहीं, उन प्रेमियों का नाम भी नहीं पता जो यहाँ क़त्ल हुए थे; नाम से लेना-देना भी क्या—क्या यही जानना पर्याप्त नहीं कि वे प्रेमी थे; ऐसे विकट प्रेमी कि बादशाहत उनसे ख़तरा महसूस करने लगी थी?

सदियों से यही सिलसिला चल रहा है; यही उजाड़ वीराना, यही रेतीला टीला, यही ध्वस्त सी मज़ार, चम्पा के ये सात पेड़, और छुप-छुपकर यहाँ मज़ार पर चम्पा के फूल चढ़ाकर प्रेम की मन्नत माँगते स्थानीय प्रेमी, बस।

*

यही सब चल रहा था कि पिछले कुछ सालों में सोशल मीडिया ने इस मज़ार को दूर-दराज तक मशहूर कर दिया।

हुआ यह कि कुछ प्रेमियों ने इस मज़ार पर अपने प्रेम की मन्नत पूरी होने के क़िस्से सोशल मीडिया पर डाल दिये। मज़ार के पास खिले चम्पा के सात पेड़ और उनके फूलों का चमत्कारी असर, सब। मारे गए प्रेमियों की दर्दनाक मौत का क़िस्सा भी। चम्पा के फूलों में उन प्रेमियों की आत्मा की पवित्रता की गन्ध उतर जाने का स्थानीय विश्वास। साथ में मज़ार के शानदार फ़ोटोग्राफ़्स;

वीरान रेतीले विस्तार के एकान्त में खिले चम्पा के फूलों की तस्वीरें; लोग बौरा गए। वाह! क्या बात है! वाह, वाह!! उजाड़ मज़ार का सूनापन, तस्वीरों से झाँकती रहस्यात्मकता, और प्रेम का पागलपन—बस, दूर-दूर से प्रेमी चल पड़े इस तरफ़। प्रेमी, और वे भी जो प्रेमी नहीं थे पर जिनको लगता था कि वे प्रेम करते हैं, और वे लोग भी जो हर उस जगह घूमने को आतुर थे जिसके बारे में दुनिया में बात हो रही हो ताकि वे यह कहने में कहीं पीछे न रह जाएँ कि हम भी वहाँ जा चुके हैं—सब चल पड़े।

...उजाड़ जगहों का टूरिज़्म ऐसे ही शुरू होता है।...जगह जितनी उजाड़ हो उतनी ही बेहतर।...उजाड़ होना ही कुछ जगहों की पहचान बन जाती है। उनके उजाड़पन को बाक़ायदा मेंटेन किया जाता है; करना पड़ता है क्योंकि इसी उजाड़ को महसूस करने के लिए तो लोग यहाँ आ रहे हैं; वे यहाँ आएँ, कहें कि 'वाह, कैसा बढ़िया उजाड़ है'—कुछ इस टाइप का उजाड़। वैसे उजाड़ तो यहाँ सदियों से था पर उजाड़ जगहें तभी आकर्षित करती हैं जब उनसे कोई चमत्कार भी जुड़ जाए; बंजर में उगे ये चम्पा के फूल वही चमत्कार बन गए और उनके साथ जुड़ी लोकगाथा का अपना एक एथनिक टच; लोग टूट-टूटकर आने लग पड़े यहाँ।... देश-विदेश के प्रेमीगण।...सूना रास्ता गुलज़ार हुआ।...टैक्सियाँ दौड़ने लगीं।... बड़ी-बड़ी कारें।...लक्जरी टूरिस्ट बसें भी इस तरफ़ आने लगीं। आतीं, मज़ार दिखाकर आगे निकल जातीं।

शनैः-शनैः, वैश्विक बाज़ार को उजाड़ मज़ार और चम्पा के पेड़ों में लव-टूरिज़्म की अनन्त सम्भावनाएँ समझ आ गईं; अमर-प्रेम का प्रतीक—यह मज़ार, ये चम्पा के फूल; लोग ताजमहल भी इसी चक्कर में तो पहुँचते हैं, यहाँ भी आएँगे।...बड़ी सम्भावनाएँ होती हैं प्रेम में यार।...प्रेम सबसे बड़ा प्लस-प्वाइंट होता है टूरिज़्म में, इसीलिए तो हर टूरिस्ट स्थान पर एकाध लव-प्वाइंट होता ही है; न हो पर बना दिया जाता है। यहाँ तो टूरिज़्म के लिए बहुत सी पॉज़िटिव चीज़ें पहले ही मौजूद हैं—आकर्षक उजाड़, सुन्दर सजीले रेतीले विस्तार में सुखद सपनीली लम्बी ड्राइव, रहस्यमयी चमत्कारी मज़ार, बंजर में खिले चम्पा के फूलों की चमत्कारी प्रेमकथा, यह लोकविश्वास कि चम्पा के ये फूल मज़ार पर चढ़ाओ तो तुम्हारा प्यार सफल होगा; देर हुई पर लोगों ने अन्ततः इस जगह का सही पोटेंशियल समझा।

*

बादशाह तक भी बात पहुँची।

हाँ, आज भी इस इलाक़े का एक बादशाह है।

कोई भी इलाक़ा भला बादशाह के बिना रह पाता है क्या? एक जाए, दूसरा आ जाता है। दूसरा चला जाए तो कोई और। सारे बादशाह एक से।

सारे तानाशाह तानाशाहों जैसे। सारे बादशाह, बादशाहों जैसे। अभी वाला भी वही है; बादशाह जैसा ही बादशाह। शक्ल भी वही जैसी बादशाह की होती है, जैसी सदियों से बादशाहों की रही आती है। सारे बादशाह एक शक्ल के होते हैं, एक को दूसरे से अलग करना मुश्किल। उनकी बादशाहत भी एक जैसी; तानाशाही भी वही, एक जैसी।

बादशाह को इस मामले में अपार सम्भावनाएँ दिखीं।

उसने अपने उस कारिन्दे की बहुत तारीफ़ की जो यह प्रस्ताव लाया था कि टूरिज़्म के प्रोमोशन के लिए यहाँ हर साल एक बड़ा और भव्य मेले का आयोजन हो—हम इसे 'प्रेम समागम' का नाम दे दें तो दुनिया भर से लोग-लुगाई भगे-भगे चले आएँगे कि यहाँ कुछ डिफ़रेंट होने वाला है। बादशाह ने उसी कारिन्दे को मेले का ठेका दे दिया कि जाओ, कमाओ।

*

और आज यहाँ ये मेला लगा है। तीन दिवसीय 'प्रेम समागम'।

वीराने में उत्सव।

उजाड़ मज़ार पर आज बड़ी हलचल है। मेले का शुभारम्भ बादशाह के हाथों हुआ है। अपने सम्बोधन में राष्ट्रभक्त बादशाह ने अवसर पाकर प्रेम को देशप्रेम से जोड़ा और फिर देर तक देशप्रेम पर बोलता रहा। ख़ूब तालियाँ पिटीं।

*

मेला चल रहा है।

चम्पा के आसपास पुलिस लगा दी गई है कि कोई वे फूल न तोड़ पाएँ; बाहर ही चम्पा के फूलों के स्टाल लगे हैं, वहाँ से ख़रीदो न! ख़रीदकर लाओ, मज़ार पर चढ़ाओ।...चम्पा के पेड़ों के साथ दो सेल्फ़ी-प्वाइंट भी बना दिये गए हैं। ...लोग सेल्फ़ियाँ खींच रहे हैं, आगे औरत-आदमी, पीछे ये फूल। आगे लड़के-लड़कियाँ, पीछे चम्पा के फूल।...जोड़े से फ़ोटो खींचनेवाले फ़ोटोग्राफ़र भी वहीं खड़े हैं; फ़ोटो सेशन्स हो रहे हैं—ऐसे खड़े हों, ऐसे झाँकें उसकी आँखों में, ऐसे रखो हाथ उसकी कमर पर, सर ठीक से, उसके कन्धे पर, ऐसे लो हाथों में उसका हाथ; सब तरफ़ प्यार जताने की होड़ है।...माहौल प्रेममय है। मज़ा आ रहा है। इक-दूजे की तरफ़ देखकर हँसते-मुस्कराते प्रेमीगण, आलिंगनबद्ध, साथ खड़े, पीछे से लिपटकर; जिस तरह से हो सके, प्रेम जतलाते।

*

सब तरफ़ प्रेमी ही प्रेमी, सब तरफ़ प्रेम ही प्रेम—परन्तु लेखक तरद्दुद में है कि इन सबकी शक्लें उसे जानी-पहचानी क्यों लग रही हैं?

प्रिय पाठको, आप भी ग़ौर से देखो न इनको?आपको भी ये सब प्रेमी ख़ूब देखे-भाले लगते हैं न? हैं न?

हाँ, ये सब वही तो हैं, प्रेम के तानाशाह, एकदम वही; नम्बर एक, दो, तीन, चार...। हाँ, ये सब वही हैं। वैसे ही प्रेमी, वैसे ही विकट प्रेमी, वैसे ही तानाशाह।... इस भीड़ को थोड़ी देर लगातार देखते रहो तो आप पहचान लेते हो कि इनको प्रेम तो है पर इनके प्रेम में तानाशाही की एक अन्तर्धारा भी निहित है। ऐसे ही प्रेमीगण एकत्रित हैं यहाँ।...पर हाँ, उधर, एक कोने में, सहमी-सी वह लड़की भी बैठी है, एकदम अपनी नायाब जान जैसी, भोली-भाली, मासूम, और एक लड़का भी है वहीं, एकदम नायाब जान के प्रेमी सूरज प्रकाश जैसा। विशुद्ध प्रेम में गुम बैठे हैं दोनों।

तो सदियों से कुछ भी नहीं बदला है; न प्रेम, न प्रेमी, न ही प्रेम में तानाशाही, न बादशाह, न उसकी तानाशाही।

तानाशाह की प्रेमकथा ज़ारी है। सदियों बाद भी, वैसी की वैसी।